죄의 경계

罪 の 境 界

죄의 경계

罪 の 境 界

야쿠마루 가쿠 지음 남소현 옮김

BOOK PLAZA

일러두기

———

본문의 각주는 모두 옮긴이 주입니다.

01

호텔에 도착해 로비를 둘러보자 나선형 계단 아래에 색색의 드레스를 차려입은 여자들이 모여 있는 것이 눈에 들어왔다.

하마무라 아카리는 자신이 입은 드레스를 내려다보았다. 너무 수수한가 하는 생각을 하며 여자들 쪽으로 다가갔다.

"아카리, 왜 이렇게 늦었어!"

하늘색 드레스를 입은 치하루가 가장 먼저 아카리를 발견하고 큰 소리로 외쳤다. 함께 있던 두 사람도 이쪽을 보며 손을 흔들었다.

"미안."

사실 약속 시간에 늦은 건 아니었지만 아카리는 모두에게 사과했다.

오늘 아카리가 입은 드레스는 남색이었고, 미키는 분홍색, 아오이는 노란색이었다. 서로가 어떤 색을 입을지 사전에 미리 확인하고 고른 것도 아닌데 한 명도 색이 겹치지 않았다는 게 신기했다.

여기 있는 네 명과 오늘의 주인공인 에리는 시즈오카 시내에 있는 세이코 고등학교 동창이었다. 각자 반은 달랐지만 모두가 같은 테니스부였다. 아카리는 도쿄 소재 대학을 졸업한 후 현재는 도쿄 네리마구에 있는 초등학교에서 사무원으로 일하고 있었고, 에리를 포함한 나머지 넷은 시즈오카 소재 대학을 나와 시즈오카 시내에서 일하고 있었다.

"그럼 슬슬 가 볼까?"

아오이의 말에 아카리는 고개를 끄덕이며 모두와 함께 나선형 계단을 올라갔다. 2층에 있는 예식장 주변은 인파로 북적이고 있었다.

"잠깐만."

아카리는 모두에게 양해를 구하며 예식장 앞에 놓인 웰컴 보드 앞에서 걸음을 멈추었다. 다 함께 웰컴 보드를 들여다보았다.

가장자리를 꽃으로 예쁘게 장식한 보드에 신랑 신부의 성장 과정을 담은 사진들이 전시되어 있었다. 세이코 고등학교 테니스부 사진도 있었다. 3학년 다섯 명이 은퇴할 때 찍은 사진이었다.

신랑의 이름은 청첩장을 통해 알고 있었지만 나이나 직업, 두 사람이 어떻게 만나 사귀게 되었는지는 알지 못했다. 에리는 석 달 전에 갑자기 라인으로 결혼 소식을 전했다. 올해 초 아카리가 본가에 내려왔을 때 모두가 모인 자리에서는 분명 사귀는 사람이 없다고 했었는데.

"신랑은 뭐 하는 사람이래?"

아카리는 에리와 특히 친했던 미키에게 물었다.

"몰랐어? 변호사야."

아카리가 뭐라고 대답하기도 전에 치하루가 먼저 "와, 정말?" 하고 반응했다.

"여행사 직원과 변호사가 대체 어디서 만났대?"

"에리 말로는 올해 3월에 신랑인 나카타니 씨가 에리가 일하는 여행사에 손님으로 왔다가 자기한테 한눈에 반했다고 하는데 내가 보기엔 에리 쪽에서 적극적으로 밀어붙인 것 같아."

"아무리 그래도 3월에 만나서 11월에 식을 올린다는 건 좀 빠르지 않나?"

"이건 비밀인데 사실은 속도위반이야."

아카리는 깜짝 놀라 "정말?" 하고 되물었다.

"응, 지금 임신 6개월이래. 아이가 태어나기 전에 식을 올리려고 둘이
서 엄청 열심히 식장을 알아보고 다닌 모양이더라고."

"그래서 결혼식을 오늘 하게 된 거구나."

치하루가 이제야 이해가 간다는 듯 고개를 끄덕였다.

오늘은 토요일이긴 하지만 전통적으로 결혼식을 올리기에는 좋지 않
다고 여겨지는 흉일이었기 때문이다.

"요즘 젊은 사람들은 길일이나 흉일 같은 건 별로 신경 쓰지 않으니까.
에리는 올해 안에 일을 그만두고 전업주부가 될 거래."

미키의 말에 치하루가 부러운 표정으로 입을 열었다.

"변호사 부인이라니 에리는 좋겠다. 신랑이 변호사면 오늘 참석하는
하객 중에도 변호사가 많겠네?"

"몇 명쯤은 있겠지. 변호사 배지는 달고 있지 않겠지만."

"배지가 없어도 내 뛰어난 후각으로 어떻게든 찾아내겠어! 본식 끝나
면 나랑 같이 다른 테이블에 인사하러 다니자."

치하루가 미키의 팔을 붙잡고 졸랐다.

"뭘 흥분하고 그래. 치하루 너도 매일 의사들이랑 같이 일하면서."

"같은 병원에서 일한다고는 해도 영양사가 의사랑 만날 기회는 거의
없단 말이야. 입원 중인 할아버지 할머니들한테 며느리 삼고 싶다는 말
은 많이 듣지만."

치하루와 미키의 대화를 들으며 아카리는 내심 동요했다.

에리가 임신했다는 사실을 자기에게는 말하지 않았다는 게 섭섭하기
도 했지만, 그보다 선수를 빼앗겼다는 충격이 더 컸다.

아카리는 학창 시절부터 친구들에게 자기는 결혼도 일찍 하고 아이도

빨리 낳는 게 꿈이라고 늘 말해 왔다. 물론 에리에게도.

아카리는 어려서부터 엄마를 좋아했다. 아이가 자기 부모를 좋아하는 건 당연한 일이지만 아카리에게 엄마는 동경과 선망의 대상이기도 했다.

아카리를 낳았을 때, 엄마는 아직 스물셋이었다. 전업주부였던 엄마는 집에서 아카리와 네 살 아래인 남동생 료스케를 돌보며 매일같이 맛있는 간식을 만들어 주었다. 집에 놀러 온 친구들은 모두 젊고 예쁘고 상냥한 데다가 요리도 잘하는 아카리의 엄마를 자기 엄마와 비교하며 부러워했다. 집 근처에서 건축사무소를 운영하는 아빠도 일보다 가족을 우선하는 사람이었기 때문에 퇴근하면 곧장 집으로 돌아와 가족과 함께 시간을 보냈다. 그 덕분에 아카리는 중고등학생 때도 딱히 반항기를 겪지 않았고, 주말이면 가족끼리 여행을 가거나 엄마와 둘이서 쇼핑하고 차를 마시고 영화를 보러 다녔다.

일찍 결혼해서 젊을 때 아이를 많이 낳아 행복한 가정을 꾸리는 것.

그것이 아카리의 꿈이었다.

고등학교를 졸업한 후에 편하고 쾌적한 집을 떠나 도쿄에서 자취하기로 결심한 가장 큰 이유도 너무 가족들하고만 지내다 보면 좋은 상대를 만나 결혼하는 것이 늦어질지도 모른다는 불안감 때문이었다.

어쩌면 에리가 자기에게 임신 소식을 알리지 않은 것은 일종의 배려였을지도 모르겠다는 생각이 들었다.

웰컴 보드 앞에 모여 서서 잠시 에리에 관한 이야기를 나누다가 접수대로 가서 줄을 섰다. 축의금을 건네고 방명록에 이름을 적은 다음 식장으로 들어갔다.

이미 많은 하객들이 자리를 채우고 있었다. 아카리와 친구들은 비어 있는 뒤쪽 자리에 나란히 앉았다. 아카리는 중앙 통로 쪽 자리에 앉아 식이 시작되기를 기다렸다. 이윽고 사회자의 안내에 따라 모두가 자리에서 일어나자 외국인 사제가 나타나 개식 선언을 했다.

검은색 턱시도를 입은 신랑이 입장해 통로 반대편에 앉은 신랑 측 친구들의 환호를 받으며 제단 앞으로 향했다. 이어서 파이프 오르간의 선율과 함께 순백의 웨딩드레스를 입은 에리가 등장해 부친의 손을 잡고 천천히 중앙 통로를 걸어 나갔다.

아카리는 주변 사람들과 마찬가지로 스마트폰을 꺼내 사진을 찍으며 머릿속으로는 자신이 웨딩드레스를 입고 연미복 차림의 아빠와 함께 결혼식장에 입장하는 장면을 상상했다.

아빠도 지금 에리네 아빠처럼 눈시울을 붉힐까. 아니면 온화한 미소를 지을까. 아카리는 아빠의 미소 띤 얼굴이 좋았다.

제단 앞에서 신랑과 신부가 사제를 사이에 두고 마주 보았다. 먼저 사제가 신랑을 향해 혼인 서약을 낭독하자 신랑이 "네, 맹세합니다"라고 대답했다. 이어서 사제가 에리 쪽으로 고개를 돌렸다.

"신부는 나카타니 히로시 씨와 결혼해 이 사람을 남편으로 삼고자 하고 있습니다. 당신은 이 결혼이 신의 인도임을 받아들이고 그 가르침에 따라 항상 아내로서의 역할을 다해 남편을 사랑하고 존경하고 위로하고 도우며, 기쁠 때나 슬플 때나 넉넉할 때나 가난할 때나 건강할 때나 아플 때나 언제나 변함없이 죽음이 두 사람을 갈라놓을 때까지 영원히 사랑할 것을 맹세합니까?"

"네, 맹세합니다."

또박또박 대답하는 에리가 참을 수 없이 부러웠다.

피로연이 끝나고 집에 돌아온 것은 밤 10시가 넘어서였다.

열쇠로 문을 열고 들어가자 그 소리를 들었는지 엄마가 현관으로 나왔다.

"예쁘네."

드레스 차림의 아카리를 보고 엄마가 말했다.

"고마워. 하지만 다른 애들에 비하면 내 드레스는 엄청 평범한 거였어."

아카리는 구두를 벗으며 대답했다.

"남의 결혼식인데 너무 튀는 것보다는 낫지."

"그건 그렇지만."

거실에는 아무도 없었다.

"아빠랑 료스케는?"

아카리는 소파에 앉으며 엄마에게 물었다.

"아빠는 의뢰인이랑 만나서 한잔하고 온다고 했고, 료스케는 친구들이랑 마시고 있어서 늦는대."

아카리의 남동생 료스케는 올해 대학교 4학년이었다.

"에리 사진 많이 찍었어?"

엄마가 빨리 보여 달라는 듯 재촉하는 투로 물었다.

에리를 비롯한 테니스부 친구들은 고등학교 때 몇 번인가 아카리네 집에 놀러 온 적이 있었다. 그래서인지 엄마는 아직도 모두의 얼굴과 이름을 기억하고 있었다.

아카리는 가방에서 스마트폰을 꺼내 앨범을 클릭한 다음 엄마에게 건넸다.

"신부가 너무 예쁘다."

엄마는 감탄사를 연발하며 흥미진진한 얼굴로 사진을 구경했다.

"아카리 넌 남자친구랑 어떻게 되어 가고 있는 거니?"

엄마가 스마트폰에서 고개를 들어 아카리를 보며 물었다.

"어떻게 되어 가고 있냐니…. 잘 지내고 있어."

아직 정식으로 소개한 적은 없지만 남자친구인 코헤이의 존재에 대해서는 가족 모두가 알고 있었다.

"결혼 얘기는 아직 없고?"

"응, 현재로서는…."

"다음에 한번 집에 데리고 와."

"응…. 지금 좀 바쁜 시기라서 당분간은 어려울 거야."

아카리보다 한 살 위인 코헤이는 도쿄 이치가야에 있는 대형 출판사에 근무하고 있었다. 입사 후 몇 년은 영업부 소속이었는데 작년 봄에 문예부로 옮기면서 일이 많아지는 바람에 최근에는 아카리도 얼굴 보기가 힘들었다.

두 사람은 대학생 때 단체 미팅에서 만났다. 코헤이는 다른 남자들에 비해 말재주나 외모가 뛰어난 편은 아니었지만, 남의 말을 잘 들어 주고 멀리 있는 사람에게 음식을 덜어 주는 등 소소하게 주위를 배려하는 모습에 아카리는 호감을 느꼈다. 그래서 헤어질 때 코헤이와 연락처를 주고받았다.

며칠 뒤 코헤이에게서 연락이 왔고, 주말에 둘이서 영화를 보러 갔다. 그 후로 몇 번 더 만나면서 서로의 취미와 취향이 맞지 않는다는 사실을 깨달았다. 아카리는 연애 소설을 좋아했고, 영화는 로맨스 코미디나 감동적인 드라마를 즐겨 보는 편이었다. 반면 코헤이는 미스터리 소설의 광팬이었고, 끊임없이 자동차가 뒤집히고 건물이 폭파되는 액션 영화나 전쟁 영화를 좋아했다. 먹는 것도 아카리가 담백한 일식과 이탈리안을 선호하는 데 반해 코헤이는 고기나 돈코츠 라멘 같은 기름진 음식을 좋아했다.

만날 때마다 서로가 좋아하는 것을 포기하고 양보해야 했지만 그래도 아카리는 코헤이와 함께 있는 시간이 좋았다.

코헤이에게 좋아한다는 말을 들은 것은 만난 지 세 달쯤 지나서였다. 둘이서 요코하마에 놀러 갔을 때 미나토미라이에 있는 관람차 안에서 고백을 받았다. 창밖으로 노을 지는 바다가 내려다보이고, 주위를 둘러싼 고층 빌딩에서 쏟아져 나오는 불빛들이 별처럼 빛나고 있었다. 관람차에 탑승하기 전에 코헤이가 몇 번이고 손목시계를 들여다본 것은 바로 이 야경을 보여 주기 위해서였다는 사실을 그제야 깨달았다.

자신이 좋아할 만한 이벤트를 준비하기 위해 열심히 머리를 쥐어짰을 코헤이를 생각하니 절로 웃음이 나왔다. 아카리는 비어져 나오는 웃음을 참으며 코헤이의 고백을 받아들였다.

사귄 지 5년이 되어 가지만 코헤이에게 불만은 거의 없었다. 코헤이의 성실한 인품과 온화한 성격은 시간이 지나도 변함이 없었다. 유일한 불만은 아카리가 두 사람의 미래에 대해 슬쩍 운을 띄워도 코헤이가 좀처럼 결혼 이야기를 꺼내지 않는 것이었다. 아카리는 4년 남짓 직장 생활을 하면서 이미 결혼 자금으로 100만 엔 이상을 모아 둔 상태였다.

원래부터 소설을 좋아해서 출판사에 취직한 것이었기 때문에 문예부에서 일하는 것은 코헤이의 오랜 꿈이었다. 줄곧 염원하던 편집자라는 꿈을 드디어 이루게 된 만큼 당분간은 사생활을 다소 희생하는 한이 있더라도 일에 몰두하고 싶어 하는 것 같았다.

"아직 젊은데 세리자와 시로의 담당 편집자라니 대단하네."

엄마의 입에서 나온 이름을 듣고 아카리는 얼굴을 찌푸렸다.

세리자와 시로는 책을 잘 읽지 않는 아카리의 가족들조차도 이름을 알 정도로 유명한 미스터리 소설 작가였다. 세리자와 시로의 소설은 어느 출판사에서 나온 것이든 모두 예외 없이 베스트셀러가 되었고, 그중에는 영화나 드라마로 만들어진 작품도 많았다.

남자친구가 유명 작가의 담당 편집자라는 사실이 자랑스러운 것은 사실이지만, 아카리 입장에서는 그것 때문에 피해를 본 적이 한두 번이 아니었다.

세리자와 시로는 담당 편집자를 함부로 부려먹기로 유명했다. 휴일에 연락하는 것은 기본이고, 갑자기 호출당해서 데이트 도중에 코헤이가 먼저 가버린 적도 많았다.

"다음에 세리자와 시로의 친필 사인본 한 권만 갖다 달라고 부탁해 봐."

엄마의 말에 아카리는 뚱한 표정으로 대꾸했다.

"어차피 갖다 줘도 읽지도 않을 거면서."

"읽을 거야. 집에 왔을 때 화제로 삼아야 하니까."

아카리는 기본적으로 미스터리 소설을 좋아하지 않았다. 비현실적인 상황에 놓인 사람들이 서로 죽고 죽이는, 꿈도 희망도 없는 이야기가 왜 재미있다는 건지 도무지 이해가 가지 않았다. 예전에 한 번 코헤이가 추천한 미스터리 소설을 읽어 보려고 시도 한 적이 있었지만 그때도 절반 정도를 꾸역꾸역 읽고 결국 포기했었다. 무슨 책이었는지 제목도 기억나지 않았다.

"그 사람 책은 도서관에서 빌려 읽는 걸로 충분해."

아카리가 냉정하게 잘라 말했다.

"남자친구가 담당하는 작가를 그렇게 말하면 안 되지."

"남자친구가 담당하는 작가니까 이렇게 말하는 거야." 아카리는 한숨을 내쉬며 자리에서 일어났다. "너무 잘 놀고 와서 좀 피곤하네. 먼저 자러 갈게."

"아빠 금방 온다고 연락 왔는데 기다렸다가 드레스 입은 거 보여 주지 않을래?"

"남의 결혼식에 입고 간 드레스를 굳이 보여 줄 필요가 있을까?"

"그것도 그렇네."

엄마한테 스마트폰을 돌려받은 아카리는 욕실로 향했다. 간단히 세안과 양치만 하고 2층으로 올라갔다. 2층에 있는 아카리의 방은 독립하기 전 상태 그대로 남아 있었다. 아카리는 드레스를 벗고 잠옷으로 갈아입은 후 침대에 누워 스마트폰을 집어 들었다.

【결혼식 끝나고 집에 왔음. 신부가 진짜 예뻤어.】

코헤이에게 결혼식 사진을 첨부한 메시지를 보냈다.

【피곤하겠네. 오랜만에 본가에서 가족들이랑 좋은 시간 보내고 와.】

귀여운 곰돌이 이모티콘을 곁들인 답장이 왔지만 결혼식에 대해서는 일언반구도 없는 것이 불만스러웠다.

바로 이어서 새 메시지가 추가되었다.

【다다음주 금요일 18시 30분에 여기 예약했어.】

메시지에는 레스토랑 벨라돈나의 링크가 달려 있었다. 가슴이 두근거렸다.

도쿄의 유명 레스토랑에 대해 잘 모르는 아카리도 벨라돈나라는 이름은 들은 적이 있었다. 시부야에 있는 고급 이탈리안 레스토랑으로 미쉐린 가이드 별 두 개를 받은 곳이었다.

얼마 전 둘이 함께 있을 때 TV에서 이곳의 대표 메뉴인 성게알이 들어간 토마토 크림 파스타를 소개하는 것을 보고 아카리가 나중에 한 번가 보고 싶다고 말한 것을 기억하고 있었던 모양이었다. 모르긴 몰라도 예약을 잡기가 쉽지는 않았을 것이다.

다다음주 금요일인 11월 16일은 아카리의 스물여섯 번째 생일이었다.

【알았어. 기대하고 있을게.】

환호하는 토끼 이모티콘을 덧붙여서 답신을 보냈다.

어쩌면 그날 코헤이가 특별한 이벤트를 준비하고 있을지도 모르겠다는 생각에 좀처럼 잠이 오지 않아서 한참을 뒤척였다.

계단을 올라 시부야역 밖으로 나오자 휘황찬란한 거리의 불빛과 엄청난 인파가 시야에 들어왔다.

11월도 중순이 지났건만 이마에 땀이 배어 나오는 것을 느끼며 아카리는 토큐백화점 쪽을 향해 걸었다.

금요일 밤이라 그런지 지난번에 왔을 때보다 사람이 훨씬 더 많았다. 거리를 지나가는 사람들은 모두 즐거워 보였지만 누가 뭐라 해도 지금 여기서 가장 들뜬 사람은 자기일 것 같았다.

아카리는 토큐백화점 앞에 도착해 스마트폰을 꺼내 들었다. 지도 앱에서 레스토랑 벨라돈나의 위치를 확인한 후 안내에 따라 걸었다.

갑자기 손에 든 스마트폰이 진동하면서 화면에 코헤이의 이름이 표시되었다.

"여보세요? 나 거의 다 왔어."

아카리는 전화를 받으며 말했다.

"미안…. 오늘 못 갈 것 같아…."

코헤이의 가라앉은 목소리에 아카리는 걸음을 멈췄다.

"그게 무슨 소리야?"

"세리자와 선생님한테 급하게 부탁받은 게 있어서 지금 당장 알아봐야 해."

그 말을 듣자 머리에 열이 확 올랐다.

"오늘이 무슨 날인지 알고는 있는 거야?"

아카리는 자신의 기분이 수화기 너머로 그대로 전해질 만큼 날 선 목소리로 물었다.

"당연하지. 아카리의 스물여섯 번째 생일이잖아. 다음에 꼭 제대로 챙겨 줄게. 정말 미안해…."

"벨라돈나는 다음에 가도 되니까 오늘 잠깐이라도 만날 수 없어? 내가 코헤이네 집으로 가서 기다릴게."

코헤이는 네리마역 근처에 있는 아파트에서 혼자 살고 있었다. 서로의 집 열쇠를 하나씩 나눠 가졌기 때문에 집에 사람이 없어도 들어갈 수 있었다. 갈아입을 옷은 없지만 내일은 주말이니 편의점에서 속옷만 사면 될 것 같았다. 잠깐이라도 좋으니 생일을 코헤이와 함께 보내고 싶었다.

"일이 오늘 안에 안 끝날 것 같아. 미안, 이만 들어가 봐야겠다."

"너무해."

"어쩔 수 없잖아! 정시에 출퇴근하는 직업도 아니고 나를 대신할 사람이 따로 있는 것도 아니니까. 내가 지금 이 일을 하지 않으면 이번 달 원고가 펑크나게 생겼다고."

"그게…."

나랑 무슨 상관인데….

"…미안해. 다시 연락할게."

전화가 끊겼다. 아카리는 스마트폰을 가방에 넣고 뒤로 돌아 조금 전 빠져나온 시부야역으로 향했다. 의식적으로 아무 생각도 하지 않으려고 노력했다.

지하로 내려가는 계단 앞에서 발걸음을 멈췄다. 이대로 집으로 돌아가고 싶지 않았다. 그렇다고 해서 혼자 클럽이나 바에 갈 용기도 없었다.

문득 얼마 전 TV에서 본 디저트 가게가 이 근처에 있다는 사실이 떠올랐다. 모양도 귀엽고 맛있어 보이는 케이크를 파는 가게였다.

아카리는 시부야역 맞은편에 있는 그 케이크 가게에 가 보기로 했다. 역 앞 스크램블 교차로를 건너기 위해 그 앞에서 신호가 바뀌기를 기다렸다.

신호를 기다리고 있는 사람들은 모두 즐거워 보였다. 하지만 아카리의 기분은 아까와는 달리 바닥을 치고 있었다.

이윽고 신호가 파란불로 바뀌어 아카리는 걸음을 내디뎠다. 수많은 인파가 일제히 횡단보도를 가로지르는 가운데 문득 맞은편에서 걸어오는 사람과 눈이 마주쳤다. 안경을 쓴 젊은 남자였다. 기분 탓인지 남자가 갑자기 아카리 쪽으로 방향을 튼 것 같았다. 남자는 아카리에게 시선을 고정한 채 이쪽으로 다가오면서 어깨에 멘 가방에서 무언가를 꺼내 들었다.

아카리는 남자가 손에 쥔 물체를 보고 눈을 의심했다.

도끼…?

"우아악!"

주위의 소음을 완전히 뒤덮을 정도로 크게 괴성을 지르며 남자가 이쪽으로 돌진해 왔다. 남자가 도끼를 휘두르는 것을 보고 아카리는 반사적으로 손에 들고 있던 가방을 들어 얼굴을 막았다. 다음 순간 오른쪽 뺨에 강한 충격이 가해지면서 가방이 땅에 떨어졌다. 아카리는 아픔을 참지 못하고 그대로 바닥에 무릎을 꿇었다.

주변에서 비명이 터져 나왔지만 무슨 일이 일어난 것인지 알 수가 없었다.

등 한복판이 뜨거워지더니 불에 타는 듯한 통증이 엄습했다. 몸을 가누지 못해 앞으로 쓰러진 후에도 계속해서 가해지는 극심한 고통에 정신을 차릴 수가 없었다.

한계를 넘은 고통에 의식이 희미해져가는 가운데 멀리서 "죽어! 죽어!" 하고 외치는 남자의 목소리가 들렸다.

이대로 죽는 걸까….

살려 줘… 죽고 싶지 않아… 이런 데서 죽고 싶지 않아….

코헤이… 살려 줘….

온몸이 갈가리 찢기는 것만 같았다. 시야가 온통 새빨갛게 물들었다.

"멈춰!"

어디선가 제지하는 소리가 들리더니 아카리의 몸에서 무언가가 쑥 하고 뽑혔다. 그와 동시에 대량의 액체가 몸 밖으로 흘러나가는 소리가 들렸다. 아픔을 참으며 떨리는 손을 뻗자 손가락 끝에 따뜻한 액체가 닿았다.

멀리서 남자들이 싸우는 소리가 들리는가 싶더니 얼마 지나지 않아 조용해졌다. 그리고 갑자기 큰 소리가 나면서 아카리의 눈앞에 남자의 얼굴이 나타났다.

안경을 쓰지 않은 것을 보니 아까 본 도끼를 든 남자는 아니었다. 나이도 이쪽이 훨씬 더 많아 보였다.

남자는 한쪽 뺨을 길바닥에 댄 상태로 아카리를 물끄러미 쳐다보았다. 얼굴에 핏기가 없고 입가가 부들부들 떨렸다.

뭔가 할 말이 있는 걸까. 바로 눈앞에 있는데도 소리가 잘 들리지 않았다.

왠지 지금 남자가 하는 말을 반드시 들어야만 할 것 같았다. 아카리는 고통을 참으며 혼신의 힘을 다해 앞으로 기어가 남자의 입가에 귀를 갖다 댔다.

약속은 지켰다고… 전해 줘….

남자가 거친 숨을 몰아쉬며 힘겹게 내뱉었다. 남자의 모습이 조금씩 흐릿해져갔다.

잠깐만… 기다려요… 가면 안 돼….

아카리는 정신을 잃지 않으려고 안간힘을 썼지만 곧 캄캄한 암흑이 찾아왔다.

02

"그래? 그럼 이건 못 쓰겠네. 아무튼 수고했어."

통화는 금방 끝났다. 히가시바라 코헤이는 의자에 걸쳐둔 재킷을 집어 들며 서둘러 자리에서 일어났다.

"편집장님, 덕분에 잘 마무리했습니다."

편집장인 쿠도에게 말을 걸자 쿠도가 물었다.

"잘 끝났다니 다행이네. 어떻게 됐어?"

"세리자와 선생님께서 아무래도 이 트릭은 사용하기 어려울 것 같다고 하시네요."

코헤이는 대답을 하면서 스마트폰으로 시간을 확인했다. 10시 20분이었다.

"고생했어. 조사할 게 있으면 좀 여유를 두고 부탁하면 좋을 텐데 말이야. 오늘 여자친구 생일이라고 했지? 이것 때문에 약속 취소한 거 아냐?"

쿠도가 쓴웃음을 지으며 말했다.

"일이니까 어쩔 수 없죠. 그럼 먼저 들어가 보겠습니다."

코헤이는 쿠도에게 인사한 다음 편집부를 나왔다. 엘리베이터를 기다
리면서 저도 모르게 한숨이 나왔다.

오후에 북 디자이너와의 미팅을 마치고 시부야로 가고 있을 때 세리
자와에게서 전화가 왔다.

세리자와는 현재 코헤이가 담당하는 월간 문예지에 소설을 연재 중이
었다. 하지만 오늘 전화의 용건은 그 작품이 아니라 다른 출판사에서 연
재 중인 소설에 관한 것이었다.

세리자와는 횡단보도에 설치된 버튼식 신호등의 경우 버튼이 눌린 시
간이 어딘가에 기록되는 것인지 알고자 했다.

지금 집필 중인 미스터리 소설에서 중요한 역할을 하는 요소이기 때
문에 사실 관계에 오류가 있으면 안 되는데 인터넷 검색으로는 정확한
정보를 얻을 수가 없는 모양이었다.

해당 소설을 담당하는 편집자는 현재 다른 작가와 함께 지방에 내려
가 있어서 당장은 알아보기 힘든 상황이다 보니 코헤이에게 대신 알아
봐 달라는 것이었다.

다른 출판사 작품에 관한 일이니 사실은 적당히 핑계를 대고 거절할
수도 있었다. 하지만 코헤이는 작가의 무리한 부탁을 들어주는 것이 자
신에게도 유리하다고 판단했다. 급할 때 도와주면 둘 사이의 신뢰 관계
형성에도 도움이 될 것이고, 차기작을 낼 때 다른 출판사보다 유리한 위
치에 설 수도 있을 터였다. 그래서 세리자와의 부탁이라면 가능한 한 들
어주는 편이었다. 세리자와는 인간적으로 호감이 가는 상대는 아니었지
만 코헤이가 좋아하는 소설을 쓰는 작가였다. 코헤이는 세리자와와 오래
오래 함께 일하고 싶었다.

코헤이는 세리자와와의 통화를 마치고 곧바로 신주쿠에 있는 대형 서
점으로 가서 버튼식 신호등과 관련이 있어 보이는 책을 전부 살펴보았
다. 하지만 세리자와가 알고 싶어 하는 내용은 어느 책에도 실려 있지

않았고, 결국 빈손으로 출판사로 돌아와 여기저기 알아보았지만 도무지 답을 구할 길이 없었다. 그때 마침 외부 일정을 마치고 돌아온 쿠도가 그런 일이라면 경찰서에 물어보는 게 가장 빠를 거라고 조언을 해 주었다. 쿠도의 조언대로 경찰서에 전화를 걸어 문의한 결과 마침내 신뢰할 수 있는 정보를 얻는 데 성공했다. 편집자로서 아직 갈 길이 멀다는 사실을 다시 한번 통감하며 세리자와에게 전화해 결과를 보고하고 어찌어찌 무사히 하루를 마칠 수 있었다.

코헤이는 손에 든 스마트폰을 내려다보며 아까 아카리와 통화한 내용을 떠올렸다. 세리자와의 요청을 빨리 처리해야 한다는 조바심 때문에 마지막에는 다소 거칠게 전화를 끊어버렸다.

벨라돈나에서 식사하는 걸 기대하고 있었을 텐데….

일 년에 한 번뿐인 생일날 만나기로 한 약속을, 본인이 담당하는 작품도 아닌 다른 출판사 일 때문에 취소한다는 건 스스로 생각하기에도 말이 안 되는 일이었기 때문에 아카리에게 솔직하게 말하지 못했다. 오늘 일은 100% 코헤이가 잘못한 것이었다.

지금쯤 아카리는 자기 방에서 혼자 생일을 보내고 있을 것이다.

아카리는 기요세에 살고 있었다. 서둘러 출발하면 날짜가 바뀌기 전에 만날 수 있을 것 같았다.

코헤이는 엘리베이터에 타서 아카리에게 메시지를 보냈다.

【오늘 약속 못 지켜서 정말 미안해. 지금 끝나서 너희 집으로 가려고 하는데 괜찮아?】

회사를 나가 이치가야역으로 가서 지하철을 탔다. 기요세로 가는 동안 계속해서 메시지를 확인했지만 아카리에게서는 답장이 오지 않았다. 코헤이의 메시지를 읽고 무시하는 것이 아니라 아예 메시지를 확인하지도 않았다.

벌써 잠든 걸까. 그보다는 화가 나서 연락을 받지 않는 것일 가능성이 높아 보였다.

코헤이는 기요세역에 내려 다시 아카리에게 전화를 걸었다. 계속 신호만 가다가 상대방이 전화를 받을 수 없다는 안내 메시지가 나와서 전화를 끊었다.

어떻게 해야 할지 고민이 되었다. 일단 오늘은 집으로 돌아가서 각자 머리를 식힐 시간을 갖는 게 좋을까. 하지만 역시 최대한 빨리 사과하는 편이 좋을 것 같았다.

아카리는 뒤끝이 있는 편이었다. 사소한 말다툼 후에도 화해하기까지 시간이 걸렸다. 코헤이 입장에서는 그런 부분이 좀 귀찮기도 했다.

앞으로 며칠 동안 계속 이렇게 불편한 상태로 지내기는 싫었기 때문에 무슨 일이 있어도 오늘 화해해야겠다고 결심하고 아카리네 집을 향해 걸음을 옮겼다. 아파트로 가는 길에 있는 편의점에 들러 아카리가 좋아하는 하겐다즈 딸기맛 아이스크림을 네 개 샀다.

만나면 제일 먼저 무슨 말을 해야 할지 머릿속으로 고민하는 사이에 아파트에 도착했다. 공동 현관에서 아카리가 사는 302호를 호출했다. 하지만 몇 번을 호출해도 응답이 없었다. 어쩔 수 없이 가방에서 아카리네 집 열쇠를 꺼내 문을 열고 건물 안으로 들어갔다. 엘리베이터를 타고 3층에서 내렸다.

302호 앞에서 초인종을 눌렀지만 역시 대답이 없었다. 코헤이는 열쇠로 현관문을 열고 안으로 들어갔다.

아카리의 방은 원룸 형태였다. 현관 바로 앞은 부엌이었고, 불이 꺼져 있어서 깜깜했다.

"아카리? 나 왔어."

집 안에서는 아무 대답이 없었다. 일단 불을 켠 다음 신발을 벗고 안쪽으로 들어갔다. 하지만 방 안 어디에도 아카리의 모습은 보이지 않았다.

어디 간 걸까. 아까 코헤이와 통화한 후에 홧김에 술이라도 마시러 간 걸까? 하지만 지금까지 아카리가 혼자 술집에 간 적은 한 번도 없었다. 아카리는 소심한 성격이라 혼자서는 패밀리 레스토랑에도 들어가지 못했다.

친구를 불러내서 같이 마시고 있는 걸까? 그렇다고 하더라도 이렇게 늦은 시간까지 집에 돌아오지 않는 건 이상했다.

아니면 혹시 코헤이네 집으로 간 걸까? 그러고 보니 아카리와 통화했을 때 자기가 코헤이네 집에서 기다릴 테니 잠깐이리도 만날 수 없겠냐고 했던 게 기억났다.

메시지를 바로 확인하고 답을 줬더라면 엇갈릴 일도 없었을 텐데. 한숨이 나왔다.

시계를 보니 11시 40분이었다. 이케부쿠로행 막차는 기요세역에서 11시 52분에 출발하니 서둘러야 했다.

코헤이는 아이스크림을 냉동실에 넣고 바로 집에서 나와 역으로 향했다.

아슬아슬하게 막차를 잡아타고 안도의 한숨을 내쉬며 빈자리에 앉았다. 늦은 시간이라 그런지 승객은 코헤이밖에 없었다. 기요세역에서 네리마역까지는 지하철로 20분 정도 걸렸다. 열차 안에 설치된 모니터를 멍하니 바라보고 있으려니 뉴스가 흘러나왔다. 코헤이는 화면에 표시된 글자를 보고 깜짝 놀라 자리에서 벌떡 일어났다.

제대로 보려고 화면 가까이 다가갔지만 그사이에 다음 뉴스로 넘어가 버렸다. 초조한 마음으로 기다리자 다시 아까 본 뉴스가 나왔다.

『시부야 스크램블 교차로에서 사건 발생. 사상자 3명』

아까 본 기사 제목 아래 작은 글씨로 적힌 본문을 빠르게 훑어보았다.

『16일 오후 6시 30분경 시부야역 앞 스크램블 교차로에서 흉기를 든 남자가 통행인 3명을 공격해 곧바로 출동한 경찰에게 현장에서 체포되었다. 이 사건으로 남성 1명이 사망했고, 20대 여성 2명이 중상을 입었다.』

오늘 오후 6시 반, 시부야 스크램블 교차로에서.

설마. 그럴 리가….

평정을 유지하려 했지만 기분 나쁜 떨림은 좀처럼 가라앉지 않았다.

코헤이는 윗주머니에서 스마트폰을 꺼내 아카리에게 전화를 걸었다.

한참 동안 신호음만 울리다가 이윽고 안내 메시지가 흘러나왔다. 삐하는 기계음이 들리기가 무섭게 입을 열었다.

"여보세요? 난데… 아카리 너 지금 어디야? 우리 집에 있어? 나도 지금 네리마로 가고 있는데 걱정되니까 이거 들으면 바로 전화 좀 해 줘. 제발 부탁이야…."

전화를 끊고 같은 내용으로 메시지도 남겼다.

다리에 힘이 풀려 비틀거리며 자리에 털썩 주저앉았다. 스마트폰으로 인터넷에서 '시부야 사건'을 검색해 보았다.

검색 결과 표시된 기사들을 차례대로 읽어 보았지만 어디에도 피해자의 이름은 나오지 않았다. 중상을 입은 여자 두 명은 20대라고만 적혀 있었다. 사망한 남자에 대해서는 이름도 나이도 알 수 없었다.

인터넷에는 사건 발생 직후의 현장을 촬영한 동영상도 올라와 있었다.

코헤이는 떨리는 손으로 재생 버튼을 눌렀다.

동영상을 재생한 순간, 아무도 없는 열차 안에 날카로운 비명이 울려 퍼졌다.

코헤이는 스마트폰 화면을 들여다보며 할 말을 잃었다.

어둠이 깔린 스크램블 교차로에서 패닉 상태에 빠져 사방으로 도망치는 사람들, 흉기를 휘두르며 날뛰는 남자를 제압하는 경찰관들. 아비규환의 광경에 온몸이 부르르 떨렸다.

화면을 샅샅이 확인했지만 피해자의 모습은 끝내 보이지 않았다.

택시에서 내려 시부야 경찰서 쪽으로 가자 새벽 2시가 넘은 시간임에도 불구하고 경찰서 주변은 인파로 가득했다. 대형 카메라와 마이크로 무장한 사람들이 잔뜩 모여 있었다.

네리마에 있는 코헤이의 아파트에도 아카리가 없는 것을 확인하고 점점 더 커져만 가는 불안감을 달랠 길이 없어 무작정 택시를 잡아타고 이리로 온 것이었다.

코헤이는 언론사 무리를 뚫고 지나가 경찰서 안으로 들어갔다. 머뭇거리며 안내 데스크로 다가가자 제복 차림의 여경이 고개를 들었다.

"지… 스크램블 교차로에서 발생한 흉기 난동 사건 관련해서 여쭤보고 싶은 것이 있는데요."

코헤이가 말을 꺼내자 여자가 기계적으로 대답했다.

"언론사에서 오셨으면…."

"아, 아닙니다." 코헤이는 다급하게 여자의 말을 가로막았다. "친구가 그 시간대에 시부야에 있었는데… 계속 연락이 안 돼서… 그래서 혹시나 싶어서…."

"친구분 이름은요?"

"하마무라 아카리입니다."

코헤이가 대답하자 여자의 표정이 돌변했다.

"친구시라고요?"

조금 전까지 무뚝뚝하기만 하던 여자의 말투가 갑자기 부드러워졌다.

"네… 정확히는 여자친구입니다."

코헤이는 여자의 태도가 달라졌다는 사실에 알 수 없는 불안함을 느끼며 대답했다.

설마 정말로 아카리가 피해자라는 건가?

"이쪽으로 오시겠어요?"

여자가 자리에서 일어나 안내 데스크 밖으로 나왔다. 코헤이는 여자의 안내를 받으며 1층 안쪽에 있는 종합상담실로 들어갔다. 방 안에는 커다란 흰색 테이블 하나와 의자 네 개가 놓여 있었다.

"여기서 잠깐만 기다려 주세요."

여자는 코헤이를 안으로 들여보낸 다음 다시 밖으로 나갔다. 의자에 앉아 잠시 기다리자 여자가 지퍼백에 든 스마트폰을 가지고 돌아왔다.

"저… 아카리는…?"

조심스럽게 묻자 여자가 코헤이를 연민에 찬 시선으로 바라보며 대답했다.

"하마무라 아카리 씨는 현장에서 가까운 진구마에 병원으로 옮겨졌습니다."

가슴이 덜컥 내려앉았다.

"정말로 아카리가 확실한가요?"

"지갑에서 면허증이 나왔습니다. 하마무라 아카리 씨에게는 가족이 있나요?"

여자의 질문에 코헤이는 고개를 끄덕였다.

"부모님과 남동생이 시즈오카에 살고 있습니다."

"연락처를 아시나요?"

"아니요…. 아카리 스마트폰에 전화번호가 저장되어 있을 것 같은데요."

"스마트폰에 비밀번호가 걸려 있어서요. 날이 밝으면 스마트폰 업체에 연락해서 알아볼 예정이었습니다."

"본인한테 물어보면…."

"아카리 씨는 현재 의식 불명 상태로 중환자실에 입원해 있습니다. 상당히… 위험한 상태라고 들었습니다."

여자의 말에 눈앞이 캄캄해졌다.

"가능한 한 빨리 가족들에게 연락을 취하고 싶은데 혹시 비밀번호가 뭔지 아시나요?"

코헤이는 너무 혼란스러워서 아무 생각도 할 수 없었지만 필사적으로 머리를 쥐어짰다.

"…이게 맞을지 모르겠지만 일단 생각나는 건 921116입니다."

921116. 1992년 11월 16일. 아카리가 태어난 날이었다.

여자가 지퍼백 안에 든 스마트폰을 눌러 보더니 고개를 저었다.

"아닌 것 같네요."

"911213은요?"

그냥 한번 말해 본 것이었는데 여자가 그 번호를 누르자 스마트폰 잠금 상태가 해제되었다.

1991년 12월 13일은 코헤이의 생일이었다.

03

"루미 씨 성감대는 어디죠?"

어두운 방 안에서 미조구치 쇼고가 묻자 좁은 침대에 나란히 앉은 갈색 머리 여자가 이쪽을 올려다보며 고개를 갸웃거렸다.

"음, 어디든 다 잘 느끼는 편인데….'

여자가 핑크색 슈미즈를 살짝 걷어 올리더니 쇼고의 손을 잡아 적나라하게 드러난 허벅지 안쪽으로 이끌었다.

"굳이 말하자면 여기가 제일 민감한 것 같기도 하고….'

"이렇게 만지면?"

쇼고가 부드럽게 어루만지자 여자는 "으응…" 하고 몸을 배배 꼬았다.

"좋아하는 체위는요?"

계속 만져 주면서 묻자 "역시 정상위?"라고 대답했다.

인터뷰를 시작할 때에 비해 긴장이 많이 풀린 것 같았다. 본격적으로 취재를 이어가려고 하는데 옆방에서 침대 삐걱거리는 소리와 거친 신음 소리가 얇은 벽을 타고 들려왔다.

"죄송해요, 저희 가게에는 회의실 같은 게 따로 없다 보니 이런 데서…. 보통 인터뷰는 사무실에서 진행하나요?"

"사무실에서 만날 때도 있지만 개인적으로는 이런 데서 이야기하는 걸 더 좋아합니다. 현장감이 느껴져서요."

사실 현장감 따위는 아무래도 상관없었지만, 사무실이나 카페 같은 공개된 장소에서는 방금 두 사람이 나눈 대화처럼 저속한 내용을 입에 담기가 조심스러웠다. 아니, 솔직히 말해서 그런 말을 해야 하는 스스로가 비참하게 느껴졌다.

성인 잡지에 실리는 유흥업소 기사를 쓰기 시작한 지 2년이 넘었지만 이 일을 하면서 보람을 느낀 적은 단 한 번도 없었다. 시설을 나온 후 13년 동안 수많은 직업을 전전한 끝에 우연히 얻어걸린 일이 이것이었을 뿐이다.

그래도 2년 동안 이 일을 하면서 처음 보는 사람과 만나 이야기를 나누고 그 내용을 글로 정리하는 것이 생각보다 적성에 맞는다는 사실을 알게 되었다.

"현장감을 느끼고 싶다면 실제로 서비스를 받으면서 취재하는 건 어때요? 상대가 쇼고 씨라면 전 상관없는데."

여자가 말했다.

"가능하면 저도 그러고 싶지만 규정상 금지되어 있어서 말이죠."

쇼고는 적당히 거짓 변명을 둘러댔다.

다른 사람 앞에서 맨살을 드러내고 싶지 않았다.

"그건 그렇고… 루미 씨는 몇 살이에요?"

쇼고가 묻자 루미가 웃으며 대답했다.

"아까 말했잖아요, 스무 살이라고."

"진짜 나이는요?"

쇼고는 루미를 지그시 바라보며 부드러운 말투로 물었다.

"스무 살로는 안 보인다는 뜻인가요?"

루미가 불쾌하다는 듯 쏘아붙였다. 쇼고는 당황해서 손을 내저었다.

"그런 게 아니라 루미 씨 말하는 걸 보면 스무 살치고는 굉장히 어른스럽다는 느낌이 들어서요. 나이에 비해 사회 경험이 풍부해 보인달까."

"정말요?"

쇼고의 말에 금방 기분이 풀렸는지 루미가 배시시 웃었다.

"이래 봬도 사람 보는 눈에는 자신이 있거든요. 인터뷰를 하다 보면 다양한 사람들을 만나게 되니까요."

쇼고는 손목시계를 슬쩍 내려다본 다음 다시 루미 쪽으로 고개를 돌렸다.

"아직 20분 정도 남았네요. 인터뷰에서 묻고 싶은 건 대충 다 확인했으니 남은 시간은 루미 씨 이야기나 들어 볼까요?"

"그 내용도 기사에 실리나요?"

"당연히 아니죠."

이런 잡지를 보는 독자들은 유흥업소에서 일하는 여자의 인생사 따위에는 아무 관심도 없다. 그들이 궁금해하는 것은 여자의 외모, 그리고 시간당 요금뿐이다.

루미는 잠시 고개를 숙이고 고민하는 기색을 보였다.

이런 경우는 십중팔구 오케이였다.

쇼고가 지금까지 이 일을 하면서 깨달은 바에 따르면, 유흥업소에서 일하는 여자들은 대부분 자기 얘기를 남에게 털어놓기를 꺼리지만 동시에 누군가 자기 얘기를 귀 기울여 들어 주기를 간절히 바랐다.

"…사실은 스물넷이에요."

루미가 주저하며 입을 열었다.

"그렇군요. 이 일은 부업으로 하는 건가요?"

쇼고가 묻자 루미가 고개를 저었다.

"3년 정도 전업으로 하고 있어요. 이 나이가 되도록 제대로 된 직업도 없이 뭐 하는 건가 싶기는 한데…. 어릴 때는 20대 중반이 된 내가 이런 모습일 줄은 상상도 못했는데 말이죠."

"어릴 때는 어떤 사람이 되고 싶었는데요?"

"글쎄요…. 한때는 선생님이 되는 게 꿈이었어요, 초등학교 선생님."

"학교 가는 걸 좋아했나 보네요."

"공부를 잘하는 편이 아니었기 때문에 학교 가는 게 딱히 즐겁지는 않았지만 그래도 집에 있는 것보다는 나았으니까요. 교사는 안정적인 직업이기도 하고."

"집에 있기가 싫었나요?"

쇼고가 묻자 루미가 "네…" 하고 고개를 끄덕였다.

"아빠는 일도 안 하고 하루 종일 집에서 술만 퍼마셨거든요."

"엄마는요?"

"엄마는 제가 초등학교 2학년 때 남자랑 도망갔어요. 그래서 아빠가 술독에 빠져 지내게 된 것도 어느 정도 이해는 하지만…. 아빠는 생활 보호 대상자에게 지급되는 지원금을 술이랑 도박으로 다 써버리고 저한 테는 먹을 것도 입을 것도 제대로 사 주지 않았어요."

빈곤 가정에서 발생하는 육아 방임의 전형적인 사례였다.

쇼고는 머릿속에 떠오르는 어두운 과거의 기억을 떨쳐버리려 애썼다.

"같은 반 아이들은 저를 보고 거지라고 욕하고 무시했지만 그래도 학교가 나았어요. 학교에 가면 급식이라도 먹을 수 있으니까요. 집에 있으면 아빠가 술에 취해서 처음에는 물건을 집어던지다가 나중에는 저를 두들겨 팼어요. 그래서 가능하면 아빠가 곯아떨어질 때까지 집에 들어가지 않고 도서관 같은 데서 시간을 때웠죠. 물론 혼자서요."

"아빠랑은 지금도 같이 살고 있나요?"

쇼고가 묻자 루미가 말도 안 된다는 투로 "설마요" 하고 대답했다.

"원래는 아키타에 살았는데 고등학교 1학년 때 집을 나온 후로는 아빠를 만난 적도 없고 연락한 적도 없어요. 그래서 지금 어디서 뭐 하고 있는지 전혀 몰라요."

"고등학교를 중퇴하고 가출했다는 건가요?"

"네."

"학교에서 집단 괴롭힘 같은 걸 당했나요?"

"고등학교 때는 그런 건 없었어요. 제가 다닌 곳은 누구든지 다닐 수 있는 야간제 고등학교라서 낮에는 일을 하는 사람이 대부분이었거든요. 피곤하니까 다들 학교에 오면 책상에 엎드려 자기 바빴어요. 누구를 괴롭히고 따돌리고 그럴 여유가 없었던 거죠."

"그럼 학교는 왜 그만둔 거죠?"

"아빠가 등록금을 안 줬거든요. 그리 큰 금액도 아닌데 학교에 다니고 싶으면 학비는 직접 벌어서 내라고 하더라고요. 안 그래도 아르바이트는 하고 있었지만 그 말을 듣고 욱해서 그럼 안 다니고 말겠다 한 거죠."

"그리고 바로 유흥업소에서 일하기 시작한 건가요?"

"아무리 그래도 그렇게까지 막 나가진 않았어요."

루미가 웃으며 대답했다.

"상경했을 때 전 아직 열여섯밖에 안 되기도 했고 그래서 처음에는 직원 기숙사가 있는 공장에서 일했어요. 편의점에서 파는 도시락을 만드는 곳이었어요. 하지만 막상 일을 시작하고 보니 매일 로봇처럼 같은 일을 반복하는 게 지겨웠고, 3교대 근무로 인해 불면증도 생기고 여러모로 너무 힘들어서 2년 정도 하고 그만뒀어요."

"공장을 그만두면 기숙사에서도 나와야 했을 텐데요."

루미가 고개를 끄덕였다.

"일하면서 모은 돈으로 2.5평 정도 되는 낡은 방을 구했어요. 이번에는 좀 제대로 된 일을 알아보려고 일자리 지원 센터에 갔는데 중졸인 제가 할 수 있는 일은 거의 없더라고요. 결국 센터에서 만난 직원의 추천으로 요양 보호사 자격증을 땄고, 그걸 가지고 사이타마현 와코시에 있는 요양원에서 일하게 되었어요."

"정직원으로요?"

"네. 그때 받은 월급 실수령액이 15만 엔쯤 됐을 거예요. 거기 일은 공장보다도 훨씬 더 힘들었고 불면증도 더 심해졌어요. 쉬는 날은 아무것도 하고 싶지 않아서 하루 종일 집에서 잠만 잤어요. 그러다가 점차 더 이상 살고 싶지 않다, 이대로 그냥 죽고 싶다는 생각을 하게 되었고…."

쇼고는 루미의 손을 슬쩍 내려다보았다.

아까 루미가 쇼고의 손을 잡았을 때 봤던 대로 루미의 손목에는 칼로 그은 흔적이 남아 있었다.

"아무래도 정상은 아닌 것 같아서 병원에 가서 물어보니 우울증이라고 했어요. 결국 요양원도 2년 만에 그만뒀는데 그런 상태이다 보니까 새 일자리를 구해야겠다는 의욕이 안 생기더라고요. 일단은 모아 놓은 돈이랑 실업급여로 버텼는데 얼마 지나지 않아 월세가 밀려서 방을 빼게 되었고, 그 후로 한동안 PC방을 전전하며 지냈어요."*

"생활보호 대상자로 신청해 볼 생각은 안 했나요?"

그런 사정이라면 아마도 지원을 받을 수 있었을 텐데.

"그러긴 싫었어요."

루미가 완강하게 고개를 저으며 혐오감을 내비쳤다.

"왜죠?"

"물론 정말로 지원이 필요한 사람도 있을 것이고 그런 사람들은 지원을 받아야 한다고 생각하지만, 지원금을 받는 족족 술이랑 도박으로 다 써버리는 우리 아빠 같은 사람도 있으니까요. 저는 아빠처럼 살고 싶지

---

* 일본의 PC방에는 개방된 형태의 부스석 외에 개인실이 따로 마련되어 있어서 야간에는 숙박업소 대용으로 활용이 가능하다

않았고, 남들한테 그렇게 보이기도 싫었어요. 쓸데없는 고집일 수도 있겠지만요."

루미가 혼잣말처럼 중얼거리며 대답했다.

"PC방을 전전하며 지낼 때는 무슨 일을 했나요?"

"축축 늘어지는 몸을 어떻게든 일으켜 세워서 일용직이나 단기 파견직으로 일했는데 그것도 잠깐이었어요. 처음에는 매일 일하러 나가던 게 이틀에 한 번, 사흘에 한 번이 되고 나중에는 일주일에 하루 일하는 것도 힘들어져서…. 당장 밥 사 먹을 돈도 없어서 난감해하고 있을 때 PC방에서 만난 여자애를 통해서 만남 카페라는 걸 알게 됐어요. 그때부터 상태가 좀 괜찮은 날은 만남 카페에 나갔죠."

만남 카페란 남녀 간의 만남을 중개하는 특수한 형태의 음식점으로, 여성은 식사가 공짜였다. 카페에 온 남자가 카페 안에 있는 여자와 흥정을 한 다음 데리고 나가는 시스템이었다. 겉으로는 자유로운 연애의 장을 표방하고 있었지만 실상은 매매춘 중개소나 다를 바 없었다.

"거기서 만난 남자들한테 용돈을 받아서 그 돈으로 생활한 건가요?"

루미가 쓴웃음을 지으며 고개를 끄덕였다.

"얼마나 받았어요?"

"식사만 같이 하는 건 5천 엔, 터치는 1만 엔, 진짜로 하는 건 2만 엔쯤 받았을 거예요."

"그렇군요."

그쪽 시세는 이미 다른 여자들한테도 대충 들어서 알고 있었지만 적당히 맞장구를 쳤다.

"처음에는 물론 거부감이 들었지만… 한두 시간만 참으면 공장이나 요양원에서 이틀 일한 것보다 더 많은 돈을 벌 수 있으니까… 도저히 그만둘 수가 없었어요. 정신을 차리고 보니 어느샌가 이게 본업이 되어 있더라고요."

"지금도 우울증에 시달리고 있나요?"

"제일 심했을 때에 비하면 많이 좋아졌어요."

"다행이네요. 그럼 현재 본인의 생활에 불만이나 불안한 점은 없나요?"

"전혀 없지는 않지만… 내 인생이라는 게 결국 이런 거지 뭐, 하고 반쯤 포기했달까…."

루미가 공허한 표정을 지으며 말했다.

"아직 스물넷밖에 안 됐는데요?"

"인생은 그 사람이 태어난 시점에 이미 대부분 결정된 거나 마찬가지예요."

루미가 푸념하듯 중얼거렸다. 쇼고의 생각도 루미와 같았다.

"아이는 부모를 선택할 수 없으니까요. 어떤 부모 밑에서 자라는지가 그 아이의 인생을 결정짓는다고 해도 과언이 아니죠. 매일 집에서 빈둥거리며 술에 절어 사는 아버지, 그런 남편과 아이를 버리고 다른 남자와 도망가버린 어머니. 이런 사람들 사이에서 태어난 이상 저는 인생을 포기할 수밖에 없다고요."

쇼고는 아무 말도 하지 않고 루미를 쳐다보았다. 루미가 쓸쓸하게 웃었다.

"쇼고 씨가 지금 무슨 생각을 하는지 맞춰 볼까요?"

"네?"

"제가 이렇게 사는 건 다 제 노력이 부족해서 그런 거라고 생각하시죠?"

"아닙니다."

쇼고가 고개를 저으며 부정하자 루미가 의외라는 표정을 지으며 고개를 갸웃거렸다.

"저도 루미 씨 의견에 공감하거든요. 어떤 부모 밑에서 자라는지가 그 아이의 인생을 결정짓는다는 말이요."

"고마워요. 진심인지 아닌지는 모르겠지만… 제 말을 부정하지 않고 제대로 들어 준 것만으로도 기쁘네요."

쇼고는 진심이었다. 자신도 쓰레기 같은 부모 밑에서 자랐으니까. 쇼고의 부모에 비하면 루미네 부모는 양반이었다.

"예전에 말이 좀 잘 통한다고 생각한 손님과 이런 비슷한 이야기를 나눈 적이 있어요. 하지만 그 손님은 전혀 이해하지 못하더라고요."

"루미 씨의 노력이 부족한 탓이라고 하던가요?"

"네…. 고등학교를 중퇴한 게 후회되면 일하는 틈틈이 공부해서 고졸 검정고시를 보면 되지 않느냐고…. 그리고 설령 집이 가난하더라도 학자금 대출을 받아서 대학 등록금을 내는 방법도 있으니 그렇게 했더라면 얼마든지 제 꿈이었던 교사가 될 수 있었을 거라고…. 그러니까 지금 제가 하는 말은 다 변명에 지나지 않는다고 했어요."

물론 세상에는 그렇게 해서 자기 힘으로 인생을 개척해 나가는 사람들도 있다. 하지만 그것은 결코 쉬운 일이 아니다.

빈곤 가정에는 아이의 학비를 낼 돈이 없다.

개중에는 경제적으로 여유가 없더라도 아이의 장래를 생각해서 어떻게든 돈을 마련하고자 노력하는 부모도 있겠지만 그런 경우는 극히 소수에 불과하다. 보통은 하루하루 먹고살기 바빠서 아이 교육은 뒷전으로 밀리게 된다.

경제적으로 여유가 있는 집 아이와 없는 집 아이의 학력 격차는 당연히 어릴 때부터 벌어질 수밖에 없다. 수업을 따라가지 못하는 아이는 공부에 흥미를 잃게 되고 격차는 점점 더 벌어진다. 그러다가 결국 학교를 그만둘 수밖에 없었던 사람들 중에서 고졸 검정고시를 보겠다고 일하는 틈틈이 공부에 매진할 사람이 과연 얼마나 될까.

학자금 대출도 그리 단순한 문제가 아니다. 성적이 우수한 학생이 신청할 수 있는 1종은 무이자 대출이지만, 그렇지 않은 경우에는 유이자 대출인 2종을 신청해야 한다.

실제로 대학을 졸업하고 평범한 직장에 취직했지만 수백만 엔에 달하는 학자금 대출을 상환하기 위해 어쩔 수 없이 이쪽 세계에 발을 들이게 되었다는 이야기는 심심찮게 들을 수 있다.

"그래도 전 그나마 나은 편이라고 생각해요."

루미의 말을 듣고 쇼고가 고개를 갸웃거렸다.

"무슨 뜻이죠?"

"이 가게에서 일하게 되면서 PC방 생활을 접을 수 있었고, 최소한 먹고살 수는 있게 되었으니까요. 게다가 이렇게 잡지 인터뷰까지 한다는 건 사장님도 저한테 기대하고 있다는 말이잖아요."

동의를 구하는 듯한 눈빛에 쇼고는 "그러게요" 하고 미소를 지어 보였다.

이 가게에서 일하는 여자는 총 열다섯 명. 그중 루미의 인기는 여덟 번째라고 했다. 루미보다 인기가 더 많은 여자들이 잡지에 실리는 걸 꺼렸기 때문에 루미에게까지 순서가 돌아오게 된 것에 불과했지만 그 사실을 굳이 알릴 필요는 없어 보였다.

쇼고는 손목시계를 내려다보았다. 약속한 시간이 다 되었다.

"오늘은 정말 감사했습니다. 루미 씨와 이야기를 나눌 수 있어서 즐거웠어요. 나중에 기사가 실린 잡지가 나오면 보내 드리겠습니다."

"저 조금 있으면 끝나는데 같이 한잔하러 가지 않을래요?"

루미가 아쉬운 듯 쇼고의 손을 잡으며 말했다.

"저도 그러고 싶은데 이거 끝나고 바로 출판사 미팅이 있어서요."

"그럼 어쩔 수 없죠. 다음에 연락 주세요. 꼭이요."

루미의 애교 섞인 목소리에 쇼고는 알겠다고 고개를 끄덕이며 전화번호를 교환하고 방에서 나왔다. 접수대에 있는 직원에게 인사를 한 후 지상으로 향하는 어두운 계단을 천천히 올라갔다.

1.5평이 채 되지 않는 좁은 방에서 벗어나 밖으로 나오니 숨통이 좀 트이는 것 같았다. 하지만 한밤중의 가부키초를 오가는 인파에 곧 다시

숨이 막혔다.

휘황찬란한 네온사인이 번쩍이는 뒷골목으로 들어가 약속 장소인 술집으로 향했다.

입구에 걸린 천을 걷고 가게 안으로 들어가자 안쪽 테이블에 혼자 앉아 술을 마시고 있는 편집자 키노시타의 모습이 눈에 들어왔다.

"여어."

키노시타가 쇼고를 발견하고 이쪽을 향해 손을 들어 보였다.

"오늘 여자는 어땠어?"

키노시타의 물음에 "그럭저럭"이라고 대답하며 맞은편에 앉았다.

출판사 미팅이라고는 해도 딱히 중요한 이야기를 나누는 자리는 아니었다. 키노시타가 종종 퇴근 후 쇼고에게 만나자고 연락하는 건 그저 술값을 접대비 명목으로 경비 처리하기 위해서일 뿐이었다.

점원이 다가와서 주문을 받았다. 편하게 시키라는 키노시타의 말에 쇼고는 생맥주와 안주 몇 개를 주문했다.

여기서 파는 생맥주는 사실 맥주가 아니라 발포주였고, 안주도 300엔 이하의 저렴한 메뉴뿐이었다.

키노시타는 쇼고와 함께 마실 때는 언제나 이 가게를 이용했다. 회사 돈이든 개인 돈이든 어쨌든 키노시타에게 얻어 마시는 입장에서 배부른 소리 할 생각은 없었지만 몇 달 전 우연히 다른 기자와 함께 고급 일식당으로 들어가는 키노시타를 본 이후로 계속 마음이 복잡했다.

생맥주가 나와서 가볍게 건배를 한 다음 키노시타가 언제나처럼 손을 내밀었다.

쇼고는 스마트폰을 꺼내 앨범을 열어서 키노시타에게 건넸다.

잡지에 기사와 함께 실을 유흥업소 여자들의 사진이었다. 원래는 취재를 담당하는 기자와는 별도로 카메라맨이 현장에 동행해서 촬영을 해야 했지만 출판사 예산이 부족하다는 이유로 거부당했다. 그래서 쇼고는 늘 취재와 사진 촬영을 모두 직접 하고 있었다. 사진도 제대로 된 카메라가 아니라 그냥 스마트폰으로 찍었다.

키노시타는 쇼고가 유흥업소에서 찍어 온 여자 사진을 안주 삼아 술을 마시는 게 취미였다.

"얘는 꽤 예쁜데?"

키노시타가 스마트폰 화면을 쇼고에게 보여 주며 능글맞게 웃었다.

조금 전에 인터뷰한 루미의 사진이었다.

"응, 성격도 순하고 착해 보이더라."

"나이는?"

"스물."

"그보다는 많을 것 같은데."

"고생을 많이 해서 그렇게 보이는 거겠지."

사실은 스물넷이라고 했지만 그건 어디까지나 개인적으로 알게 된 사실이니 비밀을 지켜야 한다고 생각했다.

"얼마래?"

키노시타가 계속해서 물었다.

"35분에 7천 엔이라던가…."

쇼고는 대답을 하면서 맥주잔을 들어 입으로 가져갔다.

루미와 나눈 대화가 아직 머릿속에 선명하게 남아 있어서인지 기분이 좋지 않았다.

보통 가게 측에서 수입의 절반 정도를 가져가니까 손님 한 명을 상대할 때마다 루미가 손에 넣는 금액은 3천 5백 엔 정도일 것이다. 스무 살 무렵 만남 카페에서 손님을 물색하던 때에 비해 단가가 많이 떨어졌다는 말이었다.

문득 루미가 10년 후에 어떤 인생을 살고 있을지 상상해 보았다.

살아 있기는 할까.

키노시타가 맥주를 한 잔 더 시켰다. 새 맥주잔이 도착하자 쇼고 쪽은 쳐다보지도 않고 스마트폰 화면만 열심히 들여다보며 술을 마셨다.

"예쁜 여자를 보면서 마시니까 좋아?"

쇼고가 말을 걸자 그제야 키노시타가 시선을 들어 이쪽을 보았다.

"예쁜 여자라서가 아니라 불행해 보이는 사람을 보면서 마시면 기분이 좋아지거든. 박봉과 격무에 시달리면서 주위 사람들한테는 삼류 잡지 편집자라고 무시당해도 그래도 얘보다는 내가 낫다는 생각이 드니까."

쇼고로서는 도저히 이해할 수 없는 악취미였다. 구역질이 치밀어 올랐다.

알고 지낸 지 2년이 넘었지만 키노시타의 이런 부분은 여전히 받아들이기가 힘들었다.

키노시타는 상대에 따라 노골적으로 태도가 달라지는 인간이었다. 자기보다 학력이나 연봉이 위인 사람 앞에서는 비위를 맞추려고 애썼고, 자기보다 아래라고 생각하는 사람 앞에서는 오만하게 굴었다. 몇 번인가 둘이서 바에 가서 더치페이로 마신 적이 있었는데 키노시타가 바텐더나 다른 손님을 대하는 태도를 보면 그가 상대를 어떻게 생각하는지 알 수 있었다.

키노시타는 쇼고보다 네 살 아래인 스물일곱이었다. 처음 만났을 때는 쇼고에게 존댓말을 했지만 얼마 지나지 않아 반말로 바뀌었다.

그것은 곧 키노시타가 쇼고를 별 볼 일 없는 존재라고 판단했다는 뜻이었다.

그래서 사실 쇼고로서는 그다지 가까이하고 싶지 않은 상대였지만, 잡지 기사 쓰는 일을 맡겨 준 사람이 키노시타였기 때문에 안 보고 살 수도 없는 노릇이었다.

키노시타를 처음 만난 것은 시부야의 한 술집에서였다. 쇼고의 옆자리에 앉았던 키노시타가 험악한 인상의 술주정뱅이와 시비가 붙었고, 거기에 쇼고가 끼어들어 싸움을 말린 것이 계기였다.

당시 쇼고는 유흥업소 삐끼를 하고 있었다. 하지만 술 취한 손님을 상대로 바가지를 씌우는 등 불법 행위가 판을 치는 가게였기 때문에 오래 할 수 있는 일은 아니었다. 인간관계도 피곤했고 경찰에 적발될까 봐 매일 가슴을 졸여야 했기 때문에 하루라도 빨리 그만두고 싶었다.

"뭔가 좀 괜찮은 일 없을까?"

쇼고가 술을 마시며 푸념하자 키노시타가 "제가 담당하는 주간지에 기사 한번 써 보실래요?"하고 제안했다.

키노시타가 제시한 원고료는 생각보다 나쁘지 않았지만 솔직히 자신이 없었다.

충분한 교육을 받지 못한 자신이 제대로 된 문장을 쓸 수 있을 것 같지 않았다. 하지만 어쩌면 이 일을 계기로 새 인생을 살 수 있을지도 모른다고 생각하니 욕심이 났다. 그래서 일단 한번 해 보기로 했다.

그로부터 2년이 지났다. 혼자서 글 쓰는 연습도 하고 여러모로 노력해 봤지만 변한 건 없었다.

2년 전 자기 자신과 사회에 대해 느꼈던 절망감은 지금도 여전히 쇼고의 마음속에 그대로 남아 있었다.

"뭐 하나 물어보고 싶은 게 있는데."

쇼고가 입을 열자 젓가락으로 안주를 집으려던 키노시타가 동작을 멈추고 이쪽을 쳐다보았다.

"논픽션 책을 출판하려면 어떻게 해야 할까?"

"논픽션?"

키노시타가 어리둥절한 표정으로 눈을 깜박였다.

"응. 유흥업소 여성들과 이야기를 나누면서 현재 우리 사회가 안고 있는 빈곤 문제에 대해 여러 가지 생각을 하게 됐거든. 이걸 내 나름대로 정리해 볼 수 있지 않을까 싶어서."

"쇼고 씨가 논픽션을 쓴다고?"

키노시타가 코웃음을 쳤다.

"그게 그렇게 이상한가?" 저도 모르게 미간에 힘이 들어갔다.

"아니, 그런 게 아니라…."

분위기가 심상치 않다고 느꼈는지 키노시타가 당황해하며 손을 내저었다.

"책을 쓰게 되면 지금까지 취재로 만난 여자들한테 도움을 받을 수 있을 것 같아. 그리고 내가 말은 안 했지만 과거에 삐끼 말고도 다양한 경험을 해 봤으니까…."

쇼고는 거기까지 말하고 말끝을 흐렸다.

"다양한 경험이라니?"

"간단히 말해서 언제 체포당해도 이상하지 않은 일들 말이야."

"보이스 피싱 같은 거?"

"그것도 있고. 그 외에도…."

사실은 말하고 싶지 않았지만 키노시타에게 설명하려면 어쩔 수 없었다.

물론 쉽게 돈을 벌고 싶어서 범죄를 저지르는 사람도 많지만, 개중에는 정말 어쩔 수 없는 사정 때문에 그쪽 세계에 발을 들이게 된 사람도 있다. 지극히 평범한 학생이었던 사람들이 생활비를 벌기 위해, 학자금 대출을 상환하기 위해 범죄를 저지르게 되는 것이다.

쇼고가 지금까지 만난 유흥업소 여자들이나 범죄자들은 대부분 가난하지만 않았더라면 그쪽 세계와는 인연이 없었을 사람들이었다. 그들이 처한 환경이, 사회가 그들을 극한으로 내몰았을 뿐이다.

그저 남들처럼 대학에 진학해서 공부하고 싶었을 뿐인데, 그저 모두가 당연하게 여기는 소소한 행복을 누리고 싶었을 뿐인데.

쇼고가 생각하기에 이 문제와 관련해 자기 책임이라는 말로 개인을 몰아세우는 것은 옳지 않았다. 문제의 배경에는 분명 사회 구조적인 원인이 존재했다.

"아무튼 취재 대상은 충분하니까 이제 책을 낼 출판사만 찾으면 되는데… 코쿠도샤에서도 논픽션 책을 내지 않나?"

쇼고가 몸을 앞으로 내밀며 물었다.

키노시타가 근무하는 코쿠도샤는 에로와 가십을 주로 다루는 출판사였지만 가끔은 제대로 된 책도 냈다.

"그야 우리 쪽에서도 그런 책을 만들기는 하지만… 성인 잡지 기사나 쓰던 무명 기자의 논픽션을 누가 돈 주고 사서 보겠어?"

쇼고의 얼굴이 확 달아올랐다.

"오르지 못할 나무는 쳐다보지도 말라고, 사람이 자기 주제를 알아야지."

키노시타가 코웃음을 치며 닭튀김을 집어서 입으로 가져갔다.

삐걱거리는 철제 계단을 올라가서 203호 앞에 멈춰 선 쇼고는 재킷 주머니에서 열쇠를 꺼내 문을 열고 집으로 들어갔다. 안쪽에서 다시 문을 잠그고 신발을 벗은 다음 부엌을 통과해 안쪽 방으로 향했다.

미닫이문을 열고 들어가자 퀴퀴한 냄새가 코를 찔렀다. 계속 창문을 닫아 둔 탓에 바닥에 깔아둔 이불에 습기가 찬 듯했다.

오늘 취재하러 갔던 유흥업소에서 나던 냄새와 비슷하다는 생각을 하며 방 안의 불을 켜고 겉옷을 벗어 벽 쪽에 던져 놓은 다음 이불 위에 앉았다.

벽 너머로 옆 방에서 말하는 소리가 들렸다. 분위기를 보아하니 친구를 불러 술이라도 마시고 있는 모양이었다.

아라이야쿠시마에역에서 도보 15분 거리에 있는 월세 4만 3천 엔짜리 낡은 원룸형 빌라였다.

벌써 3년째 이곳에 살고 있지만 딱히 불만은 없었다. 건널목 옆이라서 열차가 지나갈 때마다 경보음이 시끄럽게 울리고 바로 옆에 있는 높은 아파트에 가려 해가 잘 들지 않았지만, 오랫동안 떠돌이 생활을 하던 쇼고에게 그 정도는 아무런 문제가 되지 않았다.

가방에서 녹음기를 꺼내 탁자 위에 내려놓고 노트북 전원을 켰다.

쇼고는 되도록이면 취재한 당일에 기사를 쓰려고 노력했다.

일과 직업에 대한 사명감 때문이 아니었다. 단지 다음 날 일어나서 멀쩡한 정신으로 기사를 쓰려고 하면 자기가 쓰는 글이 쓰레기 같이 느껴져서 견딜 수 없었기 때문이다.

모니터에 워드 파일을 띄워 놓고 녹음기의 재생 버튼을 눌렀다.

유흥업소에서 일하는 루미와 나눈 대화가 흘러나왔다. 하지만 키보드 위에 올린 손은 꿈쩍도 하지 않았다.

술이 부족해서 그런가.

취재를 마치고 편집자인 키노시타와 술집에서 만나 한잔했지만 전혀 취하지 않았다.

— 성인 잡지 기사나 쓰던 무명 기자의 논픽션을 누가 돈 주고 사서 보겠어?

키노시타의 신랄한 평을 듣고부터는 아무리 마셔도 술이 오르지 않았다. 키노시타와 헤어진 후 혼자 단골 선술집에 가서 싸구려 사케를 몇 잔 더 입에 털어 넣었지만 그래도 취할 기미가 보이지 않아서 할 수 없이 집으로 돌아온 참이었다.

쇼고는 녹음기의 정지 버튼을 누르고 자리에서 일어났다. 부엌으로 가서 유리잔에 위스키를 따라 방으로 돌아왔다. 기사 작성은 일단 포기하고 탁자에 놓은 리모컨을 집어 TV를 켰다.

심야 뉴스를 하고 있었다. 오늘도 온통 그 사건 얘기뿐이었다.

5일 전에 시부야역 앞 스크램블 교차로에서 묻지마 사건이 일어났다.

26세 무직 남성이 흉기를 휘둘러 세 명의 사상자가 발생한 사건이었다.

내용적으로는 그리 특별할 것이 없었지만 일본인이라면 누구나 알고 있는 장소에서 벌어진 일이다 보니 거의 모든 방송국에서 연일 관련 기사를 내보내고 있었다.

범인인 오노데라 케이치는 제일 먼저 길을 건너던 26세 여성을 자신이 들고 있던 도끼로 공격한 다음, 여성을 구하려던 48세 남성을 무참하게 난도질하고, 이어서 도망치던 28세 여성을 향해 도끼를 휘두르다가 현장에 출동한 경찰에 붙잡혔다.

48세 남성은 즉시 병원으로 이송되었으나 결국 숨을 거두었고, 가장 먼저 공격당한 26세 여성은 아직도 의식이 돌아오지 않은 상태였다. 마지막에 공격당한 28세 여성은 목숨에는 지장이 없지만 손과 어깨 등에 중상을 입었다고 했다.

쇼고는 잔에 담긴 위스키를 마시며 범인이 검찰로 송치되는 장면이 담긴 영상을 쳐다보았다.

이런 흉악 범죄를 저지를 인물 같아 보이지는 않았다. 억세거나 거친 느낌은 전혀 없고, 굳이 말하자면 소심하고 얌전해 보이는 청년이었다. 다만 안경 너머로 보이는 눈빛이나 표정에서 아무 감정도 느껴지지 않는다는 것이 인상적이었다.

마치 마음을 어딘가에 버려두고 온 사람 같았다.

보도에 따르면 현장에서 체포되었을 당시 범인은 "짜증 나서 그랬다. 나보다 행복해 보이는 사람이라면 상대는 누구라도 상관없었다"라고 진술했다. 그 이후의 진술에 관해서는 알려진 바가 없었다.

이 사건을 다루는 언론 보도에는 한 가지 특이한 점이 있었다.

바로 사건 직후 사망한 48세 남성에 관해 알려진 내용이 전혀 없다는 것이었다. 뉴스를 통해 밝혀진 정보는 '이야마 아키히로'라는 이름뿐이었다.

흉기를 휘두르는 범인에게서 여성을 구하기 위해 자기 목숨을 희생한 아키히로의 행동에 감동을 받았다는 시민들의 목소리는 계속해서 전해졌지만, 생전 그가 어떤 사람이었는지를 소개하는 뉴스는 전무했다.

보통 이런 경우라면 유족이나 직장 동료가 나와서 고인을 기리고 고인과의 추억을 이야기할 법도 한데.

"…저희는 오노데라 케이치 용의자가 사건 일주일 전까지 근무한 직장을 찾아가서 이야기를 들어보았습니다."

아나운서의 말에 쇼고는 들고 있던 유리잔에서 시선을 들어 TV 화면을 쳐다보았다.

모자이크 처리된 남자의 얼굴 아래로 '오노데라 케이치 용의자가 일하던 회사 사장'이라는 자막이 달렸다.

"오노데라 케이치 용의자는 언제부터 여기서 일했나요?"

기자의 질문에 남자가 음성 변조된 목소리로 대답했다.

"우리 회사에서 일하기 시작한 건 올해 9월 13일부터입니다. 12일에 구인 잡지를 보고 연락했다는 전화를 받고 13일에 면접을 봤지요. 정해진 거주지 없이 PC방을 떠돌며 생활하고 있다는 점과 신원 보증인이 없다는 점이 좀 걸리긴 했지만… 저희도 워낙 일손이 부족하다 보니 그냥 고용했습니다."

"신원 보증인이 없다니요? 가족은요?"

"가족은 없다고 했습니다."

"죽었다던가요?"

"딱 잘라서 죽었다고 말한 건 아니지만 열여섯 살 때까지 시설에서 지냈다고 했으니까…."

시설이라는 단어에 쇼고의 몸이 움찔했다.

"어느 시설에 있었다고 하던가요?"

기자의 질문에 사장이 "글쎄요, 거기까지는…" 하고 말끝을 흐렸다.

"오노데라 케이치 용의자는 어떤 사람이었습니까?"

"한마디로 말하자면 말이 없는 아이였습니다. 업무적으로 지시한 내용은 잘 따라서 하는 녀석이었고요."

"여기서 일하는 동안 문제를 일으키거나 한 적은 없었나요?"

"그만두기 전까지는 아무 일도 없었습니다. 사건 일주일 전부터 연락도 없이 갑자기 안 나오길래 직원들한테 물어보니 그 전날 동료랑 말다툼을 했다고 하더군요. 설마 그 직후에 이런 일을 저지를 줄이야…."

04

갑자기 쿵 하는 소리와 함께 눈앞에 남자의 얼굴이 나타나 흠칫했다.

안경을 쓰지 않은 것을 보니 아까 본 도끼를 든 남자는 아니었다. 나이도 이쪽이 훨씬 더 많아 보였다.

남자는 한쪽 뺨을 길바닥에 댄 상태로 이쪽을 물끄러미 쳐다보았다. 안색이 창백하고 입가가 부들부들 떨렸다.

뭔가 할 말이 있는 걸까. 바로 눈앞에 있는데도 소리가 잘 들리지 않았다.

왠지 지금 남자가 하는 말을 반드시 들어야 할 것만 같아서 고통을 참으며 그쪽으로 다가가려는데 남자의 얼굴이 조금씩 멀어져갔다.

잠깐만… 기다려요… 가면 안 돼….

필사적으로 붙잡으려 했지만 남자의 얼굴이 점점 더 흐릿해지더니 이윽고 시야가 빛으로 가득 찼다.

너무 눈이 부셔서 저도 모르게 눈을 꼭 감았다. 한참을 그러고 있다가 다시 천천히 눈을 떴다.

흰색 천장이 보였다.

여기는 어디…?

주위를 둘러보려고 하자 목에 엄청난 통증이 느껴졌다.

아무래도 악몽을 꾼 모양이다.

어딘지도 모르는 곳에 가만히 누워서 천장을 보고 있으려니 이쪽으로 다가오는 발소리가 들렸다.

"정신이 드셨나요?"

남자가 아카리의 얼굴을 들여다보며 물었다. 부드러운 미소를 띤 마흔 정도 되어 보이는 남자였다.

여기는 어디죠?

남자에게 물어보고 싶었지만 목소리가 나오지 않았다. 목에 무언가가 연결되어 있는 것 같았다.

아카리는 시선을 움직여서 주변을 살폈다. 자신이 침대에 누워 있다는 사실, 그리고 남자가 흰색 가운을 걸치고 있다는 사실 정도만 겨우 알아낼 수 있었다.

"여기는 병원이고, 저는 이 병원 의사인 모치다라고 합니다. 제가 하는 말 알아들으시겠어요?"

아카리는 남자의 질문에 작게 고개를 끄덕였다.

"당신은 일주일 전에 크게 다쳐서 병원으로 실려 왔습니다. 무슨 일이 있었는지 기억하시나요?"

남자의 말에 방금 꾼 악몽이 뇌리를 스치고 지나갔다.

"당신은 시부야역 앞에 있는 스크램블 교차로에서 한 남자에게 습격 당해 큰 부상을 입었습니다. 무사히 깨어나서 정말 다행입니다. 지금 바로 가족들에게 연락을 취하도록 하겠습니다. 부모님 두 분 모두 근처 호텔에 계시니 금방 오실 겁니다."

남자의 모습이 시야에서 사라진 후, 아카리는 다시 천장을 올려다보왔다.

아직 꿈을 꾸고 있는 걸까….

몸 여기저기서 느껴지는 통증이 아카리에게 이것이 꿈이 아니라는 사실을 알려 주었지만, 지금 이 상황이 현실이라고 믿고 싶지 않았다.

이건 꿈일 거야. 어서 빨리 이 고통과 공포로부터 깨어나야 해.

"아카리…!"

자신을 부르는 목소리와 함께 이쪽으로 뛰어오는 발소리가 들렸다. 엄마 아빠의 얼굴이 시야에 들어왔다. 두 사람 다 눈물을 글썽이고 있었다.

"아빠… 엄마… 이거 꿈이야?"

"꿈 아니야. 다행이다…, 정말 다행이야…."

아빠가 손으로 눈물을 닦으며 말했다.

"살아 있어 줘서 고맙다, 아카리."

엄마가 울먹이며 아카리의 손을 꼭 잡았다.

손에서 전해지는 부드러운 온기에 이것이 부정할 수 없는 현실임을 깨달았다.

침대에 누워 있던 아카리는 노크 소리에 고개를 돌렸다. 목에서 느껴지는 통증에 얼굴을 찌푸리며 병실로 들어오는 엄마를 쳐다보았다. 손에 꽃다발을 들고 있었다.

"너희 학교 교장 선생님이 문병 왔다 가셨어. 직접 만날 수 없겠냐고 물으시길래 아직 면회는 어렵다고 말씀드렸어."

"응…."

"당분간은 요양에 전념해야겠지만 모두 아카리가 빨리 나아서 복귀하기를 기다리고 있다고 전해 달라시더라."

"응…."

이틀 전 중환자실에서 창문이 있는 일반 병실로 옮겼다. 담당의인 모치다의 설명에 따르면 아카리는 전신에 총 열일곱 군데에 달하는 자상을 입고 일시적으로 심정지 상태에 빠졌었다.

그로 인해 후유증이 남을 가능성은 있었지만 재활 치료를 열심히 하면 일상생활에는 지장이 없는 수준까지 회복할 수 있을 것이라고 했다.

부모님은 아카리가 살아 있는 것만 해도 다행이라고 눈물을 흘리며 기뻐했지만 아카리는 도저히 그렇게 생각할 수 없었다.

물론 죽고 싶다는 말은 아니었다. 하지만 이번 사건으로 인해 자신이 얼마나 많은 것을 잃었는지 생각하면 정신이 아득해졌다.

아카리는 온몸 여기저기에 깊은 상처를 입었고, 여러 군데의 신경이 손상되었다. 이로 인해 앞으로 어떤 후유증이 나타날지 현재로서는 짐작조차 할 수 없었다. 특히 오른쪽 뺨에서 귀에 이르는 부분을 깊게 베여서 얼굴 절반은 아직도 거즈로 덮여 있었다.

엄마는 성형 수술을 받으면 괜찮아질 거라고 했지만 그런 식으로 모든 상처를 완전히 없애는 것은 불가능했다.

상처를 입은 곳은 몸뿐만이 아니었다. 아니, 몸에 난 상처보다 더 심각한 것이 마음의 상처였다.

눈을 감거나 병실 불을 끄기만 하면 스크램블 교차로에서 남자에게 습격당했을 때의 광경이 머릿속에 되살아났다. 수면제 없이는 잠들지 못했고, 깨어 있는 동안에도 끊임없이 심장이 두근거렸다.

왜 내가 이런 일을 당해야 하는 걸까. 내가 그 남자한테 무슨 잘못을 했다고.

그 남자는 어째서 나를 공격한 걸까.

대체 왜 나한테 흉기를 휘두른 걸까. 내가 누군지도 모르면서 왜 나를 죽이려고 한 걸까.

누군가 이 질문에 답을 해 주기를 바랐지만 그날 일을 다시 떠올린다는 건 상상만 해도 끔찍했다. 그래서 사건에 관한 뉴스나 기사는 일체

보지 않았고, 누구한테 물어보지도 않았다. 부모님도 병원 직원들도 아카리 앞에서는 사건에 대해 한마디도 언급하지 않았다.

현장에서 범인이 붙잡혔다는 말은 들었지만 이름도 나이도 알지 못했다.

"커튼 좀 걸을까?"

생각에 잠겨 있던 아카리는 엄마의 말에 살짝 고개를 끄덕였다.

커튼 걷는 소리가 들렸다.

"와, 오늘 날씨가 정말 좋네."

엄마의 말에 아카리는 고개를 돌려 창밖을 내다보았다.

엄마는 날씨가 좋다고 했지만 아카리의 눈에 비친 하늘은 우중충한 회색빛이었다.

창밖 풍경뿐만이 아니었다. 의식이 돌아온 후부터 모든 것이 이전과는 다르게 보였다.

마치 세상에 존재하는 모든 것에서 색채가 사라진 것만 같았다. 지금 아카리가 있는 곳은 무채색의 세계였다.

누군가 병실 문을 노크했다. 창가에 있던 엄마가 시야에서 사라지더니 멀리서 대화하는 소리가 들렸다. 잠시 후 엄마가 돌아와 어두운 표정으로 입을 열었다.

"경찰서에서 왔는데 잠깐 이야기를 나눌 수 있겠냐고 하시네."

아카리는 병실 입구 쪽으로 고개를 돌렸다. 문밖에 양복 차림의 남자 두 명과 여자 한 명이 서 있었다.

"다음에 오시라고 할까?"

"괜찮아…. 어차피 한 번은 만나야 하니까."

"정말 괜찮겠어?"

아카리는 걱정스러운 표정으로 묻는 엄마에게 고개를 끄덕여 보였다.

엄마가 문 쪽으로 가서 세 사람을 안으로 들였다. 여자는 병실 안으로 들어와 문 옆에 서 있고, 남자 두 명만 아카리에게 다가왔다. 한 명은 아빠와 비슷한 연배로 보였고, 다른 한 명은 아카리보다 조금 위인 것 같았다.

"아직 많이 불편하실 텐데 갑자기 이렇게 찾아와서 죄송합니다. 저는 경시청 수사1과 사와다 형사이고, 이쪽은 시부야 경찰서에서 나온 요코카와라고 합니다. 잠시 이야기를 나눌 수 있을까요?"

나이가 많은 쪽이 아카리를 보며 말했다. 아카리는 잠자코 고개를 끄덕였다.

침대에 누워서 몸을 움직일 수 없는 아카리와 시선을 맞추기 위해 두 사람이 허리를 굽혔다.

자세가 불편해 보였는지 엄마가 접이식 의자를 가져왔다. 두 사람은 의자에 앉아서 다시 이쪽을 보았다.

"사건 당시 상황을 기억하십니까?"

사와다가 물었다. 아카리는 어떻게 대답하면 좋을지 알 수가 없었다.

"기억이 나지 않으십니까?"

사와다가 재차 물었다. 아카리는 "아니요…" 하고 고개를 저었다. 목 주위에 묵직한 통증이 느껴졌다.

"대충 기억은 나는데… 그게 꿈인지 현실인지 헷갈려서… 머릿속이 뒤죽박죽이랄까…. 죄송해요, 이런 식으로밖에 말씀을 못 드려서…."

"아닙니다, 충분히 이해합니다. 이렇게 큰 부상을 입었으니 당연히 혼란스러우시겠죠. 이번 사건은 목격자가 아주 많은 케이스라서 저희도 목격자 진술을 자세히 듣고 종합적으로 판단할 예정입니다. 그러니 아카리 씨는 걱정 말고 본인이 기억하는 대로 말씀해 주시면 됩니다."

"무슨 얘기를 하면 될까요?"

"우선… 아카리 씨는 그때 시부야에서 무얼 하고 계셨나요?"

그때 일을 떠올리자 가슴에 날카로운 통증이 느껴졌다.

"시부야에 있는 레스토랑에서 저녁을 먹을 예정이었어요."

"친구와 말인가요?"

"남자친구랑요…."

"그러고 보니 그날은 아카리 씨 생일이었죠?"

"네. 하지만 레스토랑 근처까지 왔을 때 오늘 못 만날 것 같다는 남자친구의 전화를 받고 다시 역으로 돌아갔어요. 지하철을 타려다가 역시 이대로 그냥 집으로 돌아가기는 싫어서… 그래서 역 반대편에 있는 케이크 가게에 들렀다 가려고…."

그때 케이크 가게에 가려고 하지 않았더라면 이런 일은 없었을 것이다. 혼자서 곧장 집으로 돌아갔더라면.

애초에 코헤이가 약속을 취소하지만 않았더라면 묻지마 사건의 피해자가 될 일도 없었을 것이다.

그런 생각을 하는 스스로가 너무 싫어서 눈물이 났다.

"안 좋은 기억을 떠올리게 해서 죄송합니다. 다음에 다시 올까요?"

조심스럽게 아카리의 안색을 살피는 사와다에게 아카리는 괜찮다고 대답했다.

당시 일을 떠올리면 숨이 막히고 온몸이 딱딱하게 굳었지만 언제까지 피해 다닐 수도 없는 노릇이었다. 그리고 이 기회에 경찰에 물어보고 싶은 것도 있었다.

엄마가 가까이 다가와 손수건으로 아카리의 눈가를 닦아 주었다.

"그래서 시부야역 앞 스크램블 교차로를 건너려고 하셨던 거군요."

사와다의 말에 아카리는 고개를 끄덕였다. 한 차례 심호흡을 한 뒤 입을 열었다.

"많은 사람들이 길을 건너고 있었고, 그때 맞은편에서 걸어오던 남자와 우연히 눈이 마주쳤어요. 안경을 쓴 젊은 남자였어요. 그 남자가 갑자기 제 쪽으로 방향을 틀더니… 어깨에 멘 가방에서 무언가를 꺼냈고… 그게 도끼라는 걸 깨달은 순간 남자가 괴성을 지르며 돌진해 왔어요. 도끼로 저를 내리치려고 하길래 순간적으로 손에 들고 있던 가방을 들어서 막았어요. 하지만 도끼는 그대로 제 뺨을 가격했고, 저는 너무 아파서 그 자리에 쓰러졌어요. 제가 쓰러진 후에도 남자는 '죽어! 죽어!' 하고 외치면서 계속 제게 도끼를 휘둘렀어요…."

당시 상황을 떠올리니 등줄기에 식은땀이 흘러내렸다.

"교차로에서 눈이 마주친 직후에 범인이 아카리 씨 쪽으로 방향을 틀었다고 하셨는데 그때 범인을 향해 미소를 지었다거나 말을 걸었다거나 하지는 않으셨나요?"

"제가요?"

"네."

"전혀요. 정말로 아주 잠깐 시선이 마주쳤을 뿐이에요."

아카리가 단언했다.

"범인이 그런 말을 하던가요?"

"아니요, 그런 건 아닙니다. 그냥 확인차 여쭤본 겁니다."

사와다가 옆에서 메모하고 있는 젊은 형사를 슬쩍 돌아보며 대답했다.

"범인이 아카리 씨 쪽으로 돌진해 오면서 괴성을 질렀다고 하셨는데 구체적으로 뭐라고 하던가요?"

사와다의 질문에 아카리는 그 장면을 머릿속에 다시 떠올려 보았다.

"뭔가 의미가 있는 말은 아니었어요. 그냥 '우아악!' 하고…."

"그렇군요. 쓰러진 후의 일은 기억하시나요?"

어느 정도는 기억이 났지만 어디까지가 현실이고 어디서부터가 꿈인지 자신이 없었다.

요즘 매일같이 꿈에 등장하는 남자의 얼굴이 떠올랐다.

"남자 목소리가 들렸어요. 멈추라고 외치는 것 같았는데…. 그러고 나서 잠시 옥신각신하는 소리가 들리더니 어떤 아저씨가 제 눈앞에 쿵 하고 쓰러졌어요…. 그 아저씨는 생기를 잃은 눈으로 제 쪽을 쳐다보면서… 필사적으로 뭔가 말하려는 듯 입술을 달싹이고 있었어요…. 그래서 제가 그쪽으로 기어갔어요."

매일 밤 꿈에 등장하는 장면이었다.

아카리는 피투성이가 된 채 남자의 입가에 귀를 갖다 댔다. 거친 숨소리에 섞여 당장이라도 끊어질 듯한 가느다란 목소리가 들렸다.

약속은 지켰다고… 전해 줘….

"…하지만 이 기억이 현실인지 아닌지는 저도 잘 모르겠어요."

"현실입니다."

심장이 덜컹했다.

"그 남자는 아카리 씨를 구하기 위해 범인을 뒤에서 제압하려고 했지만 결국 자신도 범인이 휘두르는 도끼에 맞아서 쓰러졌습니다. 신원 확인 결과, 이야마 아키히로라는 48세 남성으로 밝혀졌습니다."

신원 확인 결과…라는 말에 왠지 안 좋은 예감이 들었다.

"그분은 지금 어디 계신가요?"

아카리가 주저하며 물었다.

"의식 불명 상태로 병원으로 옮겨졌으나 3시간 후에 사망했습니다."

사와다의 설명을 듣고 입가가 부들부들 떨렸다.

죽었다….

나를 구하려다가.

"저… 그분한테는 가족이 있나요?"

아카리가 묻자 사와다의 표정이 어두워졌다.

"아니요, 없습니다."

"부모 형제는요?"

"아키히로 씨는 외동이고, 부모님은 두 분 다 이미 돌아가셨습니다."

"그럼 장례식은 어떻게 치러졌나요?"

"친척들에게 연락했지만 시신을 인수하겠다고 나서는 사람이 아무도

56

없어서… 어쩔 수 없이 구청의 담당 부서에서 처리했습니다."

"담당 부서에서 어떻게 처리했다는 거죠?"

"무연고자 묘에 묻었다는 말입니다."

가슴이 찢어지듯 아려 왔다.

"그 자리에는 고인의 친구나 동료분들이 입회하셨나요?"

가족이 없는 고인이 마지막 말을 전하고자 한 상대는 친구나 지인이었을 것이다.

"아키히로 씨는 신분증이나 핸드폰을 소지하고 있지 않았기 때문에 주변 사람들에게 연락을 취할 방법이 없었습니다. 그래서 시신을 매장할 때는 아무도 입회하지 않았습니다."

"경찰에서 직접 연락을 취하지 않더라도 뉴스를 통해 피해자 이름이 보도되었을 텐데…."

"현재까지 아키히로 씨를 안다는 사람은 나타나지 않았습니다. 사진을 입수하지 못한 관계로 뉴스에서는 이름과 나이밖에 공개하지 않았기 때문에 아무도 알아보지 못한 게 아닌가 싶습니다."

그럴 수가.

자기 목숨을 희생해서 남을 구한 선량한 사람이 아무도 지켜보지 않는 가운데 쓸쓸히 무연고자 묘에 묻히다니.

"저희도 아키히로 씨를 생각하면 가슴이 아픕니다. 만약 아키히로 씨가 막아서지 않았더라면 희생자가 훨씬 더 늘어났을 테니까요. 자세히는 모르겠지만 정말 훌륭한 분이셨다는 건 분명합니다."

사와다가 탄식하듯 말했다.

아카리로서는 한 가지 이해가 가지 않는 부분이 있었다.

"조금 전에 아키히로 씨는 신분증을 갖고 있지 않았다고 하셨잖아요?"

사와다가 고개를 끄덕였다.

"그런데 어떻게 신원을 확인할 수 있었죠?"

그때까지 아카리를 똑바로 쳐다보고 있던 사와다가 슬며시 시선을 피하며 입을 열었다.

"…지문으로 확인했습니다."

"지문이요?"

아카리는 무슨 뜻인지 알아듣지 못하고 되물었다.

"이런 걸 말해도 될지 모르겠지만 제대로 설명하지 않으면 아카리 씨 입장에서는 계속 신경이 쓰일 테니 솔직히 말씀드리겠습니다. 다만 이 얘기는 비밀로 해 주시기 바랍니다."

아카리는 고개를 끄덕였다.

"아키히로 씨는 젊었을 때 경찰에 체포된 적이 있습니다. 그때 등록한 지문이 남아 있어서 지문 조회로 신원을 확인할 수 있었습니다."[*]

아카리는 아키히로가 전과자라는 사실에 충격을 받았다. 대체 무슨 잘못을 저질러서 체포되었던 것인지 궁금했다. 하지만 자신을 구해준 생명의 은인에게 악감정을 갖고 싶지는 않았기 때문에 묻지 않기로 했다.

"경찰에서 아키히로 씨의 시신 인수 건으로 연락했던 친척의 말에 따르면 그 일로 인해 가족과 사이가 멀어졌다고 합니다."

"사이가 멀어졌다면… 생전 부모님과도 전혀 연락을 취하지 않았다는 건가요?"

"그런 것 같습니다. 아키히로 씨는 사건 이후 한 번도 본가에 얼굴을 비추지 않았고 연락처도 남기지 않았기 때문에 부모님이 돌아가셨을 때도 친척들이 아키히로 씨한테 연락을 취할 길이 없었다더군요."

"젊었을 때라는 건 언제를 말하는 건가요?"

자세히는 묻지 않는 게 좋겠다고 생각했지만 아키히로에 대해 조금이라도 더 알고 싶다는 마음이 앞섰다.

---

[*] 일본에서는 전과자에 한해 지문 등록을 한다

"아키히로 씨가 체포된 건 스무 살 때였습니다."

스물에서 마흔여덟이 되기까지 28년간 아키히로는 어떤 인생을 살아온 걸까.

"퇴원하면 무덤에 한 번 찾아가 보시죠. 장소는 나중에 다시 알려 드리겠습니다."

아카리는 당연히 그렇게 하겠다는 마음을 담아 힘껏 고개를 끄덕였다.

"피곤하실 테니 오늘은 이만 돌아가 보겠습니다. 상태가 좋아진 후에 한 번 더 뵐 수 있으면 좋겠네요."

대화를 마무리하고 의자에서 일어나려는 사와다를 아카리가 멈춰 세웠다.

"한 가지 여쭤보고 싶은 게 있는데요."

"뭐죠?"

사와다가 다시 자리에 앉았다.

"범인은… 왜 그런 사건을 일으킨 거죠? 저는 왜 이런 짓을 당한 건가요?"

사와다가 아카리를 쳐다보며 깊은 한숨을 내쉬었다.

"짜증 나서 그랬다. 상대는 누구라도 상관없었다. 나보다 행복해 보이는 사람이라면 누구라도…. 범인은 이렇게 말하고 있습니다."

사와다의 대답을 듣자 온몸에 열이 확 솟구쳤다.

"아카리 씨 입장에서는 받아들이기 어렵겠지만…."

나보다 행복해 보이는 사람이라면 상대는 누구라도 상관없었다….

그런 말도 안 되는 이유 때문에 알지도 못하는 사람한테 죽을 뻔했다니.

게다가 아카리를 구하려다가 한 사람이 목숨을 잃었다. 범인은 아카리의 몸과 마음에 큰 상처를 입혔을 뿐만 아니라 평생 씻을 수 없는 죄책감까지 안겨 준 셈이었다.

"범행 동기에 대해서는 계속해서 조사해 나갈 예정입니다. 법정에서 범인의 죄에 상응하는 처벌이 내려질 수 있도록 수사에 최선을 다하겠습니다."

눈물로 흐릿해진 시야 속에서 사와다가 말했다.

"범인은 어떤 사람인가요?"

분노와 슬픔으로 목소리가 떨렸다.

"오노데라 케이치라고 하는 26세 남성입니다."

스물여섯. 아카리와 동갑이었다.

그 남자는 아카리보다 더 불행했다는 걸까. 이런 사건을 일으키지 않을 수 없을 정도로?

하지만 그런 건 아카리가 알 바 아니었다. 지금까지 얼마나 힘든 삶을 살아왔는지는 몰라도 그 어떤 이유로도 범인이 아카리에게 저지른 폭력을 정당화할 수는 없었다.

"그럼 저희는 이만 실례하겠습니다."

사와다가 옆에 있던 젊은 형사와 함께 자리에서 일어나 문 쪽으로 가더니 병실 입구에 서 있던 여자와 눈짓을 주고받은 다음 밖으로 나갔다.

여자가 침대 쪽으로 다가와 조금 전까지 사와다가 앉아 있던 의자에 앉았다.

30대 중반 정도 되어 보이는 아름다운 여성이었다.

"저는 범죄 피해자 지원 업무를 담당하고 있는 우치무라라고 합니다."

여자가 명함을 꺼내 아카리에게 건넸다.

명함에는 '경시청 범죄피해자지원실 우치무라 요코'라고 적혀 있었다.

"저희는 범죄 피해자가 필요로 하는 다양한 지원을 제공함으로써 그분들이 사건 이전의 삶을 되찾을 수 있도록 돕는 부서입니다. 앞으로 도움이 필요한 일이 있으면 언제든지 이 번호로 연락 주시기 바랍니다."

아카리가 고개를 끄덕이자 우치무라는 부드러운 미소를 지어 보인 후 자리에서 일어났다. 엄마가 따라 나가며 병실 문을 닫았다.

아카리는 이런 게 도움이 될 리가 없다는 생각을 하며 손에 든 명함을 내려다보았다.

이 사람들이 아무리 열심히 도와준다 한들 아카리가 입은 상처와 당시의 끔찍한 기억은 결코 사라지지 않을 것이다.

복도에 나갔던 엄마가 병실로 돌아왔다.

"코헤이 씨가 엄마한테 문자를 보냈네."

엄마의 말에 아카리는 "그래?" 하고 무덤덤하게 대꾸했다.

"문병 가도 되겠느냐고."

"지금은 아직… 만나고 싶지 않아."

아카리가 크게 다쳤다는 소식을 시즈오카에 있는 부모님한테 전한 사람이 코헤이라고 들었다. 아카리가 깨어나지 못하는 동안 코헤이는 하루도 빠지지 않고 매일같이 병원을 찾아왔다. 하지만 의식이 돌아온 후에는 아카리가 코헤이의 문병을 계속 거절하고 있었다.

"코헤이 씨는 네가 깨어날 때까지 계속 옆에서 울고 있었어."

엄마가 아카리 앞에 앉아 눈을 들여다보며 말했다.

"이게 다 자기 탓이라면서. 자기가 약속을 취소하는 바람에 네가 그런 일을 당하게 된 거라고."

코헤이가 얼마나 자기 자신을 탓하고 있을지는 아카리도 짐작이 갔다. 코헤이는 착하고 책임감이 강한 사람이었다.

"그런 게 아닌데. 코헤이 씨 잘못이 아니잖아. 나쁜 건 코헤이 씨가 아니라…."

엄마가 눈물이 그렁그렁한 눈으로 말을 끝까지 맺지 못하고 고개를 숙였다.

아카리도 알고 있었다. 그런 건 누가 말해 주지 않아도 아카리가 제일 잘 알고 있었다.

05

코헤이는 책을 덮고 한숨을 내쉬었다.

재미없었다. 아니, 재미가 문제가 아니라 읽고 있으면 구역질이 치밀어 올랐다.

코헤이는 책을 테이블에 내려놓고 가방에서 태블릿 PC를 꺼냈다. 기분은 내키지 않았지만 마우스를 클릭해서 새 메일 창을 띄웠다.

오늘은 코헤이가 담당하는 작가 세리자와 시로의 신간이 나오는 날이었다. 네리마역 앞 서점에서 신간 소설《어둠의 끝》을 사서 카페에 들어와 지금까지 읽었다.

염원하던 문예부 소속 편집자가 된 이후 코헤이는 자신이 담당하는 작가가 작품을 연재하는 잡지나 신간이 나오면 최대한 빨리 사서 읽은 다음 그 작품에 대한 감상을 작가에게 적어 보냈다. 특히 세리자와는 코헤이가 담당하는 작가 중에서 가장 잘 팔리는 작가이자 개인적으로도 제일 좋아하는 작가이기 때문에 신간이 나오면 반드시 발매 당일에 읽고 누구보다 먼저 연락하는 것을 최우선 과제로 삼아 왔다.

이번 책도 금방 읽기는 했지만 뭐라고 감상을 적어야 할지 망설여졌다.

이번 책은 다른 출판사에서 나온 신간으로, 살인범에게 연인을 잃은 남자가 자기 힘으로 범인을 찾아내서 복수한다는 내용의 미스터리 소설 이었다. 코헤이로서는 스토리에 공감이 가지도 않았고 딱히 감동적이지 도 않았다.

예전 같았으면 분명 재미있게 읽었을 텐데 지금은 연인을 잃은 주인공 의 심정이나 행동이 지나치게 일차원적이라고 느껴졌다. 주인공의 활약 에 감동하기는커녕 읽는 내내 답답하고 짜증만 났다.

그렇다고 해서 편집자가 담당 작가한테 악평을 적어 보낼 수는 없는 노릇이었다. 코헤이는 이 자리에서 바로 메일을 보내는 것은 포기하고 태블릿 PC를 다시 가방에 집어넣었다. 테이블 위에 놓인 계산서를 들고 계산대로 향했다.

카페를 나와 네리마역으로 가서 플랫폼에서 지하철이 오기를 기다리 는 동안 아카리의 모친인 에츠코에게 문자를 보냈다.

아카리의 의식이 돌아온 지 일주일이 지났지만 아직 문병을 가지 못 하고 있었다.

문병 가도 되겠느냐고 물어볼 때마다 '아카리가 아직 자기 상태가 좋 지 않으니 조금만 더 기다려 달라고 하네요'라는 답변이 돌아왔다.

아카리가 정말로 저렇게 말한 건지는 알 수 없었다. 사실은 두 번 다 시 코헤이를 만나고 싶지 않다고 한 게 아닐까. 그런 생각을 하면 불안 해서 견딜 수가 없었다.

아카리가 코헤이의 문병을 거부하는 마음도 이해는 갔다. 그날 코헤이 가 약속을 지키기만 했더라면 아카리가 범인에게 공격당할 일도 없었을 테니까.

코헤이는 이윽고 도착한 지하철에 올라탔다. 열차 안에 걸린 잡지 광 고를 보고 반사적으로 고개를 돌렸다. 사건이 발생한 지 벌써 보름 가까이 지났지만 아직도 대부분의 주간지에서 시부야역 묻지마 사건에 관한 기사를 다루고 있었다.

아카리에 비할 바는 아니지만 그 사건으로 인해 코헤이의 인생도 크게 달라졌다.

미스터리 소설 읽는 걸 좋아해서 출판사에 입사해 편집자가 되었지만 지금은 원고를 읽는 것이 고역이었다. 매일같이 도망치고 싶은 마음을 억누르며 억지로 원고를 읽어야 했다. 현재 자신이 처한 상황을 동료들에게 솔직히 털어놓을 수도 없었다.

시부야 스크램블 교차로에서 일어난 끔찍한 사건은 세간의 큰 주목을 받았지만 그런 것치고는 언론에서 보도되는 내용이 상당히 적은 편이었다. 사망한 남성의 이름과 나이는 공개되었지만 그 외에 고인에 관한 정보는 전무했다. 유족이나 주변 인물 인터뷰 등도 전혀 이루어지지 않았고, 아카리와 다른 여성 피해자에 대해서도 나이 외에는 공개된 바가 없었다. 범인인 오노데라 케이치에 관해서도 마찬가지였다.

코헤이가 다니는 출판사 에이린샤에서는 각종 사건 사고를 다루는 주간지도 펴내고 있었다. 괜히 동료에게 말했다가 여자친구가 이번 사건의 피해자라는 소문이 사내에 퍼지기라도 한다면 그쪽 부서에서 코헤이에게 아카리의 근황을 캐물을 게 뻔했다. 어쩌면 편집장이 코헤이에게 아카리의 인터뷰를 따 오라고 시킬지도 몰랐다.

주머니에서 진동이 울렸다. 핸드폰을 꺼내 확인하니 에츠코에게서 문자가 와 있었다. 아까 카페에서 코헤이가 보낸 문자에 대한 답신이었다.

【미안하지만 아카리가 아직 사람 만나는 게 내키지 않는다고 하네요. 오늘도 문병은 어려울 것 같아요.】

역시나 하는 마음에 절로 한숨이 나왔다. 그때 문득 뒤에 이어지는 내용이 눈에 들어왔다.

【시간 괜찮으면 나랑 차나 한잔할래요?】

따로 하실 말씀이라도 있는 걸까.

【그러시죠. 저는 지금 바로 시부야로 갈 수 있는데 어떻게 할까요?】

코헤이가 문자를 보내자 곧바로 【기다리고 있을게요.】라는 답이 왔다.

코헤이는 지하철역 계단을 올라가 약속 장소인 카페로 향하면서 근처에 꽃집이 있는지 둘러보았다.

아카리를 직접 만나지는 못하더라도 꽃을 보면 조금이라도 기운이 나지 않을까 싶었다.

다행히 꽃집을 한 군데 발견해서 안으로 들어갔다. 무슨 꽃을 좋아하는지 몰라 그냥 아카리가 좋아하는 분홍색을 위주로 한 꽃다발을 하나 만들어 달라고 요청했다.

병원 앞에 있는 카페에 들어가자 안쪽 자리에 앉아 있던 에츠코가 코헤이를 보고 자리에서 일어났다.

코헤이가 가까이 다가가자 에츠코가 미안해하며 인사를 건넸다.

"바쁜데 오라고 한 거 아닌지 모르겠네요."

"아닙니다. 저도 아카리 상태가 궁금하기도 했고…. 저, 이거 아카리한테 좀 전해 주시겠어요?"

코헤이는 에츠코에게 꽃다발을 내밀며 말했다.

"고마워요. 분홍색 꽃다발이라니 아카리가 좋아하겠네요."

코헤이는 에츠코와 마주 보고 앉은 다음 주문을 받으러 온 점원에게 커피를 시켰다.

"아카리 상태는 좀 어떤가요?"

코헤이가 물었다.

"퇴원하려면 아직 멀었지만 순조롭게 회복하고 있어요. 미안해요, 몇 번이나 문병 오고 싶다고 했는데 계속 거절해서."

"아닙니다…."

"코헤이 씨 마음은 아카리도 잘 알고 있으니 조금만 더 기다려 주세요."

"물론 그럴 생각입니다."

코헤이는 고개를 끄덕이며 분명하게 대답했다. 자신이 우려하는 점을 에츠코에게 물어봐도 좋을지 망설여졌다.

점원이 가져다 준 커피를 입으로 가져갔다. 입안에 퍼지는 커피의 쓴맛을 음미하며 역시 물어보는 게 좋겠다는 결론을 내렸다.

코헤이는 커피잔을 내려놓고 에츠코를 똑바로 쳐다보며 "한 가지 여쭤보고 싶은 것이 있습니다만…" 하고 입을 열었다.

"뭔가요?"

"아카리가 저를 만나고 싶지 않다고 하던가요?"

코헤이의 단도직입적인 질문에 에츠코의 뺨이 움찔했다.

"왜 그렇게 생각하나요?"

에츠코가 되물었다.

"그날 제가 약속을 취소하는 바람에 아카리가 그런 일을 당했으니까요. 저를 원망하고 있지 않을까… 계속 그런 생각이 들어서…."

코헤이는 에츠코를 쳐다보며 지금까지 아무에게도 말하지 못하고 마음속에 담아 두었던 불안을 털어놓았다.

"그 일은 코헤이 씨 잘못이 아니에요. 나쁜 건 범인이죠. 그건 아카리도 잘 알고 있을 거예요. 다만 지금은… 엄마인 나도 상상조차 할 수 없는 수많은 감정과 생각들이 복잡하게 엉켜 있는 것 같달까… 좀처럼 정리가 되지 않아서 본인도 많이 힘들어하는 것 같아요."

적어도 지금 아카리가 자신을 만나고 싶어 하지 않는다는 건 확실했다.

"나도 하나 물어봐도 될까요?"

에츠코의 물음에 코헤이는 긴장한 얼굴로 "네" 하고 고개를 끄덕였다.

"코헤이 씨는 아카리의 어디가 좋아서 사귀는 건가요?"

쉬운 듯하면서도 대답하기 어려운 질문이었다.

코헤이는 딱히 어떤 점이 마음에 들어서 아카리와 사귀기로 한 것이 아니라 처음에는 친구로 지내다가 시간이 지나면서 자연스럽게 연인으로 발전하게 된 케이스였다.

"한마디로 설명하기는 어렵지만 아카리의 가장 큰 장점은 밝고 상냥한 성격이라고 생각합니다. 저를 대할 때도 그렇고 다른 사람들을 대할 때도요. 특히 아카리의 웃는 얼굴을 좋아합니다."

아무리 안 좋은 일이 있어도 아카리의 웃는 얼굴을 보면 다 잊을 수 있었다. 아카리가 옆에서 웃어 주는 것만으로도 행복하다고 느꼈다.

"그렇게 말해 주니 고맙네요. 아카리는 본가에 내려올 때마다 늘 코헤이 씨 이야기를 했어요. 성격도 좋고 성실하고 배려심도 깊은 최고의 남자친구라고요. 나도 이번에 병원에서 처음 만난 이후로 코헤이 씨를 볼 때마다 정말 그렇다고 느꼈어요. 남편도 마찬가지일 거예요. 부모 입장에서는 앞으로도 두 사람이 좋은 만남을 이어가다가 언젠가는 결혼해서 행복한 가정을 꾸려 주었으면 하는 바람이 있답니다."

코헤이 역시 진심으로 그렇게 되기를 바랐다.

앞으로도 쭉 아카리 옆에 있고 싶었다. 둘이 함께 행복한 인생을 만들어 나가고 싶었다.

"하지만… 어쩌면 코헤이 씨가 좋아한 아카리의 밝은 성격은 이번 일로 인해 완전히 자취를 감추게 될지도 몰라요."

에츠코의 말이 코헤이의 심장을 날카롭게 파고들었다.

"물론 저희는 아카리가 다시 예전처럼 돌아오기를 바라고 있어요. 예전의 밝고 상냥한 성격을 되찾을 수 있도록 가족 모두가 최선을 다해 도울 겁니다. 하지만 저희가 아무리 노력한들 아카리가 원래대로 돌아온다는 보장은 없어요. 어쩌면 아주 딴사람이 되어버릴지도 몰라요."

코헤이의 생각도 에츠코와 같았다.

아카리가 이 일을 겪기 전과 같은 모습으로 돌아가기는 어렵지 않을까.

이제 두 번 다시 아카리의 웃는 얼굴을 보지 못하게 되는 건 아닐까.

"물론 저희는 아카리가 완전히 딴사람이 되어버리더라도 그 아이를 사랑할 겁니다. 가족이니까요. 아무리 힘들어도 평생 아카리 곁에서 그 아이를 지켜 줄 거예요."

가족도 아닌 코헤이가 과연 그럴 각오가 되어 있는지 묻는 것 같았다.

"미안해요. 내가 괜히 이상한 말을 했네요…."

에츠코가 사과했다. 눈가에 눈물이 맺혀 있었다.

"아닙니다…."

"나는 그냥 아카리가 더 이상 상처 입는 일이 없었으면 좋겠어요."

어차피 헤어질 거라면 아카리가 코헤이를 밀어내고 있는 지금 두 사람의 관계를 정리하는 편이 좋지 않겠느냐는 의미인 듯했다.

"먼저 들어가 보겠습니다."

코헤이는 편집부에 남아 있는 동료들에게 인사하고 엘리베이터를 타러 나왔다.

오늘은 평소보다 더 일이 손에 잡히지 않았다. 출근 전에 병원 근처 카페에서 에츠코를 만났을 때 들은 말이 하루 종일 코헤이의 마음을 무겁게 짓눌렀다.

— 아카리가 더 이상 상처 입는 일이 없었으면 좋겠어요.

코헤이는 아무 말도 하지 못한 채 그대로 에츠코와 헤어졌다.

앞으로 어떻게 하면 좋을까. 아무리 생각해도 답이 나오지 않았다.

주머니 안에서 핸드폰이 울렸다. 코헤이는 핸드폰을 꺼내 들어 발신자 이름을 확인했다. 세리자와 시로였다.

"네, 코헤이입니다. 세리자와 선생님, 어쩐 일이세요?"

"지금 주얼리 블루에서 마시고 있는데 말이야…."

주얼리 블루는 아카사카에 있는 고급 룸살롱이었다. 술 마시러 오라는 전화였다. 코헤이는 도저히 그럴 기분이 아니었기 때문에 거절할 핑계를 대기 위해 머리를 굴렸다.

"아… 죄송합니다, 선생님. 오늘은 좀…."

"뭐? 오늘도 못 온다고?"

불쾌한 기색이 역력한 목소리에 몸이 움츠러들었다.

"다음 호 연재에 대해서도 슬슬 이야기해 봐야 하지 않나? 나는 오늘 아니면 시간 내기 힘들 것 같은데…."

아카리가 입원한 후 벌써 두 번이나 세리자와의 술자리 제안을 거절했다. 오늘도 거절했다가는 담당 편집자 자리를 내놓아야 할지도 모른다.

"알겠습니다. 지금 바로 그쪽으로 가겠습니다."

코헤이는 짧게 대답하고 전화를 끊었다.

묵직한 문을 열고 안으로 들어가자 종업원이 다가와서 코헤이를 테이블로 안내했다.

여자들에게 둘러싸여 술을 마시고 있던 세리자와가 코헤이를 보고 "어, 왔어?" 하고 손짓했다. 세리자와의 테이블에는 이미 다른 출판사 직원 두 명이 앉아 있었다. 한 명은 오늘 발매된 세리자와의 신간을 펴낸 겐세이샤의 오기라는 편집자였고, 다른 한 명은 타키쇼보의 편집자인 하라다였다. 두 사람 다 코헤이보다 한참 선배였다.

하라다와 세리자와가 웃으며 대화하는 모습을 보니 속이 뒤틀렸다.

하라다가 담당하는 작품에 필요한 자료를 대신 찾아 주느라 코헤이는 아카리와의 약속을 취소해야 했다. 그 결과 아카리는 묻지마 사건의 피해자가 되었다.

옆에 앉은 호스티스가 코헤이에게 술잔을 건넸다. 모두가 잔을 들고 건배했다.

"우리끼리 코헤이 씨 얘기를 하고 있었어. 코헤이 씨도 많이 컸다고 말이야. 세리자와 선생님이 술 마시자고 불렀는데 두 번이나 거절했다면서?"

하라다가 비꼬는 투로 말했다.

"죄송합니다…. 그때는 정말로 피치 못할 사정이 있어서…."

"피치 못할 사정이라는 게 뭐였는지 모르겠군. 쿠도 편집장 말로는 내가 연락했던 이틀 다 업무적으로 급한 일은 없었다던데?"

세리자와가 부루퉁한 얼굴로 내뱉었다.

설마 편집장한테까지 확인했을 줄이야. 코헤이는 말문이 막혔다.

"급하게 처리해야 할 일이 있었던 것도 아닌데 대체 무슨 피치 못할 사정으로 내 술자리에 오지 못한 건가?"

세리자와의 추궁에 코헤이가 아무 말도 하지 못하자 옆에서 하라다가 "여자 때문이었겠죠" 하고 끼어들었다.

"코헤이 씨는 공무원이랑 사귄다고 했던 것 같은데."

"흠, 애인이라…." 세리자와가 팔짱을 끼고 코헤이를 쳐다보았다.

"벌써부터 여자한테 그렇게 잡혀 살면 어쩌려고 그래? 훌륭한 편집자가 되려면 아내나 애인이 좀 서운해하더라도 일을 우선할 줄 알아야지."

하라다가 말했다.

"하라다 편집자 정도면 그런 말 할 자격이 있지. 매일 작가들이랑 술 마시느라 집에 들어오지도 않는다고 아내가 서운해하지 않나?"

세리자와가 껄껄 웃으며 핀잔을 주었다.

"서운해하는 단계를 넘어서 이제는 집에 들어오든 말든 신경도 안 씁니다."

"그렇게 열심히 일해서 결국 타키쇼보를 대표하는 편집자가 되었으니 결과적으로는 잘된 일이라고 할 수 있지. 자기 몸 축내 가면서 가족들 호강시켜 주는 모습이 얼마나 멋지냐 말이야."

낄낄대며 떠드는 두 사람을 보면서 코헤이는 아무 말도 하지 못했다.

그 사건 이후 아카리는 단 한 번도 웃어 본 적이 없을 것이다.

횡단보도에 설치된 버튼식 신호등의 경우 버튼이 눌린 시간이 어딘가에 기록되는 것인지 아닌지.

그런 아무짝에도 쓸모없는, 코헤이와 아카리에게는 아무 상관도 없는 것을 알아보느라.

"애인이 불러서 술자리에 못 온 게 아닙니다. 친구가 사고를 당해서 입원하는 바람에…."

코헤이가 힘겹게 쥐어짜듯 말하자 모두의 시선이 이쪽으로 쏠렸다.

"친구가 무슨 사고를 당했는데?"

세리자와가 호기심에 가득 찬 눈으로 코헤이를 보며 물었다.

여자친구가 묻지마 사건에 휘말려서 중상을 입었다고 하면 이 사람들은 과연 어떤 반응을 보일까. 자기들 일을 돕느라 코헤이와 아카리의 인생이 엉망진창이 되어버렸다는 사실을 알면.

자기들 때문에 그런 일을 당하게 만들어서 미안하다고 사과할까? 아니면 그저 아카리가 운이 없었던 거라며 아무렇지도 않게 넘어갈까?

"그냥 작은 사고였습니다…. 죄송하지만 잠깐 화장실 좀 다녀오겠습니다."

코헤이는 양해를 구하며 자리에서 일어났다.

화장실에 가서 찬물로 세수를 하고 머리를 식힌 뒤 다시 자리로 돌아왔다.

세리자와를 둘러싸고 앉은 사람들이 뭔가 시끌벅적 떠들어 대고 있었다. 오기가 오늘 나온 세리자와의 신간을 들고 있는 걸 보니 책 이야기를 하고 있는 모양이었다.

"와, 소문대로 정말 대단한 작품이었습니다. 저는 지하철 안에서 읽었는데 마지막 부분에서 엉엉 소리 내어 울어버렸습니다. 사람들이 다 쳐다보는데 말이죠."

하라다가 책을 가리키며 자신이 얼마나 감명 깊게 읽었는지 역설했다.

"하라다 편집자님도 역시 그렇게 생각하시나요? 세리자와 선생님 작품이야 늘 대단하지만 이번 책은 한 단계 더 진화한 느낌이라 저희도 기대가 큽니다. 오늘 서점에 깔렸는데 벌써부터 반응이 아주 뜨겁다고 하네요."

"저도 읽어 보고 싶은데 한 권 주시면 안 돼요?"

호스티스가 오기에게 졸랐다.

"서점에서 직접 사서 읽어. 절대로 돈 아깝다는 생각은 들지 않을 테니까."

"내일 당장 사러 갈 거예요. 그래도 오늘 집에 가자마자 바로 읽고 싶어서 그러죠."

오기가 거절하자 호스티스가 토라진 듯 입술을 삐죽였다.

"《어둠의 끝》도 굉장히 좋았지만 세리자와 선생님이 지금 저희 쪽에서 연재하고 계신《허구의 밤》도 만만치 않습니다."

하라다가 자신만만한 말투로 단언했다.

하라다가 말한 작품 제목을 듣고 코헤이의 심장이 술렁였다.

《허구의 밤》은 아카리의 인생을 망쳐 놓은 원흉이라고 할 수 있는 작품이었다.

"저도 하라다 편집자님 말에 전적으로 동의합니다. 아직 초반이지만 앞으로 이야기가 어떻게 전개될지 너무 궁금해서 눈을 뗄 수가 없더군요."

편집자들과 호스티스들이 나누는 이야기를 들으며 만족스러운 표정으로 술을 마시던 세리자와가 코헤이를 향해 물었다.

"코헤이 씨는《어둠의 끝》을 아직 안 읽었나?"

"아닙니다, 오늘 오전 중에 다 읽었습니다."

"그래? 메일이 안 와서 안 읽은 줄 알았지."

"별일이네. 세리자와 선생님 신간이 나오면 코헤이 씨가 제일 먼저 읽고 메일을 보낸다고 들었는데." 오기가 말했다.

"뭐라고 말씀드려야 할지 고민이 되어서요."

코헤이의 말을 듣고 세리자와의 눈빛이 날카로워졌다.

"무슨 고민?"

"아니… 저… 확실히 재미는 있었습니다만…."

코헤이가 우물쭈물 대답했다.

"말투가 영 애매하군. 하고 싶은 말이 있으면 얼버무리지 말고 똑바로 말을 하게. 명색이 내 담당 편집자이시 않나."

세리자와의 다소 강압적인 요구에 코헤이는 주저하며 입을 열었다.

"속도감 넘치는 이야기 전개라든지 허를 찌르는 반전은 굉장히 좋았지만 주인공인 테츠야의 감정이 저한테는 영 와닿지가 않아서요."

코헤이의 대답에 세리자와가 이해가 가지 않는다는 표정을 지었다.

"그게 무슨 말이지?"

"뭐랄까… 테츠야는 살인범 손에 연인인 히카리를 잃게 되지 않습니까. 그래서 범인을 찾아내서 복수하려고 하지요. 여기까지는 알겠습니다. 하지만 제가 보기에는 사랑하는 사람을 잃은 것치고는 주인공이 너무 멀쩡한 거 아닌가 싶더라고요. 테츠야의 슬픔이나 고뇌, 외로움 같은 감정이 충분히 전달되지 않은 상태에서 너무 범인을 잡는 데에만 초점이 맞춰진 것 같아서…."

아카리가 이번 사건으로 중상을 입고 쓰러진 후 코헤이의 마음속에는 말로 다 설명할 수 없을 정도로 크나큰 슬픔과 분노가 휘몰아치고 있었다.

만약 다치는 정도에서 끝나지 않고 아카리가 죽기라도 했다면….

"주인공이 그저 이야기를 전개해 나가는 데 필요한 장기말에 지나지 않는 것 같다는 느낌을 받았습니다."

코헤이가 말을 마친 순간 그 자리의 공기가 얼어붙었다.

"코헤이 씨가 아직 어려서 그래."

하라다가 분위기를 수습하려는 듯 끼어들었다.

"아직 나이도 어리고 경험도 부족하다 보니 연인을 향한 주인공의 복잡한 심정을 행간에서 읽어내지 못한 것 같군."

하라다의 말에 순간적으로 속에서 뜨거운 감정이 치밀어 올랐다.

"나이는 상관없지 않습니까."

코헤이가 거칠게 대꾸하자 하라다가 당황한 듯 움찔했다.

"나이가 어리더라도… 사랑하는 사람이 다치거나 죽으면 기분이 어떨지 정도는 짐작할 수 있습니다. 어리다고 바보 취급하지 마십시오."

코헤이는 적어도 지금 이 자리에 있는 사람들 중에서 연인을 잃은 주인공의 심정을 자기보다 더 잘 이해할 수 있는 사람은 없을 거라고 확신했다.

"이런이런, 코헤이 씨가 많이 취한 것 같네. 이만 들어가 보는 게 좋겠는데?"

오기의 말에 코헤이는 애써 마음을 가라앉히고 조심스럽게 주위를 둘러보았다. 세리자와가 매서운 눈초리로 이쪽을 노려보고 있었다. 어색한 표정으로 시선을 피하는 호스티스들을 보고 자신이 돌이킬 수 없는 실수를 저질렀음을 깨달았다.

"죄송합니다…. 제가 좀 많이 취해서 오늘은 이만 실례하겠습니다."

코헤이가 가방에서 지갑을 꺼내려고 하자 오기가 "됐으니까 빨리 가봐" 하고 차갑게 내뱉었다.

"죄송합니다."

세리자와를 쳐다볼 용기가 나지 않았다. 코헤이는 고개를 숙인 채 자리에서 일어나 입구 쪽으로 걸어 나왔다. 정신은 멀쩡했다.

집에 도착해 신발을 벗고 들어가자마자 곧바로 부엌으로 향했다. 싸구려 위스키를 따른 잔을 손에 들고 방으로 들어갔다.

겉옷을 벗을 기운도 없이 그대로 방바닥에 주저앉아 잔에 든 위스키를 입에 털어 넣었다. 목이 화끈거렸지만 그래도 최근 보름 사이에 많이 익숙해졌다.

코헤이는 이번 일을 겪기 전까지 위스키를 스트레이트로 마신 적이 한 번도 없었다. 술이 그다지 센 편도 아니라서 원래 집에서는 거의 마시지 않았다. 하지만 이제는 술을 마시지 않으면 잠이 오지 않았다.

적막한 방 안에 앉아 술을 마시며 아까 룸살롱에서 있었던 일을 돌이켜 보았다.

코헤이의 솔직한 감상이 세리자와의 심기를 건드린 것은 부정할 수 없는 사실이었다. 하지만 그런 건 아무래도 상관없었다. 코헤이가 앞으로 잃게 될지도 모르는 소중한 것에 비하면 담당 작가의 신뢰를 잃는 것 정도는 아무것도 아니었다.

코헤이는 자신이 어제도 술을 마시다가 옷도 갈아입지 않은 채 잠이 들었다는 사실을 기억해 냈다. 내일도 같은 옷을 입고 출근할 수는 없다는 생각에 힘겹게 몸을 일으켰다. 옷장 문을 열고 양복 상의를 벗어 옷걸이에 걸었다.

이어서 바지를 벗으려는데 문득 옆에 걸린 옷이 눈에 들어왔다.

아카리가 사용하던 분홍색 앞치마였다.

코헤이가 사는 곳은 부엌이 굉장히 좁았지만 아카리는 이 집에 올 때마다 다양한 요리를 만들어 주었다. 아카리네 집에서 만날 때도 마찬가지였다.

코헤이는 옷걸이에 걸린 앞치마를 보며 아카리가 제일 처음 만들어 주었던 요리를 떠올렸다.

함박스테이크였다. 코헤이가 제일 좋아하는 음식이 함박스테이크라는 사실을 알게 된 아카리가 집에서 만들어 준 것이었는데 고기가 너무 퍽퍽해서 도저히 맛있다는 말을 할 수가 없었다. 코헤이에게 맛있다는 말을 듣지 못한 것이 꽤나 섭섭했는지 그 후로 아카리는 요리 실력을 키우기 위해 열심히 노력했다. 수많은 시행착오를 거치며 다양한 종류의 함박스테이크와 코헤이가 좋아할 만한 음식들을 만들어 주었다. 그 덕분에 이제는 밖에서 사 먹는 음식보다 아카리가 만들어 주는 음식이 더 맛있게 느껴질 정도였다.

아카리의 엄마는 젊은 나이에 결혼해서 스물셋에 아카리를 낳았다고 들었다. 젊고 예쁘고 요리도 잘하는 엄마는 아카리의 자랑이었고, 엄마처럼 사는 것이 꿈이라고 늘 입버릇처럼 말했다.

아카리와의 추억을 떠올리며 앞치마를 쳐다보던 코헤이는 눈시울이 뜨거워졌다. 앞치마 자락으로 눈물을 훔치며 입술을 꽉 깨물었다.

아카리가 프러포즈를 기다리고 있다는 건 코헤이도 알고 있었다. 대학을 졸업하고 코헤이가 출판사에 취직한 후로는 빨리 결혼하고 싶다는 바람을 은연중에 내비치기도 했다. 코헤이 역시 아카리와 함께 가정을 꾸리고 싶었다. 다만 아직 결혼은 이르다고 생각했고 조금 더 독신의 자유를 즐기고 싶었기 때문에 아카리의 마음을 계속 모르는 척해 왔다.

— 저희는 아카리가 완전히 딴사람이 되어버리더라도 그 아이를 사랑할 겁니다. 가족이니까요. 아무리 힘들어도 평생 아카리 곁에서 그 아이를 지켜 줄 거예요.

낮에 에츠코가 한 말이 머릿속에 떠올랐다.

내가 아카리의 가족이었다면…. 그 사건이 일어나기 전에 결혼을 했더라면….

과연 아무런 망설임도 없이 그렇게 말할 수 있었을까?

어떤 힘든 일이 생기더라도 아카리 곁을 지키며 함께하겠노라고, 그렇게 할 수 있는 사람은 자기뿐이라고, 자신 있게 그렇게 말하고 싶었다….

자리에 앉아 원고를 읽고 있는 코헤이에게 편집장인 쿠도가 다가왔다.

"잠깐 얘기 좀 할까?"

쿠도가 문 쪽을 가리키며 말했다. 코헤이는 자리에서 일어나 쿠도와 함께 복도로 나갔다.

흡연실로 들어가자 동료인 오쿠보가 담배를 피우고 있었다. 코헤이는 오쿠보에게 인사를 건넨 후 전자 담배를 꺼냈다.

쿠도는 얘기 좀 하자고 사람을 불러 놓고 묵묵히 담배만 피웠다.

오쿠보가 다 피운 꽁초를 재떨이에 버리고 흡연실을 나갔다.

"오늘 아침에 세리자와 선생님한테 전화가 왔는데 말이야…."

쿠도가 천천히 입을 열었다. 코헤이는 고개를 들어 쿠도를 쳐다보았다.

"담당 편집자를 바꿔 달라는군."

예상대로였다.

"대체 무슨 일이 있었던 거야? 세리자와 선생님은 내가 아무리 물어 봐도 이유는 말해 주지 않던데."

"어젯밤에 세리자와 선생님과 담당 편집자들이 모인 술자리가 있었는데 거기서 제가 이번에 나온 신간 《어둠의 끝》에 대해 안 좋은 평을 했거든요."

"뭐라고 했는데?"

"주인공이 그저 이야기를 전개해 나가는 데 필요한 장기말에 지나지 않는 것 같다고…."

쿠도가 얼굴을 찌푸렸다.

"초짜 편집자가 베테랑 작가한테 할 말은 아니군."

"그렇긴 하지만… 저한테는 정말로 그렇게 느껴졌습니다…."

"《어둠의 끝》이라면 나도 어제 읽어 봤어. 좋은 작품이던데? 적어도 전작에 비해 수준이 떨어진다는 느낌은 받지 못했어. 무엇보다 자네는 우리 출판사에서 가장 세리자와 선생님을 좋아하는 사람이 아닌가. 그래서 담당을 맡긴 거였고."

코헤이가 세리자와의 작품을 좋아한 건 사실이었다. 하지만 지금 현재 세리자와 및 그의 작품에 대한 코헤이의 감정은 오히려 증오에 가까웠다.

"화가 많이 나셨는지 판권을 다른 출판사로 옮기겠다는 말까지 나왔어. 세리자와 선생님 작품의 연간 매출이 어느 정도인지 담당 편집자라면 당연히 알고 있겠지?"

"죄송합니다⋯."

코헤이로서는 달리 할 말이 없었다.

"요새 왜 그러는데? 무슨 일 있어? 세리자와 선생님뿐만 아니라 자네가 담당하는 다른 작가들한테서도 대답이 늦고 건성건성 일하는 것 같다고 불만이 나오고 있어. 회사에서 인정 좀 받는다고 너무 우쭐해 있는 거 아냐? 계속 이런 식이면 곤란해."

코헤이는 학교에서도 회사에서도 늘 우등생이었기 때문에 누군가에게 이렇게까지 질책을 당하는 것은 처음이었다. 힘들게 노력해서 어릴 때부터 꿈이었던 편집자가 되었는데 이런 식으로 오해받는 것이 억울해서 견딜 수가 없었다.

"전 더 이상 편집자는⋯ 적어도 미스터리 소설 편집자는 못 할 것 같습니다⋯."

"갑자기 그게 무슨 소리야?"

쿠도가 의아해하며 물었다.

코헤이는 쿠도를 마주 보며 솔직하게 말해도 될지 망설였다. 말하지 않는 편이 나을 것이다. 하지만 자신의 고민을 누군가에게 털어놓고 싶은 마음이 더 컸다.

"저⋯ 지금부터 제가 드리는 말씀은 비밀로 해 주실 수 있을까요?"

쿠도가 진지한 표정으로 고개를 끄덕였다.

"보름 전에 시부야 스크램블 교차로에서 발생한 묻지마 사건 기억하십니까? 제 여자친구가 그 일로 크게 다쳤습니다."

"여자친구라면 아카리 씨 말인가?"

쿠도가 깜짝 놀라 눈을 휘둥그레 떴다.

예전에 회사 근처 레스토랑에서 데이트를 하다가 우연히 지나가던 쿠도를 만나 아카리를 소개한 적이 있었다.

"네." 코헤이가 대답했다.

"그 사건 피해자가 세 명 아니었던가? 남자는 죽고 여자 둘은 중상이라고 했던 것 같은데."

"맞습니다. 아카리는 일주일 전까지 의식 불명 상태였습니다."

"지금은 깨어났다는 거지?"

코헤이가 고개를 끄덕이자 쿠도가 "다행이네" 하고 안도의 한숨을 내쉬었다.

"그러고 보니 그 사건이 일어난 날은…."

"네, 세리자와 선생님 부탁으로 타키쇼보에 연재 중인 작품에 관한 조사를 한 날입니다. 그날이 아카리 생일이라 시부야에 있는 레스토랑을 예약해서 거기서 만날 예정이었는데 제가 일 때문에 못 가게 되었다고 약속을 취소하는 바람에…."

"…그런 거였군."

쿠도가 그제야 이해가 간다는 듯 고개를 주억거렸다.

"아카리가 다친 게 세리자와 선생님이나 타키쇼보 편집자 탓이 아니라는 건 저도 압니다. 머리로는 이해하는데…. 그 일이 있은 후로는 사람이 다치거나 죽어 나가는 소설을 읽는 게 너무 힘들어서…."

"세리자와 선생님도 자네의 그런 사정을 들으면 납득하실 텐데…."

"다른 사람들한테는 알리고 싶지 않아서요. 세리자와 선생님이 화가 많이 나셨으면 그냥 저를 자르셔도 됩니다. 각오하고 있습니다."

"그렇게까지 할 생각은 없어. 이번 일은 내 선에서 잘 마무리해 볼 테니 너무 걱정 마."

쿠도가 격려하듯 코헤이의 어깨를 토닥이며 말했다.

06

쇼고는 지하철 다카시마다이라역에서 내려 스마트폰으로 지도를 확인하며 걸어가다가 눈앞에 보이는 케이크 가게 간판 앞에서 발걸음을 멈췄다. 뭐라도 사 가는 게 좋겠다는 생각에 가게 안으로 들어갔다. 2천 엔짜리 구움과자 세트를 사서 밖으로 나와 다시 스마트폰을 들여다보며 목적지로 향했다.

왜 이런 일을 하고 있는지 스스로도 이해가 가지 않았다.

시부야 스크램블 교차로에서 묻지마 사건이 발생한 직후에는 별 관심도 없었는데.

그러다가 우연히 뉴스에서 범인인 오노데라 케이치가 사건 발생 일주일 전까지 근무했다는 회사 사장의 인터뷰가 나오는 것을 보게 되었고, 그 순간 쇼고의 마음속 깊은 곳에서 정체를 알 수 없는 욕구가 끓어올랐다.

인터뷰는 그다지 흥미로운 내용은 아니었다. 하지만 케이치가 자기는 가족이 없고 열여섯 살 때까지 시설에서 지냈다고 말했다는 점, 그리고 케이치의 양팔이 좁쌀만 한 화상 자국으로 뒤덮여 있었다는 점이 쇼고의 관심을 끌었다.

케이치라는 남자에 대해 더 자세히 알고 싶어졌다.

이후 잡지와 인터넷 기사를 샅샅이 뒤졌지만 만족할 만한 정보는 얻지 못했다. 좀처럼 정보를 찾을 수가 없다는 사실이 알고 싶다는 욕구를 더욱 증폭시켰다.

뉴스에 나온 회사 간판과 사장 얼굴에는 모자이크 처리가 되어 있었기 때문에 쇼고가 알고 있는 정보라고는 이타바시구에 위치한 회사라는 사실뿐이었다. 하지만 쇼고는 포기하지 않았다. 구글 지도의 스트리트 뷰 기능을 이용해 뉴스에 나온 것과 비슷한 풍경을 찾아 헤맨 결과, 다카시마다이라 4번지에 있는 공원 근처까지 범위를 좁히는 데 성공했다.

쇼고는 공원을 지나 바로 옆에 있는 무미건조한 건물 앞에 멈춰 섰다. 커다란 셔터식 출입문 위에 '카와모토 물류 주식회사'라고 적힌 간판이 걸려 있었다.

뉴스에서는 모자이크 처리가 되어 있었지만 건물 형태와 주변 풍경으로 보건대 여기가 틀림없었다.

쇼고는 셔터가 올라가 있는 문을 통과해 창고 안으로 들어갔다. 넓은 공간에 무수히 많은 종이 다발이 잔뜩 쌓여 있었다. 잡지를 보관하는 창고인 듯했다.

핸드리프트를 사용해서 잡지를 옮기던 남자가 미심쩍은 표정으로 쇼고를 흘깃거리며 지나갔다.

"저… 바쁘신데 죄송하지만 말씀 좀 여쭙겠습니다."

쇼고가 말을 걸자 남자가 그 자리에 멈춰서 이쪽을 돌아보았다.

"여기 사장님을 뵙고 싶습니다만."

"누구시죠?" 남자가 물었다.

"저는 미조구치 쇼고라고 합니다. 하지만 오늘 처음 뵙는 거라 이름을 말해도 모르실 겁니다."

"거기서 잠깐만 기다리세요."

남자가 퉁명스럽게 대꾸하더니 핸드리프트를 끌고 창고 안쪽으로 사라졌다. 그 자리에 서서 잠시 기다리자 얼마 지나지 않아 작업복 차림의 풍채 좋은 남자가 나타났다. 전체적인 분위기와 희끗희끗한 머리로 미루어 보아 뉴스에서 본 사장인 것 같았다.

"제가 여기 사장인 카와모토입니다. 영업사원이신가요?"

"아, 아닙니다." 쇼고는 허둥지둥 명함을 꺼내 건넸다.

카와모토가 명함에 적힌 이름을 확인하더니 "기자라고요?" 하고 물었다.

쇼고의 명함에는 기자라고만 적혀 있었다. 이곳을 방문하기에 앞서 논픽션 작가나 문필가라는 명함을 새로 만들까도 고민했지만 결국 실행에 옮기지는 못했다.

"오노데라 케이치 용의자가 여기서 일했다고 들었습니다만."

케이치의 이름이 나오자 카와모토의 눈썹이 움찔했다.

"아… 언론사에서 나오셨군요."

"네, 메이저 언론사가 아니라서 아실지 모르겠습니다만 《주간 버키》라는 잡지에 기사를 쓰고 있습니다."

비록 유흥업소 소개글이긴 하지만 그래도 잡지에 기사를 쓰고 있는 건 사실이었다.

"그 잡지라면 편의점에서 파는 걸 본 적이 있습니다. 오늘은 케이치에 대해 알아보러 오신 건가요?"

"네, 혹시 지금 바쁘시면 나중에 다시 오겠습니다."

"괜찮습니다. 다만 여기서 이야기하기는 좀 그러니까 이쪽으로 오시죠."

카와모토는 의외로 선선히 승낙하더니 창고 밖으로 걸어 나갔다. 쇼고는 카와모토를 따라 창고를 나섰다. 창고 옆에 있는 단층 조립식 건물이 사무실인 듯했다. 카와모토가 문을 열고 쇼고를 안으로 들였다.

사장인 카와모토와 쇼고가 사무실로 들어가자 책상에 앉아 있던 여자 두 명이 고개를 들었다. 한 명은 카와모토와 비슷한 연배였고, 다른한 명은 쇼고보다 어려 보였다.

"차 좀 부탁해요."

카와모토의 말에 젊은 직원이 자리에서 일어났다. 카와모토가 안쪽에놓인 소파에 앉자 쇼고는 구움과자 세트가 든 쇼핑백을 내밀었다.

"별거 아닙니다만."

"뭐 이런 걸 다…."

카와모토가 쇼핑백을 받아들더니 차를 가져온 직원에게 이것도 접시에 내 와 달라고 부탁했다.

쇼고는 카와모토 맞은편에 앉아 윗주머니에서 녹음기를 꺼냈다.

"괜찮으시다면 지금부터 나누는 대화를 녹음해도 되겠습니까?"

카와모토의 허락을 받아 녹음 버튼을 누른 다음 테이블 위에 내려놓았다.

"케이치의 이야기를 듣고 싶으시다고요? 딱히 이렇다 할 내용은 없습니다만…."

"괜찮습니다. 어떤 얘기든 상관없습니다. 케이치가 시부야에서 묻지마 사건을 일으킨 게 11월 16일인데 여기서 일하기 시작한 게 8월 13일이라고 하셨죠?"

쇼고가 몸을 앞으로 내밀며 물었다.

"맞습니다."

"케이치의 첫인상은 어땠습니까?"

"전체적으로 어두운 인상이었습니다. 말수도 적었고요. 이쪽에서 질문을 하면 낮은 목소리로 웅얼거리며 대답해서 알아듣기가 힘들었어요."

"신원 보증인은 없고 PC방에서 생활한다고 했다고요?"

"네. 가족이 아무도 없는 거냐고 물으니 그렇다고 하길래 죽었냐고 다시 물으니 대답을 안 하더라고요. 몇 마디 나눠 보니 아무래도 사연이 있는 것 같더군요. 아무튼 이력서상으로는 고등학교까지는 제대로 졸업했다고 되어 있길래… 결국에는 거짓으로 밝혀졌지만요."

케이치가 제출한 이력서상 학력과 경력이 모두 거짓이라는 사실은 얼마 전 뉴스를 통해 보도된 바 있었다.

"저희도 채용할지 말지 고민하긴 했는데 당장 일손이 부족한 상태이다 보니 일단 수습 기간을 두고 채용해 보기로 했던 겁니다." 카와모토가 깊은 한숨을 내쉬었다.

"케이치의 이력서는 아직 보관하고 있습니까?"

"복사본이라면 있을 겁니다."

"좀 볼 수 있을까요?"

"그러시죠."

카와모토가 소파에서 일어나 책상 쪽으로 걸어갔다.

거절당할지도 모른다고 각오하고 있던 쇼고는 맥이 탁 풀렸다. 이 회사에서는 개인정보 보호 같은 건 전혀 신경 쓰지 않는 모양이었다.

카와모토가 서랍에서 이력서 복사본을 꺼내 들고 돌아와 쇼고 앞에 내려놓았다.

이력서는 공백투성이였다. 이름, 생년월일, 핸드폰 번호는 적혀 있지만 현주소와 집 전화번호는 공란이었다. 학력란에는 초등학교, 중학교, 고등학교 이름과 입학 연도 및 졸업 연도가 적혀 있지만 모두 거짓인 것으로 밝혀졌고, 경력란에는 아무것도 적혀 있지 않았다.

"필요하면 사진 찍으셔도 됩니다. 방송국 사람들도 다 찍어 갔으니까."

카와모토의 말에 쇼고는 스마트폰을 꺼내 이력서 전체를 한 장 찍은 다음 이력서 상단에 붙은 사진 부분만 확대해서 한 장 더 찍었다.

증명사진 속 케이치는 어둡고 무뚝뚝한 인상이었지만 그래도 TV에서 본 것과는 분위기가 많이 달랐다.

방송국 카메라에 찍힌 검찰 이송 중인 케이치에게서는 아무런 감정도 느껴지지 않았었다.

"케이치는 열여섯 살 때까지 시설에서 지냈다고요?" 쇼고가 물었다.

"본인 말로는 그렇다고 했습니다."

"시설 위치나 이름은 아십니까?"

"거기까지는 안 물어봤습니다."

"아, 네…."

쇼고는 다시 케이치의 이력서를 내려다보았다. 지원동기란에는 '돈이 필요해서'라고 적혀 있었고, 면허 및 자격란에는 '지게차 운전 기능 강습 수료'라고 적혀 있었다.

"케이치는 지게차 자격을 가지고 있었나 보군요."

쇼고가 이력서에서 시선을 들며 말하자 카와모토가 "네" 하고 고개를 끄덕였다.

"그게 케이치를 채용하기로 결정한 가장 큰 이유이기도 합니다. 저희 일은 지게차를 많이 사용하거든요."

"수료증 복사본도 가지고 계신가요?"

쇼고의 물음에 카와모토가 자리에서 일어나 이력서가 들어 있던 서랍을 다시 열었다. "어디 뒀더라…" 하고 한참을 뒤적이더니 이윽고 종이 한 장을 손에 들고 돌아왔다.

흑백 복사본이었다. '지게차 운전 기능 강습 수료증'이라고 적힌 카드에 사진과 함께 이름, 생년월일, 주소, 본적, 발행일, 수료증 번호, 발행기관명이 적혀 있었다.

주소는 도쿄도 오타구 가미이케다이 1번지이고, 본적은 홋카이도 루모이시 니시키마치 1번지였다. 발행일이 7년 전 7월 26일인 것을 보면 케이치가 열아홉 살 때 취득했다는 말이었다.

흑백이라 화질이 선명하지는 않지만 사진 속 케이치는 어설프게나마 미소를 짓고 있었다. 적어도 이력서 속 음침한 분위기의 증명사진에 비하면 훨씬 더 호감이 가는 얼굴이었다.

쇼고는 카와모토의 허락을 받아 수료증 복사본도 스마트폰으로 찍었다.

"면접 때 케이치는 무슨 이야기를 했나요?" 쇼고가 물었다.

"당장 가진 돈이 하나도 없으니 당분간은 일당으로 받고 싶다고 했습니다. 그래서 수습 기간 3개월은 일당으로 지급하고, 그때 가서 정규직 전환 여부를 결정하기로 했지요."

"참고로 일당은 얼마였습니까?"

"하루 8시간 근무에 일당이 8,200엔이었을 겁니다."

최저 임금보다 조금 높은 수준이었다.

"케이치가 지내는 PC방이 어디 있는지는 물어보셨습니까?"

"나리마스에 있다고 했습니다. 출퇴근은 버스를 이용한다고 했고요."

나리마스는 회사가 위치한 다카시마다이라에서 그리 멀지 않은 동네였다.

"이전에는 무슨 일을 했다고 하던가요?"

"4~5년 정도 파견직으로 여기저기 공장을 옮겨 다니며 일했다고 했습니다. 기숙사가 딸린 곳으로요. 그래서 제가 그런 내용도 이력서에 다 써야 한다고 일러 주었지요."

"일하는 건 어땠습니까?"

"평범한 수준이었습니다. 지시에는 잘 따르지만 스스로 뭔가 하려고 하지는 않았어요. 사실 뭐 케이치뿐만 아니라 요즘 젊은이들이 다 그렇지만요. 한 번도 지각한 적이 없으니 성실하다면 성실하다고 할 수 있겠네요."

"여기 근무시간은 어떻게 됩니까?"

"오전 8시 반부터 오후 5시 반까지입니다. 야근은 거의 없고요. 거참… 가족도 없고 집도 없는 게 안쓰러워서 석 달 동안 열심히 일하면 정규직으로 전환하고 집 구할 때 보증인도 되어 줄 생각이었는데…."

"뉴스 인터뷰 때 케이치의 양팔이 좁쌀만 한 화상 자국으로 뒤덮여 있는 게 인상에 남았다는 말을 하셨는데요."

"네, 평소에는 늘 긴팔을 입고 다녀서 몰랐는데 작업복으로 갈아입을 때 우연히 보고 깜짝 놀랐습니다."

"케이치는 그 화상 자국에 대해 뭐라고 하던가요?"

"아무 말도 안 했습니다. 저도 안 물어봤고요. 남한테 보이기 싫은지 항상 아무도 없을 때 후딱 갈아입었거든요."

"좁쌀만 한 화상 자국이라는 게 혹시 담뱃불로 지진 자국이었을까요?"

쇼고의 말에 카와모토가 무릎을 탁 쳤다.

"맞습니다. 계속 무슨 자국일까 싶었는데 듣고 보니 그 말이 맞는 것 같네요."

어릴 때 부모에게 학대를 당한 걸까, 아니면 학교에서 집단 괴롭힘을 당한 걸까.

"무단결근 전날, 케이치가 회사 동료와 말다툼을 했다던데 싸움의 원인은 무엇이었습니까?"

뉴스 인터뷰에서는 그 부분에 대해서는 자세히 다루지 않았다.

쇼고의 질문에 카와모토가 "별거 아닙니다" 하고 쓴웃음을 지었다.

"직원 하나가 케이치한테 여자친구가 있냐고 물었는데 옆에 있던 다른 직원이 '집도 없는 일용직한테 여자친구가 있을 리가 없지 않느냐'라고 했답니다."

"그래서 말다툼을 벌였다고요?"

"말다툼이랄 것까지는 없고 그냥 케이치가 낮은 목소리로 욕설을 내뱉으며 자리를 피했다더군요. 일단 그날은 평소와 다름없이 일을 마무리하고 퇴근했는데 그 다음 날부터 출근하지 않았고요. 그 직원은 농담으로 한 말이었는데 케이치 입장에서는 뭐가 그리 마음에 안 들었는지 표정이 아주 살기등등하더랍니다. 평소에는 있는지 없는지도 모르게 얌전하던 녀석이 말이지요. 그 말을 한 직원은 케이치가 이번 묻지마 사건을 일으켰다는 소식을 전해 듣고는 어쩌면 자기도 그때 죽었을지 모른다며 몇 날 며칠을 벌벌 떨었습니다."

"사장님은 케이치가 왜 그런 사건을 일으켰다고 생각하십니까?"

쇼고가 묻자 카와모토가 팔짱을 끼고 한숨을 내쉬었다.

"글쎄요…, 고작 두 달 같이 일한 상대를 얼마나 이해할 수 있겠습니까마는…. 다만 가족도 없고 집이 없으니 이래저래 쌓인 게 많았던 게 아닐까 싶네요…."

— 나보다 행복해 보이는 사람이라면 상대는 누구라도 상관없었다.

케이치는 자신의 범행 동기를 이렇게 설명했다.

"아무튼 TV에서 그 녀석 얼굴을 보고 깜짝 놀랐습니다."

카와모토의 말에 쇼고가 "왜죠?" 하고 몸을 앞으로 내밀며 물었다.

"여기서 일할 때도 워낙 희노애락을 겉으로 드러내지 않고 말수도 적은 편이긴 했지만 그래도 어느 정도는 감정이나 기분 같은 게 느껴졌거든요. 하지만 TV에 나온 케이치는… 대체 무슨 생각을 하는 건지 짐작조차 가지 않더군요. 완전히 다른 사람이 되어버린 것 같았달까…. 일주일 사이에 사람이 이렇게까지 달라질 수가 있나 싶을 정도로요."

쇼고는 탄식하듯 말하는 카와모토를 보며 머릿속으로 케이치의 심정을 유추해 보았다.

케이치가 묻지마 사건을 일으키게 된 계기는 이곳에서부터 생겨난 걸까. 아니면 회사를 그만둔 후에 무슨 일이 있었던 걸까.

"말씀 정말 감사합니다."

쇼고가 녹음기 정지 버튼을 누르자 카와모토가 "이 정도면 됐나요?"

하고 물었다.

"네, 어쩌면 한 번 더 찾아뵙게 될지도 모르겠습니다만."

"기자님도 고생이 많으시네요."

카와모토의 말에 쇼고는 저도 모르게 쓴웃음을 지었다.

돈 한 푼 되지 않는 취재에 왜 혼자 열을 올리고 있는지 스스로도 이해가 가지 않았다. 하지만 여기 와서 사장의 이야기를 듣고 나니 케이치에 대해 자세히 알고 싶다는 욕구는 더욱 강해졌다.

쇼고는 자리에서 일어나 카와모토 사장과 직원들에게 인사한 후 사무실을 빠져나왔다.

지하철역을 향해 걸으며 다음은 어디로 갈까 잠시 고민하다가 나리마스행 버스를 탔다.

나리마스역 앞에 내려 주변을 돌아보았다. 근처에는 PC방이 세 군데 있었다. 쇼고는 잠시 멈춰 서서 케이치라면 어디를 이용했을지 생각해 보았다. 고민 끝에 이용료가 제일 싼 PC방으로 가서 3시간 이용권을 구입해 개인실로 들어갔다.

한 평 남짓한 방에 들어가 문을 닫으니 퀴퀴한 냄새가 났다. 오랜만에 맡는 익숙한 냄새에 친근함과 거부감이 동시에 들었다. 쇼고도 지금 사는 빌라를 계약하기 전까지는 PC방을 전전하며 지냈었다.

겉옷을 벗어 옷걸이에 건 다음 싸구려 안락의자에 앉았다. 난방을 세게 틀어 놓았는지 땀이 날 지경이었다. 쇼고는 셔츠를 벗어 적당히 던져 놓고 평소에는 거의 의식할 일이 없는 자신의 양팔을 내려다보았다.

어깨 아래에서부터 손목까지 빼곡하게 문신이 새겨져 있었다. 양쪽 허벅지도 마찬가지였다.

어릴 때 어머니에게 당한 학대의 흔적을 가리려고 새긴 문신이었다.

쇼고가 처음 문신을 새긴 것은 열네 살 때였다. 전문가에게 부탁할 돈은 없었기 때문에 재봉용 바늘과 먹물을 가지고 자기 손으로 직접 피부를 찔렀다.

손놀림이 서툰 아이가 새긴 것이다 보니 문신이라기보다는 그냥 유치한 낙서 같아 보였다. 남에게 보이고 싶지 않아서 쇼고는 한여름에도 긴팔을 고집했다. 여자와 잘 때는 반드시 불을 끈 상태에서 침대에 들었고, 일을 마치면 바로 옷을 입었다.

쇼고는 자신이 여기 온 이유를 떠올렸다. 벗었던 셔츠를 다시 걸치고 웃옷 주머니에서 핸드폰을 꺼내 방 밖으로 나갔다.

계산대 쪽으로 가는 도중에 음료대를 청소하고 있는 젊은 남자 직원이 눈에 들어왔다.

"실례합니다."

쇼고가 말을 걸며 다가가자 직원이 고개를 돌려 이쪽을 쳐다보았다.

"혹시 여기서 이 남자를 본 적이 있으십니까?"

쇼고는 직원에게 스마트폰 화면을 보여 주며 물었다.

화면을 본 직원이 "이 사람…" 하고 고개를 번쩍 들었다.

"시부야에서 일어난 묻지마 사건의 범인 아닌가요?"

쇼고가 고개를 끄덕였다.

"이 사람이 여기 왔었습니까?"

"네…. 안 그래도 사건 직후에 경찰이랑 기자들이 몰려와서 그 남자에 대해 이것저것 물었어요. 자주 오던 손님이라서 깜짝 놀랐죠. 당신도 기자인가요?"

"네, 잡지 기자입니다."

쇼고는 천연덕스럽게 대답했다.

아까 케이치가 일하던 회사에서 사장의 취재를 성공적으로 마친 덕분에 어느 정도 자신감이 붙었다.

"잠깐 이야기 좀 나눌 수 있을까요?"

"아, 네, 잠깐이라면…."

"경찰도 여기 왔었다고요?"

"범인이 저희 가게 회원증을 가지고 있었대요. 경찰이 와서 직원들을 모아 놓고 범인의 인상 같은 걸 이것저것 물어보고 갔어요."

"범인이 마지막으로 여기 온 건 언제였습니까?"

"사건 이틀 전, 그러니까 11월 14일 아침에 여기서 나간 게 마지막이었나 보더라고요. 저는 그때 없었지만요."

"범인은 어떤 사람이었습니까?"

"글쎄요…. 인상이 희미하고 이렇다 할 특징이 없는 사람이었어요. 이건 저뿐만 아니라 여기 직원 모두의 공통된 의견이에요."

"꽤 오랜 기간 여기서 지낸 모양이던데요."

"맞아요. 그 사람이 처음 온 게 7월 중순이었으니까 넉 달 가까이 여기서 지낸 셈이죠."

7월 중순이면 케이치가 카와모토 물류 회사에서 일을 시작하기 두 달 전이었다.

"처음 두 달 정도는 2~3일에 한 번 정도 왔어요. 손님한테 이런 말 하기는 좀 그렇지만… 냄새가 아주 지독했다는 것밖에 기억나지 않아요. 9월부터는 거의 매일 왔어요. 항상 밤 11시에서 아침 7시까지 8시간짜리 이용권을 끊어서 이용했고요."

"밤에 자고 가기에는 그게 가장 저렴한 방법인 거죠?"

"네."

카와모토 물류의 일은 5시 반에 끝나니 퇴근 후 5시간 넘게 어딘가에서 시간을 때우다 왔을 것이다.

"계산할 때 말고는 따로 대화를 나눈 적이 없기 때문에 어떤 사람인지는 잘 모르겠네요."

"이 남자가 여기서 뭔가 문제를 일으키거나 다른 손님과 싸우거나 한 적은 없었습니까?"

"그런 적은 한 번도 없었습니다."

"다른 손님과 이야기를 나눈 적은요?"

"거기까지는 잘 모르겠는데요…."

애초에 그렇게 쉽게 케이치의 인물상을 파악할 수 있으리라고는 기대하지 않았지만 케이치가 묵었던 PC방에서 아무 정보도 얻지 못했다는 사실에 쇼고는 크게 낙담했다.

이제 어떻게 해야 할까.

"저… 그만 가 봐도 될까요?"

직원의 목소리에 정신이 들었다.

"아, 네…. 감사합니다."

쇼고가 대답하자 직원은 음료대 정리를 마치고 계산대로 향했다. 쇼고는 직원의 등 뒤에 대고 물었다.

"제가 아까 3시간 이용권을 끊었는데 변경 가능할까요?"

07

아카리는 노크 소리를 듣고 문 쪽을 쳐다보았다. "네" 하고 대답하자
아빠가 문을 열고 병실 안으로 들어왔다. 한 손에 꽃다발을 들고 있었다.

아빠를 따라 들어오던 료스케는 아카리와 눈이 마주치자 깜짝 놀란
듯 그 자리에 멈춰 섰다.

남동생인 료스케와는 입원 후 처음 만나는 것이었다. 아카리가 깨어
나지 못하는 동안 몇 차례 문병을 왔었지만, 깨어난 후에는 아카리의 정
서가 불안정한 점을 고려해 어느 정도 상태가 안정될 때까지 만나지 않
는 편이 좋겠다고 판단했기 때문이었다.

"좀 어떻니?" 아빠가 물었다.

"응… 비슷해. 두 사람은 어떻게 지내고 있어?"

아카리가 입원한 후 엄마가 도쿄로 올라와서 시즈오카의 본가에는
아빠와 료스케만 남았다. 엄마는 기요세에 있는 아카리의 아파트에 머
물면서 매일 병원을 오가고 있었다.

"가끔은 남자 둘만 있는 것도 나쁘지 않네. 지금까지는 아무것도 못했

던 료스케가 이제는 빨래랑 요리도 한단다."

"그래? 어떤 요리를 만드는데?" 아카리가 료스케를 보며 물었다.

료스케는 시선을 피하며 입을 꾹 다물고 있었다. 뺨이 부들부들 떨렸다. 눈물이 나오려는 것을 필사적으로 참고 있는 듯했다.

만약 입장이 반대였다면 아카리도 비슷한 반응을 보였을 것이다.

알지도 못하는 사람에게 공격당해서 중상을 입고 죽을 고비를 넘긴 가족 앞에서 무슨 말을 할 수 있을까.

"제일 자주 먹는 건 역시 카레려나. 너희 엄마가 만드는 카레에는 비할 바가 아니지만 료스케가 만드는 것도 꽤 먹을 만해."

"예전에 누나가 만들어 준 카레보다는 내가 만든 게 훨씬 더 맛있어."

료스케가 겨우 입을 열었다.

"그러고 보니 아카리가 고등학생 때 만들어 준 카레는 진짜 달았지. 지금은 요리 실력이 많이 늘었지만."

아빠의 말에 료스케가 선웃음을 지었다. 그러고는 소매로 눈가를 닦으며 이쪽으로 다가오더니 들고 온 종이가방 안에 든 것을 협탁 위에 올려놓았다. 작은 화면이 딸린 DVD 플레이어와 DVD 다섯 장이었다.

"문병 올 때 뭘 가져오면 좋을지 모르겠더라. 일단은 병실에 누워만 있으면 심심할 것 같아서."

아카리는 료스케의 말을 들으며 협탁에 놓인 DVD를 살펴보았다. 모두 아카리가 좋아하는 외국 로맨스 영화였다.

"다른 거 보고 싶으면 엄마한테 말해. 시즈오카에서 누나 아파트로 보내서 엄마한테 전해 주라고 할 테니까."

"고마워." 아마도 엄마나 아빠한테 아카리가 TV를 보지 못한다는 말을 듣고 DVD를 가져온 것이리라.

아카리는 지금까지 몇 번인가 병실에서 TV를 보다가 발작을 일으킨 적이 있었다.

뉴스나 범죄 추리 드라마는 처음부터 알아서 피했지만 평범한 요리 프로그램에서 식칼을 사용하는 장면이 나오거나 거리에 사람들이 북적이는 모습만 보아도 시부야에서 공격당했을 때의 광경이 머릿속에 떠올라서 가슴이 답답해지고 숨이 막혔다.

"료스케, 내려가서 마실 것 좀 사다 줄래? 아빠는 캔커피. 아카리는 뭐 마실래?"

아빠의 물음에 아카리는 "탄산이 안 들어간 주스면 아무거나 상관없어"라고 대답했다.

료스케가 문을 닫고 나가자 아빠가 접이식 의자를 침대 옆으로 가져와 앉더니 침대에 누워 있는 아카리와 눈을 맞추었다.

"여기 오기 전에 너희 엄마랑 퇴원한 후에는 어떻게 할지 얘기해 봤는데 말이다."

"응…."

"당분간은 시즈오카에 내려와서 지내지 않을래?"

의사는 보름 정도 지나면 퇴원할 수 있을 거라고 했다. 하지만 아카리는 퇴원 후에 대해서는 전혀 생각하지 않고 있었다.

"물론 네 직장도 남자친구도 다 여기 있기는 하지만… 아빠 엄마 생각에는 일단은 본가에서 푹 쉬는 게 좋지 않을까 싶구나."

"응."

퇴원하더라도 예전의 자신으로는 돌아갈 수 없을 것이다.

지금까지 당연하게 해 온 일을 앞으로도 똑같이 할 수 있을지 자신이 없었다. 코헤이와 다시 만나는 것도 지금으로서는 상상하기 어려웠다.

"이참에 아예 기요세에 있는 아파트를 정리하고 시즈오카로 돌아갈까?"

아카리의 말에 침대 옆에 앉아 있던 아빠가 놀란 표정을 짓더니 뭔가 말을 하려다가 그대로 입을 다물었다. 코헤이와 떨어져 지내도 괜찮겠냐고 묻고 싶은 듯했다.

아빠는 잠시 뜸을 들였다가 고개를 끄덕이며 대답했다.

"너 좋을 대로. 네가 원한다면 예전처럼 시즈오카에서 온 가족이 다 같이 함께 살자꾸나. 그러다가 일이 하고 싶어지면 아빠 회사에서 일해도 되고. 네가 같이 살겠다고 하면 엄마랑 료스케도 좋아할 거다."

아카리는 아빠의 말을 들으며 소리 없이 눈물을 흘렸다. 아빠가 아카리의 어깨를 부드럽게 토닥였다.

"퇴원하면 바로 이사할 수 있도록 준비하마."

그때 문 여는 소리가 들렸다. 아카리는 료스케가 병실 안으로 들어오는 것을 보고 서둘러 소매로 눈가를 닦았다.

료스케가 침대로 다가와 아카리에게는 오렌지주스를, 아빠에게는 캔커피를 건넨 다음 자기도 접이식 의자를 가져와 앉았다. 그러고는 아무도 입을 열지 않았다. 침묵을 삼키듯 각자가 손에 든 음료수를 마셨다.

아빠도 료스케도 예전과 조금도 달라진 게 없었다. 그런데 어째서인지 전처럼 자연스럽게 말이 나오지 않았다.

아빠와 료스케 생각은 다를지도 모른다. 지금 눈앞에 누워 있는 사람은 내 딸이자 우리 누나이지만 지금까지 자기들이 알던 존재와는 완전히 다른 사람처럼 보이는 게 아닐까.

시즈오카로 돌아가서 시간이 좀 지나면 다시 예전처럼 지낼 수 있지 않을까. 아빠 엄마한테 잔소리를 듣고, 별것도 아닌 일로 료스케와 싸우고, 왁자지껄 떠들며 저녁을 함께 먹고…. 그렇게 아카리가 독립하기 전과 같은 일상으로 돌아갈 수 있지 않을까.

"미안…. 좀 피곤하네."

아카리가 협탁에 오렌지주스를 내려놓자 아빠가 "그래, 오랜만에 말을 많이 해서 힘들지? 이만 일어나야겠다" 하고 말하며 료스케를 돌아보았다.

료스케가 기다렸다는 듯 아빠를 따라 자리에서 일어났다.

두 사람이 나가고 병실 문이 닫히자 아카리는 안도의 한숨을 내쉬었다.

08

PC방에 들어가자 계산대에 있던 남자가 쇼고를 보고 알은척을 했다. 처음 이곳에 왔을 때 이야기를 나눈 코바야시라는 직원이었다.

"8시간 이용권 맞으시죠?"

코바야시의 말에 쇼고는 고개를 끄덕였다. 지갑에서 현금을 꺼내 요금을 계산했다.

"기자도 참 힘든 직업이네요. 52번 방입니다."

코바야시가 고개를 절레절레 저으며 영수증을 건넸다.

이 PC방에 묵는 것은 오늘로 일주일째였다. 매일 밤 11시부터 아침 7시까지 이곳에 머물며 가게 안에서 마주치는 손님들에게 케이치를 아는지 물었다. 지금까지 케이치를 본 적이 있다는 사람은 세 명 있었지만 모두 케이치와 직접 이야기를 나눈 적은 없다고 했다.

파마머리를 한 통통한 여자가 음료대에서 커피를 타고 있었다. 가까이 다가가자 화장품 냄새가 진동을 했다.

"실례합니다."

쇼고가 말을 걸자 여자가 이쪽을 돌아보았다. 경계하는 듯한 눈초리였다. 나이는 40대 중반 정도 되어 보였다.

"놀라셨다면 죄송합니다. 저는 이런 일을 하는 사람입니다만…."

쇼고는 주머니에서 명함을 꺼내 여자에게 건넸다.

"기자?"

의아한 표정을 짓는 여자에게 쇼고는 고개를 끄덕였다.

"네, 잡지 기사를 쓰기 위해 정보를 모으는 중입니다. 혹시 이 남자를 본 적이 있으신가요?"

스마트폰에 담긴 케이치의 사진을 보여 주자 "아… 시부야 묻지마 사건의 범인이네요" 하고 여자가 중얼거렸다.

"범인이 여기 PC방을 자주 이용했다고 하던데 혹시 아시나요?"

"네, 알아요."

여자가 바로 답했다.

"이 사람과 대화해 본 적이 있으신가요?"

"네, 있어요."

여자의 대답에 쇼고의 심장 박동이 빨라졌다.

"그 얘기를 좀 더 자세히 들려주실 수 있을까요?"

쇼고가 묻자 여자가 "공짜로요?" 하고 코웃음을 쳤다.

"아… 물론 공짜로 부탁드리는 건 아닙니다. 많이는 못 드리지만…."

"술 사 줄래요? 오늘은 마시고 싶은 기분인데 벌이가 영 시원찮았거든요."

"그러시죠."

여자는 방금 탄 커피를 개수대에 버리더니 "그럼 가요" 하고 쇼고의 팔에 자연스럽게 팔짱을 꼈다. 쇼고는 어떻게 반응해야 할지 몰라 우물쭈물하며 여자와 함께 밖으로 나갔다.

여자가 쇼고를 데려간 곳은 PC방 근처에 있는 대중 술집이었다.

밤 11시를 넘은 늦은 시간이었지만 가게 안에는 아직 몇 팀이 남아 술을 마시고 있었다. 그중 몇몇과 아는 사이인지 여자는 가볍게 인사를 나누며 안쪽 테이블로 향했다.

쇼고는 여자의 맞은편에 앉아 "먹고 싶은 걸로 주문하시죠" 하고 메뉴판을 건넸다. 여자는 우롱차 하이볼, 쇼고는 생맥주를 시키고 안주 몇 개를 추가했다.

"저… 대화를 녹음해도 될까요?"

쇼고가 묻자 담배에 불을 붙이려던 여자가 동작을 멈추고 피식 웃었다.

"본격적이네요. 상관없어요."

쇼고는 녹음기를 꺼내서 녹음 버튼을 누른 다음 테이블 위에 내려놓았다.

"뭐라고 부르면 될까요?"

"일단 뭐 케이코라고 부르세요."

여자가 담배 연기를 내뿜으며 대답했다.

"그 PC방은 자주 이용하시는 편인가요?"

"자주 이용한달까… 거의 거기서 산다고 할 수 있죠. 반년쯤 전부터요."

"그러다가 케이치와 조금씩 대화를 나누게 된 건가요? 범인 이름이 오노데라 케이치라는 건 아시죠?"

"뉴스를 보기 전까지 성은 몰랐어요. 서로 이름을 불렀으니까…."

점원이 술을 내와서 잠시 대화가 끊겼다. 두 사람은 각자 잔을 들어 가볍게 건배를 한 뒤 입으로 가져갔다.

"처음에 말을 걸게 된 계기는 뭐였더라…. 아, 맞다, 언젠가 PC방 근처 덮밥집에 밥 먹으러 갔을 때 옆자리에 앉은 적이 있었어요. 그래서 'PC방에서 자주 보이던데…' 하고 말을 걸었죠. 그 사람은 집이 없어서 거기서 잔다고 하더라고요."

"언제부터 그런 생활을 했다던가요?"

"전에 일하던 공장에서 해고당하는 바람에 직원 기숙사를 나와 2년 가까이 여기저기 PC방을 전전했다고 했어요. 7월쯤부터 그 PC방에 자리를 잡았다고 했고요."

"그 이야기를 나눈 게 언제쯤이었습니까?"

"사건 한 달쯤 전이었나? 덮밥집에서 대화를 튼 후로는 마주칠 때마다 한두 마디씩 나누는 사이가 됐죠."

"케이치와는 주로 무슨 이야기를 했습니까?"

쇼고가 묻자 케이코가 쓴웃음을 지으며 "불만이요" 하고 대답했다.

"불만…?"

"네. 사회에 대한 불만, 부모에 대한 불만…. 자기는 태어났을 때부터 밑바닥 인생을 살 수밖에 없는 운명이라고 했어요. 아무리 발버둥 쳐도 죽을 때까지 거기서 벗어날 수 없다고요."

"부모 때문에 말입니까?"

케이코가 고개를 끄덕였다.

"열네 살 때까지 거의 학교에 간 적이 없다고 했어요."

쇼고는 그 말을 듣고 적잖이 충격을 받았다.

"읽고 쓰기도 제대로 못하고 어릴 때부터 주위와 단절된 환경에서 살아왔기 때문에 사람들과 어울리지를 못해서 무슨 일을 해도 오래가지 못한다고 자기 처지를 한탄하더라고요. 그야 안됐긴 한데 그렇다고 해서 그런 짓을 저질러도 되는 건 아니잖아요. 그렇게 생각하지 않아요?"

동의를 구하는 말에 쇼고는 대답하지 못했다.

케이치는 과거의 자기 자신일지도 모르겠다는 생각이 들었다.

"누구나 크든 작든 저마다의 불행을 안고 살아가잖아요. 제대로 된 교육을 받았더라도, 좋은 부모 밑에서 자랐더라도, 좋은 직업을 가지고 행복한 가정을 꾸렸더라도. 자기가 병에 걸릴 수도 있고, 가족이 죽을 수도 있고, 하루아침에 길바닥에 나앉게 되기도 하고…."

케이코는 신경질적으로 중얼거리며 담배 꽁초를 재떨이에 비벼 껐다.

"맞는 말입니다."

"나도…." 케이코가 무언가 말하려다가 입을 다물었다.

"네?"

쇼고가 되묻자 케이코가 녹음기를 흘싯 쳐다보며 "저것 좀 꺼 줄래요?" 하고 말했다.

"알겠습니다." 쇼고는 바로 정지 버튼을 눌렀다.

"나도 10년 전까지는 가족이 있었어요. 하지만 아들이 교통사고로 죽고, 그 일로 남편이랑 이혼하고… 정신을 차리고 보니 이렇게 살고 있더군요."

"이렇게 산다는 건… PC방에서 사는 걸 말하는 겁니까?"

"정확히 말하자면 PC방에서 살면서 손님을 받는 거요."

케이코가 말했다. 쇼고는 말없이 술잔을 입으로 가져갔다.

지금 쇼고의 눈앞에서 우롱차 하이볼을 마시는 케이코는 40대 중반으로 보였고, 빈말로라도 예쁘다고 말하기는 어려웠다.

아까 PC방에서 쇼고가 케이치에 관한 이야기를 들려 달라고 했을 때 오늘은 벌이가 시원찮아서 술 마실 돈이 없으니 대신 사 달라고 한 것을 보면 손님도 거의 없는 듯했다.

"케이코 씨가 살아온 인생에 대해 케이치에게도 말했나요?"

쇼고의 물음에 케이코가 고개를 끄덕였다.

"아들이 교통사고로 죽었다는 얘기도 했고, 그러고 나서 남편이랑 이혼하고 이런 삶을 살게 되었다는 얘기도 했어요. 어딘가에서 브레이크를 밟을 수 있었을지도 모르겠지만 나는 그렇게 하지 않았어요. 아들을 죽인 뺑소니범을 향한 증오와 죄에 상응하는 벌을 내리지 않은 사법부에 대한 분노, 그리고 아들을 잃은 괴로움에 몸부림치는 나를 외면하는 남편에 대한 원망과 절망감에 휩싸여서 가진 걸 다 내던지고 10년을 그냥 죽은 듯이 살아온 거죠. 마음이 괴로울 땐 술을 마시고, 돈이 없어지면 몸을 팔아 가면서….”

케이코의 이야기를 듣고 있으려니 가슴이 답답해졌다.

“이제 와서 다시 시작하고 싶어도 이 나이에 집도 없고 모아 놓은 돈도 없는 상태에서는 그러기가 쉽지 않아요…. 하지만 당신은 다르지 않냐고, 그러니까 포기하지 말라고 했어요. 아직 충분히 젊으니까 열심히 살다 보면 좋은 일이 있을지도 모른다고요.”

“그랬더니 케이치는 뭐라고 하던가요?”

“딱히 별말 안 했어요. 그 후에 결국 그런 사건을 일으켰다는 건 내 말이 전혀 와닿지 않았다는 거겠죠.”

케이코가 한숨을 내쉬었다.

“케이치를 마지막으로 본 건 언제였는지 기억하십니까?”

“아마 사건이 있기 사흘 전 밤이었을 거예요.”

케이치가 PC방에서 나가기 전날이었다.

“묻지마 사건을 일으킬 것 같은 전조가 보였나요?”

쇼고의 질문에 케이코가 얼굴을 살짝 찌푸리더니 새 담배에 불을 붙였다.

케이코는 쇼고의 눈앞에서 담배 연기를 내뿜으며 “하나만 물어봐도 돼요?”하고 물었다.

“네, 뭡니까?” 쇼고가 몸을 앞으로 숙였다.

“여기서 내가 말한 내용이 잡지에 실리나요?”

쇼고의 대답에 따라 어디까지 말할지를 정할 심산인 듯했다.

“아닙니다.”

쇼고가 고개를 젓자 케이코가 눈을 깜박였다.

"그럼 이건 뭐죠?"

"솔직히 말하자면 저는 잡지 기자가 아닙니다."

"아까 나한테 준 기자 명함이 가짜라고요?"

"아니요, 잡지에 기사를 쓰는 건 사실입니다. 다만 주로 쓰는 건 유흥업소 소개 기사이고 아직까지 사건 르포를 쓴 적은 한 번도 없습니다. 이건 어디까지나 제가 개인적으로 오노데라 케이치라는 남자에게 흥미를 느껴서 조사하고 있는 것이기 때문에 케이코 씨한테 들은 이야기가 잡지에 실릴 일은 없다고 말씀드린 겁니다."

"여기 술값은요?"

"물론 사비입니다."

케이코는 쇼고의 말을 듣더니 "별난 취미네요" 하고 웃었다.

"왜 범인에게 관심을 갖게 된 건가요?" 케이코가 물었다.

쇼고는 잠시 망설이다가 오른쪽 손목 단추를 풀고 셔츠를 팔꿈치까지 걷어 올렸다.

오른팔을 뒤덮은 문신을 보고 케이코가 헉하고 숨을 들이마셨다. 그러고는 한참을 뚫어지게 들여다보았다.

가까이에서 자세히 보았으니 문신에 가려진 상처 자국과 화상 흉터도 눈치챘을 것이다.

"제 처지와 비슷하다고 느꼈기 때문입니다. 저도 어렸을 때 학교에 다니지 않았고, 오랜 기간 시설에서 자랐거든요."

케이코가 고개를 들어 쇼고를 마주 보았다.

"그런 거였군요…."

지금까지와 달리 케이코의 말투에서 쇼고에 대한 연민이 묻어났다.

"그러고 보니 케이치의 몸에도 상처가 많았어요. 어릴 때 부모한테 학대당한 흔적이라고 했어요."

"직접 보셨나요?"

쇼고가 묻자 케이코가 고개를 끄덕였다.

"마지막으로 본 날 밤에… 나한테 부탁하고 싶다고 했거든요."

쇼고는 눈앞에서 담배 연기를 뿜어내는 케이코를 보며 고개를 갸우뚱했다.

"뭘 말입니까?"

쇼고가 묻자 케이코가 "그러니까 내 손님이 되고 싶다고요" 하고 대답했다.

"케이치 쪽에서 먼저 그렇게 말했다고요?"

쇼고의 질문이 기분 나빴는지 케이코가 눈썹을 찌푸렸다.

"내가 아무리 갈 데까지 갔다지만 집이나 다름없는 PC방에서 대놓고 호객 행위를 하지는 않아요."

"죄송합니다. 그런 의미는 아니었습니다만…."

쇼고가 사과하자 케이코는 "뭐 아무래도 상관없지만" 하고 재떨이에 담배를 비벼 껐다.

"이런 일은 기본적으로 마지막까지 하지는 않아요. 상대방이 원하고 또 그만큼 돈을 많이 내면 가끔 마지막까지 할 때도 있기는 하지만요."

"케이치는 마지막까지 하고 싶다고 했나요?"

케이코가 고개를 끄덕였다.

"이것밖에 없는데 가능하겠냐면서 봉투를 내밀었어요. 봉투에는 꼬깃꼬깃한 천 엔짜리 지폐 열다섯 장이 들어 있었고요. 일이라고는 해도 아는 사람을 상대하는 건 아무래도 좀 그래서 '싼 데를 찾아보면 1만 5천 엔으로 할 수 있는 곳도 있다'라고 알려줬어요. 나 같은 아줌마가 아니라 어린 여자애들이랑 놀 수 있다고요. 하지만 케이치는 내가 좋다고 했어요. 서로에 대해 조금이라도 아는 사람이랑 하고 싶다면서요."

"그래서 케이치와 관계를 가졌나요?"

"네…. 며칠 전에 일을 관뒀다고 들었고, 그 말을 하는 케이치의 표정에서 뭔가 비장함이 느껴져서 도저히 거절할 수가 없었어요. 나 같은 아줌마라도 조금은 기분전환이 되지 않을까 싶기도 했고요. 모텔 갈 돈은 없다고 해서 그냥 근처에 있는 공원 화장실에서…. 내가 보기에는 아마도 처음인 것 같았어요."

쇼고는 케이코의 이야기를 들으며 예전에 카와모토 물류의 사장이 했던 말을 떠올렸다.

— 집도 없는 일용직한테 여자친구가 있을 리가 없지 않냐.

회사 동료에게 이런 말을 들은 케이치는 분노했고, 이튿날부터 출근하지 않았다고 했다.

케이코의 생각이 맞는다면 케이치는 지금까지 26년 동안 살아오면서 단 한 번도 이성과 깊은 관계를 맺어 본 적이 없었을 것이다. 그러다가 동료의 비웃음을 계기로 여자와 자 보고 싶어진 것이 아닐까.

하지만 자기보다 훨씬 더 나이가 많은 매춘부와 공중 화장실에서 나눈 정사가 케이치에게 만족감이나 뿌듯함을 안겨 주었을 것 같지는 않았다.

"불쌍한 첫 경험이라고 생각하고 있죠?"

케이코가 굳이 말하지 않아도 다 안다는 듯 말했다. 쇼고는 고개를 저으며 대답했다.

"자기에 대해 전혀 모르는 여자와 하는 것보다는 훨씬 더 좋았을 거라고 생각합니다. 케이치에게 있어서 케이코 씨는 자신을 조금이라도 이해해 주려고 하는 사람이었을 테니까요."

"진심인지 아닌지는 모르겠지만 그렇게 말해 주니 고맙네요. 하지만…."

"하지만 뭐죠?"

쇼고가 묻자 케이코가 고개를 들고 씁쓸하게 웃었다.

"일을 마치고 화장실에서 나가기 전에 케이치가 한 말이 아직도 기억나요. 이제 미련 없이 저쪽으로 갈 수 있겠다고….”

“저쪽으로요?”

“네. 그리고… 오늘 경험은 자기도 평생 못 잊겠지만 나한테도 분명 잊지 못할 기억으로 남을 거라고 했어요.”

“케이치가 말한 저쪽이라는 건 교도소를 가리키는 거였을까요?”

“지금 와서 생각하면 그런 것 같은데 그때는 그냥 흘려들었어요. 그자리에서 내가 더 자세히 확인해서 바보 같은 짓은 하지 말라고 타일렀더라면….”

케이코는 자신이 범행을 막을 수 있지 않았을까 하고 당시 일을 후회하고 있는 듯했다.

“케이코 씨 잘못이 아닙니다. 아마 케이코 씨가 말렸어도 케이치는 범행을 저질렀을 겁니다.”

쇼고의 말에 케이코가 “그렇겠죠…?” 하고 힘없이 중얼거렸다.

“그러고 나서 저는 케이치에게 받은 돈으로 술을 마시러 갔기 때문에 케이치랑 나눈 대화는 그게 마지막이었어요.”

케이코는 그렇게 말하며 잔에 남아 있던 우롱차 하이볼을 들이켰다. 한 잔 더 마셔도 되겠냐고 묻길래 쇼고는 점원을 불렀다. 케이코는 소주를 시켰다.

케이치는 케이코와 관계를 가진 다음 날 PC방을 나가서 이틀 뒤인 11월 16일 저녁에 시부야 스크램블 교차로에서 범행을 저질렀다.

케이코가 점원이 가져온 소주를 마시며 다시 입을 열었다.

“케이치가 범행을 저지른 가장 큰 동기는 아마도 부모와 사회에 대한 원망이었겠지만 그와 동시에 나에 대한 복수이기도 하지 않았을까 싶더라고요.”

“왜 케이코 씨한테 복수를 합니까? 케이코 씨가 케이치한테 무슨 나쁜 짓을 한 것도 아닌데.”

"아직 충분히 젊으니까 열심히 살다 보면 좋은 일이 있을지도 모른다고 내가 충고했잖아요. 그런 안이한 충고에 대해 복수하고 싶었던 게 아닐까 싶어서요. 그가 안고 있던 절망은 내가 상상한 것보다 훨씬 더 복잡하고 심각한 것이었을 수도 있으니까…."

케이코가 잔에 반쯤 남아 있던 소주를 입 안에 털어 넣었다.

술 마시는 속도가 아까보다 훨씬 빨라졌다. 쇼고가 보기에는 안 좋은 일을 털어놓음으로써 빨리 잊고 싶어 하는 것처럼 느껴졌다.

"내가 그 남자에 대해 말할 수 있는 건 이 정도예요. 참고가 되었을지는 모르겠지만."

슬슬 마무리할 타이밍이었다.

"감사합니다. 그리고 저 때문에 싫은 기억을 다시 끄집어내게 만들어서 죄송합니다."

쇼고가 고개를 숙였다.

"괜찮아요. 술만 있으면 웬만한 일은 다 견딜 수 있으니까."

"제가 먼저 일어나는 게 좋을까요?"

"당신은 내가 좋아하는 타입이니까 술 상대뿐만 아니라 잠자리 상대까지 해 준다면 계속 같이 마셔도 상관없지만… 힘들겠죠?"

"안타깝게도 술이 들어가면 힘을 못 쓰는 체질이라서요."

쇼고는 최선을 다해 쥐어 짜낸 거짓말을 하면서 지갑에서 1만 엔짜리 지폐를 꺼내 테이블 위에 내려놓았다.

"오늘은 정말 감사했습니다."

다시 한번 인사를 하고 자리에서 일어나 가게를 나왔다.

09

"…말씀드린 대로 1화 마감은 다음 달 15일이니 아무쪼록 잘 부탁드립니다."

코헤이는 마지막으로 마감 일정을 다시 한번 확인한 후 계산서를 집어 들고 자리에서 일어났다. 계산대에서 계산을 마치고 작가인 니노미야와 함께 카페를 나섰다.

"니노미야 선생님의 이번 새 연재에 대해서는 저희 편집장님도 기대가 큽니다. 자료 조사 등 제가 도울 일이 있으면 언제든지 연락 주십시오."

코헤이는 카페 앞에서 니노미야와 헤어져 카와고에역으로 향했다. 개찰구를 통과해 플랫폼으로 내려가서 신키바행 열차에 올라탔다.

좌석에 앉자마자 바로 가방에서 원고 뭉치를 꺼내 들었다. 그게 우편으로 받은 원고를 내일까지 다 읽고 작가에게 연락해야 했다.

절반 정도 읽었지만 아직까지는 읽으면서 구역질이 난다거나 죄책감이 느껴지는 부분은 없었다. 다행히 이번 원고는 잔인한 살인 사건이 등장하는 본격 미스터리가 아니라 학교를 배경으로 한 청춘 미스터리였다.

여자친구인 아카리가 이번 묻지마 사건의 피해자라는 사실을 쿠도 편집장에게 털어놓은 후, 코헤이는 세리자와 시로를 비롯해 최근 코헤이의 일 처리에 불만을 느끼고 있던 미스터리 작가들의 담당에서 벗어나 순문학 작가들을 담당하게 되었다.

코헤이의 정신적 부담을 덜어 주고자 하는 쿠도 편집장의 배려였다. 하지만 그렇다고는 해도 여전히 코헤이가 담당하는 작가 중에는 미스터리 작가도 일부 남아 있었다. 그들의 원고를 읽다 보면 자연스럽게 묻지마 사건을 떠올리게 되었고, 작가와 미팅을 하다 보면 최근 발생한 살인 사건이 화제로 등장했다. 언제 어디서 어떤 지뢰가 튀어나올지 몰라 매일매일 살얼음을 딛는 심정이었다.

쿠도는 코헤이가 문예부가 아닌 다른 부서로 옮길 수 있을지 인사부에 알아보고 있었지만, 실제로 부서 이동이 실현되기까지는 아무래도 시간이 걸릴 수밖에 없었다.

주머니에서 진동이 울렸다. 코헤이는 스마트폰 화면을 보고 깜짝 놀랐다.

【조만간 한번 만날 수 있을까?】

아카리가 보낸 메시지였다.

카페에서 에츠코와 만난 이후 코헤이는 연락을 자중하고 있었다. 물론 아카리에게서도 연락은 오지 않았다.

아카리를 보지 못한 지 벌써 두 달이 다 되어 가고 있었다.

지금 당장 만나러 가고 싶었다. 하지만 만나기가 두려웠다.

코헤이는 잠시 고민한 끝에 아카리에게 답장을 보냈다.

【오늘 시간 괜찮은데 지금 갈까?】

아카리에게서 바로 【OK】라는 답장이 왔다. 늘 사용하던 귀여운 캐릭터 이모티콘 없이 무미건조한 글자뿐인 메시지였다.

코헤이는 시부야역에서 내려 전에 갔던 꽃집에 들렀다. 지난번과 마찬가지로 아카리가 좋아하는 분홍색을 위주로 한 꽃다발을 사서 병원으로 갔다.

병원 안내 데스크에서 아카리의 병실이 어디인지 물어보려다가 안내 데스크 앞 의자에 앉아 있는 에츠코를 발견하고 그쪽으로 다가갔다. 에츠코가 코헤이를 보고 자리에서 일어났다.

"조금 전 아카리에게서 만나자는 연락을 받았습니다."

코헤이가 말하자 에츠코가 알고 있다는 듯 고개를 끄덕였다.

"아카리가 코헤이 씨랑 단둘이 할 얘기가 있다고 해서 자리 피해 주려고 나와 있는 거예요. 아카리 병실은 305호실이에요. 들어가기 전에 간호사실에 면회 왔다고 알려 주세요."

"알겠습니다."

코헤이는 에츠코에게 꾸벅 인사하고 엘리베이터 쪽으로 걸어갔다.

엘리베이터 버튼을 누르는 손가락이 떨렸다. 아까 꽃집을 나와서부터 계속 가슴이 꽉 막힌 것처럼 답답했다.

드디어 아카리를 만날 수 있다. 하지만 아카리를 만나서 무슨 말을 하면 좋을지 알 수가 없었다.

코헤이는 엘리베이터에서 내려 간호사실에 들렀다. 간호사에게 면회를 왔다고 알리고 병실로 향하면서 아카리에게 전할 말을 머릿속으로 정리해 보았다.

무엇보다 먼저 사과를 하고 싶었다. 아카리는 그날 코헤이가 약속을 취소하는 바람에 사고를 당한 셈이었으니까.

그런 다음 자기한테 아카리가 얼마나 소중한 존재인지, 자신이 아카리를 얼마나 필요로 하는지 전할 생각이었다.

— 저희는 아카리가 완전히 딴사람이 되어버리더라도 그 아이를 사랑할 겁니다. 가족이니까요. 아무리 힘들어도 평생 아카리 곁에서 그 아이를 지켜 줄 거예요.

지난번에 만났을 때 에츠코가 한 말을 듣고 코헤이는 오랫동안 고민했다. 가족도 아닌 자신이 아카리의 엄마인 에츠코와 같은 마음을 가질 수 있을까.

앞으로도 쭉.

평생 곁에서 아껴 주겠다고 자신 있게 단언할 수 없다면 아카리를 만날 자격이 없는 게 아닐까.

코헤이는 아카리의 가족이 아니었다. 하지만 코헤이에게는 지금까지 5년 동안 아카리와 사귀면서 함께 쌓아 온, 무엇과도 바꿀 수 없는 소중한 추억들이 있었다.

설령 아카리가 예전의 밝고 건강한 모습을 영영 되찾지 못한다 할지라도, 앞으로 두 사람에게 어떤 어려움이 닥치더라도, 코헤이는 아카리와 함께 있고 싶었다.

아카리를 진심으로 사랑하고 있다.

이것이 많은 고민 끝에 코헤이가 얻은 결론이었다.

코헤이는 305호실 앞에 도착해서 크게 심호흡을 한 다음 문을 두드렸다.

"네" 하고 대답하는 아카리의 목소리를 듣고 병실 안으로 들어갔다.

아카리는 침대 머리맡에 세워 둔 베개에 기대어 앉아 있었다. 창밖을 바라보고 있어서 얼굴은 보이지 않았다.

코헤이는 문을 닫고 침대 쪽으로 한 발 다가갔다.

"상태는… 좀 어때?"

목소리가 떨렸다.

"나쁘지 않아."

아카리가 이쪽을 보지 않고 대답했다.

코헤이는 침대 위에 있는 아카리를 응시한 채 한 발짝도 움직일 수 없었다.

"몇 번이나 문병 오겠다고 했는데 계속 거절해서 미안."

아카리의 말을 들으니 긴장이 조금 풀렸다. 코헤이는 침대로 다가갔다.

"아니야…. 앉아도 될까?"

아카리가 창밖을 향한 채 고개를 끄덕였다. 코헤이는 침대 옆에 놓인 접이식 의자에 앉았다.

"꽃을 사 왔는데… 미안… 사귄 지 5년이나 됐는데 네가 무슨 꽃을 좋아하는지도 몰라서….'

코헤이는 협탁 위에 꽃다발을 내려놓으며 말했다.

"일전에 우리 엄마 통해서 전해 준 코스모스… 그거 좋아해. 고마워."

"그게 코스모스였어? 그런 것도 모르고 나 정말 한심하다….'

아카리는 아무 말도 하지 않았다. 그저 창밖만 바라볼 뿐이었다.

"남자친구 실격이네…. 그날도 내가 약속을 취소하지만 않았더라면 아카리 네가 그런 일을 당하지도 않았을 텐데… 나 때문에….'

"코헤이 탓이 아니야."

아카리가 이쪽으로 천천히 고개를 돌렸다. 코헤이는 헉하고 숨을 들이마셨다.

아카리의 오른쪽 뺨에 깊게 새겨진 상처 자국을 보고 반사적으로 시선을 피할 뻔했지만 가까스로 참았다.

"내가 이렇게 된 건 코헤이 탓이 아니야. 코헤이한테는 잘못이 없어…. 그 말 하려고 부른 거야."

아카리가 코헤이를 보며 말했다.

아카리의 얼굴을 계속 보고 있으면 눈물이 나올 것만 같아서 코헤이는 저도 모르게 고개를 숙였다.

"나 다음 주에 퇴원해…. 퇴원하면 시즈오카로 갈 거야."

코헤이는 아카리의 말을 듣고 고개를 끄덕였다.

퇴원하더라도 바로 예전과 똑같이 생활하기는 힘들 것이다. 코헤이가 생각하기에도 당분간은 가족과 함께 지내는 편이 나을 듯싶었다.

"다시 상태가 좋아지면… 도쿄로 돌아오는 거지?"

코헤이가 묻자 아카리는 고개를 저었다.

"우리 헤어지자."

심장이 철렁했다.

"왜… 어째서…? 내가 싫어졌어?"

아카리가 다시 고개를 저었다.

"코헤이가 나를 싫어하게 될 거야."

"그럴 리가 없잖아!"

코헤이가 소리치자 아카리가 흠칫 놀라 몸을 움츠렸다.

"소리 질러서 미안…. 하지만 내 말도 좀 들어 줘. 내가 널 싫어하게 될 일은 없을 거야, 절대로. 나한테는 아카리 네가 필요해."

"나는 더 이상… 코헤이가 알던 예전의 내가 아니야…. 의식이 돌아온 후 내 눈에 보이는 풍경은 예전과는 완전히 달라졌어…."

무슨 뜻인지 알 수 없었지만 코헤이는 잠자코 아카리가 하는 말에 귀를 기울였다.

"오늘은 날씨가 정말 좋다는 엄마 말을 듣고 창밖을 내다봐도 내 눈에는 잔뜩 찌푸린 하늘이 보일 뿐이야. 여기 벽은 흰색이라고 하는데 나한테는 회색으로밖에 안 보여. 엄마 아빠나 남동생 얼굴도… 지금 내 눈앞에 있는 코헤이 얼굴도… 색이 다 사라진 흑백 사진 같아 보여. 일전에 사다 준 꽃다발도 엄마는 예쁜 분홍색이라고 했지만 나한테는 그렇게 보이지 않았어…. 이 꽃다발도…."

아카리는 그렇게 말하며 협탁에 놓인 꽃다발을 가리켰다.

"사고 후유증으로 시력에 문제가 생긴 거야?"

코헤이가 묻자 아카리가 고개를 저었다.

"의사 선생님한테 말해서 검사를 받았지만 시력에는 이상이 없대. 아마 정신적인 문제일 거라고…. 그것뿐만이 아니야. TV 요리 채널에서 식칼을 사용하는 장면이 나오거나 거리에 사람들이 북적이는 장면을 보는 것만으로도 숨이 막혀 죽을 것만 같아. 소리 때문에 발작을 일으키기도 하고, 불을 끄거나 눈을 감으면 범인한테 공격당했을 때의 광경이 선명하게 되살아나서 미쳐버릴 것 같아. 나는 더 이상… 예전의 내가 아니야. 코헤이가 알던 내가 아니라고!"

아카리가 무거운 한숨을 내쉬며 다시 창밖으로 고개를 돌렸다.

창밖에는 새파란 하늘이 펼쳐져 있지만 지금 아카리의 눈에는 전혀 다른 풍경으로 보이는 듯했다.

— 어쩌면 아주 딴사람이 되어버릴지도 몰라요.

예전에 카페에서 에츠코가 하는 말을 듣고 코헤이도 어느 정도 각오는 하고 있었다.

두 번 다시 아카리의 웃는 얼굴을 보지 못할 수도 있겠다고.

하지만….

"아카리…."

코헤이가 불러도 아카리의 시선은 창밖을 향한 채 움직이지 않았다.

"예전과 달라져도 난 상관없어."

아카리는 아무런 반응을 보이지 않았지만 코헤이는 개의치 않고 계속했다.

"일전에 너희 어머니를 만났을 때 이런 말씀을 하시더라. 가족들은 네가 완전히 딴사람이 되어버리더라도 변함없이 널 사랑할 거라고. 너랑 나는 가족은 아니지만… 하지만 내 마음도 똑같아. 아카리 널 좋아하니까, 넌 그 무엇과도 바꿀 수 없는 소중한 존재니까, 앞으로 무슨 일이 있더라도 계속 함께 있고 싶어."

아카리의 어깨가 미세하게 떨렸다.

"함께 있으면서… 언젠가 네가 다시 웃는 얼굴을 보고 싶어. 환하게 웃는 네 얼굴을 보면 나도 진심으로 행복할 테니까. 시간은 걸릴지도 모르겠지만… 그래도 앞으로는 그걸 목표로 살아가고 싶어."

"그만 돌아가…."

아카리의 말이 코헤이의 가슴을 무겁게 짓눌렀다.

"나는 그러고 싶지 않아…. 이만 돌아가 줘."

코헤이는 새어 나오는 한숨을 억지로 삼키고 입술을 꽉 깨물며 자리에서 일어났다. 병실 입구까지 걸어 나와서 침대 위에 있는 아카리를 마지막으로 한 번 더 돌아본 후 천천히 문을 닫았다.

엘리베이터를 타고 1층으로 내려가자 안내 데스크 앞 의자에 앉아 있던 에츠코가 이쪽으로 다가왔다.

"헤어지자고 하네요."

코헤이가 말하자 에츠코는 "그랬군요…" 하고 예상하고 있었다는 듯 고개를 끄덕였다.

"하지만 전 포기하지 않을 겁니다."

코헤이의 대답이 의외였는지 에츠코가 시선을 들어 이쪽을 쳐다보았다.

"죄책감이나 농정심 때문이 아니라 제가 아카리를 좋아하기 때문입니다. 설령 예전 모습을 되찾지 못한다 하더라도 아카리는 아카리이니까요. 제 마음은 변함없습니다."

"그렇게 말해 주는 건 고맙지만…."

"앞으로도 종종 어머님께 연락을 드려도 될까요? 아카리 상태가 어떤지 여쭤보고 싶어서요."

코헤이가 다소 억지스럽게 허락을 구하자 에츠코는 망설이는 표정으로 고개를 끄덕였다.

"그럼 이만 들어가 보겠습니다."

코헤이는 에츠코에게 고개 숙여 인사한 다음 병원 출구를 향해 걸어갔다.

10

쇼고는 유흥업소 취재를 마치고 가게 밖으로 나와 스마트폰을 꺼내
들었다. 고토 리나에게서 메시지가 와 있었다.

【오케이. 마침 내일 쉬는 날이라 오늘 밤에 젝스나 갈까 했는데 어때?】

취재 가기 전에 리나에게 조만간 한번 만나자는 메시지를 보냈었다.

【나도 방금 일 끝났으니까 바로 출발할게.】

쇼고는 답장을 보낸 뒤 지하철 신주쿠역으로 가서 중앙선을 타고 나
카노로 향했다.

두 사람의 단골 바 젝스는 나카노 브로드웨이 뒤쪽 술집 골목에 있었
다. 단골이라고는 하지만 쇼고가 젝스에 가는 것은 거의 반년만이었다.

쇼고는 젝스에 도착해 문을 열고 안으로 들어갔다. 카운터석만으로
이루어진 가게 안에 다른 손님은 없었다. 바텐더인 나카니시가 "오랜만
이네" 하고 기운 없는 목소리로 인사를 건넸다.

카운터석에 앉아 키핑해 둔 위스키를 하이볼로 주문했다.

"혼자?"

나카니시가 묻길래 "리나가 곧 올 거야" 하고 대답했다.

"그러고 보니 리나도 요즘 통 안 보이던데. 시부야에서 일어난 사건 때문에 많이 바쁜가?"

리나는 시부야 경찰서에 근무하고 있었다. 하지만 지역과 소속이기 때문에 묻지마 사건 수사와는 관련이 없을 터였다.

나카니시가 쇼고 앞에 하이볼을 탁 내려놓았다. 쇼고는 잔을 들어 입으로 가져갔다.

리나와 처음 만난 것은 3년 전이었다. 처음에는 이름도 나이도 몰랐다. 당시 쇼고는 유흥업소 삐끼로 일하며 시부야 길거리에서 호객 행위를 하고 있었고, 그 동네 순찰을 돌던 리나에게 가끔 주의를 듣곤 했다. 그러던 어느 날 이 가게에서 우연히 마주친 것이다.

자신을 보고 달가워하지 않으리라는 쇼고의 예상과는 달리 리나는 일과 사생활을 철저하게 구분 짓는 성격이었다. 관할 지역 내 술집에서는 편히 마실 수가 없어서 일부러 나카노까지 원정을 오는 거라고 했다.

경찰 제복을 입고 있을 때의 리나는 귀여움이라고는 찾아볼 수 없는 권력의 하수인일 뿐이었지만 술집에서 만나 이야기를 나눠 보니 의외로 말이 잘 통했고, 그 이상으로 속궁합이 잘 맞았다.

리나와의 만남은 쇼고가 유흥업소 삐끼를 그만두게 된 계기 중 하나였다.

문이 열리는 소리에 쇼고는 입구 쪽을 돌아보았다.

리나가 "오랜만" 하고 한 손을 들어 보이며 카운터로 걸어왔다. 그러고는 쇼고의 옆자리에 앉더니 눈앞에 놓인 쇼고의 위스키병을 가리키며 나카니시에게 자기도 같은 걸 달라고 주문했다.

"벼룩의 간을 내먹어라. 그쪽은 천하의 공무원이고 이쪽은 한낱 프리랜서라고."

쇼고가 핀잔을 주자 리나가 흥 하고 코웃음을 쳤다.

"반년이나 내 연락을 무시한 벌이야. 유흥업소 취재하면서 예쁜 언니들이랑 노느라 바빴나 보지?"

"그러면 좋았겠지만 안타깝게도 나 역시 너처럼 일과 사생활은 구분하자는 주의라서 말이야."

오랜만에 나누는 가벼운 대화를 즐기며 리나와 건배했다.

"아무튼 쇼고가 먼저 만나자고 하다니 별일이네. 무슨 일 있어?"

리나가 물었다.

"물어보고 싶은 게 있어서."

"뭔데?"

"케이치를 만나려면 어떻게 해야 돼?"

무슨 말인지 못 알아들었는지 리나가 고개를 갸웃거렸다.

"케이치라니?"

"얼마 전 시부야 스크램블 교차로에서 묻지마 사건을 일으킨 오노데라 케이치 말이야."

순간 리나의 눈이 휘둥그레졌다.

"쇼고가 케이치를 만나겠다고? 왜? 뭐 하러? 사건 관련 기사라도 쓰게 된 거야?"

"아니, 일이 아니라 개인적으로 관심이 있어서. 케이치는 지금 어디 있어?"

쇼고가 물었지만 리나는 좀처럼 입을 열려고 하지 않았다.

"말하면 안 되는 건가?"

"음… 아무래도 그렇지. 하지만 어차피 언론에서는 이미 다 아는 사실이라 크게 상관없을 것 같기도 하고. 비밀로 하겠다고 약속하면 말해 줄게."

"그야 물론." 쇼고가 고개를 끄덕였다.

"오노데라 케이치는 그날 현장에서 체포된 후 지금까지 계속 시부야 경찰서 유치장에 있어."

"내가 만나 볼 수 없을까?"

"지금은 불가능해. 접견 금지 결정이 내려진 상태거든."

"그게 뭔데?"

"변호사 외에는 만날 수 없다는 뜻이야." 리나가 대답했다.

"앞으로 계속 변호사밖에 만날 수 없다고? 보통은 뉴스에서 범인 인터뷰한 내용 같은 걸 내보내기도 하잖아."

"이번 사건은 본인이 범행을 부인하고 있는 것도 아니고 단독범이라는 게 거의 확실하니까 접견 금지 결정도 조만간 풀릴 것 같기는 한데…."

"그렇게 되면 만날 수 있는 거야?"

"본인이 거부하지 않는다면."

"오노데라 케이치가 동의하지 않으면 면회는 불가능하다고?"

리나가 고개를 끄덕이며 술잔을 입으로 가져갔다.

"어떻게 하면 나를 만나 줄까?"

"그걸 나한테 물으면…." 리나가 난감하다는 표정으로 머리를 긁적였다. "일단 상대방한테 무슨 이득이 있는지를 생각해 봐야 하지 않을까?"

"예를 들면?"

"상대가 원하는 물건을 넣어 준다든지 외부와 연락을 취할 수 있도록 도와준다든지…. 지금 같은 시기에는 겨울용 옷을 넣어 주면 좋아할지도 모르겠다. 경찰서 유치장이나 구치소는 겨울에 엄청 춥거든."

"접견 금지 결정이 풀렸는지 여부는 어떻게 확인할 수 있어?"

"쇼고가 케이치의 접견 금지 결정 해제 여부를 확인하려면 직접 경찰서에 가서 물어보는 수밖에 없어. 대체 왜 그 사람을 만나려고 하는데? 개인적인 관심이라니?"

"설명하기는 좀 어려운데… 아무래도 남 일 같지가 않아서 말이야. 케이치는 열네 살 때까지 학교에 간 적이 거의 없다고 하더라고. 게다가 열여섯 살 때까지는 시설에서 자랐고."

쇼고는 예전에 리나에게 자기도 비슷한 환경에서 자랐다는 이야기를 한 적이 있었다. 부모에게 학대당한 사실에 대해서는 말하지 않았지만.

"나도 내가 케이치를 만나서 뭘 하고 싶은 건지 잘 모르겠어. 다만 케이치에 대해 알게 되면 알게 될수록 과거의 내가 겹쳐 보여서…."

"흠… 그런 거라면 지금 말한 내용을 편지로 써서 보내면 어때?"

리나의 제안은 쇼고가 생각하기에도 나쁘지 않은 아이디어 같아 보였다.

여자의 비명이 들렸다.

이어서 거친 숨소리와 심장 뛰는 소리에 비명이 가려졌다.

양손을 꽉 움켜쥐었다. 숨쉬기가 힘들었다. 심장이 터질 것만 같았다.

누군가 어깨를 붙잡고 흔들었다. 어둠 속에서 이쪽을 응시하는 여자와 눈이 마주쳐서 흠칫 놀랐다.

"괜찮아?"

여자 목소리가 들리더니 갑자기 시야가 환해졌다.

쇼고는 환한 조명에 눈을 찡그리며 주위를 둘러보았다. 호텔 침대에서 자고 있었던 모양이다.

리나가 걱정스러운 표정으로 쇼고를 내려다보고 있었다. 쇼고는 자신이 왜 호텔 방에 리나와 함께 있는지 기억해 내려고 애썼다.

바에서 함께 마신 것까지는 기억이 났다. 리나에게 어떻게 하면 케이치를 만날 수 있을지 물어본 것도. 하지만 그 이후는 기억이 나지 않았다.

쇼고는 머리맡에 손을 뻗어 불을 끄고 침대에서 일어났다. 냉장고에서 페트병에 담긴 생수를 꺼내 소파에 앉았다.

"악몽이라도 꾼 거야? 가위눌린 것 같던데…."

리나가 말했다. 쇼고는 생수 뚜껑을 열어서 바싹 마른 입을 축였다.

어머니 꿈을 꾼 것은 오랜만이었다.

"역시 그만두는 게 좋지 않을까?"

조심스러운 목소리에 쇼고는 침대 쪽을 돌아보았다. 리나가 이쪽으로 다가와서 쇼고 옆에 앉았다.

"뭘?"

"오노데라 케이치와 만나는 거."

왜 그러냐고 묻기도 전에 리나가 쇼고의 손을 꼭 잡았다.

"괜히 옛날 상처를 들쑤시게 되는 거 아닌가 걱정돼…."

설마 취해서 나도 모르는 사이에 이상한 말이라도 한 걸까. 쇼고는 리나의 근심 어린 목소리를 들으며 일말의 불안감을 느꼈다.

"아무리 자란 환경이 비슷해 보여도 쇼고랑 케이치는 전혀 달라."

정말 그럴까?

자신의 전부를 아는 것이 아닌 리나에게는 그렇게 보일 수도 있겠다 싶었다.

11

아카리는 노크 소리에 잠에서 깨어 침대 옆 의자에 앉아 있는 엄마를 올려다보았다.

엄마가 자리에서 일어나 병실 문을 열고 방문객과 인사를 나누더니 "들어오세요" 하고 안으로 안내했다.

"아카리 씨, 안녕하세요."

여자가 웃으며 이쪽으로 다가왔다.

일전에 형사들이 찾아왔을 때 같이 왔던 우치무라였다. 그때 받은 명함에는 범죄피해자지원실 소속이라고 적혀 있었다.

"상태는 좀 어떠세요?"

"아, 많이 좋아졌어요…."

"어머님께 조만간 퇴원할 예정이라는 연락을 받고 찾아왔습니다만… 퇴원일은 정해지셨나요?"

"네, 이틀 뒤인 2월 8일이요."

"정말 잘됐네요. 처음 만났을 때보다 안색도 많이 좋아지신 것 같고….

석 달 동안 정말 고생 많으셨습니다."

우치무라의 말을 들으니 지금까지의 일들이 다시금 머릿속에 떠올랐다. 실로 길고도 험난한 시간이었다. 간헐적으로 엄습하는 강한 통증을 견디며 뇌리에 깊이 새겨진 사건 당시의 기억을 잊으려 애쓰고, 내 몸이 내 마음대로 움직이지 않는 답답함과 억울함을 삼키며 재활 훈련에 매진한 나날들.

"이제 곧 퇴원할 테니 꽃보다는 먹는 게 나을 것 같아서요."

우치무라가 손에 들고 있던 쇼핑백을 내밀었다.

엄마가 쇼핑백을 받아들고 우치무라에게 의자를 권했다.

"퇴원 후에는 어떻게 하실 건가요?"

우치무라가 의자에 앉아 아카리와 시선을 마주하며 물었다.

"시즈오카로 내려갈 예정입니다."

"시즈오카라면… 본가 말인가요?"

아카리는 고개를 끄덕였다.

"그렇군요. 그게 좋겠네요. 부모님과 같이 지내는 편이 정신적으로도 훨씬 나을 테니까요."

우치무라는 고개를 끄덕이며 자기 무릎 위에 올려둔 핸드백에서 메모지를 꺼냈다.

"늦어서 죄송합니다. 여기가 이야마 아키히로 씨의 묘가 있는 장소입니다."

아카리는 우치무라가 건넨 메모지를 들여다보았다. '세이메이지'라는 절 이름과 주소가 적혀 있었다. 시부야에 있는 절이었다.

"감사합니다…."

아카리는 메모지를 내려다보며 우치무라에게 고맙다고 인사했다.

형사들 말에 따르면 아키히로는 가족이나 친지 누구의 배웅도 받지 못한 채 무연고자 묘에 묻혔다고 했다.

아카리에게는 아키히로의 묘를 찾아가서 고인의 명복을 빌 의무가 있었다.

말로는 도저히 다 표현할 수 없는 감사를 전하기 위해서라도.

"저… 혹시 괜찮으시다면…."

우치무라가 조심스럽게 말을 꺼냈다. 아카리는 메모지에서 고개를 들어 우치무라를 쳐다보았다.

"내일모레는 저도 시간이 가능할 것 같은데 같이 가 보시겠어요?"

"그렇게 해 주시면 저야 감사하죠." 아카리가 대답했다.

"그럼 내일모레 오후 1시에 병원에서 만나서 같이 출발하는 걸로 할까요?"

"네, 알겠습니다."

아카리가 대답하자 우치무라는 내일모레 다시 오겠다는 말을 남기고 돌아갔다.

아카리는 접이식 의자에 앉아 힘겹게 바지를 입은 다음 침대 난간을 붙잡고 천천히 몸을 일으켰다.

엄마가 집에서 가져온 바지는 헐렁한 스타일이었지만 그래도 관절을 구부릴 때마다 통증이 느껴졌다.

자리에서 일어나자 엄마가 아카리에게 지팡이를 건네주었다.

아카리는 지팡이를 짚고 침대를 붙잡고 있던 손을 놓았다.

"선생님 오시라고 해도 되겠어?"

아카리가 고개를 끄덕이자 엄마가 병실에서 나갔다가 잠시 후 담당의인 모치다와 함께 돌아왔다.

"좀 어떠세요?"

모치다가 아카리를 보며 물었다.

"바지 입는 게 좀 힘들긴 했지만 그 외에는 다 괜찮아요."

"아카리 씨는 3개월 동안 재활 훈련 때 말고는 거의 누워만 있었으니까요. 시즈오카에 가서도 재활 훈련은 계속 해야 합니다."

모치다의 말에 아카리는 고개를 끄덕였다.

"지금까지 정말 감사했습니다."

아카리는 모치다에게 인사한 후 짐을 챙겨 든 엄마와 함께 병실을 나섰다.

지팡이를 짚으며 천천히 복도를 걸어가서 간호사실에 있는 분들에게도 인사를 건넸다.

엘리베이터를 타고 1층으로 내려가자 안내 데스크 앞에 앉아 기다리던 우치무라가 자리에서 일어나 이쪽으로 다가왔다. 손에는 꽃다발을 들고 있었다.

"죄송해요. 많이 기다리셨죠."

아카리 대신 엄마가 우치무라에게 늦어서 미안하다고 사과했다.

약속 시간인 1시를 30분 정도 지나 있었다.

"아닙니다. 꽃과 향은 제가 준비해 왔으니 바로 절로 가면 될 것 같습니다."

엄마가 퇴원 수속을 하러 간 동안 아카리와 우치무라는 의자에 앉아 기다렸다.

"그저께 저희 쪽에서 시즈오카 지방 경찰청 범죄 피해자 지원 부서에 연락해서 아카리 씨 건을 전달해 두었습니다. 도움이 필요하시면 언제든지 편하게 연락해 보세요. 물론 저한테 연락하셔도 되고요."

"감사합니다…."

아마도 연락할 일은 없을 것 같았지만 일단 고맙다고 인사했다.

누구에게 도움을 요청한들 이번 사건으로 인해 아카리가 입은 상처와 그날의 끔찍한 기억은 결코 사라지지 않을 것이다.

"아카리, 이거 쓸래?"

수속을 마치고 돌아온 엄마가 마스크를 내밀었다.

아카리가 뺨에 난 커다란 상처를 신경 쓸까 봐 매점에서 사 온 모양이었다.

고개를 끄덕이자 엄마가 마스크를 건넸다. 아카리는 마스크를 쓰고 의자에서 일어나 지팡이를 짚고 병원 출입구 쪽으로 향했다.

밖으로 나가자 택시가 기다리고 있었다. 우치무라가 조수석에 타고 뒷좌석에는 엄마가 먼저 탄 다음 아카리가 탔다. 우치무라가 행선지를 말하자 택시가 출발했다.

뒷자리에 앉아 창밖을 내다보던 아카리는 택시 기사에게 양해를 구하고 창문을 내렸다.

차가운 바람이 뺨에 와 닿았다. 병원 밖으로 나오면 색이 돌아오지 않을까 하는 기대와는 달리 아카리의 눈에 비치는 풍경은 여전히 무채색이었다.

택시는 조용한 주택가에 멈췄다. 아카리가 먼저 지팡이를 짚으며 내린 후 엄마와 우치무라가 내렸다.

아카리는 바로 앞에 있는 절을 쳐다보았다. 아담한 산문의 모양새로 미루어 보건대 그다지 규모가 큰 편은 아닌 듯했다.

아카리는 우치무라를 따라 산문을 통과했다. 엄마의 부축을 받으며 조심조심 돌길을 걸어갔다. 본당 뒤에 묘지가 있었다. 비석 사이로 걸어 들어간 우치무라가 커다란 돌 앞에서 걸음을 멈추었다.

돌에는 사람만한 크기의 관음보살이 새겨져 있었다.

"여기가 아키히로 씨의 묘입니다."

아카리는 우치무라의 말을 들으며 눈앞에 있는 돌을 바라보았다.

여기에 이야마 아키히로가 잠들어 있다. 내 생명의 은인이….

가족들 곁에 묻히지 못한 채 생판 모르는 사람들과 함께 여기 잠들어 있다….

우치무라가 꽃다발을 둘로 나누어 무덤 앞에 놓고 향에 불을 피워 아카리에게 건넸다.

아카리는 지팡이를 엄마에게 맡기고 그 자리에 무릎을 꿇으려 했지만 다리가 굽혀지지 않았다. 어쩔 수 없이 선 채로 분향을 한 다음 두 손을 모으고 눈을 감았다.

제 목숨을 구해 주셔서 정말 감사합니다. 부디 편히 잠드시기를….

마음속으로 고인의 명복을 빌자 머릿속에 아키히로의 모습이 떠올랐다.

아키히로는 백지장처럼 창백한 얼굴로 아카리에게 말했다.

— 약속은 지켰다고… 전해 줘….

아키히로가 마지막에 남긴 그 한마디는 누구에게 하는 말이었을까.

아카리는 자신을 구해 준 이야마 아키히로라는 사람에 대해 아무것도 알지 못했다.

아키히로는 아카리를 구하느라 목숨을 잃었다. 그런데 아카리는 그에 대해 아무것도 모른 채 무덤 앞에서 명복을 비는 것 외에는 할 수 있는 일이 없었다.

아카리는 천천히 눈을 뜨고 손을 내렸다.

아카리가 돌 앞에서 물러나자 이어서 엄마와 우치무라가 분향하고 합장했다. 한참을 묵념하던 엄마가 고개를 들고 아카리를 돌아보았다. 눈가에 눈물이 맺혀 있었다.

"정말 뭐라고 감사를 드려야 할지 모르겠다. 그날 아키히로 씨가 구해 주지 않았다면 아카리 넌…. 다음에 또 찾아뵙자꾸나."

아카리는 고개를 끄덕였다.

"바로 시즈오카로 내려가시나요?" 우치무라가 물었다.

"네, 시나가와역으로 가서 기차를 타려고요. 오늘 같이 와 주셔서 정말 감사했습니다."

엄마가 우치무라에게 고개를 숙였다.

"저…."

아카리가 입을 열자 엄마와 우치무라가 동시에 이쪽을 돌아보았다.

"경찰에서는 아키히로 씨 친척에게 시신 인수 여부를 확인했다고 하셨죠?"

"네…. 그렇다고 들었습니다."

"제가 그 친척분을 직접 만나 볼 수 없을까요?"

우치무라와 엄마가 당혹스러운 표정으로 아카리를 쳐다보았다.

"무엇 때문에 그러시죠?"

아카리는 우치무라의 질문에 바로 대답하지 못했다. 잠시 머릿속으로 생각을 정리한 다음 입을 열었다.

"뭐라고 설명하면 좋을지 잘 모르겠는데… 아키히로 씨에 대해 좀 더 알고 싶어서요. 저를 구해 준 분이 어떤 분이셨는지…."

"하지만 아키히로 씨는 스무 살 때 이후로 가족이나 친척들과 완전히 연락을 끊고 지냈다고…."

"그래도!" 아카리는 우치무라의 말을 중간에 끊었다. "그래도 아주 조금이라도 좋으니 아키히로 씨에 대해 알고 싶어요. 아니, 전 알아야만 해요."

그리고 가능하다면 아키히로가 가족묘에 묻힐 수 있도록 해 주고 싶었다.

우치무라가 잠시 고민하더니 이윽고 시선을 들어 아카리를 쳐다보며 말했다.

"아카리 씨가 만나고 싶어 한다는 말을 전할 수는 있지만 그쪽에서 받아들일지 어떨지는 알 수 없습니다."

"그거면 충분해요. 물어봐 주실 수 있나요?"

"알겠습니다."

"그쪽에서 대답이 올 때까지 나는 기요세에 있는 내 방에서 지낼게.

시즈오카에는 엄마 혼자 내려가."

"무슨 소리야. 그런 몸으로 혼자 지내겠다고?"

"며칠 정도는 괜찮아. 어차피 시즈오카에 가져갈 짐도 정리해야 하고."

정리하고 싶은 것은 물건뿐만이 아니었다. 앞으로 새로운 생활을 시작하기에 앞서 지금까지의 추억도 정리할 필요가 있었다. 그리고 그 작업은 가능하면 혼자서 하고 싶었다.

"응? 부탁이야."

아카리가 애원하자 엄마가 내키지 않는 표정으로 고개를 끄덕였다.

아카리는 기요세역에서 내려 지금까지 한 번도 이용한 적이 없었던 엘리베이터를 타고 개찰구로 향했다. 역에서 나와 택시를 탈까 고민했지만 가는 길에 편의점에도 들르고 싶었기 때문에 그냥 지팡이를 짚고 걷기 시작했다.

편의점에서 하겐다즈 딸기맛 아이스크림 두 개와 샌드위치와 쓰레기봉투를 사서 아파트로 향했다.

집까지 가는 데 평소보다 다섯 배쯤 시간이 걸렸다. 엘리베이터를 타고 3층에서 내렸다. 열쇠로 문을 열고 들어가 불을 켰다.

대학생 때부터 8년 가까이 살아온 집이 시야에 들어왔다.

사건 당일 아침에 집을 나섰을 때와 똑같은 상태였다. 하지만 그것을 바라보는 아카리는 그때와는 전혀 다른 사람이 되어 있었다.

현관에서 신발을 벗고 안으로 들어갔다. 편의점에서 산 아이스크림을 넣으려고 냉동실 문을 열었다. 냉동실에는 똑같은 아이스크림이 이미 네 개나 들어 있었다.

내가 이렇게 많이 사 놓았던가? 아니면 내가 입원한 동안 엄마가 사 놓은 건가?

어느 쪽이든 상관없다고 생각하며 방금 사 온 아이스크림을 냉동실에 넣었다. 마스크를 벗어 냉장고 위에 내려놓고 방으로 들어갔다.

방에 들어선 순간, 가슴이 덜컥 내려앉았다. 눈물이 쏟아질 것만 같았다.

이 방에는 보고 싶지 않은 물건이 너무 많았다. 선반에 놓인 액자에는 코헤이와 둘이 찍은 사진이 담겨 있었고, 그 아래에는 코헤이에게 맛있는 요리를 만들어 주고 싶어서 구입한 요리책들이 꽂혀 있었다. 침대 옆 테이블과 쿠션도 코헤이와 가구점에 함께 가서 고른 것이었다. 창문에 걸린 커튼은 처음에는 분홍색이었지만 분홍색 커튼이 너무 부담스럽다는 코헤이의 의견을 반영해 하늘색으로 바꿨다.

기억해 내고 싶지 않은데, 다 정리하려고 온 건데, 이곳에서 코헤이와 함께 지낸 추억들이 꼬리에 꼬리를 물고 계속해서 떠올랐다.

지금 눈에 비치는 풍경은 모두 무채색인데 반해 코헤이와 관련된 추억은 모든 것이 다 원래 색 그대로 뚜렷하고 선명하게 기억났다.

아카리는 아까 편의점에서 사 온 쓰레기봉투를 꺼냈다. 마음 같아서는 커튼을 가장 먼저 떼어 내고 싶었지만 지금 상태로는 아무래도 무리일 것 같아서 우선 선반에 놓인 액자와 요리책부터 쓰레기봉투에 쓸어 담았다.

왜 그때 나를 구하러 오지 않은 거야….

보석함을 열어 코헤이에게 선물 받은 반지와 목걸이도 다 버렸다.

살려 줘… 죽고 싶지 않아… 이런 데서 죽고 싶지 않아… 코헤이… 살려 줘…, 하고 내가 그렇게 필사적으로 외쳤는데….

치밀어 오르는 감정을 제어하기가 힘들었다. 아카리는 거친 발걸음으로 욕실로 향했다. 세면대에 놓인 파란색 칫솔과 면도기를 움켜쥔 순간, 거울에 비친 얼굴을 보고 그 자리에 그대로 얼어붙었다.

붉게 충혈된 눈, 바싹 야윈 뺨, 그리고 그 뺨에 깊게 새겨진 흉터.

사건 이후 처음으로 보는, 몰라보게 달라진 자신의 얼굴이었다.

12

문득 앞자리에 앉은 남자가 읽고 있는 신문이 눈에 들어왔다. 쇼고는 손잡이를 잡고 선 채 상반신을 앞으로 숙여 기사를 들여다보았다.

'시부야 스크램블 교차로 무차별 칼부림 사건, 26세 남성 기소'라고 적혀 있었다.

원래는 진작에 기소되었어야 하지만 오노데라 케이치는 기소 전 정신 감정을 받느라 기소가 늦어진 것이었다.

리나에게 들은 바에 따르면 케이치는 현재 접견 금지 결정이 내려진 상태라서 변호인 외에는 만날 수가 없었다.

접견 금지 결정이 풀렸는지 여부를 확인하려면 케이치가 구금된 곳에 찾아가서 직접 확인하는 수밖에 없다길래 몇 번인가 경찰서를 찾아갔지만, 그때마다 면회는 불가능하다는 담당자의 기계적인 대답만 듣고 돌아와야 했다.

그래도 지금까지 케이치가 있던 시부야 경찰서는 쇼고의 집에서 비교적 가까운 편이어서 그나마 다행이었다. 기소되어 구치소로 이송되면 앞으로는 헛걸음을 각오하고 가츠시카구 고스게에 있는 도쿄 구치소까지 가야 한다는 말이었다.

열차가 아라이야쿠시마에역에 도착했다. 쇼고는 열차 안 인파를 뚫고 나가 지하철에서 내렸다.

리나가 쇼고에게 왜 케이치를 만나려고 하는 거냐고 물었을 때, 쇼고는 케이치가 자라온 환경이 자기와 비슷해서 남 일처럼 느껴지지 않는다고 대답했다. 그러자 리나는 그 내용을 편지에 써서 케이치에게 보내면 어떻겠느냐고 조언했다.

쇼고도 좋은 생각이라고 생각해서 바로 편지지와 편지 봉투를 구입했지만, 매번 첫 줄에 인사말을 쓰고 나면 더 이상 쓸 말이 없었다.

편지 쓰는 게 익숙하지 않은 탓도 있을 것이다. 하지만 그보다 더 큰 문제는 어릴 때 기억을 떠올리려고만 하면 머리가 깨질 듯이 아프고 구역질이 치밀어 오른다는 것이었다.

개찰구를 나와 빌라로 걸어가는데 신경에 거슬리는 시끄러운 소리가 귀를 파고들었다. 근처 파친코에서 사람이 나오면서 열린 문을 통해 가게 안 소음이 길거리까지 흘러나오고 있었다.

평소라면 그냥 지나쳤을 테지만 쇼고는 우두커니 서서 파친코 입구를 쳐다보았다.

과거 기억의 일부가 저기 있었다.

물론 어린 쇼고가 매일 엄마 손에 이끌려 방문했던 파친코는 여기가 아니라 다른 가게였지만.

케이치를 만나기 위해 자신의 이야기를 편지에 적어 보내려면 우선 기억조차 하기 싫은 어두운 과거와 정면으로 마주해야만 했다.

쇼고는 파친코를 향해 내키지 않는 발걸음을 뗴었다. 안으로 들어가자 귀를 찢는 듯한 요란한 기계음에 머리가 핑 돌았다. 지끈거리는 머리를 꾹꾹 누르며 가게 안을 서성였다.

과거 엄마를 따라갔던 파친코와 달리 가게 안은 청결하고 깨끗했다. 어릴 때 갔던 곳은 실내를 가득 채운 담배 연기 때문에 기침이 멈추지 않았던 기억이 났다.

흡연 구역이라고 적힌 안내판을 보고 그쪽으로 향했다.

담배 연기가 자욱한 공간에 들어가 제일 먼저 눈에 들어온 빈 기계에 가서 앉았다. 주위를 둘러보니 남녀노소 할 것 없이 모두가 담배를 입에 문 채 눈앞의 화면을 노려보고 있었다.

그러고 보니 그때도 이런 느낌이었다.

유치원에 가는 대신 아침부터 파친코에 끌려가 그 여자가 다 놀고 일어날 때까지 가게 구석에 놓인 수조를 들여다보며 하염없이 기다려야 했다.

가끔은 자기처럼 부모를 따라온 동년배 아이를 만나 함께 놀 때도 있었지만, 대개는 혼자서 수조 속 물고기와 핏발 선 눈으로 기계를 노려보는 여자를 번갈아 쳐다보며 시간을 보냈다.

문득 가게 안을 돌아다니는 점원과 눈이 마주쳤다. 상념에 잠겨 있던 쇼고는 어색한 동작으로 주머니에서 지갑을 꺼냈다.

일단 기계 옆 투입구에 1천 엔짜리 지폐를 넣기는 했지만 그러고 나서 어떻게 하면 될지 감이 오지 않았다.

하루가 멀다 하고 파친코에 끌려 왔었지만 쇼고는 한 번도 기계를 만져 본 적이 없었다.

'구슬 교환'이라고 적힌 버튼을 발견하고 그걸 꾹 누르자 트레이에 구슬이 와르르 쏟아져 나왔다. 핸들을 잡고 돌리자 기계 안에서 구슬이 회전했다.

화면에 반사된 자신의 얼굴을 보고 있자니 어릴 때 그 여자가 한 말이 떠올랐다.

— 네 얼굴을 아무리 들여다봐도 아빠가 누군지 모르겠어. 하긴 당연

하다면 당연한 일이지만. 늘 잔뜩 취한 상태에서 관계를 가졌으니 같이 잔 상대의 얼굴이나 이름이 기억날 리가 없지. 한 가지 확실한 건 내가 운이 없었다는 거야….

그 여자는 스무 살 때 쇼고를 낳았다고 했다. 아마 아무하고나 자다가 생각지도 못하게 들어선 아이였을 것이다.

쇼고는 원해서 태어난 아이가 아니었다.

그 사실이 지금까지도 쇼고를 괴롭혔다.

어느샌가 구슬이 다 사라져서 이제 그만 돌아갈까 잠시 고민하다가 결국 지갑에서 다시 1천 엔짜리 지폐를 꺼내 투입구에 넣었다. 핸들을 돌리며 자기를 낳은 여자에 대해 생각했다.

어릴 때는 이사를 자주 다녔다. 이사 가는 곳은 모두 지금 쇼고가 사는 집보다 더 낡고 좁은 빌라였다.

어떻게 생계를 유지했는지는 알 수 없다. 그 여자는 아침부터 밤까지 쇼고를 데리고 파친코에 붙어살다시피 했으니 아마도 일은 하지 않았을 것이다.

그렇다고 해서 파친코에서 딴 돈으로 생활이 가능할 정도로 실력이 좋은 것 같지도 않았다. 아주 가끔 돈을 딴 날은 기분이 좋아서 쇼고가 먹고 싶어 하는 빵을 사 줄 때도 있었지만, 보통은 잔뜩 찌푸린 얼굴로 집에 돌아와 술을 퍼마시다가 홧김에 쇼고를 옷장에 가두거나 쇼고의 팔다리를 담뱃불로 지지곤 했다.

여자가 쇼고에게 폭력을 휘두르는 것은 파친코에서 돈을 잃은 날뿐만이 아니었다.

쇼고는 이틀에 한 번꼴로 밤이 되면 옷장에 갇혔다. 그리고 여자가 이제 나와도 된다고 할 때까지 아무 소리도 내지 않고 가만히 있어야 했다.

옷장 안에서 숨을 죽이고 있노라면 밖에서 남자 목소리가 들렸다. 그리고 두 사람이 몸을 섞는 소리가 적나라하게 들려왔다. 오줌을 쌀 것 같아서 옷장 문을 열고 나가거나 결국 참지 못하고 옷장 안에서 오줌을 싸 버리면 여자는 화가 머리끝까지 나서 쇼고의 팔다리를 담뱃불로 지졌다.

한번은 옷장에서 나가 상대 남자와 얼굴을 마주친 적이 있었다. 옷을 다 벗고 있었지만 낮에 파친코에서 본 얼굴이었다.

당시에는 너무 어려서 눈치채지 못했지만 아마도 파친코에서 게임을 하던 여자에게 남자가 말을 걸었거나 아니면 반대로 여자 쪽에서 남자에게 접근해 관계를 맺게 된 것이리라. 남자와 잠자리를 같이하고 받는 돈이 곧 모자의 생활비이자 파친코에서 쓸 군자금이 되었을 것이다.

방해가 된다면 쇼고를 옷장에 가둘 것이 아니라 집 밖에 나가 있으라고 하면 되지 않았을까. 이런 의문이 들기도 했지만 여자가 자신을 집 밖으로 내보내지 않은 이유도 알 것 같았다.

기계에 구슬이 다 떨어져서 다시 지갑을 꺼냈다. 1천 엔짜리가 없어서 5천 엔짜리를 넣고 게임을 재개했다.

화면에 비친 우울한 표정의 남자를 쳐다보며 다시금 어린 시절의 어두운 기억 속으로 빠져들었다.

쇼고는 유치원에도 학교에도 가지 못했다. 소위 말하는 소재 불명 아동이었기 때문이다.

계속 이사를 다닌 것도, 쇼고가 일고여덟 살 때부터는 파친코에도 데려가지 않고 집 안에만 가둬 둔 것도 모두 누군가 학교에 가지 않는 쇼고를 보고 신고하지 않을까 불안해서였을 것이다.

그 여자가 밖으로 놀러다니는 동안 쇼고는 혼자 집 안에 틀어박혀 있었다. 할 일이 없어서 하루 종일 TV만 봤다. 밖에서 동년배 아이들이 뛰어노는 소리가 들리면 창문 너머로 공원을 내다보았고, 배가 고프면 여자가 두고 간 빵이나 컵라면을 먹으며 굶주림을 달랬다. 그리고 밤이 되어 여자가 돌아오면 옷장 안에 갇혀 남녀가 뒹구는 소리를 들으며 잠이 들었다.

그런 생활이 종언을 고한 것은 쇼고가 열세 살 때였다.

쇼고가 자신이 일으킨 사건 덕분에 그 여자의 저주에서 풀려나 아동 양육시설에 들어가게 되었다.

그 여자는 어째서 13년 동안이나 쇼고와 함께 살았던 걸까. 아이가 방해가 된다면 낳자마자 고아원에 버릴 수도 있었을 텐데. 그런 방법이 있다는 것도 모를 만큼 어리석었던 걸까. 아니면 그 여자에게도 모성이 라는 게 있었던 걸까.

그 여자와 함께 산 13년은 쇼고에게 끔찍한 기억일 뿐이었다. 하지만 아주 가끔일지언정 어머니의 애정을 느낄 수 있는 순간이 전혀 없었던 것은 아니었다.

정신을 차리고 보니 구슬이 하나도 남아 있지 않았다. 7천 엔이나 썼 건만 이런 걸 무슨 재미로 하는 건지 도통 알 수가 없었다.

그 여자는 뭐가 재밌어서 이걸 매일 아침부터 밤까지 붙들고 있었던 걸까. 자유롭게 살고 싶었다면 어째서 쇼고를 버리지 않았던 걸까. 이유 를 알고 싶었지만 이제는 물어볼 수도 없었다.

13

아카리는 아게오역에서 열차를 내려 지팡이를 짚으며 서둘러 개찰구로 향했다.

이야마 아키히로의 무덤을 방문한 날로부터 5일이 지나 우치무라에게서 연락이 왔다. 아키히로의 친척을 만나고 싶다는 아카리의 요청을 상대방이 받아들였다는 연락이었다. 그쪽 일정에 맞추어 오늘 3시에 자택에서 만나기로 약속을 잡았다. 상대는 아키히로의 작은아버지로, 사이타마현 아게오시에 살고 있었다.

개찰구를 통과하자 밖에서 기다리던 우치무라가 이쪽으로 다가왔다.

"늦어서 죄송합니다."

아카리가 고개를 숙였다. 약속 시간인 2시 반을 10분 정도 지나 있었다. 시간에 여유를 두고 출발했지만 생각했던 것보다 이동하는 데 훨씬 더 시간이 걸렸다. 게다가 밖에 나와 있는 동안 계속 마스크를 쓰고 있으려니 답답하고 숨이 막혔다.

"이야마 씨한테는 제가 전화해서 조금 늦을 것 같다고 양해를 구해 두었습니다. 그럼 갈까요?"

우치무라는 아카리에게 말하면서 동쪽 출구라고 적힌 쪽을 향해 걸음을 옮겼다. 아카리는 전방에 양과자점이 있는 것을 보고 우치무라에게 잠깐만 기다려 달라고 한 뒤 가게 안으로 들어가 쿠키 세트를 하나 구입했다. 밖으로 나오자 우치무라가 "여기가 제일 가까운 역이긴 하지만 이야마 씨 집까지 걸어서 가기는 힘들 것 같네요"라고 하며 택시 승강장으로 향했다.

두 사람이 잡아탄 택시가 달리기 시작하자 긴장 때문인지 심장 박동이 빨라졌다.

"저와 만나는 걸⋯ 이야마 씨는 흔쾌히 승낙하셨나요?"

아카리는 계속 마음에 걸렸던 점에 대해 물어보았다.

"사실 저희가 설득을 좀 했습니다. 삼촌과 조카 사이라고는 해도 30년 가까이 안 보고 살아서 아무것도 할 얘기가 없다면서 처음에는 거절하셨거든요."

"그랬군요⋯."

"아카리 씨 입장에서는 생명의 은인인 아키히로 씨에 대해 조금이라도 알고 싶어 하는 게 당연하지 않겠느냐고 설득했더니 그제야 겨우 알겠다고 하시더라고요."

택시 기사가 "도착했습니다" 하고 차를 세웠다.

우치무라가 주소가 적힌 메모지를 들고 앞장서서 걸으며 주위를 두리번거리더니 "여기네요" 하고 아카리를 향해 손짓했다. 지은 지 꽤 되어 보이는 단독 주택이었다. 문패에 '이야마'라고 적혀 있었다.

우치무라가 대문 옆에 달린 인터폰을 누르고 잠시 기다리자 "네" 하는 남자 목소리가 들렸다.

"오늘 찾아뵙기로 한 우치무라입니다."

우치무라가 말하자 "아, 네, 들어오시죠" 하고 인터폰이 끊겼다. 대문을 통과해 들어가자 백발의 자그마한 남자가 현관문을 열고 나왔다.

"이렇게 시간 내 주셔서 감사합니다. 이쪽이…."

우치무라가 남자에게 인사하며 아카리를 돌아보았다.

"하마무라 아카리라고 합니다. 시간 내 주셔서 감사합니다."

눈이 마주친 순간, 남자가 아카리의 뺨에 난 흉터를 보고 흠칫하더니 시선을 피했다.

"이야마입니다. 이렇게 먼 곳까지 오시게 해서 죄송합니다. 들어오세요."

흉터를 보고 놀란 것이 미안했는지 이야마가 정중하게 두 사람을 안으로 안내했다.

아카리는 신발장에 지팡이를 내려놓고 고생해서 신발을 벗었다.

"아무래도 바닥에 앉기는 힘들겠네요. 좀 좁기는 하지만 이쪽으로 오시죠."

오른쪽 방문을 열려던 이야마가 아카리가 신발 벗는 모습을 보고 반대쪽 방으로 들어갔다.

세 평 남짓한 공간이었다. 식탁과 식기장과 TV가 놓여 있고 안쪽은 두 평 정도 되는 부엌과 이어져 있었다. 아마도 원래 안내하려고 했던 반대편 방이 응접실인 듯했다.

아카리가 역에서 산 쿠키 세트를 이야마에게 건네자 이야마는 두 사람에게 의자를 권하고 부엌 쪽으로 사라졌다. 코트를 벗고 우치무라와 나란히 앉아서 기다리자 이야마가 쿠키와 차를 내왔다.

"좋은 차가 아니라서 입에 맞으실지 모르겠습니다만…."

이야마가 맞은편에 앉으며 말했다. 아카리는 방 안에 무겁게 깔린 공기를 밀어내듯 찻잔을 집어 들고 한 모금 마셨다.

자신을 구해 준 아키히로에 대해 알고 싶은 마음에 스스로 원해서 여기까지 찾아왔건만 좀처럼 대화의 실마리를 찾을 수가 없었다.

"예전에는 항상 제대로 된 차를 구비해 두었는데 작년에 아내가 죽은 후로는 영 신경을 못 쓰고 있네요."

"사모님은 지병이 있으셨나요?"

아무 말도 하지 못하는 아카리를 대신해 우치무라가 물었다.

"네, 간암으로 작년 6월에…."

"그러셨군요. 삼가 고인의 명복을 빕니다."

아카리도 우치무라와 함께 고개를 숙였다.

"마지막 가는 길을 배웅할 수 있어서 그나마 다행이었달까요…. 저희
부부한테는 아이가 없으니 제가 죽을 때는 곁을 지켜 줄 사람이 아무도
없거든요."

아키히로가 병원으로 옮겨져 숨을 거둘 때 옆에 있었던 사람은 가족
이나 소중한 사람이 아니라 의사가 아니었을까.

─ 약속은 지켰다고… 전해 줘….

정작 그 말을 전하고 싶었던 상대는 곁에 없었을 것이다.

"많이 힘들었죠?"

아카리가 고개를 들자 이야마가 연민 어린 눈으로 이쪽을 보고 있었다.

"아가씨처럼 젊은 사람이 그런 끔찍한 일을 당하다니…. 정말 뭐라고
위로의 말을 건네야 할지 모르겠네요."

"아니에요…." 아카리는 고개를 저었다. "저는 그래도… 살아 있으니까
요…. 아키히로 씨 덕분에."

조카 이름이 나와서인지 이야마의 표정이 조금 누그러졌다.

"아키히로에 관한 일이라면서 경찰한테서 연락이 왔을 때, 사실은 한
숨부터 나왔습니다. 이번엔 또 무슨 일로 경찰 신세를 지게 된 건가 싶
었거든요. 그런 게 아니라는 말을 들으니 마음이 복잡하더군요."

"마음이 복잡했다고요?"

아카리가 중얼거리자 이야마가 고개를 끄덕였다.

"나쁜 짓을 저질러서 잡혀들어간 게 아니라는 안도와 하나 남은 친족

마저 이 세상에서 사라져버렸다는 막연한 쓸쓸함이 뒤섞여서 말이죠. 아내를 떠나보내고 반년도 채 지나지 않았을 때라⋯."

이야마가 작게 한숨을 내쉬었다.

막연한 쓸쓸함이라는 말에서 조카인 아키히로에 대한 거리감이 느껴져서 마음이 아팠다.

"시신 확인 당시 이야마 씨도 입회하셨다고요?"

우치무라가 묻자 이야마가 "네" 하고 고개를 끄덕였다.

"30년 가까이 안 보고 살았기 때문에 처음에는 아키히로가 맞는지 확신할 수 없었지만 오른쪽 팔꿈치에 흉터가 있는 것을 보니 맞는 것 같았습니다."

"오른쪽 팔꿈치의 흉터요?" 우치무라가 물었다.

"고등학교 2학년 때 교통사고를 당해서 생긴 흉터입니다. 아키히로가 변하게 된 계기이기도 하고요. 그전까지는 머리도 좋고 성격도 쾌활한 착한 아이였거든요. 저희 형과 형수는 중학교 교사였는데 두 사람에게는 어디 내놔도 부끄럽지 않은 아들이었을 겁니다. 공부도 잘한 데다가 초등학생 때 시작한 야구에서도 두각을 드러내 야구부가 강한 고등학교로 진학했고, 2학년 때 이미 주전 선수로 뽑힐 정도였거든요. 아이가 없는 저희 부부도 아키히로를 친아들처럼 예뻐했고, 저희 부모님도 하나뿐인 손자를 무척 아끼셨습니다."

그렇게 모두의 사랑과 기대를 한몸에 받던 아키히로가 불과 몇 년 후에는 경찰에 체포되는 신세가 되었다는 말이었다. 대체 무슨 일이 있었던 걸까.

"사고로 인한 부상 때문에 야구를 그만두게 된 건가요?"

아카리가 묻자 이야마가 "맞습니다"라고 대답했다.

"오랜 시간 자신의 모든 것을 다 쏟아부었던 야구를 하지 못하게 되어 충격이 컸을 겁니다. 자포자기에 빠져 나쁜 친구들과 어울려 다니더니 3

학년 때는 아예 학교를 그만둬버렸습니다. 형도 형수도 어떻게든 아키히로가 다시 일어설 수 있도록 도우려 했지만, 그때마다 아키히로가 주먹을 휘둘러서 도저히 손 쓸 도리가 없었던 모양입니다. 아키히로의 만행은 자기 부모뿐만 아니라 함께 살던 조부모에게까지 향했습니다. 나이 많은 할아버지 할머니를 상대로 폭력을 휘두르는 일은 없었지만, 얼굴을 마주할 때마다 욕을 퍼붓고 두 분이 서랍에 넣어둔 비상금을 훔쳐 가는 일이 비일비재했다고 합니다. 사랑하는 손자의 변해버린 모습에 충격을 받아서인지 아니면 삭막한 집 안 분위기에 스트레스를 받아서인지 그때까지 건강하시던 저희 아버지는 활력을 잃고 자리에 몸져누운 채 일어나지 못하시다가 결국 심근경색으로 돌아가셨습니다.”

이야마는 거기까지 말하고는 두 사람 앞에 놓인 찻잔을 가리키며 “차 좀 더 드릴까요?” 하고 물었다.

“아니요, 괜찮습니다.” 아카리가 우치무라를 돌아보며 대답했다.

“저는 말을 많이 해서 그런지 목이 마르네요. 잠시만요.”

이야마가 자리에서 일어나 부엌으로 가더니 잠시 후 찻잔을 들고 돌아왔다. 다시 자리에 앉아서 차를 한 모금 마시고 고개를 들었다.

“이런 이야기를 계속해야 할까요?”

이야마가 물었다. 아카리는 말문이 막혔다.

이야마의 이야기가 자신이 기대했던 내용과 다른 건 사실이었다.

“아가씨는 아키히로에 관한 이야기를 들으며 저와 함께 그 아이의 죽음을 애도하고자 했던 것 아닙니까?”

맞는 말이었다. 그렇게라도 하지 않으면 아키히로가 너무 불쌍했다.

“아가씨한테는 미안하지만 저는 그럴 생각이 전혀 없습니다. 아키히로가 생의 마지막에 좋은 일을 하고 떠난 것은 사실입니다. 하지만 그렇다고 해서 그 아이 때문에 가족들이 고통받고 힘들어했던 시간이 전부 없던 일이 되지는 않습니다. 그 점은 부디 양해해 주시기 바랍니다.”

더 듣지 않는 편이 나을 것 같기도 했다.

가족이나 친척이 아키히로를 어떻게 생각하든 아카리만큼은 그에 대해 좋은 인상만 갖고 살아가는 게 좋지 않을까.

하지만 아카리가 아는 범위 내에서 생전의 아키히로에 대해 알고 있는 사람은 지금 눈앞에 있는 이야마뿐이었다.

— 약속은 지켰다고… 전해 줘….

이야마에게서 아키히로의 마지막 말을 전할 상대에 관한 실마리를 얻을 가능성은 희박해 보였지만 그래도 아주 없는 것은 아니었다.

"괜찮으시다면 하시던 이야기를 마저 해 주실 수 있을까요?"

아카리가 부탁하자 맞은편에 앉은 이야마가 "알겠습니다" 하고 고개를 끄덕이며 다시 입을 열었다.

"아키히로는 할아버지 장례식에 오지 않았습니다. 사인은 심근경색이었지만 저희 아버지를 죽게 만든 사람은 아키히로라는 생각을 지울 수가 없었습니다. 아무리 조카라지만 내 아버지의 만년을 엉망진창으로 망쳐버린 아키히로에게 강한 분노를 느꼈습니다. 하지만 동시에 아직 어린 조카를 어떻게든 제자리로 돌려놓고 싶기도 했습니다. 그래서 아키히로를 만나러 갔지만 제 말은 들은 척도 하지 않더군요. 그냥 무시만 한게 아니라 제 충고가 어지간히 마음에 들지 않았는지 그날 저는 아키히로에게 맞아서 코뼈가 부러지고 갈비뼈에 금이 갔습니다."

"그래서 아키히로 씨는 상해죄로 체포된 건가요?"

아카리가 묻자 이야마가 고개를 저었다.

"아닙니다. 저는 경찰에 신고할 생각이었지만 형과 어머니가 필사적으로 말려서 어쩔 수 없이 참았습니다. 두 사람은 아키히로가 전과자가 되면 다시 일어서기 힘들 거라고 생각해서 말린 거겠지만 결과적으로 보면 그때 체포되는 게 훨씬 나았을 겁니다. 이후로도 아키히로의 행동은 전혀 나아지지 않았고, 결국 스무 살 때 유흥비를 마련하려고 남의 집에 숨어들었다가 집주인과 맞닥뜨리는 바람에 놀라서 칼로 찌르고 도망 치던 중에 경찰에 붙잡혔거든요."

아카리는 이야마의 말을 듣다가 마지막 부분에서 심장이 철렁했다.

칼로 찌르고….

아카리가 범인에게 당한 것과 같은 행동을 생명의 은인인 아키히로가 했다는 사실이 믿기지가 않았다.

"상대방은 다행히 목숨은 건졌지만 전치 1개월의 중상을 입었습니다. 아들이 그런 짓을 저질렀다는 데 책임을 느껴서인지 형도 형수도 그 후 교직에서 물러났습니다."

"아키히로 씨는 몇 년 형을 받았나요?" 우치무라가 물었다.

"강도치상죄로 징역 9년의 실형을 선고받았습니다. 저희 형은 딱 한 번 아들 면회를 가서 그 자리에서 부모 자식의 연을 끊겠다고 통보했다 고 합니다."

이야마가 쓸쓸한 표정을 지으며 찻잔을 입으로 가져갔다.

"아키히로 씨는 그 후로 한 번도 가족들과 만나지 않은 건가요?"

아카리가 묻자 이야마가 고개를 끄덕였다.

"형이랑 형수에게는 그렇다고 들었습니다. 아키히로가 수감되고 8년 쯤 지났을 때 교도소에서 가석방 연락이 왔는데 형은 신원 보증인이 되 는 것을 거부했다고 하더군요. 저도 아키히로에게 맞아서 다친 후로는 만난 적이 없고요."

"전화나 편지를 주고받은 적도 없었을까요?"

아카리가 다시 묻자 이야마가 애매하게 고개를 저었다.

"솔직히 거기까지는 잘 모르겠습니다. 아키히코한테 전화나 편지가 왔 다는 사실을 형이 저한테 숨겼을 수도 있으니까요. 아키히코가 교도소 에 들어간 후로 저희 사이에서 그 아이 이름은 금기나 다름없었거든요. 아무도 그 이름을 입에 담지 않았죠. 형 장례식 때 형수가 말하길 아키

히코한테는 연락할 길이 없다고 했으니 아마 부모와도 연락을 끊고 지낸
게 맞을 겁니다…."

"아키히코 씨 아버지는 언제 돌아가셨나요?" 우치무라가 물었다.

"13년 전에 위암으로 사망했습니다."

13년 전이면 아키히로가 서른다섯일 때다.

"형수는 9년 전에 죽었는데 그때도 아키히로에게는 연락을 취할 방법
이 없어서…."

"저…."

아카리가 주저하며 입을 열자 이야마가 이쪽으로 시선을 돌렸다.

"이상한 질문이라고 생각하시겠지만… 아키히로 씨는 부모님과 뭔가
약속을 했었을까요?"

"약속이요?" 이야마가 고개를 갸우뚱했다.

"네. 예를 들어 아키히로 씨 아버님이 아들 면회를 갔을 때 둘이서 무
슨 약속을 했다든지…. 그런 이야기를 들은 적 없으신가요?"

경찰에 체포된 아키히로가 자기 아버지에게 앞으로는 착하게 살겠다
고 약속했었다면 아카리에게 남긴 마지막 말과 통하는 부분이 있었다.

자신이 목숨을 걸고 남을 도울 정도로 착한 사람이 되었다는 사실을
부모님에게 알리고 싶었던 것이 아닐까. 아키히로는 부모님이 두 분 모두
이미 돌아가셨다는 사실을 몰랐을 테니까.

"그런 게 왜 궁금한 거죠?"

이야마의 질문에 아카리는 선뜻 대답하지 못했다.

아키히로가 마지막으로 남긴 말을 남에게 말해도 될지 망설여졌다.

하지만 이야마가 아키히로의 유일한 친족이라면 당연히 알아야 하지
않을까 싶기도 했다.

"실은… 그날 아키히로 씨가 범인이 휘두른 흉기에 맞고 쓰러진 상태
에서 제게 이런 말을 하셨어요. 당장이라도 숨이 끊어질 것만 같은 모습

으로… '약속은 지켰다고 전해 줘'라고…."

"약속은 지켰다고 전해 줘…?"

이야마가 아카리를 쳐다보며 중얼거렸다.

"네. 그게 아마도 아키히로 씨가 남긴 마지막 말이지 않을까 싶어서…."

"그랬군요…. 그 아이가 마지막에 그런 말을…."

이야마가 생각에 잠긴 듯 고개를 숙였다.

"뭔가 짚이는 데가 있으신가요?"

아카리가 묻자 이야마가 고개를 저었다.

"아니요…. 형이나 형수가 아키히로와 약속을 했다는 말은 들은 적이 없습니다."

"아, 네…."

긴 침묵이 흘렀다.

하고 싶은 말은 아직 더 있었지만 망설이며 테이블만 내려다보고 있는데 "마지막으로 본 아키히로는…" 하고 이야마가 입을 열었다.

"평온한 얼굴을 하고 있었습니다. 알지도 못하는 사람한테 찔려 죽었으니 당연히 억울했을 텐데… 제게는 마치 웃고 있는 것처럼 보였습니다. 기분 탓일 수도 있겠지만…. 야구에 매진하던 어린 시절 모습이 떠올라서 그렇게 보였던 건지도 모르겠네요."

이야마가 이쪽을 보며 쓸쓸하게 웃었다.

아카리가 아무 말도 하지 못하고 가만히 있자 이야마가 "잠시만요" 하고 자리에서 일어나 방에서 나가더니 잠시 후 돌아왔다. 손에 무언가를 들고 있었다.

이야마가 자리에 앉아 들고 온 것을 아카리 앞에 내려놓았다.

사진이었다.

"봐도 될까요?"

아카리는 이야마가 고개를 끄덕이는 것을 보고 사진을 집어 들어 한 장씩 찬찬히 훑어보았다.

놀이공원에서 인형탈을 쓴 캐릭터와 함께 서 있는 어린아이의 모습, 중학생 정도 된 남자아이가 야구 유니폼을 입고 타자석에서 야구 방망이를 들고 있는 모습, 고등학교 교복을 입은 소년이 집 앞에서 브이 사인을 하고 있는 모습 등이 담겨 있었다.

"저희 집에 있는 건 그게 다입니다."

이야마의 말을 들으며 아카리는 몇 번이고 반복해서 사진을 들여다보았다.

좀처럼 기억 속 아키히로의 모습과 겹쳐지지 않았다.

아카리가 기억하는 아키히로는 머리가 희끗희끗한 중년 남성이었고, 게다가 핏기 없는 창백한 얼굴을 하고 있었다.

아키히로는 아카리의 인생에서 굉장히 중요한 존재였지만 두 번 다시 만날 수 없었다.

교복을 입고 포즈를 취한 아키히로의 사진을 보고 있으려니 시야가 흐릿해졌다.

아카리는 소매로 눈물을 닦으며 이야마에게 물었다.

"저… 이 사진들을 제 스마트폰 카메라로 찍어도 될까요?"

예상치 못한 부탁이었는지 이야마가 잠시 어리둥절한 표정을 짓다가 이내 입을 열었다.

"그냥 가져가도 됩니다."

"하지만…."

"이 집에서는 어차피 서랍 속에 박아 두기만 할 테니까요. 아가씨가 가져가 준다면 아키히로도 좋아할 겁니다."

"감사합니다. 그럼 이 사진을 가져가도록 하겠습니다."

아카리는 교복을 입은 아키히로의 사진을 집어서 가방에 넣었다.

"저야말로 고맙습니다. 아키히로 이야기를 듣겠다고 일부러 시간 내서 이렇게 먼 곳까지 와 줘서요."

이야마가 고개를 숙였다.

슬슬 일어나야 할 것 같았다.

"마지막으로 하나만 더 여쭤봐도 될까요?"

아카리가 말하자 "뭐죠?" 하고 이야마가 되물었다.

"아키히로 씨 부모님 묘는 어디에 있나요?"

아카리는 긴장하며 오늘 가장 묻고 싶었던 질문을 던졌다.

"다마 공원묘지에 있습니다."

이야마가 대답하자 옆에서 우치무라가 "후추시와 고가네이시 사이에 걸쳐 있는 대규모 공원묘지입니다"라고 설명을 덧붙였다.

"그렇군요." 아카리는 우치무라에게 고개를 끄덕인 후 다시 이야마를 보며 말했다. "저… 아키히로 씨를 부모님 곁에 묻어 줄 수는 없을까요?"

아카리의 말을 듣자마자 이야마의 표정이 딱딱하게 굳었다.

"주제넘은 부탁이라는 건 저도 잘 알고 있습니다. 과거에 있었던 일을 생각하면 이야마 씨가 아키히로 씨를 거부하는 마음도 이해가 가고요. 하지만…."

"안 됩니다."

이야마의 단호한 어조에 아카리가 움찔하고 몸을 움츠렸다.

"놀라게 해서 죄송합니다." 이야마가 부드러운 말투로 사과하며 고개를 숙였다. "다만… 아가씨 마음도 이해는 하지만 형의 유언 때문에 그렇게는 할 수 없습니다."

"아들이 죽더라도 가족묘에 들이지 말라고요?"

이야마가 고개를 끄덕였다.

"가족묘에는 아키히로의 할아버지 할머니도 잠들어 계십니다. 저와 마찬가지로 형도 아키히로가 두 분께 저지른 만행을 용서할 수 없었던 거겠죠. 죽기 전에 형수한테 신신당부했다고 합니다. 그러니 이건 제가 어떻게 할 수 있는 문제가 아닙니다."

"아카리 씨…."

우치무라가 조심스럽게 입을 열었다. 아카리는 우치무라에게로 시선을 돌렸다.

"슬슬 일어날까요?"

아카리는 고개를 끄덕였다.

"택시를 부르려고 하는데 택시가 올 때까지 여기서 기다려도 될까요?"

우치무라가 이야마에게 양해를 구한 후 핸드폰을 꺼내 택시 회사에 전화를 걸었다.

무거운 침묵 속에 시간이 흐르고 이윽고 초인종이 울렸다.

"택시가 왔나 봅니다."

이야마의 말에 아카리는 자리에서 일어났다. 코트를 걸치고 우치무라의 부축을 받으며 현관으로 향했다.

"오늘 시간 내 주셔서 정말 감사했습니다."

이야마에게 인사하고 밖으로 나오자 어느샌가 해가 지고 땅거미가 내리고 있었다. 집 앞에 대기 중인 택시에 우치무라와 함께 올라탔다.

"아게오역으로 가 주세요."

우치무라가 행선지를 말하자 택시가 출발했다.

"시즈오카에는 언제 가시나요?" 우치무라가 물었다.

"내일 내려가려고요."

아카리는 우치무라에게 대답하고 가방에서 아키히로의 사진을 꺼내 들었다. 차 안이 어두워서 잘 보이지는 않았지만 사진을 만지작거리며 아키히로에 대해 생각했다.

생명의 은인인 아키히로에게 아무것도 해 주지 못한 것이 못내 마음에 걸렸다.

아키히로의 마지막 말이 누구를 향한 것인지도 알아내지 못했고, 무연고자 묘에 묻힌 아키히로의 유골을 가족묘로 옮기는 것도 거절당했다.

"처음 듣는 얘기라 깜짝 놀랐습니다."

우치무라의 말에 아카리는 "네?" 하고 고개를 갸웃거렸다.

"아키히로 씨가 마지막에 남긴 말이요. 누구에게 하는 말인지 오늘 알 수 있었으면 좋았을 텐데 아쉽네요. 아카리 씨를 위해서라도…."

"저를 위해서라도요?" 무슨 뜻인지 이해가 가지 않았다.

"네, 이런 말씀 드리기 조심스럽지만 이제 그만 털고 일어나야 하지 않을까 싶어서요."

아카리는 마땅히 대답할 말이 생각나지 않아서 창밖을 내다보았다.

"사건 당시 아카리 씨가 겪은 일이라든지 아키히로 씨에 대한 기억을 완전히 잊을 수는 없겠지만… 그래도 저는 아카리 씨가 하루빨리 안 좋았던 일을 털어버리고 앞을 향해 나아갔으면 좋겠어요."

과연 그런 날이 올까….

아카리는 아무 말도 하지 않고 창밖에 깔린 어둠을 응시했다.

14

아카리는 지팡이를 짚으며 고속 열차에서 내린 후 시즈오카역 개찰구를 나와 남쪽 출구로 향했다. 역 앞 로터리에 서 있는 흰색 승용차를 보고 그쪽으로 다가갔다.

엄마가 운전석에서 내리더니 "혼자 여기까지 오는 데 별일 없었어?" 하고 물으며 아카리가 어깨에 멘 가방을 받아 들었다.

"역까지 안 나와도 되는데." 아카리는 그렇게 말하며 엄마와 함께 차에 올라탔다.

아카리의 본가는 시즈오카역에서 지하철로 두 정거장 떨어진 쿠사나기역에서 버스를 타고 더 들어가야 했다. 아직 걷는 것이 불편한 아카리가 지하철과 버스를 갈아타고 버스 계단을 오르내리기는 힘들 것이라고 판단한 엄마가 고집을 부려서 시즈오카역까지 마중을 나오겠다고 한 것이다.

조수석에 앉아 안전벨트를 매자 차가 출발했다.

"오늘 저녁에 뭐 먹고 싶어?" 엄마가 물었다.

"아무거나 다 좋아."

"그러지 말고. 오늘은 아카리 네가 먹고 싶은 걸 만들어 주려고 아직 재료도 안 샀단 말이야. 도쿄에서는 혼자 편의점 도시락 같은 것만 먹었을 거 아니니."

엄마가 장난스럽게 핀잔을 주다가 아카리의 표정을 보고 입을 다물었다. 농담으로 한 말이 정곡을 찔러서 당황한 듯했다.

엄마 말대로 아카리가 퇴원 후 지금까지 먹은 것이라고는 모두 편의점에서 산 음식뿐이었다.

뺨에 난 상처를 남들이 볼까 봐 식당에는 들어가고 싶지 않았고, 하물며 직접 칼을 쥐고 요리하는 것은 엄두도 내지 못했다.

"오랜만에 엄마가 만들어 주는 비프 스튜가 먹고 싶네."

아카리가 억지로 밝은 목소리로 대답하자 엄마도 안심한 듯 "그래? 그럼 빵도 사야겠다. 비프 스튜 먹을 때는 밥보다 빵이 더 좋지?" 하고 웃었다.

가는 길에 있는 마트 주차장에 들어가서 차를 세웠다.

"금방 사 올 테니까 아카리 넌 여기서 기다리렴." 엄마가 그렇게 말하며 차에서 내렸다.

아카리는 마트 입구로 향하는 엄마의 뒷모습을 잠시 바라보다가 좌석을 뒤로 젖히고 눈을 감았다.

도쿄에서 시즈오카까지 이동했을 뿐인데 생각했던 것보다 훨씬 더 피곤했다.

갑자기 차 유리창을 두드리는 소리가 들려서 깜짝 놀라 눈을 떴다. 창밖에 있는 여자가 아카리에게 손을 흔들고 있었다.

고등학교 동창인 에리였다.

지금은 아무하고도 이야기하고 싶지 않았지만 그렇다고 못 본 척할 수도 없었다.

어쩔 수 없이 조수석 창문을 내리자 "역시 아카리 맞구나" 하고 에리가 해맑게 웃었다.

"마스크를 쓰고 있어서 긴가민가했는데 아무래도 너인 것 같아서."

"장 보러 온 거야?" 아카리는 달리 할 말이 생각나지 않아서 적당히 물었다.

"응. 병원 갔다 돌아가는 길에 잠깐 들렀어." 에리가 배를 쓰다듬으며 대답했다.

아카리는 에리의 터질 듯이 부풀어 오른 배를 쳐다보았다. 그러고 보니 작년 11월 에리의 결혼식에 참석했을 때 친구인 미키가 했던 말이 생각났다. 그때 이미 임신 6개월이라고 했던가.

겨우 석 달 남짓 지났을 뿐인데 아득히 먼 옛날처럼 느껴졌다.

"평일인데 여기서 뭐해?"

도쿄에 있는 초등학교에서 일하는 아카리가 평일 낮에 시즈오카에 있는 것이 이상했는지 에리가 이유를 캐물었다.

뭐라고 대답할지 고민하고 있는데 에리가 아카리 옆에 놓인 지팡이를 가리키며 물었다.

"그거 지팡이 아냐? 혹시 아카리 네 거야?"

"응… 맞아…. 도쿄에서 사고를 당하는 바람에 크게 다쳤거든. 그래서 본가로 돌아온 거야."

아카리가 대답하자 깜짝 놀랐는지 에리의 눈이 동그래졌다.

"크게 다치다니? 무슨 사고였는데?"

걱정과 호기심이 섞인 질문에 아카리는 말문이 막혔다.

자신이 묻지마 사건의 피해자라는 사실을 주위에 알리고 싶지 않았다. 하지만 애매하게 얼버무리면 동창들 사이에 말도 안 되는 억측과 소문이 난무하게 될지도 모른다. 에리는 여기저기 떠들고 다니기를 좋아하는 성격이었다. 그러니 숨기기보다는 차라리 솔직하게 털어놓은 다음 비밀로 해 달라고 부탁하는 편이 나을 것 같았다.

"이건 다른 사람들한테는 말 안 했으면 좋겠는데…."

아카리가 조수석에 앉은 채 입을 열자 창밖에 선 에리가 알았다며 진지한 표정으로 고개를 끄덕였다.

"3개월 전에 도쿄 시부야에서 있었던 묻지마 사건 기억해?"

아카리의 말에 에리가 눈썹을 찌푸렸다.

"3개월 전 시부야라면… 스크램블 교차로에서 발생한 그 사건…?"

"그래, 그때 거기서 다친 거야."

아카리가 말하자 에리가 믿기 어렵다는 듯 "거짓말…" 하고 손바닥으로 입을 가렸다.

"진짜야. 그러니까…."

"내가 기억하기로는 그 일로 남자 한 명이 죽고, 여자 두 명이 크게 다쳤다고…."

"나는 일주일 정도 의식 불명 상태였다가 깨어나서 며칠 전에 겨우 퇴원한 참이야."

"그랬구나."

에리는 더 이상 할 말이 생각나지 않는 듯 그 자리에 가만히 서 있었다.

"…에리?"

갑자기 들려온 목소리에 에리가 시선을 돌리더니 "아, 안녕하세요" 하고 인사했다. 운전석 쪽 창문을 내다보니 밖에 엄마가 서 있었다.

"인사가 많이 늦었지만 결혼 축하한다. 배가 많이 불렀네. 예정일은 언제니?"

엄마가 묻자 에리가 "다음 주예요" 하고 웃으며 대답했다.

"산전 검사 받고 돌아가는 길에 장 보러 들렀는데 차 안에 아카리가 있길래…."

"집이 여기서 가깝니?"

"아니요, 집은 미카도다이에요. 택시를 부르려고요."

"집까지 태워 줄까?"

"정말요? 감사합니다."

에리가 뒷좌석에 올라탔다. 운전석에 앉은 엄마가 장바구니를 아카리에게 건네고 시동을 걸었다.

예전에는 엄마가 자신의 친구들에게 살갑게 대해 주는 것이 좋았지만, 지금은 에리와 빨리 헤어지고 싶었기 때문에 에리를 붙잡은 엄마가 원망스러웠다.

차가 마트 주차장을 빠져나온 후에도 조수석에 앉은 아카리는 입을 꾹 다물고 있었다. 운전 중인 엄마도, 뒷좌석에 앉은 에리도 아무 말도 하지 않았다.

"저… 아까 아카리한테 들었는데요…."

무거운 침묵을 깨고 뒤에서 에리의 목소리가 들려왔다.

"아, 그러고 보니… 아이 성별은 알고 있니?"

에리가 말을 꺼낸 것과 거의 동시에 엄마가 물었다.

"네, 딸이래요."

에리의 대답을 듣고 엄마가 "어머, 좋겠네" 하고 미소를 지었다.

"남편은 아들이길 바랐던 모양이더라고요. 딸은 곱게 키워 봤자 어차피 남 줘야 한다고…."

"그야 에리 네 딸이면 당연히 예쁠 테니까 아빠로서는 아무래도 걱정이 되겠지. 아카리 너도 그렇게 생각하지?"

엄마가 동의를 구했지만 아카리는 대답하지 않고 창밖만 쳐다보았다.

"그렇게 말해 주셔서 감사해요. 남편은 결혼식 영상을 보면서 화장이 너무 짙다느니 친구들보다 제가 더 늙어 보인다느니 그런 말밖에 안 해요."

"낯간지러워서 그러는 거겠지. 결혼식 날 아카리 핸드폰으로 찍은 사진을 봤는데 신부가 정말 예쁘던걸."

"감사합니다."

엄마와 에리의 대화를 옆에서 듣고만 있는데도 이유 없이 짜증이 났다.

"아, 저기 보이는 아파트예요."

엄마가 아파트 앞에 차를 세웠다. 건물 입구가 통유리로 되어 있고, 로비에는 고급스러워 보이는 소파가 놓여 있었다.

"좋은 데 사는구나."

엄마가 감탄하듯 말하자 "30년 동안 대출금을 갚아나가야 하지만요" 하고 활짝 웃으며 대답하는 에리의 얼굴이 백미러에 비쳤다.

"중요한 시기이니 몸조심하렴."

"네, 태워 주셔서 감사해요."

에리가 엄마에게 인사하고 아카리의 어깨를 가볍게 짚었다.

"아카리 너도 몸조리 잘 하고. 나중에 또 연락할게."

아카리가 묵묵히 고개를 끄덕이자 에리는 차에서 내려 이쪽을 향해 손을 흔들었다.

조수석에 가만히 앉아 있는 아카리 대신 엄마가 에리에게 손을 마주 흔들어 주었다.

차가 출발하자 아카리는 겨우 에리에게서 풀려났다는 해방감에 한숨을 내쉬었다.

"왜? 피곤해?"

아까부터 계속 말이 없는 아카리를 보고 엄마가 걱정스러운 말투로 물었다.

"왜 괜히… 태워 주겠다고 하고 그래."

핸들을 잡은 엄마가 그게 무슨 소리냐는 듯 고개를 갸웃거렸다.

"택시를 부른다고 했으니까 굳이 우리가 집까지 데려다 줄 필요는 없었잖아."

"하지만… 택시가 언제 올지도 모르고, 게다가 에리는 만삭이잖니."

엄마의 목소리에서 당황스러움이 묻어났다.

아카리가 왜 화를 내는지 모르겠다는 표정이었다.

스스로도 왜 이렇게 화가 나는 건지 알 수가 없었다. 생각이 정리되지 않은 상태에서 말이 멋대로 쏟아져 나왔다.

"나는 도쿄에서 시즈오카까지 오는 것만으로도 이미 지쳤다고. 엄마도 그래서 시즈오카역까지 마중 나온 거잖아. 그런데 에리를 집에 데려다주느라 이렇게 빙 돌아 가면 그게 다 무슨 소용이야. 게다가 아기 얘기나 결혼식 얘기 같은 건 대체 왜 하는 건데?"

"그건 달리 할 말이 없어서…. 에리가 사건 얘기를 꺼내려고 하길래 그걸 피하려고…."

아카리도 알고 있었다. 엄마가 어떤 마음이었을지는 아카리가 누구보다 잘 알고 있었다. 하지만….

"남들이 행복하게 사는 이야기를 들으면 속이 뒤집힐 것 같다고!"

빽 소리를 지르자 가슴에 묵직한 아픔이 느껴졌다.

예전 같았으면 이런 생각은 하지도 않았을 것이고, 하물며 입 밖으로 내는 일은 절대 없었을 것이다.

아카리는 자기가 변해버렸다는 사실을 통감했다.

"거기까지는 미처 생각을 못 했네. 엄마가 미안해…."

자신을 탓하지 않고 순순히 사과하는 엄마를 보니 가슴이 죄어들었다.

집에 도착해서 마당에 차를 세웠다. 엄마가 아카리에게 맡겨 두었던 장바구니와 뒷좌석에 놓인 가방을 들고 차에서 내렸다.

아카리도 조수석에서 내려 지팡이를 짚으며 엄마와 함께 현관으로 향했다.

엄마가 문을 열어 주어서 아카리가 먼저 안으로 들어갔다. 지팡이는 잠시 신발장에 기대어 세워 두고 신발을 벗기 위해 몸을 굽혔다. 관절에 날카로운 통증이 느껴졌다. 옆에서 보고 있던 엄마가 아카리의 신발을 대신 벗겨 주려고 손을 뻗었다.

"내가 할 수 있어."

엄마의 도움을 거부하고 어떻게든 혼자서 신발을 벗는 데 성공했다.

"피곤하지? 저녁 준비 다 되면 부를 테니까 방에서 좀 쉴래?"

"응."

아카리는 지팡이를 들고 계단으로 향했다. 계단에는 이전까지는 없었던 난간이 설치되어 있었다. 오른손으로 지팡이를 짚고 왼손으로 난간을 짚으며 천천히 계단을 올라갔다.

긴 시간을 들여 2층에 도착해 방문을 열자 침대 위에 분홍색 새 잠옷이 가지런히 놓여 있었다.

집에 돌아오는 아카리를 위해 엄마가 준비해 놓은 듯했다.

아카리는 잠옷을 보며 아까 엄마에게 신경질 낸 것을 후회했다.

옷을 갈아입을 기운도 없어서 그대로 침대에 쓰러지듯 몸을 뉘었다.
멍하니 천장을 올려다보고 있으려니 전에 집에 왔을 때의 기억이 되살아났다.

에리의 결혼식에 다녀와서 엄마에게 사진을 보여 주며 수다를 떨고, 방으로 돌아와 지금처럼 침대에 누워서 코헤이와 메시지를 주고받았다.

아카리의 생일에 코헤이가 유명 레스토랑을 예약했다는 말을 듣고 흥분과 기대로 가슴이 두근거렸다.

그 후의 끔찍한 기억까지 되살아날 것만 같아서 아카리는 눈을 질끈 감았다.

잊자. 잊어버리자. 안 좋은 기억을 자꾸 떠올려서는 안 된다.

범죄 피해자 지원 요원인 우치무라의 말대로 앞을 보고 걸어가기 위해서는 이제 그만 털고 일어나야 했다.

지금 여기서부터 새로운 나로 다시 태어나는 것이다.

15

아라이야쿠시마에역에 내렸을 때는 이미 밤 11시가 넘어 있었다. 쇼고
는 개찰구를 빠져나와 비틀거리며 집으로 향했다.

오늘도 유흥업소 취재가 끝난 후 편집자인 키노시타와 만나 술을 마
셨다. 키노시타의 재미도 없는 이야기에 맞상구를 쳐 주며 싸구려 술을
들이부어서인지 위가 아팠다.

빌라에 도착해 203호 우편함을 열어 보았다. 안에 든 우편물을 꺼내
들고 철제 계단을 올라갔다. 각종 전단지와 전기 요금 고지서 사이에 흰
봉투 하나가 섞여 있었다. 봉투 겉면에는 지렁이가 기어가는 것 같은 글
씨로 '미조구치 쇼고 님'이라고 적혀 있었다.

봉투를 뒤집어 뒷면을 확인한 순간, 쇼고는 발걸음을 멈췄다. 심장이
쿵쾅거렸다.

발신인란에 '도쿄도 가츠시카구 고스게 1-35-1 오노데라 케이치'라고
적혀 있었다.

구치소에 수용 중인 케이치가 보낸 편지였다.

쇼고는 서둘러 집으로 가서 열쇠를 열고 안으로 들어갔다. 문을 닫고 현관에 불을 켠 다음 신발을 벗는 시간도 아까워서 그 자리에 선 채로 봉투를 열어 안에 든 편지지를 꺼냈다.

조금 전까지 쇼고를 괴롭히던 위의 통증과 어지러움은 어느샌가 사라져버렸다.

한 장짜리 편지지를 펼쳐 거기 적힌 내용을 확인했다.

미조구치 쇼고 님

저 같은 놈에게 편지를 보내 주셔서 감사합니다.

그 사건을 일으키고 경찰에 체포된 지 벌써 석 달이 지났습니다.

그 사이에 쇼고 씨처럼 주간지 기자라든지 방송국 PD라는 사람들이 여러 번 편지를 보내왔습니다.

저는 원래 글 읽는 것을 좋아하지 않지만, 매일 아침부터 밤까지 먹고 자는 것 외에는 아무것도 할 일이 없고 말 상대도 없다 보니 너무 심심해서 편지는 열심히 읽었습니다. 그중에서 쇼고 씨 편지가 제일 재미있었습니다.

글 쓰는 것도 좋아하지 않지만 감사 인사를 드리고 싶어서 이 편지를 씁니다.

앞에서도 말했지만 구치소 생활은 정말 너무 심심합니다. 빨리 재판이 끝나서 교도소에 가고 싶습니다.

그럼 건강하시길.

오노데라 케이치 드림

고스계역에 내린 쇼고는 스마트폰으로 지도를 확인하며 도쿄 구치소를 향해 걷기 시작했다.

과연 오노데라 케이치가 만나 줄까.

어젯밤에 케이치가 보낸 편지를 읽기는 했지만 그것만으로는 진의를 파악하기가 어려웠다.

앞서 쇼고는 케이치에게 보낸 편지에서 어릴 때 자신이 어머니에게 당한 학대에 관해 적었다. 가능하면 기억 속 깊이 묻어 두고 싶은 과거였지만, 케이치도 부모에게 학대를 당한 것 같다고 하니 이 이야기를 하면 케이치가 관심을 보이지 않을까 싶었기 때문이다.

하지만 케이치가 보내온 답장에는 그저 '재미있었다'라고만 적혀 있을 뿐, 직접 만나 이야기를 나누고 싶다는 쇼고의 요청에 대해서는 전혀 언급이 없었다.

도쿄 구치소에 전화를 걸어 케이치와 면회가 가능한지 물어보니 수감자 본인의 의사에 달려 있으니 직접 와서 면회 신청을 넣어 보라고 했다.

인터넷에서 찾아본 정보에 따르면 기소된 피고인은 하루에 한 명까지만 면회가 가능했기 때문에 쇼고는 구치소 담당자와의 전화를 끊자마자 서둘러 집에서 출발했다.

도쿄 구치소의 커다란 건물이 눈앞에 다가오니 위압감이 느껴지는 동시에 심장이 두근거렸다.

스스로는 자각하지 못하고 있었지만 사실은 긴장하고 있는 건지도 모르겠다는 생각이 들었다.

입구에 서 있는 수위에게 다가가 용건을 밝히자 건물 안에 있는 면회 접수 창구로 가라고 알려 주었다.

쇼고는 창구로 가서 담당 직원에게 용건을 말했다. 직원의 안내에 따라 면회 신청서를 작성해 창구에 제출하자 신분증을 보여 달라고 해서 면허증을 내밀었다. 23번 번호표를 받아 들고 대기실 의자에 가서 앉았다.

30분 정도 기다리자 "23번 번호표를 가지고 계신 분은 3번 면회실로 들어가시기 바랍니다"라는 안내 방송이 나왔다. 쇼고는 자리에서 일어나 물품 보관함에 짐을 넣고 금속 탐지기를 통과한 후 복도를 걸어갔다. 엘리베이터를 타고 면회실이 있는 층에 내려 직원에게 번호표를 보여 준 다음 문 앞에서 멈춰 섰다. 한 차례 심호흡을 하고 문을 열자 가운데가 아크릴판으로 나뉜 방이 나왔다. 아크릴판 건너편에는 아무도 없었다.

쇼고는 방에 들어가 문을 닫았다. 아크릴판 쪽으로 걸어가 앞에 있는 접이식 의자에 앉았다.

잠시 후 맞은편 문이 열리더니 직원과 함께 회색 트레이닝복을 입은 남자가 들어왔다.

오노데라 케이치였다.

쇼고는 의자에서 일어나 "미조구치 쇼고입니다" 하고 인사했다.

케이치는 별다른 반응을 보이지 않고 직원이 손으로 가리키는 의자에 앉았다. 직원이 케이치 옆에 앉는 것을 보고 쇼고도 케이치와 마주 보고 앉았다.

"면회 시간은 15분입니다."

직원의 안내에 쇼고는 "알겠습니다" 하고 손목시계로 시간을 확인한 뒤 다시 케이치에게로 시선을 돌렸다.

검찰 송치 당시 영상을 보면서도 생각했지만 안경 너머로 보이는 눈동자나 표정에서는 아무런 감정도 느껴지지 않았다.

"만나 주셔서 감사합니다."

쇼고가 말을 꺼내자 케이치가 "할 일이 없어서요" 하고 무덤덤하게 대답했다.

"답장을 받고 굉장히 기뻤습니다. 저도 글 쓰는 건 좋아하지 않는 편인데 용기를 내서 케이치 씨한테 편지를 보내 보길 잘했네요."

"쇼고 씨는 나이가 어떻게 되시나요?" 케이치가 물었다.

"서른하나입니다."

"저보다 많네요. 말 낮추세요. 듣기 불편하니까."

"알겠습니다…, 아, 그래."

"편지에는 안 적혀 있던데 쇼고 씨는 어디 소속인가요?"

"미안하지만 나는 방송국이나 출판사 사람이 아니야."

쇼고의 대답을 듣고 그때까지 전혀 움직임이 없던 케이치가 고개를 갸우뚱했다.

"기자가 아니라고요?"

케이치의 물음에 쇼고는 고개를 끄덕였다.

"정확히 말하자면 프리로 주간지에 기사를 쓰고 있어. 유흥업소를 소개하는 기사이긴 하지만."

"무슨 잡지인데요?"

케이치가 몸을 앞으로 내밀며 물었다.

"《주간 버키》라는 잡지인데 알려나? 예쁜 여자애들 사진이 잔뜩 실린 주간지야."

본 적이 있는지 케이치가 "아…" 하고 고개를 끄덕였다.

아주 조금이지만 케이치의 표정이 부드러워진 듯한 느낌을 받았다.

"주간지 기자나 방송국 PD도 편지를 보내왔다고 했는데 그 사람들이랑도 만났어?"

쇼고가 묻자 케이치가 고개를 저었다.

"답장도 안 보냈어요. 애초에 사람들이랑 어울리기 싫어서 그런 짓을 저지른 거니까."

"그런 짓이라는 건… 칼부림 사건 말이야?"

케이치가 고개를 끄덕였다.

"겨우 이쪽에 왔는데 여기서 또 그쪽 사람들을 만나면 의미가 없잖아요."

케이치가 말하는 이쪽이라는 건 죄를 짓고 수감된 상태를 가리키는 듯했다.

— 이제 미련 없이 저쪽으로 갈 수 있겠다.

예전에 PC방에서 만났던 케이코가 한 말이 생각났다.

"그럼 난 운이 굉장히 좋았던 거네. 왜 나한테는 답장도 쓰고 이렇게 만나 주기까지 하는 거야?"

쇼고가 묻자 케이치가 "글쎄요…" 하고 고개를 갸웃거렸다.

"그냥… 어쩌다 보니 그렇게 됐네요. 따분함을 잊게 해 줄 것 같아서?"

"내 편지가 재미있었다고 했지? 재미 말고 다른 건?"

케이치가 쇼고와 마찬가지로 부모에게 학대를 당했다면 분명 느끼는 바가 있었을 것이다. 아니면 그런 감정을 남들에게는 숨기고 싶은 걸까.

"딱히 없는데요. 그냥 재미있는 읽을거리였어요."

케이치가 담담한 말투로 말했다.

"그건 그냥 읽을거리로 삼으라고 보낸 게 아니야. 실제 내 어린 시절의 기억이라고."

쇼고의 말을 듣고 케이치가 희미하게 웃은 것 같았다.

"그걸 확인하고 싶어서 쇼고 씨의 면회 신청을 받아들인 거예요. 그 편지에 적힌 내용이 사실인지 아닌지."

"사실이야."

"그럼 지금 여기서 보여 줄 수 있어요?"

학대의 흔적을 보여 달라는 의미인 듯했다. 구치소 직원이 함께 있는 자리에서 보이기는 싫었지만 거절하면 케이치가 더는 만나주지 않을 것 같았다.

쇼고는 겉옷을 벗어서 의자에 걸쳐 두고 양팔을 걷어 아크릴판에 가까이 가져갔다. 쇼고의 양팔을 가득 메운 문신을 보고 직원이 놀란 표정을 지었지만 케이치는 눈썹 하나 까닥하지 않고 가만히 들여다보았다.

"그림 실력이 형편없네요."

케이치의 감상을 듣고 쇼고는 쓴웃음을 지었다.

"전문가한테 부탁할 돈이 없어서 재봉용 바늘과 먹물을 가지고 내 손으로 직접 새긴 거야. 학대의 흔적을 보는 게 너무 싫어서."

쇼고는 셔츠 소매를 내리고 다시 겉옷을 입었다.

"면회 시간 얼마나 남았어요?"

케이치의 질문에 쇼고는 손목시계를 들여다보았다.

"5분 정도 남았네."

"시간이 얼마 없네요. 하나만 물어봐도 돼요?"

"뭔데?"

"나를 만나서 뭘 하고 싶었던 거예요?"

쇼고는 케이치의 눈을 들여다보며 다시 한번 곰곰이 생각해 보았다.

"사실 나도 잘 모르겠어."

쇼고는 고개를 저으며 솔직하게 대답했다.

"모른다고요? 자기가 뭘 하고 싶은지도 모르면서 일부러 돈이랑 시간을 들여서 살인자를 만나러 구치소까지 찾아왔다는 말이에요?"

"그걸 알고 싶어서 온 거야."

케이치가 무슨 말인지 모르겠다는 듯 이쪽을 보면서 고개를 갸웃거렸다.

"시부야 스크램블 교차로에서 사건이 일어났을 당시 나는 그 사건이나 범인에게 별 관심이 없었어. 그런데 범인이 사건 직전까지 다니던 회사의 사장이 TV에 나와서 인터뷰하는 걸 보고 관심을 갖게 되었지."

"카와모토 물류 회사요?"

"그래, 인터뷰에서 카와모토 사장이 너에 대한 이야기를 했거든. 네가 그 회사에 면접 보러 왔을 때 자기한테는 신원을 보증해 줄 사람도 없고 열여섯 살 때까지는 시설에서 자랐다고 했다고 말이야."

"흐음… 내 덕분에 사장님이 방송에 나왔다는 말이네요. 그런데 대체 어떤 부분에서 나한테 관심을 갖게 되었다는 거죠?"

"나도 가족이 없고 시설에서 자랐으니까."

"아…."

어릴 때부터 어머니에게 학대를 당했다는 내용은 케이치에게 보낸 편지에도 썼지만, 시설에서 자랐다는 말은 하지 않았다.

"그걸 보고 너에 대해 더 알고 싶어져서 카와모토 물류 회사로 직접 사장을 찾아갔지."

"사장님이 무슨 얘기를 하던가요?"

"네 양팔이 좁쌀만 한 화상 자국으로 뒤덮여 있었다는 얘기라든지, 집도 없는 일용직한테 여자친구가 있을 리 없지 않느냐는 동료의 말을 듣고 홧김에 회사를 그만뒀다는 얘기 같은 거."

당시 일이 떠올라서 기분이 나빠졌는지 케이치가 부루퉁한 표정을 지었다.

지금까지 대화를 나누면서 케이치가 처음으로 감정을 겉으로 드러낸 순간이었다.

"그리고 나리마스에 있는 PC방에서 널 안다는 여자도 만났어."

"나를 아는 여자요?"

시선이 불안정하게 흔들리는 것을 보니 내심 동요하고 있는 듯했다.

"이름은 케이코라고 하던데. 파마머리를 한 마흔 중반쯤 되어 보이는 여자였어."

케이치는 아무 말도 하지 않았다.

"기억나?"

쇼고가 물었지만 케이치는 대답하지 않았다.

기억나지 않을 리가 없었다.

케이코는 케이치가 없는 돈을 털어 1만 5천 엔이나 내고 공원 화장실에서 관계를 가진 상대였다. 게다가 돈을 낼 테니 같이 자 달라고 부탁한 사람은 케이치 자신이었다.

"케이코 씨는 별일 없나요?" 이윽고 케이치가 입을 열었다.

"응, 내 눈에는 좋아 보이던데."

케이코와는 고작 2시간 정도 함께 술을 마시며 이야기를 나누었을 뿐이지만 적당히 대답했다.

"케이코 씨랑은 무슨 얘기를 했나요?" 케이치가 물었다.

"이것저것."

"예를 들자면요?"

"너랑은 같은 PC방에서 지내면서 서로 마주치면 한두 마디씩 나누는 사이였다고."

"그 외에는요?"

"네가 무슨 얘기를 했는지도 들었어. 사회와 부모에 대한 불만을 털어 놓으면서 자기는 태어났을 때부터 밑바닥 인생을 살 수밖에 없는 운명이고 아무리 발버둥 쳐도 죽을 때까지 거기서 벗어날 수 없다고 했다고. 그리고 열네 살 때까지 거의 학교에 간 적이 없어서 읽고 쓰기도 제대로 못할 뿐 아니라 어릴 때부터 주위와 단절된 환경에서 살아왔기 때문에 사람들과 어울리질 못해서 무슨 일을 해도 오래가지 못한다고 했다고."

두 사람이 관계를 가졌다는 사실도 알고 있다는 말은 하지 않았다.

"내가 저지른 사건에 대해서는 뭐라고 하던가요?"

"네 처지가 안됐긴 한데 그렇다고 해서 그런 짓을 해도 되는 건 아니라고 하더라."

"쇼고 씨도 그렇게 생각하나요?"

"모르겠다." 쇼고는 고개를 저었다.

"이것도 모르겠다고요?"

"그러게. 뭐 하나 아는 게 없네."

쇼고는 쓴웃음을 지으며 손목시계를 내려다보았다. 면회 시간이 거의 끝나가고 있었다. 서둘러 고개를 들어 케이치를 보며 입을 열었다.

"한 가지 분명히 말할 수 있는 건 너에 대해 알면 알수록 남 일처럼 생각되지 않는다는 거야. 너에게서 몇 년 전의 내가 겹쳐 보인달까."

"쇼고 씨도 부모한테 학대를 당하고 시설에서 자랐으니까요?" 케이치가 물었다.

"음… 아까 너를 만나서 뭘 하고 싶은 거냐고 물어봤지? 아직은 나도 잘 모르겠어. 하지만 널 만나서 네가 지금까지 어떤 인생을 살아왔는지 들으면 앞으로 내가 뭘 어떻게 하고 싶은 건지 알 수 있지 않을까 싶어서 면회를 온 거야."

"특이하네요." 케이치가 어이가 없다는 듯 웃었다.

"그런가?"

"그렇잖아요. 내 얘기를 듣고 기사로 쓰겠다든지 책을 내겠다든지 하는 건 알겠는데 유흥업소 소개글을 쓰는 기자가 살인자의 과거를 알아서 어디다 쓰겠어요?"

쇼고가 아무 말도 못하고 있자 "이것도 모르겠죠?" 하고 케이치가 놀렸다.

"애초에 나한테는 지금까지 어떤 인생을 살아왔다고 할 만한 게 없어요. 기억하는 것도 없고 기억해 내고 싶은 것도 없고. 그래서 이쪽에 온 거니까요. 내 인생은 여기서부터 시작되는 거예요."

"네 인생은 교도소에서부터 시작되는 거라고?" 쇼고가 물었다.

"네, 앞으로 죽을 때까지 전 이쪽에 있을 거예요. 아직은 죽기 싫으니까 사형이 나오지 않도록 처음부터 딱 한 명만 죽이자고 정해 놓고 시작한 일이었거든요."

"피해자가 한 명이어도 사형이 나오기도 해."

사형 판결이 나올 가능성을 생각해서인지 케이치가 눈썹을 찌푸렸다.

"그런 경우도 있다고는 들었어요. 하지만 인터넷에서 찾아본 바로는 강도 살인이나 유괴 살인이 아닌 이상 대부분 무기징역이라고 하던데요. 뭐 내 바람이 이루어질 수 있도록 변호사 선생님이 열심히 노력해 주길 바라는 수밖에요."

"설령 무기징역이 나온다고 해도 언젠가는 출소할 거야. 넌 아직 젊으니까 그럴 가능성이 높지."

현재 무기징역수의 평균 재소 기간은 30년에서 35년 정도라는 기사를 인터넷에서 본 기억이 났다. 스물여섯인 케이치가 35년 후에 출소한다고 해도 60대 초반, 30년 후에 출소한다면 아직 50대 중반일 터였다.

"그렇겠죠. 아마도 할아버지가 될 때쯤 교도소에서 쫓겨나겠지만 그럼 또 비슷한 사건을 일으켜서 돌아오려고요." 케이치가 미소를 지으며 대답했다.

그 미소가 너무도 유쾌해 보여서 등줄기가 서늘해졌다. 잠자코 케이치를 쳐다보고 있으려니 옆에 있던 직원이 "면회 시간 다 되었습니다" 하고 말했다.

직원이 먼저 의자에서 일어나 케이치에게 일어나라고 재촉했다.

"오늘 즐거웠어요." 케이치가 자리에서 일어나며 말했다.

"또 만나러 와도 될까?"

쇼고가 묻자 케이치가 애매하게 고개를 까닥였다.

"오늘 만나 줘서 고맙다는 뜻으로 영치품을 넣어 줄까 하는데 뭐가 좋아?"

"《주간 버키》요." 케이치가 기다렸다는 듯 대답했다.

"알았어. 다음에 가져와서 반입 가능한지 물어보고 넣어 줄게."

여자의 알몸 사진이 잔뜩 실린 잡지이기 때문에 어쩌면 반입이 불가능할 수도 있을 것 같았다.

케이치와 직원이 반대편 문으로 빠져나간 후 쇼고는 무거운 한숨을 내쉬며 자리에서 일어났다. 면회실에서 나와 창구로 돌아가서 물품 보관함에 넣어 둔 가방을 꺼내 건물 밖으로 나왔다.

지친 걸음으로 고스계역을 향해 걷기 시작했다. 올 때에 비해 발걸음이 무거웠다.

지하철을 타서 노약자석이 한 자리 비어 있는 것을 보고 바로 가서 앉았다. 평소에는 노약자석이 비어 있어도 안 앉았지만 오늘은 겨우 15분 동안 앉아서 대화를 나누었을 뿐인데도 피곤해서 몸에 힘이 들어가지 않았다.

케이치와는 생각보다 많은 이야기를 나누었지만 자신이 바란 대답은 얻지 못했다.

— 아마도 할아버지가 될 때쯤 교도소에서 쫓겨나겠지만 그럼 또 비슷한 사건을 일으켜서 돌아오려고요.

케이치가 한 말이 머릿속에서 맴돌았다.

교도소에서 나오면 또 사람을 죽일 거라는 케이치의 말에 소름이 끼치는 동시에 지금까지 그가 어떤 인생을 살아왔을지 생각해 보게 되었다.

기억하는 것도 없고 기억해 내고 싶은 것도 없는 인생, 교도소에서 지내는 게 훨씬 더 낫다고 말하는 인생은 대체 어떤 것이었을까.

쇼고는 가방에서 서류 다발을 꺼내 천천히 넘겨 보았다. 묻지마 사건에 관한 신문 기사를 복사한 것이었다. 몇 번이나 반복해서 읽으며 내용을 거의 암기해버린 이들 기사에는 정작 가장 중요한 범인에 관한 정보는 거의 실려 있지 않았다.

범인에 관한 내용이라고는 경찰에서 발표한 '짜증 나서 그랬다. 나보다 행복해 보이는 사람이라면 상대는 누구라도 상관없었다'라는 케이치의 진술과 이전 직장 사장의 인터뷰뿐이었다.

구치소로 찾아가서 직접 만나 이야기를 나누면 범인에 대해 파악할 수 있지 않을까 기대했건만 생각대로 되지 않았다. 케이치가 다음에 또 만나 줄지도 확신할 수 없었다.

여기까지가 한계일지도 모르겠다는 생각이 들었다.

케이치가 자기 입으로 말하지 않는 한 쇼고는 아무것도 알아낼 수 없었다.

애초에 케이치의 과거를 왜 알고 싶은 것인지 그 이유조차 확실하지 않았다.

하지만 알고 싶었다. 아니, 알아야만 했다. 이유도 모르면서 마음만 조급해졌다.

문득 무언가를 생각해 낸 쇼고는 겉옷 주머니에서 스마트폰을 꺼내 들었다. 앨범을 열어서 예전에 찍은 사진을 불러왔다.

카와모토 물류 회사에서 찍은 케이치의 이력서와 지게차 수료증 사진이었다.

지게차 운전 기능 강습 수료증에는 7년 전 케이치가 살았던 집 주소가 적혀 있었다.

스마트폰으로 도쿄 오타구 가미이케다이 1번지를 찾아보니 지하철 나가하라역 근처였다. 나가하라역까지의 경로를 검색하니 여기서 1시간 정도 걸린다고 나왔다.

7년 전에 살았던 집에 찾아간다고 해서 케이치와 관련된 정보를 얻을 수 있을지는 알 수 없었다. 현실적으로 생각하면 헛걸음으로 끝날 가능성이 더 높았다. 하지만 어쩌면 이웃에 아직 케이치를 기억하는 사람이 남아 있을 수도 있었다.

어차피 오늘은 다른 일정이 없었다. 멀리까지 나온 김에 케이치가 예전에 살았던 집을 찾아가 보는 것도 나쁘지 않을 것 같았다.

쇼고는 조금 전까지만 해도 무겁게 늘어져 있던 몸에 다시 힘이 솟는 것을 느끼며 열차 안에 나이 든 할아버지가 서 있는 것을 보고 노약자석에서 일어났다.

쇼고는 오후 3시가 조금 넘어 나가하라역에 내렸다.

스마트폰 지도 앱을 보며 역에서 10분 정도 걸어 목적지에 도착했다. 쇼고가 지금 살고 있는 곳과 비슷한 정도로 낡은 건물의 철제 계단에 '사이다 빌라'라는 팻말이 붙어 있었다. 1층과 2층에 각각 방이 다섯 개씩 있는 구조로, 과거 케이치가 살았던 곳은 103호였다.

쇼고는 어떻게 말을 꺼낼지 고민하며 101호 앞으로 걸어갔다. 초인종을 누르고 잠시 기다렸지만 대답이 없었다. 아무도 없는 모양이었다.

1층에서 103호를 제외한 나머지 네 집 모두 초인종을 눌러도 아무도 나오지 않았다.

평일 낮이니 다들 학교나 직장에 가 있을 시간이기는 했지만 혹시라도 집에 있는 사람이 있지 않을까 싶어서 계단을 통해 2층으로 올라갔다. '타나카'라는 문패가 달린 201호 앞에 서서 초인종을 눌렀다. 잠시후 현관문 너머로 남자가 "누구세요?" 하고 물었다.

"아, 저… 바쁘신데 죄송합니다. 저는 미조구치 쇼고라고 합니다. 예전에 여기 살았던 사람에 관해 여쭤보고 싶은 것이 있습니다만…."

쇼고가 201호 문에 대고 말했다. 안에서는 아무 반응이 없었다. 초인종을 눌렀을 때 분명 남자가 대답하는 소리가 들렸는데….

자신의 말투가 수상하게 느껴진 게 아닌가 반성하고 있는데 찰칵 하는 소리와 함께 문이 열렸다. 머리가 희끗희끗한 남자가 문틈 사이로 얼굴을 내밀더니 경계하는 눈초리로 쇼고를 쳐다보았다.

"여기 살았던 사람이 어쨌다고?"

쇼고는 남자의 거친 말투에 살짝 긴장하며 겉옷 주머니에서 명함을 꺼내 건넸다.

"저는 이런 사람입니다만…."

남자가 명함을 받아서 힐끗 쳐다보더니 "기자?" 하고 물었다.

"네, 주간지에서 사건 관련 기사를 쓰고 있습니다. 지금은 예전에 이 빌라에 살았던 사람에 대해 알아보고 있습니다만… 실례지만 선생님은 언제부터 여기 살고 계십니까?"

스스로 생각하기에도 거짓말이 꽤나 능숙해진 것 같다고 속으로 감탄하며 쇼고가 묻자 "9년 정도 됐지 아마" 하고 남자가 대답했다.

"7년 전에 여기 103호에 살았던 오노데라 케이치라는 남자를 아십니까?"

"103호?" 남자가 고개를 갸우뚱했다.

쇼고는 스마트폰에서 지게차 수료증에 붙은 사진을 확대해 남자 쪽으로 내밀었다.

"이 사람입니다만…."

남자가 스마트폰 화면을 들여다보며 미간을 찌푸렸다. 흑백 복사본이라서 알아보기 어려울 수도 있겠다 싶어 "이쪽이 더 최근 사진입니다"라고 하며 이력서의 컬러 사진을 보여 주었다.

"음… 모르겠는데. 같은 빌라에 살았다면 마주친 적이 있을 수도 있겠지만."

남자가 고개를 들어 이쪽을 보며 말했다.

"아, 네…. 바쁘신데 시간 내 주셔서 감사합니다."

쇼고가 고개를 숙이자 남자가 현관문을 닫고 들어갔다.

201호 문이 닫히자마자 깜박하고 물어보지 않은 것이 생각나서 다시 초인종을 눌렀다.

바로 문을 연 남자가 "또 뭐?" 하고 퉁명스럽게 물었다.

"번번이 죄송합니다. 이 빌라를 소유하고 있는 집주인 연락처를 알 수 있을까요?"

"집주인 사이다 씨는 이 빌라 바로 옆에 살고 있어."

남자는 그 말만 하고 쇼고가 고맙다는 말을 할 새도 없이 문을 닫아 버렸다.

2층의 나머지 네 집도 찾아가 보았지만 집에 아무도 없거나 누군가 있더라도 케이치에 대해서는 모른다는 대답밖에 들을 수 없었다.

쇼고는 계단을 내려가 빌라 옆에 있는 2층짜리 단독 주택으로 향했다. 문패에 '사이다'라고 적힌 것을 확인하고 초인종을 눌렀다.

잠시 후 "네" 하고 나이 든 여자 목소리가 들렸다.

"바쁘신데 죄송합니다. 사이다 빌라 집주인 되시나요?"

쇼고가 인터폰 너머로 묻자 "네, 그런데요" 하고 여자가 대답했다.

"저는 주간지 기자 미조구치 쇼고라고 합니다. 예전에 저 빌라에 살았던 사람에 대해 여쭤보고 싶은 것이 있습니다만…."

"무슨 일이죠?"

여자의 목소리에서 불안해하는 기색이 느껴졌다.

"7년 전 103호실에 살았던 오노데라 케이치라는 열아홉 살 청년을 기억하십니까?"

쇼고의 질문에 여자가 잠시 뜸을 들였다가 "네…" 하고 대답했다.

"그 아이가 왜요?"

"혹시 케이치가 무슨 사건을 일으켰는지 모르십니까?"

"사건…이요? 잠시만요."

인터폰이 갑자기 뚝 끊겼다. 잠시 후 현관문이 열리고 백발에 안경을 쓴 노부인이 걸어 나왔다. 나이는 70대 중반 정도 되어 보였다.

"케이치가 사건을 일으켰다니 그게 무슨 말이죠?"

쇼고는 노부인의 말투에서 두 사람이 어느 정도 친밀한 사이였던 것 같다는 느낌을 받았다.

"3개월 전에 시부야에서 일어난 묻지마 사건의 범인이 오노데라 케이치입니다."

쇼고가 조심스럽게 설명하자 사이다의 눈이 휘둥그레졌다.

"사건이 일어나고 뉴스에서 한동안 꽤 시끄러웠는데 모르셨나요?"

"네… 뉴스에 나오는 기사는 자극적인 내용이 많아서 잘 안 보거든요. 묻지마 사건을 일으켰다는 건 그 일로 피해자가 발생했다는 말인가요?"

"남자 한 명이 죽고 여자 두 명이 중상을 입었습니다. 지금은 어떻게 되었는지 모르겠습니다만 사건 보도 당시 한 명은 의식 불명 상태였다고 합니다. 저는 이 사건의 범인인 오노데라 케이치에 대해 알아보고 있습니다만, 혹시 괜찮으시다면 이야기를 좀 들을 수 있을까요?"

쇼고의 부탁을 듣고 사이다가 망설이는 표정으로 고개를 숙였다. 이윽고 고개를 든 사이다가 "여기서 얘기하기는 좀 그러니까 일단 안으로 들어오세요" 하고 쇼고를 집 안으로 안내했다.

쇼고는 1층에 있는 응접실로 들어가 고급스러워 보이는 원목 탁자 앞에 앉아서 기다렸다. 잠시 후 사이다가 찻잔이 담긴 쟁반을 들고 들어와 맞은편에 앉았다.

"설마 케이치가 그런 사건을 일으켰을 줄이야…. 대체 왜 그런 짓을….'

꽤나 충격을 받았는지 사이다의 목소리가 떨렸다.

"보도에 따르면 케이치는 '짜증 나서 그랬다. 나보다 행복해 보이는 사람이라면 상대는 누구라도 상관없었다'라고 진술했다고 합니다."

"그런 이유로 사람을 해치다니… 도저히 믿을 수가 없네요."

사이다가 고개를 떨구었다.

쇼고는 적당한 말이 생각나지 않아 어두운 표정으로 어깨를 축 늘어뜨린 노부인을 그저 바라만 보았다. 침묵 속에서 차를 홀짝이고 있으려니 "그런데…" 하고 사이다가 고개를 들었다.

"케이치가 이 빌라에 살았다는 건 어떻게 아셨나요?"

맞은편에 앉은 사이다의 질문에 쇼고는 찻잔을 내려놓고 입을 열었다.

"오노데라 케이치가 사건을 일으키기 직전까지 다닌 회사를 찾아갔을 때, 그곳 사장이 케이치의 지게차 운전 기능 강습 수료증을 보여 주었습니다. 7년 전에 교부된 것인데 거기 적힌 주소가 사이다 빌라였습니다."

쇼고의 설명을 듣고 사이다가 납득했다는 듯 고개를 끄덕였다.

"케이치가 이 빌라로 이사 온 것은 언제였습니까?"

쇼고가 묻자 사이다가 "그걸 따기 한 달쯤 전이었어요" 하고 대답했다.

"그거…라는 건 지게차 수료증 말인가요?"

사이다가 고개를 끄덕였다.

"우리 조카가 하타노다이에서 인쇄 회사를 하고 있거든요…."

하타노다이는 여기서 지하철로 한 정거장 떨어진 동네였다.

"직원이 열 명도 안 되는 작은 회사이다 보니 사람 구하기가 힘들어서 고생하던 차에 케이치가 면접을 보러 온 거예요. 그런데 집이 아니라 무슨 만화방 같은 데서 지낸다고 해서 조카가 혹시 여기에 빈방이 있으면 빌릴 수 없겠냐고 하더라고요. 마침 반년 정도 계속 비어 있던 방이 하나 있어서 보증금 없이 빌려주기로 했죠."

"케이치는 거기서 얼마나 살았습니까?"

"1년 정도 있었을 거예요."

"인쇄 회사를 그만둬서 나가게 된 건가요?"

회사에서 마련해 준 집이었으니 퇴사 후에도 계속 지내기는 어려웠을 것이다.

"그렇다기보다는… 어느 날 갑자기 사라졌어요."

"그게 무슨 말이죠?"

"말 그대로 자취를 감추었다고요. 케이치가 출근하지 않아서 우리 조카가 무슨 일이 있나 하고 집으로 찾아가 봤더니 가재도구는 다 그대로 놔둔 채 메모가 남겨져 있더래요."

"메모에는 뭐라고 적혀 있었다던가요?"

"딱 한마디… '더 이상 못 해 먹겠다'라고…."

"더 이상 못 해 먹겠다라니… 그게 대체 무슨 의미였을까요?"

"글쎄요…. 회사에서 뭔가 안 좋은 일이 있었던 건가 싶어서 조카한테 물어봤는데 '이렇게 된 이상 어쩔 수 없지'라고만 하고 자세한 사정은 설명해 주지 않더라고요."

"케이치는 어떤 사람이었나요?"

"한마디로 말하자면 굉장히 얌전한 아이였어요. 기본적으로 말수가

176

워낙 적었고, 말을 할 때는 작은 소리로 중얼거리며 말끝을 흐렸어요."

사건 직전까지 케이치의 직장이었던 카와모토 물류의 사장도 비슷한 말을 했다.

"입주 당시 열아홉 살이라고 했는데 사실 그렇게 어려 보이지는 않았어요."

"그 정도로 어른스러운 분위기였습니까?"

쇼고가 묻자 사이다가 쓴웃음을 지으며 고개를 저었다.

"어른스럽다는 의미가 아니라… 10대답지 않게 세파에 찌든 얼굴을 하고 있었달까…. 실제 나이보다 훨씬 더 늙어 보였어요. 그 나이에 벌써 흰머리도 있었고."

쇼고는 조금 전 구치소에서 만난 케이치의 모습을 떠올렸다.

아까는 케이치의 눈빛과 표정에만 정신이 팔려서 다른 부분은 크게 신경 쓰지 않았는데 사이다의 말을 듣고 보니 확실히 스물여섯이라는 나이에 걸맞지 않게 흰머리가 많았던 것 같기도 했다.

"케이치가… 자기 가족에 대해 이야기한 적은 없었습니까?"

"없다고 했어요."

"죽었다던가요?"

"아니요, 그건 아니고…. 어릴 때부터 아버지에 대한 기억은 없었고, 어머니와는 벌써 몇 년째 만난 적이 없다고…."

대답을 하는 사이다의 표정이 어두워졌다.

"시설에서 자랐다거나 부모에게 학대당했다는 이야기를 들은 적은 없으십니까?"

"없어요. 아무래도 복잡한 사정이 있는 것 같아서 본인이 먼저 말을 꺼내지 않는 이상 물어보지 않는 게 좋을 것 같았거든요."

"그러셨군요."

"하지만 적어도 우리 빌라에 사는 동안은 좋은 세입자였어요. 딱히 문제를 일으킨 적도 없고 평소 생활도 모범적이었고요."

"뭘 보고 그렇게 느끼셨죠?"

"어린 나이에 가족도 없고 집도 없이 혼자 사는 게 안쓰러워서 가끔 제가 만든 반찬 같은 걸 가져다주곤 했거든요. 가끔은 안에 들어가서 이야기를 나눌 때도 있었고요. 물론 미성년자는 음주와 흡연을 하면 안 되지만 보통 그 나이쯤 되면 다들 집에서 술도 마시고 담배도 피우고 하잖아요."

사이다가 동의를 구하듯 말했다. 쇼고는 "뭐 그렇죠" 하고 맞장구를 쳤다.

"그런데 케이치는 술도 담배도 하지 않았어요. 그뿐만 아니라 TV, 게임기, 만화 잡지 같은 것도 전혀 없었고요. 방 안에 있는 물건들로 미루어 짐작건대 상당히 절약하며 사는 것 같았어요. 유일하게 오락거리라고 할 만한 건 도서관에서 빌린 책 정도였죠."

"케이치는 주로 어떤 책을 읽었나요?"

"내 기억에는 도감류가 많았던 것 같아요."

"도감이요?"

생각지도 못한 대답에 쇼고가 되묻자 사이다가 "네" 하고 고개를 끄덕였다.

"동물, 식물, 탈 것 등 초등학생이 주로 보는 도감 있잖아요. 케이치의 방에는 그런 책이 많았어요. 책에는 도서관 라벨이 붙어 있었고요."

"소설 같은 걸 빌린 적은 없습니까?"

"어른용 책을 본 기억은 없네요."

쇼고는 사이다의 말을 듣고 잠시 생각에 잠겼다.

초등학생용 도감이라면 어려운 한자에는 독음이 달려 있었을 것이다. 케이치는 열네 살 때까지 거의 학교에 간 적이 없어서 읽고 쓰기를 제대로 못했다고 하니 도감을 보면서 글자를 익혔을지도 모르겠다는 생각이 들었다.

"케이치는 내가 가져간 반찬들을 항상 맛있다고 하면서 잘 먹어 줬어요. 고마움의 표시로 내 어깨와 허리를 주물러 주기도 했고, 내 생일에는 스카프를 선물해 줬어요. 그렇게 착한 아이가 어쩌다 그런 끔찍한 짓을 저지르게 된 걸까요…."

사이다가 미간을 찌푸리며 한탄하듯 내뱉었다.

6년 전까지만 해도 집주인에게 감사 선물을 할 정도로 다정한 면모를 보였던 케이치는 어쩌다 묻지마 사건 같은 걸 일으키는 인간이 되어버린 걸까.

어쩌다 교도소에 가고 싶어서 사람을 죽이고, 출소하면 또 그런 짓을 하겠다고 공언할 정도로 사회를 증오하게 된 걸까.

"케이치에게 친구는 없었습니까?" 쇼고가 물었다.

"글쎄요… 적어도 우리 조카 말고 다른 사람이 케이치를 찾아온 적은 한 번도 없었어요."

쇼고는 사이다에게 더 물어볼 것이 있는지 생각해 봤지만 별다르게 떠오르는 것은 없었다.

"저… 혹시 가능하다면 조카분도 만나 볼 수 있을까요?"

쇼고가 말하자 사이다가 "전화로 물어볼게요" 하고 응접실 밖으로 나가더니 10분 정도 지나서 돌아왔다.

"7시쯤 일이 끝나니 그 이후에 회사로 오면 만날 수 있다고 하네요."

손목시계를 내려다보니 오후 5시였다.

"알겠습니다. 그럼 시간 맞춰서 조카분 회사로 찾아뵙도록 하겠습니다."

쇼고의 말을 듣고 사이다가 서랍에서 수첩과 필기도구를 꺼내 왔다. 수첩을 보면서 메모지에 무언가를 옮겨 적은 후 한 장을 찢어서 쇼고에게 건넸다.

메모지에는 '야스켄 인쇄 주식회사'라는 회사명과 주소, 그리고 '야스모토 켄이치'라는 이름이 적혀 있었다.

쇼고는 메모지를 접어 겉옷 주머니에 넣은 다음 사이다에게 고개 숙여 인사했다.

"갑자기 찾아왔는데 이렇게 시간 내 주셔서 정말 감사했습니다."

고개를 들자 사이다와 눈이 마주쳤다.

사이다의 눈빛이 불안하게 흔들렸다. 무언가 주저하고 있는 듯했다.

"저… 나도 하나 물어봐도 될까요?"

"네, 말씀하시죠." 쇼고가 최대한 부드러운 말투로 대답했다.

"쇼고 씨는 케이치를 만났나요?"

사이다의 질문에 솔직하게 대답해도 될지 망설여졌다.

쇼고가 만났다고 하면 사이다는 지금 케이치가 어떤 상태인지, 무슨 말을 했는지 자세히 듣고 싶어 할 가능성이 높았다. 그리고 그에 대한 쇼고의 대답은 눈앞에 있는 노부인을 더 실망시키기만 할 터였다.

하지만 그렇다고 해서 자신의 질문에 성심성의껏 답해 준 사이다에게 거짓말을 하고 싶지는 않았다.

"네, 실은 오늘 오전에 구치소로 면회를 가서 만나고 오는 길입니다."

"그랬군요…. 또 만나러 갈 건가요?"

"케이치가 만나 줄 지는 모르겠습니다만, 저는 또 만나러 갈 생각입니다."

"혹시 만나면 말 좀 전해 주시겠어요? 자신이 저지른 죄를 진심으로 뉘우치고 속죄하라고. 속죄한다고 해서 용서받을 수는 없겠지만 그래도 평생 반성하며 살라고요."

"알겠습니다. 사이다 씨가 그렇게 말했다고 제가 꼭 전하겠습니다."

솔직히 사이다의 말을 케이치에게 전한다 한들 딱히 느끼는 바가 있을 것 같지는 않았다.

"그리고…."

180

사이다가 말을 하다 말고 입을 다물더니 시선을 돌렸다.

"네?"

쇼고가 되묻자 사이다가 다시 이쪽을 보며 입을 열었다.

"나중에 케이치가 출소했을 때 아무 데도 갈 곳이 없으면… 다시 이 빌라에 들어와 살아도 된다고….'

눈물을 글썽이며 말하는 사이다의 목소리가 희미하게 떨렸다.

예전 집주인으로서의 의무감에서 하는 말이 아니었다. 사이다의 말투에서는 케이치를 진심으로 걱정하는 마음이 느껴졌다.

하지만 케이치가 본인의 소원대로 무기징역을 받는다면 지금 70대인 사이다가 그를 다시 만나기는 쉽지 않을 것이다.

쇼고는 고개를 끄덕이며 자리에서 일어났다.

"그럼 이만 실례하겠습니다."

밖으로 나오자 날이 저물고 있었다. 쇼고는 인적이 끊긴 주택가를 통과해 역으로 향했다.

지하철을 타고 한 정거장 떨어진 하타노다이역에 내려 손목시계로 시간을 확인했다. 약속 시간인 7시가 되려면 아직 한참 기다려야 했다.

쇼고는 조금 이르지만 저녁을 먼저 먹기로 하고 역 앞에 있는 패밀리 레스토랑에 들어갔다. 간단히 식사를 하고 나와 옆에 있는 대형 마트로 가서 선물 세트를 진열해 둔 코너를 돌아보았다. 사이다의 조카인 인쇄 회사 사장에게 줄 쿠키 세트와, 아무 것도 준비하지 못해 빈손으로 방문했던 사이다에게 줄 차 세트를 구입했다.

스마트폰의 지도 앱과 사이다가 적어 준 메모를 번갈아 들여다보며 걷다 보니 어느샌가 목적지에 도착했다. '야스켄 인쇄 주식회사'라는 간판이 걸린 건물 앞에 지게차 두 대가 서 있었다.

쇼고는 손목시계로 7시가 지난 것을 확인하고 회사 이름이 적힌 반투명 문을 노크했다. 바로 문이 열리고 50대로 보이는 남자가 얼굴을 내밀었다. 가슴에 회사 이름이 적힌 작업복을 입고 있었다.

"바쁘신데 갑자기 이렇게 찾아와 죄송합니다. 미조구치 쇼고라고 합니다."

"아, 아까 고모가 전화로 말한 분이군요. 야스모토 켄이치입니다."

야스모토가 "사무실이 많이 좁지만 일단 들어오시죠" 하고 쇼고를 안으로 들였다.

5평 남짓한 공간에 책상이 네 개 놓여 있고, 벽 쪽으로 철제 캐비닛이 열 개 정도 늘어서 있었다.

퇴근 시간이 지났는지 사무실 안에는 아무도 없었다.

"죄송하지만 응접실이 따로 없어서 그냥 여기서 이야기해도 될까요? 아니면 밖으로 나갈까요?"

야스모토가 책상을 가리키며 물었다.

"아닙니다, 여기면 충분합니다. 이건 직원분들이랑 같이 드시라고 사 왔습니다. 그리고 이건 다음에 사이다 씨한테 전해 주시면 감사하겠습니다."

쇼고가 들고 있던 쇼핑백 두 개를 야스모토에게 내밀며 말했다.

"뭘 이런 것까지."

야스모토가 쇼핑백을 받아서 싱크대가 있는 쪽으로 가져가더니 냉장고 안에서 무언가를 꺼내 손에 들고 돌아왔다. 쇼고 앞에 놓인 책상에 캔커피를 내려놓고 옆에 있는 의자에 앉아 자기가 들고 있던 캔커피를 한 모금 마신 후 입을 열었다.

"케이치에 대해 조사하고 있다고요?"

쇼고는 명함을 꺼내 야스모토에게 건넸다. 야스모토는 명함을 들여다보면서 "기자였군요…" 하고 혼잣말처럼 중얼거렸다.

"케이치가 저지른 사건에 대해서는 알고 계십니까?"

쇼고가 묻자 야스모토가 이쪽을 보며 고개를 끄덕였다.

"큰 사건이었으니까요. TV에서 범인 얼굴을 보고 바로 알아봤죠."

"사이다 씨는 모르셨던 모양이던데요."

"고모한테는 일부러 말씀 안 드렸어요. 짧은 기간이지만 케이치를 친손자처럼 귀여워하셨거든요."

"그러셨군요. 오늘 저 때문에 뜻하지 않게 알게 되신 거네요. 죄송합니다." 쇼고가 고개를 숙였다.

"괜찮습니다. 재판이 시작되면 또 언론에서 떠들어 댈 테니 언젠가는 결국 알게 되셨겠죠."

"케이치는 7년 전에 이 회사에 들어왔다던데요."

"네, 솔직히 면접 때는 성실하게 일할 수 있을지 반신반의했습니다. 워낙 사람이 안 구해져서 채용을 하긴 했지만요."

"여기 오기 전에는 무슨 일을 했는지 아십니까?"

"홋카이도 삿포로에서 일했다고 했습니다. 그 일을 그만두고 좀처럼 새 일자리를 찾을 수가 없어서 수도권으로 나오게 되었다고 했어요. 살 집도 없는 상태에서 구직 활동을 하던 중에 우리 회사 채용 공고를 보고 지원하게 되었다고 했습니다."

"삿포로에서는 무슨 일을 했다던가요?"

쇼고가 묻자 야스모토가 "글쎄요…" 하고 머리를 긁적였다.

"일을 하기 위해서 원동기 면허를 땄다고 했으니 음식점 배달 같은 거 아니었을까요?"

"케이치가 운전면허를 가지고 있었다는 말입니까?"

"네, 자동차는 아니고 오토바이 면허였지만요."

카와모토 물류에서 본 이력서에는 운전면허를 소지하고 있다는 내용은 적혀 있지 않았다.

면허증 갱신 기간을 넘겨서 실효된 걸까.

읽고 쓰기조차 제대로 못하는 케이치로서는 꽤나 고생해서 딴 면허였을 텐데.

"여기서 일할 때는 어땠습니까?"

"음, 뭐랄까…." 야스모토가 말끝을 흐리더니 주머니에서 담배를 꺼내며 피워도 되겠냐고 물었다.

쇼고가 상관없다고 하자 입에 물고 있던 담배에 불을 붙여 반대쪽을 향해 연기를 내뿜었다. 그러고는 다시 이쪽을 보며 입을 열었다.

"아무튼 좀 이상한 녀석이었습니다. 저도 회사를 운영하면서 많은 20대 젊은 직원들과 함께 일해 왔지만 그런 타입은 처음이었어요. 아무리 그래도 설마 무차별 살인 사건을 일으킬 거라고는 상상도 못 했지만요."

야스모토는 거기까지 말한 후 다시 담배를 입에 물었다.

"구체적으로 어디가 어떻게 이상했다는 겁니까?"

"우선 기본적인 상식이 너무 부족했습니다. 열아홉이나 되어서 이런 것도 모른단 말이야, 싶은 게 굉장히 많았달까요."

야스모토가 연기를 내뿜으며 대답했다.

"예를 들면 어떤 부분에서요?"

"음… 일상적인 예의범절도 그렇고, 아무튼 모든 걸 일일이 다 알려 줘야 했어요."

"케이치는 여기서 일한 지 1년쯤 되었을 때 갑자기 자취를 감추었다고 하던데요. '더 이상 못 해 먹겠다'라는 메모를 남기고 사라졌다고…."

야스모토가 잔뜩 찌푸린 얼굴로 고개를 끄덕이며 손에 들고 있던 담배를 책상 위에 놓인 재떨이에 비벼 껐다.

"직장에서 무슨 일이 있었습니까?"

"그런 셈이죠. 직원 캐비닛에서 반지가 사라졌습니다. 고가의 결혼반지인데 일하다 보면 손에 잉크가 묻거나 해서 더러워질 수 있으니까 근무 중에는 캐비닛에 넣어뒀다고 합니다."

"그걸 케이치가 훔쳤다는 겁니까?"

"증거는 없습니다. 직원들은 누구든 자유롭게 사무실을 드나들 수 있으니까요. 다만 저는 케이치가 범인일 가능성이 높다고 보고 따로 불러서 말했습니다. 순순히 반지를 제자리에 돌려놓으면 이 일은 다른 사람들한테는 말하지 않고 조용히 마무리 짓겠다고요. 반지 주인도 금액이 문제가 아니라 소중한 물건이니 반지가 돌아오기만 하면 더 이상 문제 삼지 않겠다고 했거든요. 하지만 케이치는 끝까지 자기는 훔치지 않았다고 주장하면서 자리를 박차고 뛰쳐나갔습니다. 그리고 다음 날 출근하지 않아서 빌라에 가 보니 메모를 남기고 사라졌더군요."

만약 정말로 케이치가 훔친 게 아니었다면 더 이상 못 해 먹겠다고 생각할 만도 했다. 회사를 관두고 사장이 마련해 준 집에서 나간 심정도 어느 정도는 이해가 갔다.

"사장님은 왜 케이치가 범인일 가능성이 높다고 생각하신 겁니까?"

"케이치는 평소에도 손버릇이 안 좋았거든요."

"도벽이 있었다는 말입니까?"

야스모토가 고개를 끄덕였다.

"제가 케이치를 1년 정도 데리고 있으면서 마트나 편의점에서 연락을 받은 적이 네 번 있었습니다."

"절도로요?"

"네. 현장에서 잡혔는데 연락할 가족이 없으니 저한테 전화가 온 거죠. 그때마다 물건을 훔치면 안 된다고 주의를 주었는데 고쳐지지가 않더군요. 반성을 하기는커녕 오히려 불만스러운 표정으로 뭐가 문제냐고 생각하는 것 같았습니다. 지금 생각하면 케이치한테는 일반 상식이랄까 사회성 같은 게 결여되어 있었던 것 같습니다."

"케이치가 절도로 몇 번이나 잡힌 적이 있다는 말을 사이다 씨한테도 하셨습니까?"

야스모토가 고개를 가로저었다.

"아니요. 고모는 집주인으로서가 아니라 마치 할머니가 손자를 대하듯 케이치를 아끼셨거든요. 괜히 신경만 쓰실 것 같아서 말하지 않았습니다."

사이다가 케이치를 잘 타일렀더라면 어쩌면 이후의 인생이 크게 바뀔 수도 있지 않았을까. 쇼고는 아까 헤어질 때 사이다가 한 말을 떠올리며 그런 생각을 했다.

"뭐 열네 살 때까지는 학교도 제대로 못 다니고 열여섯 살 때까지 시설에서 자랐다고 했으니까요. 제가 상상도 못 할 정도로 거친 삶을 살아 오면서 절도 따위는 아무것도 아니라고 생각하게 되었을 수도 있겠죠."

야스모토가 책상에 팔꿈치를 얹고 턱을 괴며 무거운 한숨을 내쉬었다.

"케이치가 열여섯 살 때까지 지낸 시설이 어디인지 아십니까?" 쇼고가 물었다.

"홋카이도에 있는 시설이라고 들었습니다."

"시설 이름이나 주소는요?"

야스모토가 고개를 저었다. 그러다가 갑자기 뭔가 생각이 났는지 책상 서랍을 열고 안을 뒤적거렸다. "버렸나?" 하고 혼자 중얼거리며 이번에는 쇼고 앞에 있는 서랍을 열었다. 그렇게 한참을 사무실 안에 있는 서랍들을 뒤지던 야스모토가 이윽고 뭔가를 찾았는지 종이 한 장을 들고 자리로 돌아왔다.

"여기에는 시설에 관한 내용은 안 적혀 있네요."

야스모토가 쇼고 앞에 종이를 내려놓으며 말했다. 오노데라 케이치의 주민등록표였다. 현 주소란에는 아까 쇼고가 방문했던 사이다 빌라의 주소가 적혀 있었고, 본적과 이전 주소란에는 각각 다른 주소가 적혀 있었다. 본적은 루모이시, 이전 주소는 삿포로시. 지역은 다르지만 둘다 홋카이도였다.

"지게차 운전 기능 강습을 신청할 때 필요해서 발급받은 겁니다. 홋카이도에서 도쿄로 옮겨 왔을 때 바로 전출 신고를 안 하고 시간이 너무 많이 지나는 바람에 우편 제출도 불가능하다고 해서 제가 비행기 요금을 부담해서 케이치랑 같이 홋카이도까지 가서 전출 신고를 하고 주민등록표를 발급받았습니다. 그렇게까지 챙겨 줬는데 이런 흉악 범죄를 저지르는 인간이 되어버리다니…."

야스모토가 씁쓸한 표정으로 탄식했다.

16

계단을 올라오는 발소리에 이어 문을 노크하는 소리가 들렸다.

"아카리, 깼니?"

문 너머로 엄마가 조심스럽게 말했다. 아카리는 침대에 누워서 손에 들고 있던 만화책에서 시선을 떼지 않은 채 "왜?" 하고 물었다.

"엄마 지금 쇼핑몰 가려고 하는데 같이 가지 않을래?"

쇼핑몰은 집에서 차로 20분 거리에 있었다.

"난 안 갈래." 아카리가 바로 대답했다.

"오늘은 날씨도 아주 좋아. 도쿄에서 가져온 옷만 가지고는 부족할 텐데 오랜만에 엄마랑 같이 쇼핑하러 가자."

지금까지는 아카리가 한번 거절하면 엄마도 포기하고 내려갔는데 오늘은 달랐다.

엄마가 걱정하는 건 아카리도 이해가 갔다.

시즈오카에 온 지 3주가 지났다. 그동안 아카리가 집 밖으로 나간 것은 재활 치료를 받으러 병원에 두 번 간 게 전부였다. 그뿐만 아니라 식사할 때와 씻을 때, 화장실 갈 때를 빼고는 아예 방에서 나가지 않았다.

저녁은 가능한 한 가족들과 함께 먹으려고 노력했지만, 아침은 방에 있는 초콜릿이나 과자로 때웠고 점심은 방으로 가져와서 혼자 먹었다.

"외출할 일 없으니까 트레이닝복만 있으면 충분해. 갈아입을 트레이닝복만 하나 사다 줘."

아카리가 문에 대고 말했다.

아카리의 재활 치료를 담당한 물리치료사는 정기적으로 치료를 계속 받는 게 좋다고 했지만 이제 지팡이를 짚지 않고 걸을 수 있을 정도가 되었으니 병원에도 그만 갈 생각이었다.

"엄마 잠깐 들어가도 돼?"

아카리가 대답하지 않자 잠시 후 문 열리는 소리가 났다. 아카리는 침대에 누운 채 만화책에서 시선을 돌려 문 쪽을 쳐다보았다. 엄마가 방 안으로 들어와서 닫힌 커튼을 걷고 창문을 반 정도 열었다.

자연광을 받는 것은 오랜만이었지만 딱히 기분 좋다는 느낌은 들지 않았다.

"가끔은 바깥 공기도 쐬어야지."

아카리도 좋아서 방 안에 처박혀 있는 것은 아니었다. 방에 있어 봤자 재미있는 일이라고는 하나도 없었다.

문자나 라인을 주고받을 상대도 없었고, 무엇이 사건과 관련된 기억을 상기시킬지 모르기 때문에 TV나 인터넷 동영상을 보기도 무서웠다.

가끔은 스마트폰에 받아놓은 음악을 듣기도 했지만 전처럼 즐길 수가 없었다. 예전에는 좋아했던 곡이 지금은 소음처럼 느껴져서 듣고 있으면 오히려 짜증이 났다.

아무것도 하지 않아도 이상하게 피곤했다. 그렇다고 해서 편히 잠을 잘 수도 없었다. 겨우 잠이 들어도 악몽을 꾸고 금방 깨기 일쑤였기 때문이다.

아카리는 방에 틀어박혀 있고 싶은 것이 아니었다. 단지 바깥세상으로 나가기가 너무 무서웠다.

이쪽을 쳐다보고 있는 엄마에게 그걸 좀 알아 달라고 말하고 싶은 충동이 들었지만 이내 마음을 가라앉히고 들고 있던 만화책으로 다시 시선을 돌렸다.

무슨 말을 해도 엄마는 지금 아카리가 느끼는 고통을 이해하지 못할 것이다. 엄마는 범인에게 습격당해서 온몸을 찔려 보지 않았으니까. 의식 불명 상태에 빠져 생사의 갈림길에 서 보지 않았으니까. 엄마가 할 수 있는 것은 어디까지나 아카리가 얼마나 고통스러웠을지를 머릿속으로 상상해 보는 것뿐이었다.

"아카리… 밖에 나가고 싶지 않은 건 엄마도 이해하지만 계속 집에만 있을 수는 없잖니. 조금씩이라도 예전 생활로 돌아갈 수 있도록 노력해야지. 그리고 다 읽은 만화책을 그렇게 몇 번씩 다시 보면 재미없잖아. 나가서 새 만화책도 사고 그러자, 응?"

아카리는 새어 나오는 한숨을 억지로 삼켰다.

엄마 말대로 아카리는 요즘 하루의 대부분을 고등학교 때 산 만화책을 보면서 지냈다.

스토리도 결말도 이미 다 알고 있기 때문에 재미는 없었지만, 바로 그렇기 때문에 만화책을 읽는 동안만큼은 안심하고 시간을 보낼 수 있었다.

"알았어…, 갈게."

자신을 이해하지 못하는 엄마에게 실망했지만 같은 말을 반복하며 실랑이를 벌일 기운도 없었기 때문에 아카리는 포기하고 엄마와 함께 외출하기로 했다.

엄마는 아카리의 대답에 만족했는지 웃으며 "그럼 엄마는 내려가서 기다릴게" 하고 방에서 나갔다.

문이 닫히자 아카리는 무거운 한숨을 내뱉었다.

쇼핑몰에 도착한 아카리는 엄마와 함께 1층에 있는 레스토랑에 들어 갔다.

평일이라 그런지 사람이 많지 않았다. 쇼핑몰 안을 오가는 사람들이 보이는 창 쪽 자리로 안내하려는 점원에게 엄마가 "정신 사나우니 벽 쪽 자리에 앉아도 될까요?" 하고 요청했다.

아카리의 오른쪽 뺨에 난 커다란 상처 자국을 되도록 남들 눈에 띄지 않게 하기 위해서였다.

아카리는 자신의 오른뺨이 벽 쪽을 향하도록 엄마와 마주 보고 앉았다.

엄마는 미트소스 스파게티를, 아카리는 마르게리타 피자 작은 사이즈 를 주문했다. 요리가 나오자 아카리는 마스크를 완전히 벗지는 않고 턱 쪽으로 끌어내리기만 한 상태로 피자를 조금씩 베어 먹었다.

가까이에 다른 손님은 없었지만 집 밖에서 얼굴을 드러내는 것이 꺼 려졌기 때문이다.

마스크를 쓴 채 불편하게 식사하는 딸을 보고 엄마가 미안해할지도 모르겠다는 생각이 들었지만 그래도 상관없었다.

작은 피자를 두 조각 먹고 나니 식욕이 사라져서 턱까지 내렸던 마스 크를 다시 끌어올렸다.

레스토랑에서 나와 1층에 있는 서점으로 갔다. 만화책 매대에 쌓여 있 는 책들을 둘러보았지만 전부 비닐 포장이 되어 있어서 무슨 내용인지 알 수가 없었다.

읽지는 않을 것 같았지만 뭐라도 사야 한다는 생각에 대충 두 권을 골라 엄마와 함께 계산대로 향했다.

"하마무라 씨 아니세요?"

갑자기 들려온 여자 목소리에 아카리는 옆을 돌아보았다. 안경을 쓴 중년 여성이 이쪽으로 다가왔다.

엄마가 아는 사람일까. 하지만 엄마는 기억이 나지 않는 듯 "아…" 하고 어색하게 미소를 지을 뿐이었다.

"학부모회 활동 때는 신세 많이 졌습니다."

여자의 말에 그제야 엄마도 기억이 난 듯했다.

"천만에요, 요시나가 씨. 저야말로 감사했습니다. 레이나는 잘 지내지요?"

이름을 듣고 아카리도 상대가 누구인지 기억이 났다.

중학교 2, 3학년 때 아카리와 같은 반이었던 요시나가 레이나의 엄마였다. 중학교 때 친했던 아카리와 레이나는 서로의 집에도 자주 놀러 가곤 했다. 레이나네 집에 놀러 가면 지금 눈앞에 있는 레이나의 엄마가 간식을 내 주었다.

"어머, 너 아카리니?"

레이나의 엄마가 알은척을 해서 아카리도 꾸벅하고 인사했다.

"아… 안녕하셨어요?"

"너무 어른스러워져서 하마터면 못 알아볼 뻔했네. 그런데 마스크는 왜? 감기 걸렸니?"

"아… 네…."

"그러고 보니 아카리 너 도쿄에 있는 학교에서 일한다며? 레이나도 결혼해서 지금은 도쿄에서 남편이랑 스완이라는 이탈리안 레스토랑을 하고 있거든. 안 그래도 레이나가 가끔 네 얘기 하던데 시간 날 때 한번 가보렴. 아, 아니면 지금 아줌마한테 네 핸드폰 번호를 알려 줄래?"

숨 쉴 틈도 없이 떠들어 대는 모습에 압도되어 아카리는 아무 말도 하지 못했다.

"어머, 레이나 결혼했어요?"

엄마가 끼어든 덕분에 겨우 아줌마의 시선에서 풀려날 수 있었다.

"딸 시집보내고 좋으시겠네요. 실은 아카리는 도쿄에서 하던 일을 그만두고 얼마 전에 시즈오카로 돌아왔어요."

"어머, 그래요? 무슨 일 있었니?"

레이나의 엄마가 다시 아카리를 보며 물었다. 눈빛에서 강한 흥미와 호기심이 느껴졌다.

"아니요, 그런 건 아니고… 애 아빠 회사가 바빠져서 그쪽 일을 돕게 됐어요."

엄마의 거짓말은 생각보다 지연스러웠다.

"아, 그랬군요."

"레이나가 남편이랑 하는 레스토랑은 인터넷에 검색하면 나오나요?"

엄마의 질문에 아줌마가 고개를 끄덕였다.

"네, 홈페이지도 있고 SNS 계정도 운영하는 모양이더라고요."

"그렇군요. 그거 보고 연락하면 되겠네요. 레이나한테 안부 전해 주세요."

엄마가 다소 억지스럽게 대화를 마무리하고 아카리를 향해 눈짓을 해 보였다. 아카리는 아줌마에게 인사하고 엄마와 함께 계산대로 향하면서 소리 없이 한숨을 내쉬었다.

우연히 만난 친구 엄마와 5분 남짓 대화를 나누었을 뿐인데 몸도 마음도 천근만근이었다.

계산을 마치고 엄마와 함께 서점에서 나왔다.

"조만간 엄마가 레이나네 가게가 어디 있는지 알아보고 결혼 축하 겸 가게 오픈 선물로 꽃이라도 보내 놓을게."

엄마가 에스컬레이터 쪽으로 걸어가며 말했다. 아마도 2층에 있는 숙녀복 매장을 돌아볼 생각인 듯했다.

"엄마…."

아카리가 부르자 엄마가 걸음을 멈추고 이쪽을 돌아보았다.

"오늘은 그만 돌아가자. 나 피곤해."

엄마는 별말 하지 않고 "그래, 그러자" 하고 아카리의 어깨를 가볍게 감싸 안으며 출구 쪽으로 방향을 틀었다.

건물을 나와 주차장 쪽으로 걸어가는데 등 뒤에서 "거기 서!" 하고 남자가 외치는 소리가 들렸다.

화들짝 놀라 뒤를 돌아보니 검은 옷을 입은 청년이 이쪽을 향해 뛰어오고 있었다. 아카리는 남자가 자기 쪽으로 곧장 돌진해 오는 것을 보고 몸이 뻣뻣하게 굳어서 꼼짝도 할 수 없었다.

청년이 팍 밀치고 지나가는 바람에 아카리는 그 자리에 쓰러졌다. 순간적으로 얼굴은 감싸서 보호했지만 땅에 쓸린 오른팔이 아팠다.

도망가는 청년의 뒷모습과 그를 쫓는 경비원 두 명의 모습이 시야에 들어왔다. 얼마 못 가 청년이 경비원들에게 붙잡혔다. 가게에서 물건을 훔쳐 달아나던 모양이었다.

"아카리! 괜찮니?"

엄마가 이쪽으로 달려와 아카리를 들여다보며 물었다.

고개를 끄덕이려고 했지만 목이 딱딱하게 굳어서 움직이지 않았다.

이상하네. 왜 이러지. 괴… 괴로워… 숨이… 숨이 안 쉬어져….

필사적으로 산소를 들이마시려고 했지만 목으로 공기가 들어오지 않았다. 뇌에서는 분명 그렇게 지시를 내리고 있을 텐데 몸이 말을 듣지 않았다.

어떻게 해야 할지 몰라 양손으로 목을 붙잡고 미친 듯이 쥐어뜯었다.

"아카리! 왜 그래! 너 괜찮은 거니?"

엄마의 비명이 들리는 가운데 시야가 어두워졌다.

침대에서 자고 있던 아카리는 누군가 방문을 두드리는 소리에 눈을 떴다.

"…아카리, 좀 어떻니?"

문 너머로 엄마의 걱정스러운 목소리가 들려왔다.

"괜찮아…. 이제 걱정 안 해도 돼…."

호흡은 얼마 지나지 않아 정상으로 돌아왔고, 곧바로 차를 타고 집으로 돌아왔다. 돌아오는 차 안에서도, 집에 돌아온 후에도 엄마는 자기가 아카리를 억지로 데리고 나가는 바람에 그런 일이 생겼다고 계속 사과했다.

도쿄에서 입원해 있는 동안에는 갑자기 사건 당시의 기억이 되살아난다거나 TV에서 사건을 연상시키는 장면을 보고 발작을 일으킨다거나 하는 일이 종종 있었지만, 시즈오카로 내려온 후로는 처음이었다.

"저녁 다 됐는데… 먹을 수 있겠어?"

아직도 죄책감이 가시지 않은 듯 엄마가 조심스럽게 물었다.

"응, 금방 내려갈게."

의식적으로 밝게 대답하자 "그래, 그럼 엄마 먼저 내려가 있을게" 하는 말과 함께 계단을 내려가는 발소리가 들렸다.

아카리는 침대에서 일어나 방을 나섰다. 계단을 내려가 거실로 가니 식탁에 아빠가 앉아 있었다. 평소라면 아직 집에 올 시간이 아닌데 오늘은 벌써 편한 옷으로 갈아입은 상태였다.

엄마한테 전화나 문자로 오늘 있었던 일을 전해 듣고 아카리가 걱정이 되어서 일찍 돌아온 것 같았다.

"외출했다가 갑자기 상태가 안 좋아졌다면서. 지금은?"

역시나 걱정스러운 표정으로 묻는 아빠에게 "괜찮아" 하고 아무렇지 않은 듯 대답하며 자리에 앉았다.

엄마가 음식을 내왔다. 저녁은 카레와 아보카도 샐러드, 그리고 버섯 스프였다.

엄마 아빠와 셋이서 먹는 저녁 식사 자리는 조용했다. 대화도 거의 없고 TV도 켜지 않아서 식기와 수저가 부딪히는 소리만 들릴 뿐이었다.

아카리는 카레를 먹으며 '전에는 이렇지 않았는데…' 하고 생각했다.

료스케는 밥을 먹는 동안에도 열심히 떠들어 댔고, 아빠는 좋아하는 예능 프로그램을 보면서 껄껄 웃었다. 엄마는 그런 두 사람을 보면서 밥 먹을 때는 먹는 데 집중하라고 핀잔을 주었고, 아카리는 엄마가 만들어 준 맛있는 음식들을 먹느라 정신이 없었다. 식사 때는 늘 웃음소리가 끊이지 않았고, 그래서 대학 진학을 계기로 상경한 후에도 가끔 본가에 돌아오면 마음이 편안해졌다.

그러고 보니 밥 먹을 때 료스케를 보지 못한 지도 벌써 보름이 넘었다. 아카리가 돌아오고 한동안은 저녁을 같이 먹었지만, 우울한 표정의 누나와 마주 앉아 가라앉은 분위기에서 식사하는 것이라든지 누나를 자극하지 않도록 항상 말을 조심해야 한다는 것에 료스케도 지친 듯했다.

"집에 탄산수가 있던가?"

아빠가 엄마에게 물었다. 아카리의 맞은편에 앉은 아빠는 벌써 식사를 다 마친 상태였다.

"냉장고에 있을 거예요."

엄마의 대답을 듣고 아빠가 자리에서 일어나 거실 장식장에서 위스키를 꺼내 부엌으로 갔다.

잔에 따른 위스키에 탄산수를 섞어 자리로 돌아오는 아빠를 보며 아카리는 안 좋은 예감이 들었다.

술이 약한 아빠는 집에서는 술을 마시는 일이 거의 없었다.

그런 아빠가 명절에 선물로 들어온 술을 마시는 것은 보통 하기 어려운 이야기를 꺼내야 할 때였다.

"잘 먹었습니다…. 엄마 미안, 다 못 먹겠어."

천천히 술잔을 입으로 가져가는 아빠를 보며 아카리는 들고 있던 수저를 내려놓았다.

괜찮으니 억지로 먹지 말라고 하는 엄마에게 고개를 끄덕이며 자리에서 일어나려고 하자 아빠가 말을 걸었다.

"아카리, 잠깐 아빠랑 얘기 좀 할까?"

"무슨 얘기?"

아카리가 묻자 아빠는 엄마 쪽을 슬쩍 쳐다보았다가 다시 술잔을 기울였다.

"말하기 어려운 얘기야?"

아카리가 재차 묻자 "아니…" 하고 아빠가 고개를 흔들었다.

"그런 건 아니야. 실은 지금 아빠 회사 고객 중에 시즈오카역 앞에 있는 성형외과 원장님이 있어서… 그분한테 네 상태에 대해 좀 물어봤거든."

이번 사건으로 인해 아카리의 오른쪽 뺨에 생긴 깊은 흉터 때문이었다.

"직접 보지 않은 상태에서 단언하기는 어렵지만 수술을 받으면 흉터가 확실히 옅어질 거라고 하더구나. 요즘은 기술이 많이 좋아졌다더라."

엄마 아빠가 성형 수술 얘기를 꺼내는 것은 오늘이 처음이 아니었다. 입원해 있는 동안에도, 본가에 돌아온 후에도 몇 번인가 그런 이야기가 나왔지만 아카리는 못 들은 척 넘겼다.

"아직은 생각 없어. 돈도 많이 들 테고." 아카리가 대답했다.

"돈 걱정은 안 해도 돼. 집에 돈이 없는 것도 아니고, 범죄 피해 구조금도 받을 수 있으니까."

정부에서는 범죄로 인해 중상을 입거나 장애가 생긴 피해자, 또는 사망한 피해자의 유족을 대상으로 이들의 경제적 피해를 최소화하기 위해 구조금을 지원한다. 아카리도 이번 사건의 피해자가 되면서 처음으로 알게 된 사실이었다.

중상을 입은 데다가 흉터와 운동장애 등 후유증이 남은 아카리 같은 경우에는 중상 구조금과 장애 구조금 양쪽 모두에 해당이 되어 최대 수백만 엔을 받을 수 있었다.

하지만 아카리는 신청할 생각이 전혀 없었다.

자신을 구하려다가 대신 죽은 아키히로를 떠올리지 않을 수 없었기 때문이다.

아키히로에게는 가족이 없기 때문에 범죄 피해자 구조금이 지급되지 않는다. 그런데 아키히로 덕분에 살아남은 아카리가 구조금을 받아도 되는 것인지 망설여졌다.

오른뺨에 남은 흉터를 성형 수술로 없애는 것도 마찬가지였다.

아키히로의 몸은 이미 재가 되어 시부야에 있는 절에 묻혔다. 그런데 자신은 흉터를 지우고 예전과 똑같이 살아가고자 한다는 데 양심의 가책을 느꼈다.

"당분간… 성형 얘기는 안 했으면 좋겠어."

아카리의 말을 듣고 아빠가 어두운 표정으로 엄마와 얼굴을 마주 보았다가 다시 아카리를 보며 입을 열었다.

"뭐 때문에 그러는데? 아빠가 인터넷에서 그 성형외과를 찾아봤는데 병원 평도 좋고, 원장 선생님도 아주 친절하신 분이야. 흉터가 눈에 띄지 않을 정도로 옅어지면 마음이 가벼워져서 사물을 긍정적으로 바라볼 수 있게 될 거라더라."

"흉터가 옅어진다고 해서 고작 그 정도로 마음이 가벼워질 리가 없잖아."

낮에는 자기 마음을 이해하지 못하는 엄마에게 답답함을 느꼈는데 아빠도 마찬가지였다.

"물론 몸에 난 상처가 낫는다고 해서 마음의 상처까지 완전히 없어지지는 않겠지. 아빠도 그 부분은 시간을 들여서 천천히 치료해 가는 수밖에 없다고 생각해. 그러기 위해서 아빠도 엄마도 료스케도… 가족 모두가 최선을 다해 도울 테니까 아카리 너도 조금만 더 삶에 대한 의욕을 갖고…."

"삶에 대한 의욕 따위 갖고 싶지 않다고!"

아카리가 아빠의 말을 끊으며 소리쳤다.

"그게 무슨…."

아빠가 불안함과 당혹스러움이 섞인 눈빛으로 아카리를 쳐다보았다.

"나 때문에 한 사람이 죽었어. 나를 구하려다가…. 그런데 내가 삶에 대한 의욕 따위 가질 수 있을 리 없잖아. 그러면 안 되는 거잖아!"

"그건 그렇지 않아." 아빠가 강한 어조로 타이르듯 말했다. "아키히로 씨가 죽은 건 네 탓이 아니야. 나쁜 건 범인이지. 아카리 네가 그분의 죽음에 책임을 느낄 필요는 전혀 없어."

알고 있다. 아카리도 머리로는 잘 알고 있었다. 하지만… 마음은 그렇지가 않았다.

"분명 아키히로 씨도 아카리가 의욕적으로 살아가길 바랄 거다. 자기가 목숨을 걸고 구한 사람이 계속 불행하게 지낸다면… 그분도 허무하지 않겠니?"

그렇게 말하는 아빠를 보고 아카리는 동요했다. 아빠의 눈가에 눈물이 맺혀 있었기 때문이다. 26년간 살아오면서 아빠의 눈물을 보는 것은 처음이었다.

하지만 그래도 아빠의 말에 고개를 끄덕일 수는 없었다. 아카리는 말없이 자리에서 일어나 방으로 돌아왔다.

천장에 달린 형광등 불빛이 조금씩 흐릿해져갔다.

다행이다… 이제 곧 잠들 수 있겠다….

이윽고 시야가 깜깜해졌다.

둥… 하는 소리가 들렸다. 또 한 번 둥… 하고 이번에는 가슴까지 울렸다.

뭐지? 무슨 일이지?

알 수 없었다. 주위가 깜깜해서 아무것도 보이지 않았다.

또다시 큰 소리가 들리더니 눈앞에 남자의 얼굴이 나타났다.

창백한 얼굴로 입술을 부들부들 떠는 남자와 눈이 마주친 순간, 시야가 환해졌다.

눈이 부셔서 질끈 감았다가 다시 천천히 눈을 떴다. 천장의 형광등이 보였다. 주위를 둘러보았다. 아카리의 방이었다.

또 악몽을 꾼 모양이다.

이마에 땀이 솟고 심장이 빠르게 뛰었다.

소리는 아카리의 몸 안에서뿐만 아니라 밖에서도 들렸다. 료스케가 있는 옆방에서 들려오는 듯했다.

아카리는 홧김에 머리맡에 놓인 만화책을 집어서 벽을 향해 집어던졌다. 하지만 둥… 둥… 하는 불쾌한 소리는 멈추지 않았다.

몸을 움직이는 것은 쉬운 일이 아니었지만 도저히 참을 수가 없어서 침대에서 일어나 방을 나섰다. 옆방으로 가서 문을 열자 침대에 누워 태블릿 PC를 보고 있던 료스케가 깜짝 놀라 이쪽을 쳐다보았다.

"무… 무슨 일이야?" 료스케가 당황한 표정으로 물었다.

"아까부터 시끄럽다고!"

아카리가 빽 하고 소리를 지르자 료스케가 태블릿 PC에 시선을 주었다가 다시 이쪽을 보았다.

"미안…, 영화 보느라. 소리는 최대한 줄였는데… 많이 시끄러웠어?"

"시끄러워, 시끄럽다고! 너 때문에 깼잖아. 겨우 잠들었는데."

"아, 응… 미안. 소리 완전히 없앨게."

료스케가 떨리는 목소리로 대답하며 태블릿 PC의 음량을 조절했다.

"조용히 좀 해." 아카리는 료스케를 노려보며 말했다.

문을 닫고 돌아 나오는데 안에서 "너무 예민한 거 아닌가…" 하고 중얼거리는 료스케의 목소리가 들렸다.

지금 내가 얼마나 힘든지 알기나 해?

료스케의 방문을 힘껏 걷어차고 싶은 충동에 휩싸였지만 지금 몸 상태로는 무리라고 판단하고 그냥 방으로 돌아왔다. 불을 켠 채 침대에 누워서 천장을 올려다보았다.

조금 전까지 옆방에서 들려오던 소리는 더 이상 들리지 않았다. 적막이 흘렀다.

시간이 지나도 눈이 감길 기미는 보이지 않았고, 졸음도 찾아오지 않았다. 아카리의 마음이 잠들기를 거부하고 있었다.

잠이 들면 또 꿈을 꾸게 될까 봐 무서웠다.

방금 전 꿈은 아카리를 구하려다가 범인에게 찔려 쓰러진 아키히로의 마지막 모습이었다.

이번에 잠들면 아카리를 몇 번이고 반복해서 찔러 댄 범인의 모습을 보게 될 것만 같아서 온몸의 신경이 곤두섰다.

몸도 마음도 지치고 피곤해서 지금 당장 쉬고 싶었지만, 꿈속에서 마주칠 광경을 상상하면 무서워서 눈을 감을 수가 없었다.

누가 온 힘을 다해 내 머리를 때려 주면 나쁜 꿈을 꿀 틈도 없이 그야말로 기절한 듯 잠들 수 있지 않을까. 하지만 가족 중에 그런 부탁을 들어줄 만한 사람은 없었다.

내일은 엄마한테 병원에 데려가 달라고 해서 수면제 처방을 받자. 하지만 그 전에 조금이라도 자야 할 텐데.

아카리는 몸에 남은 힘을 전부 끌어모아 간신히 침대에서 몸을 일으켰다. 방을 나서서 천천히 계단을 내려가 거실로 향했다.

부엌에서 머그컵을 가져와 장식장에 든 위스키를 꺼내 따랐다. 위스키를 제자리에 돌려놓고 다시 천천히 방으로 돌아왔다.

침대에 앉아 머그컵을 입으로 가져가기 전에 우선 코로 냄새를 맡아 보았다.

머리가 핑 돌고 살짝 어지러웠다.

부모님을 닮아서인지 아카리도 술이 약한 편이었다. 회식이나 데이트 때 가끔 술을 마시기는 했지만 그래 봤자 맥주 반 잔 정도였고, 위스키를 스트레이트로 마신 적은 한 번도 없었다.

아카리는 한 손으로 코를 막고 머그컵에 든 위스키를 꿀꺽 삼켰다.

17

공항에서 급행 열차를 타고 삿포로역에서 내리자 예상했던 것보다 더 기온이 낮았다.

쇼고는 좀 더 두꺼운 겉옷을 입고 올걸 그랬다는 생각을 하며 플랫폼 계단을 내려갔다. 개찰구를 나와 스마트폰을 꺼내 들었다.

홋카이도를 방문하는 것은 이번이 처음이었기 때문에 당연히 삿포로 지리도 전혀 몰랐다.

케이치가 7년 전 가지고 있던 주민등록표의 이전 주소란에는 '삿포로 시 도요히라구 니시오카 5번지 프레 파크 후쿠즈미'라고 기재되어 있었다. 스마트폰으로 검색해 보니 삿포로역에서 지하철로 일곱 정거장 떨어진 후쿠즈미역에서 가깝다고 나왔다.

쇼고는 안내 표지판에 적힌 지하철 승강장을 향해 발걸음을 옮겼다.

최대한 빨리 오고 싶었지만 결국 도쿄 구치소에서 케이치를 면회하고 3주나 지나서야 겨우 홋카이도행 비행기를 탈 수 있었다.

홋카이도에 다녀올 여비를 마련하기 위해 늘 하는 유흥업소 취재와 기사 집필 외에 젝스의 바텐더인 나카니시에게 소개받은 식당 배달 아르바이트까지 하느라 정신없이 바빴다.

홋카이도에 직접 방문한다고 해도 쇼고가 원하는 정보를 얻을 수 있을지는 미지수였고, 오히려 헛걸음에 그칠 가능성이 훨씬 더 높았다. 정보를 얻든 못 얻든 다음 취재 일정에 맞추려면 사흘 후에는 도쿄로 돌아가야 했다. 그때까지 다음에 케이치를 만났을 때 화제로 삼을 만한 소재를 찾는 것이 목표였다.

후쿠즈미역에 내려서 스마트폰으로 지도 앱을 보며 걷기 시작했다.

케이치가 살던 프레 파크 후쿠즈미는 역에서 도보 5분 거리에 있는 3층짜리 작은 아파트였다. 아파트 주민만 출입이 가능한 구조였고, 우편함을 살펴보니 한 층에 다섯 집씩 총 열다섯 세대로 구성되어 있었다. 건물 크기와 세대 수를 봤을 때 원룸형 아파트인 듯했다.

쇼고는 이제 어떻게 해야 할지 인터폰 앞에 서서 잠시 고민했다.

한 집씩 각개 격파해 나가는 수밖에 없다는 결론을 내리고 1, 0, 1을 차례대로 누른 뒤 호출 버튼을 눌렀다. 신호는 가지만 대답이 없는 것을 확인하고 102호로 넘어갔다.

301호까지 호출했을 때 등 뒤에서 소리가 났다. 뒤를 돌아보니 입구에 들어선 젊은 남자가 의아한 눈빛으로 이쪽을 보고 있었다.

쇼고는 인터폰에서 손을 떼고 남자에게 다가갔다.

"여기 주민이신가요?"

쇼고가 묻자 남자가 미심쩍은 표정으로 고개를 끄덕였다.

"저는 이런 사람입니다만…."

쇼고는 겉옷 주머니에서 명함을 꺼내 남자에게 건넸다.

명함을 살펴본 남자의 얼굴에서 경계심이 사라지는가 싶더니 대신 이번에는 호기심에 찬 눈으로 "도쿄에서 온 기자가 여긴 뭐 하러…" 하고 물었다.

"실은 7년 전 이 건물 204호에 살았던 오노데라 케이치라는 남자에 대해 알아보고 있습니다만, 혹시 아십니까? 당시 열아홉 살이었다고 하는데요…."

"아니요, 저는 3년 전에 이 기숙사에 들어왔기 때문에 7년 전에 있던 사람은 모릅니다."

남자가 쇼고에게 대답하고 인터폰 쪽으로 걸어갔다.

"기숙사라니요?"

쇼고가 남자를 막아서며 물었다.

"이 아파트는 하우스 로드라는 회사의 직원 기숙사입니다."

"하우스 로드는 뭐 하는 회사죠?"

"술집, 바, 레스토랑 같은 음식점을 몇 군데 운영하고 있습니다. 다 합치면 삿포로 시내에 열다섯 개쯤 될 겁니다. 저는 그중 와텐이라는 술집에서 일하고 있고요."

그러고 보니 케이치가 인쇄 회사 면접을 볼 때 과거 원동기 면허를 딴 적이 있다고 했다던 말이 떠올랐다.

"그중에서 원동기 면허가 필요한 곳이 있나요?"

"글쎄요, 일단 저희는 필요없는데…. 나마라스시라는 회전초밥집이랑 베리노라는 레스토랑에서는 배달도 하니까 거기서 일하려면 원동기 면허가 필요할지도 모르겠네요."

"여기 입주자 중에 나마라스시나 베리노에서 일하는 사람이 있을까요?"

쇼고가 묻자 남자가 "글쎄요" 하고 머리를 긁적였다.

"같은 회사라고는 해도 일하는 곳이 다르면 서로 엮일 일이 없어서요."

"저… 이런 부탁 드리기 정말 죄송하지만 혹시 회사 내에 오노데라 케이치를 아는 사람이 있는지 알아봐 주실 수 없을까요?"

남자가 귀찮다는 듯 얼굴을 찡그렸다.

"물론 그에 대한 사례는 하겠습니다." 쇼고가 얼른 덧붙였다.

"사례가 뭔데요?"

"어… 제가 맛있는 식사를 한 끼 대접하는 건 어떨까요?"

"룸살롱 접대 같은 건 안 되나요?"

교통비를 제외한 군자금이 5만 엔 정도밖에 안 되니 그런 건 불가능했다.

"죄송합니다. 제가 일개 기자에 불과한지라." 쇼고는 솔직하게 양해를 구했다.

"그… 오노데라 케이치라고 했나요? 그 사람은 왜 조사하는데요?"

"작년 11월에 도쿄 시부야에서 무차별 칼부림 사건을 일으킨 범인입니다."

쇼고가 대답하자 남자의 표정이 변했다.

"시부야 스크램블 교차로에서 사망자가 발생한 사건이요?"

쇼고가 고개를 끄덕였다.

"우와… 범인이 우리 회사 직원이었다니." 남자가 놀란 표정으로 중얼거렸다. "알겠습니다. 사내에 아는 사람이 있는지 찾아볼게요."

"감사합니다. 제가 사흘 후에는 도쿄로 돌아가야 해서 그전에 연락을 주시면 감사하겠습니다. 물론 그 후라도 괜찮습니다. 도쿄로 돌아간 후에 연락을 주시면 사례를 어떻게 할지는 다시 생각해 봐야겠지만요. 어느 쪽이든 제 명함에 적힌 핸드폰 번호로 연락을 주시면 됩니다."

"사흘 후까지… 너무 기대는 하지 말아 주세요. 알게 되면 연락 드리겠습니다."

"성함을 여쭤봐도 될까요?"

"스기모토입니다."

"스기모토 씨, 아무쪼록 잘 부탁드립니다."

쇼고는 스기모토에게 고개 숙여 인사하고 아파트에서 나왔다.

후쿠즈미역에서 다시 지하철을 타고 삿포로역으로 돌아오니 오후 6시였다.

그러고 보니 오늘 아침 집에서 나올 때 주먹밥을 먹은 후로 아무것도 먹지 못했다. 모처럼 홋카이도까지 왔으니 맛있는 걸 먹고 싶었지만 앞으로 사흘 동안 무슨 일이 있을지 모르니 일단은 절약하는 게 좋을 듯했다.

쇼고는 편의점에 들어가 도시락 코너로 향했다. 도쿄에서는 팔지 않는 홋카이도 한정판 도시락을 사서 밖으로 나왔다. 삿포로의 밤거리를 걸으며 오늘 밤 잘 곳을 찾아 헤매다가 마침 눈에 띈 PC방으로 들어갔다.

계산대에서 요금을 결제하고 배정된 방으로 들어가 도시락을 먹었다. 밥을 먹고 나자 할 일이 없어서 TV를 켰다.

과연 스기모토는 쇼고가 홋카이도를 떠나기 전에 케이치를 아는 회사 동료를 찾을 수 있을까.

그렇지 않으면 일부러 홋카이도까지 온 의미가 없었다.

쇼고는 스마트폰에 저장된 케이치의 주민등록표를 화면에 불러내 본적란을 확대해서 자세히 들여다보았다.

케이치는 미혼이니 케이치 부모의 본적도 여기 적힌 루모이라는 말이었다.

본적은 일본 국내에 지번이 존재하는 곳이라면 어디든 자유롭게 설정할 수 있으니 과거 이 주소에 케이치네 가족이 살았다고 단언할 수는 없었다. 하물며 현재도 여기 살고 있을 가능성은 매우 낮았다.

하지만 적어도 무언가 연고가 있는 곳이 아닐까 싶었다.

쇼고는 스마트폰으로 루모이까지 가는 경로를 검색해 보았다. 지도상으로는 많이 떨어져 있지 않은 것 같은데 버스나 지하철로 3시간 넘게 걸린다고 나왔다.

쇼고는 알람 소리에 눈을 떴다. 머리맡에 놓아둔 스마트폰으로 시간을 확인하니 저녁 7시 반이었다.

슬슬 나가 봐야겠다고 생각하면서 졸린 눈을 비비며 침대에서 일어났다.

오늘 낮에 삿포로에서 버스를 타고 루모이에 왔다. 케이치의 본적지에 해당하는 주소에는 '단란주점 사쿠라'라는 간판이 달린 2층짜리 건물이 있었다. 점포용과 주거용인 듯한 문이 두 개 있었지만, 어느 쪽을 두드려도 대답이 없었다. 점포용 문에 걸린 팻말에는 저녁 8시부터 영업한다고 적혀 있었다.

루모이에서 삿포로로 돌아가는 막차는 오후 8시 20분에 출발하니 오늘 돌아가는 것은 포기하고 루모이에서 하루 묵기로 했다. 쓸데없는 데 돈을 쓰고 싶지는 않았지만 이 근방에는 PC방 같은 게 없어서 어쩔 수 없이 호텔에 묵을 수밖에 없었다. 3시에 체크인해서 지금까지 서너 시간 정도 눈을 붙인 참이었다.

욕실에서 세수를 하고 옷매무새를 가다듬은 후 방을 나섰다. 호텔에서 단란주점 사쿠라까지는 걸어서 10분 정도였다.

어둠이 깔리기 시작한 거리를 걸으며 혹시라도 가게가 문을 안 열었으면 어떡하나 걱정했는데 가까이 가니 간판에 불이 들어와 있었다.

문을 열고 안으로 들어가자 "어서 오세요" 하고 여자 목소리가 들렸다. 카운터석 외에는 테이블석이 두 개뿐인 자그마한 가게였다. 손님은 아무도 없었다.

"영업 하나요?" 쇼고가 물으니 카운터 안에 있는 중년 여성이 "네, 이쪽으로 앉으세요" 하고 눈앞에 있는 자리를 가리켰다.

카운터석에 앉아 맥주를 주문하자 병맥주와 맥주잔과 기본 안주가 나왔다. 여자가 잔에 맥주를 따라 주었다.

"저희 가게에는 처음 오셨죠? 루모이에 사시나요?" 여자가 물었다.

나이는 예순 정도 되어 보였는데 피부가 하얗고 얼굴이 동그래서 귀여운 인상이었다.

"아니요, 도쿄에서 왔습니다."

"그러시군요. 여기는 일 때문에 오셨나요?"

쇼고는 "네, 뭐…" 하고 얼버무리며 어떻게 이야기를 꺼내면 좋을지 머릿속으로 정리해 보았다.

다짜고짜 케이치에 대해 알아보고 있다고 말했다가는 바로 쫓겨날 가능성도 있었기 때문이다.

"여기 주인이신가요?"

쇼고가 묻자 여자가 "네" 하고 미소를 지었다.

"괜찮으시면 같이 한잔하시겠습니까?"

쇼고가 권하자 여자는 "감사합니다" 하고 활짝 웃으며 잔을 꺼내 왔다.

쇼고는 여자의 잔에 맥주를 따르고 건배한 후 단숨에 잔을 비웠다. 자기 손으로 병에 남은 맥주를 잔에 다 따르고 한 병 더 주문한 다음 기본 안주에 젓가락을 뻗었다.

"음식이 정말 맛있는데요. 여기서 마시기로 하길 잘했네요."

쇼고는 좀 과하다 싶을 정도로 요리를 칭찬했다.

"감사합니다. 다른 메뉴도 있으니 편하게 주문해 주세요."

"그래야겠네요. 실은 제가 사는 곳 근처에도 여기랑 이름이 같은 단란주점이 있는데 거기도 요리가 맛있기로 유명하거든요. 여기만큼은 아니지만요."

"말을 잘하시네요. 안 그래도 단란주점 이름 중에 가장 흔한 게 사쿠라라고 하더라고요. 저 같은 경우는 누구를 따라 한 게 아니라 그냥 제 이름에서 따온 거지만요."

"성도 여쭤봐도 될까요?"

"호즈미라고 합니다."

케이치와는 성이 달랐다. 하지만 그것만 가지고 이 여자가 케이치의 엄마가 아니라고 단정 지을 수는 없었다.

"호즈미 사쿠라 씨… 좋은 이름이네요."

"손님 이름은 어떻게 되시나요?"

"미조구치 쇼고라고 합니다."

"손님 이름이 더 좋은데요."

"이 가게를 한 지 오래 되셨나요?"

"서른에 시작했으니 30년쯤 됐네요. 이런, 처음 보는 손님한테 나이를 밝혀버렸네. 이런 할머니밖에 없어서 실망하셨죠?"

"아닙니다. 혼자 하시나요?"

"얼마 전까지는 젊은 아가씨를 하나 데리고 있었는데 요새는 손님도 별로 없어서 내보내고 지금은 저 혼자 근근이 꾸려 나가고 있어요."

"자녀분이 도와주거나 하지는 않습니까?"

"자식은 없어요. 결혼도 안 했고요. 30년 동안 이 가게와 함께 독신 생활을 만끽하고 있답니다." 호즈미가 웃으며 말했다.

쇼고는 지금까지의 대화를 통해 이 여자가 케이치의 모친은 아닌 것 같다는 결론을 내리고 슬슬 본론으로 들어가기로 했다.

"갑자기 이런 질문 드려서 죄송합니다만, 혹시 오노데라 케이치라는 남자를 아십니까?"

쇼고가 카운터 너머로 묻자 호즈미가 "오노데라 케이치…씨요?" 하고 고개를 갸웃거렸다.

"나이는 스물여섯입니다."

호즈미는 짚이는 데가 없는지 쇼고를 쳐다보며 되물었다.

"저희 가게 손님인가요?"

"그런 건 아니고 오노데라 케이치의 본적이 이 주소로 되어 있어서요."

쇼고의 말을 듣고 호즈미가 뭔가 생각이 났는지 "아" 하고 입을 벌렸다.

"혹시 케이코의 아들 말인가요?"

"케이코…?"

케이치가 범행을 저지르기 사흘 전 관계를 가진 매춘부와 같은 이름이었다.

"네. 예전에 여기서 일했던 아이인데 성이 오노데라이고, 그러고 보니 아들 이름이 케이치였어요."

"케이코 씨가 여기서 일했던 건 언제입니까?"

"벌써 20년도 더 됐죠. 케이치가 서너 살 때 그만뒀으니까."

호즈미의 말투로 보건대 케이치가 일으킨 사건에 대해서는 모르는 눈치였다.

"그런데… 쇼고 씨는 케이치와 어떤 관계이신가요?" 호즈미가 물었다.

"딱히 무슨 관계가 있는 건 아니고… 제가 그에 대해 조사하고 있는 중이라서요. 본적이 여기라길래 이곳에 오면 뭔가 알 수 있지 않을까 싶어서 이렇게 찾아오게 된 겁니다."

"케이치에 대해 조사하고 있다니… 탐정이신가요?"

호즈미의 표정에서 당혹스러움이 묻어났다.

"아닙니다."

쇼고는 호즈미에게 명함을 건네며 대답했다. 명함에 적힌 내용을 확인한 호즈미가 다시 시선을 들어 이쪽을 보며 물었다.

"기자라면… 저널리스트라는 건가요?"

"그렇게 대단한 건 아니고 그냥 주간지에 기사를 쓰고 있습니다."

"그런데 케이치는 왜요? 그 아이가 유명인이라도 된 건가요?"

"유명인…이라고 할 수도 있겠네요…. 오노데라 케이치는 작년 11월에 도쿄 시부야에서 무차별 칼부림 사건을 일으켰습니다."

"무차별 칼부림 사건이요?" 호즈미가 깜짝 놀라 되물었다.

"네, 그 사건으로 남자 한 명이 죽고 여자 두 명이 중상을 입었습니다.

시부야 스크램블 교차로에서 발생한 사건이라서 뉴스에서도 대대적으로 보도되었죠."

"그러고 보니 TV에서 봤던 것 같네요. 그런데 케이치가 왜 그런 짓을 저지른 거죠?"

"경찰 조사에서는 '짜증 나서 그랬다. 나보다 행복해 보이는 사람이라면 상대는 누구라도 상관없었다'라고 진술했다고 합니다. 제가 면회를 갔을 때는 앞으로 평생 교도소에서 살고 싶어서 그랬다고 하더군요."

아까까지만 해도 계속 웃고 있던 호즈미의 표정이 어두워졌다.

"그래서… 쇼고 씨는 기사를 쓰기 위해서 케이치에 대해 조사하고 있는 건가요? 도움이 되지 못해서 죄송하지만 제가 말씀드릴 수 있는 건 거의 없어요. 그 아이를 마지막으로 본 게 고작 서너 살 때였으니까요."

호즈미가 착잡한 표정으로 고개를 숙였다.

"기사를 쓰기 위해서 조사하고 있는 건 아닙니다."

쇼고가 말하자 호즈미가 고개를 들고 무슨 뜻이냐는 듯한 눈빛으로 쳐다보았다.

"적어도 아직은요."

"그럼 홋카이도 루모이시까지 뭐 하러 오셨는데요?"

"개인적인 관심이랄까…. 그가 자란 환경이 저와 비슷한 부분이 많아서 어쩐지 남 일 같지가 않더라고요. 그래서 그 사건이라든지 케이치 본인에 대해 더 자세히 알고 싶어져서… 죄송합니다, 뭐라고 설명하면 좋을지 모르겠네요."

"쇼고 씨가 자란 환경이랑 비슷한 부분이 많다는 건 무슨 뜻이죠?"

"저는 어릴 때부터 어머니에게 심한 학대를 당했습니다. 열세 살 때까지 학교에도 가지 못하고 세상에 존재하지 않는 것처럼 살아야 했죠."

"잠시만요." 호즈미가 쇼고의 말을 중간에 자르고 끼어들었다. "케이치가 부모한테 학대를 당했다는 말씀이신가요?"

"네. 본인한테 직접 들은 건 아니지만 제가 조사한 바로는 부모에게 심한 학대를 당한 것이 틀림없습니다. 게다가 지인 말에 따르면 열네 살 때까지 거의 학교에 간 적이 없고 열여섯 살 때까지는 시설에서 자랐다고 하더군요."

"설마… 케이코가 그런 짓을 할 리가…."

호즈미가 믿기 어렵다는 듯 고개를 절레절레 저었다.

"혹시 괜찮으시다면 호즈미 씨가 알고 계신 범위 내에서 케이치와 케이코 씨에 대해 말씀해 주실 수 없을까요?"

호즈미가 무거운 한숨을 내쉬었다. 잔에 남은 맥주를 단숨에 들이켜더니 쇼고 앞에 잔을 내려놓고 "한 잔 더 마셔도 될까요?" 하고 물었다.

"얼마든지요."

쇼고가 맥주를 따라 호즈미에게 내밀었다.

호즈미는 잔을 들어 반쯤 마신 후에 잠시 숨을 고르고 이야기를 시작했다.

"케이코가 여기서 일하기 시작한 건 그러니까… 내가 이 가게를 열고 2~3년쯤 지났을 때였어요."

가게가 30년쯤 되었다고 했으니 대충 27년에서 28년 전이라는 말이었다.

"시기는 정확하지는 않지만 그때 그 아이 나이가 열여덟이었던 건 확실히 기억해요."

"케이코 씨는 면접을 보고 고용하게 된 겁니까?"

"네. 가게 앞에 붙여둔 구인 공고를 보고 여기서 일하고 싶다면서 찾아왔어요. 처음 봤을 때 솔직히 좀 놀랐어요. 일단 나이가 어리기도 하고 상당히 미인이었거든요."

"케이코 씨는 루모이에 살고 있었나요?"

호즈미가 고개를 저었다.

"원래 삿포로 출신인데 전날 버스를 타고 루모이에 와서 일할 곳과 살 곳을 찾고 있다고 했어요. 뭔가 사정이 있나 보다 했죠. 루모이에서 삿포로로 가는 사람은 많아도 그 반대는 잘 없으니까요. 게다가 이쪽 업계에서 말이죠. 무슨 사정으로 삿포로를 떠나게 되었냐고 제가 물었지만 그 자리에서는 아무 말도 하지 않더군요. 좀 불안하긴 했지만 잠깐 얘기를 나눠 본 바로는 성격도 좋아 보였고 손님들도 좋아할 것 같아서 바로 채용하기로 했어요."

"살 곳은 어떻게 했나요?"

"2층에 빈방이 하나 있어서 거기서 지내게 되었어요. 케이코는 싹싹하고 부지런한 아이였어요. 가게에서 손님들 반응도 좋았고, 일이 없을 때는 게으른 저를 대신해서 집 청소라든지 빨래 같은 걸 해 주기도 했죠."

"여기 2층에서 지내면서 케이치를 낳은 겁니까?"

"정확히는 여기서 낳은 건 아니에요. 일을 시작하고 1년쯤 지났을 때 케이코가 제게 털어놓았어요. 손님의 아이를 가졌다고요."

"상대는 어떤 사람이었습니까?"

"반년쯤 전에 항만 관련 토목 공사를 하러 루모이에 온 다이사쿠라는 남자였는데 아마 당시 나이가 스물셋인가 그랬을 거예요. 우리 가게에 손님으로 왔을 때는 좋은 사람 같아 보였기 때문에 일단 다이사쿠 씨한테 사실대로 말하고 앞으로 어떻게 할지는 둘이 함께 상의해서 정하는 게 좋겠다고 조언했죠. 그걸 계기로 케이코의 과거에 대해서도 알게 되었어요…."

호즈미는 거기서 잠시 말을 멈추고 잔에 남은 맥주를 비웠다. 쇼고가 빈 잔에 다시 맥주를 채우고 기다렸지만 호즈미는 묵묵히 허공만 바라보고 있었다.

"그다지 말하고 싶지 않은 내용입니까?"

쇼고가 묻자 호즈미가 퍼뜩 정신을 차린 듯 이쪽을 쳐다보았다.

214

"아, 네…. 만약 케이코가 케이치를 학대했다는 게 사실이라면….'호즈미가 혼잣말처럼 중얼거리며 고개를 끄덕이더니 이내 다시 입을 열었다. "아이를 학대하는 부모는 쓰레기라고 생각하지만 그래도 조금은 케이코 편을 들어주고 싶기도 하네요."

"설마 케이코 씨도 부모에게 학대를 당했나요?"

"그냥 단순한 학대가 아니었어요…. 케이코는 어릴 때부터 엄마랑 둘이 살았는데 그 엄마가 늘 술에 취해서 밥도 잘 안 챙겨 줬대요. 그때는 그런 말이 있는지도 몰랐지만 소위 말하는 육아 방임이었던 거죠."

"그렇군요." 쇼고가 고개를 끄덕였다.

"그뿐만 아니라… 열다섯 살 때부터는 엄마가 데려오는 남자들을 상대해야 했대요."

충격적인 발언이었다.

그에 비하면 자신의 모친은 그나마 나은 편이었던 건가 싶기도 했지만 사실 이런 문제에서는 누가 더 낫고 말고 할 것도 없었다.

"10대 때 이미 낙태를 두 번 경험했다더군요. 케이코는 이런 자신이 엄마가 되어서 제대로 아이를 키울 수 있을지 자신이 없다며 고민했어요."

"그래도 결국 케이치를 낳은 거군요."

"임신 사실을 알리자 다이사쿠 씨가 굉장히 기뻐했나 보더라고요. 두 사람은 몇 달 뒤에 결혼했고, 케이코는 남편과 함께 빌라로 이사 가서 거기서 케이치를 낳았어요. 아이를 키워야 하니 당분간 여기 일은 쉬기로 했는데 결혼한 지 1년 만에 파경을 맞았어요."

"이유는요?"

"저는 케이코 얘기밖에 못 들었으니까 실제로 어땠는지는 알 수 없지만… 남편이 여자랑 도박을 좋아하고 생활비도 제대로 갖다 주지 않은 모양이더라고요. 케이코가 그걸 가지고 뭐라고 하면 폭력을 휘둘렀고, 그래서 결국 이혼하게 되었다고 했어요. 남편은 처음부터 아이를 데려갈 생각이 없었기 때문에 아무 문제 없이 케이치의 친권을 가져올 수 있었던 게 그나마 다행이라고 하더군요."

"다이사쿠 씨는 그 후로 어떻게 지내고 있습니까?"

쇼고가 묻자 호즈미는 자기도 모른다며 고개를 저었다.

"이혼하자마자 바로 일을 관두고 루모이를 떠났거든요. 케이코는 케이치를 데리고 다시 여기 2층으로 돌아와서 일을 하면서 아이를 키우게되었고요."

"여기서 지낼 당시 두 사람의 상태는 어땠습니까?"

"글쎄요…."

"케이코 씨가 케이치를 학대하지는 않았습니까?"

"그런 적은 한 번도 없었어요." 호즈미가 단호하게 부정했다.

"물론 케이치가 잘못을 했을 때는 혼을 내기도 했지만… 학대라고 할정도는 아니었어요."

"그렇습니까…."

쇼고는 자기 잔과 호즈미 잔에 맥주를 따른 뒤 입으로 가져갔다. 호즈미도 고맙다며 맥주를 한 모금 마시고 이야기를 이어 나갔다.

"나중에는 어땠는지 몰라도 적어도 여기서 지내는 동안은 케이치를많이 예뻐했어요. 여기로 돌아온 후에 케이코는 술집 일을 다시 돕기 시작했는데 일하는 중이라도 2층에서 케이치의 울음소리가 들리면 손님들에게 양해를 구하고 바로 가서 달랬어요."

"당시에는 아들을 잘 돌봤다는 말이군요."

쇼고의 말에 호즈미가 "네" 하고 고개를 끄덕였다.

"모유 수유를 하는 동안은 술집 일만 하기도 벅찼지만, 케이치가 두 살이 되면서부터는 낮에도 근처 마트에서 파트타이머로 일하기 시작했어요."

"아이는 어린이집에 맡기고요?"

"아니요…, 그동안은 제가 케이치를 돌봐 줬어요. 딱히 뭔가를 해 줬

216

다기보다는 케이치가 혼자서 어디 가거나 하지 않도록 지켜보면서 같이 놀아 주는 정도였지만요. 아이 키우면서 앞으로 돈 들어갈 일이 많을 테니 조금씩이라도 저축을 해야겠다며 일을 늘린 거라 저도 최대한 돕고 싶었거든요."

쇼고는 호즈미의 이야기를 들으면서 자신이 케이치의 부모에 대해 갖고 있던 이미지가 사실과 전혀 다르다는 사실에 놀랐다.

자식을 아끼고 사랑하는 어머니 밑에서 자랐으면서 케이치는 어쩌다 무차별 칼부림 사건을 일으킬 정도로 극악무도한 인간이 되어버린 걸까.

"우리 가게에 오는 손님들은 케이코에게 아이가 있다는 사실을 알고 있었지만 그래도 다들 케이코를 좋아했어요. 아직 스무 살 정도밖에 안 된 데다가 워낙 예뻐서 자기랑 결혼해 달라고 하는 손님도 한둘이 아니었죠."

"케이코 씨는 재혼할 생각이 없었나요?"

"그런 것 같았어요. 개중에는 재혼 상대로 나쁘지 않을 것 같은 사람도 있었거든요. 좋은 집안에서 자라 좋은 직업을 가지고 있고 성격도 좋아 보이는 사람이요. 하지만 결혼 생활에 질렸는지 아니면 전남편 때문에 남자라는 존재 자체가 싫어졌는지 케이코는 누구의 프러포즈도 받아들이지 않았어요. 그런 식으로 계속 프러포즈를 거절해야 한다는 게 피곤하기도 했겠지요."

"그래서 이 술집을 그만둔 겁니까?"

쇼고의 말에 호즈미가 "아마도요" 하고 고개를 끄덕였다.

"케이치가 세 살인가 네 살 때 케이코가 일을 그만두고 싶다고 했어요. 이유를 물으니 앞으로를 생각해서 기술을 익히고 싶다고 하더군요. 간호조무사나 요양보호사 같은 거요. 뭘 할지는 아직 정하지 않았지만 자격증을 따기 위해 루모이를 떠날 생각이라고 했어요. 저는 자격증이라면 여기서 온라인 강의를 들으면서 따도 되지 않느냐고 했지만, 케이코는 의지할 사람이 옆에 있으면 아무래도 중간에 포기하게 될 것 같다고, 각오를 다지기 위해서라도 여기를 떠나는 게 좋을 것 같다고 했어요…"

"케이코 씨는 루모이를 떠나서 어디로 갔습니까?"

"아사히카와로 갔어요. 여기서 일하면서 모은 돈으로 살 집을 구했다면서 반년쯤 지났을 때 엽서가 왔어요. 엽서에는 현재 아르바이트를 하면서 의료 사무 자격증 공부를 하고 있다는 내용이 적혀 있었고요."

"그 엽서를 지금도 갖고 계십니까?"

쇼고가 묻자 호즈미가 "글쎄요…" 하고 고개를 갸웃거리며 카운터 안쪽에 있는 선반의 서랍들을 하나씩 열어 보았다.

잠시 후 호즈미가 "아, 여기 있네요" 하고 자리로 돌아와서 카운터에 엽서를 내려놓았다.

"그때 케이코가 보내온 엽서가 이거예요."

"제가 좀 봐도 될까요?"

쇼고는 호즈미에게 양해를 구한 후 눈앞에 놓인 엽서를 집어 들었다.

받는 사람 이름은 '호즈미 사쿠라', 보내는 사람 이름은 '오노데라 케이코', 주소는 '홋카이도 아사히카와시 히가시 5번지'라고 되어 있었다. 22년 전 소인이 찍힌 엽서를 뒤집으니 이쪽을 향해 활짝 웃고 있는 아이의 얼굴이 눈에 들어왔다.

엽서의 위쪽 절반에는 아이 사진이 붙어 있고, 아래쪽 절반에 글이 적혀 있었다.

잘 지내고 계신지요? 그동안 연락 못 드려 죄송합니다. 얼마 전에 드디어 일자리를 구해서 저도 케이치도 건강히 잘 지내고 있습니다. 지금보다 더 좋은 조건으로 일할 수 있도록 의료 사무 자격증 공부도 열심히 하고 있습니다. 생활이 좀 안정되면 케이치를 데리고 루모이에 한번 놀러 갈게요. 늘 건강하시길.

케이코 드림

쇼고는 22년 전 케이치의 웃는 얼굴을 들여다보며 당시 두 모자의 삶을 머릿속으로 상상해 보았다.

여자 혼자 아이 키우기가 쉽지는 않았겠지만 케이치의 천진난만한 미소를 보건대 두 사람은 나름대로 행복하게 지냈던 것이 아닐까.

"아사히카와로 옮겨간 후에 두 사람이 여기 온 적이 있었습니까?"

쇼고가 엽서에서 고개를 들고 호즈미에게 물었다.

"아니요…. 그 후로 한 2년 정도는 연하장을 주고받았는데 언제부터인가 제가 보낸 연하장이 수취인 불명으로 반송되더라고요. 그렇게 연락이 끊겨버렸어요."

호즈미가 쓸쓸한 표정으로 대답했다.

아사히카와에서 또 어딘가로 이사를 간 걸까.

"오늘 쇼고 씨를 이렇게 만나고 보니 후회가 되네요."

쇼고가 호즈미를 보며 고개를 갸우뚱했다.

"쇼고 씨 말대로 케이코가 케이치를 학대했고, 그래서 케이치가 그런 사건을 일으키게 된 거라면… 그때 내가 더 강하게 케이코를 붙잡았어야 하는 게 아닌가 하고요. 케이코는 적어도 여기서 지내는 동안은 케이치에게 좋은 엄마가 되려고 노력했었으니까…."

호즈미가 길게 한숨을 내쉬었다.

18

아카리는 마스크를 하고 토트백을 어깨에 맨 뒤 방을 나섰다. 계단을 내려가서 현관에서 신발을 신었다.

"나가니?"

엄마의 말에 아카리는 고개를 끄덕였다.

"조금 있다가 비 온다는데 오늘은 안 나가는 게 좋지 않을까?"

"모처럼 들인 습관이니까. 산책을 시작하고부터 컨디션도 좋아졌고."

엄마는 아카리의 대답을 듣고도 여전히 걱정스러운 표정이었다.

아카리는 자기 전에 위스키를 마신 날부터 2주 가까이 매일 낮에 산책을 나가고 있었다. 바깥 공기도 쐬고 재활 훈련도 한다는 핑계로 하루에 4시간 정도 집을 비웠다. 처음 일주일은 엄마도 그동안 집에만 박혀 있던 아카리가 밖에 나가기 시작한 것을 환영하는 눈치였지만, 요즘에는 지금 같은 표정을 짓는 일이 많아졌다.

"걱정 마. 우산도 챙겼으니까."

아카리는 어깨에 맨 토트백을 가볍게 툭 치며 말했다.

"오늘은 어느 쪽으로 갈 건데?"

"그냥 마음 가는 대로. 오랜만에 무대예술공원 쪽으로 가 볼까 싶기도 하고."

학창 시절에 친구들과 자주 가던 공원 이름을 댔다.

"아직 몸이 다 나은 게 아니니까 무리하지 않도록 조심해. 돌아오기 힘들 것 같으면 차로 데리러 갈 테니까 전화하고."

"알았어."

거짓말을 하려니 마음이 편치 않았다. 아카리는 애써 웃는 얼굴로 엄마에게 손을 흔들며 집을 나섰다.

매일 걷는 코스를 20분 정도 걸어 옆 동네에 있는 편의점에 들어갔다. 주류 코너로 직행해서 선반에 놓인 위스키 작은 병을 집어 계산대로 향했다. 문득 계산대에 있는 여자 점원을 보고 저도 모르게 발걸음을 멈췄다.

근처에 사는 주부 요시다 씨였다. 최근 2주 정도 거의 매일 이 편의점에 들렀지만 요시다 씨를 만난 것은 오늘이 처음이었다.

어떻게 해야 할까. 늘 여기서 위스키를 사서 공원 화장실에서 마시고 있는데 요시다 씨가 이 모습을 본다면 엄마에게 전해지는 것도 시간문제였다.

아카리는 작은 위스키병을 손에 들고 가게 안을 서성였다.

잡지 코너로 가서 잡지를 보는 척하며 계산대 쪽을 살폈지만 요시다 씨가 다른 아르바이트생과 교대할 기미는 보이지 않았다. 여기서 15분 정도 더 걸어가면 술을 살 수 있는 마트가 있지만 거기까지 가기는 귀찮 았다. 거기까지 간다고 해서 아는 사람을 만나지 않을 거라는 보장도 없 었다.

빨리 강한 알코올을 몸속에 들이붓고 싶었다. 모든 사고가 마비된 상 태로 화장실 안에서 잠시나마 휴식을 취하고 싶었다.

심장 박동이 빨라졌다. 초조함과 불안감이 몰려왔다.

아카리는 잡지로 오른손을 안 보이게 가린 상태에서 들고 있던 술병을 가방 안에 툭 떨어뜨렸다. 잡지를 제자리에 꽂아 놓고 미친 듯이 뛰는 심장을 진정시키려 애쓰며 쫓기듯 편의점에서 나왔다.

밖으로 나와서 가게 안을 슬쩍 돌아보았지만 계산대에서 손님을 상대하고 있는 요시다는 아카리를 보지 못한 듯했다.

그대로 계속 걸어서 옆에 있는 공원으로 갔다. 태어나서 처음으로 물건을 훔쳤다는 죄책감보다 드디어 술을 마실 수 있게 되었다는 안도감이 더 컸다.

아카리는 공원에 설치된 다목적 화장실로 들어가 문을 잠그고 변기에 앉았다. 안쪽에서 열림 버튼을 누르지 않는 한 다른 사람이 들어올 염려는 없었다. 마스크를 벗어서 겉옷 주머니에 넣고 가방 안에 든 위스키병을 꺼내 뚜껑을 열었다.

한 모금 마시자 목이 타들어가는 것처럼 뜨거워지더니 위에 묵직한 통증이 느껴졌다.

이 작은 병을 다 비울 때쯤에는 의식을 잃고 깊은 잠에 빠질 터였다.

튼튼한 벽으로 둘러싸인 혼자만의 공간에 있다는 안도감 때문인지 지금까지 여기서 자는 동안에는 한 번도 악몽을 꾼 적이 없었다.

요즘에는 꿈에 코헤이가 자주 나왔다. 두 사람이 연인이었던 시절의 즐겁고 행복했던 기억이 꿈속에서 되살아났다.

이제는 꿈에서밖에 만날 수 없구나 하는 생각을 하며 계속해서 위스키를 삼켰다.

눈을 뜨자 흰색 타일로 된 벽이 보였다. 지금 자신이 있는 곳이 어디인지 기억이 나지 않았다. 머리를 무겁게 짓누르는 통증을 느끼며 주위를 둘러보았다. 벽에 붙은 손잡이와 세면대를 보고 이곳이 다목적 화장실 안이라는 사실을 기억해 냈다.

발치에 놓인 가방에서 진동이 느껴졌다. 핸드폰을 꺼내 화면을 보니 엄마에게서 온 전화였다.

"아카리? 너 지금 어디니?"

전화를 받자 엄마가 다급한 목소리로 물었다.

"응? 공원 화장실에 있는데 왜?"

"왜냐니… 너 지금 몇 시인 줄 알아? 벌써 8시가 넘었어."

엄마의 대답을 듣고 깜짝 놀랐다.

1시쯤 집을 나왔으니 7시간 가까이 화장실에 있었다는 말이었다.

"아무리 전화해도 받지를 않아서 이번에도 안 받으면 경찰서에 신고하러 가야 하나…."

"미안…. 산책하다가 갑자기 상태가 안 좋아져서 공원 화장실에 들어왔다가 그대로 잠들었나 봐. 금방 돌아갈게."

"엄마가 차로 데리러 갈게. 어느 공원인데?"

"괜찮아. 20분 안에 갈 거야."

아카리는 엄마에게 금방 가겠다고 하고 전화를 끊었다. 주머니에서 꺼낸 마스크를 쓰고 핸드폰을 가방에 넣은 후 변기에서 일어났다. 문을 열고 밖으로 나오자 부슬비가 내리고 있었다. 3단 우산을 꺼내 쓰고 어두운 공원을 가로질러 무거운 발걸음으로 집으로 향했다.

집에 도착해서 초인종은 누르지 않고 가지고 있던 열쇠로 문을 열고 안으로 들어갔다. 소리를 듣고 엄마가 현관까지 달려나왔다.

"아카리, 이 시간까지 대체 어디 있었던 거니?"

"공원에 있었다니까."

설명하기도 귀찮아서 바로 2층으로 올라가려고 하자 엄마가 어깨를 붙잡았다.

"어디서 또 술 마시고 있었지? 너 요새 산책 갔다 오면 항상 술 냄새가 나더라. 지금도 그렇고…. 화내지 않을 테니까 사실대로 말해 봐."

순간적으로 짜증이 치밀어 올라서 어깨에 놓인 손을 확 뿌리치자 힘이 너무 들어갔는지 엄마가 벽에 쿵 부딪혔다가 그대로 바닥에 쓰러졌다. 엄마가 놀란 눈빛으로 아카리를 올려다보았다.

엄마, 미안….

"귀찮게 굴지 말고 나 좀 내버려 두라고!"

아카리는 신경질적으로 외치고는 거친 발걸음으로 계단을 올라갔다.

19

술집 간판 옆에 남자 둘이 서 있었다.

쇼고가 다가가자 두 사람이 이쪽을 돌아보았다. 한 명은 스기모토이고, 다른 한 명은 30대 초반으로 보이는 건장한 청년이었다.

루모이에서 삿포로로 돌아오는 버스 안에서 스기모토의 전화를 받았다. 스기모토는 현재 나마라스시 스스키노점 점장을 맡고 있는 모리라는 인물이 예전에 케이치와 함께 일한 적이 있다면서 오늘 밤 8시 이후라면 만날 수 있다고 했다.

"안녕하세요, 미조구치 쇼고라고 합니다. 바쁘실 텐데 시간 내 주셔서 감사합니다."

"모리입니다. 제 이야기가 도움이 될지 모르겠습니다만⋯."

세 사람은 간단히 인사를 나누고 가게 안으로 들어갔다. 최대한 이야기 나누기 편한 분위기를 만들기 위해 쇼고가 인터넷을 열심히 뒤져서 예약한 가게였다. 고급 술집답게 원목으로 통일한 인테리어가 우아하면서도 화려한 느낌을 주었고, 계산대 안쪽에 설치된 커다란 수조 속에는 다양한 종류의 물고기가 헤엄치고 있었다. 직원의 안내를 받아 룸으로 향했다. 쇼고는 두 사람의 맞은편에 앉아 "드시고 싶은 걸로 편하게 주문하시죠"라고 하며 메뉴판을 건넸다.

생맥주 세 잔과 모둠 회 등 안주 몇 개를 주문한 후, 쇼고는 명함을 꺼내 모리에게 건네며 다시 한번 자기소개를 했다.

생맥주가 먼저 나와 일단 셋이서 건배를 했다. 쇼고는 맥주를 한 모금 마신 다음 모리를 쳐다보며 "케이치가 일으킨 사건에 대해서는 알고 계셨습니까?" 하고 물었다.

순간 모리의 표정이 어두워지더니 "아, 네…" 하고 고개를 끄덕였다.

"워낙 충격적인 사건이라 매일같이 뉴스에 나왔잖습니까. 도쿄에 가 본 적 없는 저도 시부야 스크램블 교차로는 알고 있으니까요. 그런 곳에서 마구잡이로 칼을 휘둘러서 사람을 죽이다니…. TV에 나온 범인 얼굴과 이름을 보고 정말 깜짝 놀랐습니다."

"그 일로 지금 일하시는 회사나 가게에 경찰이 찾아오지는 않았습니까?"

"아니요, 그런 일은 없었습니다. 이렇게 찾아온 사람은 쇼고 씨가 처음입니다. 이것 한 가지는 약속해 주셨으면 합니다만…."

"네, 말씀하시죠."

"케이치와 관련된 기사를 쓰더라도 저희 가게나 회사 이름은 나오지 않게 해 주십시오."

"알겠습니다. 그 점은 걱정 안 하셔도 됩니다. 케이치가 여기서 일한 건 7년 전이라고 들었습니다만 이번에 뉴스를 보고 바로 알아보셨나요?"

쇼고가 묻자 모리가 그렇다고 답했다.

"그만둔 직원을 다 기억하지는 못하지만 케이치는 굉장히 인상적인 녀석이었거든요."

모리가 씁쓸한 표정으로 말하며 맥주를 들이켰다.

쇼고가 다음 질문을 하려는데 "실례합니다" 하고 점원이 장지문을 열고 들어와서 가져온 요리를 테이블에 내려놓고 물러갔다.

"일단 드시죠."

이야기는 잠시 멈추고 우선 식사부터 하기로 했다. 쇼고는 맞은편에 앉은 모리와 스기모토에게 요리를 권하고는 자기도 젓가락을 들어 홋카이도가 자랑하는 해산물을 맛보았다.

"케이치가 나마라스시에 들어온 것은 언제였습니까?"

이느 정도 배가 불렀다 싶은 타이밍을 노려서 쇼고가 다시 입을 열자 모리가 "10년 전입니다"라고 답했다.

"케이치가 열여섯 살 때군요."

"맞습니다. 지금은 스스키노점 점장이지만 당시 저는 시로이시점의 매니저로 직원 교육을 담당하고 있었습니다."

"케이치는 어떤 경로로 거기서 일하게 된 겁니까? 구인 공고를 보고?"

"아니요, 저희 사장님이 지인에게 부탁을 받아서 채용하게 되었다고 들었습니다."

"지인이요?"

"네, 사장님 말로는 학생 때부터 알고 지내는 사이라고 했습니다. 지인이라는 분은 당시 무로란에 있는 시설에서 일하면서 거기서 지내던 케이치의 일자리를 알아보고 있었던 모양입니다."

"시설이라면… 아동양육시설 말입니까?"

아동양육시설이란 보호자가 없는 아동이나 학대 아동, 기타 환경상 양육을 필요로 하는 아동을 입소시켜 양육하고, 퇴소 후 자립을 지원하는 시설을 말한다.

"네, 그렇다고 들었습니다."

"그렇군요."

아이를 맡아 기르는 시설이라는 점은 같지만 쇼고가 지냈던 곳과는 차이가 있었다.

"그런 사정이 있었기 때문에 사장님께서 당시 점장님과 교육 담당인 제게는 케이치의 배경에 대해 미리 알려주셨던 겁니다."

"케이치는 왜 시설에 들어가게 된 겁니까?"

"열네 살 때 절도로 붙잡혀서요."

예전에 인쇄 회사 사장인 야스모토에게 들은 말이 생각났다. 7년 전 야스모토 밑에서 일했을 때도 케이치는 상습적으로 물건을 훔쳤다고 했다.

"절도 현장을 적발한 가게에서 케이치에게 어디 사는 누구냐고 물었지만 끝까지 대답하지 않아서 결국 경찰에 넘겨졌다고 합니다. 경찰 조사 결과 케이치가 그동안 학교에도 가지 않고 열악한 환경에서 자랐다는 사실이 밝혀져서…"

"그래서 아동상담소를 거쳐서 시설로 보내졌다는 거군요?"

"아마도요. 그 후 학교는 다니게 되었는데 아무래도 진도를 따라갈 수가 없었던 모양입니다. 중학교를 겨우 졸업하고 야간제 고등학교에 진학했지만 결국에는 자퇴했다고 들었습니다. 시설에 있는 다른 아이들과도 잘 지내지 못해서 직원들이 골머리를 앓던 중에 저희 사장님한테 일자리 주선을 부탁하게 된 것 같았습니다."

"어떻게든 일자리를 마련해 줘서 시설에서 나가 자립하게 만들려고요?"

쇼고의 말에 모리가 고개를 끄덕였다.

"그 케이치라는 녀석은 어떤 직원이었나요?"

그때까지 묵묵히 먹기만 하던 스기모토가 대화에 끼어들었다. 쇼고도 물어보려던 질문이었다.

"자란 환경을 생각하면 어쩔 수 없는 것 같기는 한데… 한마디로 말하자면 할 줄 아는 게 아무것도 없었어요. 기본적인 예의범절을 전혀 모르니 접객을 시킬 수도 없고, 두발이나 손톱은 늘 지저분한 상태인 데다가 아무리 주의를 줘도 손도 안 씻고 식재료를 만지려고 해서 주방일을 맡길 수도 없었죠."

"그래서 배달을 담당하게 된 거군요?" 쇼고가 말했다.

"네. 배달이라고는 해도 접객을 아예 안 하는 건 아니라서 기본적인 인사는 몇 번이고 연습해서 몸에 익히도록 했습니다. 원동기 면허를 따게 하는 것도 쉽지 않았죠. 아마 시험만 열 번 넘게 봤을 겁니다." 모리가 쓴웃음을 지으며 말했다.

"일을 못했다는 것 외에 평소 인상은 어땠습니까?"

"아무튼 매사에 부정적이고 음침한 녀석이었습니다. '어차피 나 같은 건…'이라는 게 입버릇이었어요. 안 좋은 환경에서 자란 게 딱하긴 한데 그렇다고 평생 거기 끌려다닐 수는 없잖습니까. 나도 고등학교 중퇴지만 열심히 해서 회사에서 인정도 받고 승진도 했으니 너도 목표를 가지고 노력하면 잘될 수 있다, 그렇게 제 딴에는 진심으로 충고해 줬는데 말이죠…."

그때 일이 떠올랐는지 모리가 먼 곳을 바라보며 한숨을 내쉬었다.

"어차피 나 같은 건 노력해도 될 리가 없다고 하던가요?"

"아니요, 자기한테도 뚜렷한 목표가 있다고 했습니다." 모리가 허공에 시선을 둔 채 대답했다.

"어떤 목표 말입니까?"

모리가 이쪽을 돌아보았다.

"엄마를 죽이는 거라더군요."

모리의 대답이 쇼고의 심장에 날아와서 박혔다. 심장이 미칠 듯이 뛰기 시작했다.

"농담이라고 생각하고 싶었지만 그 말을 하는 케이치의 눈빛은 진심이었습니다. 그 후로 케이치를 보면 저도 모르게 겁이 나서 어떻게 대해야 하나 고민했는데…."

쇼고의 시선은 맞은편에 앉은 모리를 향하고 있었지만 정신은 완전히 딴 데 가 있었다.

"…다행히 얼마 지나지 않아 케이치가 가게에 나오지 않게 되었고 기숙사에서도 사라졌습니다….”

모리의 목소리가 멀리서 들려오는 것처럼 느껴졌다.

쇼고는 비로소 깨달았다. 어째서 자신이 케이치에게 흥미를 느낀 것인지. 케이치가 지금까지 살아온 과거를 알아내서 무엇을 하고 싶었던 것인지를.

이제야 모든 것이 분명해졌다.

쇼고가 하네다공항에서 모노레일을 타고 하마마츠초역에서 내린 것은 아직 점심 전이었다.

오늘 예정된 잡지 취재는 오후 6시부터이니 삿포로에서 낮 비행기를 타도 충분했지만, 그 전에 가야 할 곳이 생겨서 아침 비행기를 타고 도쿄로 돌아온 것이었다.

쇼고는 개찰구를 통과해 지하철 게이힌토호쿠선 플랫폼으로 가서 마침 들어온 열차를 타고 빈자리에 가서 앉았다.

어젯밤에는 10시쯤 두 사람과 헤어진 후 바로 근처 PC방으로 가서 자리를 잡고 누웠지만 아침까지 한숨도 자지 못했다.

아카바네역까지는 30분 정도 걸리니 도착할 때까지 조금이라도 자야겠다는 생각을 하며 눈을 감았다. 하지만 신경이 곤두서 있어서 그런지 전혀 졸리지 않았다. 결국 눈만 감고 있다가 아카바네역에 도착해서 사이쿄선으로 갈아탄 후 사이타마현에 있는 도다역에서 내렸다.

개찰구를 빠져나와 동쪽 출구 앞에 서자 등줄기가 서늘해졌다.

역 앞 풍경을 보고 있으려니 당장이라도 과거의 기억이 되살아날 것만 같았다.

두 번 다시 이곳에 발을 들일 일은 없을 거라고 생각했건만. 무슨 일이 있어도 이 근처에는 얼씬도 하지 않겠다고 다짐했건만 자신이 지금 여기에 와 있다는 사실이 스스로도 믿기지 않았다.

쇼고는 한 차례 크게 숨을 내쉰 후 걸음을 내디뎠다. 열세 살 때의 기억을 떠올리며 목적지로 향했다. 역에서 곧게 뻗은 길을 따라 직진하다가 기억 속에 어렴풋이 남아 있는 술집을 보고 왼쪽으로 꺾었다. 5분 정도 더 걸어가자 앞쪽에 공원이 나타났다.

틀림없었다. 당시 살던 빌라 앞에 있던 바로 그 공원이었다. 어머니는 쇼고가 남들과 어울리지 못하게 했기 때문에 쇼고는 한 번도 공원에서 놀아 본 적이 없었다. 하지만 창문 너머로 즐겁게 뛰노는 아이들을 부러운 눈으로 바라본 기억은 아직도 선명하게 남아 있었다.

쇼고는 빌라가 있던 쪽을 돌아보고 깜짝 놀랐다. 그곳에는 빌라 대신 주차장이 들어서 있었다.

하긴 쇼고네가 살던 당시에도 이미 언제 무너져도 이상하지 않을 만큼 낡은 건물이었던 데다가 그런 사건까지 발생했으니 철거될 만도 했다.

쇼고는 빌라가 있던 자리에 위치한 주차장을 가만히 바라보았다.

18년 전 자기 손으로 그 여자를 목졸라 죽인 장소를.

정확히 무슨 계기로 자고 있던 어머니의 목을 졸랐는지는 기억나지 않았다. 하지만 그런 충동을 느낄 만한 이유라면 얼마든지 있었다.

놀라서 잠에서 깬 여자는 팔다리를 버둥거리며 처음에는 아프다고 소리치다가 점차 숨을 못 쉬겠다며 괴로워하다가 마지막에는 금방이라도 숨이 끊어질 듯한 목소리로 제발 부탁이니 놓아 달라고 애원했다.

쇼고는 여자가 하는 말을 모조리 무시한 채 여자의 목을 움켜쥔 손에 한층 더 힘을 주었다.

지금까지 자신의 부탁을 하나도 들어주지 않은 여자에 대한 복수였다.

여자의 눈에서 빛이 사라지자 자신을 옭아매고 있던 사슬에서 드디어 풀려났다는 실감이 났다. 저도 모르게 웃음이 터져 나왔다.

아마도 목줄에서 풀려난 개는 이런 심정이지 않을까 싶었다. 목청껏 짖어 보고 싶은 충동을 느꼈다.

이제 어디든지 갈 수 있다. 먹고 싶은 걸 먹고, 하고 싶은 걸 할 수 있다.

쇼고는 여자의 가방에서 지갑을 꺼내 집 밖으로 나갔다. 역 앞에 있는 가게에 들어가 소고기덮밥을 시켜 먹고, 옆에 있는 오락실에서 지갑 속 돈이 다 사라질 때까지 놀았다.

쇼고는 오랫동안 품어 왔던 욕망이 어느 정도 채워지자 파출소로 가서 자신이 어머니를 죽였다고 털어놓았다.

그 후로 며칠간은 인생에서 처음 경험하는 일들의 연속이었다. 매일매일이 바쁘고 정신없이 지나갔다. 경찰서에서도 수차례 조사를 받았고, 그 후에 옮겨간 아동상담소에서도 쇼고에게 무슨 일이 있었는지 끈질기게 물어봤다.

당시 열세 살이었던 쇼고는 처벌을 받지 않았다.

형법 제41조에 따르면 14세가 되지 아니한 자의 행위는 벌하지 않는다고 되어 있기 때문에 쇼고는 촉법소년으로 분류되어 보호처분 대상이 되었다.

쇼고가 유일하게 정보를 얻을 수 있는 수단이었던 TV에서는 사람을 죽이면 교도소에 간다고 했기 때문에 자신이 아무런 처벌도 받지 않는다는 것이 의외였다.

대신 쇼고는 소년심판을 받고 사이타마현 후카야시에 있는 아동자립지원시설로 보내졌다.

아동자립지원시설이란 비행을 저지르거나 저지를 우려가 있는 아동 및 가정 환경에 문제가 있는 아동의 자립을 돕는 아동복지시설이다.

시설에서의 생활은 쾌적한 편이었다.

쇼고가 들어간 시설은 총 일곱 개의 기숙사로 이루어져 있었고, 기숙사마다 열몇 명의 아이들이 생활하고 있었다. 부지 내에 아이들이 공부할 수 있는 교실은 물론 체육관과 수영장도 있었다.

각각의 기숙사에는 아이들을 돌보는 직원이 24시간 상주했다. 쇼고가 들어간 기숙사의 사감은 온화한 성격의 50대 부부였고, 이름은 스즈키라고 했다.

기숙사에는 쇼고를 포함해 총 열두 명의 아이들이 생활하고 있었다. 제일 아래가 여덟 살이었고, 제일 위가 열다섯 살이었다. 열세 살은 쇼고 외에 두 명이 더 있었다. 그 두 사람, 켄타와 아키라는 쇼고가 태어나서 처음으로 사귄 친구였다.

시설에 있는 아이들은 아무도 쇼고가 친엄마를 죽였다는 사실을 알지 못했다.

스즈키 부부는 당연히 알고 있었겠지만 쇼고를 경계하는 눈빛으로 쳐다보는 일은 물론 꾸짖거나 반성을 강요하는 일도 없었다. 사건에 대해서도 단 한 번도 언급하지 않았다.

부지 안에 있는 커다란 텃밭에서는 아이들이 직접 채소를 길렀고, 거기서 수확한 채소는 식사 시간에 모두가 함께 나눠 먹었다. 난생처음 만져 본 탁구채와 탁구공에 흥미를 느껴서 특별활동은 탁구부를 선택했다.

읽고 쓰기를 배우고 지금까지 경험한 적 없는 다양한 체험을 하면서 보람찬 하루하루를 보냈다.

하지만 그렇다고 해서 마음까지 편해지지는 않았다. 어머니는 이 세상에서 사라졌지만 쇼고의 몸과 마음에 새겨진 그 여자의 저주가 완전히 사라진 것은 아니었다.

자신의 몸에 새겨진 학대의 흔적을 볼 때마다 어머니에 대한 공포가 되살아났다. 또 어머니를 죽인 것에 대한 죄책감은 희박했지만, 자기 손으로 사람을 죽였다는 생리적인 혐오감은 시간이 지나도 사라지거나 옅어질 기미를 보이지 않았다.

견디다 못해 열네 살 때 기숙사에서 우연히 발견한 재봉용 바늘과 먹물을 사용해서 자기 손으로 흉터 위에 문신을 새겼다.

시설에서 지내는 아이들 중 몇몇은 손목에 흉터가 있었다. 자기 손으로 손목을 긋는 자해 행위의 흔적이었다. 어째서 멀쩡한 몸을 일부러 상처 입히는 것인지 쇼고는 이해할 수가 없었다.

똑같이 몸에 상처를 내는 행위라고는 해도 쇼고가 하는 일에는 의미가 있었다. 쇼고의 문신은 과거의 끔찍한 기억을 지우기 위한 작업이었다.

재봉용 바늘과 먹물을 사용해서 어머니의 학대 흔적을 가리는 문신을 새길 때마다 마음이 조금씩 편해지는 것을 느꼈다.

얼마 지나지 않아 사감 선생님들에게 들켜서 가지고 있던 바늘을 몰수당했지만, 그 후로도 쇼고는 끝이 뾰족한 물건을 발견하기만 하면 자기 몸에 문신을 새겼다. 문신을 새기는 행위는 시설에서 나온 후에도 한동안 계속되었다.

스무 살쯤 되자 흉터는 대부분 문신에 가려 보이지 않게 되었다. 하지만 마음은 여전히 과거에 갇힌 채였다.

어떻게 하면 진정한 의미에서 자유로워질 수 있을 것인가. 자신은 무의식중에 계속해서 그 답을 찾고 있었던 것이 아닐까.

그리고 시부야 스크램블 교차로에서 묻지마 사건을 일으킨 오노데라 케이치를 보고 그의 과거를 조사하는 과정에서 드디어 그 방법을 깨닫게 된 것이다.

20

관람차 유리창 너머로 노을 지는 바다가 내려다보였다. 주변의 고층 빌딩에서 쏟아져 나오는 불빛들이 별처럼 반짝이고 있었다.

"예쁘다…. 사실 나 관람차 처음 타 봐."

코헤이가 웃으며 고개를 끄덕였다.

"알아. 처음 만났을 때 말했잖아."

"그랬나?"

"응, 술자리에서. 지금까지 한 번도 타 본 적이 없어서 이번에 상경한 기념으로 타러 갈까 하는데 어디가 좋겠냐고 같은 테이블에 앉은 사람들한테 물어봤었어."

아카리는 왠지 부끄러워서 창밖으로 시선을 돌렸다.

"저기… 아카리…."

다시 정면을 보자 코헤이가 진지한 표정으로 이쪽을 쳐다보고 있었다.

"저기… 있잖아…."

좋아한다고 말해 주면 좋을 텐데. 하지만 좀처럼 그 말이 들리지 않왔다.

코헤이의 얼굴이 점차 흐려지더니 코헤이의 목소리 대신 무언가를 쾅쾅 두드리는 소리가 귓가에 울렸다.

괜찮으세요? 문 좀 열어 보세요!

눈을 뜨자 흰색 타일 벽이 보였다. 주위를 둘러본 아카리는 자신이 공원의 다목적 화장실 변기에 앉아 있다는 사실을 깨달았다.

작은 사이즈의 위스키병이 바닥에 떨어져 있었다.

"문 좀 열어 주세요! 아니면 이쪽에서 열겠습니다!"

아카리는 위스키병을 집어 뚜껑을 닫아서 가방에 넣은 다음 변기에서 일어났다. 화장실 문을 열자 눈앞에 선 작업복 차림의 중년 여성이 깜짝 놀라 한 발 뒤로 물러섰다.

"…괜찮으세요?" 여자가 화장실 안을 들여다보며 물었다.

"네, 괜찮아요." 아카리는 대답을 하면서 마스크를 벗고 있다는 사실을 깨닫고 가방에서 마스크를 꺼내 썼다.

"화장실을 볼일 보는 것 외에 다른 용도로 사용하지 말아 주세요. 요즘 이 화장실이 계속 잠겨 있다는 민원이 많이 들어와서요."

아카리는 고개를 꾸벅하고 그 자리에서 빠져나왔다. 공원에는 어둠이 깔려 있었다. 어둠 속에서 동그랗게 빛나는 시계가 5시 50분을 가리키고 있었다. 오늘은 정오가 조금 지나 집에서 나왔으니 술 마시고 5시간 반 가까이 잠들어 있었던 모양이다.

아카리는 공원을 나와 무거운 몸을 채찍질하며 집으로 향했다.

문득 등 뒤에서 소리가 들려서 긴장하며 뒤를 돌아보았다.

어두운 길 위에는 아무도 없었다. 이상하네. 기분 탓인가.

다시 앞을 보고 걷기 시작했다. 역시 이쪽으로 다가오는 발소리가 들렸다. 돌아보기 겁이 났지만 용기를 내서 고개를 돌렸다.

이쪽을 향해 걸어오는 젊은 남자를 보고 온몸이 얼어붙었다. 그 상태로 꼼짝 않고 서 있자 남자가 의아한 표정을 지으며 아카리 옆을 지나쳐 갔다.

얼마나 그렇게 서 있었을까. 아카리는 남자의 뒷모습이 어둠 속으로 사라지는 것을 확인한 후 다시 용기를 내서 걸음을 내디뎠다.

계속 뒤쪽을 신경 쓰며 밝은 쪽을 향해 걸었다. 편의점 간판 불빛을 발견하고 안으로 들어갔다. 계산대에 점원이 한 명 있을 뿐 손님은 아무도 없었다.

편의점에서 나가기가 무서웠다. 여기서 집까지는 아까처럼 어두운 길이 이어졌다. 엄마한테 전화해서 마중나와 달라고 부탁할까.

아니다, 그랬다가는 밖에서 술을 마신 사실이 들통나서 또 귀찮은 잔소리를 들을 것이 분명했다.

갑자기 다가오는 타인과 마찬가지로 엄마도 아빠도 료스케도 지금의 아카리에게는 모두가 위협적인 존재였다.

연민과 걱정이 섞인 눈빛으로 다 이해한다는 듯 말하는 모습을 보면 짜증과 분노가 치밀어 올랐다.

대체 뭘 안다는 걸까. 내가 느끼는 괴로움의 백만분의 일도 이해하지 못하면서.

어차피 나는 혼자다. 아무도 나를 지켜 주지 않는다.

아카리는 그런 생각을 하며 자기 몸을 지킬 물건을 찾아 가게 안을 둘러보았다. 그러다가 무언가를 발견하고 발걸음을 멈췄다.

아카리는 진열대 고리에 걸려 있는 과도를 향해 손을 뻗었다.

투명 플라스틱 케이스에 담긴 과도를 하나 집어 계산대로 갔다. 계산을 마치고 과도가 담긴 비닐 봉투를 받자마자 곧장 가게 안에 있는 화장실로 향했다. 안에 들어가 문을 잠그고 케이스를 열었다.

이걸 가지고 있으면 만약의 사태가 발생했을 때 내 몸을 지킬 수 있지 않을까.

하지만 상대가 갑자기 덮쳐 온다면 바로 대응할 수 있을까.

떨리는 손으로 칼집을 벗겨냈다. 날카로운 칼날을 보니 몸이 부르르 떨렸다.

꾹 참고 칼날을 계속 쳐다보고 있으려니 신기하게도 마음이 조금씩 편해지는 것 같았다. 마치 하나뿐인 친구를 만난 듯한 반가움이 샘솟았다.

이제 무섭지 않다. 나를 상처 입히려는 인간이 나타나면 주저하지 말고 이걸로 찌르면 된다.

아카리는 케이스와 비닐 봉투를 쓰레기통에 버리고 과도를 겉옷 주머니에 넣은 후 화장실을 나섰다.

집에 오는 내내 주머니에 든 칼 손잡이를 꽉 쥐고 있다가 집 앞에 이르러서야 손을 놓았다.

가방에서 열쇠를 꺼내 소리가 나지 않도록 조심해서 문을 열고 안으로 들어갔다. 신발을 벗고 들어서는데 현관으로 나온 엄마와 눈이 마주쳤다. 언제나처럼 연민 어린 눈빛에 화가 치밀어 올랐지만 꾹 참고 계단으로 향했다.

"아카리, 오늘도 술 마셨니? 술 마시는 게 나쁘다는 게 아니라… 요시다 아줌마도 너 보고 걱정 많이 하더라….'

아카리는 늘 이웃 주민인 요시다가 일하는 편의점에서 술을 구입했다. 한 달쯤 전에는 술 사는 모습을 들키기 싫어서 계산도 안 한 채 술을 가방에 숨겨서 들고 나온 적도 있었지만, 이제는 남들 시선 따위는 전혀 신경 쓰지 않았다.

"아카리, 엄마랑 병원 가서 상담 받아 보자. 엄마가 너무 걱정이 돼서 그래."

엄마의 말에 아카리 안에서 무언가가 폭발했다.

"그만 좀 해!"

엄마가 흠칫 몸을 떨었다.

"내가 학교에서 일하면서 번 돈이야. 그 돈으로 술을 사든 뭘 사든 엄마가 무슨 상관인데! 나 좀 내버려 두라고!"

"아카리…." 엄마가 굳은 얼굴로 이쪽을 보며 힘없이 중얼거렸다.

엄마의 눈동자가 젖어 드는 것을 보니 가슴이 저렸다. 아카리는 반사적으로 시선을 돌려 그대로 계단을 올라갔다.

"잠깐만." 엄마가 아카리의 손을 붙잡았다.

"오늘은 제대로 얘기 좀 하자. 너한테 뭐라고 하려는 게 아니야. 정말 걱정돼서 그래. 요즘 식사도 제대로 안 하잖니. 안색도 안 좋고. 네가 사건 당시의 기억 때문에 힘들어하는 건 엄마도 알아. 하지만 이대로 내버려 두었다가는 네 몸 다 망가지겠어."

엄마가 대체 뭘 안다는 건데.

"엄마가 그러는 게 짜증 난다고!"

반대쪽 손으로 엄마의 얼굴을 때리고, 엄마가 손을 놓은 틈을 타서 가슴을 힘껏 밀쳤다.

"악!" 엄마가 비명을 지르며 복도에 쿵 하고 쓰러졌다. 충격이 상당했는지 얼굴을 일그러뜨리며 허리께를 문질렀다.

소리를 듣고 거실에서 료스케가 뛰어나왔다. 복도에 쓰러진 엄마를 보고 깜짝 놀라 괜찮냐고 물으며 재빨리 달려가서 부축했다.

"누나, 이게 대체 무슨 짓이야?"

료스케가 이쪽을 노려보며 말했다.

"너랑은 상관없으니까 신경 꺼!"

"상관없지 않아! 엄마한테 폭력을 휘두르다니 누나가 무슨 왕이라도 된 줄 알아?"

처음 듣는 료스케의 거친 말투에 움찔했다.

"누나가 힘든 일을 겪었다는 건 알겠어. 그래서 우리도 최선을 다해서 누나를 도우려고 하고 있잖아. 다들 얼마나 참고 있는데."

"참고 있다고?" 그 말에 아카리도 발끈해서 료스케를 노려보며 쏘아붙였다. "대체 뭘 참고 있다는 건데?"

"모르겠어? 누나가 아주 작은 소리에도 예민하게 반응하니까 모두가 최대한 소리를 안 내려고 조심하고 있잖아. 누나가 뭘 보고 그날 일을 떠올릴지 모르니까 거실에 있는 TV로는 서스펜스 드라마나 뉴스도 못 본다고. 가족들끼리 하는 대화도 마찬가지야. 누나를 자극하지 않도록 우리가 얼마나 신경 써서…."

"료스케, 그만해!"

엄마의 제지에 료스케가 엄마를 돌아보았다가 "누나한테도 확실하게 말해 줄 필요가 있어"라고 하며 다시 이쪽을 쳐다보았다.

"벌써 다섯 달도 더 지났어. 가족들한테 어리광 그만 부리고 스스로 일어설 노력 좀 해."

료스케의 말을 들으니 속이 부글부글 끓었다.

내가 가족들한테 어리광 부리고 있다고?

"아무튼 엄마한테 사과부터 해."

료스케가 날카로운 눈빛으로 이쪽을 쏘아보며 몸을 일으켰다.

"내가 왜?"

아카리가 반박하자 료스케가 가까이 다가왔다.

자기보다 덩치가 큰 남동생이 앞을 막아서자 숨이 막힐 것만 같은 압박감이 느껴져서 저도 모르게 뒤로 물러섰다.

"엄마한테 사과하라고!"

아카리는 자신을 향해 손을 뻗는 료스케를 온 힘을 다해 밀쳤다.

료스케는 몇 발자국 뒷걸음질치다가 다시 이쪽으로 다가오려고 했다.

아카리는 겉옷 주머니에 손을 넣어 안에 든 과도를 꺼냈다.

"가까이 오지 마!"

신경질적으로 외치며 칼날을 들이대자 료스케가 그 자리에 얼어붙은 듯 멈춰 섰다. 료스케 뒤에 쓰러져 있던 엄마도 믿을 수가 없다는 표정으로 이쪽을 처다보았다.

"농담이 너무 심하잖아…." 료스케가 떨리는 목소리로 애써 장난처럼 웃어넘기려 했다.

"농담 아니야. 나를 해치려는 인간은 용서하지 않을 거야!"

아카리는 료스케를 노려보며 말했다.

료스케를 향한 칼끝이 부들부들 떨렸다.

"아카리, 뭐 하는 거니…. 당장 멈추고 그런 위험한 물건은 빨리 치우렴…."

료스케 뒤에서 엄마가 쓰러진 채 애원했다.

"우리가 잘못했다. 네 기분은 생각도 하지 않고 함부로 말해서 엄마가 미안해." 엄마가 허리에 손을 짚고 비틀거리며 일어났다. 옆에서 료스케가 작게 한숨을 내쉬었다.

"료스케, 넌 거실에 가 있어."

엄마의 말을 듣고 료스케가 칼끝에 시선을 고정한 채 천천히 뒷걸음질쳤다. 료스케가 거실로 사라진 것을 확인한 후, 엄마가 이쪽을 돌아보았다. 눈에 눈물이 고여 있었다.

"아카리 너도 방으로 돌아가렴. 조금 있다가… 방문 앞에 저녁 가져다 놓을 테니까… 챙겨 먹고."

아카리는 힘겹게 쥐어짜는 듯한 엄마의 목소리를 들으며 칼을 주머니에 다시 집어넣고 계단을 올라가 방으로 들어갔다.

계단을 올라오는 발소리가 희미하게 들리더니 이윽고 방문 닫히는 소리가 났다.

부모님이 침실에 들어간 것을 확인하고 나니 저도 모르게 무거운 한숨이 나왔다.

9시가 넘어서 아빠가 집에 돌아왔고, 료스케는 10시쯤 자기 방으로 들어가는 것 같았다. 그때부터 자정이 넘은 지금까지 엄마와 아빠는 거실에서 단둘이 이야기를 나누었을 것이다. 무슨 이야기를 했을지는 대충 짐작이 갔다.

아카리는 다시금 한숨을 내쉬며 침대에서 몸을 일으켰다. 책상으로 가서 서랍에서 사진 한 장을 꺼내 들었다. 이야마 아키히로의 학창 시절 사진이었다.

사진을 보면서 아키히로의 작은아버지가 한 말이 생각났다.

아키히로는 야구를 좋아하는 쾌활하고 총명한 소년이었지만 고등학교 2학년 때 교통사고로 부상을 입어 더 이상 야구를 하지 못하게 되었고, 그때부터 나쁜 친구들과 어울려 다니며 가족들에게도 폭력을 휘두르기 시작했다. 스무 살이 되었을 때 유흥비를 마련하기 위해 남의 집에 돈을 훔치러 들어갔다가 집주인과 맞닥뜨리는 바람에 상대를 찌르고 도망치다가 경찰에 붙잡혔다.

교도소에 들어간 아키히로는 아버지로부터 부모 자식의 연을 끊겠다는 통보를 받고, 이후 가족 중 누구와도 만나는 일 없이 홀로 쓸쓸히 지내다가 마흔여덟의 나이에 아카리를 대신해 죽었다.

아카리는 아키히로의 이러한 일생이 마치 앞으로 자신이 걸어갈 인생 같다는 생각이 들었다.

아카리도 범인 때문에 몸과 마음이 다 망가져서 매일매일을 술독에 빠져 지내고 있었다. 그러다가 조금 전에는 급기야 자신을 걱정하는 엄마에게 폭력을 휘두르고 잘못을 지적하는 남동생에게 칼을 들이댔다. 이대로라면 아카리도 언제 가족들에게 연을 끊겠다는 통보를 받게 될지 알 수 없는 일이었다.

머리로는 알고 있었다. 하지만 어찌할 도리가 없었다.

소중한 가족들에게 더 이상 미움받고 싶지 않은데 순간적으로 끓어

오르는 충동을 제어할 수가 없었다.

엄마, 료스케, 미안….

지금은 이렇게 미안한 마음뿐이지만, 내일이 되어 가족들 얼굴을 보면 또 화가 나고 짜증이 솟구칠 것이다.

사진 속 아키히로의 밝게 웃는 얼굴이 눈물로 흐려져갔다.

더 미움받기 전에, 가족들을 상처 입히기 전에, 여기서 나가는 게 좋지 않을까.

하지만 이런 몸으로 과연 혼자서 살아갈 수 있을까.

아카리는 책상 위에 사진을 내려놓고 옷장 문을 열었다. 보스턴백을 꺼내 갈아입을 옷 몇 벌을 넣고 지갑과 스마트폰과 아키히로의 사진을 챙겼다. 겉옷을 입고 마스크를 쓴 다음 가방과 열쇠를 들고 조심스레 방문을 열었다. 방의 불을 끄고 방문을 닫은 뒤 발소리가 나지 않도록 살금살금 계단을 내려갔다.

신발을 신고 집을 나서자 사방이 어둠에 둘러싸여 있었다.

무섭고 불안한 마음에 저도 모르게 오른손을 주머니에 찔러 넣었다. 주머니에 든 과도 손잡이를 꽉 움켜쥐고 다른 쪽 손으로 현관문을 잠갔다. 바닥에 내려놓았던 가방을 들고 대문을 나서서 고요한 주택가를 걸어갔다.

갈 곳은 없었다. 불안함에 몸이 움츠러들었지만 더 이상 여기 있으면 안 된다는 일념으로 죽을힘을 다해 발을 내디뎠다.

일단 제일 가까운 패밀리 레스토랑에 들어가서 택시를 부르자. 시즈오카역까지 가면 안전하게 밤을 보낼 만한 곳을 찾을 수 있을 것이다. 새벽이라 호텔 체크인은 안 될지도 모르겠지만 만약 그렇다면 PC방에라도 가면 되겠지. 거기서 앞으로 어떻게 할지 천천히 생각해 보자.

아카리는 주머니 속 칼을 움켜쥔 채 패밀리 레스토랑의 간판이 보일 때까지 계속 걸었다.

21

아크릴판 앞에 놓인 접이식 의자에 앉아 잠시 기다리자 맞은편 문이 열리고 트레이닝복 차림의 케이치가 직원과 함께 들어왔다. 지난번 면회 때 입었던 것과 같은 옷이었다.

케이치는 아크릴판을 사이에 두고 쇼고와 마주 앉으며 희미하게 웃었다.

케이치 옆에 앉은 직원이 "면회 시간은 15분입니다"라고 말했다.

쇼고는 고개를 끄덕이며 손목시계로 시간을 확인했다.

지금부터 15분이라는 짧은 시간 동안 이쪽에서 하는 제안을 케이치가 받아들이게 만들 수 있을까.

쇼고는 고개를 들고 앞에 있는 케이치를 쳐다보았다.

"잘 지냈어?"

"쇼고 씨 덕분에 여기 생활에 조금 재미가 더해졌어요."

케이치가 억양 없는 목소리로 대답했다.

쇼고가 넣어 준 영치품을 말하는 듯했다.

첫 번째 면회 이후 홋카이도에 다녀올 자금을 마련하느라 바빠서 면회를 올 시간이 없었기 때문에 대리업자에게 수수료를 내고 영치품 전달을 부탁했다. 여자의 누드 사진이 실린 잡지여서 반입을 거부당할까 걱정했는데 다행히 별문제 없이 통과되었다.

"오늘 면회 신청을 받아들인 건 그것 때문이에요. 잡지 넣어 주셔서 감사합니다."

케이치가 고개를 숙이며 말했다.

"별 것도 아닌데 뭘."

"지난번 면회 때 말하는 걸 보고 더 빨리 만나러 올 줄 알았어요."

"좀 바빴거든."

"그 잡지에 실린 사진처럼 예쁜 여자들을 만나러 다녔나 보네요. 부럽다."

"취재 때문이 아니라 홋카이도에 다녀올 자금을 마련하느라 바빴던 거야."

홋카이도라는 지명을 듣고 케이치의 어깨가 움찔했다.

"홋카이도에서 너를 아는 사람을 만나고 왔어."

케이치의 표정이 딱딱하게 굳었다.

"오늘은 네게 부탁이 있어서 찾아온 거야. 사실 부탁이라기보다는 제안에 가깝지."

"제안이요?" 케이치가 대체 무슨 꿍꿍이냐는 듯한 눈초리로 물었다.

"그래. 얼마 전 홋카이도 루모이에 가서 네 어머니가 일하던 술집 여주인을 만났거든. 거기서 네가 태어나서 서너 살이 될 때까지 너와 네 어머니 케이코 씨가 어떻게 지냈는지 들었어."

어머니 이름이 나오자 이쪽을 향한 케이치의 눈빛이 날카로워졌다.

"그리고 네가 열여섯 살 때부터 일하기 시작한 나마라스시의 모리 씨도 만났어. 그 사이 14년 동안 너한테 무슨 일이 있었던 건지 말해 줄 수 있을까?"

쇼고는 케이치의 시선을 피하지 않고 똑바로 마주 보며 말했다.

케이치는 아무 말도 하지 않고 이쪽을 노려보기만 했다.

"네 살 때부터 열여섯 살 때까지… 아니, 정확히는 열네 살 때 어머니와 떨어져서 시설에 들어가기 전까지 10년 동안 네가 어떤 인생을 살았는지 알고 싶어."

쇼고가 다시 한번 말하자 케이치가 차가운 표정으로 코웃음을 쳤다.

"아직도 그 소리예요? 전에도 말했잖아요. 나한테는 지금까지 어떤 인생을 살아왔다고 말할 만한 게 없다고. 기억하는 것도 없고 기억해 내고 싶은 것도 없다고요."

케이치의 목소리에서 뿌리 깊은 원망이 느껴졌다.

"아무리 힘든 시간이었다 하더라도 그것 역시 인생이야. 없던 일로 할 수는 없지. 안 그래?"

"그걸 알아서 어쩌려고요? 에로 잡지의 기삿거리로 삼으려는 거라면…."

"책으로 낼 생각이야."

쇼고가 케이치의 말을 중간에 끊으며 단호한 목소리로 말하자 케이치가 놀란 듯 눈을 크게 떴다.

"네가 어머니에게 어떤 짓을 당했는지 그 내용을 자세히 다룬 논픽션을 쓰려고 해."

쇼고는 진심을 담아 말했지만 케이치는 "역시 그럴 속셈이었던 거군요" 하고 비아냥거렸다.

"그럴 속셈이었다니?" 쇼고가 되물었다.

"일약 유명인이 된 내 책을 내서 떼돈을 벌고 싶다는 거잖아요. 아니면 보잘것없는 삼류 기자가 화제의 논픽션을 써서 권위를 얻고 싶다는 거겠죠."

"둘 다 부정은 못 하겠네."

돈과 권위를 얻는 것이 가장 큰 목적은 아니었지만 그걸 바라는 마음이 전혀 없는 것도 아니었다.

"그 작업에 협력하면 나한테 무슨 이득이 있는데요? 쇼고 씨가 번 돈에서 얼마 떼어 주겠다는 건가요? 난 그런 거 필요 없어요. 어차피 앞으로 죽을 때까지 교도소에서 나갈 일은 없을 테니까."

"네게 돈을 건넬 생각은 없어. 피해자들에게 보상금으로 주고 싶다면 생각해 보겠지만."

"그럴 생각은 전혀 없어요." 케이치가 손을 내저었다.

"네가 돈에 관심이 없다는 건 나도 알아. 논픽션 책을 내겠다는 건 돈을 벌기 위해서가 아니야. 다만 내가 생각하기에 네 목표를 이루기 위해서는 그 방법밖에 없지 않을까 싶어서 말이야."

"내 목표요?" 케이치가 어리둥절한 표정으로 고개를 갸웃거렸다.

"그래. 나마라스시의 모리 씨한테 네가 말한 목표."

케이치가 헉하고 숨을 들이마셨다.

"지금 스스로에게 정말로 만족해?"

쇼고가 도발하듯 묻자 케이치가 "무슨 소리예요?"라며 입을 삐죽거렸다.

"지난번 면회 때 넌 교도소에 들어가고 싶어서 무차별적으로 흉기를 휘둘러서 사람을 죽였다고 했지. 무기징역을 받아서 앞으로 쭉 교도소에서 살고 싶다고."

"그래서요?" 케이치가 짜증스러운 말투로 받아쳤다.

"그게 정말 네가 원하는 거야? 아니잖아. 너한테는 반드시 이뤄야만할 목표가 있었지만 그걸 이루지 못한 채 그쪽으로, 교도소로 들어가게되었지. 안 그래? 나리마스에 있는 PC방에서 만난 케이코 씨한테 바란것도 그거 아냐?"

묻지마 사건을 일으키기 사흘 전, 케이치는 PC방에서 만난 케이코라는 40대 매춘부에게 1만 5천 엔을 주고 공원 화장실에서 관계를 가졌다.

관계 후에 케이치는 케이코에게 이제 미련 없이 저쪽으로 갈 수 있겠다고 말했다. 오늘 경험은 자기도 평생 못 잊겠지만 케이코 씨한테도 분명 잊지 못할 기억으로 남을 거라고.

"그게 당시 네가 할 수 있는 최대한의 복수였던 것 아닌가? 어머니와 동년배인 데다가 이름도 똑같은 여자의 마음에 조금이나마 생채기를 내는 것. 남들 눈에는 이해도 안 가고 아무 의미도 없어 보이겠지만."

"내 목표랑 논픽션 책을 내는 게 대체 무슨 관계가 있단 말이죠?" 케이치가 상기된 얼굴로 소리쳤다. 흥분한 기색이 역력했다.

"네가 바라는 대로 무기징역을 받는다면 목표를 이루기는 어려워지겠지. 아니, 목표를 이루는 것 자체가 무의미해진달까."

자기 어머니를 죽인다는 목표….

케이치가 출소할 무렵이면 케이치의 어머니는 70대 중반, 어쩌면 80이 넘을지도 모른다.

"하지만 네가 어머니에게 학대당한 내용을 담은 논픽션 책을 내서 그런 과거 때문에 이번 묻지마 사건을 일으키게 되었다는 사실이 세간에 알려지면 모두가 네 어머니를 탓할 거다. 처음 목표와 조금 달라지긴 하겠지만 어머니에게 사회적인 제재를 가할 수 있다는 말이지."

케이치는 입을 꾹 다문 채 이쪽을 쳐다보고 있었다. 머리를 열심히 굴리고 있는 듯했다.

"아니면 어머니 이름과 생년월일 같은 정보를 담아서 인터넷상에 신상을 공개하는 방법도 있어. 시부야 묻지마 사건을 일으킨 범인의 어머니라고 말이야."

쇼고가 그렇게 덧붙이자 케이치 옆에 앉은 직원이 이쪽을 째려보았다. 흥분한 나머지 너무 나간 듯했다.

쇼고는 자세를 고쳐 앉은 다음 케이치를 보며 입을 열었다.

"나는 네가 이루지 못한 목표를 이미 이뤘어."

구치소 직원 앞에서 친어머니를 자기 손으로 죽였다는 말을 할 수는 없어서 에둘러 말했는데 케이치는 바로 알아들었는지 정색을 하며 "정말로요?"하고 물었다.

"그래. 하지만 딱히 속이 후련해지거나 하지는 않더라. 지금도 마찬가지야. 내 머릿속에는 여전히 어머니에 관한 어두운 기억이 자리잡고 있어. 그 기억에서, 어머니의 저주에서 벗어나기만을 계속 바랐지. 어떻게 하면 벗어날 수 있을지 매일같이 생각하다가 너에 대해 알게 되었고, 드디어 그 방법을 깨달은 거야."

"쇼고 씨가 어머니의 저주에서 풀려나는 방법이 나에 관한 논픽션을 쓰는 거라고요?"

쇼고는 케이치를 보며 고개를 끄덕였다.

"네가 어머니한테 당한 학대의 기록을 적어 내려가면서 내가 내 부모에게 당했던 일도 함께 적을 거야. 어린 시절 부모에게 학대를 당한 동지로서 네 인생의 일부를 책으로 남기고 싶어."

쇼고는 자신이 어머니를 죽였다는 것에 죄책감을 느끼지 않는다고 생각했다. 하지만 마음속 깊은 곳에 알게 모르게 자리잡은 죄의식이 끊임없이 자신을 괴롭히고 있었다. 쇼고를 옭아매는 어머니의 저주는 시간이 지나도 사라지지 않았다. 세상 사람 모두가 쇼고가 무슨 짓을 저질렀는지 알지 못한다 하더라도 쇼고는 결코 어머니의 저주에서 자유로울 수 없었다.

"나도 우리 어머니가 내게 한 짓을 세상에 알리고 싶거든."

태어나서 13년 동안 쇼고는 어머니로부터 갖은 학대를 당했다. 쇼고로서는 어머니를 죽일 수밖에 없었다. 그러지 않았다면 지금쯤 이 세상에 존재하지 않았을지도 모른다.

어머니를 죽였기 때문에 지금 이렇게 살아 있는 것이다.

살아 있어도 된다고, 충분히 그럴 만한 자격이 있다고 스스로에게 알려 주고 싶었다.

그와 동시에 어머니의 만행을 폭로함으로써 세상의 주목을 받고 인생 역전을 이루고 싶었다.

이것이 그 여자에 대한 복수인 셈이다. 아들에게 이런 인생을 살게 만든 어머니에 대한 마지막 복수.

"어때? 너한테도 나쁘지 않은 제안인 같은데."

쇼고가 묻자 무언가 골똘히 생각하고 있던 케이치가 고개를 들었다.

"조건이 하나 있어요."

"뭔데?" 쇼고가 물었다.

"저희 어머니를 찾아 주세요."

"찾아서 어쩌려고?"

"그건… 찾으면 그때 말씀드릴게요."

케이치의 말에 쇼고는 고개를 끄덕였다. 케이치 옆에 앉은 직원이 "면회 시간 다 되었습니다" 하고 말했다.

"15분은 너무 짧네. 또 면회 오겠지만 네 이야기를 편지에 적어서 나한테 보내 주지 않을래? 네 어머니를 찾을 단서가 필요해."

케이치가 고개를 끄덕이며 자리에서 일어났다.

22

아카리는 열쇠와 서류를 받아서 가방에 넣고 자리에서 일어났다.

"계약 만료일에 퇴실하실 때 열쇠는 현관문에 달린 우편 투입구에 넣어 주시면 됩니다. 따로 직원이 입회하지는 않습니다만 짐이나 쓰레기가 방 안에 남아 있지 않도록 해 주시고요."

아카리는 부동산 직원의 설명에 알겠다고 대답하고 사무실을 나왔다. 엘리베이터를 타고 건물 밖으로 나와 눈앞에 있는 가와고에역을 향해 걸음을 옮겼다.

삼림공원역으로 가는 지하철을 타서 자리에 앉아 스마트폰을 꺼내 들었다. 엄마에게서 걸려 온 부재중 전화가 수십 통이었고 메시지도 잔뜩 쌓여 있었다.

아카리가 집을 나온 지 6일이 지났다. 그날 밤 패밀리 레스토랑에서 택시를 불러 시즈오카역까지 가서 근처에 있는 PC방에 들어갔다. 개인 실이라고는 해도 문이 잠기지 않는 데다가 얇은 합판 너머로 들려오는 소리에 깜짝깜짝 놀라 도무지 잠을 이룰 수가 없었지만, 덕분에 앞으로 어떻게 해야 할지 시간을 들여 충분히 생각할 수 있었다.

날이 밝으면 집으로 돌아간다는 선택지는 존재하지 않았다. 적어도 자신이 가족들에게 위해를 가하지 않을 거라는 확신이 들 때까지는 혼자 지낼 생각이었다.

다행히 결혼 자금으로 모아둔 돈이 100만 엔 정도 있었다. 하지만 호텔에 묵으면 이 정도 돈은 순식간에 바닥날 터였다. 직업도 없고 보증인도 없는 아카리로서는 방을 구할 수도 없었고, 그렇다고 해서 계속 PC방에서 지내는 건 불가능했다. 당장 집을 나와 PC방에 묵었던 그날도 불안함에 떨며 뜬눈으로 밤을 지새워야 했다.

혼자서 고민하며 인터넷을 돌아다니던 중에 먼슬리 맨션이라는 선택지를 생각해 냈다.

먼슬리 맨션은 1개월 이상 장기 투숙자를 대상으로 하는 숙소로 냉장고, 세탁기, 침대 등 생활에 필요한 가구와 가전이 모두 구비되어 있는 것이 특징이다. 일반적인 임대 물건과 달리 보증금이 필요 없고, 임대료를 전액 선불로 미리 결제하기 때문에 입주 심사도 그다지 까다롭지 않다고 했다.

자신을 아는 사람이 아무도 없는 곳이라면 어디라도 상관없었지만 전혀 모르는 지역으로 가는 것은 어쩐지 불안해서 수도권에서는 비교적 임대료가 저렴한 사이타마현 츠루가시마시에 있는 먼슬리 맨션을 반년간 계약했다. 임대료는 관리비와 수수료를 다 합쳐서 50만 엔 정도였고, 입주 청소 등 방을 준비하는 데 5일 정도 소요된다고 해서 그동안은 가와고에에 있는 비즈니스호텔에 묵었다.

계약서를 쓸 때 긴급연락처가 필요하다고 해서 아빠 이름과 본가 주소 및 전화번호를 적긴 했지만 보증인 개념은 아니기 때문에 따로 확인하지는 않는 것 같았다.

실제로 계약을 마친 후에도 엄마한테서 지금 어디냐고 묻는 메시지가 계속 오는 걸 보니 부동산 측에서는 아무 연락도 하지 않은 것이 분명했다.

시즈오카를 떠나는 고속 열차 안에서 엄마에게 '당분간 혼자 살아 보려고 하니 걱정하지 말라'는 메시지를 보냈다. 그 후로 엄마가 보내오는 메시지는 읽기만 하고 답은 하지 않았다.

하지만 이대로 계속 연락을 하지 않으면 엄마가 경찰에 실종 신고를 할 가능성도 있었다.

아카리는 고민 끝에 엄마에게 메시지를 보냈다.

【사이타마현에 있는 먼슬리 맨션을 계약했어. 어느 정도 생활이 안정되면 또 연락할게. 걱정하지 마.】

츠루가시마역에 도착해서 스마트폰으로 지도 앱을 보며 걸었다. 큰길에서 골목으로 들어가 한적한 주택가를 조금 걷다 보니 목적지에 도착했다.

아카리가 계약한 먼슬리 맨션은 한 층에 방이 일곱 개씩 있는 2층짜리 건물이었고, 건물 앞에는 커다란 주차장이 있었다.

아카리는 계단을 올라가 202호로 향했다. 열쇠로 현관문을 열고 들어가 불을 켜자 바닥에 놓인 '항균 및 탈취 작업 완료'라고 적힌 종이가 눈에 들어왔다. 현관 왼쪽에 거울문이 달린 옷장이 있고, 오른쪽은 욕실이었다. 인덕션이 설치된 좁은 부엌 옆에 작은 냉장고가 있고, 그 위에 전자레인지가 놓여 있었다. 맞은편에는 세탁기가 있었다.

신발을 벗고 들어가서 방바닥에 놓인 종이를 집어 들었다. 안쪽에 있는 3평짜리 방에는 소형 TV와 탁자가 있었고, 벽에 바짝 붙여 놓은 목제 침대 프레임 위에는 이불 한 채가 놓여 있었다.

침대 옆에 보스턴백과 핸드백을 내려놓고 방의 불을 켰다. 주황색 조명은 전체적으로 어두침침해서 기분이 밝아지기는커녕 오히려 더 우울해졌다. 아카리는 서둘러 창가 쪽으로 가서 커튼을 걷고 창문을 열었다.

난간이 설치된 좁은 베란다 너머로 공원이 내려다보였다. 초등학생쯤 되어 보이는 아이들이 축구를 하고 있었다.

이제부터 여기서 새로운 생활이 시작된다. 하지만 대학 입학을 계기로 상경했을 때처럼 가슴이 두근거리지는 않았다.

게다가 오늘은 오전 10시에 호텔을 체크아웃한 후 먼슬리 맨션의 열쇠를 수령하기로 한 오후 3시까지 밖에서 시간을 때워야 했기 때문에 심신이 피곤한 상태였다.

아카리는 창문을 닫고 침대를 돌아보았다. 이대로 이불을 덮고 자고 싶은 마음이 굴뚝같았지만 그럴 수는 없었다. 화장실 휴지를 비롯해 당장 쓸 물건들을 사 올 필요가 있었기 때문이다. 역에서 여기까지 오는 길에 마트가 있었으니 더 어두워지기 전에 다녀오는 게 좋을 것 같았다.

아카리는 억지로 기운을 내서 핸드백을 집어 들고 집을 나섰다. 역 쪽으로 5분 정도 걸어가자 아까 본 마트가 나왔다.

짐을 늘리고 싶지 않아서 일단 휴지 네 개 들이 한 세트와 화장지 한 갑을 장바구니에 넣고 가게 안을 둘러보았다. 목욕용품과 칫솔, 치약, 양치컵 등을 장바구니에 넣고 주류 코너로 향했다. 위스키를 두 병 집어 들었다가 너무 무거워서 한 병은 선반에 돌려 놓았다.

먹을 것도 사야 할 것 같긴 했지만 식욕이 전혀 없었다. 봉지 과자라도 살까 하고 과자 코너로 가자 한 소년이 시야에 들어왔다. 선반에 놓인 과자를 쳐다보는 소년의 눈빛에서 뭔가 수상한 기운이 느껴졌다. 아카리는 저도 모르게 몸을 틀어 선반 뒤에 숨어서 소년을 지켜보았다. 소년은 어딘가의 구단 로고가 새겨진 야구 모자를 쓰고 있었다. 키나 몸집으로 미루어 보아 대충 열 살 정도이지 않을까 싶었다. 소년은 선반에 놓인 초콜릿을 집은 다음 주위를 쓱 훑어보더니 재빨리 바지 주머니에 넣었다.

소년이 초콜릿을 하나 더 집어서 주머니에 넣고 사라졌다. 아카리는 천천히 선반 뒤에서 걸어 나와 과자를 골랐다.

흠칫 놀라 눈을 뜨자 흐릿한 주황색 조명이 보였다.
익숙하지 않은 풍경에 놀랐지만 곧 이곳이 자신의 새 보금자리라는
사실을 기억해 냈다.
옆방에서 큰소리가 나는 것 같았다. 아카리는 침대에 누운 채 벽에 귀
를 가까이 가져갔다.
"야 이 새끼야! 대체 몇 번을 말하게 만드는 거야!"
201호에서 여자가 고래고래 소리를 지르고 있었다.
이 건물은 독신자 전용이라고 들었으니 동거인은 아닐 것이다. 집에
놀러 온 친구와 싸우기라도 하는 걸까.
"다음에 또 이러면 진짜 죽여버린다."
벽을 타고 들려오는 소리에 몸이 뻣뻣하게 굳었다.
새로운 생활이 시작되면 더 이상 두려움에 떨지 않아도 될 줄 알았는
데. 아무도 상처 입히지 않고, 아무에게도 상처받지 않고 살 수 있을 줄
알았는데.
여자가 어떤 사람인지는 모르겠지만 옆집에 저런 사람이 산다는 사실
자체가 아카리를 불안하게 만들었다. 저 여자가 갑자기 이 방에 쳐들어
올지도 모른다고 생각하니 겁이 났다.
이곳에는 아빠도 엄마도 료스케도 없었다. 아카리를 지켜 줄 사람은
아무도 없었다.
무서워… 시즈오카로… 집으로 돌아가고 싶어….

23

코헤이는 가방을 집어 들고 자리에서 일어나 주변에 있는 동료들에게 "먼저 들어가 보겠습니다"라고 인사한 후 영업부 사무실을 나왔다.

엘리베이터 쪽으로 걸어가다가 주머니에서 진동이 울려 스마트폰을 꺼내 들었다. 화면에 표시된 에츠코의 이름을 보고 고개를 갸웃했다.

병원에 입원 중이던 아카리의 면회를 다녀온 후 에츠코와는 정기적으로 아카리의 근황에 관해 메시지를 주고받았지만 전화가 걸려온 것은 처음이었다.

아카리에게 무슨 일이 생긴 건가. 불안한 마음을 억누르며 전화를 받았다.

"갑자기 이렇게 전화해서 미안해요…. 지금 통화 가능한가요?"

기분 탓인지 에츠코의 목소리가 가라앉은 것처럼 느껴졌다. 나쁜 예감이 한층 더 강해졌다.

"네, 괜찮습니다. 아카리한테 무슨 일이라도…."

"이런 걸 코헤이 씨한테 묻는 게 좀 이상하겠지만… 혹시 아카리가 지금 어디 있는지 아나요?"

무슨 말인지 알 수가 없었다.

"무슨 말씀이신지…?"

"아니에요, 모르면 됐어요. 이만 끊을게요."

에츠코가 정말 그대로 전화를 끊어버릴 것 같아서 코헤이는 다급히 붙잡았다.

"잠시만요. 무슨 일이 있었는지 저한테도 말씀해 주실 수 없을까요?"

"열흘쯤 전에… 가족들이 다 자고 있을 때 아카리가 집을 나갔어요…."

"갑자기 왜…."

"그 아이 나름대로 마음고생이 심했나 봐요…." 에츠코가 우물거리며 대답했다.

에츠코와 메시지를 주고받기 시작한 초기에는 아카리가 건강히 잘 지내고 있다는 긍정적인 소식이 주를 이루었는데 시즈오카로 내려가고 한 달쯤 후부터 조금씩 변화가 생기기 시작했다. 구체적인 내용은 적혀 있지 않았지만 아카리를 걱정하는 에츠코의 마음이 행간에서 느껴졌다. 아카리의 상태가 그리 좋지 않은 것 같다는 생각에 코헤이도 불안해졌다.

"집 나간 다음 날, 라인으로 '당분간 혼자 살아 보려고 하니 걱정하지 말라'는 메시지가 왔어요. 그로부터 일주일쯤 지나서 이번에는 '사이타마현에 있는 먼슬리 맨션을 계약했다'는 메시지가 왔고요. 하지만 주소를 알려 달라는 말에는 대답이 없고, 전화를 해도 안 받고…. 그래서 혹시 코헤이 씨는 알고 있나 해서…."

그런 거였나.

"제게는 아무 연락도 없었습니다."

코헤이가 말하자 에츠코가 "아, 네…" 하고 기운없이 대답했다.

"제가 아카리한테 연락해 보고 뭔가 알게 되면 바로 알려 드리겠습니다."

"고마워요, 부탁 좀 할게요."

코헤이는 전화를 끊고 엘리베이터에 타는 대신 흡연실로 향했다. 아무도 없는 흡연실에 들어가 담배는 꺼내지도 않은 채 아카리에게 보낼 메시지 내용을 머릿속으로 정리해 보았다.

【사이타마에 있는 먼슬리 맨션에서 지낸다고 들었어. 별일 없어? 사이타마 어디쯤이야? 시즈오카보다는 도쿄가 더 가까우니까 뭔가 문제가 생기거나 필요한 게 있으면 나한테 연락해.】

메시지를 보내자 바로 상대방이 확인한 상태로 바뀌었다. 하지만 10분이 넘도록 답은 오지 않았다.

【잘 지내고 있는지 궁금하니까 짧게라도 답해 줄래?】

이번 메시지도 바로 확인한 상태로 바뀌었다. 초조해하며 기다리자 드디어 답이 왔다.

【잘 지내고 있지는 않지만 살아 있어.】

코헤이는 안도와 불안을 동시에 느끼며 바로 답장을 보냈다.

【어머니가 네 걱정 많이 하시더라. 지금 있는 곳 주소 좀 알려 주지 않을래? 가족들한테 알리고 싶지 않다면 그렇게 할게. 그냥 네가 거기 있다는 사실을 확인한 후에 어머니께 안심하셔도 된다고 전해 드리기만 할게.】

아카리는 어떻게 할지 마음을 정하지 못한 것인지 거절할 말을 고르고 있는 것인지 코헤이의 메시지를 확인한 후 20분이 넘도록 답이 없었다.

시간이 좀 지난 후에 다시 메시지를 보내 봐야겠다고 생각하며 흡연실을 나서려는데 손에 쥐고 있던 스마트폰이 울렸다. 화면을 보니 아카리에게서 메시지가 도착해 있었다.

코헤이는 아파트 벽에 적힌 건물 이름을 확인한 다음 그 자리에 서서 한 차례 심호흡을 한 후 계단을 올라갔다.

거짓 주소를 알려 주지는 않았을 테니 여기에 아카리가 있다는 말이었다.

곧 아카리를 만날 수 있다.

202호 앞에 도착해서 한 번 더 심호흡을 하고 초인종을 눌렀다.

"아카리, 나야… 코헤이…."

잠시 기다리자 도어체인이 걸린 채 현관문이 살짝 열렸다.

홀쭉하게 야윈 아카리의 얼굴을 보니 가슴이 묵직하게 저려 왔다. 코끝에 알코올 냄새가 느껴졌다.

"이제 됐지? 가족들한테는 절대로 알려 주면 안 돼."

아카리가 바로 닫으려고 하는 문을 코헤이는 "잠깐만" 하고 손으로 붙잡았다.

"잠깐이라도 좋으니 얘기 좀 할 수 없을까? 부탁이야…."

코헤이의 눈앞에서 매정하게 문이 닫혔다. 이어서 철컥 하고 금속끼리 부딪히는 소리가 들리더니 다시 문이 열렸다.

"일부러 여기까지 와 줬으니까… 잠깐이라면…."

아카리가 코헤이와 시선을 마주치지 않은 채 말했다.

코헤이는 신발을 벗고 안으로 들어갔다. 아카리를 따라 안쪽 방으로 향하는데 부엌에 놓인 위스키병 네 개가 눈에 들어왔다. 그중 세 개는 빈 병이었다.

코헤이와 사귈 당시 아카리는 술을 거의 마시지 않았다. 체질적으로 술이 잘 받지 않는 것 같다면서 칵테일을 반 잔 정도 마시는 게 다였다.

자기가 모르는 사이에 아카리가 어떤 시간을 보냈을지 짐작도 가지 않았다.

방에 들어간 아카리는 피곤한 듯 벽에 기대어 앉았다. 아카리와 눈을 마주치고 싶었지만 마주 보고 앉기는 조심스러워서 코헤이는 창가 쪽에 앉았다.

"답장 줘서 고마워. 이렇게 만나니까… 진짜 좋다."

아카리는 아무 반응도 보이지 않았다. 코헤이가 아니라 허공 어딘가를 보고 있는 듯했다.

"일은 어때…?" 아카리가 무미건조한 말투로 물었다.

여전히 코헤이 쪽은 쳐다보려고도 하지 않았다.

"그냥저냥. 올봄부터 영업부로 옮겼어."

아카리가 놀란 표정으로 고개를 들었다.

코헤이가 원래 미스터리 소설을 좋아해서 출판사에 입사했고, 입사 때부터 계속 문예부에 들어가고 싶어 했다는 사실을 알고 있는 아카리로서는 놀랄 만도 했다.

"지금은 아동서를 담당하고 있어."

"나 때문…이야?"

"그런 거 아니야. 그냥… 그 사건으로 인해서 가치관이 많이 바뀌었달까."

사건 얘기를 꺼내는 건 조심스러웠지만 다시 만나면 아카리에게 꼭 하고 싶은 말이 있었다.

"물론 살아가기 위해서는 일을 해야 하지만 소중한 존재를 희생해가면서까지 일에 매달릴 필요는 없다는 사실을 깨달았거든."

그날 코헤이는 일 때문에 소중한 것을 희생했다. 아니, 정확히 말하자면 누구보다 소중한 존재인 아카리를 희생양으로 만들었다.

당시 코헤이에게는 아카리도 일도 똑같이 중요했다. 하지만 그 둘은 결코 저울질할 수 있는 성질의 것이 아니라는 사실을 뒤늦게 깨달았다.

"그날 내가 한 선택을 후회하고 있어. 아마 죽을 때까지 계속 후회하겠지…."

일을 우선시하지 않고 약속을 지켰더라면 아카리가 묻지마 사건의 피해자가 되는 일은 없었을 것이다. 비단 그날뿐만 아니라 평소에도 일에만 몰두할 것이 아니라 둘이서 함께하는 시간을 더 많이 가졌어야 했다.

"나도… 후회해…."

기운 없는 목소리로 중얼거리는 아카리를 보며 코헤이가 "뭘?" 하고 물었다.

"본가로 돌아간 것."

"왜?"

"소중한 가족들한테 상처를 줬어…."

"가족들한테 상처를 줬다니?"

아카리가 몸을 둥글게 말고 고개를 푹 숙였다.

답을 재촉하지 않고 가만히 기다리자 이윽고 아카리가 천천히 입을 열었다.

"엄마를 때리고 밀쳤어. 그뿐만 아니라 그걸 보고 뭐라고 하는 료스케한테 칼을 들이댔어."

코헤이는 흠칫 놀랐다.

"칼이라니… 호신용으로 가지고 있었던 거야?"

아카리가 고개를 끄덕였다.

"본가에 내려간 후에도… 사건 당시 기억이 머릿속에서 지워지지 않아서 독한 술을 마시지 않으면 잠을 잘 수가 없었어. 하지만 술을 마시면… 사소한 일에도 감정이 격해지고… 내가 얼마나 힘든지 정말로 이해하는 사람은 아무도 없다는 생각이 들어서… 그래서 어떻게 하면 좋을지 알 수가 없어서…."

"그래서… 집에서 나오기로 한 거야?"

코헤이가 묻자 아카리가 "응…" 하고 대답했다.

"소중한 사람들을 상처 입히고 싶지 않아…. 소중한 사람들한테 상처 입고 싶지 않아…. 그러니까… 이만 돌아가. 그리고 이제 두 번 다시 여기에는 오지 말아 줘."

아카리의 말을 듣고도 코헤이는 그 자리에서 움직이지 않았다.

"혼자 있고 싶어."

애원하는 듯한 말투에 결국 일어날 수밖에 없었다.

곁에 있어도 아카리에게 힘이 나는 말을 해 줄 수가 없었다.

자신의 무능함을 곱씹으며 현관으로 걸어갔다.

밖으로 나와 현관문을 닫자 한숨이 나왔다. 무거운 걸음으로 계단을 내려갔다.

예전에 에츠코가 한 말이 생각났다.

— 저희는 아카리가 완전히 딴사람이 되어버리더라도 그 아이를 사랑할 겁니다. 가족이니까요. 아무리 힘들어도 평생 아카리 곁에서 그 아이를 지켜 줄 거예요.

아카리를 포기하고 싶지 않았다. 예전에 알던 모습으로 돌아가지 못한다 하더라도 아카리 곁에 있어 주고 싶었다.

문득 뒤를 돌아보니 무언가가 눈에 들어왔다. 코헤이는 다시 빌라로 돌아가 101호 문 옆에 붙은 '공실 있음'이라는 팻말을 들여다보았다.

아무리 힘들어도 포기하지 않을 것이다.

24

집으로 돌아오던 아카리는 빌라 계단에 앉아 있는 소년을 보고 걷는 속도를 늦추었다.

2주 전 마트에서 물건을 훔치고 도망친 바로 그 소년이었다.

소년은 계단 맨 아랫단에 앉아 히죽히죽 웃으며 페트병에 든 물을 땅에 붓고 있었다.

뭘 하는 것인지 궁금해하며 계단 쪽으로 다가가자 인기척을 느꼈는지 소년이 고개를 들었다.

"뭐 하고 있니?"

아카리가 말을 걸었지만 소년은 관심 없다는 듯 다시 고개를 숙이고 페트병에 든 물을 땅에 부었다.

발치를 내려다보니 먹이를 옮기던 개미 떼가 소년이 만든 물웅덩이 속에서 버둥거리고 있었다.

"재밌어?"

소년이 고개를 들었다. 소년은 잠시 아카리를 가만히 쳐다보다가 고개를 끄덕였다.

"너 이름이 뭐니?"

"요시하라 토무."

"토무…. 멋진 이름이네."

"넌?"

버릇없는 말투에 내심 당황했지만 아무렇지 않은 척하며 "하마무라 아카리"라고 대답했다.

"몇 살이야?"

"다섯 살."

정말일까. 다섯 살치고는 덩치가 많이 컸다. 다만 아카리와 마찬가지로 뺨은 쑥 들어갔고 얼굴빛도 좋지 않았다.

"이 빌라 살아?"

소년이 고개를 끄덕이며 "201호"라고 대답했다.

소년의 대답을 듣고 저도 모르게 몸에 힘이 들어가는 것이 느껴졌다.

201호에서는 매일같이 여자의 신경질적인 고함과 무언가를 벽에 집어 던지는 소리가 들려왔다. 오후 4시경부터 새벽 1시경까지는 조용한 것을 보면 그 시간에는 일을 나가는 듯했다.

여자가 소리를 지르고 물건을 집어 던지는 대상이 이 소년인 것이 아닌지 걱정이 되었다.

애초에 이 건물은 독신자 전용이라고 들었으니 여자가 소년과 함께 살고 있는 것이라면 계약 위반이었다. 하지만 엮이고 싶지 않았다.

"…그래? 이웃이었네."

대화를 끝낼 생각으로 그렇게 말하자 소년이 이쪽을 보며 고개를 갸웃거렸다.

이웃이 무슨 뜻인지 모르는 것 같았다.

"나는 202호 살거든. 그럼 안녕."

아카리가 소년의 옆을 지나가려고 계단에 발을 올렸을 때, 위쪽에서 여자의 카랑카랑한 목소리가 날아왔다.

"토무! 밖에 나가지 말라고 했지!"

고개를 들어 위를 쳐다보자 사나운 표정으로 계단을 뛰어 내려오는 금발 여자와 눈이 마주쳤다.

"집에서 기르는 개도 너보다는 말귀를 잘 알아듣겠다. 이 개만도 못한 자식!"

여자가 호통을 치며 주먹으로 소년의 머리를 쥐어박았다.

아카리는 눈을 동그랗게 뜨고 가만히 서서 그 모습을 쳐다보았다. 여자가 이쪽을 노려보며 "뭐야?" 하고 따지듯이 물었다.

"아, 아니에요…."

아카리는 허둥지둥 시선을 돌렸다.

여자가 소년의 목덜미를 잡아 일으켜 세운 다음 질질 끌다시피 하며 계단을 올라갔다.

"…다음에 또 말없이 나가면 진짜 죽여버린다."

두 사람의 모습이 이내 시야에서 사라지더니 쾅 하고 현관문 닫는 소리가 들렸다.

아카리는 초인종 소리에 눈을 떴다. 하지만 탁자에 엎드린 상태에서 고개를 드는 것조차 귀찮았다.

또 한 번 초인종이 울렸지만 무시했다.

"아카리… 퇴근하는 길에 맛있어 보이는 케이크 집이 있길래 사 왔어… 나중에 먹어."

문 밖에서 코헤이의 목소리가 들렸다.

케이크를 밖에 계속 놔둘 수도 없는 노릇이라 어쩔 수 없이 자리에서 일어났다. 현관으로 가서 외시경으로 밖을 내다보았다. 코헤이의 모습은 보이지 않았다.

아카리는 현관문을 열고 나가서 문손잡이에 걸린 작은 쇼핑백을 들고 들어왔다. 문을 잠그고 신발을 벗은 다음 현관 옆 옷장에 붙은 거울을 쳐다보지 않도록 주의하며 부엌으로 향했다.

일주일 전에 코헤이가 이 건물 101호로 이사 왔다. 그 후로 매일 저녁 7시쯤 되면 아카리네 집 앞에 와서 퇴근길에 산 디저트 같은 걸 놓아두고 갔다.

자신을 걱정해 주는 마음이 고맙기는 했다. 하지만 솔직히 말해서 부담스러웠다.

자신이 변했다는 사실은 스스로가 누구보다 잘 알고 있었다. 거울을 보며 날이 갈수록 피폐해져가는 자신의 얼굴을 확인할 때마다 강한 자기혐오에 빠졌다.

이런 얼굴을 코헤이에게 보이기는 싫었다.

아카리는 쇼핑백에서 꺼낸 케이크 상자를 냉장고에 넣은 다음 옆에 놓인 새 위스키병을 집어 들고 방으로 들어갔다. 탁자 앞에 책상다리를 하고 앉아 빈 잔에 위스키를 채웠다.

강한 술을 단숨에 삼키면 무언가를 생각할 틈도 없이 바로 잠이 들었다. 그렇게 잠이 들면 늘 코헤이의 꿈을 꾸었다.

관람차 창밖으로 노을 지는 바다가 내려다보이고, 주위를 둘러싼 고층 빌딩에서 쏟아져 나오는 불빛들이 별처럼 빛나고, 눈앞에는 코헤이가 앉아 있다.

행복했던 그 시절….

코헤이는 꿈속에서 만나는 것으로 충분했다.

아카리는 탁자에 엎드린 채 천천히 고개를 들었다. 탁자 위에 놓인 스마트폰 화면을 터치하자 현재 시각이 표시되었다. 오전 1시 42분. 아카리는 벽을 보며 눈썹을 찌푸렸다.

201호 여자가 집에 돌아온 모양이었다. 항상 이 시간쯤에 큰 소리가 나서 잠에서 깼다.

벽 너머로 들려오는 소리가 평소와 좀 달랐다. 여자 목소리 외에 남자 목소리도 들렸다. 아이 목소리는 아니었다.

며칠 전 계단에서 본 모습이 떠올라 벽 가까이 가서 귀를 기울였다.

"방해되니까 베란다에 나가 있어."

여자 목소리와 함께 창문을 여닫는 소리가 들렸다.

이 빌라에는 방마다 작은 베란다가 딸려 있지만, 전체 공간의 절반 이상을 에어컨 실외기가 차지하고 있었다.

아무리 5월이라고는 해도 한밤중에 어린아이를 베란다에 방치하다니.

옆방에서 들려오는 야릇한 신음 소리에 아카리는 얼른 벽에서 떨어졌다. 얼마 지나지 않아 침대가 삐걱거리는 소리가 들리기 시작했다.

아카리는 커튼을 살짝 걷고 201호 베란다를 내다보았다.

실외기 옆에 몸을 웅크리고 앉아 바나나를 먹고 있는 토무와 눈이 마주친 것 같아서 황급히 커튼을 닫았다.

25

묵직한 문을 열고 들어서자 재즈의 선율이 반겨 주었다.

쇼고는 가게 안을 둘러보았다. 원목 카운터 안쪽으로 술병이 가득 진열된 선반이 놓여 있었다. 카운터석밖에 없는 가게 안에는 남자 손님 두 명이 서로 떨어져서 앉아 있었다.

"어서 오십시오. 혼자 오셨나요?"

카운터 안쪽에 있는 50대 남자 바텐더가 말을 걸었다.

쇼고는 바텐더 뒤쪽 벽에 걸린 박제된 사슴 머리를 보며 고개를 끄덕였다.

"이쪽에 앉으시죠."

쇼고는 바텐더의 안내에 따라 카운터석 중앙에 앉았다.

"뭘로 드릴까요?" 바텐더가 물었다.

선반에 진열된 술 중 쇼고가 아는 이름은 하나도 없었다. 게다가 비싸보였다.

"버번을 온더락으로. 브랜드는 적당히 골라 주세요."

좋아하는 취향을 말하자 바텐더가 얼음을 넣은 잔에 버번을 따른 후 체이서와 함께 내밀었다.

한 잔에 얼마일지 생각하며 잔을 들어 천천히 입으로 가져갔다.

자금이 바닥나기 전에 궁금한 것만 빨리 묻고 자리를 뜨고 싶었지만 바텐더는 단골인 듯한 두 남자를 상대하느라 바빠 보였다.

말 걸 타이밍을 잡지 못한 채 세 번째 잔을 주문했을 때, 손님 중 한 명이 계산을 마치고 돌아갔다.

"처음 오셨죠?"

이제 좀 여유가 생겼는지 바텐더가 쇼고가 주문한 술을 내려놓으며 말을 걸었다.

"아, 네….."

"다른 분께 소개 받고 오셨나요?"

"아니요, 소개는 아니고 여쭤보고 싶은 것이 있어서 찾아왔습니다."

"저한테요?"

바텐더가 의아한 표정으로 물었다. 쇼고는 고개를 끄덕였다.

"여기서 가게를 하신 지 얼마나 되셨나요?"

바텐더가 이곳 주인인지 아닌지 확실하지 않았지만 일단 물어보았다.

"올해로 25년째입니다만."

"혼자 하시나요?"

"네."

그렇다면 기억하고 있지 않을까.

"오노데라 케이코라는 여성을 아십니까?"

쇼고가 묻자 바텐더가 "오노데라 케이코… 씨요?" 하고 고개를 갸웃거렸다.

"네, 18~19년 전에 여기 자주 왔다던데요."

"글쎄요…. 최근에도 오신 적이 있다면 기억할 텐데 오노데라 케이코라는 이름은….”

“가슴 위쪽에 장미 문신을 한 사람입니다.”

쇼고가 자기 쇄골과 가슴 사이를 손가락으로 가리키며 말하자 기억이 나지 않는다며 고개를 젓던 바텐더가 동작을 멈추고 노골적으로 불쾌한 표정을 지었다.

“아… 가슴에 장미 문신을 한 케이코라는 여자라면 말씀하신 대로 예전에 저희 가게에 왔던 적이 있습니다. ”

말투에서 가시가 느껴졌다.

“실은 제가 지금 그 여자에 대해 알아보고 있는 중이라서요….”

“탐정입니까?”

“아니요.” 쇼고는 겉옷 주머니에서 꺼낸 명함을 바텐더에게 건넸다.

바텐더가 명함을 살펴보더니 다시 시선을 들어 이쪽을 보았다.

“논픽션 작가…라고요?”

새로 만든 명함의 효과는 기대 이상이었다. 다소 날이 서 있던 바텐더의 말투가 눈에 띄게 부드러워졌다.

“네, 현재 어떤 사건에 관한 논픽션을 쓸 준비를 하고 있는데 그것과 관련해서 오노데라 케이코 씨를 아는 사람을 찾고 있습니다.”

“무슨 사건을 말씀하시는 건지….”

“작년 11월에 시부야 스크램블 교차로에서 일어난 묻지마 사건입니다.”

쇼고가 대답하자 바텐더의 눈이 휘둥그레졌다.

사건이 발생한 지 반년 가까이 지났지만 아직 사람들 기억 속에는 남아 있는 모양이었다.

“시부야 묻지마 사건과 케이코 씨가 무슨 관련이 있다는 겁니까?”

바텐더가 이쪽으로 몸을 내밀며 물었다.

“묻지마 사건의 범인인 오노데라 케이치의 모친이 케이코 씨입니다.”

“그게 정말입니까?”

쇼고는 고개를 끄덕이며 버번이 든 잔을 입으로 가져갔다.

케이치의 면회를 가서 논픽션 책을 내기로 약속하고부터 일주일에 한 번꼴로 케이치에게서 편지가 왔다.

편지에는 케이치가 네 살 때 어머니와 함께 홋카이도 루모이를 떠난 후 어떻게 살아왔는지에 관한 내용과 케이치가 어머니에게 받은 학대의 기록이 담겨 있었다. 적나라한 내용이 서툰 문장으로 적혀 있어서인지 마치 당시 학대받던 어린 소년이 직접 쇼고에게 도움을 요청하고 있는 것처럼 느껴졌다.

일주일 전에 도착한 네 번째 편지에는 케이치가 일곱 살 때 모자가 홋카이도를 떠나 도치기현 우츠노미야시에 살았던 적이 있다고 적혀 있었다.

자세한 주소는 본인도 기억하지 못한다고 하니 더 이상 알아볼 방법이 없었지만 당시 어머니가 케이치를 데려갔다는 술집에 관한 내용이 쇼고의 눈길을 끌었다.

어린 케이치는 술집 벽에 걸려 있는 사슴 머리가 무서웠다고 했다.

앞서 받은 편지들에 적힌 홋카이도에서의 생활에 대해서도 직접 현지에 가서 확인해 보고 싶었지만 교통비를 생각하면 좀처럼 엄두가 나지 않았다. 하지만 우츠노미야라면 쇼고의 집에서 1만 엔 정도면 다녀올 수 있는 거리였기 때문에 박제된 사슴 머리가 걸려 있는 우츠노미야의 술집을 인터넷에서 검색해 오늘 이렇게 찾아온 것이었다.

"케이코 씨를 기억하십니까?"

쇼고가 묻자 바텐더가 입가를 일그러뜨리며 고개를 끄덕였다.

"그 여자가 저희 가게 손님이었던 기간은 2년쯤 될 겁니다. 벌써 20년 전 일이지만 아직도 똑똑히 기억하고 있습니다. 이 동네에서는 유명했거든요."

"유명했다니요?"

"손님에 대해 나쁘게 얘기하고 싶지는 않지만 아무튼 술버릇이 아주

고약했습니다. 그뿐만 아니라….” 바텐더가 한숨을 내쉬었다.

“그뿐만 아니라요?”

“남자를 밝혔거든요.”

“남자를 밝혔다고요?”

바텐더가 불쾌한 표정으로 고개를 끄덕였다.

“항상 가슴이 드러나는 노출이 심한 옷을 입고 와서 혼자 온 남자 손님한테 집적거렸습니다. 술값을 대신 내 달라고 하는 건 귀여운 수준이고, 제가 안 볼 때를 틈타서 얼마를 주면 상대해 주겠다는 식으로 제안을 하고 다닌 모양이더라고요. 매춘이나 다를 게 없죠.”

바텐더의 말을 듣고 쇼고는 자신의 어머니를 떠올렸다.

그 여자도 파친코에서 만난 남자를 자주 집에 데려왔다. 남자를 꼬시는 장소가 어디냐는 것만 다를 뿐 하는 짓은 똑같았다.

케이코는 당시 스물일곱 정도였을 것이다.

“저희 가게뿐만 아니라 다른 곳에서도 똑같은 짓을 했기 때문에 이 주변 술집 주인들 사이에서는 요주의 인물이었습니다.”

“출입을 금지하지는 않았습니까?”

“당연히 그러고 싶었지만… 단골인 남자 손님들이랑 친해서 가게에 오지 말라고 하기는 어려웠습니다. 게다가 자기 마음에 안 드는 일이 있으면 고래고래 소리를 지르고 소란을 피워서… 요새 말하는 진상 같은 거죠. 그런 사람을 못 오게 했다가는 주위에 안 좋은 소문을 퍼뜨릴 수도 있고 홧김에 무슨 짓을 할지 모르니… 다들 최대한 건드리지 않는 게 좋겠다고 판단한 거죠.”

“집은 어디였습니까?”

“들은 적이 있을지도 모르겠지만 기억은 안 나네요. 매일 밤늦게까지 이 주변에서 마시고 돌아다녔으니 우츠노미야역 가까이에 살지 않았을까요?”

"그렇군요…. 혹시 케이코 씨가 당시 무슨 일을 했는지 아십니까?"

바텐더가 끙 하고 천장을 올려다보았다. 쇼고가 잠자코 기다리자 이윽고 기억이 난 듯 이쪽을 보며 입을 열었다.

"제가 기억하기로는… 케이코 씨가 저희 가게에 처음 왔을 때 남자랑 함께 있었는데 애프터라는 말을 했었습니다."

"룸살롱 같은 데서 일했다는 겁니까?"

"아마도요. 몇 달 뒤에 그만둔 것 같지만."

"왜 그만뒀을까요?"

"글쎄요…. 그만뒀다는 이야기를 제가 직접 들은 건 아니지만 매일 밤 늦게까지 술을 마시고 돌아다니는 걸 보면 적어도 밤에 일하는 것 같지는 않았거든요."

"케이코 씨가 일하던 가게 이름을 아십니까?"

바텐더가 고개를 가로저었다.

"다른 술집에는 아는 사람이 있을지도 모르겠습니다만…."

"저… 염치없는 부탁이지만… 시간 날 때 한번 물어봐 주실 수 있을까요?"

케이코가 일하던 가게 관계자라면 케이코에 대해 잘 알고 있을지도 모른다는 생각이 들었다.

20년 전에 일했던 곳이니 가게 자체가 없어졌을 수도 있고, 설령 가게 관계자를 만나게 되더라도 케이코라는 이름은 이미 그들의 기억 속에서 사라졌을 가능성도 높았다.

하지만 케이치에게 어머니를 찾아 주겠다고 한 약속을 지키기 위해서는 아무리 사소한 것이라도 좋으니 케이코 씨에 대한 정보를 모아야 했다.

"알겠습니다. 오노데라 케이코 씨를 기억하고 있을 법한 사람들한테 물어보겠습니다. 뭔가 알게 되면 이 명함에 적힌 메일 주소로 연락하면 될까요?"

바텐더가 카운터에 놓인 명함을 집어 들며 말했다. 쇼고는 "잘 부탁드립니다" 하고 고개를 숙였다.

"그건 그렇고… 케이코 씨는 우츠노미야에 오기 전까지 홋카이도에 살았다고 합니다만 알고 계셨나요?"

"그런 말을 들었던 것 같기도 하네요. 하코다테에 살았었다고…."

케이치가 쇼고에게 보낸 편지에도 적혀 있었던 내용이다.

"케이코 씨가 왜 홋카이도를 떠나왔는지 그 이유를 아십니까?" 쇼고가 물었다.

"남자한테서 도망쳤다고 했습니다."

케이치의 편지에는 방금 바텐더가 말한 이 남자에 대해서도 적혀 있었다.

모자가 아사히카와에서 살 때, 케이코는 한 남자를 알게 되었다. 어린 케이치는 남자가 무슨 일을 하는 사람인지 알지 못했지만 케이코는 그 남자를 '쇼'라고 불렀고, 남자는 얼마 지나지 않아 모자가 사는 집으로 들어와 같이 살게 되었다.

처음에는 케이치와 함께 놀아 주는 등 다정한 면모를 보였지만, 시간이 지나면서 남자는 케이코와 케이치에게 폭력을 휘두르기 시작했다. 남자가 폭력을 휘두르는 대상은 주로 케이치였고, 케이코는 남자를 말리기는커녕 오히려 남자의 폭력에 가담했다.

케이치는 편지에서 자신이 초등학교 1학년 여름방학 전까지 학교에 다녔다고 했다. 하지만 하코다테로 이사 간 후에는 케이코가 학교에 보내 주지 않아서 케이치는 하루 종일 방 안에만 틀어박혀 있어야 했다.

어쩌면 케이코는 아들과 자신을 향한 폭력에서 벗어나기 위해 쇼에게는 비밀로 하고 하코다테로 이사를 간 것인지도 모른다.

케이치를 학교에 보내지 않은 것은 모자가 사는 곳을 쇼에게 들킬까 봐 전입 신고를 하지 않았기 때문이 아닐까.

당시에는 개인정보 보호에 관한 법률이 시행되기 전이라서 다른 사람의 주민등록표 사본을 비교적 쉽게 입수할 수 있었으니까.

하지만 어찌 된 영문인지 하코다테로 이사 간 후 반년도 지나지 않아 케이코는 다시 그 남자와 함께 살기 시작한다. 남자는 예전처럼 또 케이치에게 손찌검을 하고, 모자는 또다시 도망치듯 우츠노미야로 이사를 갔다.

편지에 적힌 내용에 따르면 남자는 우츠노미야까지 따라오지는 않은 듯했다. 하지만 케이치는 여전히 학교에 가지 못했고, 케이코는 매일 밤 늦게까지 집에 돌아오지 않았다. 케이치에게는 식사도 제대로 챙겨 주지 않았으며 집에 있을 때는 손찌검을 하기 일쑤였다.

"케이코 씨의 아들인 케이치도 이 가게에 온 적이 있다고 하던데 기억하십니까?"

"묻지마 사건의 범인인지는 모르겠지만 언젠가 한 번 어린 남자아이를 가게에 데려온 적이 있었습니다."

"아이가 술집에는 왜 왔던 겁니까?"

"가게 문 열기 전에 케이코 씨가 아이를 데려와서 돈을 빌려 달라고 했습니다. 월세를 못 내서 집에서 쫓겨났다고 하더군요. 아이에게 뭐라도 사서 먹이고 싶은데 돈이 한 푼도 없다면서 얼마라도 좋으니 빌려 달라고 애원했습니다. 실제로 케이코 씨가 데리고 있던 아이는 빼빼 마른 데다가 다 낡아빠진 옷을 입고 있었고 얼마나 안 씻었는지 몸에서 고약한 냄새가 났습니다. 아이한테 이런 말을 하고 싶지는 않지만…."

"그래서 어떻게 하셨나요?"

"솔직히 그 여자가 돈을 갚을 리 없으니 빌려주기 싫었지만 아이가 너무 불쌍해서… 돈을 빌려주는 건 이번이 처음이자 마지막이라고 못을 박은 뒤 5만 엔을 건넸습니다. 그게 마지막이었습니다. 다른 술집들에서도 마찬가지로 돈을 빌려갔다고 들었습니다. 대략 30만 엔 정도를 들고 우츠노미야를 떠났다고 알고 있습니다."

케이코가 지금 어디 있는지 짐작 가는 곳이 없느냐고 묻는 것은 의미가 없어 보였다.

"그런 사건을 일으킨 범인을 동정한다는 건 말이 안 되지만 범인이 그때 그 아이라고 생각하면…." 바텐더가 탄식하듯 내뱉었다.

쇼고는 더 이상 물어볼 것이 없다고 판단하고 술값을 계산했다. 바텐더에게 케이코에 대해 더 기억나는 것이 있으면 언제든지 연락 달라고 부탁한 뒤 가게에서 나왔다.

우츠노미야역을 향해 걷던 중에 바지 주머니에서 진동이 울렸다. 스마트폰을 꺼내 화면을 보니 등록되지 않은 유선 전화번호에서 걸려온 전화였다.

"여보세요?"

"미조구치 쇼고 씨 되시나요?"

남자 목소리였다.

"네, 그렇습니다만."

"저는 에이린샤 학예부에서 일하는 코야나기라고 합니다."

에이린샤라면 도쿄 이치가야에 있는 대형 출판사였다.

"일전에 저희 출판사로 보내 주신 원고 관련해서 한번 만나 뵙고 싶습니다만."

26

아카리는 갑자기 들려온 초인종 소리에 잔을 입으로 가져가던 손을 멈췄다.

코헤이일까. 아직 오후 5시밖에 안 됐는데. 일이 빨리 끝난 걸까.

어찌 됐든 내버려두기로 하고 잔에 든 위스키를 입에 털어 넣었다.

초인종이 계속해서 울리더니 급기야 문 두드리는 소리가 났다.

"하마무라 아카리 씨, 계십니까?"

코헤이가 아니었다.

"…아드님 말로는 집에 있을 거라고 하던데요."

아들이라는 말에 아카리는 어리둥절한 표정으로 현관문을 쳐다보았다.

"중요한 일이니 좀 나와 보십시오."

어쩔 수 없이 잔을 내려놓고 자리에서 일어났다. 마스크를 쓰고 현관으로 가서 도어체인을 건 상태로 문을 열었다.

"하마무라 아카리 씨 되십니까?"

문틈으로 서른쯤 되어 보이는 남자가 말했다.

"네… 무슨 일이시죠?" 아카리가 머뭇거리며 물었다.

"저는 세모스라는 마트의 점원입니다. 아드님이 저희 가게에서 물건을 훔치다 잡혔습니다."

남자의 말을 듣고 자연스럽게 한 소년의 모습이 머릿속에 떠올랐다.

201호에 사는 토무임이 분명했다.

"보호자에게 연락하려고 전화번호를 물으니 모른다고 하고, 집이 어디냐고 물으니 이 빌라 202호라고 하더군요."

저와는 상관없는 일입니다.

그렇게 말하려다가 잠시 망설였다.

201호에 사는 여자가 토무의 엄마인지는 모르겠지만 토무가 가게에서 물건을 훔쳤다는 사실을 그 여자가 알게 되면 무슨 일이 벌어질지는 안 봐도 뻔했다.

집 밖으로 나왔다는 것만으로도 주먹질을 할 정도였으니….

"알겠습니다…. 가게 위치는 저도 알고 있으니 준비하고 바로 갈게요."

아카리는 문을 닫고 방으로 돌아와 옷을 갈아입었다. 술 냄새가 신경 쓰여서 서둘러 양치를 한 뒤 핸드백을 들고 집을 나섰다.

마트에 도착해서 계산대에 있는 여자 점원에게 사정을 설명하자 안쪽에 있는 사무실로 안내해 주었다.

"아이 어머님 오셨습니다."

여자 점원이 사무실 문을 열고 말하자 테이블에 앉아 있던 남자가 아카리를 보고 놀란 표정을 지었다.

"당신이었습니까?"

이 가게는 아카리도 자주 이용하기 때문에 얼굴을 기억하고 있는 듯했다.

남자의 맞은편에 토무가 고개를 숙인 채 앉아 있었다. 테이블 위에는 토무가 훔친 듯한 초콜릿 몇 개가 놓여 있었다.

"저는 점장인 사토입니다. 일단 앉으시죠."

점장이 무뚝뚝한 말투로 말하며 의자를 가리켰다. 아카리는 토무 옆자리에 앉아서 곧바로 고개를 숙이며 "죄송합니다" 하고 사과했다.

고개를 들자 점장이 아카리 옆에 앉은 토무를 보며 말했다.

"어머니가 이렇게 사과하시는데 너는 끝까지 잘못했다는 말을 하지 않는구나."

아카리는 시선을 돌려 토무를 쳐다보았다. 고개를 숙이고 있어서 표정이 보이지 않았다.

"어머니도 평소 저희 가게를 자주 이용해 주시니 저도 여러 말 하고 싶지 않습니다만, 이 아이가 물건을 훔친 건 오늘이 처음이 아닙니다. CCTV를 확인해 보니 지금까지 꽤 여러 번 훔쳤더군요. 다섯 살이라고 하던데 지금부터 버릇을 잘못 들이면 나중에는 더 고치기가 힘들어질 겁니다."

"맞는 말씀입니다. 정말 죄송합니다."

왜 내가 사과를 해야 하는지 억울한 마음이 들었지만 아무튼 빨리 이 자리를 수습하고 싶다는 생각에 다시금 머리를 조아렸다.

"본인 먹을 술만 사지 말고 아이 초콜릿 정도는 같이 사 주세요."

아카리는 거의 이틀에 한 번꼴로 이 가게에 와서 위스키를 사 갔다. 매일 술에 취해서 자식 교육도 제대로 안 시키는 형편없는 엄마라고 생각하고 있겠지.

점장의 기나긴 설교를 듣고 훔친 물건을 계산한 후에야 겨우 풀려날 수 있었다.

밖으로 나오자 해가 져서 주위가 어둑했다. 빌라를 향해 걷기 시작하자 토무가 뒤를 따라왔다.

가게 사무실에서 만났을 때부터 지금까지 토무는 한 마디도 하지 않고 있었다.

"고맙다는 말도 안 할 거니?"

아카리가 말을 걸었지만 토무는 아무 말도 하지 않았다.

"초콜릿은 왜 훔친 거야?"

"…먹고 싶어서."

오늘 처음 듣는 토무의 목소리였다.

"먹고 싶어도 가게 물건을 계산도 안 하고 그냥 가져오면 안 된다는 건 알지?"

아카리도 본가에 있을 때 가게에서 술을 훔친 적이 있었지만 그런 내색은 전혀 하지 않고 자못 엄격한 말투로 훈계하자 토무가 천천히 고개를 끄덕였다.

아카리는 가방에서 아까 계산한 초콜릿을 꺼냈다.

"자" 하고 토무에게 내밀었지만 받으려고 하지 않았다.

"이건 돈 내고 산 거니까 먹어도 돼."

토무가 초콜릿을 받아 들었다. 그러고는 조금 있다가 "고마워" 하고 말했다.

"그때 본 사람이 너희 엄마야?"

토무가 고개를 끄덕였다.

"엄마가 초콜릿 안 사 줘?"

"응…."

"너 실제로는 몇 살이야?"

"아홉 살."

"그런데 왜 나랑 가게 사람들한테는 다섯 살이라고 했어?"

"모르는 사람이 나이를 물어보면 그렇게 대답하라고 해서."

"엄마가?"

토무가 고개를 끄덕였다.

"학교는 다니고 있니?"

토무가 고개를 가로저었다.

"한 번도 간 적 없어?"

"1학년 때 잠깐 다녔어."

아카리는 토무를 쳐다보며 저도 모르게 새어 나오는 한숨을 삼켰다.

아마도 토무는 소재 불명 아동일 것이다. 소재 불명 아동이란 살던 지역이나 학교에서 모습을 감춘 뒤 소재 파악이 되지 않는 아이들을 가리키는 말이었다.

무슨 사정이 있는지는 모르겠지만 토무의 엄마는 토무가 소재 불명 아동이라는 사실이 주위에 알려질까 두려워서 토무를 집 밖으로 못 나가게 하고, 만약 누가 나이를 물어보면 다섯 살이라고 대답하라고 시켰을 것이다. 다섯 살이면 초등학교나 유치원에 다니지 않고 집에 있어도 이상하지 않은 나이니까.

"학교 가고 싶어?"

토무는 대답하지 않았다. 하지만 눈을 보면 가고 싶어 하는 것 같았다.

"집에 손님이 오면 항상 베란다에 나가 있어야 해?"

"손님이 남자일 때는….."

아카리가 목격한 그날, 토무는 새벽까지 베란다에 있었다.

"힘들지 않아?"

"별로…. 바나나도 먹을 수 있고… 지금은 많이 춥지도 않으니까."

토무와 함께 빌라 계단을 올라가자 202호 앞에 코헤이가 서 있었다. 코헤이는 이쪽을 보고 의아한 표정을 지었다.

"그럼 잘 자."

토무가 고개를 끄덕이더니 자기 집 앞으로 가서 문을 열고 안으로 들어갔다.

"201호 사는 애야?"

아카리는 고개를 끄덕였다.

"토무라고 해."

"둘이 어디 갔다 오는 길이야? 여기 독신자 전용 아니었나?" 코헤이가
질문 공세를 퍼부었다.

"들어가서 얘기하자."

아카리의 말에 코헤이가 놀란 얼굴로 "들어가도 돼?" 하고 물었다.

토무를 이대로 내버려 두면 안 될 것 같은데 혼자서는 어떻게 해야 할
지 좋은 방법이 생각나지 않았다.

아카리가 열쇠로 문을 열고 들어가자 코헤이가 따라 들어왔다.

"마실 건 물하고 위스키밖에 없어."

"그럼 물 마실게."

아카리는 냉장고에서 페트병에 든 생수를 하나 꺼내 탁자에 내려놓았
다. 탁자를 사이에 두고 코헤이와 마주 보고 앉았다.

"토무가 마트에서 물건을 훔치다 걸려서 내가 엄마인 척 사과하고 데
려오는 길이야."

코헤이가 무슨 소리인지 모르겠다는 표정으로 고개를 갸웃거렸다.

"가게 점원이 우리 집으로 찾아왔거든."

"그 애가 가게 사람들한테 네가 자기 엄마라고 했다는 거야?"

아카리는 고개를 끄덕이며 낮에 마시던 위스키 잔을 입으로 가져갔다.

"왜?"

"엄마한테 들키면 큰일 날 것 같아서?"

"큰일?"

"얼마 전에 아이 엄마가 애를 때리는 장면을 목격했어. 직접 본 건 그
때가 처음이었지만 옆집에서 아이한테 욕하는 소리라든지 벽에 뭘 집어
던지는 소리는 자주 들려."

"그러고 보니 말하는 내용까지 들리지는 않지만 위층에서 자주 쿵쿵

거리고 큰 소리가 나긴 하더라."

"며칠 전에는 한밤중에 남자를 데리고 와서 아이를 베란다로 내쫓더니 새벽까지 집 안에 못 들어오게 하더라고."

코헤이가 아카리의 이야기를 들으며 입가를 일그러뜨렸다.

"사실은 아홉 살인데 누가 물으면 다섯 살이라고 대답하라고 했대. 학교는 1학년 때 잠깐 다녔다가 계속 못 가고 있다고 하고."

"소재 불명 아동인 건가."

코헤이도 알고 있는 듯했다.

"아마 모자가 먼슬리 맨션을 전전하면서 살고 있는 거겠지. 아이랑 같이 사는 걸 들키겠다 싶으면 다른 곳으로 옮겨가면서…."

"아동상담소에 신고하는 게 좋을까?"

"신고할 생각이라면 그 전에 아카리 너부터 다른 데로 옮기는 게 좋을 거야."

"왜?"

"201호 여자는 질 나쁜 사람들이랑 친한 것 같으니까. 한밤중에 어떤 남자가 그 여자를 차로 데려다주는 걸 본 적이 있는데 그 남자가 평범한 직장인 같아 보이지는 않았거든. 토무 일로 아동상담소에서 찾아오면 아이랑 조금이나마 면식이 있는 네가 신고한 게 틀림없다고 생각할지도 모르잖아."

코헤이의 말에 심장이 바짝 쪼그라들었다.

토무의 엄마가 신고자한테 앙심을 품고 위해를 가하려 들지도 모른다….

"내 쪽에서 부동산에 연락해 볼까? 윗집이 시끄러운데 아무래도 아이랑 같이 사는 것 같다고. 전입 신고를 할 수 없는 먼슬리 맨션에 아이가 산다고 하면 부동산에서도 이상하게 생각해서 관련 기관에 연락할 수도 있잖아."

부동산에서 그렇게까지 깊이 개입하려 들지는 않을 것 같았다.

계약서에 위배되는 사항이 있다면 아마도 임대 계약을 해지하고 모자가 다른 곳으로 이사 가는 것으로 마무리 지을 가능성이 높았다.

"부동산에까지 연락할 필요는 없을 것 같아. 딱히 우리랑 상관있는 일도 아니고…."

마음속에 싹튼 두려움을 가라앉히기 위해 아카리는 잔에 남은 술을 한입에 털어 넣었다.

27

쇼고는 지하철 이치가야역 개찰구를 나와 주머니에서 스마트폰을 꺼내 들었다. 지도 앱을 보며 5분 정도 큰길을 따라 걸어가자 '에이린샤'라는 커다란 간판이 눈에 들어왔다. 에이린샤는 일본 유수의 대형 출판사답게 세련된 분위기가 느껴지는 12층짜리 건물을 소유하고 있었다.

쇼고는 조금 긴장하며 건물 안으로 들어가 정면에 있는 안내 데스크로 향했다. 안내 데스크에는 여직원 두 명이 서 있었다. 먼저 온 남자가 하는 것을 곁눈질로 살피며 쇼고도 방문객 카드에 이름과 방문처를 기입한 후 직원에게 건넸다.

직원이 수화기를 집어 들고 어딘가로 전화를 걸더니 "학예부 코야나기 편집자님께 미조구치 쇼고 님이 찾아오셨습니다"라고 말하고 전화를 끊었다.

"로비에서 잠시만 기다려 주세요." 직원이 출입증을 내밀며 말했다.

로비에 있는 의자 옆에 서서 잠시 기다리자 베이지색 면바지에 파란색 셔츠를 입은 남자가 이쪽으로 다가왔다. 한 손에 커다란 서류 봉투를 들고 있었다.

"미조구치 쇼고 씨 되시나요? 처음 뵙겠습니다. 코야나기라고 합니다."

"미조구치 쇼고입니다. 잘 부탁드립니다."

학예부 편집자라고 해서 나이가 많을 줄 알았는데 눈앞에 있는 코야나기는 쇼고보다 어렸다. 20대 중반 정도 되어 보였다.

"위층에 미팅 공간이 마련되어 있으니 그리로 가시죠."

코야나기를 따라 엘리베이터를 타고 7층에서 내려 '학예편집부'라고 적힌 방으로 들어갔다. 코야나기가 쇼고를 파티션으로 구분된 부스 안으로 안내한 후 의자에 앉으라고 권했다.

"따뜻한 커피 괜찮으십니까?"

쇼고가 고개를 끄덕이자 코야나기는 봉투를 테이블 위에 올려놓고 부스 밖으로 나갔다가 잠시 후 플라스틱 컵 두 개를 들고 돌아와 쇼고와 마주 보고 앉았다. 코야나기가 명함을 꺼내는 것을 보고 쇼고도 가방을 열었다. 명함집에는 '논픽션 작가'와 '기자' 두 종류의 명함이 들어 있었다. 잠시 고민하다가 그냥 기자 쪽 명함을 꺼내 코야나기에게 건넸다.

대형 출판사 편집자에게 아직 저서가 한 권도 없는 자신을 논픽션 작가라고 소개하기는 좀 부끄러웠다.

쇼고는 코야나기에게 받은 명함을 내려다보았다. '에이린샤 학예편집부 편집자 코야나기 마사타카'라고 적혀 있었다.

"쇼고 씨는 기자이신가요?"

쇼고는 고개를 들어 코야나기를 쳐다보았다. 마찬가지로 쇼고가 건넨 명함을 보고 있던 코야나기가 이쪽을 보며 "평소에는 주로 어떤 일을 하시나요?" 하고 물었다.

"아실지 모르겠습니다만 《주간 버키》라는 잡지에 기사를 쓰고 있습니다. 기사라고는 해도 사실 유흥업소를 소개하는 글이지만요."

"《주간 버키》라면 물론 알고 있습니다. 그러셨군요···. 좀 의외네요."

"그런가요?"

"보내 주신 원고에서 받은 인상으로는 평소에도 사회 문제에 관심이 많은 분이거나 그쪽 일을 하는 분일 것 같았거든요."

코야나기가 테이블에 놓인 봉투를 툭 치며 말했다.

에이린샤를 비롯한 대형 출판사 네 곳에 케이치의 성장 과정을 담은 원고를 보냈다. 케이치가 홋카이도 루모이에서 태어나 아사히카와, 하코다테 등을 전전하며 살았던 어린 시절 이야기를 담은 미완성 원고였다. 루모이의 술집에서 만난 호즈미에게 들은 이야기도 일부 포함되어 있었지만, 그 외에는 모두 케이치 본인이 편지에 적어 보내온 내용을 토대로 하고 있었다.

원래는 케이치 모자를 아는 사람들을 만나서 이야기를 들어본 후에 케이치가 지금까지 살아온 삶의 궤적을 담은 원고를 완성해서 투고할 생각이었다. 하지만 자금도 부족한 데다가 혼자서는 조사하는 데에도 한계가 있었기 때문에 집필 과정에 도움을 얻으려면 우선 책을 낼 출판사부터 찾아야 할 것 같았다. 그래서 몇 군데 출판사에 출간 제안서와 함께 미완성 원고 샘플을 보낸 것이었다.

에이린샤를 제외한 세 군데 출판사 중 두 곳에서 먼저 연락이 왔지만 둘 다 거절한다는 내용이었다. 자칫 잘못하면 세간을 떠들썩하게 만든 흉악범을 옹호한다는 의미로 받아들여질 수 있기 때문에 출판하기 어렵다고 했다.

쇼고가 잇따른 거절에 낙담하고 있을 때 세 번째로 연락을 준 사람이 바로 코야나기였다.

하지만 대형 출판사인 에이린샤에서 만나자는 연락을 받았다고 해서 안심하기에는 아직 일렀다. 코야나기는 전화로 쇼고가 보낸 원고에 관해 이야기를 나누고 싶다고 했을 뿐이지 출판 여부에 대해서는 언급하지 않았다.

"가장 먼저 확인하고 싶은 것이 있습니다만….'

코야나기가 봉투에서 원고를 꺼내며 입을 열었다.

"네, 뭡니까?" 쇼고는 긴장하며 대답했다.

"이 원고에 적힌 내용은 사실에 근거한 겁니까?"

쇼고는 무슨 의미인지 알 수가 없어서 코야나기를 쳐다보며 고개를 갸웃거렸다.

"아… 그러니까 혹시… 쇼고 씨의 창작이 아닌가 싶어서요."

쇼고는 그제야 알아듣고 미소를 지었다.

"제가 지어낸 이야기라면 문예부로 보냈겠죠."

"그러니까 이 원고는 시부야 스크램블 교차로에서 묻지마 사건을 일으킨 오노데라 케이치에게 직접 들은 내용을 토대로 쓴 거라는 말씀이시죠?"

코야나기가 원고를 넘기며 다시 한번 확인했다.

"네. 제가 구치소로 찾아갈 수 있는 건 주 1회 정도이고 면회 시간도 15분밖에 되지 않기 때문에 대신 일주일에 한 번 정도 케이치가 제게 편지를 보내 주고 있습니다. 어릴 때 어머니한테 어떤 학대를 당했는지, 지금까지 어떻게 살아왔는지 등에 대해서요. 참고로 제가 보내드린 원고에는 케이치가 홋카이도 루모이에서 태어나서부터 아사히카와 및 하코다테에서 살았던 이야기가 담겨 있습니다만, 가장 최근에 케이치가 보내온 편지에는 그 후 우츠노미야로 이사 가서 어떻게 살았는지에 관한 내용이 적혀 있었습니다."

"그때 케이치는 몇 살이었습니까?"

"아홉 살에서 열 살 때까지 이야기입니다."

"앞으로도 계속 면회를 가고 편지를 주고받기로 케이치와 약속이 되어 있는 겁니까?"

쇼고는 고개를 끄덕였다.

케이치와 한 약속에는 쇼고가 케이치의 어머니를 찾아 준다는 교환 조건이 걸려 있었지만 그 부분은 말하지 않았다.

"다른 출판사에도 이 원고를 보내셨나요?"

"네, 에이린샤 외에 세 군데 출판사에 보냈는데 전부 거절당했습니다."

"그렇군요…." 코야나기가 원고를 내려다보며 한숨을 내쉬었다.

"출판이 가능할까요?"

"제 선에서 확답을 드리기는 어렵지만… 일단 저는 출판하고 싶다는 입장입니다. 아니, 어떻게든 윗분들을 설득해 보겠습니다."

출판에 강한 의욕을 내비치는 코야나기를 보니 가슴이 두근거렸다.

"그렇게 말씀해 주시니 감사합니다." 쇼고는 감사의 표시로 고개를 숙이며 인사했다.

"저희 출판사에서 《주간 현실》이라고 하는 사건 전문 주간지도 내고 있어서 그쪽 기자한테 시부야 스크램블 교차로에서 일어난 묻지마 사건에 관해 물어봤더니 그쪽에서도 범인인 오노데라 케이치에게 면회 요청을 했지만 거절당했다고 하던데요."

"아마 그럴 겁니다. 언론사에서 들어오는 면회 요청에는 응할 생각이 없다고 했거든요. 그뿐만 아니라 자기한테 배정된 국선 변호인과도 거의 이야기하지 않는다고 했습니다."

"그런데 쇼고 씨한테는 자신의 과거에 대해 이렇게 자세히 털어놓다니…. 역시 쇼고 씨도 부모한테 학대당한 과거를 가지고 있다는 점에서 동질감을 느꼈기 때문일까요?"

원고에서는 케이치의 궤적을 쫓는 한편 저자인 쇼고 역시 유소년기에 어머니에게 심한 학대를 당했다는 내용을 함께 적었다. 다만 쇼고가 열세 살 때 어머니를 죽였다는 사실은 적지 않았다.

"뭔가 엄청난 책이 될 것 같네요. 안 그래도 학대 문제는 최근 사회적으로 큰 관심을 모으고 있으니 학대받고 자란 아이가 커서 그런 충격적인 사건을 일으켰다는 사실이 알려지면 사회에 경종을 울리는 계기가 되지 않을까 싶습니다. 오타케상도 꿈이 아닐지 모릅니다."

오타케상이라면 쇼고도 들어본 적이 있었다. 논픽션을 대상으로 한 유명한 상이었다.

"만약 재판 전에 출간할 수 있다면 엄청난 화제작이 될 겁니다."

흥분한 코야나기에게 찬물을 끼얹고 싶지는 않았지만 쇼고는 "그건 불가능합니다"라고 대답했다.

"판결이 나기 전까지는 출간하지 않는다는 게 조건이거든요."

"왜죠? 자신이 학대당한 기록을 담은 책이라면 재판 전에 내는 게 본인한테도 유리할 텐데요?"

케이치의 생각은 반대였다. 케이치는 자신의 비참한 과거가 세간에 알려지면 그 사실을 근거로 변호인이 재판부에 정상참작을 요구해 자신이 바라는 무기징역보다 더 가벼운 형을 받게 될지도 모른다고 우려했다. 자신에게 배정된 국선 변호인에게 자세한 이야기를 하지 않는 것 역시 그 이유 때문이었다.

"케이치와 약속했기 때문에 자세한 이유는 말씀드릴 수 없지만, 아무튼 판결이 확정되기 전까지는 책을 낼 수 없습니다. 다만 항소는 하지 않을 가능성이 높으니 그리 오래 걸리지는 않을 겁니다."

코야나기는 고민이 되는 듯 팔짱을 끼고 생각에 잠겼다.

케이치는 재판에서 무기징역이 나오면 변호인이 뭐라고 하든 항소는 하지 않고 형을 확정 지을 거라고 했다.

한 사람의 생명을 빼앗고 두 사람에게 중상을 입혀서 세간을 떠들썩하게 만든 묻지마 사건의 범인이 재판에서도 전혀 반성하는 태도를 보이지 않는다면 무기징역이 나올 가능성이 높았다.

"…그래도 출판이 가능할까요?"

쇼고가 묻자 코야나기가 시선을 들며 "알겠습니다" 하고 고개를 끄덕였다.

"제가 비록 아직 학예부 편집자 2년 차이긴 하지만 이렇게 가슴이 두 근거리는 원고를 담당하게 된 건 처음입니다. 아니, 어쩌면 처음이자 마 지막일지도 모르겠네요. 무슨 일이 있어도 출간될 수 있도록 최선을 다 해 보겠습니다."

코야나기가 자세를 고쳐 앉으며 고개를 꾸벅 숙였다.

"저… 실은 한 가지 부탁이 있습니다만…." 쇼고가 조심스럽게 말을 꺼냈다.

"네, 말씀하시죠."

"이 원고를 완성하기 위해 돈을 좀 빌릴 수 없을까요?"

쇼고의 말을 듣고 코야나기가 어리둥절한 표정으로 고개를 갸웃거렸다.

"케이치 본인의 진술뿐 아니라 이들 모자를 아는 사람을 만나서 이야 기를 들어보고 그 내용도 책에 포함시킬 필요가 있을 것 같아서요. 다만 홋카이도까지 가서 관계자를 찾아다니려면 돈이 필요한데 제가 지금 금 전적으로 여유가 없어서…."

"아, 무슨 말씀인지 알겠습니다. 하긴 본인 진술만 가지고는 자기변호 를 위해 쓴 수기 같은 느낌이 되어버릴 테니까요. 제 생각에도 제삼자의 시점을 넣는 편이 더 좋을 것 같네요."

"책이 출판되면 인세로 갚을 테니 일단 홋카이도에 다녀올 여비만이 라도 좀 빌릴 수 없을까요?"

"죄송하지만 저희는 첫 계약 때는 인세 선지급을 하지 못하게 되어 있 습니다."

"아, 네…." 쇼고는 낙담했다.

"그래도 취재에 필요한 교통비나 숙박비는 지급할 수 있도록 윗선에 얘기해 보겠습니다. 조금만 기다려 주실 수 있을까요?"

"알겠습니다. 그럼 홋카이도에 취재하러 가기 전에 우선 케이치가 우츠노미야에서 살았던 시기의 이야기를 원고로 만들어서 보내드리겠습니다."

"그렇게 해 주시죠. 그러고 보니 그 사건의 관계자라면⋯."

코야나기가 말을 하다 말고 갑자기 무언가 생각이 난 듯 허공을 응시했다.

"왜 그러시죠?"

쇼고가 묻자 코야나기가 퍼뜩 정신을 차리고 이쪽으로 시선을 돌렸다.

"아⋯ 실은 그 묻지마 사건 피해자 중 한 명이 아는 사람이거든요."

쇼고는 깜짝 놀라 "그게 정말입니까?" 하고 몸을 앞으로 불쑥 내밀었다.

"네, 인사부 동기한테 들었는데 저희 동기 중 히가시바라 코헤이라는 녀석의 지인이 이번 사건의 피해자라고 합니다."

"지인이라면?"

"여자친구라고 들었습니다. 아직도 사귀는지는 모르겠지만요."

"그 사건에서 여성 피해자는 두 명이었습니다만⋯."

"더 어린 쪽입니다."

케이치가 일으킨 사건에서는 남자 한 명이 사망하고 26세 여성이 의식 불명 상태에 빠졌으며 28세 여성이 중상을 입었다.

26세라면 범인인 오노데라와 동갑이었다.

"코야나기 씨는 그 여자분과 만난 적이 있으십니까?"

"몇 번인가 함께 술을 마신 적이 있습니다."

코야나기가 주머니에서 스마트폰을 꺼내 잠시 만지작거리더니 쇼고 앞에 내려놓았다. 화면에는 남자 네 명과 여자 한 명이 찍힌 사진이 떠 있었다.

"남색 원피스를 입은 여성입니다."

쇼고는 코야나기의 말을 들으며 사진 속에서 이쪽을 향해 잔잔한 미소를 띠고 있는 여자를 쳐다보았다.

"옆에 있는 노란색 넥타이를 한 남자가 동기인 코헤이 씨입니까?"

쇼고가 스마트폰 화면을 들여다보며 묻자 코야나기가 "맞습니다"라고 대답했다.

"여자친구가 초등학교 사무원이라고 들었습니다. 밝고 상냥한 여성이었어요."

사진 속 부드럽게 웃는 얼굴에서 온화하고 조용한 성격이 느껴졌다. 아마도 어릴 때부터 부모님에게 사랑받으며 부족함 없이 자라 지금까지 큰 실패나 좌절은 경험한 적이 없을 것 같았다.

시부야 스크램블 교차로에서 우연히 마주친 동갑내기 범인과 피해자….

피해자인 이 여자가 현재 어떻게 살고 있을지 궁금해졌다.

"이름을 아십니까?" 쇼고는 화면에서 시선을 들어 코야나기를 보며 물었다.

"하마무라 아카리 씨입니다."

"지금 갑자기 든 생각입니다만 제가 이 분을 좀 만나 볼 수 없을까요?"

"네?" 코야나기가 놀란 듯 눈을 크게 떴다.

"가해자뿐만 아니라 이번 사건으로 깊은 상처를 입은 피해자의 생각도 책에 함께 담을 수 있으면 좋을 것 같아서요."

"확실히 그러면 훨씬 더 입체적인 책이 되겠네요. 극악무도한 사건을 일으킨 오노데라 케이치 역시 어떤 의미에서는 아동 학대의 피해자라고 볼 수 있지 않나 하는 것이 이 책의 취지이지만, 실제로 범인에게 공격 당해 크게 다친 진짜 피해자도 있으니까…."

"코헤이 씨한테 부탁해 볼 수 없을까요?"

쇼고가 묻자 코야나기가 "아…" 하고 곤란하다는 듯 머리를 긁적였다.

"인사부 동기가 비밀 엄수를 조건으로 알려 준 정보라서 본인한테 직접 물어보기는 좀….".

　그렇다고 이대로 포기하기는 너무 아까웠다. 쇼고는 스마트폰 화면을
뚫어져라 응시하며 두 사람의 모습을 머릿속에 똑똑히 새겨 넣었다.

　출판사 앞에서 기다리고 있다가 퇴근하는 코헤이를 미행하면 피해자
가 있는 곳을 알아낼 수 있지 않을까.

28

눈앞에서 아이들이 신나게 축구공을 쫓아다니고 있었다. 그중 토무의
모습은 보이지 않았다.

벤치에 앉아 있던 아카리는 고개를 돌려 빌라를 올려다보았다. 201호
창문이 살짝 열려 있는 것 같았다.

어쩌면 토무는 저기서 이 광경을 부러운 눈으로 쳐다보고 있을지도
모르겠다는 생각이 들었다.

"실례합니다."

갑자기 들려온 남자 목소리에 아카리는 깜짝 놀라 앞을 쳐다보았다.
면도를 하지 않아 수염이 거뭇거뭇한 남자가 서 있었다.

"하마무라 아카리 씨 되시죠?"

아카리는 아무 대답도 하지 않고 남자를 쳐다보았다.

남자는 30대 정도 되어 보였는데 아카리는 처음 보는 사람이었다.

"갑자기 말을 걸어서 죄송합니다. 저는 이런 사람입니다."

남자가 주머니에서 명함을 꺼내 이쪽으로 내밀었다.

받아 든 명함에는 '논픽션 작가 하마구치 쇼고'라고 적혀 있었다.

"논픽션 작가시라고요?"

아카리는 다시 시선을 들어 남자를 쳐다보며 의아한 표정으로 물었다.

"네, 맞습니다. 사실 아직 저서는 한 권도 없습니다만."

웃으며 말하는 남자의 얼굴에 마음이 불안하게 술렁였다.

"계속 말 걸 타이밍을 노리고 있었습니다. 집에서 거의 나오지 않으시는 것 같던데 제가 직접 찾아가도 문을 안 열어 주실 것 같아서요."

쇼고가 빌라 쪽을 보며 말했다.

어째서 논픽션 작가가 우리 집을 알고 있는 걸까.

아카리가 여기 산다는 사실은 코헤이밖에 모르는데 코헤이라면 아카리에게 말도 없이 다른 사람에게 아카리의 주소를 알려줄 리가 없었다.

"논픽션 작가가 저한테 무슨 일이시죠?"

"실은 시부야 스크램블 교차로에서 일어난 묻지마 사건을 소재로 한 논픽션 책을 내려고 하고 있습니다. 그 사건과 관련해서 피해자인 아카리 씨의 이야기를 들어보고 싶어서요."

"저는 할 말이 아무것도 없습니다."

무시하고 벤치에서 일어나려고 하는데 "범인에 대해 알고 싶지 않습니까?"라는 남자의 말에 온몸이 뻣뻣하게 굳었다.

"왜 범인인 오노데라 케이치를 알지도 못하는 당신이 이런 일을 당했는지 궁금하지 않습니까?"

당연히 궁금했다.

쇼고가 어깨에 멘 가방에서 서류 봉투를 꺼내 아카리 옆에 내려놓았다. 봉투에 찍힌 '에이린샤'라는 회사명을 보고 깜짝 놀랐다. 에이린샤는 코헤이가 다니는 출판사였다.

순간적으로 역시 코헤이가 알려준 건가 싶은 생각이 머리를 스쳤지만, 이내 코헤이가 자신과의 약속을 어길 리가 없다며 마음을 다잡았다.

"이걸 보면 궁금증이 조금은 풀릴 겁니다."

"이게 뭐죠?"

아카리는 최대한 동요하는 기색을 내비치지 않으려 애쓰며 물었다.

"범인 오노데라 케이치가 살아온 인생의 일부를 담은 원고입니다. 이 원고를 읽으면 그가 왜 그런 범죄를 저질렀는지 조금은 이해가 갈 겁니다. 다시 말해 당신이 왜 이런 일을 당했는지가 말이지요."

아카리는 서류 봉투를 쳐다보는 것만으로도 온몸에 소름이 끼쳐서 황급히 시선을 돌렸다.

"저는 범인과 비슷한 환경에서 자랐기 때문에 이 원고는 전체적으로 범인을 옹호하는 뉘앙스로 쓰였을 가능성이 높습니다. 이건 공정하지 않다는 생각이 들더군요. 분명 피해자도 하고 싶은 말이 많을 테니까요. 그래서 아카리 씨 이야기도 들어보고 싶어서 실례를 무릅쓰고 이렇게 찾아온 겁니다."

"저는 협력할 생각이 전혀 없습니다."

아카리가 딱 잘라 말하자 쇼고가 의아하다는 듯 고개를 갸웃거렸다.

"왜죠?"

"당신이야말로 대체 뭘 보고 그 남자를 옹호하는 거죠? 그 남자는 살인자예요. 생면부지 알지도 못하는 저를 흉기로 찌르고, 저를 구하려던 이야마 아키히로 씨를 죽였다고요. 부상자는 저 말고도 한 명 더 있다고 들었어요. 그런 사람의 책을 내겠다고 생각하는 것 자체가 피해자를 모독하는 행위 아닌가요? 작가나 출판사 입장에서는 그저 돈 벌 수단에 불과하겠지만…. 당신도 똑같은 짓을 당해 보면 알 거예요. 그러면 이런 말은 감히 꺼낼 생각도 하지 못할 텐데…."

아카리가 가슴 속에 쌓여 있던 분노를 표출하자 쇼고의 입꼬리가 슥 올라갔다.

웃어…?

아카리는 쇼고를 쳐다보며 분노에 몸을 떨었다.

"돈벌이 수단이라는 건 부정하지 않겠습니다. 시부야 스크램블 교차로에서 일어난 묻지마 사건을 소재로 한 논픽션 책을 써서 팔겠다는 거니까요."

"천박한 장사네요."

아카리가 한껏 비꼬자 쇼고가 "그럴지도요"라며 쓴웃음을 지었다.

"하지만 출판사는 팔리지 않는 책은 만들지 않습니다. 특히 에이린샤 같은 대형 출판사는 더 그렇죠. 그러니 책을 낸다는 건 곧 그 책을 살 사람이 있다는 뜻입니다. 그 사건에 대해서, 범인인 오노데라 케이치에 대해서, 그리고 피해자의 근황에 대해서 궁금해하는 사람들이 있다는 거죠. 기왕 내는 거라면 어느 한쪽에 편중되지 않은 균형 잡힌 시선을 유지하고 싶어서 피해자인 아카리 씨의 말도 들어보고자 하는 겁니다. 어떤가요? 스스로 생각하기에는 꽤 제대로 된 논픽션 작가가 아닌가 싶습니다만."

"제가 하고 싶은 말은 하나밖에 없습니다. 그 남자를 극형에 처해 주세요. 단지 그것뿐입니다."

묻지마 사건이 일어나기 전까지 아카리는 사형 제도에 찬성하는 입장도 아니었고 반대하는 입장도 아니었지만 지금 생각은 확고했다.

사람 목숨을 아무렇지도 않게 빼앗는 사람은 자기 목숨으로 갚아야 마땅하다.

아키히로는 더 이상 이 세상에 존재하지 않는다.

— 약속은 지켰다고… 전해 줘….

누구를 향한 말인지는 모르겠지만 그 말을 직접 전할 수도 없다.

아카리를 구하려다가.

범인을 교도소에 처넣는 것만으로는 만족할 수 없었다. 범인이 지금도 멀쩡히 살아 있고 앞으로도 그럴 거라고 생각하면 주체할 수 없이 화가 났다.

"안타깝지만 아마도 아카리 씨의 소원은 이루어지지 않을 겁니다."

"무슨 근거로 그런 말을 하시는 거죠?" 아카리가 쇼고를 노려보며 말했다.

"사망자가 한 명뿐이니까요. 물론 한 명을 죽이고 사형 선고를 받은 경우가 전혀 없는 건 아니지만 앞서 발생했던 비슷한 사건들을 봤을 때 이번에도 사형 판결이 내려질 가능성은 낮을 겁니다. 아마 무기징역이 아닐까 싶네요."

쇼고의 말에 아카리는 크게 낙담했다.

"하나 더 말씀드리자면 오노데라 케이치는 자신이 그 사건을 일으켜서 낙원에 갈 수 있게 되었다고 생각하고 있습니다."

"낙원이요?"

무슨 말인지 이해가 가지 않았다.

"원고를 읽으면 이해가 갈 겁니다. 혹시 생각이 바뀌어서 피해자의 생각을 말하고 싶어지면 언제든 명함에 있는 연락처로 전화 주세요."

쇼고가 말을 마치고 뒤로 돌아 공원에서 빠져나가려 했다.

"잠시만요."

아카리가 부르자 쇼고가 그 자리에 멈춰 서서 이쪽으로 고개를 돌렸다.

"이 원고를 읽을 생각은 없습니다."

"그럼 버리세요."

쇼고가 씩 웃더니 공원 밖으로 걸어 나갔다.

시야에서 쇼고가 완전히 사라진 후, 아카리는 혐오에 찬 눈으로 봉투를 내려다보았다.

— 오노데라 케이치는 자신이 그 사건을 일으켜서 낙원에 갈 수 있게 되었다고 생각하고 있습니다.

아카리의 인생을 엉망진창으로 만들고 자신을 구하려던 아키히로를 죽인 범인이 어떻게 낙원에 간다는 말인가. 도무지 의미를 알 수가 없었다. 범인이 말하는 낙원이란 대체 뭘까.

아카리는 한 차례 깊게 숨을 들이마신 뒤 봉투에 손을 뻗어 원고를 꺼냈다.

A4 용지 첫 줄에 '시부야 스크램블 교차로 묻지마 사건 범인의 궤적(가제)'라는 제목과 미조구치 쇼고라는 이름이 적혀 있었다. 책으로 낼 예정이라고 해서 훨씬 더 두꺼울 줄 알았는데 50매 정도밖에 되지 않았다.

아카리는 표지를 넘기고 원고를 읽기 시작했다.

원고는 저자인 쇼고가 도쿄 구치소에 수감 중인 케이치를 면회하러 간 장면에서부터 시작되었다.

쇼고는 원래 묻지마 사건에 별 관심이 없었지만, 범인이 과거에 일하던 회사 사장의 인터뷰를 보고 흥미를 느껴서 독자적으로 범인을 아는 사람들을 찾아가 이야기를 들어보았다고 했다.

사장은 인터뷰에서 케이치에게는 가족이 없고, 열여섯 살 때까지 시설에서 자랐으며, 케이치의 양팔이 좁쌀만 한 화상 자국으로 뒤덮여 있었다고 말했다. 그 이야기를 듣고 아마도 케이치가 부모에게 학대받으며 자랐을 거라고 생각한 쇼고는 범인에게 강한 흥미와 동질감을 느끼게 되었다. 원고에는 쇼고 역시 열세 살 때까지 친어머니에게 심한 학대를 당했다고 적혀 있었다.

두 사람이 면회실에서 대화를 주고받는 장면에서는 화가 치밀어 올라 원고를 쥔 손이 부들부들 떨렸다.

쇼고가 왜 이런 사건을 일으켰는지 묻자 케이치는 교도소에 들어가 평생 거기서 살고 싶어서 그랬다고 대답했다. 아직은 죽기 싫으니까 사형이 나오지 않도록 처음부터 딱 한 명만 죽이자고 정해 놓고 시작한 일이라고도 했다.

그 부분을 읽고 참을 수 없이 허탈해졌다.

만약 그때 아카리가 죽었다면 아키히로는 죽지 않았을지도 모른다.

자기를 대신해서 한 사람의 목숨이 희생되었다는 사실이 새삼 무겁게 다가왔다.

아까 쇼고가 말한 것처럼 범인 역시 자신이 무기징역을 받을 거라고 예상하고 있는 듯했다.

그게 자기 소원이라고 했다.

언젠가 출소하게 되면 또 비슷한 사건을 일으켜서 교도소로 돌아오겠다고도.

— 오노데라 케이치는 자신이 그 사건을 일으켜서 낙원에 갈 수 있게 되었다고 생각하고 있습니다.

쇼고가 한 말이 비로소 이해가 갔다.

이 사회에서 살고 싶지 않으니 교도소에 들어가고 싶다….

그런 이유 때문에 행복했던 아카리의 인생은 엉망이 되었고, 아키히로는 죽었다.

아카리가 보기에도 케이치의 과거는 불행했다.

케이치는 홋카이도 루모이에서 태어났지만 얼마 지나지 않아 부모가 이혼하고 어머니와 함께 아사히카와, 하코다테, 우츠노미야를 전전하며 살았다. 초등학교는 1학년 때 잠시 다녔던 것이 전부이고, 아사히카와에서 함께 살았던 어머니의 애인에게 상습적으로 폭행을 당했으며 어머니에게도 학대를 받았다고 했다.

원고에는 케이치가 열 살 때까지의 이야기가 담겨 있었지만 열네 살이 될 때까지 학교에 가지 못했다고 했으니 학대는 그때까지 이어졌다는 말인 듯했다.

케이치가 같은 또래인 아카리로서는 상상도 못할 정도로 열악한 환경에서 자랐다는 사실은 솔직히 안타까웠다.

하지만 그렇다고 해서 어째서 자신이 이렇게까지 고통받아야 한단 말인가.

과거의 학대로 인한 트라우마를 안고 갑갑한 현실을 살아가는 게 너무 힘들어서 교도소에 들어가고 싶었다니. 그런 바보 같은 이유 때문에 아카리와 아키히로가 이런 일을 당한 거라니. 아카리는 도저히 납득할 수가 없었다.

범인이 아무리 힘든 과거를 안고 있다 하더라도 그런 건 내 알 바 아니다….

그런 생각을 하다가 퍼뜩 고개를 들었다.

아카리는 빌라 2층을 올려다보며 그 안에 있을, 케이치와 비슷한 처지에 놓인 소년을 떠올렸다.

29

슬슬 나갈 준비를 하고 있으려니 초인종이 울렸다. 마스크를 쓰고 핸드백을 손에 들고 현관으로 가서 외시경으로 바깥을 확인한 후 현관문을 열었다.

복도에 서 있던 토무가 아카리를 올려다보았다.

신발 신는 데 시간이 걸리자 토무가 재촉했다.

"아카리, 빨리 가자."

"반말 하면 안 된다고 했잖아. 아카리 누나라고 불러."

"아카리 누나, 빨리 가자."

순순히 고쳐 부르는 토무가 기특해서 "착하네" 하고 야구 모자를 쓴 머리를 쓰다듬으며 현관문을 잠그고 토무와 함께 계단으로 향했다.

"오늘은 어디 갈래?"

계단을 내려가며 묻자 토무가 "어제는 공원에 갔으니까 오늘은 다른데" 하고 대답했다.

"그럼 도서관 갈까?"

오늘은 화요일이니 빌라 근처에 있는 분관은 열었을 것이다.

토무의 표정에는 변화가 없었지만 발걸음이 빨라진 것을 보면 아카리의 제안을 마음에 들어하는 것 같았다.

보름쯤 전에 빌라 앞에서 또 개미 무리에 물을 붓고 있는 토무를 보고 아카리는 더 재미있는 걸 하자며 토무를 빌라 뒤쪽에 있는 공원으로 데려갔다. 토무는 공원에 있던 다른 아이들과 함께 놀지는 않았지만 아카리와 둘이서 그네와 시소를 타며 1시간 정도 놀다가 집으로 돌아갔다.

그날 이후 토무네 엄마가 외출하는 날에는 저녁때 두 시간 정도 둘이서 빌라 근처를 돌아다니기 시작했다. 주변에 갈 만한 곳이라고는 공원, 도서관, 마트의 장난감 코너 정도밖에 없었지만 하루 종일 집 안에만 있는 토무에게는 그것만으로도 충분히 흥미로운 경험인 듯했다. 토무는 어디를 가더라도 시종일관 눈을 반짝이며 정신없이 주위를 둘러보았다.

토무와 함께 나가기 시작하면서 아카리에게도 작은 변화가 생겼다. 여전히 자기 전에 술을 마셨지만, 함께 다니는 토무와 주변 사람들의 시선이 신경 쓰여서 낮에는 마시지 않게 되었다.

주민센터 안에 있는 도서관에 도착하자 토무는 곧바로 아동서 코너로 가서 그림책을 몇 권 뽑아 들었다.

아카리는 잡지 코너에서 여성 잡지를 집어 들고 토무 맞은편에 가서 앉았다. 토무는 무서운 집중력을 발휘해서 그림책을 들여다보았다. 아카리는 때때로 시선을 들어 토무가 지루해하지 않는지 살피며 자신이 가져온 잡지를 읽었다.

이런 행동이 자기만족에 지나지 않는다는 사실은 아카리도 잘 알고 있었다.

보름 정도 함께 지내면서 옷에 가려 잘 보이지 않는 곳을 위주로 토무의 몸 여기저기에 학대의 흔적으로 보이는 상처와 멍이 남아 있다는 사실을 알게 되었지만, 아카리로서는 아무것도 해 줄 수 있는 게 없었다.

아이 엄마에게 때리지 말라고 말할 용기도 없었고, 아동상담소나 국가기관에 신고하는 것도 망설여졌다.

신고해서 학대가 사실로 확인되면 토무는 앞으로 엄마와 떨어져 시설에서 지내게 될지도 모른다. 그것이 과연 아이에게 좋은 일인지 확신이 서지 않았다.

지금까지 한 번도 토무의 웃는 얼굴을 본 적이 없었다. 어떻게 하면 아이를 웃게 할 수 있을지도 알 수 없었다.

아이가 처한 상황이 딱하기는 하지만 아이의 인생에 깊이 관여할 각오는 되어 있지 않았다.

아카리나 토무네 모자가 이 빌라를 떠나면 아마도 두 번 다시 서로 만날 일은 없을 것이다. 그 후에 토무가 어떻게 살아갈지 아카리로서는 알 도리가 없었다.

그저 앞으로 어떤 인생을 살게 되더라도 토무가 절망하지 않기를 바랐다.

비록 아주 잠시였을지라도, 비록 단 한 명뿐이었을지라도, 자기에게 다정하게 대해 준 사람이 있었다는 사실을 기억하고 살아간다면, 언젠가 자신이나 타인을 해치고 싶은 충동을 느끼더라도 참아낼 수 있지 않을까 싶었다.

토무가 오노데라 케이치처럼 되는 것만은 막고 싶었다.

문득 시계를 보자 7시 조금 전이었다.

"토무, 이제 그만 돌아갈까?"

아카리가 말하자 토무가 고개를 들고 입술을 삐죽 내밀었다.

"더 읽고 싶은데."

토무네 엄마가 돌아오기까지는 아직 시간이 있었지만 남의 집 아이를 늦게까지 데리고 돌아다니기는 조심스러웠다. 토무에게 일방적으로 끌려다니지 않으려면 선을 확실히 정해 놓을 필요가 있어 보였다.

"안 돼. 7시까지는 돌아가야 해."

"그럼 집에 가서 계속 읽을래."

전입 신고를 하지 않았기 때문에 도서 대출은 불가능했다. 설령 가능하다 하더라도 도서관에서 빌린 책이 집에 있는 걸 토무네 엄마가 보면 난리가 날 것이다.

"내일 또 오자."

토무를 겨우 설득해서 책을 책장에 다시 꽂아 놓고 도서관을 나왔다.

어두운 주택가를 걸어오면서 바로 옆에 있는 작은 손을 꼭 잡아 주고 싶었지만 참았다.

아카리는 머지않은 미래에 토무 앞에서 사라질 존재였다.

그런 자신이 토무의 마음속에 너무 큰 존재로 남아서는 안 될 것 같았다.

빌라 계단을 올라가 201호 앞에서 걸음을 멈췄다.

"토무, 잘 자" 하고 인사를 건네는데 갑자기 201호 현관문이 벌컥 열렸다. 아카리는 흠칫하며 뒤로 한 발 물러섰다.

"너 이 자식, 어딜 쏘다니다 온 거야!"

집 밖으로 달려 나온 토무네 엄마가 고함을 지르며 토무의 배를 발로 걷어찼다. 바닥에 나동그라진 토무는 고통스러운 표정으로 배를 감싸 안았다.

"몸이 안 좋아서 일찍 돌아왔더니 애새끼는 보이지도 않고… 대체 몇 번을 말해야 알아먹겠냐고! 이 빌어먹을 놈의 자식아!"

"그만하세요. 제가 데리고 나갔던 거예요."

그제야 아카리가 거기 있다는 사실을 깨달았는지 여자가 고개를 돌려 이쪽을 노려보았다.

"멋대로 데리고 나가서 죄송합니다. 하지만… 아이에게 폭력을 휘두르지는 말아 주세요."

목소리가 떨렸지만 용기를 내서 말했다.

"뭐? 당신 누구야?"

여자의 사나운 눈빛에 식은땀이 나고 가슴이 조여들었다.

"202호에 사는 사람입니다."

"남의 집 일에 참견 말아요. 그쪽이랑은 상관없는 일이니까."

상관없지 않았다. 만약 토무가 자기 인생에 절망해서 케이치처럼 흉기를 휘두르게 된다면 그건 모두와 상관있는 일이었다.

하지만 심장이 미친 듯이 뛰어서 제대로 말을 할 수가 없었다.

"당신이 아이에게 하는 짓은… 학대예요…."

손으로 가슴을 부여잡고 간신히 말을 마친 순간, 여자가 눈을 부라리며 이쪽으로 다가왔다.

그 모습이 도끼를 들고 자신을 향해 돌진하는 범인의 모습과 겹쳐 보였다. 숨이 막혔다.

괴… 괴로워… 숨을… 숨을 못 쉬겠어….

"당신이 무슨 자격으로 나한테 잔소리를 하는데! 죽어라 일해서 이 녀석을 먹여 살리고 있는 건 나라고!"

멱살을 잡힌 채 등을 어딘가에 쿵 부딪혔다. 시야가 점점 흐릿해져 갔다.

"다음에 또 이 녀석을 데리고 나가면 가만 안 둘 줄 알아!"

지금 뭐 하시는 겁니까!

멀리서 코헤이의 목소리가 들린 것 같았다. 눈앞이 완전히 캄캄해졌다.

눈을 뜨자 흰색 천장이 보였다.

여기는 어디일까.

"정신이 들어…?"

목소리가 들린 쪽으로 천천히 고개를 돌렸다. 바로 앞에 코헤이가 앉아 있었다.

"여기는?"

"병원이야."

왜 병원에 있는 걸까. 토무네 엄마한테 멱살을 잡힌 것까지는 기억이 나는데 그 후의 기억이 전혀 없었다. 맞아서 어디 다치기라도 한 걸까.

"무슨 일이 있었던 거야?"

아카리가 묻자 코헤이가 "그건 내가 묻고 싶은 말인데"라며 쓴웃음을 지었다.

"너희 집에 가려고 2층으로 올라갔더니 201호 여자가 네 멱살을 잡고 소리 지르고 있더라. 깜짝 놀라서 뛰어들어 말렸더니 여자는 아이를 데리고 집으로 들어가버렸고, 아카리 넌 정신을 잃은 채 그 자리에 쓰러졌어. 그래서 내가 구급차를 불렀지. 과호흡이래. 의사 선생님이 지금은 괜찮아 졌지만 오늘 밤은 병원에서 상태를 지켜보는 게 좋을 거라고 하셨어."

"그래…?" 아카리는 중얼거리며 천장을 올려다보았다.

"토무 일로 싸운 거야?"

"최근 보름 정도… 그 여자가 집에 없을 때 토무를 데리고 공원이랑 도서관에 갔었거든. 그걸 들켜서…."

"그랬구나…. 왜 그런 짓을 한 거야? 전에는 우리랑 상관없는 일이라고 했잖아."

"그렇지도 않다는 생각이 들더라고."

코헤이가 고개를 갸웃거렸다.

"나는 일면식도 없는 범인한테 공격당해서 크게 다쳤잖아. 아키히로 씨는 목숨을 잃었고. 그런 일이 생기는 걸 보면 세상에 나랑 상관없다고 단언할 수 있는 일은 아무것도 없지 않나 싶더라."

"그야 그렇지만…. 솔직히 말해서 나는 이 일에 깊이 관여하고 싶지 않아. 아카리 네가 위험한 상황에 처하는 일은 두 번 다시 없었으면 좋겠어."

아카리 역시 그런 무서운 경험은 두 번 다시 하고 싶지 않았다. 하지만….

"분해…."

아카리는 무의식중에 낮게 중얼거리며 다시 천장을 올려다보았다.

무서워서… 토무의 엄마에게 하고 싶은 말을… 아니, 해야 하는 말을 제대로 하지 못했다.

강해지고 싶었다. 어떻게 하면 더 강해질 수 있을까.

수납 창구에서 계산을 마친 아카리는 병원에 설치된 전용 전화로 택시를 불렀다. 옆에 있는 의자에 앉아서 기다리자 잠시 후 택시 기사가 나타나서 아카리의 이름을 불렀다.

택시에 올라타서 기사에게 빌라 주소를 말하려다가 멈칫했다.

간밤에 코헤이가 돌아간 후 계속 머릿속을 맴돌던 생각 때문이었다.

토무의 엄마에게 당당하게 자신의 생각을 전하기 위해서는 더 강해질 필요가 있다. 그러기 위해서는 어떻게 해야 하는가.

병실 천장을 올려다보며 밤새 고민한 결과, 사건과 제대로 마주하는 수밖에 없겠다는 결론에 도달했다.

"츠루가시마역으로 가 주세요."

아카리가 말하자 택시가 출발했다.

그곳에 가 보자. 내 인생을 나락으로 빠트린 저주받은 그 장소에.

츠루가시마역에 도착해 택시에서 내렸다. 아카리는 개찰구를 통과해 플랫폼으로 가서 때마침 들어온 열차에 올라탄 후 빈자리에 앉았다.

요코하마까지 가는 열차라서 중간에 갈아타지 않고 시부야까지 갈 수 있었다. 급행이니 시부야까지는 1시간 정도 걸리지 않을까 싶었다.

지금부터 시부야에 갈 것이다. 절대로 겁먹지 않고 자신이 범인에게 습격당한 장소를 두 눈으로 똑똑히 확인할 것이다.

하지만 마음과는 다르게 심장 박동이 빨라지고 등줄기에 식은땀이 흘렀다.

어째서인지 아까부터 맞은편에 앉은 승객들이 이쪽을 힐끔힐끔 쳐다보는 것 같았다.

시선을 피해 고개를 푹 숙이자 무릎 위에 올려놓은 두 손이 부들부들 떨리고 있었다.

갑자기 누가 어깨를 건드려서 화들짝 놀라 고개를 들었다. 눈앞에 아카리와 비슷한 또래로 보이는 여자가 서 있었다.

"괜찮으세요? 어디 안 좋으신가요?"

아카리는 여자의 질문에 아무 대답도 하지 못하고 다시 고개를 숙였다. 속이 울렁거리고 당장이라도 토할 것만 같아서 죽을힘을 다해 참았다.

30

"이다음 가게에서도 별 수확이 없으면 오늘은 그만 호텔로 돌아갈까요?"

쇼고는 그 말을 듣고 옆에 있는 코야나기를 돌아보았다.

지금까지 술집을 다섯 군데나 돌아다녔으니 피곤할 만도 했다.

"그러시죠."

쇼고는 술집이 즐비한 밤거리를 걸으며 오늘 밤 마지막으로 갈 술집을 물색했다. '카페 바 문 아일랜드'라는 세련된 느낌의 간판이 걸린 가게 앞에서 걸음을 멈췄다. 가게 이름 아래에 'SINCE 2001'이라고 적혀 있었다.

"여자들이 좋아할 것 같은 가게네요. 여기로 하죠."

코야나기가 그렇게 말하며 문을 열고 안으로 들어갔다. 쇼고가 따라 들어가자 "어서 오세요" 하고 남자 직원이 인사하는 소리가 들렸다.

바치고는 비교적 밝고 캐쥬얼한 분위기의 가게로, 여덟 명이 앉을 수 있는 카운터석과 테이블석 네 개가 있었다. 카운터석에는 남자 손님 한 명밖에 없었지만 테이블석은 모두 커플이 점령하고 있었다.

"카운터석 괜찮으신가요?"

직원의 질문에 코야나기가 고개를 끄덕인 후 안쪽으로 걸어 들어갔다. 쇼고는 카운터석 끝자리에 코야나기와 나란히 앉았다.

무엇을 마시겠느냐고 묻는 직원에게 생맥주 두 잔을 시켰다. 코야나기가 직원에게 말을 걸려고 했지만 직원은 두 사람 앞에 맥주가 담긴 잔만 내려놓고 바로 자리를 떴다. 혼자서 가게를 운영하고 있는 듯 카운터 안팎을 쉴새 없이 들락거렸다.

"한동안은 말 걸기 어렵겠는데요."

코야나기가 쓴웃음을 지으며 말했다. 쇼고는 코야나기와 건배를 하고 맥주를 마셨다.

취하지는 않았지만 쇼고도 피곤하기는 했다. 맥주를 홀짝거리며 내일부터 어떻게 할지 머릿속으로 생각해 보았다.

어제부터 편집자인 코야나기와 함께 홋카이도 무로란에 와 있었다. 코야나기는 내일 저녁에는 도쿄로 돌아가야 한다고 했으니 앞으로는 혼자서 케이코와 케이치 모자를 아는 사람을 찾아다녀야 했다.

사실 처음에 홋카이도 취재를 가기로 마음먹었을 때는 케이치가 일곱 살 때까지 살았던 하코다테로 갈 생각이었다. 하지만 하코다테는 홋카이도에서도 손꼽히는 대도시다. 그런 곳에서 케이치의 빛바랜 기억을 바탕으로 모자에 대해 아는 사람을 찾아내기는 쉽지 않을 것 같아서 결국 포기했다.

그 후 케이치가 보내온 편지에는 자기가 열 살 때 도치기현 우츠노미야시에서 홋카이도 무로란으로 이사를 갔다고 적혀 있었다.

무로란으로 이사간 후에도 케이코의 학대는 계속되었다. 케이코는 케이치를 학교에 보내지 않고 집 밖으로 나가지도 못하게 하면서 밥도 제대로 챙겨 주지 않았다.

당시 케이코는 거의 매일 초저녁부터 밤늦게까지 집을 비웠다고 하니 술집에서 일했을 가능성이 높아 보였다. 그래서 어젯밤에는 무로란의 중심 번화가인 나카지마초에 있는 술집을 돌아다니며 케이코에 관한 정보를 수집했지만 딱히 이렇다 할 성과를 거두지 못했다. 그래서 오늘은 방향을 틀어서 케이코가 일한 곳이 아니라 단골이었던 술집을 찾아보기로 한 것이었다.

— 저희 어머니를 찾아 주세요.

쇼고는 케이치와 한 약속을 떠올리며 과연 케이치는 어머니를 찾아서 뭘 하려고 하는 것일지 생각해 보았다.

케이치는 열네 살 때 배가 너무 고파서 마트에서 물건을 훔치려다가 잡히는 바람에 열악한 가정 환경에서 자라고 있다는 사실이 주위에 알려지게 되었고, 그 결과 아동양육시설로 보내졌다. 이후 케이치는 열여섯 살 때까지 2년간 시설에서 지냈지만, 그동안 케이코가 시설로 찾아온 적은 한 번도 없었다고 했다.

케이치의 편지를 보면 어릴 때 어머니에게 학대당한 것보다 시설에 들어간 후 어머니가 단 한 번도 자신을 찾아오지 않았다는 사실에 더 분노하고 있는 것 같다는 인상을 받았다.

유일한 가족인 어머니에게 버림받았다는 분노와 증오와 슬픔….

"주문하시겠습니까?"

갑자기 들려온 목소리에 쇼고는 고개를 들었다.

눈앞에 직원이 서 있었다. 가게 안을 둘러보자 어느샌가 테이블석에 있던 손님들이 다 사라져 있었다.

"잔이 비었는데 바로 다음 주문을 받으러 오지 못해서 죄송합니다."

"아닙니다, 괜찮습니다. 그럼 저는 생맥주를 한 잔 더. 쇼고 씨는 어떻게 하시겠습니까?" 코야나기가 물었다.

"저도 같은 걸로 주십시오."

직원은 미소 띤 얼굴로 고개를 끄덕이며 자리에서 물러났다가 잠시 후 맥주잔 두 개를 들고 돌아왔다.

"이 가게 주인이신가요?" 코야나기가 물었다.

"네, 츠키시마(月島)라고 합니다."

"그래서 가게 이름이 문 아일랜드(Moon Island)군요."

"맞습니다. 평소에는 손님이 별로 없어서 기다리시게 하는 일은 거의 없으니 자주 찾아 주세요."

"가게 분위기가 좋아서 다음에 무로란에 또 오게 되면 꼭 다시 들르고 싶네요."

주인과의 대화는 코야나기에게 맡기고 쇼고는 맥주를 마셨다.

"무로란에는 일 때문에 오셨나요?"

"네, 뭐…." 코야나기가 명함을 꺼내 츠키시마에게 건네며 말했다. "출판 쪽 일을 하고 있습니다."

"에이린샤라면 누구나 다 아는 대형 출판사 아닙니까."

대형 출판사 명함의 효과인지 주인의 목소리 톤이 달라졌다.

"아니 뭐 그렇지도 않습니다만…. 츠키시마 씨도 괜찮으시면 한 잔 하시죠. 많이 피곤하실 것 같은데."

츠키시마는 사양하지 않고 고맙다며 자기 맥주잔을 가져왔다. 카운터를 사이에 두고 셋이서 건배했다.

"실은 여기 있는 쇼고 씨와 함께 취재를 위해 어제부터 무로란에 와 있습니다."

"취재라고요?"

"네, 쇼고 씨가 어떤 사건을 다룬 논픽션 책을 쓰느라 관계자들을 찾아다니는 중입니다. 혹시 츠키시마 씨는 오노데라 케이코라는 사람을 아십니까? 나이는 마흔다섯 정도…."

"네, 알고 있습니다."

츠키시마가 아무렇지도 않게 대답했다. 쇼고는 저도 모르게 코야나기와 얼굴을 마주 보았다.

"여기 단골입니까?" 쇼고가 츠키시마 쪽으로 몸을 내밀며 물었다.

"아니요, 최근에는 못 봤습니다. 10년쯤 전부터 발길이 딱 끊겼습니다."

10년 가까이 오지 않은 손님의 풀네임을 기억하고 있다는 게 사실일까. 쇼고는 츠키시마의 말을 믿어도 좋을지 고민이 되었다.

"실례지만… 원래 그렇게 오래전에 왔던 손님까지 다 기억하고 계십니까?"

쇼고가 묻자 츠키시마가 "보통은 잊어버리겠죠"라고 대답하며 맥주잔을 입으로 가져갔다.

"그 손님은 3~4년쯤 전에 저희 가게로 편지를 보내왔기 때문에 기억하고 있습니다."

"오노데라 케이코 씨가 편지를 보내왔다고요?"

코야나기도 흥미를 느낀 듯 몸을 앞으로 숙이며 물었다.

"네, 정확히는 통화등기로 현금을 보내온 것이었습니다. 저희 가게 단골손님한테 10만 엔인가 15만 엔인가를 빌려서 그걸 갚으려는 것 같았습니다. 상대방 연락처를 몰라서인지 돈을 저희 가게로 보내면서 그 손님 이름을 함께 적어 보냈더군요."

"오노데라 케이코 씨의 주소를 알 수 있을까요?" 쇼고가 물었다.

"아마 도쿄였던 것 같은데 정확한 주소는 모르겠네요." 츠키시마가 고개를 저으며 대답했다. "기억하고 계실지는 모르겠지만 그 손님한테 한번 확인해 볼까요?"

"부탁드립니다."

쇼고가 고개를 숙이자 츠키시마가 스마트폰을 꺼내 조작했다. 메시지를 보내고 있는 듯했다.

"아까 어떤 사건의 논픽션 책을 쓰고 계시다고 했는데 케이코 씨가 그 사건과 관계가 있는 건가요?"

"작년 11월에 시부야에서 일어난 묻지마 사건 기억하십니까?"

"아… 스크램블 교차로에서 사망자가 발생한 사건 말인가요?"

"그 사건을 일으킨 범인의 어머니가 오노데라 케이코 씨입니다."

츠키시마의 두 눈이 휘둥그레졌다.

"케이코 씨한테 아이가 있었다는 말입니까?"

쇼고는 고개를 끄덕이며 "모르셨습니까?" 하고 물었다.

"네… 전혀…. 애초에 가게에 오더라도 말을 하는 일은 드물었으니까요."

"그랬나요?"

"네, 일주일에 두세 번 정도 가게 문 닫기 직전에 와서 혼자 조용히 마시다 갔습니다. 상당히 눈길을 끄는 외모였기 때문에 친해지고 싶어 하는 남자 손님이 많았지만 어딘지 모르게 가까이 다가가기 어려운 분위기였달까…. 돈을 빌려준 손님도 케이코 씨에게 반한 남자들 중 하나였는데 처음에 그 손님이 케이코 씨한테 말을 걸었을 때는 철저하게 무시당했었거든요. 그런데 그 후에 이번에는 케이코 씨가 먼저 말을 걸어온 거죠. 그래서 얼씨구나 하고 들어보니 그게 돈을 빌려 달라는 부탁이었던 겁니다. 결국 그 손님은 케이코 씨에게 돈을 빌려주었는데 그러고 나서 얼마 지나지 않아 케이코 씨가 자취를 감추어서 상당히 충격을 받은 것 같았습니다."

"케이코 씨가 가게에 나타나지 않게 된 게 언제부터였는지 정확한 연도를 기억하십니까?"

쇼고가 묻자 츠키시마가 "글쎄요…" 하고 기억을 되짚어 보듯 눈동자를 굴렸다.

"아마… 전국 고교 야구 대회에서 사이토 유키 선수가 파란색 손수건으로 땀을 닦는 장면이 화제가 된 해였을 겁니다. 케이코 씨가 사라지고 실의에 빠진 그 손님에게 제가 손수건을 내밀며 이걸로 땀이 아니라 눈물을 닦으시라고 농담한 기억이 나거든요."

코야나기가 재빨리 스마트폰으로 검색해 보더니 "2006년이네요" 하고 말했다.

2006년이면 케이치가 물건을 훔치다 잡혀서 아동양육시설로 보내진 해였다.

"갑자기 사라진 케이코 씨가 10년도 더 지나서 우편으로 돈을 보내온 걸 보고 그 손님도 어지간히 놀란 것 같았습니다. 보낸 사람 주소로 돈잘 받았다는 답장을 보내니 이듬해에는 연하장을 보내오더랍니다. 그때부터 매년 연하장을 주고받았는데 올해는 연하장이 오지 않아서 케이코 씨 가족 중에 누가 죽은 게 아닌지 걱정이 된다고 했습니다."

아마 상중이어서 연하장을 보내지 않은 건 아닐 것이다.

아들이 묻지마 사건을 일으켜서 체포되었다는 소식을 접하고 너무 놀란 나머지 경황이 없어서 연하장을 보내지 못한 게 아닐까.

"혹시 케이코 씨가 무로란에서 무슨 일을 했는지 아십니까?"

쇼고가 묻자 츠키시마가 난감한 표정을 지었다.

알고는 있지만 말해도 될지 망설여지는 듯했다.

"비밀로 할 테니 알려주실 수 없을까요?"

쇼고가 고개를 숙이며 부탁하자 츠키시마가 한숨을 내쉬며 입을 열었다.

"출장 접대부였다고 들었습니다. 얼마나 오래 그 일을 했는지는 모르겠습니다. 아까 말한 손님 말고 저희 가게에 자주 오시는 다른 손님이 출장 접대부를 불렀더니 온 사람이 케이코 씨였더랍니다. 서로 아는 사이에 그런 짓을 하기는 좀 그래서 바로 다른 사람으로 교체했다고 하더군요. 케이코 씨가 모습을 감춘 것도 아마 그즈음이었을 겁니다."

그때 착신음이 울렸다. 츠키시마가 주머니에서 스마트폰을 꺼내 들여다보더니 그대로 쇼고의 눈앞에 내려놓았다. 누군가가 보내온 메시지에 '도쿄도 오타구 미나미센조쿠 1번지 르미에르 미나미센조쿠 204호'라는 주소가 적혀 있었다.

어디선가 본 듯한 지명이었다. 쇼고는 자신의 스마트폰을 꺼내 지도 앱 검색창에 주소를 입력했다.

제일 가까운 역 이름을 확인하고 고개를 갸웃거렸다.

"왜 그러십니까?" 코야나기가 물었다.

"케이치가 예전에 살던 빌라도 이 근처에 있습니다."

쇼고가 대답하자 코야나기의 눈이 동그래졌다.

"그것 참 얄궂은 우연이군요…."

쇼고의 생각도 마찬가지였다.

31

아카리는 신발을 신고 집을 나섰다. 문을 잠그고 결의에 찬 눈빛으로 201호 문을 한 번 쳐다본 다음 계단을 내려가 역으로 향했다.

츠루가시마역에서 요코하마행 지하철을 탔다.

매일 시부야에 가기 시작한 지 한 달이 지났다. 처음에는 시부야에 갈 생각을 하는 것만으로도 속이 메슥거리고 기분이 안 좋아졌다. 첫 일주일 동안은 지하철을 타고 시부야역에서 내리기는 했지만 개찰구를 나가지 못하고 그대로 다시 돌아왔다.

이렇게 힘든데 왜 시부야에 가야만 하는지 스스로에게 따져 묻고 싶은 순간도 있었지만, 그럴 때마다 더 강해지기 위해서라고 스스로를 다독였다.

병원에 실려간 그날 밤 이후 토무를 보지 못했다. 하루빨리 토무를 다시 만나고 싶었다.

아카리는 시부야역에서 내려 플랫폼을 걸어갔다. 개찰구를 나와 지하 통로에서 바로 연결되는 건물로 들어가서 1층에 있는 카페로 향했다.

이 카페에 처음 온 것은 보름 전이었다. 하지만 아직도 점원에게 음료를 주문하는 것만으로도 심장 박동이 빨라졌다.

주문한 음료를 받아 들고 당장이라도 도망치고 싶은 마음을 억누르며 2층으로 올라갔다. 전면이 유리로 된 카운터석에 앉아 숨을 죽인 채 바깥 풍경을 내다보았다.

눈앞에 보이는 스크램블 교차로에 수많은 인파가 모여 있었다.

최근에는 하루에 세 시간 정도 여기서 이렇게 스크램블 교차로를 내려다보는 것을 일과로 삼고 있었다.

아카리의 인생을 나락으로 빠트린 저주받은 장소.

이제는 스크램블 교차로를 보아도 감정적으로 크게 동요하거나 하지는 않았다. 내가 쓰러진 게 저기쯤이었나, 하고 담담하게 당시 상황을 떠올리기도 했다. 하지만 스크램블 교차로를 직접 건너는 것은 아직 자신이 없었다.

여기 오는 것 외에 아카리가 자신에게 부여한 과제는 하나 더 있었다. 알코올의 힘을 빌리지 않고 끔찍했던 사건의 기억과 싸우기 위해 술을 끊었다. 벌써 한 달 가까이 술을 마시지 않고 있었다.

여기 앉아 있노라면 이런저런 생각들이 머릿속에 떠올랐다가 사라져 갔다.

그날 그 시각에 여기를 지나가지 않았다면 지금 나는 어떤 삶을 살고 있을까….

그날 그 시각에 아키히로 씨가 여기를 지나가지 않았다면 아마도 나는 죽었겠지….

아카리는 가방에서 아키히로의 학창 시절 사진을 꺼내 가만히 내려다보았다.

내가 살아 있어도 되는 걸까.

아키히로 씨가 살아 있었다면 지금 나보다 훨씬 더 가치 있는 인생을 살지 않았을까.

그날 그 시각에 나와 아키히로 씨는 왜 여기서 마주친 걸까.

스크램블 교차로 맞은편 인도에 서 있는 여자가 눈에 들어왔다. 검은색 원피스에 검은색 모자를 쓴 여자는 횡단보도 앞에 쪼그려 앉더니 손에 들고 있던 꽃다발을 내려놓고 합장했다.

저기서 가족이나 친구가 사고로 죽기라도 한 걸까.

그러다가 문득 머릿속에 떠오른 한 가지 가능성에 심장이 철렁했다.

어쩌면 아키히로 씨의 지인이 아닐까.

아카리는 서둘러 자리에서 일어나 자리에 음료를 내버려둔 채 1층으로 내려갔다.

건물 밖으로 나갔을 때 스크램블 교차로의 보행자 신호는 빨간색이었다. 차들이 아카리의 눈앞을 빠르게 지나가는 가운데 건너편 인도에 쪼그려 앉아 있던 여자가 천천히 일어서더니 뒤돌아 걷기 시작했다.

아카리는 발을 동동 구르며 시부야역 개찰구 쪽으로 걸어가는 여자의 뒷모습과 횡단보도 신호를 번갈아 쳐다보았다. 파란불이 되어서 스크램블 교차로에 발을 내딛으려다가 이쪽으로 밀려오는 인파를 보고 그 자리에 얼어붙었다.

모두가 자기를 쳐다보고 있는 것 같았다.

그때와 마찬가지로 눈이 마주친 순간 공격당하는 건 아닐까 하는 두려움에 심장이 쪼그라들었다.

여자가 시부야역 안으로 사라졌다. 지금 쫓아가지 않으면 놓치고 말 것이다. 만약 저 여자가 아키히로 씨의 지인이라면 내가 궁금해하는 질문에 대한 대답을 알고 있을지도 모르는데.

내가 반드시 알아내야만 하는 그 답을….

아카리는 발걸음을 내디뎠다. 인파를 헤치고 스크램블 교차로를 건너 시부야역 개찰구로 향했다. 가방에서 교통카드를 꺼내 개찰구를 통과한

다음 주위를 둘러보았다. 1번 플랫폼과 2번 플랫폼으로 향하는 계단 어디에도 여자의 모습은 보이지 않았다.

아카리는 계단 앞에 멈춰 서서 여자가 1번과 2번 중 어느 쪽으로 갔을지 생각해 보았지만 생각한다고 해서 알 수 있는 문제는 아니었다. 고민 끝에 시나가와 방면으로 가는 2번 플랫폼으로 올라갔다. 열차가 막 도착했는지 열차에서 내린 사람들이 이쪽으로 몰려오고 있었다.

인파를 헤치며 플랫폼을 돌아다니다 보니 저 앞에 아까 봤던 모자가 눈에 들어왔다. 여자가 열차 안으로 들어가는 것을 보고 아카리도 일단 열차에 올라탔다.

열차 안은 발 디딜 틈도 없을 정도는 아니었지만 그래도 상당히 붐비는 편이었다. 열차가 움직이기 시작하자 아카리는 민폐를 각오하고 사람들 틈을 비집고 들어가 여자가 있는 칸으로 향했다.

연결부를 통과해 옆 칸으로 옮겨가자 사람들 사이로 여자의 모습이 보였다. 검은색 원피스에 검은색 모자를 쓴 여자가 손잡이를 잡고 서서 차창 밖을 내다보고 있었다.

최대한 가까이 가고 싶었지만 여자 주위에는 사람이 많아서 바로 옆까지 가는 것은 무리였다.

사람이 좀 내리거나 여자가 열차에서 내리기 전까지는 말을 걸기가 어려워 보였다.

"다음 역은 시나가와…."

안내 방송이 나오자 여자가 잡고 있던 손잡이를 놓고 문 쪽으로 이동했다.

열차가 시나가와역에 도착해 문이 열렸다. 아카리는 내리는 사람들 무리에 섞여 떠밀리듯 열차에서 내렸다. 인파를 헤치고 나아가 옆문으로 내린 여자에게 다가갔다.

"실례합니다" 하고 뒤에서 말을 걸었지만 여자는 듣지 못했는지 앞만 보고 걸어갔다. 어쩔 수 없이 손을 뻗어 어깨를 건드리자 여자가 깜짝 놀라 뒤를 돌아보았다.

멀리서 봤을 때는 몰랐는데 가까이서 보니 여자는 30대 후반 정도 되어 보였다.

"왜 그러시죠?"

여자의 미심쩍은 눈빛에 말문이 막혔다.

사람들이 갑자기 멈춰 선 아카리와 여자를 피해 지나쳐갔다.

"저, 갑자기 죄송합니다…. 혹시 이야마 아키히로라는 사람을 아시나요?"

여자는 아무런 반응도 보이지 않았다.

아카리가 마스크를 쓰고 있는 데다가 주변의 소음 때문에 제대로 듣지 못했을지도 모르겠다는 생각이 들었다.

마스크를 벗자 아카리의 오른쪽 뺨에 난 상처를 보고 여자가 흠칫 몸을 떨었다. 아카리는 개의치 않고 입을 열었다.

"실례지만 혹시 이야마 아키히로라는 사람을 아시나요?"

여자가 눈을 크게 떴다.

"당신은 누구시죠?"

"시부야 스크램블 교차로에서 일어난 묻지마 사건의 피해자입니다."

여자의 시선이 아카리의 오른뺨으로 옮겨갔다.

"저는 하마무라 아카리라고 합니다. 이야마 아키히로 씨가 제 목숨을 구해 주셨어요. 아까 스크램블 교차로 앞에서 당신이 꽃다발을 내려놓는 걸 보고 어쩌면 그분을 알고 있지 않을까 싶어서…."

"네, 맞아요. 제가 아는 사람도 뉴스에 나온 피해자와 같은 마흔여덟 살이었어요. 저보다 열 살 많았거든요. 하지만 동일인인지는 모르겠네요. 뉴스에서는 사진이 공개되지 않았으니까요."

여자의 말을 듣고 아카리는 가방에서 아키히로의 사진을 꺼내 보여 주었다.

"최근은 아니고 학창 시절에 찍은 사진입니다만…."

사진을 뚫어지게 들여다보던 여자가 잠시 후 고개를 들고 한숨을 내쉬었다.

"…제가 아는 아키히로 씨가 맞는 것 같네요. 얼굴도 닮았고, 턱에 점이 있는 것도 똑같고."

"혹시 괜찮으시다면 아키히로 씨에 대해 이야기해 주실 수 있을까요? 아키히로 씨가 제 목숨을 구해 주셨는데 저는 그분에 대해 아무것도 모르거든요. … 부탁드립니다."

아카리가 고개를 숙이며 부탁하자 여자가 손목시계를 내려다보았다.

"비행기 시간 때문에 30분 정도밖에 못 앉아 있을 텐데 그래도 괜찮다면."

"성함을 여쭤봐도 될까요?"

시나가와역 구내에 있는 카페 테이블석에 자리를 잡은 아카리는 맞은편에 앉은 여자에게 물었다.

"에나미입니다."

"에나미 씨는 아키히로 씨를 어떻게 아시나요?"

"이웃이었어요."

"이웃이요?"

아카리가 되물었다.

"빌라에서 옆집에 살았어요."

"집이 어디신가요?"

"지금은 거기 안 살아요. 5년 전에 부모님이 계신 구마모토로 이사했거든요. 아키히로 씨 옆집에 살았던 건 7년 전, 히로시마시 미나미구에 있는 빌라였어요."

"과거 옆집에 살았다는 이유만으로 일부러 시부야까지 헌화하러 오신 건가요?"

"음… 이웃으로 지낸 건 2년 정도였지만 아키히로 씨한테는 여러모로 신세를 많이 졌거든요. 처음 본 사람한테 이런 얘기까지 하기는 좀 그렇지만 아키히로 씨와의 관계를 설명하려면 어쩔 수 없겠네요. 저는 원래 오사카에 살았는데 남편이랑 이혼하고 당시 일곱 살이었던 아들과 함께 히로시마로 이사 간 거였어요. 그런데 어떻게 알았는지 반년쯤 지났을 때 전남편이 갑자기 찾아왔어요. 저희 집 문밖에 서서 다시 합치자고 고래고래 소리를 지르며 소란을 피웠죠."

아마도 전남편의 폭력 같은 걸 견디다 못해 이혼한 뒤 남편에게서 도망치기 위해 멀리 이사 간 듯했다.

"저는 너무 겁이 나서 집 안에서 아들을 꼭 끌어안은 채 덜덜 떨고만 있었는데 그때 아키히로 씨가 복도에 나와서 전남편한테 조용히 하고 돌아가라고 했어요. 전남편은 화가 나서 아키히로 씨한테 주먹을 휘둘렀고, 그러고는 경찰이 출동할까 두려웠는지 바로 도망갔어요. 그 일을 계기로 아키히로 씨와 이런저런 이야기를 나누게 되었죠."

아카리는 에나미의 이야기를 들으며 고개를 끄덕였다.

"아키히로 씨는 제 이야기에 성심성의껏 귀를 기울여 주었어요. 부모와 싸우고 가출하다시피 고향을 떠나왔다는 이야기도 했고, 오사카에서 결혼해서 아이를 낳았지만 남편의 폭력과 술버릇을 견디다 못해 이혼하게 되었다는 이야기도 했죠. 돈이 없어서 아키히로 씨한테 빌린 적도 있었어요. 그리고 저는 술집에서 일했기 때문에 밤에 아들 혼자 집에 있는 경우가 많았는데 아키히로 씨가 와서 아이와 저녁밥을 같이 먹어 주기도 하고 아이를 데리고 나가서 함께 놀아 주기도 했어요."

"전남편 일은 어떻게 되었나요?"

"그 후로도 몇 번인가 다시 찾아왔는데 아키히로 씨가 그 사람 앞에서는 우리가 애인 사이인 척해 줬어요. 협박을 당해도 물러서지 않고 멱 살을 잡혀도 꿈쩍도 하지 않으니까 그 남자도 제풀에 지쳤는지 더는 안 오더라고요."

에나미가 말하는 아키히로의 모습에 아카리가 알고 있는 아키히로가 겹쳐 보였다.

자기 몸을 던져 흉기를 휘두르는 범인에게서 아카리를 구해 준 아키히로의 모습이 머릿속에 떠올랐다.

"에나미 씨와 애인 사이인 척해 줬다는 건 아키히로 씨가 독신이었다는 말인가요?"

아카리가 묻자 에나미가 "네" 하고 고개를 끄덕였다.

"사귀는 사람도 없다고 했어요. 솔직히 저는 아키히로 씨의 믿음직스러운 모습에 호감을 느꼈지만 아키히로 씨는 저를 여자로 보지 않는 것 같았어요."

"왜 그렇게 생각하셨는데요?"

아카리가 생각하기에는 좋아하지도 않는 여자한테 그렇게까지 친절하게 대하지는 않을 것 같았다.

"언젠가 지나가는 말처럼 자기는 가정을 꾸릴 만한 인간이 아니라고 말했거든요."

그건 에나미를 밀어내기 위해서 한 말이 아니라 자신의 전과 때문이 아니었을까.

"아키히로 씨는 무슨 일을 했나요?" 아카리가 물었다.

"경비원이라고 들었어요. 어디서 일했는지까지는 모르겠지만요. 실제로 체격도 좋았고요. 아마 마음만 먹으면 제 전남편 정도는 얼마든지 때려눕힐 수 있었을 거예요."

"5년 전에 본가가 있는 구마모토로 이사했다고 하셨는데 왜 히로시마를 떠나신 건가요?"

"아키히로 씨한테 설득당했어요. 밤에 술집에서 일하면서 여자 혼자 아이 키우기는 힘들지 않겠냐고…. 관계를 회복할 수만 있다면 다시 부모님과 함께 살면서 앞으로 어떻게 할지 천천히 생각해 보는 게 아이한테도 좋지 않겠냐고…."

"그래서 고향으로 돌아가신 거군요."

에나미가 고개를 끄덕였다.

"고향에 돌아간 후에도 아키히로 씨와 연락을 주고받으셨나요?"

"한 1년 정도는 서로 문자로 근황을 전하곤 했는데 저한테 사귀는 사람이 생기고부터는 연락이 끊겼어요. 3년 전 재혼해서 예전 일은 다 잊고 살던 차에 우연히 시부야에서 칼부림 사건이 일어났다는 뉴스를 보게 되었는데… 사망한 피해자 이름과 나이를 보고 심장이 멎는 줄 알았어요. 허둥지둥 아키히로 씨 핸드폰으로 전화를 걸어 봤지만 받지 않더군요."

경찰에게 들은 바에 따르면 아키히로는 신분증과 핸드폰을 소지하고 있지 않았다고 했다.

핸드폰은 아마 사건이 일어나기 전에 해지한 게 아닐까 싶었다.

"그 뉴스를 본 후 계속 안 좋은 예감이 들더라고요. 아무래도 마음에 걸려서 반년 전에 예전 그 빌라를 찾아가 봤는데 아키히로 씨는 이미 이사 나간 후였어요. 그러다가 이번에 친척 결혼식 때문에 도쿄에 올 일이 생겨서 이 기회에 마무리를 짓자고 마음먹고 사건이 일어난 장소에 헌화하러 갔던 거예요. 동명이인을 착각한 거라면 좋겠다고 생각하면서요. 죽은 사람이 제가 아는 아키히로 씨가 아니더라도 어쨌거나 당신을 포함해서 세 명이나 사상자가 발생한 안타까운 사건이었으니까요. 제가 아키히로 씨에 관해 말씀드릴 수 있는 건 이게 다예요."

에나미가 손목시계를 힐끗 내려다보고 다시 시선을 들었다.

"미안하지만 비행기 시간에 늦지 않으려면 슬슬 일어나야겠네요."

자리에서 일어나려는 에나미에게 아카리가 다급하게 물었다.

"마지막으로 한 가지만 더 여쭤봐도 될까요?"

"네?"

"아키히로 씨한테 약속에 대해 들으신 적은 없나요?"

아키히로를 아는 사람을 만나면 가장 묻고 싶은 질문이었다.

"약속이요?" 에나미가 고개를 갸우뚱했다.

"네, 아키히로 씨가 누구랑 무슨 약속을 했다는 이야기를 들은 적은 없으신가요?"

아카리는 에나미를 똑바로 쳐다보며 한 번 더 물었다.

"왜 그런 질문을…?"

아카리의 표정에서 심상치 않은 분위기를 느꼈는지 에나미가 다시 자리에 앉았다.

"제가 유일하게 들은 아키히로 씨의 마지막 말이었어요. 아키히로 씨는 범인에게 공격당하고 쓰러진 상태에서 저한테 '약속은 지켰다고… 전해 줘…'라고 말했어요. 누구한테 전해 달라는 건지는 모르겠지만 어떻게든 그 말을 전해야 할 것 같아서…"

"그런 거였군요…."

에나미가 눈을 감고 한숨을 내쉬었다. 잠시 후 눈을 뜨더니 "안타깝지만 저는 아키히로 씨한테 그런 이야기를 들은 적이 없어요"라며 고개를 저었다.

"그러신가요…" 아카리는 낙담하며 고개를 떨구었다.

"아직 포기하기에는 일러요."

에나미의 말에 아카리는 고개를 번쩍 들었다.

"어쩌면 아키히로 씨와 친했던 사람 중에 누군가는 알고 있을지도 모르잖아요."

"하지만 전 아키히로 씨의 인간관계를 전혀 모르는걸요."

"히로시마에 있을 때 아키히로 씨가 자기가 자주 가는 단골 술집이 있다고 했어요. 일주일에 몇 번은 간다고 했던 것 같은데…. 저는 한 번도 가 본 적이 없지만요."

"가게 이름을 아시나요?"

"몰라요. 다만 저희가 살던 빌라는 히로시마시 미나미구 미나미마치 4번지에 있었으니 그 근처에 있는 술집이 아닐까 싶은데요. 참고로 빌라이름은 그린 하이츠예요."

아카리는 가방에서 스마트폰을 꺼내 아파트 주소와 이름을 메모장에 입력했다.

"제가 말씀드릴 수 있는 건 이 정도네요. 건투를 빌어요."

에나미가 자리에서 일어나 카페 출입구 쪽으로 걸어갔다.

"고맙습니다."

아카리의 인사가 끝나기도 전에 에나미가 발걸음을 돌려 다시 자리로 돌아왔다.

"제 메일 주소를 알려 드릴 테니까 아키히로 씨의 마지막 말을 그 상대방에게 무사히 전달하면 저한테도 알려주시겠어요?"

에나미가 미소를 지으며 말했다.

아카리는 츠루가시마역 개찰구를 나와 빌라로 향했다.

에나미의 이야기를 들었을 때는 아키히로의 소원을 들어줄 수 있을지도 모르겠다는 희망에 부풀었지만, 다시 생각해 보니 결코 쉬운 일은 아니었다.

한 번도 가 본 적 없는 지역에 가서 술집을 돌아다니며 처음 보는 사람들에게 말을 걸 수 있을지 자신이 없었다.

코헤이에게 말하면 같이 가줄지도 모르겠지만 부탁하기가 망설여졌다.

최근에는 사건에 관한 이야기는 거의 하지 않지만, 코헤이는 여전히 아카리가 묻지마 살인의 피해자가 된 것은 자기 때문이라는 죄책감에 시달리고 있을 것이 분명했다. 아카리뿐만 아니라 아키히로의 죽음에도 책임을 느끼고 있을 터였다.

아무리 중요한 일이라고는 해도 코헤이에게 아키히로가 살아온 인생을 더듬어 보는 여행에 함께 가 달라고 부탁할 수는 없었다. 그건 너무 가혹한 일이었다.

빌라에 도착하니 계단에 토무가 앉아 있었다.

아직 3시도 안 되었으니 엄마가 집에 있을 텐데.

"밖에 나와 있으면 엄마한테 혼날 거야."

가까이 다가가 말을 걸자 토무가 고개를 들었다.

좀처럼 감정을 겉으로 드러내지 않는 아이라고 생각했는데 지금은 누가 봐도 어두운 표정을 하고 있었다.

"아니면 엄마한테 혼나서 나와 있는 거야?"

"엄마가 안 와." 토무가 기운 없는 목소리로 말했다.

"언제부터?"

"어제 전날의 전날에 나가서부터…."

사흘 전부터라는 말인가. 그러고 보니 최근 며칠 동안은 물건 집어던지는 소리라든지 고함 소리가 들리지 않은 것 같았다.

아이를 홀로 내버려 둔 채 사흘이나 집에 돌아오지 않다니 대체 어떻게 된 일일까.

32

초인종을 누르고 잠시 기다리자 아카리가 현관문을 열어 주었다. 집 안에서 맛있는 냄새가 흘러나왔다.

"요리하고 있었어?"

코헤이가 웬일인가 하고 묻자 아카리가 고개를 끄덕였다.

"조리 도구를 사 와서 오랜만에 함박스테이크를 만들고 있어."

"나도 먹고 싶다."

당연히 거절당할 거라고 생각했는데 아카리는 순순히 "그래" 하고 대답했다.

"그럴 줄 알고 재료도 3인분 사 왔거든."

"3인분?"

무슨 소리인가 싶어서 고개를 갸우뚱거리며 아래를 내려다보니 아카리의 신발 옆에 아이 신발이 놓여 있었다.

"토무가 여기 와 있는 거야?"

아카리가 고개를 끄덕였다.

"괜찮아? 애 엄마가 갑자기 쳐들어오거나 하면….."

"사흘 전에 나가서 돌아오지 않고 있대. 집에 먹을 것도 돈도 두고 가지 않았다고 하니까 만약 그 여자가 와서 뭐라고 하면 아이를 긴급 피난시킨 것뿐이라고 하면 돼. 돌아올 때까지 아이를 우리 집에서 데리고 있겠다는 메모는 남겨 뒀어."

묻지마 사건이 일어나기 전까지 초등학교에서 일해서인지 아카리는 평소에도 피해자가 어린아이인 사건이나 사고 소식을 접하면 크게 분노했다.

속에서 울컥 솟아오르는 감정을 억누르며 가만히 쳐다보자 아카리가 "왜?" 하고 물었다.

"아니, 아무것도 아니야….."

조금씩 예전 모습을 되찾아가는 것 같아서 참을 수 없이 기뻤지만 내색은 하지 않았다.

신발을 벗고 방으로 들어가자 침대에 앉아 그림책을 읽고 있던 토무가 이쪽을 돌아보았다.

"토무, 슈크림 좋아하니?"

선물로 사 온 디저트 상자를 들어 보이자 토무가 고개를 끄덕였다.

토무의 발치에 어디서 많이 본 서류 봉투가 놓여 있었다. 뭔가 싶어 집어 들어 살펴보니 코헤이의 직장이기도 한 에이린샤 봉투였다. 봉투가 제법 묵직했다.

뭐지?

코헤이는 디저트 상자를 탁자에 올려놓고 봉투를 손에 든 채 부엌으로 가서 "이거 뭐야?" 하고 물었다.

봉투를 본 아카리의 표정이 어두워졌다.

"한 달쯤 전에 빌라 앞에서 논픽션 작가라는 사람이 줬어."

"논픽션 작가?" 코헤이가 의아해하며 되물었다.

"응…. 시부야 시크램블 교차로에서 일어난 묻지마 사건에 관한 논픽션 책을 쓰고 있는데 피해자인 내 이야기를 듣고 싶다면서. 범인이 왜 그런 짓을 했는지 이유를 알 수 있을지도 모른다면서 그 원고를 주고 갔어."

"원고가 이 봉투에 들어 있었다고?"

아카리가 고개를 끄덕이는 것을 보고 코헤이는 크게 동요했다.

아카리가 여기 살고 있다는 사실을 아는 사람은 코헤이뿐이다. 그리고 코헤이는 아카리의 가족을 포함해 아무에게도 말한 적이 없었다.

그 논픽션 작가는 아카리가 여기 있다는 사실을 어떻게 알았을까.

생각할 수 있는 가능성은 하나뿐이었다.

코헤이는 회사 엘리베이터에 올라타서 오랜만에 7층을 눌렀다.

논픽션과 학술서를 내는 학예편집부는 예전에 코헤이가 소속해 있던 문예편집부 옆에 있었다.

7층에서 엘리베이터를 내려 학예편집부 사무실로 들어갔다. 문 앞에 서서 사무실 안을 둘러보았다. 책상에 앉아서 노트북 키보드를 두드리고 있는 동기 코야나기를 발견하고 그쪽으로 다가갔다.

"코야나기."

코헤이가 말을 걸자 코야나기가 화들짝 놀라서 고개를 들었다. 일에 몰두해서 코헤이가 온 줄 모르고 있었던 모양이다.

"아, 코헤이…. 오랜만이네. 무슨 일이야?"

"잠깐 시간 괜찮아?"

코헤이는 문 쪽을 가리키며 말했다.

주위에는 다른 편집자들도 있었기 때문이다. 남들이 다 듣는 곳에서 할 만한 이야기는 아니었다.

코야나기가 노트북 전원을 끄고 자리에서 일어났다. 둘이서 복도로 나가 조용히 이야기할 만한 장소를 찾아보았다. 코헤이는 흡연실에 아무도 없는 것을 확인하고 코야나기와 함께 안으로 들어갔다.

"나는 담배 안 피는데."

코야나기가 투덜거렸지만 잠깐이면 된다며 억지로 안으로 밀어 넣었다.

"무슨 일인데 그래? 안 그래도 바빠 죽겠구만."

"미안. 미조구치 쇼고라는 작가의 담당 편집자가 누군지 좀 알려줄래?"

어젯밤에 아카리에게 원고를 빌려서 읽고 나니 원고를 쓴 장본인과 그 원고를 책으로 내려고 하는 편집자를 직접 만나 보고 싶어졌다. 정확히는 항의하고 싶다는 쪽에 더 가까웠지만.

"미조구치 쇼고라는 이름 들어본 적 없어? 시부야 스크램블 교차로에서 일어난 묻지마 사건에 관한 논픽션 책을 내려고 한다던데."

코헤이가 묻자 아까부터 한 마디도 하지 않던 코야나기가 고개를 푹 숙였다.

"편집자로서 비밀유지의무가 있다는 건 나도 알아. 하지만… 실은… 그 사건 피해자 중 한 명이 내 여자친구인 아카리야. 너도 기억하지? 몇 번인가 함께 술도 마셨었잖아. 그러다 보니 나로서는 아무래도 그런 책을 내는 걸 용납할 수가…."

"나야…."

코야나기가 중얼거리는 소리를 듣고 코헤이는 어안이 벙벙해졌다.

"내가 그 작가 담당 편집자야. 우리 쪽에서 그 사건을 다룬 논픽션 책을 만들고 있다는 건 어떻게 알았어?"

아무렇지도 않게 되묻는 코야나기를 보고 있자니 화가 치밀어 올랐다.

"그 작가 놈이 아카리 앞에 나타나서 피해자의 생각을 말해 달라고 도발하면서 집필 중인 원고를 주고 갔으니까!"

코헤이가 소리치자 코야나기가 퍼뜩 고개를 들었다. 놀란 표정이었다.

"지금 나는 아카리랑 같은 빌라에 살고 있어. 거기가 어딘지는 아무도 모르는데 어떻게 그 작가는…."

그때 문득 한 가지 가능성을 생각해 낸 코헤이는 거기서 말을 끊고 눈앞에서 몸을 움츠린 채 서 있는 코야나기를 노려보았다.

"설마 너… 아카리가 그 사건의 피해자라는 사실을 알고 있었어?"

코야나기가 고개를 끄덕였다.

"인사부 이케다가 비밀이라면서 말해 줬어."

"그래서 그걸 그 작가한테도 알려 줬고?"

"어쩌다 보니 그만…. 미안해. 설마 너를 미행해서 아카리 씨를 직접 만나러 갈 거라고 생각도 못했어."

"원고는 읽어 봤어?"

"응…."

"그걸 읽고 무슨 생각이 들었어?"

코헤이는 코야나기에게 양심이 남아 있기를 바라면서 물었다.

"피해자의 연인인 네가 화를 내는 건 이해해. 작가가 아카리 씨를 직접 찾아간 것도 잘못된 행동이라고 생각하고. 하지만 편집자로서 그 원고 하나만 놓고 보자면 충분히 책으로 낼 만한 가치가 있다고 봐."

속에서 화가 부글부글 끓어올랐다.

"범인인 케이치는 어렸을 때부터 어머니에게 심한 학대를 당했어. 그 결과 이번 사건을 일으키게 되었다는 사실이 알려지면 사회에 경종을 울리는 계기가 될 거야. 작가 본인도 비슷한 경험을 했기 때문에 범인의 심정을 잘…."

코헤이는 더 이상 잠자코 듣고 있을 수가 없어서 코야나기의 멱살을 잡고 벽에 밀어붙였다.

"그 사건으로 네 가족이나 여자친구가 죽거나 다쳤어도 그 원고가 좋은 원고라고 말할 수 있겠어? 범인한테도 그럴 만한 이유가 있었다는 식의 개소리를 지껄이는 책에 정말로 가치가 있다고 생각해?"

먹살을 움켜쥔 손에 힘을 주며 날카롭게 따졌지만 아까와 달리 코야나기는 위축된 기색을 보이지 않았다.

"만약 그런 일이 생긴다면 나는 그 책을 읽지 않으면 그만이야. 표현의 자유는 보장되니까 만약 에이린샤에서 그 책을 내지 않겠다고 하면 다른 출판사에서 내겠지. 그럴 바에는 내가 담당하는 편이 낫겠다고 판단했을 뿐이야. 담당 편집자로서 작가인 쇼고 씨한테 필요한 조언을 할 수 있으니까. 피해자를 자극하는 내용이 들어가지 않도록 내가 신경 써서 챙길게. 약속해."

"작가 연락처를 알려 줘. 너랑은 말이 안 통하니까 본인하고 직접 얘기해야겠어."

"알았어…."

코야나기의 대답을 듣고 코헤이는 잡고 있던 옷깃을 놓았다.

코야나기가 주머니에서 스마트폰을 꺼내 쇼고의 전화번호를 불러 주었다. 그러고는 어깨를 축 늘어뜨린 채 흡연실 밖으로 걸어 나갔다.

쇼고가 지정한 가부키초에 있는 커피숍에 도착한 코헤이는 자리로 안내하려는 점원에게 여기서 만나기로 한 사람이 있다고 말한 뒤 가게 안을 둘러보았다.

어쩌면 아직 왔을지도 모르겠다는 생각을 하고 있는데 벽에 걸린 TV를 보던 남자가 이쪽을 향해 미소를 지었다.

테이블에 맥주병과 잔이 놓여 있어서 아니라고 생각했는데 설마 저 남자인 건가.

"미조구치 쇼고 씨 되시나요?"

수염이 지저분하게 자란 입가를 씰룩이며 남자가 고개를 끄덕이는 것을 보고 코헤이는 맞은편 자리에 가서 앉았다.

사건 관련 논픽션 책을 쓰는 작가라고 해서 훨씬 더 나이가 많을 줄 알았는데 눈앞에 있는 남자는 코헤이와 비슷한 연배인 듯했다.

"일찍 도착해서 먼저 마시고 있었습니다."

쇼고가 맥주잔을 들어 보이며 말했다.

코헤이는 주문을 받으러 온 점원에게 커피를 주문했다.

"제 번호는 아카리 씨가 알려 주던가요?" 쇼고가 물었다.

"당신 담당 편집자인 코야나기에게 들었습니다."

"그랬군요. 나한테 할 말이 있다고요?"

"주문한 커피가 나오면 그때 얘기하죠."

잠시 후 점원이 커피가 가져왔다. 쇼고가 어서 이야기를 시작하라는 듯 이쪽으로 몸을 기울였다.

"제가 말씀드리고 싶은 건 두 가지입니다. 하나는 앞으로 아카리한테 접근하지 말아 달라는 겁니다."

"아카리 씨가 그러기를 원하는 건가요?"

사실 그렇지는 않았지만 코헤이는 "맞습니다"라고 대답했다.

"당신한테 할 말은 아무것도 없습니다. 앞으로 아카리에게 접근하지도 말고 그런 불쾌한 원고를 건네지도 말아 주십시오."

"불쾌한 원고라…." 쇼고가 맥주잔을 입으로 가져가며 중얼거렸다. "다른 하나는 뭡니까?"

"당신이 쓴 원고를 책으로 내지 말아 주세요."

코헤이가 단호한 어조로 말하자 쇼고가 "왜죠?" 하고 물었다.

"왜냐니요…. 그런 책을 내면 세상 사람 모두가 당신은 제정신이 아니라고 생각할 겁니다."

"걱정해 주는 건 고맙지만 나는 세상 사람들이 나에 대해 어떻게 생각하든 전혀 신경 쓰지 않습니다. 제정신이 아니면 또 어떻습니까."

"그럼 단순히 모두가 관심을 가질 만한 자극적인 소재를 내걸어서 한 몫 챙길 속셈인 겁니까?"

쇼고의 입꼬리가 쓱 올라갔다. 눈은 웃고 있지 않았다.

"물론 돈을 많이 벌게 되면 그보다 더 좋은 일은 없겠지만… 세상일이 그렇게 호락호락할 리가 없죠. 저는 그저 사람들에게 사실을 전하고 싶을 뿐입니다. 시부야 스크램블 교차로에서 묻지마 사건을 일으키기 전까지 오노데라 케이치가 어떤 인생을 살아왔는지에 대해서 말입니다. 아카리 씨한테 접근하지 말라고 하면 앞으로 그 근처에는 얼씬도 하지 않겠습니다. 증정본도 보내지 않겠습니다. 하지만 원고를 책으로 낼지 말지에 대해서는 그쪽이 참견할 일이 아닌 것 같은데요."

"저도 그 원고를 읽었습니다…. 당신이 불행한 어린 시절을 보낸 것에 대해서는 진심으로 안타깝게 생각합니다."

원고에는 사건을 일으키기 전까지 범인인 오노데라 케이치가 어떻게 살아왔는지에 대한 내용과 함께 필자인 쇼고의 과거에 대해서도 적혀 있었다. 쇼고 역시 케이치와 마찬가지로 어릴 때부터 어머니에게 심한 학대를 받았다고 했다.

코헤이는 토무를 만나고부터 아동 학대 문제에 전보다 더 관심을 갖게 되었다. 아이가 부모에게 학대당하는 이야기를 들으면 내 일처럼 마음이 아팠다.

"당신이 범인을 옹호하고자 하는 마음도 어느 정도는 이해가 갑니다. 하지만 이 원고에 적힌 내용은 잘 생각해 보면 말이 되지 않습니다. '범인이 묻지마 사건을 일으킨 건 일종의 불가항력이다', '잘못은 부모와 사회에 있다'라는 논리는 우리 사회에 통용되지 않습니다. 피해자와 피해자 가족이 이 원고를 읽으면 얼마나 억울하고 원통해할지… 논픽션 작가라면 그 정도는 충분히 생각해 볼 수 있지 않나요?"

쇼고는 아무런 대꾸도 하지 않았다. 그저 가만히 이쪽을 쳐다볼 뿐이었다.

"아무리 힘든 처지에 놓였더라도 사람을 죽여서는 안 됩니다. 그렇지 않습니까? 만약 당신의 소중한 사람이 죽었더라도 범인이 한 짓은 잘못이 아니라고 말할 수 있겠습니까?"

코헤이의 다그침에 쇼고가 히죽거리며 대답했다.

"케이치가 흉기를 휘둘러서 사람을 죽인 게 잘못이 아니라고는 못 하겠지만 어쩔 수 없는 일이었다고 생각합니다. 나도 그랬으니까요."

코헤이는 고개를 갸웃거렸다.

나도 그랬다는 건 대체 무슨 뜻일까.

"나는 열세 살 때 친어머니를 죽였습니다."

숨이 턱 막혔다.

"그때 죽이지 않았으면 나는 지금까지 살아남지 못했을 겁니다. 어머니한테 맞아 죽거나 스스로 목숨을 끊거나 했겠죠. 그런 여자는 죽어 마땅합니다."

그제야 코헤이도 납득이 갔다.

"케이치도 아마 그랬을 겁니다. 세상에 태어났지만 아무한테도 사랑받지 못한 채 스물여섯이 될 때까지 사회의 밑바닥을 전전하다가 자신을 둘러싼 모든 것에 절망하고, 이럴 바에는 차라리 사람을 죽이고 교도소에 들어가서 편히 사는 게 낫겠다고 생각하게 된 거죠. 아카리 씨나 죽은 아키히로 씨에게는 미안하지만, 케이치 입장에서는 그것 말고는 달리 방법이 없었을 겁니다."

다시금 열이 치솟았다.

"그 원고에는 자기방어의 측면도 있었던 거군요. 내 손으로 어머니를 죽이긴 했지만 어쩔 수 없는 일이었다고 변명하기 위한."

"변명이 아닙니다. 복수죠."

쇼고가 날카로운 눈빛으로 이쪽을 쳐다보며 말했다.

"복수라고요?"

"당신은 이해하기 어렵겠지만요."

"흉기를 휘둘러서 사람들을 죽이고 다치게 한 범인한테는 그럴 만한 이유가 있었고, 그 내용을 책으로 내는 것이 당신이 직접 죽인 어머니에 대한 복수라고요? 그런 걸 대체 어떻게 이해하란 말입니까?"

코헤이가 냉정하게 쏘아붙였다.

"하긴 그렇네요. 에이린샤 같은 대형 출판사에서 일한다는 건 기본적으로 좋은 환경에서 자랐다는 말일 테니까요. 당신이 지금까지 인생에서 맛본 가장 큰 좌절은 고작해야 원하던 대학에 가지 못했다든지 짝사랑 상대에게 거절당했다든지 뭐 그런 것 아닙니까?"

쇼고의 말에 코헤이는 바로 대답하지 못했다.

실제로 코헤이의 부모님은 사이가 좋았고 살림도 넉넉한 편이어서 코헤이는 어릴 때부터 부족함을 모르고 지냈다. 도쿄에 있는 사립대에 진학할 때도 부모님은 전폭적인 지원을 약속했고, 대학을 졸업할 때까지 다달이 집에서 용돈을 보내 주었다.

"당신 같은 도련님이랑 사귀는 아카리 씨도 아마 그 사건 전까지 별다른 실패나 좌절을 모르고 살아왔겠죠. 내 말이 틀립니까?"

아마도 틀리지 않을 것이다.

"저도 케이치도 그런 따뜻한 환경에서 지낸다는 건 꿈도 꿀 수 없었습니다."

쇼고가 그렇게 말하면서 팔짱을 풀더니 양쪽 소매를 걷었다.

코헤이는 이쪽으로 내민 쇼고의 팔을 보고 흠칫 놀랐다.

어깨 아래에서부터 손목에 이르기까지 양쪽 팔 전체가 문신으로 덮여 있었다. 조폭이 새기는 문신과는 거리가 멀었고, 스포츠 선수가 멋으로 새기는 문신과도 달랐다. 쇼고의 팔에 그려진 문신은 마치 어린아이의 낙서처럼 조잡하고 유치한 느낌이었다.

"어머니한테 학대당한 흔적을 보기 싫어서 내 손으로 직접 새긴 겁니다. 열세 살 때 어머니를 죽이고 시설에 들어간 후에 말이죠."

빼곡하게 그려진 문신 사이로 담배로 짓누른 듯한 화상 자국이 보였다. 문신은 대부분 해골, 전갈, 뱀 같은 징그럽고 그로테스크한 것들이었지만, 왼팔 전완부에는 남자와 어울리지 않는 귀여운 그림이 새겨져 있었다.

"아까도 말했지만 당신과 범인이 불행하게 자랐다는 점에 대해서는 안타깝게 생각합니다. 하지만 그렇다고 해서 남을 공격해도 되는 건 아니죠. 그런 원고를 책으로 낸다면 당신도 범인과 다를 바가 없습니다. 자신을 학대한 어머니에게 복수하기 위해서라는 이유로 상처 입은 피해자들의 마음을 멋대로 짓밟는다면 말입니다."

"이대로 더 얘기해도 계속 평행선을 달릴 것 같네요. 당신이 보자고 했으니 계산은 맡기겠습니다."

쇼고가 걷었던 소매를 내리며 자리에서 일어났다.

쇼고의 모습이 시야에서 사라지자 코헤이는 인상을 찌푸리며 커피잔을 입으로 가져갔다. TV에 나오는 뉴스 화면을 멍하니 쳐다보며 이제 어떻게 해야 할지 생각해 보았다.

코야나기와 쇼고를 막을 수 없다면 학예부 부장을 직접 만나 담판을 짓는 수밖에 없었다.

다음 순간 TV 화면에 나온 여자를 보고 코헤이는 커피잔을 손에 든 채 자리에서 벌떡 일어났다. 어디선가 본 적이 있는 얼굴이었다.

강도치상 사건으로 체포된 여자가 경찰차에 오르는 장면 아래로 '요시하라 사야카 용의자(28세)'라는 자막이 흘러나왔다.

문이 열리고 아카리가 얼굴을 내밀자 카레 냄새가 흘러나왔다.

"카레 만들었는데 코헤이도 먹고 갈래?"

아카리가 물었지만 코헤이는 아무 말 없이 집 안으로 들어섰다. 안쪽에 있는 방을 향해 이름을 부르자 토무가 현관으로 걸어 나왔다.

"토무, 너희 엄마 이름이 뭐야?"

"요시하라 사야카."

토무의 대답을 듣고 마음이 무거워졌다.

"엄마 돌아왔어?"

토무가 물었다. 코헤이는 "아니…" 하고 얼버무리며 아카리에게 시선을 돌렸다.

"아카리, 잠깐 얘기 좀 할 수 있을까?"

코헤이는 아카리를 밖으로 불러내며 토무에게 싱긋 웃어 보였다.

"누나랑 나가서 케이크 사 올게. 혼자서 집 잘 보고 있을 수 있지?"

토무가 고개를 끄덕였다.

심상치 않은 분위기를 눈치챘는지 아카리가 열쇠를 챙겨 들고 나왔다. 둘이 함께 집을 나와 문을 잠그고 계단으로 향했다.

"무슨 일이야?"

계단을 내려가면서 아카리가 물었다.

"토무네 엄마가 어디 있는지 알았어."

코헤이가 말하자 아카리가 깜짝 놀라 "어디 있는데?" 하고 물었다.

"경찰서."

아카리가 헉하고 숨을 들이마셨다.

"아까 뉴스에 나왔어. 강도치상 사건을 일으켜서 체포됐대."

"강도…?"

"호텔로 유인한 남자한테 수면제를 먹이고 돈을 훔치려고 했는데 남자가 저항하니까 칼로 찔러서 중상을 입혔나 봐. 어젯밤에 체포됐다는데 아마 잡힐 때까지 어딘가에 숨어 있었던 것 같아."

"하지만… 어젯밤에 체포되었다면 왜 경찰이 집에는 오지 않았을까?"

"자기가 어디 사는지 말하지 않았나 보지. 먼슬리 맨션은 주민등록 같은 공적 기록을 통해서는 확인이 안 될 테니까. 부동산에서 먼저 연락하지 않는 한 경찰 쪽에서는 알아내지 못할 수도 있어. 뉴스에도 주소 불명이라고 나오더라."

"대체 왜 말을 안 했을까? 아들이 혼자 집에 있는데."

"글쎄."

"이제 어떡하지?" 아카리가 어두운 표정으로 빌라를 돌아보았다.

"경찰에 신고해야지. 카레랑 케이크를 먹은 다음에⋯." 코헤이가 침울한 표정으로 대답했다.

33

아카리는 버스에서 내려서 스마트폰을 꺼내 들었다. 지도를 보며 정류장에서 멀지 않은 곳에 있는 아동상담소로 향했다.

오늘은 토무를 만날 수 있을지도 모른다. 하지만 발걸음은 한없이 무거웠다.

일주일 전 그날, 셋이서 카레와 케이크를 먹은 후 코헤이가 경찰에 전화를 걸었다. 경찰이 출동해서 201호를 조사하는 동안 담당 직원이 토무를 어디론가 데려갔고, 아카리와 코헤이도 조사를 받았다.

토무의 엄마인 사야카가 왜 경찰에서 자기가 사는 곳을 말하지 않았는지 그 이유는 금방 밝혀졌다. 201호에서 마약이 발견된 것이다.

집에 홀로 남겨진 아이에 대한 걱정보다 마약 소지를 들킬지도 모른다는 두려움이 더 컸다는 말이었다.

엄마라고 불릴 자격도 없는 사람이다. 그렇게 욕하는 것은 쉬운 일이었다.

하지만 아카리는 그 여자에 대해 아무것도 알지 못했다.

왜 혼자서 토무를 키우고 있는 것인지, 왜 토무를 학교에 보내지 않는 것인지, 도움을 요청할 만한 가족은 아무도 없는 것인지.

사정도 모르면서 무조건 비난만 하는 건 옳지 않다는 생각이 들었다.

토무를 데리고 있다는 메모를 남기려고 201호에 들어갔을 때가 생각났다.

집 안에는 토무를 위해 사 놓은 듯한 초등학교 저학년용 문제집과 그 나이 또래 아이들이 가지고 놀 만한 장난감이 있었다. 탁자 위에 펼쳐진 국어 문제집은 빨간 펜으로 채점이 되어 있었고, 커다란 동그라미와 함께 '참 잘했어요'라고 적혀 있었다.

여자는 자식을 학대하는 못된 엄마였지만, 그래도 토무에게는 무엇과도 바꿀 수 없는 소중한 존재이지 않았을까 싶었다.

강도치상 사건의 법정형은 최소 징역 6년이라고 들었다. 게다가 여자는 집에 마약을 숨겨 두고 있었다. 어떤 판결이 내려질지는 모르겠지만 아마도 꽤 오랜 기간 교도소에서 지내게 될 터였다.

이런 사실을 토무가 과연 어디까지 이해하고 있을까. 토무를 만나게 되면 무슨 이야기를 어떻게 해야 할지 알 수가 없었다.

건물 안으로 들어가 접수 데스크에 놓인 호출용 벨을 누르자 안쪽에서 중년 여성이 걸어 나왔다.

"안녕하세요, 하마무라 아카리라고 합니다. 여기 맡겨진 요시하라 토무를 만나러 왔습니다."

"죄송하지만 면회 대상이 제한되어 있어서요. 가족이나 친척 되시나요?"

"아니요, 옆집에 사는 사람입니다."

아카리가 말하자 여자가 놀란 듯 눈을 크게 떴다.

"혹시 경찰에 신고하신 분인가요?"

"네, 맞습니다. 경찰이 출동한 후 상황이 너무 급박하게 돌아가는 바람에 토무하고 제대로 인사도 못 한 채 헤어졌거든요. 잠깐이라도 좋으니 만날 수 없을까요? 부탁드립니다."

아카리가 고개를 숙이며 부탁했다.

"윗선에 한번 확인해 보겠습니다. 토무한테도 물어보고요."

아카리는 그 말을 듣고 고개를 들었다.

"우선 이 서류를 한 장 작성해 주시겠어요? 신분증 갖고 오셨나요?"

아카리는 면허증을 꺼내 직원에게 건넨 후 눈앞에 놓인 종이에 이름과 주소를 적었다. 면회 대상에 '요시하라 토무'라고 적은 다음 잠시 망설였다. 이름란에 한자 표기를 함께 적게 되어 있었다.

"꿈을 이룬다는 뜻의 한자를 씁니다." 직원이 알려주었다.

토무(叶夢), 꿈을 이루다….

사야카는 토무를 낳았을 때 아이가 장차 어떤 꿈을 이루기를 바라며 이런 이름을 지어 준 걸까.

한자를 적어 넣으며 문득 그런 생각이 들었다.

"토무는 앞으로 어디서 지내게 되나요?"

작성한 서류를 내밀며 묻자 직원이 망설이며 입을 열었다.

"원래 입소자의 프라이버시에 관해서는 알려주지 못하게 되어 있지만 아카리 씨 입장에서는 아무래도 신경이 쓰이시겠네요…."

아카리가 경찰 조사 때 진술한 내용을 여기서도 알고 있는 듯했다.

"토무에게는 아버지가 없습니다. 어머니 쪽 친척들은 아이를 데려가는 데 난색을 표하고 있고요…."

"그럼 아동양육시설로 보내지게 되는 건가요?"

"아마도요." 직원이 고개를 끄덕였다.

소파에 앉아 잠시 기다리자 아까 본 직원이 토무를 데리고 방 안으로 들어왔다.

아카리와 시선이 마주쳤지만 토무의 표정에는 아무런 변화가 없었다.

잠자코 고개를 숙인 채 직원이 이끄는 대로 아카리의 맞은편에 앉았다.

아카리는 한동안 가만히 토무를 쳐다보았지만 아이는 시선을 들려고 하지 않았다.

"우리 집에 두고 간 물건을 가져왔어…."

아카리는 가방에서 그림책 다섯 권을 꺼내 토무 앞에 내려놓았다.

토무의 엄마가 집을 비운 동안 아카리가 토무에게 사 준 책이었다. 경찰이 출동해서 아이를 데려간 후에야 책을 두고 갔다는 사실을 깨달았다.

토무는 여전히 고개를 들지 않았다.

"또… 만나러 와도 될까?"

아동양육시설로 옮기게 되더라도 정기적으로 만나러 갈 생각이었다.

하지만 토무는 시선을 떨군 채 고개를 절레절레 흔들었다. 가슴이 아렸다.

아카리는 몸을 앞으로 숙이며 최대한 부드러운 목소리로 "왜?" 하고 물었다.

"누나랑 친하게 지내니까 엄마가 없어졌어. 내가 엄마 말을 안 들어서…. 그러니까 엄마가 돌아올 때까지 아무하고도 친하게 지내지 않을 거야."

토무의 말을 듣고 저도 모르게 옆에 앉은 직원을 돌아보았다.

그런 게 아니다. 하지만 토무에게 어디까지 말해도 될지 판단이 서지 않았다.

"…하지만 그러면 너무 외롭잖아."

아카리는 토무를 쳐다보며 말했다.

"외로워도 괜찮아. 토끼처럼 돼도 상관없어."

"토끼?"

"토끼는 외로우면 죽는대. TV에서 봤어."

"그건 사실이 아니야. 그리고 죽어도 상관없다니… 그런 생각은 하면 안 돼."

그러자 토무가 고개를 들더니 "왜?" 하고 물었다.

"왜냐니…, 죽으면 재미있는 일을 못 하게 되잖아."

"재미있는 일?"

"많은 사람을 만난다든지 다양한 경험을 한다든지… 인간은 모두 언젠가는 죽겠지만 그때까지는 열심히 살아야 해. 살아 있다는 사실에 감사하면서."

"아카리 누나는 정말로 그렇게 생각해?"

순간 머릿속이 하얘졌다. 토무의 말이 가슴을 아프게 파고들었다.

아카리는 초인종 소리에 문득 정신을 차렸다. 자리에서 일어나 현관으로 가서 외시경을 들여다보았다. 밖에 서 있는 코헤이를 확인하고 문을 열었다.

"토무 만났어?"

아카리는 고개를 끄덕였다.

"어땠어?"

"…나 자신이 얼마나 무력한지 깨달았어."

무슨 말인지 모르겠다는 듯 코헤이가 고개를 갸우뚱했다.

"들어와서 얘기할래?"

코헤이가 고개를 끄덕이며 안으로 들어와 걱정스러운 표정으로 아카리를 쳐다보며 탁자 앞에 앉았다.

― 아카리 누나는 정말로 그렇게 생각해?

토무의 갑작스런 질문에 아카리는 크게 동요했다.

죽고 싶다고 생각한 적은 없었다. 하지만 살아 있음에 감사한다고 자신 있게 대답할 수도 없었다.

사건 이후 지금까지 아카리는 절망과 한탄에 빠져 살았다. 자신을 공격한 범인을, 그리고 세상의 부조리함을 원망하기만 했다. 밝고 긍정적인 미래는 상상조차 할 수 없었다.

생판 남인 아키히로가 자기 생명을 바쳐서 구해 준 목숨인데.

앞으로 토무의 인생에도 많은 어려움이 있을 것이다. 자신이 놓인 처지를 한탄하고, 세상을 원망하고, 아무런 꿈도 희망도 없다고 느껴지는 순간이 찾아올지도 모른다.

그걸 생각하면 토무에게 거짓말을 할 수는 없었다. 결국 아카리는 제대로 된 대답을 들려주지 못한 채 아동상담소에서 쫓기듯 돌아 나왔다.

"내일부터 여행을 갈 거야. 당분간 집을 비우게 될 텐데 걱정하지 마."

아카리가 말하자 코헤이가 놀란 표정으로 "여행이라니… 어디로…?" 하고 물었다.

"히로시마에 다녀오려고."

생명의 은인인 아키히로의 인생을 되짚어 볼 생각이었다.

지금 자신이 살아 있는 것이 얼마나 놀랍고 감사한 일인지 느끼고 싶었다.

그리고 아키히로가 마지막으로 남긴 말을 그가 전하고자 했던 상대에게 전해 주고 싶었다.

"…히로시마에는 뭐 하러?" 코헤이가 물었다.

"5년 전에 아키히로 씨가 거기 살았었대."

"아키히로 씨라면… 너를 구해 준 그분?"

아카리는 고개를 끄덕였다.

"사건 당시… 아키히로 씨가 마지막으로 남긴 말이 있어."

"마지막으로 남긴 말…?" 코헤이가 이쪽을 보며 중얼거렸다.

"응… 그분은 생기를 잃은 눈으로 나를 쳐다보면서 필사적으로 말했어. '약속은 지켰다고 전해 줘…'라고. 그 말을 전하고 싶은데 누구한테 하는 말인지를 모르겠어. 아키히로 씨는 스무 살 때부터 가족과는 연을 끊고 혼자 살았고, 퇴원 후에 만난 아키히로 씨의 작은아버지도 짚이는 데가 없다고 하셨거든. 그런데 얼마 전에 시부야에서 우연히 아키히로 씨를 아는 사람을 만났어. 그 사람은 5년 전까지 히로시마에 살았는데 그때 옆집에 살던 사람이 아키히로 씨였대."

"그래서 히로시마에 가면 그 말을 전할 상대가 누군지 알 수 있을 것 같다고 생각한 거야?"

"응. 아키히로 씨는 자주 가는 술집이 있었다고 하니까 살던 집 근처에 있는 술집을 돌아다니다 보면 뭔가 실마리를 얻을 수 있지 않을까 싶어서. 혼자라는 게 좀 겁이 나기는 하지만… 어떻게든 그 상대가 누군지 알아내서 아키히로 씨의 말을 전해야만 할 것 같아서…."

"히로시마에 가는 거 토요일까지만 기다려 줄 수 있어?"

"왜?" 아카리는 고개를 갸웃거렸다.

"다음 주에 일주일 휴가 내고 나도 같이 가려고."

"괜찮겠어?"

"솔직히 여행하는 동안 마음이 편하지는 않겠지. 내가 그날 약속을 지키기만 했더라면 너도 다치지 않았을 테고 아키히로 씨가 죽을 일도 없었을 테니까. 안 그래도 매일같이 그 생각을 하는데 아키히로 씨의 과거를 추적하는 여행을 떠나면 더 심해지겠지…." 코헤이가 고개를 떨구었다.

아카리는 잠자코 기다렸다. 이윽고 코헤이가 다시 고개를 들더니 강한 눈빛으로 이쪽을 쳐다보며 입을 열었다.

"…하지만 그렇기 때문이라도 반드시 아키히로 씨의 마지막 말을 전해야만 한다고 생각해."

34

코헤이는 이쪽으로 다가오는 열차 카트를 보고 승무원을 불러 세웠다.

"따뜻한 커피 한 잔 주시고요…, 아카리 넌 뭘로 할래?"

옆자리에 앉은 아카리에게 묻자 "난 됐어"라며 창밖으로 시선을 돌렸다.

코헤이는 들고 있던 스마트폰을 좌석 테이블에 올려놓고 지갑을 꺼내 커피값을 계산했다. 컵을 받아 따뜻한 커피를 한 모금 마신 다음 좌석 테이블에 내려놓고 다시 스마트폰을 집어 검색을 이어갔다.

— 약속은 지켰다고… 전해 줘….

이야마 아키히로가 마지막으로 남긴 말을 전할 상대를 찾기 위해 아카리와 둘이서 그가 예전에 살았다고 하는 히로시마로 가는 중이었다.

다음 주 일요일까지 휴가를 냈으니 코헤이에게 주어진 시간은 오늘을 포함해서 총 9일이었다. 그 안에 찾으면 좋겠지만 쉽지 않을 것 같았다.

아키히로가 자주 가는 술집이 있었다고는 하지만 술집에도 여러 종류가 있다. 선술집, 바, 단란주점, 룸살롱 등등. 아키히로가 어떤 종류의 술집을 좋아했는지에 대한 정보가 전혀 없으니 범위를 좁히는 것은 불가능했다.

인터넷에서 검색해 본 결과, 5년 전 아키히로가 살았던 빌라에서 도보 20분 거리에 있는 술집만 해도 50군데가 넘었다. 인터넷에서 검색되지 않는 가게까지 합치면 100군데쯤 되지 않을까 싶었다.

아키히로에 관한 정보가 너무 적은 것도 마음에 걸렸다. 코헤이와 아카리가 알고 있는 것이라고는 이야마 아키히로라는 이름과 마흔여덟이라는 나이, 그리고 히로시마에 살던 당시 경비원으로 일했다는 사실뿐이었다.

가장 큰 문제는 아키히로의 최근 사진이 없다는 점이었다. 아무리 단골이라고 해도 아키히로가 술집에서 자신의 본명을 밝혔을지는 알 수 없는 일이었다.

코헤이는 열차 내 전광판에 '다음 역은 히로시마'라는 안내가 흘러나오는 것을 보고 컵에 남은 커피를 단숨에 들이마신 후 자리에서 일어났다.

히로시마역을 나와 택시 타는 곳으로 가서 대기 중이던 택시에 올라탔다. 행선지를 묻는 택시 기사의 질문에 코헤이는 옆에 앉은 아카리를 돌아보았다.

"호텔 체크인 시간까지 아직 좀 남았으니까 아키히로 씨가 살던 집에 먼저 가 보지 않을래?"

아카리가 고개를 끄덕이는 것을 보고 코헤이는 스마트폰에 저장해 둔 빌라 주소를 기사에게 불러 주었다.

택시가 출발하자 코헤이는 좌석에 몸을 묻고 창밖을 내다보았다.

강과 다리가 많은 동네라는 인상을 받았다. 화창한 햇살이 수면 위로 쏟아져 내려서 눈이 부실 지경이었다.

한참을 달린 후에 기사가 "이쯤인 것 같은데요"라며 차를 세웠다.

요금을 계산하고 택시에서 내렸다. 아카리와 함께 주위를 두리번거리며 걷다 보니 눈앞에 빌라가 나타났다.

한 층에 방이 다섯 개씩 있는 오래된 2층짜리 빌라였다. 계단 옆에 '그린 하이츠'라는 팻말이 붙어 있었다.

"아키히로 씨는 201호, 에나미 씨는 202호에 살았다고 했지?"

아카리가 고개를 끄덕였다.

"사람이 있을지 없을지 모르겠지만 202호에 한번 가 볼까?"

코헤이가 제안하자 아카리가 "뭐 하러?" 하고 고개를 갸웃거렸다.

"에나미 씨가 이사 나간 후에 202호에 들어온 사람도 옆집에 사는 아키히로 씨와 친하게 지냈을 수도 있잖아."

아카리가 그제야 이해했다는 듯 고개를 끄덕였다.

아키히로가 단골이었던 가게를 찾기 위해 주변에 있는 수많은 술집을 무작정 돌아다니기 전에 조금이라도 실마리를 찾고 싶었다.

코헤이는 빌라 계단을 올라갔다. 뒤에서 아카리가 따라왔다. 2층으로 올라가 '핫토리'라는 문패가 달린 201호를 지나 202호 앞에서 멈춰 섰다. 문패에는 '이토'라고 적혀 있었다.

오늘은 토요일이니 집에 사람이 있을 가능성이 높지 않을까 기대하며 202호 초인종을 눌렀다.

잠시 기다리자 안에서 "네" 하고 퉁명스러운 남자 목소리가 들렸다.

"아, 실례합니다. 201호 일로 좀 여쭤보고 싶은 것이 있습니다만…."

코헤이가 조심스럽게 대답하자 현관문이 열리고 부스스한 머리를 한 남자가 얼굴을 내밀었다. 코헤이보다 열 살은 더 많아 보였다.

남자는 자다 깼는지 심기가 불편해 보이는 얼굴로 코헤이와 아카리를 번갈아 쳐다보았다.

"갑자기 찾아와서 죄송합니다. 혹시 예전에 201호에 살던 이야마 아키히로라는 분을 아십니까?"

"이야마 아키히로요?" 남자가 의아하다는 투로 되물었다.

"네, 40대 남자입니다. 현재 201호에는 다른 사람이 살고 있지만 5년 전까지는 이분이 201호에 살았다고 합니다."

"그러고 보니 이사 와서 옆집에 인사하러 갔을 때 그쯤 되어 보이는 남자가 나왔던 것 같기도 하고…."

"그게 언제였습니까?"

"내가 여기 이사 온 게 딱 5년 전입니다."

"아키히로 씨와 친하게 지내지는 않으셨나요?"

"네, 뭐 쓰레기 버리거나 할 때 마주치면 인사하는 정도였습니다."

"그러시군요…." 코헤이는 내심 크게 실망했다. "혹시 아키히로 씨가 언제 이사 갔는지 아십니까?"

"글쎄요."

남자가 현관문을 닫고 들어가려고 했다. 코헤이는 반사적으로 손을 뻗어 닫히는 문을 잡았다.

"잠시만요. 이 빌라를 관리하는 회사나 집주인 연락처를 알 수 있을까요?"

코헤이가 묻자 남자가 크게 한숨을 내쉬었다.

자는 사람을 깨운 걸로 부족해서 귀찮은 부탁까지 하니 짜증이 날 만도 했다.

"번거롭게 해 드려서 정말 죄송합니다만 부탁 좀 드리겠습니다. 달리 알아볼 데가 없어서요."

"알겠습니다…. 임대계약서를 찾아볼 테니까 여기서 잠깐만 기다리세요."

남자가 못 이기겠다는 듯 고개를 저으며 현관문을 닫고 들어갔다. 잠시 후 문이 열리더니 남자가 "여기요" 하고 종이 한 장을 내밀었다. 받아서 살펴보니 '네기시 세이치로'라는 이름과 '주식회사 나라사키 부동산'이라는 회사명, 그리고 각각의 주소와 전화번호가 적혀 있었다.

"감사합니다."

"네, 수고하세요." 남자가 다시 문을 닫고 들어갔다.

코헤이는 그 자리에서 바로 스마트폰을 꺼내 인터넷에서 주소를 검색해 보았다.

부동산 회사는 히로시마역 맞은편 와카쿠사초에 있었고, 집주인인 네기시 세이치로가 사는 단바라미나미 1번지는 바로 옆 동네였다.

여기서는 부동산 회사보다 네기시 세이치로의 집이 더 가까웠다. 무엇보다 부동산 회사에 가서 물어본다 한들 개인 정보와 관련된 사항을 쉽게 알려줄 것 같지 않았다.

"집주인이 옆 동네에 산대. 여기서 좀 걸어야 하지만 한번 가 보지 않을래?"

코헤이가 묻자 아카리가 고개를 끄덕이며 발밑에 내려놓았던 커다란 여행 가방 두 개 중 한 개를 집어서 어깨에 멨다.

"무거우니까 내가 들게."

코헤이가 손을 내밀었지만 아카리는 고개를 저었다.

"내 가방 정도는 내가 들 수 있어."

"알았어."

코헤이는 고개를 끄덕이며 자신의 여행 가방을 집어 들고 아카리와 함께 빌라 계단을 내려갔다.

네기시 세이치로의 집은 쉽게 찾을 수 있었다. 빌라에서 걸어서 15분 정도 떨어진 주택가에 위치한 2층짜리 주택이었다.

아까 빌라에서는 아무 생각 없이 무작정 초인종부터 눌렀지만, 이번에는 말할 내용을 머릿속에서 어느 정도 정리한 후에 현관문 옆에 달린 초인종을 눌렀다.

한참 동안 응답이 없어서 아무도 없나 하고 있는데 갑자기 눈앞에서 문이 열리는 바람에 코헤이는 깜짝 놀라 한 발 물러섰다. 문 앞에 선 나이가 지긋한 노인이 코헤이와 아카리를 번갈아 쳐다보더니 "무슨 일입니까?" 하고 물었다.

"저는 히가시바라 코헤이라고 합니다. 이렇게 갑자기 찾아와서 죄송합니다. 네기시 씨 되시나요?"

"그렇습니다만."

무뚝뚝하게 대답하는 남자를 보니 입이 잘 떨어지지 않았다.

"저… 미나미마치에 있는 그린 하이츠 건으로 여쭤보고 싶은 게 있습니다만…."

"내가 그 빌라 주인이라는 건 어떻게 알았는지 모르겠지만, 거기는 지금 빈방이 없습니다."

"아니, 그런 게 아니라… 예전에 201호에 살았던 이야마 아키히로 씨에 관해 여쭤보고 싶은 게 있어서요…."

"이야마 아키히로…?" 네기시의 표정이 한층 더 딱딱해졌다.

"네. 언제 이사 갔는지는 모르겠지만 5년 전에 그린 하이츠 201호에 살았다는 건 확실합니다. 나이는… 작년에 마흔여덟이었으니까 5년 전이면…."

"미안하지만 자네들은 대체 누군가?"

네기시가 코헤이의 말을 가로막더니 강한 어조로 물었다. 코헤이는 저도 모르게 시선을 돌려 아카리와 얼굴을 마주 보았다.

"처음 보는 사람한테 세입자의 개인 정보를 알려줄 리가 없지 않은가."

"아키히로 씨가 제 목숨을 구해 주셨어요."

아카리가 가냘프지만 힘 있는 목소리로 대답했다. 코헤이를 향하고 있던 네기시의 시선이 아카리에게로 옮겨갔다. 네기시는 아카리를 쳐다보며 그게 무슨 소리냐는 듯 고개를 갸웃거렸다.

"작년 11월에 도쿄 시부야에서 일어난 묻지마 사건을 기억하시나요?"

아카리가 네기시를 똑바로 쳐다보며 물었다.

네기시는 오래된 기억을 끄집어내듯 천천히 입을 열었다.

"…시부야에 있는 스크램블 교차로에서 젊은 남자가 지나가던 사람들에게 흉기를 휘두른 사건 말인가?"

"네. 이야마 아키히로 씨는 그때 범인에게 공격당한 저를 구하려다가 목숨을 잃으셨어요."

네기시의 눈이 휘둥그레졌다.

"아키히로 씨가 죽었다고? 그게 정말인가?"

"네…." 아카리가 쓰고 있던 마스크를 벗으며 대답했다.

아카리의 오른쪽 뺨에 깊게 새겨진 흉터를 보고 네기시가 흠칫 놀라는 기색이 느껴졌다.

"저랑 아키히로 씨는 서로 전혀 모르는 사이였습니다. 다만 아키히로 씨가 돌아가시기 전에 제게 남긴 말이 있어요. 아키히로 씨는 금방이라도 숨이 끊어질 것 같은 상태로 저를 쳐다보면서 이렇게 말했어요. '약속은 지켰다고 전해 줘…'라고. 그게 아마 아키히로 씨가 마지막으로 남긴 말일 거예요. 아키히로 씨가 그 말을 전하고자 했던 상대를 찾고 싶은데… 저로서는…."

갑자기 말을 많이 해서인지 아카리가 괴로운 표정으로 가슴을 움켜쥐었다.

코헤이는 아카리의 어깨에 손을 얹으며 아카리가 하던 말을 이었다.

"저희는 아키히로 씨의 교우 관계를 알지 못합니다. 아키히로 씨의 부모님은 두 분 다 이미 돌아가셨고, 친척들도 약속에 관해서는 아는 바가 없다고 합니다. 그러다가 과거 그린 하이츠 202호에 살았다는 에나미라는 분을 얼마 전 도쿄에서 우연히 만나서 그분이 과거 히로시마에서 아키히로 씨와 이웃에 살았다는 사실을 알게 되었습니다. 그래서 여기에 오면 무언가 실마리를 찾을 수 있지 않을까 하고…."

"그랬군…." 네기시가 길게 탄식했다. "그것 때문에 일부러 히로시마까지…. 함부로 의심해서 미안하네."

"아닙니다. 아까 같은 상황에서는 의심하는 게 당연하다고 생각합니다. 저희한테 아키히로 씨에 대해 말씀해 주실 수 있을까요?"

코헤이가 묻자 네기시는 자신이 대답할 수 있는 거라면 얼마든지 대답해 주겠다며 고개를 끄덕였다.

"네기시 씨는 아키히로 씨에 대해 잘 아시나요?"

"음, 딱히 친하게 지냈다고 하기는 어렵지만 우리 집이랑 빌라가 워낙 가깝다 보니 길에서 종종 마주치곤 했거든. 그럴 때면 내가 못 알아보더라도 항상 그쪽에서 먼저 인사를 했어. 아주 싹싹한 친구였지. 이사 나갈 때도 그동안 감사했다며 선물을 사 들고 우리 집에 인사하러 왔고 말이야. 요즘은 그런 사람을 찾아보기 힘들지."

"아키히로 씨는 자주 가는 술집이 있었다던데 혹시 어딘지 아시나요?"

"그건 잘 모르겠는데." 네기시가 손을 내저었다. "아키히로 씨가 그런 얘기를 꺼낸 적도 없고, 나는 술을 못해서 이 동네 술집은 거의 가 본 적이 없거든."

"그러시군요…."

쉽게 정보를 얻을 수 있으리라고는 생각하지 않았지만 그래도 역시 실망을 감추기 어려웠다.

"아키히로 씨는 언제부터 그린 하이츠에 살았나요?" 아카리가 물었다.

"글쎄…. 기록을 찾아볼 테니 일단 안으로 들어오게."

코헤이와 아카리는 네기시를 따라 집 안으로 들어갔다. 네기시는 두 사람을 현관 바로 옆에 있는 방으로 안내하더니 안쪽을 향해 "여기 손님 오셨으니까 차 두 잔만 내 오게" 하고 소리쳤다.

네기시가 자리를 비우고 얼마 지나지 않아 네기시의 아내인 듯한 노부인이 차를 내왔다. 앉아서 기다리라는 노부인의 말에 코헤이는 아카리와 나란히 소파에 앉았다.

잠시 후 네기시가 한 손에 노트를 들고 돌아와 두 사람 맞은편에 앉았다. 테이블 위에 놓인 안경을 쓰고 노트를 한 장씩 넘기며 천천히 살펴보았다.

빌라 세입자에 관한 정보를 기록해 둔 노트인 듯했다.

"아키히로, 아키히로… 여기 있군." 혼잣말을 중얼거리며 노트를 뒤적이던 네기시가 고개를 들었다. "아키히로 씨가 그 빌라에 들어온 건 9년 전 6월일세. 이 노트를 보니 기억이 나는군."

"아키히로 씨가 전에는 어디 살았는지 혹시 아시나요?" 아카리가 물었다.

아키히로가 마지막 말을 전하고자 한 상대가 그린 하이츠 입주 후에 알게 된 사람인지는 알 수 없었다. 그린 하이츠로 이사 오기 전에 이미 누군가와 약속을 했을 가능성도 있었다.

"그 전에는 히로시마현 다케하라시에 살았다고 되어 있네만." 네기시가 노트에 적힌 글자를 손으로 짚으며 대답했다.

코헤이는 스마트폰을 꺼내 히로시마현 지도에서 다케하라시가 어디쯤 위치하는지 검색해 보았다. 히로시마시에서 동쪽으로 조금 떨어진 곳에 위치한 다케하라시는 바다에 면해 있었다.

"거기 있는 식품 공장에서 파견직으로 일했다고 들었네. 공장 일을 그만두면서 기숙사에서도 나오게 된 것을 계기로 그 참에 아예 히로시마시로 옮겨 와서 새로운 일자리를 찾기로 했다더군."

"아키히로 씨가 일했다는 그 회사가 어디인지 아십니까?"

코헤이가 묻자 네기시는 노트에 회사명은 적혀 있지 않다며 고개를 저었다.

"아키히로 씨가 우리 빌라에 살고 싶다며 연락을 해 왔을 때는 아직 다음 일자리가 정해지지 않은 상태였고 보증인도 없다고 해서 솔직히 방을 내줘도 될지 망설여지더군. 하지만 계약에 필요한 돈은 가지고 있었고 거처가 정해지면 한 달 내에 반드시 일을 구하겠다고 하길래 받아들이기로 했지. 그리고 약속대로 한 달 안에 새 직장을 구했다며 연락을 해 왔다네."

"경비원 일 말인가요?"

옆에 앉아 있던 아카리가 묻자 네기시가 고개를 끄덕이며 노트를 가리켰다.

'아이하라 보안경비 주식회사'라는 회사명과 함께 주소와 전화번호가 적혀 있었다.

코헤이는 네기시에게 허락을 구한 뒤 회사 정보를 스마트폰 메모장에 입력했다.

"아키히로 씨가 그린 하이츠에서 나간 건 언제쯤이었습니까?"

코헤이가 묻자 네기시가 노트를 보며 "4년 전 6월이네"라고 대답했다.

"왜 나간다고 하던가요?"

코헤이의 질문에 네기시가 자기도 잘 모르겠다는 듯 고개를 갸웃거렸다.

"글쎄, 나도 딱히 이유를 묻지는 않았으니까…. 아무튼 나가기 한 달 전에 정해진 대로 계약 해지 절차를 밟았고, 아까도 말했듯이 마지막 날에는 선물을 사 들고 인사하러 왔었다네."

"어디로 갔는지는 모르십니까?"

"도쿄로 간 것 같던데."

"아키히로 씨가 그렇게 말하던가요?"

"아니, 나갈 때는 어디로 간다 말이 없었지만 이듬해에 연하장이 왔거든."

네기시가 눈앞에 놓인 노트의 페이지를 넘겼다.

'도쿄도 후추시 센겐초 4번지 스카이코포 센겐 103호'라는 주소가 적혀 있었다.

"제가 좀 옮겨 적어도 될까요?" 코헤이가 노트를 들여다보며 물었다.

"옮겨 적는 건 상관없지만 별 도움은 되지 않을 걸세. 그 다음해까지는 연하장을 보내왔지만 이후에는 연락이 끊겼거든. 이쪽에서 보낸 연하장도 수취인 불명으로 반송되었고."

네기시의 말을 듣고 코헤이는 아카리와 얼굴을 마주 보았다. 아카리의 표정이 어두웠다. 묻지마 사건에 휘말려 죽기 전까지 아키히로가 어떤 삶을 살았는지 알 수 있을지도 모른다는 기대가 무너져서 실망한 듯했다.

그래도 혹시 나중에라도 도움이 될지 모른다는 생각을 하며 코헤이는 노트에 적힌 도쿄의 주소를 스마트폰에 저장했다.

"아키히로 씨에 관해 내가 말해 줄 수 있는 건 이 정도일세." 네기시가 노트를 덮으며 말했다.

"연락도 없이 불쑥 찾아왔는데 친절하게 가르쳐 주셔서 정말 감사합니다."

코헤이는 아카리와 함께 고개를 숙였다.

코헤이는 호텔 프런트 데스크에서 체크인을 마친 후 아카리와 열쇠를 하나씩 나눠 갖고 엘리베이터로 향했다.

객실이 있는 7층에서 엘리베이터를 내려 복도를 걸어갔다. 아카리가 703호 앞에서 멈춰 섰다.

"아카리, 어떻게 할래? 피곤할 텐데 오늘 밤은 그냥 호텔에서 쉴까?"

영업직인 코헤이는 돌아다니는 데 익숙하지만 반년 전 사건에서 큰 부상을 입었던 아카리에게는 오늘 일정이 많이 버거웠을 것이다. 마스크를 쓰고 있어서 잘은 모르겠지만 안색이 안 좋아 보였다.

"아니야, 시간이 아까우니까 바로 와카마츠테이에 가 보자."

와카마츠테이는 술을 못하는 네기시가 유일하게 알고 있는 술집이었다. 동네 사람들이 많이 가는 가게라고 했다.

"괜찮겠어? 아직 8일이나 남았으니까 무리하지 말고…."

"무리여도 해야지!" 아카리가 날카롭게 소리쳤다. "…난 살아 있으니까."

"그래, 알았어. 그럼 짐만 놓고 바로 나가자."

코헤이는 702호로 향했다.

아카리와 함께 어두운 골목길을 걸어가다 보니 저 앞에 보이는 가게 처마 아래 달린 등에 '와카마츠테이'라고 적힌 글씨가 눈에 들어왔다.

코헤이는 미닫이문을 열고 안으로 들어갔다. 가게 안에 자욱한 연기가 시야를 가렸다. 테이블석이 따로 없는 작은 가게였다. ㄷ자로 설치된 카운터석은 손님으로 거의 다 차 있었다.

"어서 오세요. 빈자리에 앉으시면 됩니다."

카운터 안쪽에서 닭꼬치를 굽던 남자 점원이 무뚝뚝하게 말했다. 코헤이는 아카리를 돌아보았다.

아카리에게 이렇게 사람이 많은 장소는 힘들지 않을까 싶었다.

걱정하는 마음을 알아차렸는지 괜찮다며 고개를 끄덕이는 아카리를 보고 코헤이는 안쪽으로 들어가 비어 있는 자리에 앉았다.

왼쪽에 앉은 중년 남자가 담배를 피우고 있어서 그 옆에 앉으려다가 잠시 생각한 후에 아카리를 그쪽에 앉히고 코헤이는 아카리의 오른쪽에 앉았다.

"주문하시겠습니까?"

점원의 질문에 코헤이는 아카리를 돌아보았다. 아카리가 최근에는 술을 거의 마시지 않았다면서 우롱차 하이볼을 주문하는 것을 보고 코헤이도 같은 것을 시키고 닭꼬치 세트를 추가했다.

술이 나오기를 기다리는데 목이 칼칼해졌다. 코헤이는 평소 전자 담배를 피우기 때문에 담배 연기에는 익숙한 편이었다. 그런데도 좁은 가게 안을 가득 메우고 있는 연기 때문에 숨쉬기가 힘들 정도였다.

담배를 피우지 않는 아카리는 훨씬 더 견디기 힘들 터였다.

점원이 눈앞에 맥주잔을 내려놓기가 무섭게 코헤이는 잔을 들어 꿀꺽꿀꺽 들이켰다. 옆에 앉은 아카리도 마스크를 벗고 잔을 입으로 가져갔다.

잔을 내려놓고 시선을 들자 맞은편에 앉은 노부부와 눈이 마주쳤다. 정확히는 코헤이가 아니라 아카리를 보고 있는 듯했다. 아카리의 오른쪽 뺨에 새겨진 흉터를 노골적으로 쳐다보는 두 사람의 연민 어린 시선이 불쾌하기 짝이 없었다.

가게에 들어온 지 몇 분밖에 지나지 않았는데 벌써 나가고 싶어졌다.

점원한테 아키히로가 이 가게 단골이었는지만 물어보고 빨리 나가자.

코헤이는 자신의 눈앞에 닭꼬치가 가득 담긴 접시를 내려놓고 바로 물러나려고 하는 점원에게 "한 가지만 여쭤봐도 될까요?" 하고 말을 걸었다.

"이 가게에 이야마 아키히로라는 손님이 자주 오지 않았나요?"

코헤이가 묻자 점원이 의아한 표정으로 고개를 갸우뚱거렸다.

"4년 전까지 미나미마치에 살았고, 당시 나이는 마흔 중반이었습니다만."

"글쎄요… 저는 여기서 일한 지 2년밖에 안 돼서요."

퉁명스럽게 대꾸하고 자리를 뜨려고 하는 점원을 아카리가 붙잡았다.

"다른 분들한테도 물어봐 주실 수 없을까요? 주방에서 일하는 분은 4년 전에도 여기 계셨나요?"

점원이 귀찮다는 듯 표정을 찌푸렸다.

"어이! 술 언제 나와!"

카운터 너머에서 남자 손님이 재촉하는 목소리에 점원이 그쪽으로 시선을 주었다가 다시 이쪽을 보며 "보시다시피 지금 좀 바빠서요"라고 짧게 내뱉고는 휙 하고 가버렸다.

코헤이는 한숨을 내쉬며 맥주잔에 손을 뻗었다. 그때 옆에 있던 아카리가 자리에서 일어났다.

"여러분, 식사 중에 죄송하지만 혹시 이야마 아키히로라는 사람을 아시는 분 계신가요?"

카운터석에 빙 둘러앉은 손님들이 일제히 동작을 멈추고 아카리를 쳐다보았다.

"아키히로 씨는 4년 전까지 미나미초 4번지에 있는 그린 하이츠라는 빌라에 살았고, 당시 나이는 마흔넷, 직업은 경비원이었습니다. 턱 이쯤에 점이 있고요. 저희는 아키히로 씨를 아는 분을 찾고 있습니다."

아카리가 자기 턱을 가리키며 열심히 설명했지만 아무도 대답하지 않았다. 다들 술에 취한 눈빛으로 무슨 재미난 구경거리라도 생긴 듯 이쪽을 빤히 쳐다볼 뿐이었다.

"아카리…, 이 가게는 아닌 것 같아. 다음 가게로 가 보자."

코헤이가 씁쓸한 기분으로 말을 건넸다. 아카리가 고개를 떨구며 자리에 앉았다.

703호 객실 문을 두드렸지만 답이 없었다. 몇 번 더 노크하자 이윽고 문이 열리고 아카리가 얼굴을 내밀었다.

"저녁 6시인데 어떻게 할래? 피곤하면 오늘은 호텔에서 쉴까?"

코헤이의 말에 아카리가 고개를 천천히 가로저었다.

"아니야, 기다리게 해서 미안…. 바로 준비할 테니까 조금만 더 기다려 줘."

아카리가 그렇게 말하고는 문을 닫았다.

히로시마에 온 지 나흘째였다. 두 사람은 아키히로가 자주 갔다는 술집을 찾기 위해 매일 밤 열심히 돌아다니고 있었지만 아직 아무런 수확도 없었다.

히로시마에 오기 전부터 어느 정도 각오는 하고 있었지만 실제로 부딪혀 보니 생각했던 것보다 훨씬 더 쉽지 않은 일이었다.

하룻밤에 네 군데씩 돌았으니 어제까지 총 열두 군데 술집을 간 셈이었다. 술집에 가서 아무것도 주문을 안 할 수도 없고 점원에게 말 걸 타이밍을 잡기 위해 보통 한곳에서 두세 잔은 마시다 보니 두 사람 모두 피로가 쌓이고 있었다.

아키히로가 일했던 경비 회사도 찾아가 보고 싶었지만 체력적으로도 시간적으로도 그럴 만한 여유가 없었다. 술집을 돌아다니지 않을 때는 호텔에서 죽은 듯이 쓰러져 자기 바빴다.

잠시 후 문이 열리고 아카리가 나왔다. 둘이서 엘리베이터를 타고 내려가 호텔 앞 큰길에서 택시를 잡아타고 언제나처럼 그린 하이츠로 향했다.

택시에서 내려 아카리와 상의한 끝에 어젯밤에 갔던 곳과는 다른 방향으로 걷기 시작했다.

"오늘은 좀 다른 분위기의 술집에 가 볼까?"

코헤이가 말하자 아카리가 이쪽을 쳐다보며 "다른 분위기라니?" 하고 물었다.

"예를 들면 단란주점 같은 데."

어제까지 사흘 동안 간 술집은 주로 그린 하이츠에서 도보 10분 거리에 있는 선술집, 요리 주점, 바 등이었다. 처음 가는 단란주점에 여자인 아카리를 데리고 가는 것이 약간 망설여지기는 했지만 시도해 볼 만한 가치는 있어 보였다.

빌라에서 10분 정도 걸었을 때 눈앞에 나타난 가게 앞에서 걸음을 멈췄다. 문 옆에 '단란주점 루비'라고 적힌 작은 분홍색 간판이 걸려 있었다.

코헤이는 아카리를 돌아보며 "어때? 들어가 볼래?" 하고 물었다.

"응…."

아카리가 고개를 끄덕였지만 코헤이는 좀처럼 문을 열 용기가 나지 않았다.

아카리도 그렇겠지만 코헤이 역시 긴장하고 있었다.

일반 술집이나 바는 많이 가 봤지만, 단란주점은 처음이었다.

단란주점은 밖에서 가게 내부가 들여다보이지도 않고 메뉴판을 내놓는 경우도 거의 없어서 초심자에게는 발을 들이기가 쉽지 않은 곳이었다. 이곳 역시 밖에서는 안이 들여다보이지 않았고 메뉴판도 보이지 않았다.

코헤이는 이상한 곳이 아니기를 바라면서 문을 열었다. 가게 안에서 노래방 기계의 반주에 맞춰 노래하는 남자의 우렁찬 목소리가 들렸다.

아카리와 함께 안으로 들어갔다. 가게 안에는 카운터석 외에 테이블석이 두 개 있었다. 화려한 무늬의 원피스를 입은 여자가 카운터 안쪽에 서 있었다. 카운터석에는 아무도 없고, 테이블석 하나에 남자 셋이 앉아 있었다. 그중 한 명이 소파에 기대어 앉아 마이크를 붙잡고 노래하고 있었다.

코헤이는 카운터로 다가가 "두 명인데 괜찮을까요?" 하고 여자에게 말을 걸었다.

"어디든 편한 자리에 앉으세요."

화장을 진하게 한 40대 중반쯤 되어 보이는 여자의 말을 듣고 코헤이는 아카리에게 의견을 물었다.

"그럼 카운터석에 앉자."

코헤이가 생각하기에도 이렇게 시끄러운 분위기에서 이야기를 나누려면 카운터석이 좋을 것 같았다.

가게 안은 조명이 어두운 편이라서 아카리의 뺨에 난 흉터도 그다지 눈에 띄지 않을 것 같았다.

코헤이는 카운터석에 아카리와 나란히 앉았다. 여자가 두 사람에게 물수건을 건네며 "뭘로 드릴까요?" 하고 물었다.

"생맥주 두 잔 주세요."

"생맥주는 없는데 병맥주여도 괜찮을까요?"

코헤이가 고개를 끄덕이자 여자가 병맥주와 잔 두 개를 내왔다. 코헤이는 각각의 잔에 맥주를 따른 다음 하나를 아카리에게 건넸다.

아카리가 마스크를 벗고 입술을 축이듯 맥주를 홀짝거렸다.

하루도 쉬지 않고 매일 마시면서 돌아다니다 보니 몸이 회복될 시간이 없어서 힘들어 보였다.

"예쁘네. 우리 가게에서 일하지 않을래요?"

여자가 장난스럽게 말을 걸자 아카리가 당혹스러운 표정으로 고개를 숙였다.

"우리 가게는 처음 오셨죠? 근처에 사시나요?"

"아니요…, 사이타마에서 왔습니다."

코헤이가 대답하자 여자가 "어머, 정말이요?" 하고 다소 과장된 반응을 보였다.

동네 골목 안에 있는 술집이니 평소 관광객이 올 일은 거의 없을 터였다.

"마담, 다음 곡은 〈사랑스러운 에리〉로 부탁해."

테이블석에 앉은 남자가 이쪽을 향해 말했다. 마담은 리모컨으로 노래 선곡을 마친 후 기본 안주가 담긴 접시 두 개를 들고 다시 자리로 돌아왔다.

안주 접시를 두 사람 앞에 내려놓으며 마담이 뭐라고 말했지만 가게 안에 쩌렁쩌렁 울려 퍼지는 남자의 노랫소리에 가려 잘 들리지 않았다.

"뭐라고 하셨습니까?" 코헤이가 큰 소리로 되물었다.

"우리 가게는 어쩌다 오게 된 거예요? 누구한테 소개받고 온 건가요?" 마담도 노랫소리에 지지 않을 만큼 목청을 높였다.

"아니요, 소개받고 온 건 아닙니다. 갑자기 이런 질문을 드려서 죄송합니다만 혹시 이야마 아키히로라는 남자를 아십니까?"

"이야마 아키히로요?"

"네, 4년 전까지 미나미마치 4번지에 있는 그린 하이츠라는 빌라에 살았고, 당시 나이는 마흔넷이었습니다. 직업은 경비원이었고, 턱 이쯤에 점이 있는 남자입니다." 코헤이는 자신의 턱을 가리키며 말했다.

"이야마 아키히로 씨라… 저는 잘 모르겠네요."

"그러십니까…." 코헤이는 옆에 앉은 아카리를 돌아보았다.

코헤이와 마찬가지로 아카리도 실망한 듯했다.

"어쩌면 누구랑 함께 온 적은 있을지도 모르겠지만 단골이 아닌 건 확실해요."

마담이 대답하는 것과 동시에 테이블석에서 마이크를 붙잡고 있던 남자가 "에리~" 하고 〈사랑스러운 에리〉의 마지막 부분을 열창했다.

노래가 끝나자 마담이 테이블석을 향해 물었다.

"혹시 4년 전에 미나미마치 4번지 그린 하이츠라는 빌라에 살았던 이야마 아키히로라는 남자를 아는 사람 있어요? 마흔넷의 경비원인데 턱에 점이 있었대요."

마담의 말을 들으며 코헤이도 테이블석을 돌아보았다. 세 명 모두 모른다며 고개를 저었다.

"실례했습니다." 코헤이는 남자들에게 고개를 숙여 보이고 다시 정면을 향해 돌아앉았다.

"그 사람 때문에 사이타마에서 히로시마까지 왔다고요?"

코헤이는 고개를 끄덕였다.

"뭔가 중요한 사정이 있는 건가요?" 마담이 호기심 어린 눈빛으로 몸을 내밀며 물었다.

코헤이는 마담에게 자세한 사정을 설명할까 하다가 그만두기로 했다. 마담이 관심을 갖고 이것저것 묻기 시작하면 이야기가 길어질 우려가 있었기 때문이다.

아키히로를 모른다면 여기 더 머물 이유가 없으니 빨리 다음 가게로 가는 편이 나을 것 같았다.

"아니요, 그런 건 아니고… 아무튼 여러모로 감사했습니다. 계산할게요."

코헤이가 지갑을 꺼내자 마담이 "벌써 가려고요?" 하고 눈썹을 찌푸렸다.

"자기가 궁금한 것만 물어보고 바로 일어나는 건 좀 너무하지 않아요? 내가 일부러 단골 손님들한테도 물어봐 줬는데."

자못 불쾌하다는 듯한 마담의 말투에 코헤이는 당황한 눈빛으로 아카리를 돌아보았다.

"조금만 더 있다가 일어날까?"

"그러자." 아카리가 어쩔 수 없다는 듯 고개를 끄덕였다.

코헤이는 카운터 안에 있는 마담을 쳐다보며 입을 열었다.

"이 친구는 술이 약하니 다음 잔은 주스로 주시겠어요? 저는… 일단 소주 한 병 킵하고 그걸로 우롱차 하이볼이나 녹차 하이볼 한 잔 만들어 주세요. 괜찮으시다면 마담도 한 잔 드시죠."

부루퉁해 있던 마담이 코헤이의 말을 듣고 그제야 "어머, 고마워요" 하고 미소를 지었다.

그다지 내키지는 않았지만 어느 정도 돈을 쓰지 않으면 기분 좋게 풀려날 수 없을 것 같았다.

마담이 카운터 안쪽에서 소주를 꺼내 우롱차 하이볼을 두 잔 만들었다. 아카리에게는 오렌지주스를 내온 다음 셋이서 가볍게 건배했다.

테이블석에서 들려오는 남자들의 노랫소리를 들으며 마담의 지루한 수다에 적당히 맞장구를 쳐 주었다.

일요일 저녁에는 도쿄로 돌아가야 하니 아키히로가 단골이었던 술집을 찾아다닐 수 있는 기간은 앞으로 나흘뿐이었다.

아까운 시간을 쓸데없이 낭비하고 있다고 생각하니 초조함과 짜증이 몰려왔다.

"마담, 다음 곡은 〈둘만의 사랑의 섬〉으로 틀어 줘."

테이블석에서 리퀘스트가 들어왔다. 코헤이는 테이블석을 흘깃 쳐다보며 속으로 한숨을 내쉬었다. 대체 언제까지 부를 생각인 걸까.

"그건 듀엣곡이잖아요. 남자 둘이 부르려고요?" 마담이 웃으며 말했다.

"마담이 같이 불러 주면 되잖아."

덩치 큰 남자가 마이크를 들고 자리에서 일어나 카운터 쪽으로 걸어왔다.

"오늘은 안 돼요. 감기 기운이 있어서 목이 좀 부었거든요."

마담이 거절하자 남자가 입을 삐죽거리며 아카리에게 다가갔다.

"아가씨, 나랑 같이 부를래? 이 노래 알지?"

남자가 친한 척 말을 걸며 아카리의 어깨를 끌어안으려고 했다. 그 순간 아카리가 비명을 지르며 자리에서 벌떡 일어나 남자를 확 밀쳤다. 방심하고 있던 남자는 뒤로 넘어지며 엉덩방아를 찧었다.

"뭐 하는 짓이야!"

남자가 시뻘겋게 달아오른 얼굴로 아카리에게 달려들었다.

"그만하세요!"

코헤이는 서둘러 자리에서 일어나 아카리와 남자 사이를 막아 섰다.

남자를 저지하려고 가슴팍을 밀어낸 순간, 상대의 주먹이 시야를 가리며 날아들었다. 왼쪽 눈이 불에 타는 것처럼 화끈거리고 눈앞이 깜깜해졌다. 얼굴 왼쪽은 뜨거운데 오른쪽은 차가웠다. 자신이 바닥에 쓰러져 있다는 사실을 인지함과 동시에 배를 걷어차였다. 내장이 뒤틀리는 듯한 고통이 엄습했다. 숨이 턱 막혔다. 제발 멈추라며 울부짖는 아카리의 목소리를 들으며 이를 꽉 물고 필사적으로 아픔을 참았다.

"가게 안에서 소란 피우지 말아요!"

여자의 날카로운 목소리가 가게 안에 울려 퍼지고 나서야 겨우 발길질이 멎었다.

속이 메스껍고 숨이 잘 쉬어지지 않아서 좀처럼 몸을 일으킬 수가 없었다.

"물론 갑자기 몸에 손을 대려고 한 손님이 잘못한 건 사실이지만 아가씨도 그렇게까지 세게 밀칠 필요는 없잖아요."

마담이 아카리에게 한마디했다. 그런 게 아닌데. 아카리 잘못이 아니다.

남자가 어깨를 감싸안으려고 한 순간, 범인이 달려들었을 때의 공포가 되살아나서 몸이 저절로 반응한 것이리라.

아까 마담이 무슨 일이냐고 물어봤을 때 아카리와 아키히로가 무슨 관계인지 제대로 설명했더라면 이런 일은 일어나지 않았을지도 모른다.

코헤이는 고통을 참으며 힘겹게 몸을 일으켜 세운 다음 눈앞에 있는 덩치 큰 남자와 카운터 안에 있는 마담을 번갈아 쳐다보았다.

"돈은 됐으니까 이만 돌아가 줄래요?"

마담은 그렇게 말했지만 코헤이는 바지 주머니에서 지갑을 꺼내 1만 엔짜리 지폐 한 장을 카운터에 내려놓았다.

"경찰이 출동하거나 해서 일을 복잡하게 만들지 않았으면 좋겠는데."

"저도 신고할 생각은 없습니다."

코헤이는 짧게 대답하고 겁먹은 얼굴로 우두커니 서 있는 아카리에게 다가갔다.

"가자." 아카리의 손을 잡고 문 쪽으로 향했다.

코헤이는 단란주점을 나와 왼쪽 눈과 배의 통증을 참으며 아카리와 함께 어두운 밤길을 천천히 걸어갔다.

"미안… 나 때문에….."

아카리가 울먹거리며 사과했다.

"아카리 넌 잘못한 거 없어. 나는 다 알고 있으니까 괜찮아. 아무튼 오늘은 이만 호텔로 돌아가자."

코헤이가 달래듯 말하자 아카리가 힘없이 고개를 끄덕였다.

길에서 택시를 잡아타고 호텔로 돌아왔다. 다친 코헤이가 걱정이 되었는지 아카리도 자기 방으로 가지 않고 702호실로 따라 들어왔다. 코헤이는 상처를 확인할 기운도 없이 침대 위로 쓰러지듯 몸을 눕혔다.

호텔까지 돌아오는 동안 배의 통증은 많이 잦아들었지만 왼쪽 눈언저리는 여전히 욱신거렸다.

"괜찮아…?"

코헤이가 고개를 돌리자 침대 옆에 아카리가 서 있었다.

"괜찮아. 왼쪽 눈가가 좀 따가울 뿐이야."

억지로 미소를 지으며 대답하자 아카리가 침대 가장자리에 걸터앉아 손에 들고 있던 수건을 코헤이의 왼쪽 눈에 갖다 댔다. 젖은 수건의 차가운 감촉이 기분 좋게 느껴졌다.

"앞으로는 그러지 마….."

아카리의 목소리가 희미하게 떨렸다.

"날 위해서 그랬다는 건 알아. 하지만… 나 때문에… 나를 구하려다가… 다른 사람이 다치는 건 두 번 다시 보고 싶지 않아."

오늘 일 때문에 예전에 자신을 구하려다가 범인에게 살해당한 아키히로를 떠올리게 된 듯했다.

오늘 코헤이가 한 행동은 아키히로의 정의롭고 용감한 행동과는 거리가 멀었다. 하지만….

"난 몇 번이라도 똑같이 움직일 거야."

이쪽을 쳐다보는 아카리의 눈동자에 슬픔인지 안타까움인지 모를 복잡한 감정이 서렸다.

"아카리 네가 사고를 당하고부터 계속 생각했어. 만약 그때 내가 너랑 같이 시부야 스크램블 교차로를 건너고 있었다면 어땠을지 말이야. 그랬다면 좋았을 텐데, 하고…."

사건 이후 줄곧 마음속에 담아 두었던 생각이 입 밖으로 자연스럽게 흘러나왔다. 아카리를 향한 시야가 눈물로 흐릿해졌다.

"나는 아키히로 씨가 되고 싶었어…. 아키히로 씨처럼 알지도 못하는 사람을 위해서 목숨을 바칠 자신은 없지만, 적어도 내게 소중한 사람을 지키기 위해서라면… 나 역시 그랬을 거야. 계속 이 말을 하고 싶었어. 하지만 나한테는 이런 말을 할 자격이 없으니까… 괴로웠어…."

아카리는 아무 말도 하지 않았다.

눈물로 젖은 시야 속에서 아카리가 어떤 표정을 하고 있는지 알 수가 없어서 코헤이는 참을 수 없이 불안해졌다.

입으로는 무슨 말을 못 하겠느냐고 생각할까. 맞는 말이었다. 입으로는 무슨 말이든 할 수 있다. 아무리 바란다 한들 아카리가 습격당한 그 시간 그 장소로 돌아가는 것은 불가능하니 코헤이로서는 자신의 마음을 증명할 길이 없었다.

눈물이 마르면서 시야가 점차 또렷해졌다. 아카리의 표정을 확인하기가 두려워서 코헤이는 눈을 감았다.

잠시 후 부드러운 감촉이 입술에 와 닿는 것이 느껴졌다. 계속 닿아 있고 싶었지만 아쉽게도 스치듯 금세 사라져버렸다.

"코헤이가 죽지 않아서 다행이야…. 코헤이가 살아 있어서 다행이야….
아키히로 씨한테는 정말 죄송하지만…."

아카리가 말을 할 때마다 코헤이의 뺨에 달콤한 숨결이 와 닿았다. 그러고는 다시 한번 따뜻한 입술이 포개져 왔다. 코헤이는 두 팔을 뻗어 아카리를 부드럽게 감싸 안았다.

35

천천히 눈을 뜨자 커튼 사이로 햇빛이 쏟아져 들어오고 있었다.

침대 머리맡에 놓인 시계를 확인하자 아직 아침 9시 전이었다. 최근 며칠 동안은 정오까지 자도 피로가 풀리지 않는 느낌이었는데 오늘은 모처럼 기분이 상쾌했다.

어스름 속에서 옆으로 돌아눕자 눈앞에 아카리의 얼굴이 보였다. 아카리는 평온한 얼굴로 색색거리며 자고 있었다.

코헤이는 아카리가 깨지 않도록 조심하며 조용히 침대를 빠져나와 욕실로 향했다.

거울에 비친 얼굴을 보고 저도 모르게 쓴웃음을 지었다. 어젯밤에 비해 아픔은 많이 가라앉았지만 왼쪽 눈가에 제대로 멍이 들어 있었다.

세면대에 물을 틀어 살살 어루만지듯 세수를 하고 이를 닦았다.

히로시마에 와서 이 호텔에 묵는 동안 매일 숙취 때문에 구역질을 하며 이를 닦았는데 오늘은 치약의 민트향이 상쾌하게 느껴졌다.

어제는 술을 많이 마시지 않아서 그런지 속이 별로 불편하지 않았다.

무엇보다 어젯밤은….

오랜만에 아카리와 함께한 잠자리는 코헤이에게 기분 좋은 피로감과 무엇과도 바꿀 수 없는 만족감을 안겨 주었다.

코헤이는 속옷을 벗고 욕조에 들어가 뜨거운 물로 샤워를 하며 간밤에 아카리를 안았을 때 느낀 온기를 다시금 떠올렸다.

수건을 두르고 욕실에서 나오자 방에 불이 켜져 있었다. 아카리가 침대에서 이불을 돌돌 말고 누운 채 이쪽을 쳐다보고 있었다.

눈이 마주치자 부끄러운 듯 시선을 피했다.

"일어났어? 아직 9시도 안 됐으니까 더 자도 돼."

코헤이도 왠지 쑥스러워서 고개를 돌리며 어색하게 대답했다.

"괜찮아. 오랜만에 푹 잤어."

"다행이네."

어두운 곳에 있으면 사건 당시의 기억이 떠올라서 무섭다고 했는데 어젯밤은 불을 끄고도 잘 잔 모양이었다.

"나도 씻고 올게. 목욕 가운 좀 갖다 줄래?"

코헤이는 옷장에서 목욕 가운을 꺼내 침대에 누워 있는 아카리에게 가져갔다. 가운을 내밀자 아카리가 코헤이의 손이 아니라 얼굴 쪽으로 손을 뻗었다.

"아직도 많이 아파?"

아카리가 코헤이의 왼쪽 눈언저리를 조심스럽게 어루만지며 물었다.

"판다 같지? 이제 아프지는 않아."

아직 약한 통증이 남아 있었지만 아무렇지 않다는 투로 대답하자 아카리가 "다행이다" 하고 안심한 듯 미소를 지었다.

아카리는 이불 안에서 목욕 가운을 챙겨 입고 침대 밖으로 나왔다.

"샤워하고 올게."

욕실로 향하는 아카리의 뒷모습을 바라보던 코헤이가 문득 아카리를 불러 세웠다. 고개를 돌려 이쪽을 쳐다보는 아카리를 향해 웃으며 말을 건넸다.

"컨디션 괜찮으면 오늘 오후에는 관광하지 않을래?"

히로시마에 온 지 오늘로 벌써 5일째였지만 어제까지는 이야마의 단골 술집을 찾으러 다니느라 바빠서 관광할 생각은 하지도 못했다.

"관광이라니 어디 가고 싶은 데라도 있어?" 아카리가 물었다.

"음…."

히로시마에서 가장 유명한 관광지는 히로시마 평화기념관이었지만 지금 아카리에게 굳이 전쟁의 참혹함을 보여 주고 싶지는 않았다.

"구레는 어때?"

들어 본 적 없는 지명인 듯 아카리가 "구레?" 하고 고개를 갸웃거렸다.

"과거 일본 해군의 조선소가 있던 곳이야. 전함을 만들던 곳으로도 유명하지."

"몰랐는데 사실은 전함 마니아였구나?" 아카리가 웃으며 말했다.

"딱히 그런 건 아니지만 지금도 조선소는 그 자리에 남아서 아주 커다란 배를 만들고 있다고 들었거든. 흔히 볼 수 있는 게 아니니까 한 번쯤 보러 가도 좋겠다 싶어서."

"그래, 좋아. 구레에 갔다 오자."

욕실로 들어가는 아카리를 보며 코헤이는 흡족한 미소를 지었다.

구레에 가게 되어서가 아니라 오랜만에 아카리의 활짝 웃는 얼굴을 볼 수 있어서 더할 나위 없이 행복했다.

바다에 온 게 얼마만이더라.

코헤이는 눈앞에 펼쳐진 풍경을 바라보며 기억을 더듬어 보았다.

2년 반 전에 당시 담당하던 작가와 함께 소설 취재차 니가타에 있는 데라도마리라는 항구 도시에 갔던 기억이 났다. 그 전에는 대학교 2학년 때 친구와 함께 미우라 해안에 갔었다. 또 그 전에는….

어쨌든 구레의 고지대에서 내려다보는 풍경은 코헤이가 지금까지 보아 온 바다와는 전혀 달랐다.

"진짜 크다. 저렇게 큰 배를 완성하려면 대체 시간이 얼마나 걸릴까?"

옆에서 아카리가 감탄하듯 탄성을 질렀다.

아카리는 마스크 위로 드러난 두 눈을 반짝이며 한 곳을 주시하고 있었다.

바닷가에 넓게 자리 잡은 조선소에서 건조 중인 대형 원유 운반선을 보고 있는 듯했다.

"그러게. 여기서 보기에는 장난감 같지만 실제로 가까이 가서 보면 어마어마하게 크겠지?"

코헤이는 아카리의 옆모습을 쳐다보며 여기 오길 잘했다고 생각했다.

구레에 도착해서 가장 먼저 거대한 전함 모형을 전시하고 있는 것으로 유명한 박물관을 견학했다. 그리고 나서 해상자위대 사료관에 들렀다가 바닷가 산책로를 따라 여기까지 걸어온 것이었다.

손목시계로 시간을 확인하자 오후 5시였다.

"슬슬 히로시마로 돌아갈까?"

코헤이의 말을 듣고 아카리가 이쪽을 돌아보았다. 조금 전까지의 생기 넘치는 눈빛은 온데간데없이 사라지고 어두운 표정으로 "응…"하고 대답했다.

코헤이는 아카리의 손을 잡고 역을 향해 발걸음을 옮겼다. 마주 잡은 손을 통해 심장의 빠른 고동이 전해져 왔다.

어제 술집에서 있었던 일이 떠오른 모양이었다.

아직도 사건 당시의 기억 때문에 힘들어하는 아카리로서는 그야말로 공포스러운 경험이었을 것이다.

술에 취한 사람들이 모여 있는 술집을 돌아다니는 이상 어제 같은 일이 또 일어나지 않으리라는 보장은 없었다.

"있잖아, 아카리."

히로시마역으로 가는 열차 안에서 코헤이가 입을 열자 옆에 앉은 아카리가 이쪽을 돌아보았다.

"오늘 밤은 나 혼자 다녀 볼까 해."

코헤이의 말을 듣고 아카리가 말없이 고개를 푹 숙였다.

바로 거절하지 않는 걸 보니 역시 술집에 가는 것이 내키지 않는 듯했다.

"그럴 수는 없어…."

잠시 후 아카리가 조그맣게 중얼거렸다.

"이건 내 일인데… 코헤이한테 다 맡겨 놓고 나 몰라라 할 수는…."

"그렇지 않아." 코헤이가 아카리의 말을 가로막았다. "이건 내 일이기도 해. 술집에 혼자 가서 물어보든 둘이 가서 물어보든 결과가 달라지는 것도 아니고. 아키히로 씨에 대해 알고 있는 정보는 너나 나나 비슷하잖아."

"하지만…." 아카리가 고개를 저었다.

자신의 목숨을 구해 준 아키히로가 자주 다니던 술집을 직접 찾아내고 싶다는 마음과 또 무서운 일을 겪게 되지 않을까 하는 두려움 사이에서 갈등하고 있는 것 같았다.

좀처럼 결정을 내리지 못하는 아카리를 보고 있다가 문득 한 가지 생각이 떠올랐다.

"그럼 일단 아키히로 씨가 일하던 경비 회사를 찾아가 볼까?"

코헤이의 말에 아카리가 고개를 들어 이쪽을 보았다.

"직장 동료라면 아키히로 씨가 자주 가는 술집을 알고 있을지도 모르잖아."

"그러게…." 아카리가 고개를 끄덕였다.

코헤이는 스마트폰을 꺼내 메모장에 저장해 둔 정보를 확인했다.

아키히로의 직장이었던 아이하라 보안경비 주식회사는 히로시마시 히가시구 오나가히가시 1번지 코요 빌딩 4층에 있었다. 지도 앱을 열어 확인해 보니 히로시마역에서 걸어갈 수 있는 거리였다.

코헤이는 아카리와 함께 히로시마역을 빠져나와 스마트폰을 손에 들고 걷기 시작했다.

지도를 보며 20분 정도 걸어가자 두 사람이 찾던 건물이 나타났다. 건물 안에 들어가 엘리베이터를 타고 4층으로 올라갔다.

엘리베이터에서 내려 복도를 걸어가면서 각각의 사무실 앞에 적힌 회사 이름을 확인했다.

복도 안쪽에 있는 사무실에서 나이 많은 남자가 나오는 것을 보고 혹시나 하는 마음에 빠른 걸음으로 다가갔다.

남자가 나온 문에는 '아이하라 보안경비 주식회사'라는 명판이 걸려 있었다.

"실례합니다" 하고 코헤이가 말을 걸자 문을 잠그려던 남자가 동작을 멈추고 이쪽을 쳐다보았다.

"이 회사 분이신가요?"

코헤이가 묻자 남자가 "그렇습니다만" 하고 대답했다.

"한 가지 여쭤보고 싶은 것이 있습니다만….."

"죄송하지만 오늘 영업은 끝났으니 내일 다시 와 주세요."

단칼에 거절당해서 기가 죽었지만 여기까지 와서 이대로 순순히 돌아갈 수는 없었다.

"잠깐이면 됩니다."

"그러니까 오늘은….."

"4년 전 여기서 근무한 이야마 아키히로 씨에 관해 여쭤볼 것이 있습니다."

"이야마 아키히로?"

남자가 의아한 눈빛으로 고개를 갸우뚱했다.

"네. 당시 미나미마치 4번지에 있는 그린 하이츠라는 빌라에 살았고, 나이는 마흔넷이었습니다. 턱 이쯤에 점이 있는 남자입니다."

코헤이가 자기 턱을 가리키며 지금까지 몇 번이나 했던 말을 다시 한 번 반복하자 남자가 어렴풋이 기억이 난다는 듯 "아아…" 하고 반응을 보였다.

"아십니까?"

코헤이가 다그쳐 묻자 남자가 "네, 뭐…" 하고 심드렁하게 대꾸했다.

"당신들은 아키히로 씨와 어떤 관계죠? 아무리 예전에 그만둔 직원이라고는 해도 개인 정보를 본인 허락도 없이 저희가 마음대로 알려 드릴 수는 없습니다."

남자가 단호하게 말하더니 그대로 문을 잠그려고 했다.

"본인의 허락을 받는 건 이제 영영 불가능하다고요!"

아카리의 필사적인 항변에 문손잡이를 잡은 남자의 손이 멈췄다. 남자는 무슨 소리인지 모르겠다는 듯 고개를 갸웃거리며 코헤이 옆에 있는 아카리에게 시선을 돌렸다.

"아키히로 씨는 작년 11월 16일에 돌아가셨어요…."

아카리의 말을 듣고 남자의 표정이 어두워졌다.

"저런… 아직 쉰도 안 되었을 텐데. 어디가 많이 안 좋았던 겁니까?"

아키히로를 알고는 있지만 그리 친한 사이는 아니었는지 죽었다는 말을 듣고도 크게 동요하는 것 같지는 않았다.

"아니요, 도쿄 시부야에 있는 스크램블 교차로에서 일어난 묻지마 사건에 휘말려 돌아가셨습니다."

아카리의 설명에 남자가 흠칫 놀랐다.

"묻지마 사건이라고요?"

"네. 아키히로 씨는 범인에게 공격당하는 저를 구하려다가 그만…. 아키히로 씨가 죽기 직전에 마지막으로 제게 남긴 말이 있어요. 약속은 지켰다고 전해 줘…라고. 저희는 아키히로 씨가 그 말을 전하려고 한 상대가 누구인지 찾기 위해 히로시마에 왔습니다. 그러던 중에 아키히로 씨가 여기서 일했다는 말을 듣고…."

두 사람을 의심스러운 눈초리로 바라보던 남자의 표정이 점차 누그러졌다.

"그랬군요. 아키히로 씨가 그 약속을 한 상대가 여기 직원일지 모른다고 생각한 겁니까?"

"그럴 수도 있고 아닐 수도 있겠지요. 아무튼 아키히로 씨를 아는 분께 여쭤보면 약속에 대해 뭔가 알아낼 수 있지 않을까 싶어서 지푸라기라도 잡는 심정으로 찾아온 겁니다. 아키히로 씨가 자주 가는 술집이 있었다길래 요 며칠 히로시마에 있는 술집들을 돌아다니고 있는데 그쪽도 전혀 수확이 없어서요. 영업시간 후에 갑자기 찾아와 이런 말씀 드려서 정말 죄송합니다만…."

코헤이가 고개를 숙이자 남자가 길게 한숨을 내쉬었다.

"그런 거라면 어쩔 수 없죠."

남자가 열쇠를 다시 주머니에 집어넣고 사무실 문을 열었다.

"저는 니시카와라고 합니다. 아무것도 없는 살풍경한 사무실이지만 일단 들어오세요."

남자의 말에 코헤이는 아카리와 함께 안으로 들어갔다. 남자가 벽에 붙은 스위치를 누르자 불이 켜졌다. 좁은 사무실 안에 있는 집기라고는 사무용 책상 네 개와 책장이 전부였다. 하긴 이 회사 직원들은 대부분 다른 건물에서 경비원으로 일할 테니 사무실이 클 필요는 없을 것 같았다.

니시카와가 두 사람에게 의자를 권하고 책장 쪽으로 걸어갔다.

"큰 기대는 하지 마세요. 경비 회사는 사람이 자주 들고 나는 편이라서 아키히로 씨와 함께 일했던 동료 중 아직까지 남아 있는 사람은 많지 않거든요. 그렇다고 그만둔 직원들한테까지 이런 일로 연락을 돌릴수는 없으니까요."

니시카와가 책장에 꽂힌 서류철을 뒤적거리며 말했다.

"네, 현재 재직 중인 분들께 물어봐 주시는 것만으로도 감사합니다."

잠시 후 니시카와가 이력서 몇 장을 손에 들고 돌아왔다. 책상에 앉아 수화기를 집어 들고 이력서를 들여다보며 전화기 버튼을 눌렀다.

"…여보세요, 메구로 씨? 아이하라 보안경비의 니시카와입니다. 아니요, 일 때문에 전화한 건 아니고… 4년 전까지 우리 회사에서 일했던 이야마 아키히로 씨 기억하세요? 몇 번인가 메구로 씨랑 같은 현장에서 일했던 것 같은데…. 네, 맞아요, 나이는 마흔 정도에 체격이 건장한…."

니시카와는 전화 상대방에게 아키히로와 무언가 약속한 적이 없는지물어본 다음 아키히로가 자주 가던 술집이 어디인지 아느냐고 물었다.

"…아, 네. 알겠습니다. 확인 감사합니다. 네네, 들어가세요."

니시카와가 수화기를 내려놓고 이쪽을 돌아보았다. 코헤이를 향해 고개를 절레절레 흔들더니 다음 이력서를 손에 들고 전화를 걸었다.

몇 번이고 똑같은 말을 반복하며 열심히 전화를 돌리는 니시카와를보니 가슴이 뭉클했다.

아까 처음 봤을 때는 냉정하다고 생각했는데 사실은 정이 많은 사람인 것 같았다.

"…사토 씨는 아키히로 씨의 약속에 대해 뭔가 들은 거 없으세요? 아,네… 그러시군요…."

니시카와가 가져온 이력서는 지금 손에 들고 있는 것이 마지막이었다. 지금 통화 중인 상대로부터 정보를 알아내지 못한다면 결국 여기서는 아무 소득도 없이 빈손으로 돌아가야 한다는 말이었다.

"아키히로 씨랑 같이 술 마시러 간 적은 없으세요? 네? 정말요? 그 가게 이름이 뭡니까?"

니시카와가 수화기를 귀에 댄 채 볼펜으로 종이에 무언가를 끄적였다.

"네, 감사합니다. 들어가세요."

니시카와가 수화기를 내려놓고 코헤이에게 종이를 내밀었다.

코헤이가 받아든 종이에는 '효타, 니시아사히마치'라고 적혀 있었다.

"약속에 대해서는 아는 바가 없고, 언젠가 아키히로 씨가 자기를 이 술집에 데려간 적이 있다네요. 정확한 주소는 기억나지 않지만 니시아사히마치였던 건 확실하답니다. 근처에 공원이 있었다고 하고요."

"감사합니다."

코헤이와 아카리는 동시에 고개를 숙였다. 고개를 들자 벽에 걸린 시계가 눈에 들어왔다. 저녁 7시 반이었다. 여기 온 지 1시간이나 지나 있었다.

"도쿄로 돌아가기 전에 한 번 더 인사드리러 오겠습니다."

니시카와가 그럴 필요 없다며 손을 내저었다. "지금 근무 중이어서 못 받은 사람도 있고 전화를 안 받은 사람도 있으니 연락처를 남기고 가면 내일 다시 전화해 보고 알려 드리겠습니다."

"정말 감사합니다."

코헤이는 자신의 전화번호와 이메일 주소를 니시카와에게 불러 주었다.

"저… 한 가지 여쭤보고 싶은 것이 있는데요."

아카리의 말에 코헤이의 연락처를 받아 적고 있던 니시카와가 고개를 들었다.

"아키히로 씨가 왜 일을 그만두었는지 아시나요?"

"아마… 집안 사정 때문에 도쿄로 돌아가게 되었다고 했던 것 같은데요."

"집안 사정이요?" 아카리가 이상하다는 듯 되물었다.

4년 전이라면 아키히로의 부모님은 두 분 다 이미 돌아가신 후이기 때문이다.

진짜 이유를 말하기 싫어서 적당히 둘러댔던 걸까.

"아키히로 씨가 자기 가족에 대해 말한 적이 있나요?"

아카리가 묻자 니시카와가 고개를 저었다.

"아니요, 적어도 저는 들은 적이 없네요. 아마 다른 사람들도 마찬가지일 겁니다. 아키히로 씨는 자기 얘기를 거의 하지 않았으니까요. 그만둔다는 말을 듣고 많이 아쉬워했던 기억은 납니다. 책임감이 아주 강한 사람이었거든요."

"어떤 면에서 책임감이 강하다고 느끼셨나요?" 코헤이가 궁금해하며 물었다.

"언젠가 아키히로 씨가 공사 현장에 경비원으로 나가 있을 때 강도가 쳐들어온 적이 있었습니다. 아키히로 씨는 도망치는 강도떼를 쫓다가 크게 다쳤지만 그 와중에 한 명을 잡는 데 성공했고, 경찰이 올 때까지 그 상태로 범인을 붙잡고 있었다고 합니다. 아무리 경비원이라고 해도 사실 그렇게까지 하는 사람은 잘 없거든요."

니시카와의 이야기를 들으며 코헤이는 아카리와 얼굴을 마주 보았다.

처음으로 아키히로라는 사람의 일면을 엿본 듯한 기분이 들었다.

"아까 아키히로 씨가 아가씨를 구하려다가 죽었다는 말을 듣고 역시 그 사람답다고 생각했습니다. 아키히로 씨가 마지막으로 남긴 말이 제대로 전해지면 좋겠네요."

아카리가 니시카와를 향해 힘껏 고개를 끄덕였다.

둘이서 니시카와에게 다시 한번 고맙다고 인사하고 사무실을 나왔다. 코헤이는 건물 밖으로 나와서 스마트폰으로 아까 니시카와가 적어 준 술집 이름을 검색해 보았다. 아무것도 나오지 않았다.

큰길로 나가서 택시를 잡아탔다.

"니시아사히마치에 있는 효타라는 술집 아세요?"

택시 기사에게 물어보았지만 기사는 모른다며 고개를 저었다.

"그럼 니시아사히마치에 있는 공원까지 가 주세요."

"아사히마치공원 말이죠?" 택시 기사가 확인하듯 말하며 액셀을 밟았다.

택시는 얼마간 달리다가 어두운 주택가에서 멈췄다. 코헤이와 아카리는 요금을 치르고 택시에서 내렸다. 바로 앞에 공원이 있었지만 주위를 둘러보아도 술집은 보이지 않았다.

일단 조금 더 걸어가 보기로 했다.

"저기인가?"

아카리가 가리키는 쪽으로 희미한 불빛이 보였다. 두 사람의 발걸음이 자연스럽게 빨라졌다.

요리 주점 효타는 한적한 주택가 한구석에 자리하고 있었다. 2층짜리 주택의 1층을 가게로 사용하고 있었는데 밖에서 보기에는 그리 크지 않은 규모인 듯했다.

코헤이는 아카리와 함께 미닫이문을 열고 안으로 들어갔다. 이마에 수건을 두른 남자가 카운터 안에서 "어서 오세요" 하고 두 사람을 맞았다. 나이는 쉰 정도 되어 보였다.

카운터석만 여덟 개 정도 있는 가게의 가장 안쪽 자리에 앉아 술을 마시던 초로의 사내가 호기심 어린 눈으로 이쪽을 쳐다보았다.

처음 보는 손님을 신기해하는 것 같기도 하고, 코헤이의 왼쪽 눈가를 시퍼렇게 물들인 멍에 관심을 보이는 것 같기도 했다.

코헤이는 문가 쪽 맨 끝자리에 아카리와 나란히 앉아 생맥주 두 잔과 생선회 세트를 주문했다.

눈앞에 맥주잔과 기본 안주가 놓였다. 간단히 건배한 후 아카리가 마스크를 벗고 잔을 입으로 가져갔다. 코헤이도 맥주를 한 모금 마시고 기본 안주인 곱창 조림을 먹었다. 맛있었다.

"곱창 조림이 정말 맛있네요."

주인에게 진심이 담긴 인사를 건네자 남자가 "감사합니다" 하고 웃으며 이쪽으로 다가왔다.

"두 분은 이 근처에 사시나요?"

"아니요, 사이타마에서 왔습니다."

"어느 호텔에 계신가요?"

"뉴 플라티나 호텔에 묵고 있습니다."

"거기서 일부러 여기까지 오셨다고요?"

"혹시 이야마 아키히로라는 사람을 아십니까?" 코헤이가 다짜고짜 질문을 던졌다.

"네, 압니다."

주인이 선선히 대답했다. 생각지도 못한 대답에 코헤이는 아카리와 얼굴을 마주 보았다.

"두 분은 아키히로 소개로 오신 거였군요."

주인은 아키히로와 잘 아는 사이였는지 말투에서 친근감이 묻어났다.

"그건 아닙니다만…. 아키히로 씨에 대해 여쭤보고 싶은 것이 있어서 찾아왔습니다."

주인이 무슨 말이냐는 듯 고개를 갸우뚱했다.

"저… 아키히로 씨가 죽었다는 건 아십니까?"

코헤이의 말에 남자의 눈이 휘둥그레졌다.

쨍그랑, 하고 유리 깨지는 소리가 들렸다. 안쪽 자리에서 술을 마시던 초로의 사내가 잔을 떨어뜨린 듯했다.

"아키히로가 죽었다니… 거짓말이지…?"

자신이 잔을 깼다는 사실을 아는지 모르는지 사내가 이쪽을 보며 믿을 수 없다는 표정으로 중얼거렸다.

"사실입니다." 코헤이는 사내를 마주 보며 대답했다.

"거짓말 마. 자네가 어디 사는 누구인지는 모르겠지만 그런 말도 안되는….."

사내가 떨리는 목소리로 말하며 이쪽으로 다가오려고 했다. 그 모습을 보고 카운터 안쪽에서 주인이 "토쿠 씨, 위험하니까 움직이지 마세요" 하고 막아서더니 카운터 밖으로 나와서 깨진 잔을 줍고 걸레로 바닥을 닦았다. 그러고는 다시 이쪽으로 시선을 돌렸다.

"저는 히가시바라 코헤이, 이쪽은 하마무라 아카리라고 합니다."

코헤이가 자기소개를 하자 옆에 앉아 있던 아카리가 두 사람을 향해 꾸벅 고개를 숙였다.

"저는 이 가게 주인인 진나이입니다. 이쪽은 저희 단골인 토쿠 씨… 아니, 토쿠나가 씨이고요. 아키히로가 죽었다는 게 정말입니까?"

코헤이가 그렇다고 대답하자 진나이가 한 차례 크게 한숨을 내쉬더니 깨진 잔 조각을 들고 다시 카운터 안으로 들어갔다.

"언제 죽은 겁니까?" 진나이가 물었다.

"작년 11월 16일입니다."

코헤이의 말을 듣고 진나이와 토쿠나가가 얼굴을 마주 보았다.

"작년 11월이라면… 여기서 보고 얼마 지나지 않아서라는 말인데…. 맞죠?"

진나이가 확인하듯 토쿠나가에게 묻자 토쿠나가가 "그래, 맞아" 하고 대답했다.

"아키히로 씨가 작년에 이 가게에 왔었다고요? 4년 전에 도쿄로 이사 갔다고 들었습니다만…."

"이사를 간 건 맞는데 10월 말인가에 갑자기 찾아왔었어요. 그때도 몸이 안 좋다는 말은 없었는데…."

진나이는 아키히로가 병에 걸려 죽었다고 생각하고 있는 듯했다.

"아키히로 씨는 병에 걸려 돌아가신 게 아닙니다."

코헤이가 말하자 진나이와 토쿠나가가 동시에 이쪽을 돌아보았다.

"작년 11월에 도쿄 시부야에 있는 스크램블 교차로에서 일어난 묻지마 사건을 기억하십니까?"

갑자기 그런 걸 왜 묻느냐는 듯 두 사람이 어리둥절한 표정을 지었다.

"듣고 보니 어렴풋이 기억이 나네요. 그런데 그건 왜…."

"아키히로 씨는 그 사건의 피해자 중 한 명입니다."

두 사람이 헉하고 숨을 들이마셨다.

뉴스를 통해 사건의 개요 정도는 알고 있었겠지만 설마 그 사건의 피해자가 자신이 아는 사람일 거라고는 생각조차 하지 못한 듯했다. 피해자인 아키히로의 이름과 나이는 보도되었지만 가장 중요한 사진이 없었으니 다들 동명이인이라고 생각하고 그냥 넘어갔을 가능성이 높았다. 아키히로는 혼자 살았기 때문에 TV나 잡지에 나와서 그에 대해 자세히 말해 줄 사람도 없었다.

"아키히로 씨는 제가 범인에게 공격당하는 걸 보고 저를 구하려다가 범인이 휘두른 흉기에 찔려서 쓰러지셨어요. 나중에 병원으로 실려 갔다고 들었지만 끝내 숨을 거두셨고요."

진나이와 토쿠나가의 시선이 코헤이 옆에 앉은 아카리에게로 옮겨갔다. 아카리의 오른쪽 뺨에 깊이 새겨진 흉터를 본 두 사람의 표정이 어두워졌다.

"제 옆에 쓰러진 아키히로 씨는 금방이라도 숨이 넘어갈 것 같은 상태였는데… 그런데도 죽을힘을 다해서 제게 이렇게 말했어요. 약속은 지켰다고 전해 달라고요. 아마 그게 아키히로 씨가 마지막으로 남긴 말이었을 거예요. 그래서…."

"그 말을 전할 상대를 찾아서 히로시마에 왔다는 겁니까?"

진나이의 말에 아카리가 고개를 끄덕였다.

"어떻게든 전해야겠다고 생각했지만 저희는 아키히로 씨에 대해 아는 것이 거의 없다 보니 솔직히 어디서부터 어떻게 찾아야 할지 막막했습니다. 그런데 얼마 전 도쿄에서 아키히로 씨를 아는 분을 만나서 아키히로 씨가 과거 히로시마에 살았던 적이 있다는 사실을 알게 되었어요. 5년 전 미나미마치에 있는 빌라에 살면서 자주 가던 술집이 있었다고요."

아카리의 말을 듣고 진나이가 카운터 안에서 "그랬군요…"하고 짧게 탄식했다. 그러고는 토쿠나가를 돌아보며 "토쿠 씨는 아키히로가 말한 약속에 대해 뭔가 짚이는 데가 없으세요?" 하고 물었다.

"음… 아키히로랑은 여기서 자주 함께 마셨지만 누구랑 뭔가 약속을 했다는 얘기는 금시초문인데…."

토쿠나가가 고개를 저으며 대답하자 진나이가 이쪽을 보며 "저 역시 들은 바가 없습니다"라고 말했다.

"아키히로 씨와 친하게 지낸 다른 손님은 없나요?" 코헤이가 물었다.

"물론 있습니다. 여기 단골들은 다 아키히로와 친했으니까요. 다만 친하다고는 해도 어딘가 벽이 존재하는 느낌이었달까…. 가게에서 만나면 반갑게 인사하고 함께 대화를 나누었지만 가게 밖에서까지 연락을 주고받는 사람은 아무도 없었을 겁니다."

옆에서 토쿠나가가 고개를 끄덕였다.

"나는 아키히로가 다른 손님들과 나누는 대화도 거의 다 들어서 알고 있지만 누구랑 약속을 했다는 말은 들은 기억이 없어. 자네들한테는 미안한 일이지만…."

"그러신가요…."

코헤이는 한숨을 삼키며 아카리를 돌아보았다가 다시 카운터 안에 있는 진나이를 보며 물었다.

"아까 작년 10월에 아키히로 씨가 여기 왔었다고 하셨죠?"

"아, 네."

"뭔가 가게에 볼일이 있어서 온 거였나요? 아니면 여행 와서 잠깐 들렀다든지…."

"딱히 볼일이 있는 건 아니었고… 아마 예전의 자신을 되찾고 싶었던 게 아닌가 싶습니다."

토쿠나가가 진나이의 말에 동의하듯 "음, 내 생각에도 그랬던 것 같네" 하고 중얼거렸다.

"고생을 많이 했는지 완전히 딴사람이 되어 있었거든요."

토쿠나가의 말에 진나이가 맞장구를 쳤다.

"그게 무슨 말입니까?"

"4년 전 도쿄로 이사 간 이후 고생을 많이 한 것 같더군." 토쿠나가가 말했다.

"그동안 모은 돈으로 도쿄 후추에 집을 구했는데 그 동네에서 괜찮은 일을 구하기가 쉽지 않았다더라고요. 어찌어찌 공장에 일자리를 구했지만 거기서도 상사랑 갈등을 빚고 그만두었다고 들었습니다. 워낙 정의감이 강한 사람이라 외국인 동료를 차별하고 괴롭히는 상사를 그냥 두고 보지 못했던 모양입니다."

코헤이는 진나이의 말을 들으며 아키히로라는 사람에 대해 어느 정도 알 것 같은 기분이 들었다.

아까 방문한 경비 회사에서 만난 네기시도 아키히로는 책임감이 강한 사람이었다고 평했다.

"그 후에도 제대로 된 일을 구하지 못하고 공사장 일용직을 전전하다가 1년 반 전에 큰 부상을 당했다고 했습니다."

"일하다가요?"

아카리가 묻자 진나이가 고개를 끄덕였다.

"비계에서 떨어져서 허리와 등뼈가 부러졌는데 제대로 된 회사가 아니라서 산재 신청도 해 주지 않은 것 같더라고요. 몇 달 동안 일도 못 나가고, 치료비와 입원비로 모아 놓은 돈도 다 써버렸답니다. 겨우 퇴원하고 돌아오니 이번에는 집세가 밀려서 쫓겨났다고 들었습니다."

네기시가 보낸 연하장이 수취인 불명으로 반송된 것도 그래서인 듯했다.

"그때부터 노숙자가 된 걸까요?"

코헤이가 묻자 진나이가 "그런 것 같습니다"라고 대답했다.

"처음에는 PC방에서 자면서 일용직으로 일했지만 지갑과 휴대폰을 넣어둔 가방을 도둑맞는 바람에 PC방 이용료를 내기도 힘들어져서 그때부터는 노숙을 하게 되었다고 합니다."

코헤이가 아카리에게 들은 바에 따르면 사건 현장에서 병원으로 실려 간 아키히로는 신분증이나 휴대폰을 가지고 있지 않았다.

"몇 달 동안 폐지와 고철을 주워 팔며 조금씩 돈을 모아 운임이 제일 싼 고속버스를 타고 히로시마에 왔다고 했습니다." 진나이가 이쪽을 보며 말했다.

"노숙자 생활로 지쳐 있던 아키히로 씨는 단골이었던 이 가게에 와서 다시 일어설 힘을 얻고자 했던 게 아니었을까요? 어떻게든 힘을 내서 지금 상황에서 벗어나야겠다고 말입니다."

코헤이의 말에 자기도 그렇게 생각한다는 듯 진나이가 고개를 끄덕였다.

"사실 몇 년 만에 초라한 몰골로 나타나서 노숙자 생활을 하고 있다는 말을 들었을 때는… 솔직히 이런 말을 하기는 좀 부끄럽지만, 돈을 빌리러 온 게 아닌가 의심했습니다. 하지만 아니었습니다. 아키히로는 최근 몇 년 동안 자기에게 있었던 일들을 털어놓은 후에 마지막으로 이렇게 덧붙였거든요. '여기 오면 제대로 살아야겠다는 생각이 든다'라고요."

"그게 무슨 말이죠?" 코헤이는 아카리와 얼굴을 마주 보며 고개를 갸웃거렸다.

"노숙자 생활을 하다 보면 수상한 의뢰나 부탁을 받는 일이 많은 것 같았습니다. 아무리 힘들어도 그런 유혹에는 절대 넘어가지 않겠다고 마음을 다잡고 싶었던 게 아닐까요? 사실 그날 아키히로는 저희 숙모를 만나러 온 것 같았지만 숙모는 당시 독감으로 입원 중이라 만날 수 없는 상태였습니다. 그때 가게에 있던 저랑 토쿠나가 씨랑 다른 손님들이 십시일반으로 돈을 모아서 5만 엔을 건넸더니 눈물을 흘리며 반드시 다시 일어서 보이겠다고 하면서 돌아갔습니다."

"이 아가씨를 살리고 대신 죽었다니 아키히로는 그때 자기가 한 말대로 마지막까지 제대로 살았다는 말이로군. 그렇게 간 건 안타까운 일이지만…."

토쿠나가가 마지막으로 아키히로를 만났을 때를 떠올리며 쓸쓸한 표정으로 중얼거렸다.

"어쩌면… 그걸 말하는 게 아닐까요?"

코헤이가 조심스럽게 입을 열자 가게 안에 있던 세 사람의 시선이 일제히 코헤이에게 쏠렸다.

"그게 무슨 소리야?" 아카리가 물었다.

"아니, 그러니까… 진나이 씨랑 이 가게 단골들한테 힘내서 제대로 살아 보겠다고 말한 게 바로 아키히로 씨가 말한 약속이 아니었을까 싶어서." 코헤이가 머리를 긁적이며 대답했다.

"아키히로 씨는 끝까지 범죄의 유혹에 넘어가지 않고 열심히 살다가 마지막에는 다른 사람의 생명을 구하고 죽은 거잖아. 그 사실을 이 가게 사람들도 알아주었으면 했던 게 아닐까?"

코헤이가 아카리에게 하는 말을 듣고 옆에서 진나이와 토쿠나가가 그럴지도 모르겠다며 고개를 끄덕였다.

"역시 그때 타마에 씨를 만날 수 있었더라면 좋았을 텐데…."

토쿠나가가 한탄하듯 말하자 아카리가 "타마에 씨가 누군데요?" 하고 물었다.

"아까 독감에 걸려서 입원 중이었다고 한 저희 숙모입니다." 진나이가 대답했다. "원래 이 술집은 저희 삼촌과 숙모가 하던 가게였거든요. 6년 전 삼촌이 암으로 돌아가신 후 치바에 있는 식당에서 일하던 제가 삼촌 뒤를 이어서 가게를 돕게 되었고, 3년 전 숙모가 다리 골절로 요양원에 들어가신 후에는 저 혼자서 이 가게를 꾸려 나가고 있습니다."

"그렇군요. 아키히로 씨는 진나이 씨 삼촌이 주인이었을 때부터 이 가게 단골이었던 걸까요?" 코헤이가 물었다.

아키히로는 9년 전 다케하라시에서 이 동네로 이사를 왔다고 했으니 그럴 가능성이 높아 보였다.

"네, 제가 이 가게에서 일하게 되면서부터 아키히로는 제게 삼촌과의 추억을 많이 들려주었습니다."

"아키오 씨도 타마에 씨도 아키히로를 친아들처럼 아꼈으니까…. 젊은 사람은 많이 먹어야 한다면서 음식을 그릇에 넘치도록 담아 주곤 했지." 토쿠나가가 지금도 기억난다는 듯 말했다.

토쿠나가가 말하는 아키오 씨가 바로 진나이의 삼촌인 듯했다.

"아키오 씨와 타마에 씨에게는 자식이 없었나요?"

아카리가 묻자 진나이와 토쿠나가가 서로 시선을 교환하며 대답을 피했다.

뭔가 말하기 어려운 사정이 있어 보였다.

"저희가 타마에 씨를 만나 볼 수 없을까요?"

진나이와 토쿠나가가 놀란 눈으로 아카리를 쳐다보았다.

"저희 숙모를 만나서 뭐 하시려고요?" 진나이가 물었다.

"그렇게 친한 사이였다면 어쩌면 아키히로 씨가 약속을 한 상대는 타마에 씨나 아키오 씨였을지도 모르겠다는 생각이 들어서요."

아카리의 대답을 듣고 진나이가 고민스럽다는 듯 미간을 찌푸렸다.

"역시 어려울까요?"

아카리가 재차 묻자 진나이가 고개를 들었다.

"아니… 안 된다는 게 아니라… 숙모는 아키히로가 죽었다는 사실을 모르시는 데다가 아키히로가 그냥 죽은 것도 아니고 범인에게 살해당했다는 말을 들으면 충격이 클 테니까요. 숙모 연세가 올해 여든셋인데 요양원에 들어간 후 몸도 마음도 많이 약해지셨거든요."

아키히로가 살해당했다는 사실을 밝히지 않고 아키히로가 마지막으로 남긴 말에 대한 정보를 이끌어 내는 것은 불가능했다.

코헤이가 생각하기에도 진나이의 숙모가 아키히로를 친아들처럼 아꼈다면 아키히로가 그런 죽음을 맞이했다는 사실은 모르는 편이 나을 것 같았다.

하지만….

"진나이 씨 마음은 저도 충분히 이해합니다. 하지만 만약… 아키히로 씨가 죽기 직전에 마지막으로 남긴 말이 타마에 씨나 아키오 씨에게 전하고자 한 것이었다면 역시 전해야만 한다고 생각합니다. 죽을힘을 다해 남긴 말이 전해지지 않는다면 죽은 아키히로 씨가 너무 불쌍하니까요…."

코헤이의 말에 진나이가 의견을 구하듯 토쿠나가를 쳐다보았다.

"타마에 씨한테는 안됐지만 내 생각에도 그게 나을 것 같네."

토쿠나가의 말을 듣고 진나이가 다시 이쪽으로 고개를 돌렸다.

"알겠습니다. 히로시마에는 언제까지 머물 예정이신가요?"

"현재로서는 일요일에 도쿄로 돌아갈 예정입니다만, 그때까지 만나기가 어렵다면 그 후라도 상관없습니다." 코헤이가 대답했다.

여차하면 다음 주도 휴가를 낼 생각이었다.

"가게를 여는 날은 낮에도 재료 준비를 해야 해서 제가 시간을 내기 어려울 것 같은데요. 일요일이라도 괜찮으시다면 저와 함께 숙모가 계신 요양원에 가 보시겠습니까?"

"정말 감사합니다. 잘 부탁드립니다."

코헤이와 아카리는 동시에 고개를 숙였다.

36

아카리는 세면대 앞에서 나갈 준비를 마치고 파우치에서 마스크를 꺼내 쓰려다가 문득 동작을 멈췄다.

타마에를 만나러 가는 길이니 맨얼굴을 드러내는 게 낫지 않을까.

오른쪽 뺨에 난 흉터를 보여 주면서 아키히로가 어떻게 자신을 구하고 죽었는지 설명하는 편이 타마에 입장에서도 더 와닿지 않을까 싶었다.

방문을 노크하는 소리가 들렸다.

아카리는 마스크를 파우치에 다시 집어넣은 다음 욕실에서 나가 방문을 열었다.

문앞에 코헤이가 서 있었다.

"슬슬 출발하는 게 좋을 것 같은데."

시계를 보니 오전 9시 반이었다. 10시에 효타 앞에서 진나이와 만나기로 약속이 되어 있었다.

"그래, 가자."

"마스크는?"

"오늘은 안 하려고." 아카리는 핸드백을 챙겨 들고 방을 나섰다.

호텔 앞에서 택시를 잡아타고 효타로 향했다.

가게 앞에 검은색 경차가 서 있는 것이 눈에 들어왔다. 택시에서 내려 경차 쪽으로 걸어가자 운전석 창문이 열리더니 진나이가 얼굴을 내밀었다.

"두 분은 뒤에 타시면 됩니다." 진나이의 말에 아카리와 코헤이는 뒷좌석에 나란히 앉았다. 두 사람이 앉은 것을 확인하고 진나이가 바로 차를 출발시켰다.

"뒷좌석에 있는 캔커피는 편하게 드시면 됩니다. 20분 정도면 도착할 겁니다."

아카리는 진나이에게 고맙다고 인사하고 캔커피를 따서 입으로 가져갔다.

"이 얘기를 할까 말까 많이 망설였습니다만… 삼촌과 숙모에게는 효타라는 아들이 하나 있습니다. 저보다 네 살 아래니까 올해 마흔아홉이겠네요."

아카리는 코헤이와 얼굴을 마주 보았다.

"효타라면 가게 이름이잖아요?"

아카리의 말에 진나이가 고개를 끄덕였다.

"아들이 세 살 때 삼촌이 원래 일하던 일식당에서 나와 자기 가게를 차렸거든요. 가게 이름을 지을 때 아들 이름을 그대로 가져다 쓴 거죠."

"하지만 아들이 뒤를 잇지는 않았다는 거네요."

"네, 맞습니다…. 삼촌과 숙모는 아들에게 물려주고 싶어했지만요. 삼촌은 효타가 고등학교를 졸업하자 삼촌 지인이 하는 유명 일식당에 들어가 일을 배우게 했습니다. 장차 삼촌이 하는 가게를 물려줄 생각이었던 거죠. 하지만 효타는 나쁜 친구들과 어울리게 되면서 가게를 그만두고 조직폭력배가 되었고… 결국 스물둘인가 스물셋에 체포당해서 교도소에 들어갔습니다."

아키히로도 강도치상죄로 체포되어 실형을 산 전력이 있었다.

"삼촌은 그 일을 계기로 부모 자식의 연을 끊었다고 했지만 가게 이름을 그대로 놔둔 걸 보면 언젠가는 아들이 돌아오길 바랐던 거겠죠."

"그 후 효타 씨에게서 연락은 없었나요?" 코헤이가 물었다.

"제가 알기로는 없었습니다. 한편 아키히로는 가게에 와서 자기 얘기는 거의 하지 않았어요. 가족은 있는지, 지금까지 어디서 어떤 삶을 살아왔는지, 그런 얘기는 일절 하지 않았죠. 그래서 저는 아키히로의 과거에 대해 전혀 모르지만, 어쩌면 삼촌과 숙모는 떠돌이 같은 분위기를 풍기는 아키히로에게서 아들의 모습을 겹쳐 보았던 게 아닐까 싶네요."

그리고 아키히로 역시 아키오와 타마에에게서 자기 부모님의 모습을 겹쳐 보았을지도 모른다.

이윽고 차가 '민간 요양원 써니 플레이스'라는 팻말이 걸린 문을 통과해 주차장으로 들어섰다.

세 사람은 차에서 내려 건물 안으로 들어갔다. 현관에서 슬리퍼로 갈아 신자 직원이 나와서 테이블이 여러 개 놓인 휴게실로 안내해 주었다.

"숙모를 모셔 올 테니 여기 앉아서 잠시만 기다려 주세요." 진나이가 두 사람에게 말하고 밖으로 나갔다.

아카리는 입구에서 가까운 4인용 테이블에 코헤이와 나란히 앉았다. 잠시 후 진나이가 휠체어를 밀며 돌아왔다. 휠체어에 앉은 노부인은 진나이에게서 아직 아무 말도 듣지 못했는지 밝은 미소를 띠고 있었다.

휠체어가 아카리의 눈앞에서 멈췄다. 생글생글 웃고 있던 타마에의 표정이 갑자기 어두워졌다. 아카리의 오른쪽 뺨에 새겨진 흉터를 발견한 모양이었다.

"저런… 어쩌다 이렇게 된 거죠?" 타마에가 부드러운 말투로 물으며 아카리의 오른쪽 뺨을 살며시 어루만졌다.

"지금부터 다 말씀드릴게요."

타마에가 천천히 손을 내렸다. 아카리는 자신의 뺨에서 따뜻한 온기가 사라지는 것이 아쉽게 느껴졌다.

"이렇게 갑자기 찾아와서 죄송합니다. 저는 사이타마에 살고 있는 하마무라 아카리라고 합니다. 이쪽은 히가시바라 코헤이고요."

"어머, 사이타마에서 왔다고요? 이 아가씨가 나한테 무슨 볼일이 있어서 여기까지 찾아왔을까?" 타마에가 뒤에서 휠체어를 잡고 있는 진나이를 올려다보며 물었다.

진나이는 바로 대답하지 못하고 어물거렸다.

그 질문에 대답할 사람은 진나이가 아니라 자신이었다.

"효타의 단골이었던 이야마 아키히로 씨를 기억하세요?"

아카리가 그 이름을 꺼내자 타마에의 얼굴이 환해졌다.

"당연히 기억하고 말고요." 타마에는 반가움을 드러내며 고개를 끄덕였다.

타마에의 웃는 얼굴을 보니 결심이 흔들렸다. 도저히 다음 말을 꺼낼 수가 없어서 두 눈을 질끈 감았다.

그래도 전해야만 한다는 생각에 다시 눈을 뜨고 타마에를 똑바로 쳐다보며 입을 열었다.

"아키히로 씨는 작년 11월 16일에 돌아가셨습니다."

아카리가 그렇게 말한 순간, 타마에의 눈동자에서 빛이 사라졌다.

"어… 어쩌다가…." 타마에가 떨리는 목소리로 힘겹게 내뱉었다.

"도쿄 시부야에 있는 스크램블 교차로에서 흉기를 든 남자에게 공격당하던 저를 구하려다가… 제 목숨을 구하기 위해 아키히로 씨는… 자기 목숨을 희생하셨어요."

빛을 잃었던 타마에의 눈동자가 반짝 빛나는가 싶더니 이내 눈물이 뺨을 타고 흘러내렸다.

"죄송합니다…." 저도 모르게 사과의 말이 입 밖으로 흘러나왔다.

아카리는 가방에서 손수건을 꺼내 타마에에게 건넸다.

"고마워요…." 타마에가 손수건을 받아들고 눈물을 닦았다.

"이 두 사람은 아키히로의 죽음을 전하기 위해 사이타마에서 여기까지 찾아온 거예요. 아키히로가 예전에 히로시마에 살았다는 말을 듣고 말이에요." 진나이가 타마에에게 설명했다.

고개를 끄덕이며 눈물을 닦던 타마에가 천천히 손수건을 내려놓으며 입을 열었다.

"아가씨랑 아키히로는 어떤 관계였나요?"

"아무 관계도 아니었습니다." 아카리는 타마에를 마주 보며 고개를 저었다. "그날 그 시간에 우연히 같은 장소에 있었을 뿐인데… 생판 모르는 남인데… 그런데도 아키히로 씨는 자기 목숨을 희생해서 저를 구해주셨어요."

타마에가 다시 손을 뻗어 아카리의 오른뺨을 조심스럽게 어루만졌다.

"이 상처는 그때 생긴 건가요?"

아카리가 고개를 끄덕였다.

"여기뿐만 아니라 전신에 열일곱 군데를 찔려서 생사의 갈림길을 헤매다 겨우 깨어났습니다. 아키히로 씨가 아니었다면 저는 아마 그 자리에서 죽었을 거예요."

타마에가 인상을 찌푸리며 몸을 부르르 떨었다.

"범인에게 공격당해 제 옆에 쓰러진 아키히로 씨는 금방이라도 숨이 넘어갈 것 같은 상태였습니다. 그런데도 생기를 잃은 눈으로 제 쪽을 쳐다보며 죽을힘을 다해서… 이렇게 말했어요. '약속은 지켰다고 전해줘…'라고요."

"약속은 지켰다고 전해 줘…." 타마에가 의미를 곱씹어 보듯 중얼거렸다.

"네, 이게 아마 아키히로 씨의 마지막 말일 거예요. 저희는 이 말을 전할 상대를 찾고 있습니다. 혹시 짐작 가는 사람이 없으신가요?"

타마에가 어두운 표정으로 고개를 떨구고 무거운 한숨을 내쉬었다.

"타마에 씨?"

아카리가 재차 묻자 타마에가 천천히 고개를 들었다.

"고마워요…. 나한테 그 말을 전해 줘서."

타마에의 말을 듣고 아카리는 깜짝 놀라 코헤이와 얼굴을 마주 보았다가 다시 타마에를 쳐다보았다.

"아키히로 씨가 말한 약속이 뭔지 짚이는 데가 있으신가요?"

"확실한 건 본인한테 물어봐야겠지만… 이제 그건 불가능하니까…. 아무튼 내가 생각하기에는 아마 나랑 한 약속이 아닌가… 싶네요….'

"아키히로가 숙모랑 무슨 약속을 했는데요?" 진나이가 재촉하듯 물었다.

타마에는 뒤에 있는 진나이를 올려다보며 "그렇게 쉽게 꺼낼 수 있는 얘기가 아니야"라고 말했다.

"심각한 내용이에요?"

"그런 건 아니지만… 아키히로의 과거와 관련이 있으니까…."

아키히로를 알지 못하는 아카리와 코헤이에게 이야기해도 될지 망설이고 있는 듯했다.

"두 분이 무슨 약속을 했는지 캐물을 생각은 없습니다."

그때 코헤이가 침묵을 깨고 말했다.

"단지… 저희는 생명의 은인인 아키히로 씨에 대해 알고 싶을 뿐입니다. 저희는 정말로 아는 게 하나도 없으니까요. 그분이 어떤 사람이었는지, 어떤 인생을 살아오셨는지 조금이라도 알게 된다면 좀 더 제대로 그분을 기리고 감사할 수 있지 않을까 싶어서요…."

코헤이의 말을 듣고 있던 진나이가 휠체어에 앉은 타마에를 향해 입을 열었다.

"이 두 사람은 아키히로에 관한 정보를 얻기 위해 지금까지 긴 여행을 해 왔을 거예요, 숙모. 이대로 언제 끝날지도 모르는 여행을 계속하게 하는 건 너무 가혹하잖아요."

진나이의 설득에 타마에가 고개를 끄덕이더니 시선을 들어 이쪽을 쳐다보았다.

"내가 아키히로를 처음 만난 건 지금으로부터 10년 전… 아니, 그렇게까지 오래되지는 않았으려나. 아무튼 아키히로가 우리 가게에 혼자 술을 마시러 왔었어요. 당시에는 남편이랑 나랑 둘이서 가게를 꾸려 나가고 있었죠."

"진나이 씨한테 들었습니다. 남편분은 6년 전에 암으로 돌아가셨다고요." 아카리가 대답했다.

"맞아요. 이렇게 말하면 천국에 있는 아키히로가 화낼지도 모르겠지만 처음에는 괴팍하고 무뚝뚝한 손님이라고 생각했어요. 이쪽에서 아무리 말을 붙여도 제대로 대답도 안 하고 술만 마셨거든요. 다른 손님들이 있을 때는 상관없는데 가게 안에 손님이 아키히로밖에 없을 때는 어색해서 죽는 줄 알았어요." 타마에가 과거를 회상하듯 아련한 미소를 지으며 말했다.

"정말요? 아키히로가 그랬다고요? 제가 가게를 돕기 시작했을 때는 전혀 그런 느낌이 아니었는데 신기하네요." 진나이가 휠체어를 놓고 테이블 맞은편에 와서 앉았다.

"아마 아키히로 입장에서도 우리 가게가 편하지는 않았을 거예요."

"왜죠?" 아카리가 물었다.

"남편이랑 내가 아키히로 부모님과 비슷한 연배일 테니까요. 속으로는 꼬장꼬장한 아저씨랑 수다쟁이 아줌마가 있는 술집이라고 생각했을지도 모르죠. 아무튼 뭐가 마음에 들었는지는 모르겠지만 아키히로는 우리

가게에 자주 왔어요. 그렇게 시간이 지나면서 나이랑 이름, 그리고 얼마 전에 다케하라시에서 이 근처로 이사 왔다는 것도 알게 되었죠. 하지만 어느 정도 친해진 후에도 고향이나 가족, 자신의 과거에 대해서는 일절 말을 하지 않았어요. 뭔가 사연이 있어 보였는데 그런 생각을 하니까 더 신경이 쓰이더라고요."

"효타 생각이 나서요?" 진나이가 물었다.

"맞아. 나이도 우리 효타랑 비슷했으니까…. 그러던 어느 날, 가게에 아키히로랑 다른 손님 한 명밖에 없을 때 그 손님이 아키히로한테 효타 얘기를 꺼낸 거예요. 우리 부부에게는 원래 아키히로랑 비슷한 또래의 아들이 하나 있었다고 말이죠. 과거형으로 말하는 걸 보고 아키히로가 아들이 죽었냐고 묻길래 스물두 살 때 경찰에 체포돼서 감옥에 갔고, 그길로 부모 자식의 연을 끊었다고 설명해 줬죠…."

타마에의 표정에서 쓸쓸한 기색이 엿보였다.

"그걸 듣고 아키히로도 자기 얘기를 해 주더라고요. 자기도 효타와 마찬가지로 외아들인데 고등학교 때 교통사고를 당하는 바람에 야구 선수의 꿈을 접을 수밖에 없었고, 그 후로 나쁜 친구들과 어울리다가 스무 살 때 사고를 치고 교도소에 들어갔다고."

"그게 정말이에요? 전혀 몰랐네." 진나이가 깜짝 놀랐다는 반응을 보였다.

"두 사람은 알고 있었나요?"

타마에의 물음에 아카리는 코헤이와 함께 고개를 끄덕였다.

"아키히로 씨 작은아버지 되시는 분께 들었습니다."

아카리가 대답하자 타마에가 고개를 끄덕이며 말을 이었다.

"아키히로는 출소 후 마음을 고쳐먹고 제대로 살아 보려고 했지만 전과가 있는 데다가 신원을 보증해 줄 가족이 없다 보니 제대로 된 일을 구하기가 어려웠다더라고요. 줄곧 비정규직으로 공장 같은 데를 전전하다가 우리 가게에 왔을 당시에는 경비원 일을 하고 있다고 했어요. 부모님하고는 20년 가까이 연락이 끊긴 상태라고 했고요. 다른 손님들이 다 돌아가고 가게에 아키히로 혼자 남으면 자기 어린 시절 추억을 이야기하며 눈물을 흘릴 때도 있었어요…. 우리 부부는 아키히로에게 부모님을 찾아가서 잘못했다고 용서를 빌라고 했죠. 부모라면 당연히 그러길 바랄 테니까요. 하지만 아키히로는 이제 와서 그럴 수는 없다면서 고집을 부렸어요.”

아카리는 타마에의 이야기를 들으면서 그녀 역시 외아들인 효타가 돌아오길 바라고 있다는 것을 알 수 있었다.

“6년 전 남편이 죽었을 때… 정말이지 하늘이 무너지는 것만 같았어요. 효타와는 연락이 끊긴 지 오래인지라 연락할 방법이 없었죠. 대신 아키히로가 장례식에 와서 꺼이꺼이 목 놓아 울었어요. 몇 년이나 가게를 드나들면서 우리 남편을 아버지처럼 여겼던 모양이더라고요. 효타는 결국 장례식에 오지 못했지만 아키히로가 효타 몫까지 슬퍼해 주는 것 같았어요. 그렇게 남편 장례식이 끝나고, 시간이 좀 지난 후에 내가 아키히로를 가게로 불러내서 말했어요. 대부분의 경우 부모는 자식보다 먼저 죽는다고요. 죽고 나면 아무것도 전할 수 없다고 말이죠.”

천천히 말을 이어 나가는 타마에를 보며 아카리는 심장이 죄어들었다.

아키히로가 그 후에 얼마나 큰 슬픔과 절망을 맛보았을지 상상이 갔기 때문이다.

“죽은 상대에게는 사과도 할 수 없고 용서받는 것도 불가능하다고. 내가 그렇게 말하니까 그제야 아키히로도 본가에 가서 부모님을 뵙고 오겠다고 하더군요. 도쿄로 떠나기 직전까지 잔뜩 긴장한 모습이었지만 그래도 어딘지 모르게 마음이 편해 보였어요. 하지만 히로시마에 다시 돌아왔을 때는 절망의 나락에 빠진 듯한 얼굴을 하고 있었어요.”

“부모님이 돌아가셨다는 사실을 알게 된 거군요.”

아카리의 말에 타마에가 고개를 끄덕였다.

"집은 사라지고 그 자리에 처음 보는 빌라가 들어서 있더래요. 이웃 사람들한테 물어보니 부모님이 두 분 모두 이미 돌아가셨다고 하더라고…."

아키히로의 작은아버지 말에 따르면 아키히로의 아버지는 13년 전에, 어머니는 9년 전에 사망했다고 했다.

"아키히로는 옆에서 보고 있기 힘들 정도로 괴로워했어요. 전보다 술 마시는 양도 눈에 띄게 늘었고요…."

"그러고 보니 저도 기억이 나네요. 당시에는 아키히로가 힘들어하는 걸 보고 실연이라도 당했나 싶었는데." 진나이가 이제야 알겠다는 듯 말했다.

"그대로 내버려 두면 안 될 것 같았어요. 저러다가 자포자기해서 예전처럼 또 나쁜 쪽으로 빠지면 어쩌나 걱정도 되고…. 그래서 아키히로랑 둘이 있을 때 내가 이렇게 말했어요. 돌아가신 부모님은 두 번 다시 뵐 수 없고 직접 용서받는 것도 불가능하다고, 하지만 두 분 다 천국에서 아키히로를 지켜보고 있을 거라고요. 30년 후가 될지 40년 후가 될지 모르겠지만 언젠가 저세상에서 부모님과 다시 만났을 때 떳떳할 수 있는 삶을 살아야 한다고요." 타마에의 눈에서 또다시 눈물이 흘러내렸다. "최선을 다해 열심히 살면서 주위에 어려움에 처한 사람이 있으면 도와주라고 했어요. 그렇게 반듯하게 살아가겠다고 나랑 약속해 달라고…."

타마에는 울먹이며 말을 마치고는 아까 아카리에게 받은 손수건으로 눈가를 훔쳤다.

약속….

타마에가 한 말이 아카리의 가슴 깊숙한 곳에 와서 박혔다.

사건 당시 범인에게 공격당한 아카리는 죽을 것만 같은 고통에 몸부림치고 있었다.

아키히로가 구해 주지 않았더라면 아마 그대로 목숨을 잃었을 것이다.

— 약속은 지켰다고… 전해 줘….

"그건 타마에 씨한테 하는 말이었던 거네요."

무사히 전했다는 생각에 저도 모르게 안도의 한숨이 나왔다.

시야가 눈물로 흐릿해져서 타마에의 표정이 제대로 보이지 않았지만 이쪽을 향해 고개를 끄덕이고 있다는 것은 알 수 있었다.

"아키히로는 나랑 한 약속을 지킨 거예요. 끝까지 부모님께 부끄럽지 않은 삶을 살다가…. 하지만 설마… 이렇게 빨리 갈 줄이야…. 이런 건… 아키히로가 너무 불쌍하잖아요…." 타마에의 목소리가 떨렸다.

"아키히로 씨는 왜 히로시마에서 도쿄로 이사를 갔을까요?"

갑작스런 질문에 아카리는 옆에 앉은 코헤이를 돌아보았다.

"아키히로 씨가 일하던 경비 회사 분 말로는 집안 사정 때문에 도쿄로 돌아가게 되었다고 했다던데요."

듣고 보니 좀 이상하기는 했다. 부모님은 두 분 다 이미 돌아가셨으니 집안 사정 때문에 도쿄로 돌아가야 한다는 것은 말이 되지 않았다.

역시 그냥 적당히 둘러댄 말이었던 걸까.

만약 아키히로가 도쿄로 가지 않고 히로시마에서 계속 살았다면 노숙자가 될 일도 없었을 것이다. 설령 무슨 일이 생기더라도 이곳에는 어머니나 다름없는 존재인 타마에가 있었고 진나이나 토쿠나가 같은 술친구도 있었으니까. 같은 직장에서 일하는 니시카와도 아키히로를 신뢰하고 있었다.

그런데 왜 굳이 도쿄로 돌아가기로 한 걸까….

"아키히로가 왜 이사를 가기로 했는지 그 이유는 듣지 못했어요. 그냥 앞으로는 도쿄에서 지낼 예정이라고만…."

"그렇습니까…."

"그러고 보니 도쿄에 가고 얼마 지나지 않아 아키히로가 편지를 보내

왔는데 거기에는 '부모님 곁에서… 두 분이 지켜보시는 가운데 앞으로
의 인생을 열심히 살아 보려 합니다'라고 적혀 있었어요."

"부모님 곁에서? 그게 무슨 말이죠?" 코헤이가 고개를 갸웃거리며 물
었다.

"글쎄요. 어디에 있든 천국에 계신 부모님을 생각하며 살아가겠다는
의미가 아니었을까요?"

두 사람의 대화를 듣던 중에 문득 아카리의 머릿속에 한 가지 생각이
떠올랐다. 아카리는 서둘러 가방에서 스마트폰을 꺼내며 코헤이에게 물
었다.

"아키히로 씨가 도쿄에서 살았던 곳이 어디랬지?"

네기시가 가르쳐 준 아키히로의 도쿄 집 주소는 코헤이의 스마트폰
메모장에 저장되어 있었다.

아카리는 지도 앱을 열어 코헤이가 불러 주는 주소를 검색해 보았다.

역시 생각했던 대로였다.

아카리는 고개를 들어 타마에를 쳐다보았다.

"아키히로 씨가 살던 빌라는 다마 공원묘지 바로 앞에 있었습니다."

"다마 공원묘지요?"

"네. 아키히로 씨 부모님의 묘가 거기 있습니다."

타마에가 눈을 크게 떴다.

"부모님 곁에서… 두 분이 지켜보시는 가운데…."

타마에가 의미를 곱씹어 보듯 중얼거렸다. 아카리는 아키히로가 도쿄
에서 어떻게 살았을지 생각해 보았다.

아키히로는 부모님의 묘 가까이에 집을 구해서 앞으로의 인생을 열심
히 살아 보려고 한 것이다. 그런데….

"아키히로도 거기 같이 묻혔나요?"

타마에의 질문에 마음이 무거워졌다.

"아니요…. 아키히로 씨 아버지가 돌아가실 때 아키히로는 절대로 가족묘에 들이지 말라는 유언을 남기셨다고 합니다. 현재 아키히로 씨의 유골은 도쿄 시부야구에 있는 세이메이지라는 절의 무연고자 묘에 묻혀 있습니다."

"아…." 타마에가 길게 탄식했다.

"이제 사이타마로 돌아가는 건가요?"

자동차 운전대를 잡은 진나이의 질문에 아카리는 "아니요" 하고 고개를 저었다.

"오늘 하루 더 호텔에 묵으려고요."

원래는 오늘 고속 열차를 타고 사이타마로 돌아갈 계획이었지만 타마에를 만나 어떤 이야기를 듣게 될지 알 수 없었기 때문에 어제 미리 호텔 측에 연박 신청을 해 두었다.

"그럼 호텔까지 바래다 드릴게요. 뉴 플라티나 호텔이라고 했죠?"

"네, 감사합니다."

아카리는 진나이에게 인사하고 옆에 앉은 코헤이를 돌아보았다. 코헤이는 요양원에서 나온 이후 계속 스마트폰으로 무언가를 찾아보고 있었다.

"뭐래?"

아카리가 묻자 코헤이가 시선을 들어 이쪽을 보며 고개를 저었다.

"무연고자로 합사된 개인의 유골을 다시 돌려받기는 어려운 것 같아. 다른 유골들과 한데 뒤섞인 상태로 묻힌다고 하네."

코헤이의 말을 듣고 진나이가 어느 정도 예상했다는 듯 한숨을 내쉬었다.

아키히로의 유골이 무연고자 묘에 묻혀 있다는 말을 들은 타마에는 그 사실에 굉장히 마음 아파하면서 아키히로가 가족묘에 묻힐 수 없다면 남편인 아키오의 무덤에라도 함께 묻어 주고 싶다고 제안했다. 하지만 무연고자 묘에 묻힌 유골을 옮기는 것이 가능한지 어떤지 아는 사람이 아무도 없었기 때문에 일단 그 자리에서는 대답을 유보할 수밖에 없었다.

"제가 절에 전화해서 아키히로의 유골이 현재 정확히 어떤 상태인지 다시 확인해 보겠습니다." 진나이가 말했다.

"잘 부탁드립니다."

아키히로의 유골을 무연고자 묘에 내버려 두는 것은 마음이 아팠지만 아카리가 어떻게 할 수 있는 문제가 아니었다.

"유골이 어디에 묻혀 있든 아키히로의 영혼은 천국에 가 있을 거예요. 저는 그렇게 생각합니다. 마흔여덟이면 아직 죽기에는 너무 이른 나이이긴 하지만 아무나 할 수 없는 선행을 베풀고 죽었으니 지금쯤 부모님께 크게 칭찬받고 있을 겁니다."

아카리 역시 그렇게 생각하고 싶었다.

하지만 도저히 떨쳐낼 수 없는 미련과 회한이 여전히 아카리의 마음을 무겁게 짓누르고 있었다.

타마에가 말한 것처럼 죽은 사람에게는 아무것도 전할 수 없다.

살려 줘서 고맙다는 말도, 나 때문에 죽게 만들어서 미안하다는 말도.

"이제 다시 만날 일은 없을지도 모르니까 마지막으로 제가 아카리 씨에게 한마디만 할게요."

그 말에 아카리는 고개를 들었다. 백미러를 통해 운전석에 앉은 진나이와 눈이 마주쳤다.

"저는 아카리 씨가 아키히로 몫까지 잘 살았으면 좋겠습니다. 언제까지고 고통스러운 기억에 질질 끌려다닐 게 아니라 하루빨리 훌훌 털고 일어나 행복해졌으면 좋겠어요. 아키히로를 잊어버리라는 말이 아닙니다. 그냥… 인생에는 원래 절대로 잊으면 안 되는 것이 있는가 하면 빨리 잊는 편이 더 나은 것도 있으니까요. 아키히로도 아마 그러길 바랄 겁니다."

아카리는 아무 대답도 하지 못했다.

"감사합니다." 코헤이가 대신 대답했다.

이윽고 차가 호텔에 도착했다. 아카리는 코헤이와 함께 진나이에게 고맙다고 인사한 후 차에서 내렸다. 멀어져가는 차가 보이지 않을 때까지 배웅한 다음 호텔 안으로 들어갔다.

아카리는 코헤이와 함께 703호실로 향했다. 문을 열고 들어가자마자 피곤함이 몰려와서 침대에 털썩 주저앉았다.

오랫동안 찾아 헤매던 상대를 드디어 찾아내서 아키히로의 마지막 부탁을 들어주는 데 성공했건만 뿌듯함이나 홀가분함은 조금도 느껴지지 않았다.

"코헤이… 나 너무 분해. 분해 죽겠어."

"아키히로 씨 일 때문에?"

아카리는 코헤이를 보며 고개를 끄덕였다.

"아키히로 씨는 최선을 다해 열심히 살고자 했어. 아버지, 어머니, 그리고 타마에 씨에게 부끄럽지 않은 삶을 살기 위해서. 그런데… 아무 잘못도 하지 않았는데 어느 날 갑자기 범인한테 살해당한 거잖아. 범인도 알았으면 좋겠어. 아키히로 씨가 얼마나 훌륭한 사람이었는지, 지금까지 얼마나 열심히 살아왔는지. 그렇게 소중한 목숨을, 단지 자기가 평생 감옥에서 지내고 싶다는 그런 말도 안 되는 이유로 빼앗은 거라는 사실을 알려주고 싶어. 그런데 그렇게 할 수 없다는 게 너무 분해…." 말을 하다 보니 저도 모르게 눈물이 솟구쳐 올라 고개를 떨구었다.

"한 가지 방법이 있어."

아카리는 깜짝 놀라 고개를 들었다. 코헤이가 진지한 표정으로 이쪽을 쳐다보고 있었다.

"예전에 법정 소설을 쓰는 작가를 담당했을 때 관련 자료를 조사하는 과정에서 알게 된 건데 피해자가 직접 법정에 서서 의견을 진술하거나 피고인에게 질문하는 게 가능하기는 해."

"정말?"

"응. 사실 나로서는 범인을 상대하며 힘들어하는 네 모습은 보고 싶지 않지만…. 그래도 아카리 네가 그렇게 하고 싶다면… 내가 옆에서 도와줄게."

37

안쪽 문이 열리고 직원과 함께 케이치가 들어왔다. 얼마 전 쇼고가 영치품으로 넣어 준 남색 트레이닝복을 입고 있었다. 쇼고는 언제나처럼 면회 시간은 15분이라고 알려 주는 직원에게 고개를 끄덕이며 손목시계로 시간을 확인했다.

"첫 공판 일정이 정해졌다고 하던데."

쇼고가 말을 꺼내자 케이치가 씩 하고 웃어 보였다.

그저께 뉴스를 통해 케이치가 일으킨 묻지마 사건의 첫 공판이 3주 뒤인 10월 28일로 정해졌다는 소식이 전해졌다.

"기분이 어때?"

"기분이야 당연히 좋지요. 이제 곧 귀찮은 세상만사에서 벗어날 수 있게 되었으니까. 빨리 재판을 끝내고 교도소에 들어가고 싶을 뿐이에요."

케이치와 알고 지낸 시간은 착실히 쌓여 가고 있었지만 사실 쇼고는 아직까지도 케이치가 하는 말이 농담인지 진담인지 분간이 가지 않았다.

"내가 보낸 원고는 읽어 봤어?"

케이치가 고개를 끄덕였다.

시부야 스크램블 교차로에서 묻지마 사건을 일으키기 전까지 케이치가 살아온 궤적을 담은 원고였다. 케이치에게 직접 들은 내용과 쇼고가 조사한 내용을 바탕으로 원고를 완성하긴 했지만, 당초 목표로 했던 피해자 하마무라 아카리의 이야기를 함께 담지 못했기 때문에 쇼고로서는 그다지 만족스러운 결과물은 아니었다.

"어땠어?"

"나쁘지 않던데요. 제 바람대로 무기징역이 나오면 항소는 안 할 거니까 내년 초에는 출판할 수 있지 않겠어요?"

"그래? 마음에 들었다니 다행이네."

"저랑 약속한 거 잊지 않으셨죠?"

"물론이지. 너희 어머니가 어디 있는지는 알아냈어."

쇼고의 대답을 듣고 그때까지 헤실헤실 웃고 있던 케이치의 눈빛이 날카로워졌다.

"어디 있는데요?"

"도쿄. 약속대로 너희 어머니는 찾았어. 이제 어떻게 할까?"

이쪽을 쳐다보던 케이치가 고개를 푹 수그리더니 무언가를 고민하듯 한참 동안 아무 말도 하지 않고 가만히 앉아 있었다.

"어떻게 하고 싶은데?"

쇼고가 한 번 더 묻자 케이치가 고개를 들었다.

"내 재판에 데려와 주세요."

쇼고는 고개를 갸우뚱했다.

"어머니가 증인으로 나와서 너한테 유리한 증언을 해 주길 바라는 거야?"

"아니요. 재판에서 저는 검사한테 공격당할 거 아니에요. 검사가 구체적으로 무슨 말을 할지는 모르겠지만."

"피고인 신문 때?"

"네. 그 모습을 어머니한테 보여 주고 싶어요."

"피고인 신문 때 네 어머니가 방청을 왔으면 좋겠다는 거지? 왜?"

"그게 제 복수예요."

"복수라고?" 쇼고가 되물었다.

"네. 제 인생을 책으로 써서 낸다 한들 그게 무슨 복수라고 할 수 있 겠어요. 검사가, 아니 세상 사람 모두가 저를 욕하는 모습을 보여 주는 게 진짜 복수죠. 그 여자한테는 저를 낳은 책임이 있으니까요. 이런 인간 으로 만든 책임 말이에요."

케이치가 원하는 것이 무엇인지 비로소 알 것 같았다. 쇼고는 고개를 끄덕이며 대답했다.

"내가 너희 어머니를 만나러 가서 말해 볼게. 하지만 반드시 데려오겠 다는 약속은 못 하겠다."

가지 않겠다는 사람을 억지로 끌고 올 수는 없는 노릇이었다.

"어떻게든 데려와 주세요. 제 인생 최고의 순간을 꼭 보여 주고 싶으니 까요." 케이치가 상체를 앞으로 숙이며 속삭이듯 말했다.

38

아카리는 4층에서 엘리베이터를 내려 복도를 걸어갔다. '브릿지 법률
사무소'라고 적힌 문을 열고 안으로 들어갔다. 정면의 안내 데스크에 놓
인 전화기를 집어 들자 여직원이 받았다.

"3시에 이나가키 마키코 변호사님과 만나기로 한 하마무라 아카리라
고 합니다."

찾아온 용건을 밝히자 잠시 후 여직원이 나와서 아카리를 오른쪽에
있는 회의실로 안내했다.

"변호사님은 지금 통화 중이십니다. 이쪽에 앉아서 잠시만 기다려 주
세요."

직원이 아카리에게 의자를 권한 다음 방에서 나갔다.

아카리는 4인용 테이블의 안쪽 자리에 앉았다. 아까 나갔던 직원이
돌아와서 아카리 앞에 찻잔을 내려놓고 다시 나갔다. 아카리는 가방에
서 파일을 꺼냈다. 안에 든 다섯 장의 종이를 차례대로 넘기며 빠뜨린
내용이 없는지 다시 한번 확인해 보았다.

범인에게 하고 싶은 말을 직접 전할 방법이 있다….

두 달 전 히로시마에 갔다가 사이타마로 돌아오기 전날 밤, 코헤이는 아카리에게 피해자 참가 제도에 대해 설명해 주었다.

피해자 참가 제도는 2008년 12월 1일부터 일본에서 운용되기 시작한 사법 제도로, 이에 따르면 일정 중대 범죄의 피해자 본인 또는 유족은 법정에서 직접 증인 신문이나 피고인 신문을 할 수 있으며 검찰과는 다른 구형을 하는 것도 가능했다.

코헤이가 알려주기 전까지는 존재하는 줄도 몰랐던 제도였다. 이 제도를 이용하면 살해당한 아키히로의 억울함과 멀쩡한 인생을 난도질당한 자신의 분노를 범인에게 직접 표출할 수 있을 것 같았다.

아카리는 히로시마에서 사이타마로 돌아오자마자 바로 범죄 피해자 지원 요원인 우치무라에게 연락해 피해자 참가 제도를 이용하고 싶다는 뜻을 밝혔다. 연락을 받은 우치무라는 아카리에게 이전에 피해자 참가 제도를 이용해 본 경험이 있는 이나가키 마키코 변호사를 소개해 주었다. 이 사무실을 방문하는 것은 오늘로 네 번째였다.

방문을 두드리는 노크 소리에 아카리는 고개를 들었다. 남색 바지 정장을 입은 마키코가 문을 열고 들어왔다.

처음 만났을 때는 마키코가 너무 어려 보여서 괜찮을까 싶었지만, 알고 보니 실제 나이는 서른아홉이고 변호사 경력은 10년이 넘는다고 했다. 여러 차례 만나 의견을 나누면서 아카리는 마키코를 진심으로 믿고 의지하게 되었다.

"기다리시게 해서 죄송합니다." 마키코가 미안해하며 고개를 숙였다.

"아니에요. 아무쪼록 오늘도 잘 부탁드립니다."

아카리도 꾸벅하고 인사하자 마키코가 들고 온 수첩과 노트북을 테이블 위에 내려놓으며 맞은편 의자에 앉았다.

"그럼 바로 본론으로 들어갈까요? 지난 번에 말씀드린 서류는 가져오셨나요?"

마키코의 질문에 아카리는 들고 있던 종이 다섯 장을 내밀었다.

"제가 내용을 좀 확인해 보겠습니다." 마키코가 종이를 들고 읽기 시작했다. 꼼꼼하게 읽어서인지 좀처럼 다음 장으로 넘어가지 않았다.

아카리로서는 보름이 넘는 시간과 공을 들여서 쓴 글이었기 때문에 상대방이 제대로 읽어주는 것은 고마운 일이었지만, 한편으로는 첨삭을 기다리는 학생처럼 긴장이 되었다.

한참이 지나서야 마키코가 마지막 장을 내려놓으며 고개를 들었다.

"좋은데요."

마키코의 눈가가 젖어 있는 것을 보고 역시 이 변호사에게 맡기길 잘했다는 생각이 들었다.

"피해자의 분노와 원통함이 잘 드러나 있어서 판사와 배심원들에게도 공감을 얻을 수 있을 것 같습니다. 피해자 의견 진술은 이 정도면 충분할 것 같고, 피고인 신문 때 질문할 내용에 관해서는 쿠메 검사와 상의해 보겠습니다."

"무슨 문제라도 있나요?"

아카리가 묻자 마키코가 "그런 건 아닙니다"라며 고개를 저었다.

"그럼 왜…?"

"아카리 씨가 질문하기 전에 검사가 먼저 피고인 신문을 하게 되거든요. 검사가 하는 질문 중에는 당연히 피해자인 아카리 씨와 관련된 내용도 들어 있을 테니 만약 두 사람이 준비한 내용에 중복되는 부분이 있다면 둘 중 누가 질문하는 게 나을지 조정할 필요가 있으니까요."

"그렇군요." 아카리가 이해했다는 듯 고개를 끄덕였다.

"그건 그렇고… 구형에 대해서는 생각해 보셨나요?"

마키코의 질문에 온몸이 뻣뻣하게 굳었다.

아카리를 구해 준 아키히로의 생명을 빼앗았을 뿐만 아니라 아카리의 인생도 엉망진창으로 망가뜨려 놓은 범인에게 어떤 처벌을 요구할 것인가.

"검찰은 어느 정도의 형을 구형할까요?" 아카리가 물었다.

"아직 못 정한 것 같습니다."

"사형과 무기징역을 놓고 고민 중이라는 말씀이신가요?"

마키코가 고개를 끄덕였다.

"제 생각에는 아마도 무기징역을 택하지 않을까 싶습니다."

"사망자가 한 명뿐이라서 사형을 구형하기는 어렵다는 건가요?" 아카리는 납득이 가지 않는다는 투로 물었다.

"그런 부분도 있기는 합니다. 사실 평생 교도소에서 살고 싶어서 알지도 못하는 사람을 죽였다는 피고인의 범행 동기는 지극히 악질적이고 자기중심적이기 때문에 검찰 내부에서는 사형을 구형해야 한다는 의견도 있다고 알고 있습니다. 다만…."

"다만 뭐죠?"

아카리가 다그쳐 묻자 마키코가 한숨을 내쉬며 천천히 입을 열었다.

"지난달과 지지난달에 비슷한 사건들의 판결이 잇따라 나왔거든요. 지난달에는 7년 전 오사카에서 두 명이 살해당한 묻지마 사건의 대법원 판결이 나왔는데 1심에서 사형 판결이 내려졌지만 2심에서는 무기징역을 선고했고, 대법원에서는 2심에서의 양형이 부당하다고 보기 어렵다는 이유로 형을 확정했습니다. 지지난달에는 4년 전 사이타마에서 두 명이 살해당한 묻지마 사건의 고등법원 판결이 나왔는데 마찬가지로 사형을 선고한 1심과 달리 2심에서는 피의자의 항소를 받아들여 무기징역을 선고했고요."

마키코의 설명에 암담한 기분이 들었다.

자신이 맛본 절망, 아니 그보다 더 크고 깊은 절망을 안겨 주는 사건들이 전국 각지에서 일어나고 있다는 현실에 말문이 막혔다.

"1심에서 사형 판결이 내려지더라도 어차피 2심에서 뒤집힐 테니 애초에 사형을 구형하는 의미가 없다는 건가요?"

"아시다시피 배심원들은 추첨을 통해 뽑힌 일반인입니다. 그리고 지금까지 기자 회견 등을 통해 다수의 배심원이 사형 판결이 주는 부담감에 대해 토로한 바 있습니다. 그러니 2심에서 어차피 뒤집힐 거라면 굳이 1심에서 타인의 목숨을 좌우하는 중대한 판단을 배심원들에게 강요할 필요가 있을지 고민이 될 법도 하지요. 하지만 검찰의 구형과 상관없이 아카리 씨는 본인이 원하는 처벌을 솔직하게 말씀하시면 됩니다. 그것이 바로 피해자 참가 제도가 존재하는 이유이니까요."

"저는 범인이 사형당하길 바랍니다." 아카리가 단호하게 말했다.

"알겠습니다. 쿠메 검사에게도 그렇게 전하겠습니다."

마키코가 수첩에 무언가를 적으며 말을 이어 나갔다.

"아까 제가 검찰은 무기징역을 구형할 것 같다고 말씀드렸지만 실제로 어떻게 될지는 아직 알 수 없습니다. 검찰 측에서 피해자인 아카리 씨의 의견을 감안해 사형을 구형할 가능성도 충분히 있다고 봅니다."

"그러면 좋겠네요. 솔직히 무기징역은 말도 안 된다고 생각하거든요."

이번 사건의 경우, 무기징역을 구형하고 선고한다는 것은 범인의 소원을 들어주는 것이나 다름없었다.

평생 교도소에서 살고 싶다는 범인의 터무니없는 생각 때문에 아키히로는 목숨을 잃었으며 아카리는 온몸에 치명상을 입고 죽을 뻔했다.

다른 사람의 목숨을 빼앗은 인간은 자기 목숨으로 그 죗값을 치러야 마땅하다. 아카리는 그렇게 믿어 의심치 않았다.

자신을 구하려다가 대신 죽은 아키히로가 생전 어떤 삶을 살았는지 알게 된 후부터는 그 믿음이 더욱 강해졌다.

결과적으로 사형이 선고되지 않더라도 상관없었다. 잠시라도 좋으니 범인에게 절망과 공포를 맛보여 주고 싶었다.

자신이 아키히로에게 한 것처럼 그 역시 누군가의 손에 목숨을 잃을지도 모른다는 절망과 공포를.

설령 그것이 구형 후 판결이 선고되기까지의 아주 짧은 기간에 지나지 않을지라도.

아카리는 자신이 뱉은 말의 무게 때문인지 목이 바짝 말랐다.

눈앞에 놓인 찻잔에 손을 뻗으며 자신이 떨고 있다는 사실을 깨달았다. 부들부들 떨리는 손으로 힘들게 찻잔을 집어 입으로 가져갔다.

"가림막 설치는 어떻게 할까요?"

마키코의 질문에 아카리는 고개를 갸웃거렸다. "가림막이요?"

"아카리 씨의 모습이 피고인석이나 방청석에서 보이지 않도록 가리는 장치입니다. 자신을 공격했던 범인과 직접 얼굴을 마주하는 건 아무래도 심리적인 부담이 너무 크니까요."

그 말을 듣자 스크램블 교차로에서 도끼를 들고 이쪽을 향해 돌진해 오던 케이치의 모습이 머릿속에 떠올랐다.

"괜찮으세요?"

아카리의 동요를 눈치챘는지 마키코가 걱정스러운 말투로 물었다.

"네, 괜찮습니다…."

간신히 대답은 했지만 케이치의 모습이 뇌리에 박혀 사라지지 않았다. 갑자기 속이 울렁거리고 구역질이 나서 급히 손으로 입을 틀어막았다.

"죄송합니다. 화장실 좀…" 하고 양해를 구하며 자리에서 일어나자 마키코가 서둘러 화장실로 안내했다. 아카리는 변기 앞에 쪼그리고 앉아 속에 있는 것을 전부 게워 냈다.

구역질이 잦아든 것을 확인하고 물을 내린 후 비틀거리며 몸을 일으켜 세웠다. 세면대에서 입을 헹구고 종이 타월로 입가를 닦은 다음 밖으로 나오자 마키코가 화장실 앞에서 기다리고 있었다.

"괜찮으세요?"

걱정스러운 표정으로 묻는 마키코에게 아카리는 괜찮다며 고개를 끄덕였다. 마키코와 함께 회의실로 돌아와 다시 마주 보고 앉았다.

"갑자기 속이 좀 울렁거렸는데 이제 괜찮아졌습니다…. 무슨 얘기를 하고 있었죠?"

"가림막 설치를 어떻게 할지에 대한 이야기였습니다만, 오늘 꼭 정해야 하는 건 아닙니다. 그리고 사실… 피해자 참가를 희망하는 사람 중 대다수가 준비 과정이나 공판 현장에서 사건 당시 기억을 떠올리며 힘들어합니다. 참가 신청이 받아들여졌다고 해서 반드시 법정에 출석해야하는 건 아니니 내키지 않으면 참석하지 않으셔도 됩니다. 그 경우에는 제가 대신 아카리 씨 의견을 전하겠습니다."

"아니… 제가 방금 토한 건 그것 때문이 아니라…."

아카리가 말하자 마키코가 의아한 표정으로 "네?" 하고 되물었다.

"어쩌면… 아니, 아무것도 아니에요."

아카리는 고개를 저으며 자신의 배를 내려다보았다. 오른손으로 아랫배를 조심스럽게 쓸어내렸다.

어쩌면… 임신한 건지도 모르겠다는 생각이 들었다.

39

코헤이는 초조한 마음을 안고 츠루가시마역 개찰구를 나와 빌라로 향했다.

일을 마치고 회사를 나와 역으로 걸어가고 있을 때 아카리에게서 전화가 왔다.

할 말이 있으니 집으로 와 달라는 말에 무슨 일이 있는 거냐고 물었지만 아카리는 말끝을 흐리며 전화를 끊어버렸다.

전화상으로 들은 아카리의 목소리는 낮게 가라앉아 있었다. 그래서인지 온갖 안 좋은 상상이 머릿속을 맴돌았다.

케이치의 공판이 시작되기 전에 아카리의 이야기를 듣고 싶다며 쇼고가 다시 찾아오기라도 한 걸까. 아니면 다른 언론사에서 아카리의 정보를 알아내 갑자기 쳐들어온 걸까.

202호 앞에 도착해서 한차례 심호흡을 한 뒤 초인종을 눌렀다. 잠시 후 문이 열리고 아카리가 얼굴을 내밀었다.

눈이 마주친 순간, 아카리가 불안한 듯 시선을 피했다.

코헤이는 현관에서 신발을 벗고 아카리를 따라 안으로 들어갔다. 탁자 위에 놓인 서류 봉투가 눈에 들어왔다. 봉투에 에이린샤 로고가 찍혀 있었다.

"저건 뭐야?"

코헤이가 봉투를 가리키며 묻자 아카리가 "아…"하고 한숨을 내쉬었다.

"현관문에 끼워져 있더라고."

"전에 그 남자가 쓴 원고?"

"응…. 원고는 아직 안 읽어 봤는데 이게 같이 들어 있었어."

아카리가 봉투 아래 깔려 있던 종이를 꺼내 코헤이에게 건넸다. 한 장짜리 편지지였다.

하마무라 아카리 님

오노데라 케이치에 관한 원고는 거의 다 완성되었습니다. 피해자로서 하고 싶은 말이 있다면 언제든지 연락 주십시오. 기다리고 있겠습니다.

미조구치 쇼고

아카리에게 접근하거나 원고를 보내지 말아 달라고 그때 분명히 말했건만.

코헤이는 편지지에 적힌 내용을 읽으며 표정을 일그러뜨렸다.

"…사실 그런 건 아무래도 상관없어."

코헤이는 고개를 들었다.

"아무래도 상관없다고?"

"지금은… 훨씬 더 중요한 얘기가 있으니까."

할 말이라는 게 이게 아니었나.

아카리가 시선을 피하는 것을 보고 왠지 불안해졌다.

아카리는 무언가를 결심한 듯 혼자서 고개를 끄덕이더니 코헤이와 눈을 마주치며 천천히 입을 열었다.

"오늘… 산부인과에 다녀왔어."

생각지도 못했던 말에 얼빠진 표정으로 아카리를 쳐다보았다. 방금 들은 말의 의미가 가슴속에 천천히 스며들면서 동시에 뜨거운 감정이 치밀어 올랐다.

"임신 10주차래."

머릿속으로 날짜를 계산해 보았다. 둘이 함께 히로시마에 가서 서로의 마음을 재확인한 그날 밤의 기억이 떠올랐다.

"어떻게 해야 하나 싶어서…."

"고민할 게 뭐 있어."

저도 모르게 큰소리를 냈는지 아카리가 움찔했다.

"당연히 낳아야지…. 제발 낳아 줘. 그리고 나랑 결혼해 줄래?"

아카리의 눈동자에 눈물이 차오르는 것을 바라보는 코헤이의 시야도 흐릿해졌다.

"미안… 이런 데서 프러포즈라니…. 원래는 관람차 안에서 할 생각이었는데."

아카리가 어떤 표정을 하고 있는지 눈물 때문에 제대로 보이지 않았지만 "고마워"라고 대답하는 목소리는 또렷하게 들렸다.

40

은행 ATM에서 잔고를 확인해 보니 지난달 원고료가 들어와 있었다.

쇼고는 천만다행이라고 생각하며 그 자리에서 20만 엔을 인출했다. 현찰을 가방에 넣고 지하철을 타기 위해 신주쿠역 개찰구로 향했다.

야마노테선 열차를 타서 좌석에 앉자 문 위에 설치된 액정 화면이 눈에 들어왔다.

【시부야 스크램블 교차로 묻지마 사건 세 번째 공판, 피고인의 불성실한 태도에 판사 재차 지적】

참 한결같다는 생각에 쓴웃음이 나왔다.

첫 공판이 열린 그저께부터 관련 뉴스가 연일 쏟아져 나오고 있었다. 언론은 반성하는 기색은 전혀 없이 법정에서 불손한 언동을 일삼는 케이치를 신랄하게 비판했다.

쇼고는 그저께부터 매일 도쿄지방법원을 찾았지만 매번 방청권을 얻는 데 실패했기 때문에 법정에 선 케이치를 직접 보지는 못했다. 하지만 뉴스에 나오는 재판 현장 스케치만 보아도 자기 생각대로 일이 굴러가는 것에 흡족해하는 케이치의 모습이 어렵지 않게 상상이 되었다.

쇼고가 케이치와 한 약속을 지키려면 내일로 예정된 피고인 신문 때 케이치의 어머니인 케이코를 데려와 방청석에 앉혀야 했다.

조금 전 담당 편집자인 코야나기에게 전화해 내일 공판의 방청권은 반드시 손에 넣어야 한다고 말하자 코야나기는 자기가 아르바이트를 동원해서라도 어떻게든 구해 보겠다고 했다.

이제 남은 것은 케이코를 설득하는 일뿐이었다.

계속해서 초인종을 눌렀지만 안에서는 대답이 없었다.

이미 일하러 간 것 같다고 판단한 쇼고는 미련 없이 발걸음을 돌렸다. 빌라 계단을 내려와 나가하라역으로 향했다.

홋카이도 무로란에서 케이코의 현주소를 알아낸 후 지금까지 쇼고가 직접 집으로 찾아간 적은 한 번도 없었다. 그랬다가는 케이코가 도망칠지도 모른다고 생각했기 때문이다. 하지만 정기적으로 이곳에 와서 멀리서 지켜본 결과, 케이코의 행동 패턴을 어느 정도 파악할 수 있었다. 케이코가 지금 어디 있을지는 대충 짐작이 갔다.

쇼고는 고탄다역에서 열차를 내려 번화가 쪽으로 걸어갔다. 술집과 유흥업소가 즐비한 거리를 지나 골목으로 들어가자 크고 작은 호텔들이 모여 있고 곳곳에 여자들이 서 있었다. 가까이 다가와 말을 거는 여자들을 적당히 물리치며 계속 안으로 걸어 들어갔다.

이윽고 쇼고는 자신이 찾던 여자를 발견했다. 길가에 우두커니 서서 담배를 피우고 있던 오노데라 케이코가 이쪽을 흘깃 쳐다보았다.

"놀다 가지 않을래요?"

케이코의 말에 쇼고는 걸음을 멈췄다.

지금까지 여기저기서 케이코는 뛰어난 미모의 소유자라는 말을 들어왔지만 이렇게 본인을 직접 만나고 보니 자신이 상상했던 이미지와는 전혀 달랐다.

전체적인 이목구비나 분위기를 보면 과거에 예뻤다는 말은 사실인 듯했지만, 지금은 시들어가는 미모를 두꺼운 화장으로 간신히 가리고 있을 뿐이었다.

케이코가 아름다움을 잃게 된 것이 마흔일곱이라는 나이 때문인지 지금까지 겪어 온 세월의 풍파 때문인지는 알 수 없었다.

"얼마죠?" 쇼고가 물었다.

"1시간에 8천 엔. 30분에 5천 엔. 호텔비는 그쪽이 내는 걸로."

쇼고가 고개를 끄덕이자 케이코가 미소를 지으며 손에 들고 있던 담배를 땅바닥에 버렸다. 바닥에 떨어진 꽁초를 구두 굽으로 비벼 끄더니 쇼고의 소매를 붙잡고 눈앞에 있는 호텔로 이끌었다.

입구에서 방을 선택한 후 케이코와 함께 엘리베이터에 올라타자 심장 박동이 빨라졌다. 심장이 미칠 듯이 빨리 뛰는데 왜 그러는지 이유를 알 수가 없었다.

방에 들어가 문을 잠근 다음 가방과 겉옷을 침대 위에 대충 던져 놓았다. 쇼고는 일단 스스로를 진정시키기 위해 냉장고를 열어 페트병에 든 생수를 단숨에 절반쯤 들이켰다.

"돈은 선불로 줄래요?"

케이코의 요구에 쇼고는 지갑에서 1만 엔짜리 지폐를 한 장 꺼내 건넸다.

"1시간. 거스름돈은 가지세요."

"남자답게 통이 크네요."

케이코가 웃으면서 돈을 가방에 넣고 겉옷을 벗었다.

베이지색 슈미즈 위로 드러난 쇄골과 가슴 위쪽에 새겨진 장미 문신이 시야에 들어오는 것과 동시에 강한 향수 냄새가 코를 찔렀다. 잊고 있던 과거의 기억이 당장이라도 되살아날 것만 같았다.

눈앞에 있는 여자에게서 어머니의 모습이 겹쳐 보였다. 아까부터 왜 이렇게 심장이 세차게 뛰는지 그제야 이해가 갔다.

과음 때문인지 영양이 부족해서인지 아니면 뭔가 지병이 있는 건지 모르겠지만 여자의 팔다리는 마른 나뭇가지처럼 앙상했고, 두꺼운 화장으로 뒤덮인 얼굴을 제외한 다른 부분은 전체적으로 혈색이 좋지 않았다.

"서비스 많이 해 줄게요."

케이코가 쇼고 쪽으로 몸을 기울이며 속삭였다. 쇼고는 케이코의 어깨를 붙잡아 밀어냈다.

"나는 당신의 몸이 아니라 시간을 산 거니까 서비스는 필요 없습니다."

케이코가 쇼고의 말을 이해하지 못하겠다는 듯 어리둥절한 표정을 지었다.

"당신과 이야기를 하고 싶습니다."

"네? 대체 무슨…."

"당신 아들 오노데라 케이치에 대해서요."

케이코가 몸을 움찔하더니 한 발 뒤로 물러섰다.

"당신… 기자예요?"

"정확히 말하자면 기자는 아닙니다. 당신 아들이 묻지마 사건을 일으킨 범인이라는 건 아시죠?"

"그야… 뉴스에서 그렇게 떠들어 대는데 모를 수가 없죠. 후… 오랜만에 좋은 손님 만난 줄 알고 좋아했더니…."

케이코가 쯧 하고 혀를 차더니 소파에 가서 앉았다. 가방에서 담배를 꺼내 입에 물고 불을 붙였다.

쇼고는 옆에 있는 침대에 앉아 부루퉁한 얼굴로 담배를 피우는 케이코를 쳐다보았다.

"케이치가 그런 사건을 일으켰다는 사실을 알았을 때, 가장 먼저 무슨 생각이 들던가요?"

쇼고가 묻자 케이코가 인상을 찌푸리며 대답했다.

"그냥… 바보 같은 짓을 저질렀구나 싶었죠."

"왜 그런 짓을 했는지 그 이유에 대해서도 생각해 보셨나요?"

"그야 바보여서 그랬겠죠."

아무렇지도 않게 내뱉는 케이코를 보며 살의에 가까운 분노가 치밀어 올랐다.

"아까 기자는 아니라고 했죠? 기자가 아니라면 뭐죠?"

"케이치의 친구입니다. 이번 사건이 일어난 후에 알게 된 사이지만요."

쇼고는 침대에 던져 놓은 가방에서 커다란 서류 봉투를 꺼내 케이코에게 다가갔다.

"그가 사건을 일으키기 전까지 어떤 인생을 살아왔는지 친구로서 제가 정리한 원고입니다. 조만간 책으로 출판될 예정이니 그 전에 한번 읽어 보시죠."

쇼고가 소파 앞 테이블에 봉투를 내려놓으며 말했다.

"취향이 특이하네요. 그런 살인자랑 친구가 되다니. 어차피 돈 벌려고 접근한 거겠지만요."

"돈 벌 생각이 전혀 없다고는 하지 않겠습니다. 하지만 제가 케이치와 친해지게 된 가장 큰 계기는 자라온 환경이 비슷하기 때문입니다."

쇼고는 다시 침대에 앉아 소파에 앉은 케이코와 마주 보았다.

"저도 어머니와 단둘이 살았는데 열세 살 때까지 학교에 다니지 못하고 매일같이 심한 학대를 당했습니다."

쇼고는 소매를 걷어 케이코에게 양팔을 보여 주며 말을 이었다.

"어머니에게 학대당한 흔적을 보기가 싫어서 제 손으로 직접 새겨 넣은 문신입니다."

"당신 어머니는 지금 어디 있는데요?"

"이 세상에 없습니다. 열세 살 때 제가 죽였거든요."

케이코의 눈썹이 꿈틀했다.

"그 얘기를 나한테 들려주고 싶어서 1만 엔이나 낸 거예요? 신기한 사람이네."

"케이코 씨를 만나러 온 건 부탁할 게 있어서입니다."

"부탁이요?" 케이코가 의아한 듯 고개를 갸웃거렸다.

"내일 오전 10시부터 도쿄지방법원에서 오노데라 케이치의 피고인 신문이 열릴 예정입니다. 그 자리에 방청하러 와 주셨으면 합니다."

"내가 왜 그래야 하죠?" 케이코가 코웃음을 쳤다.

"물론 공짜로 해 달라는 건 아닙니다. 내일 하루 시간을 내 주시면 20만 엔 드리겠습니다. 30분에 5천 엔이라고 하면 20시간 일하는 것과 맞먹는 금액이죠. 그쪽 입장에서도 손해 보는 일은 아닐 텐데요."

"거절하겠어요."

"케이치는 구치소 면회실에서 제게 이렇게 말했습니다. 당신한테는 자기를 낳은 책임이 있다고요. 자기를 이런 인간으로 만든 책임 말입니다. 당신에게는 법정에서 당신 아들이 무슨 말을 하는지 들어야 할 의무가 있다고 생각하지 않습니까? 케이치는 당신이 오길 바라고 있습니다."

"내가 제대로 된 엄마가 아니었다는 건 맞아요. 생판 남인 당신이 말해 주지 않아도 이미 잘 알고 있다고요. 하지만… 나도 어쩔 수 없었어요. 아이를 낳기는 했지만 어떻게 키워야 하는지는 몰랐으니까. 아무리 발버둥쳐도 제대로 된 엄마가 되기는 그른 것 같고… 그저 인간이기를 포기하지 않는 게 내가 할 수 있는 최선이었어요."

"인간이기를 포기하지 않는 게 당신이 할 수 있는 최선이었다고요?" 쇼고는 눈썹을 찌푸리며 되물었다.

"네…, 나도 당신이나 케이치처럼 유년기에 부모한테 학대당하며 자란 케이스거든요."

케이코가 쓴웃음을 지으며 새 담배를 입에 물고 불을 붙였다.

"학교도 제대로 못 다니고 술값을 충당하기 위해 엄마가 알고 지내는 남자들을 상대해야 했죠."

실제 나이보다 훨씬 늙어 보이는 케이코를 쳐다보고 있으려니 마음이 갑갑해졌다.

자신을 학대한 어머니는 어떤 어린 시절을 보냈을까. 지금까지 단 한 번도 그 부분에 대해서는 생각해 본 적이 없었다.

"열여덟 살 때 그 쓰레기 같은 집을 뛰쳐나왔지만 학교도 제대로 못 다닌 어린 여자애가 뭘 할 수 있었겠어요. 제 한 몸 건사하기도 힘든데 아이까지 있으니 말 다했죠 뭐. 남들이 욕을 하든 손가락질을 하든 살아남기 위해서는 남자들한테 아양을 떠는 수밖에 없었어요."

"쇼라는 남자도 그중 하나였던 겁니까?"

케이코가 깜짝 놀라 이쪽을 쳐다보았다.

"그런 것까지 다 알고 있어요?" 케이코가 비꼬듯 말했다.

"아들을 학대한 것에 대한 변명은 필요 없습니다. 그보다 아까 그 말은 무슨 뜻입니까? 인간이기를 포기하지 않는 게 당신이 할 수 있는 최선이었다니요?"

"내 손으로 케이치를 죽이려고 했던 적이 한두 번이 아니에요."

쇼고는 저도 모르게 흠칫 몸을 떨었다.

"…케이치를 죽이고 나도 죽어버리면 편해질 수 있지 않을까 싶었죠. 하지만 그런 생각이 들 때마다 필사적으로 마음을 다잡았어요. 케이치가 자기를 그런 인간으로 만든 책임이 나한테 있다고 했다고요? 하지만 내가 보기에 인간은 다른 사람을 죽이는 순간 더 이상 인간이 아니게 되는 거예요. 그런 사람은 스스로를 인간이라고 말할 자격이 없다고요. 무차별 살인을 저지른 케이치도, 자기 엄마를 죽인 당신도 말이죠."

케이코의 말이 쇼고의 가슴을 날카롭게 파고들었다.

"나는 케이치의 엄마가 되지 못했어요. 그 아이에게 엄마로서 아무것도 해 주지 못했죠. 하지만 내 나름대로 마지막 선을 넘지 않기 위해 안간힘을 쓰고 버텼어요. 인간이기를 포기하지만 않는다면 언젠가 다시 시작할 수 있을지도 모른다고 생각했으니까."

케이코가 신경질적으로 담배 연기를 뿜어 대며 말했다. 쇼고는 그런 케이코를 차가운 눈빛으로 바라보았다.

"그러니 마지막 선을 넘어버린 아들의 부탁 따위 들어줄 수 없다고요. 그게 그 아이를 낳은 사람으로서 내가 지켜야 할 마지막 의무가 아닌가 싶네요."

"말도 안 되는 논리군요." 쇼고는 케이코를 똑바로 쳐다보며 코웃음을 쳤다.

"좋을 대로 생각하세요."

"그럼 어머니를 죽인 나는 다시 시작할 수 없다는 말입니까?"

"그런 셈이죠."

한 치의 망설임도 없이 대답하는 케이코를 보고 쇼고는 말문이 막혔다.

"당신이 아무리 성공하더라도, 한 나라의 총리가 되더라도 다시 시작할 수 없는 건 다시 시작할 수 없는 거예요. 당신, 어떻게 해서든지 나를 케이치의 재판에 데려가고 싶은가요?"

쇼고는 고개를 끄덕였다.

"아들이 엄마가 오길 바라고 있으니까요. 당신이 아무리 부정한다 한들 케이치를 낳은 건 사실이지 않습니까."

"그래요?" 케이코가 고개를 끄덕이며 테이블 위에 놓인 재떨이에 담배 꽁초를 비벼 끈 다음 소파에서 일어났다. "그럼 내 부탁도 들어줄래요? 여자로서 나를 만족시켜 준다면 방청하러 가 줄게요."

이쪽으로 다가오는 케이코를 보고 쇼고는 온몸이 뻣뻣하게 굳었다.

"왜요? 나를 보면 어머니 생각이 나서 싫어요?"

코를 찌르는 싸구려 향수 냄새에 현기증이 났다.

어릴 적 질리도록 들었던 어머니의 신음 소리와 남자들의 헐떡이는 숨소리가 귓가에 되살아났다.

"남한테 싫은 일을 시키려면 자기도 어느 정도 싫은 일을 하는 건 감수해야죠. 친구의 부탁을 들어주고 싶다면서요?"

케이코의 도발하는 듯한 말투에 쇼고는 어쩔 수 없이 침대에서 일어났다.

슈미즈만 걸친 케이코가 쇼고의 눈앞에 멈춰 서더니 앙상한 두 팔을 뻗어 쇼고의 셔츠 단추를 위에서부터 하나씩 풀기 시작했다.

"떨고 있네요? 긴장할 필요 없어요. 내가 리드해 줄 테니까."

케이코가 음탕한 웃음을 흘리며 단추를 다 푼 다음 셔츠를 침대 위에 내던졌다. 그러고 나서 티셔츠 아래로 드러난 쇼고의 양팔을 찬찬히 훑어보았다.

팔 전체를 뒤덮고 있는 문신이 신기한 듯했다.

케이코가 쇼고의 왼팔을 붙잡더니 "귀여운 그림을 새겼네요" 하고 웃었다.

쇼고는 이끌리듯 케이코의 시선을 따라가 보았다. 왼팔에 새긴 문신이 시야에 들어온 순간, 머릿속이 새하얘졌다.

"어머니와의 추억? 아니면 당신의 소원이었나요?"

케이코의 목소리가 아주 멀리서 들려오는 것만 같았다. 그와 동시에 수많은 기억이 물밀 듯이 쏟아져 들어왔다.

"저리 치워!" 쇼고는 버럭 소리를 지르며 케이코의 손을 뿌리쳤다.

필사적으로 머릿속에서 밀어내려 했지만 한번 되살아난 기억은 쉽게 사라지지 않고 계속해서 허공을 맴돌았다.

쇼고는 침대에 던져둔 셔츠를 허겁지겁 몸에 걸쳤다. 겉옷과 가방을 집어 들고 곧장 문으로 향했다.

"갑자기 왜 그래요?"

케이코의 물음에 쇼고는 걸음을 멈추고 뒤를 돌아보았다.

"당신 같은 아줌마랑 그런 짓을 할 수 있을 리가 없지 않습니까. 아무튼 내일 재판에는 꼭 오셔야 합니다. 그게 엄마로서 당신이 치러야 할 책임이니까요. 오전 9시 반에 도쿄지방법원이 있는 합동청사 앞에서 기다리고 있겠습니다."

쇼고는 케이코에게 일방적으로 통보한 후 방에서 뛰쳐나왔다. 애써 마음을 가라앉히며 엘리베이터에 올라탔다.

호텔에서 나와 자신에게 말을 걸어오는 여자들을 무시하며 빠른 걸음으로 골목을 빠져나왔다.

아무리 벗어나려고 노력해도 어린 시절의 기억이 자꾸만 떠올랐다.

지금까지 계속 잊고 있었던 기억들이….

쇼고는 수건으로 몸을 닦고 욕실에서 나왔다. 속옷을 입은 후 바닥에 앉아 자기 어깨에 코를 가져다 대고 냄새를 맡아 보았다.

집에 돌아와 바로 샤워를 했지만 케이코의 불쾌한 냄새가 아직도 몸에 남아 있는 것 같아서 견딜 수가 없었다.

— 귀여운 그림을 새겼네요.

쇼고는 케이코가 한 말을 떠올리며 자신의 왼쪽 팔을 내려다보았다. 어깨에서 팔꿈치까지 빼곡하게 새긴 문신을 지나 전완부에서 시선을 멈추었다.

로봇, 자동차, 핫케이크, 아이스크림, 문어 모양 비엔나소시지, 물고기, 고양이….

전완부에는 해골이나 전갈 같은 다른 그로테스크한 문양들과는 전혀 어울리지 않는 이질적인 그림들이 그려져 있었다.

열네 살 때 들어간 아동자립지원시설에서 자기 손으로 직접 새겨 넣은 문신이었다. 쇼고는 오른손잡이이기 때문에 처음 시도하기에는 왼팔 전완부가 제일 편한 위치였다.

당시 자신이 무슨 생각을 하며 이런 그림들을 그려 넣었는지 잘 기억나지 않았다.

양쪽 팔과 허벅지에 새긴 그림은 긴 시간이 흐르면서 피부와 동화되었고, 어느샌가 의미 같은 건 생각하지 않게 되었다.

하지만 제일 처음에 그렸던 것이 로봇이고 그다음이 자동차였다는 사실은 지금도 선명하게 기억하고 있었다.

아마도… 어머니가 파친코에서 경품으로 받아 온 장난감을 떠올리며 그렸을 것이다.

파친코가 끝나기만을 기다리며 하릴없이 바라보았던 수조 속 열대어.

어머니가 기분이 좋을 때 만들어 준 핫케이크와 문어 모양 비엔나소시지. 파친코에서 돈을 따고 집에 돌아오는 길에 마트에서 사 준 아이스크림. 그리고 집에 혼자 있기 무섭다고 우는 쇼고에게 어머니가 어디선가 주워다 준 아기 고양이.

그림을 들여다보는 시야가 흐릿해졌다.

쇼고는 감상을 떨쳐 내듯 오른손으로 거칠게 눈가를 닦았다.

제대로 된 부모라고는 할 수 없는 사람이었다. 학교에도 보내 주지 않았고, 자기 마음에 들지 않는 일이 있으면 쇼고의 몸을 담뱃불로 지졌다.

문신은 어디까지나 끔찍한 학대의 흔적을 감추기 위한 것이었다. 그런데 어째서 열네 살의 자신은 하필이면 이런 그림들을 그려 넣은 것일까.

법원 직원이 여러 개의 번호가 적힌 종이를 화이트보드에 붙였다. 쇼고는 화이트보드 앞으로 다가갔다.

손목에 찬 팔찌형 번호표에 적힌 42번은 종이에서 찾아볼 수 없었다.

"어떻게 되셨나요?"

뒤에서 들려온 남자 목소리에 쇼고는 고개를 돌렸다. 편집자인 코야나기가 서 있었다. 쇼고를 보더니 "어제 잘 못 주무셨어요?" 하고 물었다.

집에서 나올 때 거울을 보지 않아서 잘 모르겠지만 눈이 충혈되었거나 얼굴이 부어 있다는 말인 듯했다.

"술을 좀 많이 마셔서요. 제 번호는 없네요."

코야나기가 화이트보드에 붙은 종이를 훑어보더니 "저는 당첨입니다"라고 말했다. 그러고는 주위에 있는 출판사 직원들에게 다가가 각각의 결과를 확인한 후 법원 직원에게 가서 번호표와 방청권을 교환했다.

이윽고 코야나기가 다시 이쪽으로 돌아와서 "두 장 당첨됐습니다"라고 하며 방청권이라고 적힌 연두색 종이를 내밀었다.

"오노데라 케이치의 어머니와는 몇 시에 만나기로 하셨나요?"

"9시 반까지 이리로 와 달라고 했습니다."

"10분 정도 남았네요." 코야나기가 손목시계를 보며 말했다.

솔직히 케이코가 올지 안 올지는 알 수 없었다. 어제 일을 생각하면 오지 않을 가능성이 더 높았다.

"어쩌면 오지 않을지도 모릅니다. 그렇게 되면 편집자님과 제가 들어가기로 하지요."

"알겠습니다. 케이치의 어머니와는 오늘 방청하러 와 달라는 것 말고 다른 얘기도 좀 하셨나요?"

"네, 뭐 조금…."

"어떤 사람이던가요?"

"어머니로서는 너무도 미숙하지만 인간으로서는 멀쩡하다고 할 수 있지 않을까 싶더군요."

"자식을 그렇게 키웠는데 멀쩡하다고요?"

"그렇게 키웠다라…."

"그렇지 않습니까. 자식이 사람을 죽였으니."

쇼고 역시 케이치와 크게 다르지 않다는 사실을 모르는 코야나기가 한 치의 망설임도 없이 단언했다. 쇼고는 아무 말도 하지 못했다.

30분 가까이 기다렸지만 역시나 케이코는 나타나지 않았다.

"이제 곧 재판이 시작되겠는데요." 코야나기가 말했다.

쇼고는 손목시계를 보고 한숨을 내쉬었다.

미련이 남았지만 어쩔 수 없이 코야나기와 함께 도쿄지방법원이 있는 합동청사 입구를 향해 발걸음을 옮겼다.

41

아까부터 손의 떨림이 멈추지 않았다.

"괜찮으세요?"

아카리는 목소리가 들려온 쪽을 향해 고개를 들었다. 변호사인 마키코가 걱정스러운 표정으로 이쪽을 내려다보고 있었다.

"상태가 안 좋으면 참석하지 못하겠다고 해도 됩니다. 아니면 지금이라도 가림막을 설치해 줄 수 있는지 법원 측에 물어볼까요?"

아카리는 오래 고민한 끝에 가림막을 설치하지 않은 상태에서 공판에 임하기로 결정했다.

자신의 인생을 엉망진창으로 만들고 자신을 구하려던 아키히로를 죽인 범인을 직접 보면서 피해자의 분노와 억울함을 똑똑히 전하고 싶었기 때문이다.

하지만 이제 곧 그 남자와 얼굴을 마주하게 된다고 생각하니 몸이 부들부들 떨리고 위에서 신물이 올라왔다.

"미팅 때도 말씀드렸지만 범죄 사건의 피해자가 가해자와 직접 마주

하는 것은 쉽지 않은 일입니다. 무리하지 않는 편이…."

"무리여도 해야죠. 저는 살아 있으니까."

아카리가 말하자 마키코가 "알겠습니다" 하고 고개를 끄덕였다.

"제가 계속 옆에 있을 겁니다. 만에 하나 피고인이 갑자기 날뛰거나 하더라도 법정 안에 있는 모두가 아카리 씨를 보호할 거고요."

아카리는 잠자코 고개를 끄덕였다.

"슬슬 갈까요?"

마키코의 말에 아카리는 무릎 위에 놓인 두 손을 꽉 움켜쥐고 자리에서 일어났다. 손의 떨림이 멎은 것을 확인하고 마키코와 함께 대기실을 나섰다.

복도를 걸어가자 방청 온 사람들이 법정 문 앞에 길게 줄지어 서 있었다. 방청객 무리 속에 있는 쇼고와 눈이 마주쳤다. 아카리는 소리 없이 입술을 깨물었다.

"아카리 씨, 이쪽으로 들어가시면 됩니다."

마키코가 앞쪽에 있는 문을 열고 손짓했다.

법정 안으로 발을 들이자 검사석에 앉은 쿠메 마사아키 검사와 그 앞에 있는 증언대가 눈에 들어왔다.

"아카리…."

아카리는 자신을 부르는 목소리에 옆을 돌아보고 깜짝 놀랐다.

방청석 맨 앞줄에 코헤이와 함께 아빠, 엄마, 남동생 료스케가 나란히 앉아 있었다.

시즈오카의 본가를 뛰쳐나온 후 반년 만에 보는 가족들이었다.

"아빠…, 엄마…, 료스케…."

코헤이가 오는 줄은 알고 있었지만 가족들도 올 거라는 이야기는 들은 바가 없었다. 아카리의 긴장을 풀어 주기 위해 코헤이가 부른 듯했다.

"아카리, 힘내렴."

엄마의 말에 공명하듯 코헤이와 아빠와 료스케가 이쪽을 보며 힘껏 고개를 끄덕였다.

"아카리 씨, 일단 앉으시죠."

마키코가 말했다. 아카리는 가족들이 지켜보는 가운데 마키코와 나란히 자리에 앉았다.

마키코를 사이에 두고 반대쪽에 앉은 쿠메가 아카리를 향해 미소를 지으며 "긴장하실 필요 없습니다"라고 말했다.

아카리는 고개를 끄덕여 보이고 바로 앉아 정면을 응시했다.

잠시 후 맞은편 문이 열리더니 제복을 입은 교도관 두 명이 남색 트레이닝복 차림에 안경을 쓴 남자를 데리고 들어왔다.

오노데라 케이치….

남자의 얼굴을 본 순간, 심장이 덜컹했다.

도끼를 쳐들고 이쪽을 향해 달려오는 남자의 모습이 머릿속에 생생하게 떠올랐다. 심장 박동이 빨라지고, 심장을 꽉 움켜쥐는 듯한 통증이 엄습했다.

그래도 시선을 피하지 않고 계속 쳐다보자 케이치가 이쪽을 보고 고개를 갸웃거렸다.

지금까지 공판에서 한 번도 보지 못했던 아카리를 보고 누구인지 의아해하는 눈치였다.

자신이 상처 입힌 피해자의 존재 따위는 까마득히 잊어버린 듯한 케이치의 뻔뻔한 태도를 보니 참을 수 없는 분노가 치밀어 올랐다.

케이치는 일단 안경을 쓴 남자 변호인 옆에 앉았다가 다시 일어나 교도관이 수갑과 포승줄을 푸는 동안 방청석을 두리번거렸다.

처음에는 쇼고를 찾는 줄 알았지만 쇼고는 케이치 바로 앞 방청석 두 번째 줄에 앉아 있었다. 누군가 다른 사람을 찾는 듯했다.

"모두 일어나 주십시오."

아카리는 안내에 따라 옆에 있는 마키코와 함께 자리에서 일어났다.

검은 법복을 입은 판사 세 명과 사복 차림의 남녀 여덟 명이 법정 안으로 들어왔다.

아카리는 목례를 한 후 다시 자리에 앉아 판사석을 쳐다보았다. 판사 세 명과 배심원 여섯 명이 일렬로 나란히 앉아 있었다. 뒤쪽에 앉은 두 명은 예비 배심원인 것 같았다.

"재판을 시작하겠습니다. 오늘은 피고인 신문을 할 차례이지요?"

정중앙에 앉은 남자 재판장의 질문에 변호인이 고개를 끄덕였다.

"피고인은 증언대 앞으로 나와 주십시오."

재판장의 지시를 듣고 변호인이 옆에 앉은 케이치에게 뭐라고 속삭이자 케이치가 천천히 자리에서 일어났다.

아카리는 이쪽으로 다가오는 케이치를 보고 저도 모르게 몸이 움츠러들었지만 끝까지 시선을 피하지 않고 똑바로 쳐다보았다.

아카리에게 있어서 케이치는 줄곧 공포의 대상이었지만, 가까이에서 본 케이치는 생각보다 키도 작고 왜소한 편이었다. 창백한 얼굴에서도 안경 너머로 보이는 눈빛에서도 아무런 감정이 느껴지지 않았다.

동갑이라고 들었지만 아카리가 보기에는 자신이 지금까지 만난 그 누구보다 나이가 들어 보였다. 생기 없는 눈동자가 마치 임종을 앞둔 사람 같았다.

케이치는 증언대 앞에 놓인 의자에 앉아 판사석을 바라보았다.

"변호인, 피고인 신문을 시작해 주십시오."

재판장의 지시에 변호인이 자리에서 일어나 케이치를 향해 입을 열었다.

"변호인 미즈타니입니다. 피고인에게 질문하겠습니다. 피고인은 첫 공판에서 검사가 낭독한 기소장 내용에 대해서는 전부 인정했습니다. 맞습니까?"

변호인이 물었지만 케이치는 아무 대답도 하지 않았다.

"작년 11월 16일 오후 6시 30분경 시부야에 있는 스크램블 교차로에서 지나가던 사람 세 명을 도끼로 공격해 그중 한 명을 사망케 하고 나머지 두 명에게 중상을 입혔다는 사실에 대해서 말입니다."

"그래서요?"

마이크를 통해 케이치의 목소리가 들려온 순간, 아카리의 등줄기에 소름이 쫙 돋았다.

"왜 그런 짓을 했습니까?"

변호인의 질문이 끝나기가 무섭게 케이치가 쿡쿡 웃는 소리가 법정 안에 울려 퍼졌다.

"그야 당연히 교도소에 들어가고 싶어서 그랬죠."

"피고인은 왜 교도소에 들어가고 싶어 하는 겁니까?"

아카리는 입을 꾹 다문 케이치의 옆모습을 가만히 쳐다보았다.

"보통은 자기가 원해서 감옥에 들어가고 싶어 하는 사람은 없지 않습니까. 피고인처럼 젊은 20대 청년이라면 더더욱이요."

변호인이 대답을 재촉하듯 다시 물었다.

"저쪽에 있어 봤자 좋은 일은 하나도 없으니까요." 케이치가 억양 없는 목소리로 대답했다.

"저쪽이라는 건 감옥 밖 사회를 말하는 겁니까?"

"네. 예전부터 이쪽으로 오는 게 제 꿈이었습니다. 그 사건 덕분에 지금은 매일매일이 정말 행복합니다."

그 말을 듣는 순간 몸에 열이 확 올랐다. 아카리는 케이치를 노려보며 무릎에 얹은 손을 꽉 움켜쥐었다.

"진심입니까?"

변호인이 묻자 케이치가 입꼬리를 올리며 씩 웃었다.

"물론 진심이죠. 그전까지는 자신감이라는 걸 가져본 적이 없었어요.

어딜 가든 바보 취급 당하기 일쑤였죠. 그런데 그날 이후 처음으로 나라는 존재를 자랑스럽게 여길 수 있게 되었어요. 정말 잘했다고 칭찬해 주고 싶어요. 스스로 나아갈 길을 개척한 나 자신을요."

시종일관 시큰둥한 태도를 보이던 케이치가 갑자기 신이 나서 떠들어 댔다.

"이쪽… 그러니까 교도소에 들어가고 싶다고 생각한 건 언제부터였습니까?" 변호인이 굳은 표정으로 물었다.

"글쎄요… 어쩌면 태어나기 전부터 바랐던 것 같기도 하고…."

"피고인은 진지하게 대답해 주십시오."

참다못한 변호인이 날카롭게 질책하자 마이크 쪽으로 몸을 숙이고 있던 케이치가 "네~ 네~" 하며 등받이 쪽으로 몸을 젖히더니 두 팔을 쭉 뻗고 기지개를 켰다.

그 모습을 보고 있자니 분노를 넘어서 강한 허무감이 몰려왔다.

아키히로의 소중한 목숨을 빼앗고 자신을 절망의 구렁텅이로 몰아넣은 사람이 이런 한심한 인간이었다니.

"다시 한번 묻겠습니다. 장난치지 말고 진지하게 대답해 주십시오. 피고인은 언제부터 교도소에 들어가고 싶다고 생각했습니까?"

변호인의 질문에 케이치는 마이크에 얼굴을 가까이 가져다 대고 "잘 기억나지 않습니다"라고 대답했다.

"…그렇다면 피고인이 지금까지 인생에서 가장 힘들거나 괴로웠던 일은 무엇이었습니까?"

"그런 걸 왜 묻는 거죠?" 케이치가 변호인에게 물었다.

"피고인이 왜 교도소에 들어가기를 원하게 되었는지, 그러니까 왜 묻지마 사건을 일으키게 되었는지 알기 위해서입니다. 제가 피고인의 변호를 맡고 지금까지 수차례 접견을 했지만 피고인은 자기 자신에 대해 아무것도 말해 주지 않았습니다. 제가 알고 있는 사실은 당신이 홋카이도에서 태어나 열네 살 때까지 학교에 다니지 않았다는 것, 그 후 열여섯 살 때까지 무로란시에 있는 아동요양시설에서 지냈다는 것, 그리고 당신의 양팔에 좁쌀만 한 화상 자국이 잔뜩 남아 있다는 것뿐입니다. 마지막은 앞서 공판에 나온 증인에게 들은 이야기이고요."

변호인의 말투에서 조용한 분노가 묻어났다.

"저와 재판부를 비롯해 지금 이 법정에 있는 사람들뿐만 아니라 세상 많은 사람들이 당신이 왜 그런 사건을 일으켰는지 궁금해하고 있습니다. 피고인처럼 부모에게 학대당하고 시설에 맡겨진 아이는 많습니다. 시설에서 나와 사회생활을 영위하고 있는 사람도 많고요. 피고인이 사건을 일으킨 이유를 제대로 설명하지 않으면 모두가 당신과 비슷한 배경을 가진 사람들에게 편견을 갖게 될 겁니다."

케이치가 고개를 돌려 잠시 방청석을 둘러보더니 다시 정면을 향해 입을 열었다.

"묵비권을 행사하겠습니다. 대답하기 싫은 질문에는 대답하지 않아도 된다고 했죠?"

변호인이 한숨을 내쉬었다.

"그럼… 피해자에 대해서는 어떻게 생각합니까?"

케이치가 고개를 갸우뚱했다.

"당신이 한 짓 때문에 한 남자가 목숨을 잃었고 두 여자가 중상을 입었습니다. 그중 한 명은 무려 열일곱 군데를 찔려서 신체적으로도 정신적으로도 심각한 후유증에 시달리고 있다고 합니다. 그 사람들에게…"

"감사하게 생각합니다." 케이치가 웃으며 대답했다.

"이상입니다…." 변호인이 어깨를 축 늘어뜨린 채 자리에 앉았다.

이대로 피고인과의 질의응답을 이어가는 것이 재판부의 심증 형성에 불리하게 작용할 뿐이라는 건 누가 봐도 자명한 사실이었다.

"다음으로 검사, 반대 신문 하십시오."

재판장의 지시에 쿠메 검사가 자리에서 일어났다.

"피고인은 사건 당시 상황을 얼마나 기억하고 있습니까?"

쿠메의 질문에 케이치가 무슨 소리인지 모르겠다는 듯 고개를 갸웃거렸다.

"피고인에게 공격당한 피해자가 어떤 상태였는지, 어떤 표정을 짓고 있었는지 기억합니까?"

"그야 다들 고통에 몸부림치고 있었죠. 도끼에 찍혀서 온몸이 피투성이였으니까요."

"이 법정 안에 당신이 공격한 피해자가 있습니까?"

질문을 받고 이쪽으로 고개를 돌린 케이치와 시선이 마주쳤다. 등줄기가 오싹했다.

"있네요, 저기." 케이치가 손가락으로 이쪽을 가리키며 말했다.

"저 여성을 보고 지금 어떤 생각이 듭니까?"

"아까 말했잖아요, 감사하게 생각한다고."

"그것뿐입니까?"

"음… 뭐 운이 없었네, 정도?" 케이치가 다시 정면을 향했다.

"다음 질문입니다. 피고인은 이번 사건을 일으키기 전 6년 정도 거주 불명 상태였다고 알고 있습니다만 그동안 어떻게 살았습니까?"

"어떻게 살았냐고요? 주로 PC방에서 살았습니다."

"일은요?"

"일용직 같은 걸 적당히…."

"아까 어딜 가든 바보 취급 당하기 일쑤였다고 했는데 그건 직장에서 그랬다는 뜻입니까?"

"그렇죠 뭐. 사람 만날 일은 직장 말고는 거의 없었으니까."

"교도소에 가면 바보 취급 당할 일이 없을 거라고 생각했나요?"

"글쎄요, 그건 알 수 없지만… 일단 머리가 좋은 사람은 감옥에 갈 만한 일을 하지 않잖아요. 그러니까 감옥 안에서는 바보들끼리 잘 지낼 수 있지 않을까 싶은데요. 게다가 삼시 세끼 밥도 꼬박꼬박 나올 테고."

자기가 대답하면서 재밌다는 듯 낄낄대는 케이치를 보니 속이 부글부글 끓었다.

"피고인은 교도소에 들어가고 싶어서 묻지마 사건을 저질렀다고 했습니다만, 그런 짓을 하면 얼마나 오래 그 안에서 지내게 될 거라고 생각한 겁니까?"

"글쎄요. 아무튼 지금으로서는 죽을 때까지… 쭉 거기 있고 싶네요."

"사형이 아닌 이상 언젠가는 교도소에서 나와야 한다는 건 알고 있습니까?"

"나오게 되면 다시 사람을 죽이고 돌아갈 겁니다."

방청석이 술렁였다.

쿠메가 이어서 몇 가지 질문을 더 던졌지만 케이치의 대답은 하나같이 듣는 사람의 눈살을 찌푸리게 만드는 것들뿐이었다.

"…이상입니다. 이어서 피해자 참가인이 질문하도록 하겠습니다."

쿠메가 자리에 앉으며 아카리에게 눈짓했다.

아카리는 고개를 끄덕인 후 정면에 앉은 케이치를 똑바로 쳐다보았다. 의자 등받이에 비스듬하게 기대어 앉은 케이치의 시선은 판사석을 향하고 있었다.

"피해자 참가인, 질문하세요."

재판장의 지시에 따라 아카리는 책상에 놓인 마이크를 자기 앞으로 가져와 "그럼 질문하겠습니다"라고 말했다. 케이치는 아무런 반응을 보이지 않았다.

"왜 나를 공격한 거죠?"

케이치가 천천히 몸을 일으켜 세웠다.

"누군가를 죽이려고 했을 때 당신이 내 눈앞에 있었으니까. 그게 다야."

"그런 대답은 납득할 수 없어요. 나는 당신 때문에 1년 동안 끔찍한 시간을 보내야 했다고요. 무려 열일곱 군데를 찔려서 숨이 막힐 듯한 고통에 몸부림쳐야 했고, 시도 때도 없이 되살아나는 사건 당시의 기억 때문에 미칠 것만 같았고, 나를 구하려다가 이야마 아키히로 씨가 죽었다는 사실 때문에 심한 죄책감에 시달렸죠. 지금까지 그래 왔고, 앞으로도 계속 그럴 겁니다. 내가 당신한테 뭘 어쨌는데요? 내가 당신을 괴롭혔나요? 대체 왜 내가 만난 적도 없는 사람한테 이런 짓을 당해야 하죠?"

아카리는 절망적인 기분으로 대답을 요구했지만 케이치는 입을 열지 않았다.

"열네 살 때까지 학교에도 안 보내고 집에서 당신을 학대하기만 한 어머니 때문인가요? 아니면 그런 당신을 바보 취급한 직장 동료들 때문인가요?"

케이치는 여전히 아무 말도 하지 않았지만 무언가에 반응한 듯 고개를 들어 이쪽을 쳐다보았다.

반사적으로 몸이 움츠러들었지만 아카리도 피하지 않고 날카로운 눈빛으로 케이치를 쏘아보았다.

"당신이 지금까지 어떻게 살아왔는지에 관한 원고를 읽었어요."

아카리의 말을 듣고 케이치가 눈썹을 찌푸렸다.

"당신이 불행한 어린 시절을 보낸 건 사실이고, 그 부분은 나도 안됐다고 생각해요. 하지만 그렇다고 해서 사람을 죽여도 되는 건 아니잖아요. 내 말이 틀렸나요?"

"나도 딱히 사람을 죽여도 된다고 생각한 건 아니야."

케이치가 억양 없는 목소리로 대답했다.

"당신이 죽인 이야마 아키히로 씨가 어떤 사람인지는 알고 있나요?"

"알 리가 없잖아."

"알아보려고는 했나요?"

"아니."

"당신한테는 그분에 대해 알아야 할 의무가 있다고요!"

아카리가 버럭 소리치자 케이치가 코웃음을 쳤다.

"아키히로 씨는 야구에 재능이 있는 학생이었지만 고등학교 때 교통사고를 당해 야구를 그만두게 되었다고 해요. 이후 나쁜 친구들과 어울리다가 스무 살 때 범죄를 저질러 체포된 것을 계기로 가족과 연을 끊게 되었고, 이번 사건이 있기 전까지 쭉 혼자 살아왔다고 들었어요. 6년 전 부모님이 두 분 다 돌아가셨다는 소식을 접하고 큰 슬픔에 빠졌지만, 그래도 언젠가 저세상에서 부모님을 다시 만났을 때 부끄럽지 않은 아들이 되기 위해 열심히…." 죽은 아키히로를 생각하니 감정이 복받쳐 올라서 말을 이을 수가 없었다.

"내 덕분에 부모님도 만나고 잘됐네."

케이치의 말에 차오르던 눈물이 거짓말처럼 딱 멈췄다.

"당신은 지금까지 노력이라는 걸 해 본 적이 있나요?"

케이치가 질문의 의도를 모르겠다는 듯 고개를 갸우뚱했다.

"힘든 상황에 놓인 사람은 당신뿐만이 아니에요. 아키히로 씨는 일하다가 크게 다치는 바람에 살 곳을 잃고 길거리에서 생활했어요. 사망 당시 거주 불명 상태였으니 아마 하루하루 먹고살기도 힘든 상태였을 거예요. 당신이 죽이려고 한 나도 구사일생으로 목숨은 건졌지만 모든 것이 엉망이 되어버렸어요. 절망한 나머지 인생을 비관하고 의미도 없이 주위 사람들을 힘들게 했죠. 하지만 아키히로 씨도 나도 죄의 경계를 넘어서 그쪽으로 가지는 않았어요. 당신은 그쪽으로 넘어가기 전에 조금이라도 노력해 봤나요? 자신의 인생을 탓하기만 할 것이 아니라 어떻게든 바꾸려고 해 봤냐고요. 아키히로 씨도 나도 아무리 괴롭고 힘들어도 죄의 경계를 넘지는 않았어요. 왜 그랬는지 알겠어요?"

42

죄의 경계….

쇼고는 법정에 선 하마무라 아카리를 보며 마음속으로 방금 아카리
가 내뱉은 말의 의미를 곱씹어 보았다.

열세 살 때 쇼고 자신도 넘어버린 경계. 그로 인해 두 번 다시 돌이킬
수 없게 된 것들을 떠올렸다.

자신을 향한 어머니의 미소, 파친코에서 돌아오던 길에 마주 잡은 손
에서 전해지던 온기….

"…소중한 사람을 상처 입히고 싶지 않았으니까."

아카리의 말에 케이치가 발작하듯 웃었다. 기분 나쁜 웃음소리가 법
정 안에 울려 퍼졌다.

"미안하지만 나한테는 소중한 사람이 없거든. 당신이나 아키히로라는
사람하고는 다르게 말이야."

케이치의 말이 끝나기가 무섭게 아카리가 "정말로요?" 하고 되물었다.

"당신한테는 소중한 사람이 정말 단 한 명도 없었나요?"

케이치는 대답하지 않았다.

"곁에는 없지만, 어쩌면 이미 죽었을지도 모르겠지만, 당신한테도 소중한 사람이 있지 않았나요?"

케이치는 시종일관 침묵을 지켰다.

"이런 짓을 하면 어머니가 슬퍼할 거라고는 생각하지 않았나요?"

아카리가 그렇게 말한 순간, 케이치의 어깨가 움찔하는 것이 증언대에서 멀리 떨어진 쇼고의 자리에서도 보였다.

"당신의 과거에 관한 원고를 읽고 생각했어요. 어머니한테 심한 학대를 당했다고는 하지만 그럼에도 불구하고 어머니를 그리워하는 당신의 마음이 행간에서 느껴지더군요."

"시끄러워… 닥쳐…."

케이치가 떨리는 목소리로 말했다.

"아니요, 안 닥칠 거예요. 당신에게 있어서 어머니는 소중한 존재인 것 아닌가요? 소중한 사람이 있는데 왜 그쪽으로 가지 않으면 안 된다는 거죠?"

"닥쳐! 그 여자는 날 버렸어. 12년 동안 나를 한 번도 찾지 않았다고! 그래서 대형 사건을 일으켜서 내가 어떤 인간으로 자랐는지 똑똑히 보여 주려고 한 거야. 알겠어?"

흥분해서 고래고래 소리 지르는 케이치를 보고 재판장이 "피고인, 진정하세요" 하고 주의를 주었다.

"살아 있으면 언젠가 만날 수 있을지도 모르는데 왜 그런 짓을 저질러서 어머니를 슬프게…."

"시끄럽다고! 내가 닥치라고 했지, 이 쌍년아!" 케이치가 검사석에 있는 아카리에게 달려들려고 하자 곧바로 옆에 있던 교도관 두 명이 제압에 나섰다.

"정숙하세요!"

재판장의 날카로운 목소리와 케이치의 거친 고함이 뒤섞여 법정 안이 소란스러워졌다.

"다 그 여자 때문이야! 원망하려면 그 여자를 원망하라고!" 교도관에게 붙들린 케이치가 아카리를 향해 소리쳤다.

"퇴정하세요! 피고인에게 퇴정을 명합니다!"

재판장이 명령하자 교도관 두 명이 케이치를 법정 밖으로 끌고 나갔다.

"오늘 재판은 이만 마치겠습니다."

재판장의 말에 법정 안에 있는 사람들이 모두 일어나 목례했다. 쇼고는 코야나기와 함께 밖으로 나와 엘리베이터로 향했다.

"작가님, 죄송합니다…."

그 말에 쇼고는 코야나기를 돌아보았다.

"역시 오노데라 케이치의 논픽션을 저희 출판사에서 내기는 어려울 것 같습니다. 피해자가 어떤 마음인지 이렇게 제 귀로 직접 들은 이상…."

"알겠습니다."

코야나기가 말하지 않아도 쇼고 역시 출판 계획은 접을 생각이었다.

엘리베이터에서 내려 건물 밖으로 나오자 생각지도 못한 인물이 쇼고의 눈앞에 나타났다.

"약속은 9시 반이었을 텐데요. 아쉽지만 오늘 공판은 끝났습니다."

쇼고가 말하자 오노데라 케이코가 고개를 저었다.

"방청하러 온 게 아니라 당신 원고에서 잘못된 부분을 바로잡아 달라고 요청하러 온 거예요."

"잘못된 부분이요?"

케이코는 고개를 끄덕이며 가방에서 커다란 서류 봉투를 꺼냈다.

어젯밤에 쇼고가 건넨 원고였다.

"다 읽었는데 딱 한 군데 사실과 다른 부분이 있더군요."

"어디가요?"

"케이치가 열네 살 때 물건을 훔치다가 붙잡힌 부분이요. 원고에는 아이가 너무 배가 고파서 물건을 훔쳤다고 되어 있는데… 그건 사실이 아니에요." 케이코가 굳은 표정으로 이쪽을 똑바로 응시하며 말했다.

43

이나가키 마키코와 함께 기자 회견장에 들어서자 일제히 플래시가 터졌다. 아카리는 현기증이 나서 쓰러질 것 같았지만 다리에 힘을 주고 정면에 놓인 테이블로 걸어가서 마키코와 나란히 앉았다.

수많은 기자들의 시선과 빽빽하게 늘어선 카메라를 마주하니 긴장감이 급격히 고조되었다.

우선 마키코가 이번 기자 회견을 열게 된 취지를 간단히 설명했다. 이어서 질문을 받겠다고 하자 눈앞에 있는 기자들이 일제히 손을 들었다. 마키코가 맨 앞줄에 있는 남자 기자를 손으로 지명했다.

"하마무라 아카리 씨에게 가장 먼저 확인하고 싶은 것이 있습니다만, 지금 이 기자 회견은 실명과 얼굴을 그대로 내보내도 되겠습니까?"

"네." 아카리가 고개를 끄덕였다.

"항소 기한인 어제까지 피고인 측과 검찰 측 모두 항소장을 제출하지 않아 피고인 오노데라 케이치의 무기징역이 확정되었습니다만, 이러한 결정에 대해 어떻게 생각하십니까?"

"솔직히 저로서는 100% 만족스러운 결정이라고 하기는 어렵습니다. 하지만 사법부의 판단에 대해 제가 뭐라고 할 수 있는 문제는 아니라고 생각합니다."

"세간에서는 이번 판결을 놓고 사법의 패배라고 보는 의견이 우세합니다만…."

아카리는 눈앞에 놓인 카메라 중 하나에 시선을 고정하고 천천히 답을 해 나갔다.

어딘가에서 토무가 지금 이 광경을 보고 있을까.

아홉 살짜리가 뉴스를 볼 가능성은 희박했다. 하지만 우연이라도 좋으니, 꼭 지금이 아니라도 좋으니, 언젠가 토무가 이 영상을 보게 되면 좋겠다는 생각이 들었다.

영상에 등장하는 아카리가 자신의 기나긴 인생에서 아주 잠시 함께 시간을 공유했던 바로 그 누나라는 사실을 알아봐 주길 바랐다.

"지금 현재 아카리 씨가 오노데라 케이치를 어떻게 생각하고 있는지가 궁금합니다."

"…저는 그가 회개하기를 바랍니다. 이번에 재판이 진행되는 과정을 지켜보면서 아무래도 당장은 어렵겠다는 생각이 들었지만… 그래도 언젠가 자신이 빼앗은 목숨에 대해 진지하게 생각해 보게 되는 날이 오기를, 그리고 남은 생은 그 죄를 뉘우치고 갚아나가는 데 쓰기를 바랍니다…."

"아카리 씨를 구하고 대신 목숨을 잃은 이야마 아키히로 씨에게 전하고 싶은 말이 있습니까?"

아키히로의 이름을 들은 순간, 눈물이 쏟아질 것만 같아서 아카리는 급히 눈을 감았다.

아키히로를 떠올리며 마음을 다독인 후 천천히 눈을 뜨고 입을 열었다.

"…그때 아키히로 씨가 저를 구해 주신 데 진심으로 감사드립니다. 그 일로 저는 온몸에 큰 부상을 입었고, 그 후로도 힘든 시간을 보내야 했습니다. 삶에 절망한 나머지 죽고 싶을 때도 있었고, 현실을 원망하고 자포자기에 빠지기도 했습니다. 하지만…."

부디 토무가 이 말을 듣고 있기를.

"하지만 지금은… 살아 있어서 정말 다행이라고 생각합니다. 아키히로 씨가 구해 주신 이 목숨을 가치 있게 사용하기 위해서 앞으로도 많은 사람을 만나고 다양한 경험을 쌓으며 최선을 다해 열심히 살아가겠습니다."

44

쇼고는 '1호 면회실'이라는 팻말이 붙은 문 앞에 멈춰 섰다. 마음속 망설임을 끊어 내듯 가볍게 심호흡을 한 후 문을 열고 안으로 들어갔다.

아크릴판 앞에 놓인 접이식 의자에 앉자 안쪽 문이 열렸다. 직원과 함께 들어온 트레이닝복 차림의 케이치를 보고 깜짝 놀랐다.

마지막으로 법정에서 보고 아직 한 달도 채 지나지 않았는데 머리카락이 하얗게 세어 딴사람 같아 보였다.

케이치가 쇼고의 맞은편에 앉고 직원이 그 옆에 앉아 "면회 시간은 15분입니다"라고 말했다. 쇼고는 고개를 끄덕였다.

"좀 어때?"

쇼고가 묻자 케이치가 "홀가분한 기분이에요"라며 미소를 지었다.

케이치의 하얗게 세어버린 머리를 보면 그 말이 진심이라고 생각하기는 어려웠지만 쇼고는 아무 말도 하지 않았다.

"쇼고 씨가 방청하러 온 건 결국 그때 한 번뿐이었죠? 그 뒤가 더 재밌었는데."

"방청권을 구하지 못해서 말이야."

거짓말이었다.

하마무라 아카리가 피해자 참가인으로 참석해서 발언한 피고인 신문 이후 케이치에 대한 관심이 완전히 사라져버렸다. 아니, 정확히 말하자면 그 전날 케이치의 모친인 케이코와 만났을 때 이미 쇼고는 자신이 하려고 했던 일이 얼마나 무의미한 짓이었는지를 깨달았다.

그날 피고인 신문에서 케이치는 하마무라 아키라에게 폭언을 퍼붓고 퇴정당했고, 며칠 후 재개된 공판에서 피해자 진술과 검찰 구형, 변호인의 최후변론이 진행되었다.

검찰 측 구형은 무기징역이었고, 피해자 참가인이 요구한 것은 사형이었다.

판결에서는 검찰 구형대로 무기징역이 선고되었다.

케이치는 판결을 들은 순간 "신이여, 감사합니다!"라고 크게 외치는 바람에 그 자리에서 바로 퇴정당했다고 들었다. 피고인이 법정에서 보인 일련의 무례한 행동을 놓고 언론에서는 사법의 패배라고 떠들어 댔다.

쇼고는 검찰 측과 피고인 측이 모두 항소하지 않아 무기징역이 확정되었다는 소식을 그저께 뉴스에서 전해 듣고 고민 끝에 마지막 면회를 가야겠다고 결심했다.

"바라던 대로 이루어졌네."

쇼고가 담담하게 말을 건네자 케이치가 신이 나서 고개를 끄덕이며 입을 열었다.

"그 여자가 사형을 구형했다길래 솔직히 조금 불안하긴 했지만 결국에는 이렇게 될 줄 알고 있었어요."

쇼고는 케이치의 잿빛 머리를 보며 속으로 '조금 불안했던 게 아닌 것 같은데'라고 중얼거렸다.

결과적으로 피해자의 바람은 이루어지지 않았지만 구형 후 판결이 선고되기까지 열흘 동안 케이치는 죽음의 공포에 떨었을 것이다.

"이제 비로소 새 인생을 살 수 있게 되었어요. 내가 바라던 이상적인 삶 말이에요. 이제 곧 교도소로 이송될 테니 여기서 면회하는 건 오늘이 마지막이겠네요."

"미안하지만 여기서 면회하는 것뿐만 아니라 네 면회를 오는 건 오늘이 마지막이 될 거야."

쇼고의 말에 아까부터 계속 히죽거리던 케이치가 미소를 거두고 정색을 했다.

"오늘은 마지막으로 너한테 사과하러 온 거야."

케이치가 의아한 표정으로 고개를 갸웃거렸다.

"내가 쓴 논픽션 원고는 책으로 내지 못하게 됐어. 적어도 내 손으로는…."

"왜요? 출판사에서 뭐라고 하던가요? 그런 사건을 일으킨 데다가 법정에서도 오만불손하게 구는 놈의 책 따위는 낼 수 없다고?"

쇼고는 아무 말도 하지 않았다.

"흐음… 책을 못 내게 되었으니 나한테는 더 이상 용건이 없다는 말이군요. 뭐 아무튼 알겠어요. 다른 데서 연락 오면 그쪽에서 내도 상관없다는 거죠?"

"그건 너 좋을 대로 하면 돼."

쇼고가 대답하자 케이치가 토라진 아이처럼 입술을 삐죽거리며 말했다.

"다른 출판사를 찾아보면 안 돼요? 쇼고 씨도 자기 엄마한테 복수하고 싶다고 했잖아요. 한 군데에서 거절당했다고 바로 포기하지 말고 나랑 같이 노력해 보는 게 어때요? 각자의 복수를 위해서요. 그 여자가 피고인 신문 때 방청을 오지 않는 바람에 내가 하고 싶은 말을 전하려면 책을 출간하는 수밖에 없단 말이에요. 당신이 자식을 제대로 키우지 않았기 때문에, 자식을 무책임하게 버렸기 때문에 내가 이런 인간이 되었다고 말이에요. 자기 때문에 많은 사람이 죽고 다치고 불행해졌다는 사실을 그 여자한테 똑똑히 알려 줘야…."

"너희 어머니는 이미 잘 알고 있어."

쇼고가 케이치의 말을 끊자 케이치가 이쪽을 노려보았다.

"피고인 신문에 방청을 와 달라고 부탁하러 갔을 때 너희 어머니는 이렇게 말하면서 거절했어. 인간은 다른 사람을 죽이는 순간 더 이상 인간이 아니게 되는 거라고. 적어도 스스로를 인간이라고 말할 자격은 없다고 말이야."

케이치가 미간을 구기며 손톱을 잘근잘근 깨물었다.

"마지막 선을 넘어버린 아들, 사람을 죽인 아들의 부탁 따위는 들어줄 수 없다고 했어. 그게 너를 낳은 사람으로서 자기가 지켜야 할 마지막 의무가 아닌가 싶다고. 그러니까 자기는 네가 구치소에 있든 교도소에 들어가든 절대로 면회는 가지 않을 거라고 했어. 서로 죽을 때까지 두 번 다시 만날 일은 없을 거라고…."

그날 공판이 끝나고 법원 앞에서 만났을 때 케이코는 눈물을 삼키며 그렇게 말했다.

"웃기는 소리 하지 말라고 해요. 내가 사람을 죽이지 않았을 때도 만나러 오지 않았으면서. 그 여자는 내가 열네 살 때 시설에 들어간 이후 단 한 번도 나를 보러 오지 않았다고요. 10년도 더 전에 나를 버렸으면서… 잘도 그런 말을…."

케이치의 목소리에 공명하듯 두 사람 사이에 가로놓인 아크릴판이 떨리는 것처럼 느껴졌다.

"너희 어머니는 널 버리지 않았어."

케이치가 그게 무슨 소리냐는 듯한 표정으로 이쪽을 쳐다보았다.

"적어도 네가 이번 사건을 일으키기 전까지는."

"그게 무슨 소리예요?!" 케이치가 격앙된 목소리로 소리치자 옆에 있던 직원이 "조용히 해!"라고 주의를 주었다.

"네 어머니는 내가 준 원고를 다 읽었다고 했어. 그러면서 원고에 적힌 내용 중 사실과 다른 점이 하나 있다고 하더군. 예전에 나한테 보낸 편지에서 넌 열네 살 때 너무 배가 고파서 마트에서 물건을 훔치다가 붙잡혔다고 했지? 그 일로 조사를 받다가 열악한 환경에서 자랐다는 사실이 밝혀져서 시설로 보내졌다고."

"맞아요."

"네 어머니 말에 따르면 사실은 그게 아니라 자기가 너한테 시켰다던데."

케이치가 놀란 듯 눈을 크게 떴다.

"쪽지에 몇 가지 품목을 적은 뒤 네 손에 쥐어 주면서 집 근처 마트에 가서 이것들을 훔쳐 오지 않으면 집에 돌아올 생각 말라고 했다더군. 그리고 만에 하나 현장에서 붙잡히더라도 이름이나 사는 곳은 절대로 말하지 말라고 말이야."

케이치가 당시 일을 기억해 내려는 듯 인상을 찡그리며 고개를 숙였다.

"어때?"

쇼고가 묻자 케이치가 천천히 고개를 들었다.

"기억났어?"

쇼고가 한 번 더 묻자 케이치가 자신 없는 말투로 "그랬던 것 같기도 하고…"라고 중얼거렸다.

10년도 더 지난 일이니 기억이 잘 안 날 법도 했다.

아마도 물건을 훔치다 들킨 케이치는 엄마가 시킨 대로 자기 이름이나 사는 곳을 말하지 않고 버텼을 것이다. 사람들에게 엄마가 시킨 일이라고 솔직하게 털어놓을 수는 없으니 배가 고파서 그랬다고 둘러댔을지도 모른다. 그리고 어느샌가 케이치 자신도 자기가 한 말이 사실이라고 믿게 된 게 아니었을까.

"그게 뭐 어쨌다는 건데요…. 그 여자가 나한테 물건을 훔치라고 시킨게 날 버리지 않았다는 증거라고요? 대체 무슨 소리를 하는 건지 모르겠네…."

"그날 네 어머니는 스스로 목숨을 끊을 작정이었어."

아크릴판 너머에서 케이치가 헉하고 숨을 들이마셨다.

"그전에도 몇 번인가 생각은 했다더라. 너를 죽이고 자기도 따라 죽으면 어떨까 하고 말이야. 너희 어머니도 어릴 때 부모에게 학대당하며 자라 열여덟에 집을 뛰쳐나왔다고 들었어. 그 후 결혼해서 너를 낳았지만 행복은 오래가지 않았고. 폭력적인 데다가 여자를 좋아하는 남편과 헤어진 후 너와 둘이서 살아가기로 마음먹었지만 전문 기술을 가진 것도 아니고 가방끈도 짧은 어린 여자가 혼자 아이를 키우면서 살아간다는 게 쉽지는 않았겠지. 할 수 있는 일이라고는 남자를 상대하는 일뿐이었고 그런 곳에서 만난 쇼 같은 남자 때문에 고생하면서도 상대에게 의존하지 않을 수 없었다더라. 그런 자기 인생이 너무 초라하고 비참해서 이 고통에서 벗어나고 싶은 나머지 너를 죽이고 싶은 충동에 사로잡힌 적이 한두 번이 아니었다고 했어. 하지만 그런 생각이 들 때마다 필사적으로 마음을 다잡았다고."

"대신 자기 혼자 죽을 생각이었다고요? 그래서 그때 나한테 물건을 훔쳐 오라고 시켰다는 거예요?"

케이치의 물음에 쇼고는 고개를 끄덕였다.

"그날도 네 어머니는 잠든 너의 목을 조르려다가 퍼뜩 정신을 차리고 멈췄지만 자살 충동은 사라지지 않았어. 오히려 점점 더 심해져서 이대로 죽는 것 말고는 아무것도 생각할 수 없는 상태가 된 거지. 밖에 나가 죽을 곳을 찾으러 다닐 기운은 없고, 그렇다고 해서 네가 있는 집에서 죽을 수도 없어서 자던 너를 깨워 마트에 보낸 거야. 쪽지에 적어 준 물건들을 훔쳐 오지 않으면 집에 돌아올 생각도 하지 말라고, 만에 하나 붙잡히더라도 이름과 주소는 절대로 말하면 안 된다고 신신당부를 해서 널 쫓아낸 다음 네 어머니는 예전에 받은 영수증을 꺼내서 그 마트에 전화를 걸었어.”

“전화는 왜…?”

“절도가 성공하게 내버려 둘 수는 없으니까. 네가 무사히 집에 돌아와 죽은 엄마의 시체를 발견하는 일이 없도록 하기 위해서.”

그 말을 듣고 케이치가 흠칫 몸을 떨었다.

“네 어머니는 전화를 받은 마트 직원에게 아까 중학생쯤 되어 보이는 남자아이가 가게 앞에서 친구들과 물건을 훔칠 계획에 대해 이야기하는 걸 들었다면서 네 인상착의를 알려준 다음 전화를 끊고 손목을 그었어. 하지만 결국 죽지 못하고 자기 손으로 구급차를 불러서 응급실에 실려 갔지.”

물건을 훔치다가 현장에서 붙잡힌 케이치는 그런 사실을 전혀 모른 채 경찰과 아동상담소를 거쳐 시설로 보내진 것이었다.

“네 어머니도 시설에 들어간 네가 어떻게 지내는지 당연히 궁금했지만 자기는 엄마라고 불릴 자격도 없는 인간이라는 생각에 도저히 만나러 갈 수가 없었던 거지. 언젠가 엄마로서, 아니 인간으로서 떳떳하게 네 앞에 설 수 있게 되면 그때 다시 만나러 가야겠다고 생각하면서 지금까지 살아왔다고 했어.”

“거짓말… 전부 거짓말이야….” 케이치가 몸을 부들부들 떨었다.

“사실이야. 너는 몰랐겠지만 케이코 씨는 계속 네 옆에 있었어. 네가 시설을 나와 스스키노에 있는 나마라스시에서 일했던 것도, 삿포로에 있는 아파트 프레 파크 후쿠즈미에 살았던 것도 주민등록표를 떼어 보면 다 알 수 있으니까. 케이코 씨는 항상 네가 사는 곳 근처에서 일자리를 구했어. 하지만 당시에는 생활 기반을 다지기 위한 자금을 마련하느라 유흥업소에서 일하고 있었기 때문에 네 앞에 모습을 드러낼 생각은 하지도 못한 거지. 네가 도쿄로 이사 갔다는 사실을 알게 된 후 네 어머니도 오타구 미나미센조쿠 1번지에 집을 구했어."

"미나미센조쿠…?" 짚이는 데가 있는지 케이치가 입술을 파르르 떨며 중얼거렸다.

"그래, 네가 살던 가미이케다이 1번지 바로 옆 동네 말이야. 네 어머니는 네가 야스켄 인쇄 회사에서 일한다는 사실도 알고 있었어. 고생 끝에 정직원이 된 아들을 이제는 정말 만나러 가야겠다고 생각하던 차에 네가 회사를 관두고 아파트에서도 나가버린 거야."

케이치가 사라진 후 집주인 사이다가 주민센터에 부재 신고를 하는 바람에 케이치의 주민등록표는 말소 처리되었고, 이후 케이코는 아들의 소식을 확인할 길이 없어졌다.

"나… 나를… 만나러 오려고… 했다고?"

쇼고는 새파랗게 질린 얼굴로 묻는 케이치를 보며 고개를 끄덕였다.

"1년이 지나도 2년이 지나도 네 소식을 들을 수가 없었던 케이코 씨는 열심히 공부해서 보험 회사로 이직했어. 보험 판매원이 되어 고객 유치를 위해 여러 회사를 돌아다니다 보면 언젠가 너를 만날 수 있을지도 모른다고 생각한 거지. 그렇게 몇 년이 흘러 드디어 네 소식을 접하게 되었을 때, 너는 묻지마 사건의 범인이 되어 있었던 거고."

쇼고는 중간부터는 고개를 숙인 채 바닥을 보며 말했다. 케이치의 얼굴을 똑바로 쳐다보기가 힘들었다.

케이치가 사건 직전까지 근무한 회사에서 계속 일하고 있었더라면, PC방을 전전하는 생활에서 벗어나 어딘가에 집을 구했더라면 두 사람은 만날 수 있었을 것이다.

케이코가 말해 준 이 사실을 케이치에게 전해야 한다는 것은 큰 부담이었지만, 무슨 일이 있어도 반드시 전해 달라는 케이코의 간절한 부탁을 들어주지 않을 수 없었다.

케이코는 엄마와 아들이 서로 아무리 원한다 한들 앞으로 두 번 다시 만날 수 없다는 사실이 피해자에게 조금이나마 위로가 되었으면 좋겠다고 했다.

그것이 사람을 죽이고도 아무런 죄책감을 느끼지 않는 아들을 둔 부모로서 해야 하는 마지막 도리인 것 같다고.

케이치가 체포되었다는 소식을 듣고 처음에는 유능한 변호사를 구해 줄 생각이었지만 다시 생각해 보니 그러면 안 될 것 같아서 마음을 접었다고 했다.

아들이 살인자가 된 후, 케이코는 살아갈 의욕을 잃은 것인지 아니면 피해자들에게 속죄하는 의미에서인지는 모르겠지만 다시 사회의 밑바닥을 전전하는 생활로 돌아갔다.

"개… 개소리 마!"

짐승처럼 부르짖는 소리에 쇼고는 깜짝 놀라 고개를 들었다. 얼굴이 시뻘겋게 달아오른 케이치가 쇼고의 눈앞에서 아크릴판을 주먹으로 두드리며 소리를 질렀다.

"날 내보내 줘! 여기서 내보내 달라고! 그 여자가 면회를 오지 않는다면 내가 찾아가겠어!"

옆에서 직원이 케이치를 붙잡고 다시 자리에 앉히려 했지만 케이치는 아크릴판에 달라붙어서 지금 당장 자기를 내보내 달라며 울부짖었다.

"그렇게 만나고 싶어?"

아크릴판에 뚫린 구멍을 통해 전해지는 거친 숨소리를 들으며 쇼고가 물었다.

"다… 당연하지. 그 여자가 안 온다면 언젠가 내 쪽에서 반드시 찾아 낼 거야."

안타깝지만 케이치의 바람은 이루어지기 어려울 것이다. 무기징역수의 평균 재소 기간은 30년에서 35년 정도이니 케이치가 출소할 때쯤이면 케이코는 여든이 넘을 터였다. 얼마 전 만났을 때 본 핏기 없는 얼굴과 야윈 몸을 생각하면….

"면회 시간 다 되었습니다."

직원이 케이치를 끌고 방에서 나갔다. 문이 닫힌 후 쇼고는 한숨을 내쉬며 손을 앞으로 뻗었다.

경계….

법정에서 하마무라 아카리가 한 말을 떠올리며 아크릴판에 손을 가져다 댔다.

이쪽에 있는 쇼고 역시 죄의 경계를 넘은 것은 마찬가지였다. 이제는 아무리 원해도 손에 넣을 수 없는 것이 있었다.

어머니는 나를 사랑했을까. 한 번이라도 나를 낳길 잘했다고 생각한 적이 있었을까.

그 답은 알 길이 없었다.

그뿐만 아니라 앞으로도 평생 어머니가 어디 잠들어 있는지도 모른 채 살아가야만 했다.

쇼고는 자리에서 일어나 면회실 밖으로 나왔다. 물품 보관함에 넣어둔 짐을 찾아 도쿄 구치소를 나섰다.

주머니에서 진동이 느껴졌다. 쇼고는 발걸음을 멈추고 스마트폰을 꺼내 들었다. 리나에게서 【오랜만에 한잔하지 않을래?】라는 메시지가 와 있었다.

【마침 누군가와 마시고 싶은 기분이었는데 잘됐네.】

쇼고는 리나에게 답장을 보내고 소매로 눈가를 닦은 뒤 고스게역을 향해 걷기 시작했다.

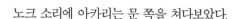

45

노크 소리에 아카리는 문 쪽을 쳐다보았다.

"준비 다 됐어?"

문밖에서 코헤이가 물었다.

"아니, 아직. 금방 나갈게."

"10시 예약이라며."

"나도 알고 있으니까 조금만 더 기다려 달라고."

아카리는 고민 끝에 얼마 전 새로 산 옷을 벗고 자신이 가장 좋아하는 옷으로 갈아입었다. 코트를 걸치고 거실로 가서 "다 됐어"라고 말하자 소파에 앉아 있던 코헤이가 과장되게 한숨을 내쉬었다.

"나 참⋯. 도대체 여자들은 나갈 준비를 하는 데 왜 그렇게 시간이 걸리는 거야?"

한숨이 나오는 건 이쪽도 마찬가지였다. 남편을 처음 데려가는 곳에 예쁘게 꾸며 입고 가고 싶은 여자 마음을 이렇게 몰라주다니.

아카리는 코헤이를 재촉해서 일으켜 세운 뒤 함께 집을 나섰다.

역을 향해 걸어가는 길에 코헤이가 "오늘은 따뜻하네"라고 말하며 하늘을 올려다보았다.

아카리가 느끼기에도 오늘은 햇살이 강해서인지 연말치고는 꽤 포근한 편이었다.

오노데라 케이치의 형이 확정되고 한 달이 지났지만, 무기징역이라는 판결에는 여전히 납득이 가지 않았다. 하지만 내 힘으로 어떻게 할 수 없는 문제에 대해 계속 생각하기보다는 지금 할 수 있는 일을 하는 편이 더 낫다는 점에 대해서는 두 사람의 생각이 일치했기 때문에 그 생각을 조금씩 실천에 옮기고 있었다.

3주 전에는 코헤이와 함께 아키히로의 작은아버지를 찾아갔다.

아카리는 그에게 코헤이와 자신이 알아낸 아키히로의 지난 인생에 대해 들려주었다.

직장에서는 정의감이 강하기로 유명했고, 이웃에 사는 사람이 곤경에 처했을 때는 적극적으로 나서서 도와주었으며, 스무 살 때 저지른 잘못을 평생 후회하고 뉘우치며 살았다는 것, 그리고 부모님이 돌아가신 사실을 알고 두 분이 잠든 곳 근처에 집을 구해 그곳에서 앞으로 두 분께 부끄럽지 않은 삶을 살아가고자 했다는 것 등을 하나도 빠짐없이 전했다.

작은아버지는 무연고자 묘에 묻힌 아키히로의 유골을 가족묘로 이장하는 것은 불가능하지만 자신이 책임지고 잘 챙기겠노라고 약속했다. 아카리는 그 말을 듣고 안심하고 집으로 돌아올 수 있었다.

그리고 2주 전에는 코헤이와 구청에 가서 혼인신고를 하고, 지난주에 신혼집을 구해 이사했다.

"뭔가 긴장되는데."

코헤이가 옆에서 혼잣말처럼 중얼거렸다.

아카리는 미소를 지으며 산부인과 문을 열고 안으로 들어갔다.

"잘 크고 있네요."

의사가 진료실 침대에 누운 아카리의 복부를 초음파 기기로 문지르며 말했다.

고개를 돌려 옆에 있는 코헤이를 보니 심각한 표정으로 모니터를 뚫어져라 쳐다보고 있었다.

"성별은 아직 알 수 없나요?" 코헤이가 물었다.

"모르시겠어요? 오늘 검사에서 확실해졌는데."

의사의 말에 코헤이가 다시 모니터를 쳐다보며 도저히 모르겠다는 듯 고개를 갸웃거렸다.

"알려 드릴까요?"

"네." 둘이 동시에 대답했다.

"아들입니다."

아카리는 코헤이와 마주 보고 빙그레 웃었다.

진료를 마치고 병원에서 나와 코헤이와 손을 잡고 집으로 향했다.

"한 가지 상의하고 싶은 게 있는데…."

아카리가 말을 꺼내자 코헤이가 "뭔데?" 하고 이쪽을 쳐다보았다.

"성형 수술을 받을까 해."

히로시마에서 만난 술집 주인 진나이가 한 말이 생각났다.

— 인생에는 절대로 잊으면 안 되는 것이 있는가 하면 빨리 잊는 편이 더 나은 것도 있으니까요.

그 사건은 그만 잊자. 아키히로도 분명 그러기를 바랄 것이다.

"정말? 나야 물론 찬성이지."

"돈 많이 들지도 몰라."

"돈 걱정은 마. 나 대형 출판사 다니잖아. 그리고 실은 나도 하나 상의하고 싶은 게 있는데…."

"좋아."

"나 아직 아무 말도 안 했는데?"

"아무튼 좋다니까. 이름 말이지?"

코헤이가 웃으며 고개를 끄덕였다.

'아이 이름은 아키히로라고 하자.'

누군가 이런 말을 했다. 사람은 두 번 죽는다고. 첫 번째는 육체의 죽음이고, 두 번째는 사람들의 기억에서 사라지는 것이라고.

아카리는 한 손으로 배를 쓰다듬으며 아키히로의 심장 고동 소리에 귀를 기울였다.

나중에 아이가 자기 이름의 유래에 대해 물으면 자세히 알려 줘야지. 아이가 자기 아이에게, 그 아이가 또 자기 아이에게 전해 줄 수 있도록.

그 사람 덕분에 이 멋진 세상에 지금 내가 존재할 수 있는 거라고.

옮긴이 남소현

연세대학교와 이화여자대학교 통역번역대학원에서 공부하였고, 일본 문학 번역가로 활동하고 있다. 번역작으로 《형사의 약속》, 《여섯 명의 거짓말쟁이 대학생》, 《설원》, 《기묘한 괴담 하우스》, 《그래도 해야지 어떡해》, 《형사 변호인》, 《녹색의 나의 집》 등이 있다.

죄의 경계

罪 の 境 界

초판 2023년 11월 24일 1쇄
저자 야쿠마루 가쿠
옮긴이 남소현
디자인 전여원
ISBN 979-11-93324-04-2 03830

출판사 북플라자
주소 서울시 강남구 논현동 118-13 5층
홈페이지 www.bookplaza.co.kr

영화 판권, 오탈자 제보 등 기타 문의사항은 book.plaza@hanmail.net으로 보내주세요.
잘못된 책은 구입하신 서점에서 교환해 드립니다.